作者简介

杨武能

　　四川外国语大学前副校长，四川大学文学院兼外语学院教授，西南交通大学特聘教授暨国家社科基金重大研究项目"歌德及其汉译研究"首席专家。

　　曾获联邦德国总统颁授的"国家功勋奖章"、联邦德国终身成就奖性质的学术大奖"洪堡奖金"，以及世界歌德研究领域最高奖"歌德金质奖章"。中国译协"翻译文化终身成就奖"获得者。

　　毕生从事德语文学研究和翻译，广受好评的译著有《浮士德》《少年维特的烦恼》《歌德诗选》《歌德谈话录》《海涅诗选》《茵梦湖》《格林童话全集》《豪夫童话全集》《特雷庇姑娘》《魔山》《纳尔齐斯与歌尔德蒙》《永远讲不完的故事》《嫫嫫（毛毛）》等数十种，《杨武能文集》汇集了杨教授毕生学术研究成果的精华。

★ 杨武能文集 ★

德语文学大花园

杨武能 著

四川人民出版社

图书在版编目（CIP）数据

德语文学大花园 / 杨武能著. -- 成都：四川人民出版社，2019.7
（杨武能文集）
ISBN 978-7-220-11400-7

Ⅰ.①德… Ⅱ.①杨… Ⅲ.①文学—作品综合集—德国 Ⅳ.①I516.11

中国版本图书馆CIP数据核字（2019）第103076号

德语文学大花园
DEYU WENXUE DA HUAYUAN

杨武能　著

责任编辑	谢　寒
封面设计	张迪茗
版式设计	戴雨虹
责任校对	林　泉　吴　玥
责任印制	李　剑

出版发行	四川人民出版社（成都槐树街2号）
网　　址	http://www.scpph.com
E-mail	scrmcbs@sina.com
新浪微博	@四川人民出版社
微信公众号	四川人民出版社
发行部业务电话	（028）86259624　86259453
防盗版举报电话	（028）86259624
照　　排	四川胜翔数码印务设计有限公司
印　　刷	成都东江印务有限公司
成品尺寸	146mm×208mm
印　　张	17.75
字　　数	400千
版　　次	2019年7月第1版
印　　次	2019年7月第1次印刷
书　　号	ISBN 978-7-220-11400-7
定　　价	58.00元

■版权所有・侵权必究
本书若出现印装质量问题，请与我社发行部联系调换
电话：（028）86259453

目录

前　言 / 001

第一编　德语文学也好看！ / 001

导游者言 / 003

一、德语作家擅长的两种传统体裁 / 007

（一）抒情诗 / 008

1.《塞森海姆之歌》·《莉丽之歌》·《西东合集》
　　——歌德抒情诗咀华 / 008

2."乘着歌声的翅膀"
　　——海涅诗歌赏析 / 032

（二）Novelle——德语文学多姿多彩的奇葩 / 073

1. 霍夫曼的志异小说 / 078
2. 克莱斯特的传奇小说 / 107
3. 豪夫的童话小说 / 127

4. 凯勒的幽默小说 / 141

5. 迈耶尔的历史小说 / 172

6. 施笃姆的诗意小说 / 207

7. 海泽的意大利风情小说 / 247

二、内涵丰富、深刻却耐看、好看的思想者文学 / 272

1. 歌德的书信体小说 / 273

2. 歌德的《意大利游记》/ 277

3. 海涅的音乐小说 / 288

4. 赫尔曼·黑塞的艺术家小说 / 299

第二编　德语民间文学精彩绝伦，举世无双！ / 363

导游者言 / 365

一、格林童话
　　——民间文学的杰出代表 / 366

1. 滑稽、荒诞的 / 368

2. 奇幻、诗意的 / 377

二、丰富多彩的、好看异常的德语民间文学
　　——德语文学之根 / 388

第三编　德语文学——最具代表性的典型的思想者文学 / 395

导游者言 / 397

一、歌德时代的思想者文学 / 400

1. 德语文学的奠基者莱辛和《莱辛寓言》/ 401

2. 歌德的哲理诗和哲理小说 / 407

3.《浮士德》——思想者文学的典范 / 441

二、现代德语思想者文学 / 475

1. 里尔克——孤独的风中之旗 / 475

2. 卡夫卡小说《审判》选段 / 496

3. 托马斯·曼划时代的杰作 / 498

告别的话 / 558

前　言

　　德语文学泛指用德语写成的文学，历来包括德国文学、奥地利文学以及瑞士德语文学等三个主要组成部分；它们因语言、文化、历史传统和地理位置密不可分而联系在一起，然而又相对独立，个性鲜明，各具特色。毋庸讳言，德国的文学构成了德语文学的主体，但也绝不能因此忽视奥地利文学、瑞士德语文学乃至一度兴旺的布拉格德语文学，低估它们的作用和地位。因为从古至今，奥地利和瑞士不只产生了无数令德语文学增辉添彩的作家和作品，而且还从总体上使它变得更加气象非凡。很难设想，德语文学怎么少得了卡夫卡、里尔克、霍夫曼斯塔尔、穆西尔和斯蒂芬·茨威格，怎么少得了凯勒、迈耶尔、斯皮特勒、弗里施、迪伦马特和汉德克。正因为系由三个各具个性、特色的部分融合而成，德语文学大花园所呈现的五色斑斓、多彩多姿的迷人景象，就很少有其他文学堪与比拟。

从发端到现在,德语文学的发育成长经历了一千多年,在漫长的岁月中曾经出现过一次次影响深远的高潮,产生过难以计数的杰出作家和作品,因而在世界文学之林中牢固地占据了一个显赫而突出的地位。在这些高潮中,笔者以为最值得重视的为以下几次:

第一,18世纪后30年至19世纪前30年,以歌德、席勒为代表的狂飙突进和古典时期。

歌德时代魏玛群星

1	科尔内流斯(P. von Cornelius,1783—1867),德国画家。
2	德国物理学家欧姆(G. S. Ohm, 1789—1854),欧姆定律的发现者。
3	施罗塞尔(J. G. Schlosser,1739—1799),德国作家,歌德的妹夫。
4	德国诗人兼翻译家弗斯(J. H. Voβ,1751—1826),《伊利亚特》和《奥德塞》的译者。
5	克莱斯特(H. Kleist,1777—1811),德国小说家和戏剧家。

歌德时代魏玛群星(高品图像供图)

续表

6	黑格尔（G. W. Hegel, 1770—1831），德国大哲学家。
7	布鲁门巴赫（J. F. Blumenbach, 1752—1840），德国生物学家和人类学家。
8	克罗普斯托克（F. G. Klopstock, 1724—1803），德国诗人。
9	费希特（J. G. Fichte, 1762—1814），德国唯心主义哲学家。
10	裴斯塔罗兹（J. H. Pestaloizzi, 1746—1827），瑞士教育家。
11	让·保尔（Jean Paul, 1763—1825），德国作家。
12	蒂克（G. Tieck, 1773—1853），德国浪漫主义诗人和小说家。
13	威廉·洪堡（W. von Humboldt, 1767—1835），德国语言学家和教育家。
14	亚历山大·洪堡（A. von Humboldt, 1769—1859），威廉·洪堡之弟，地理学家和地球物理学家。
15	魏兰特（Ch. M. Wieland, 1733—1813），德国诗人兼小说家，莎士比亚作品德译者。
16	尼而尔（B. G. Niebuhr, 1776—1831），德国历史学家。
17	施莱马赫（F. N. D. Schleiermacher, 1768—1834），德国哲学家和神学家。
18	赫尔德（J. G. von Herder, 1744—1803），德国哲学家、神学家和文艺理论家。
19	高斯（C. F. Gauβ, 1777—1855），德国几何学家、物理学家和天文学家，高斯定律的发现者。

续表

20	施莱格尔（A. W. Schlegel, 1767—1845），德国浪漫派诗人和理论家，莎士比亚作品德译者。
21	伊夫兰（A. W. Iffland, 1759—1814），德国演员兼剧作家。
22	格莱姆（J. W. L. Gleim, 1719—1803），德国诗人。
23	席勒（F. Schiller, 1759—1805），德国伟大的诗人、剧作家、哲学家，歌德的挚友。

第二，19世纪初至19世纪末，以海涅、毕希内尔、冯达诺、凯勒、施笃姆为代表的浪漫主义和现实主义时期。

施笃姆　　E.T.A.霍夫曼　　海涅　　凯勒

第三，20世纪上半叶，以卡夫卡、里尔克、托马斯·曼和黑塞为代表的现代主义和批判现实主义时期。

卡夫卡　　里尔克　　托马斯·曼　　黑塞

第四,第二次世界大战结束至今以布莱希特、西格斯、伯尔和格拉斯为代表的流派众多的当代文学时期。

布莱希特　　　　　　伯尔　　　　　　　格拉斯①

需要说明的是,德语文学各个发展阶段的情况都异常复杂,文学潮流和代表人物的认定绝非易事,笔者在这里仅仅是概而言之,可以推敲、商榷之处自然不少;有的问题在后文中说得较为深入、详细一些。

总之,悠久、多变、高潮迭起的发展历史,跟前文说过的它历来包括德国、奥地利和瑞士三个国家各具特色的文学一样,也增强了德语文学富有变化、蕴藏深厚、多姿多彩的特点。

然而,令人遗憾的是,德语文学丰富多彩这个突出而重要的特点,却常常被我国的读者乃至于专家所忽视了。之所以如此,是因为德语文学的这个特点,被它另外一个更加突出、更加触目

---

① 这是2005年笔者在巴黎拍的一张合影。站在格拉斯身旁的女士,是笔者的妻子王荫祺女士。望出版者和读者谅解海涵,拙作采用这张照片,是为了纪念与笔者同甘共苦、相濡以沫近半个世纪的亡妻。

也更具本质意义的特征削弱了、掩盖了、遮蔽了。这个更加突出、更加触目也更具本质意义的特征，就是德语文学，特别是它公认的一流作家的一流作品，往往都内涵深厚，富有思辨色彩，往往给人的都是深沉、庄严乃至于冗长、滞重的印象。

这个似是而非、以偏概全的印象，在我国广泛传播，人云亦云，结果不知始于何人何时，一说德语文学，买书的读者就会讲"不好看"，做书的出版社和卖书的书店就会讲"不看好"。这就不能不造成德语文学在中国译介、出版越来越少，传播、接受越来越困难，实在令人遗憾。

果真"不好看""不看好"么？全都"不好看""不看好"么？显然不是！完全不是！

人们之所以对德语文学产生误解，形成偏见以至于轻视和歧视，是由于对德语文学缺少了解，或者至少了解不够深入，不够全面。责任当然不在读者和出版社，不在任何别的人，而在我们从事德语文学研究和译介的人。

正是为了尽自己一份责任，弥补一下自己的过失，笔者于是欣然应命，不揣浅陋，不辞辛劳，于繁重的教学之余来赶造这座"德语文学大花园"。如果您，亲爱的读者，可敬的出版家，在这座院子里转过一圈之后能开始对德语文学刮目相看，能减少对它的轻视、歧视，我这老园丁便会感到无比的宽慰，无比的荣幸。

请随我跨进这座风光绮丽、异彩纷呈的德语文学之园中来吧，说不准儿您会流连忘返，乐不思蜀，乐不思出呐！

第一编
德语文学也好看！

导游者言

　　一提起德语文学，一提起作为其主体的德国文学和德国文化，人们多半会联想到德国人称作 Vater Rhein（父亲）的滚滚莱茵河，联想到一座座兀立于河岸高崖上的森严古堡，联想到阿尔卑斯山中的巍巍雪峰和山谷间的静静牧场，联想到无边无际的莽莽黑森林，联想到林中伟岸挺拔、枝繁叶茂、树冠如盖的橡树、菩提……

　　思绪从自然界转入人类社会，我们更会想到肃穆庄严、尖塔入云的哥特式大教堂，想到海顿、莫扎特、贝多芬气势恢宏的交响乐，想到康德、黑格尔、马克思严整、宏大的哲学体系，想到亚历山大·洪堡和爱因斯坦石破天惊的宇宙科学理论，想到德国人首创而造福全人类、堪作系统思维和系统工程原型和样板的高速公路体系，想到德国足球硬朗坚实的战术风格和风驰电掣的奔驰汽车。

　　殊不知这广阔的德语文学园地里还有一个个童话王国，还有一座座小巧玲珑、气派非凡的宫堡，还有无数朴实无华却赏心悦目的桁架式民居，还有绿草如茵的原野和撒满绿野的五色花朵，还有在梦中追寻蓝色小花的浪漫派，还有经过海涅润饰而千古吟唱的民间传说《罗蕾莱》，还有被誉为艺术歌曲之王的舒伯特，还有众多迷人的小夜曲。

在万紫千红、广袤无垠、气象万千的世界文学大花园，这德语文学堪称是一个风格独具、个性突出、美不胜收的重要组成部分。它不只令人眼花缭乱，目不暇接，还让人心驰神往，肃然起敬。

让我们收起想象的翅膀，不再联想和比附，实实在在地概括一下德语文学的特点和个性吧。让我们在全球化的语境中，以中国人的视点和眼光，比较、衡量一下德语文学，把德语文学放在千姿百态、美不胜收的世界文学之林中进行观察，对德语文学做总体的、宏观的描述，那就不难发现，德语文学乃是世界文学的一个重要组成部分，乃是万国大花园中一座别具风情、个性鲜明的园中之园。

在德语文学的独特个性中，最突出的就是沉静、端庄、坚实、博大、深沉等这些父性的品格，尽管与此同时，德语文学也不缺乏平凡朴实的生活乐趣，童话般浓郁的浪漫情怀以及温情脉脉的诗情画意。总之，德语文学的主要特点也即是它的父性品格——阳刚气质，使它首先成为一种内涵深邃、厚重、博大的文学品种、文学样本；这种文学，笔者给了它一个名称，叫作"思想者的文学"。

把德语文学定性为"思想者的文学"，我以为可以更好地使其区别于主要特征相异的其他各国文学，例如区别于直面人生、浪漫言情的法兰西文学，扎根社会、写实批判的英国文学，内省忏悔、富于宗教精神的俄罗斯文学，豪放粗犷、奋发进取的美国文学，等等。这样归纳各国文学的主要特征，得慎重声明一下，难免以偏概全，纯属一家之言，肯定经不住推敲和追问。须知所有这些文学都历史悠久、多姿多彩，哪容一言以蔽之。笔者明知不可为而为，完全是为了凸显这些我国读者熟悉和喜爱的文学的主要特点，以与德语文学做对比，从而使它"思想者文学"的特点显得更鲜明罢了。

这"思想者文学"的特点，主要当然是优点，因为它使作品特别是一流的作品内涵深刻、丰富；但同时也常常有负面的影响，成为一个触目的缺点。事实上，由于不少德语杰作富于哲理和思辨性，富有思想深度，确实难读费解，再加上我们评介不全面和欠充分，忽视了德语文学原本也丰富多彩，也不乏富有艺术表现力和审美价值的杰作这一事实，没有阐明内涵深邃的"思想者文学"尤其耐看这个道理，致使它在我国读书界落下了一个"不好看"的名声，出版界对德语文学的选题则形成了一个"不看好"的印象和成见。

那么什么叫"好看"呢？

好看，一是富有审美愉悦价值，二是符合或接近阅读者、接受者的审美传统和欣赏习惯。

综观德语文学的不同时代、不同流派、不同体裁以及不同作家的创作，应该说真是不乏既思想深邃又富审美愉悦价值的作品，差异只是两者孰多孰少、孰重孰轻而已。

至于传统和习惯，并非什么一成不变的东西，也可以改变、丰富和完善。作为"思想者文学"典型的德语文学，是有不适应我们传统欣赏习惯的一面。我们喜欢小说有明朗、浪漫、曲折、惊险的情节，诗歌有浓郁的情感和优美的意境，长于思辨的德语杰作往往显得滞重、晦涩、费解，因此不易为我们接受和喜爱。这就像喝惯了清纯的龙井、杭菊的人喝不惯又黑又苦的浓咖啡，只是个习惯和适应的问题。但习惯和适应必须有愿望，有时间，同时还必须正确，循序渐进。鉴于此，为把心存疑虑乃至于抵触的"游客们"顺利领进德语文学的大花园，身负"导游"之责的笔者不妨来个避难就易，先易后难，也就选了"路线图"左边这条宽阔平坦的大路，让大家先抱着轻松愉快的心情走一走，玩儿一玩儿。走着玩儿着，也许便会发现其实有"思想者文学"之称的德语文学也好看！也很好看哩！

一

德语作家擅长的
两种传统体裁

德语作家擅长的两种传统体裁即诗歌和 Novelle，诗歌主要指抒情诗，Novelle勉强可以译作中、短篇小说。用这两种体裁或样式，德国的作家们创作成功了许许多多易读易解，符合我们审美传统，让我们赏心悦目的杰作。

先说抒情诗。以歌德、海涅为最杰出的代表，若要推选世界十大抒情诗人，他俩肯定当选而且名列前茅。除了他们，德语诗人席勒、荷尔德林以及里尔克等同样出类拔萃。当然英国的拜伦、俄国的普希金也稳居前十之列，但别忘记他们都是歌德的敬仰者，拜伦更尊歌德乃"欧洲诗坛君王"。那就让我们先领略领略歌德年轻时的"君王风采"吧。

（一）抒情诗

1.《塞森海姆之歌》·《莉丽之歌》·《西东合集》
——歌德抒情诗咀华

（1）《塞森海姆之歌》

1770年，歌德创作这组诗时年方21岁，刚开始在当时还属于德国的斯特拉斯堡大学法律系学习。这座城市不仅自然风光明丽开阔，有一座雄伟壮观的哥特式大教堂，而且深受国境另一边吹来的启蒙思潮新风的影响。在这里，歌德遇到了赫尔德（1744—1803）——他走上文学正道的领路人。在这位严师和诤友的指导下，歌

青年诗人歌德

德认真地读了荷马、品达、莪相的诗歌，读了歌尔斯密的小说，读了莎士比亚的戏剧，学习了斯宾诺莎的哲学著作，了解了什么是真正的文学。特别是在帮助赫尔德搜集、整理民歌的过程中，歌德更懂得了民歌的价值，认识了诗歌的本质，明白了好的抒情诗也如民歌一样，应该具备感情真实、自然，格调朴实、明朗这样一些特征。

在离斯特拉斯堡城数十公里处的郊外，有一座名叫塞森海姆的幽静而美丽的小村庄。村里住着一位叫布里昂的老牧师，他跟自己的妻子和两个女儿一起过着简朴、恬静与和睦的生活。

1770年10月，在一个秋高气爽的日子里，塞森海姆来了两位

漫游者，而其中那个衣着寒碜的"神学院学生"不是别人，正是乔装了的歌德。年轻的歌德对沉静、和善的老牧师及其家人立即产生了好感，尤其是布里昂牧师的小女儿弗莉德里克，更令他一见钟情。

这样，借助着爱神手指的拨动，一首首动人的情歌便从诗人的心弦上弹奏出来：

> 我是否爱你，我不知道。
> 一当我瞅见你的脸，
> 一当我望见你眼，
> 我的心便没有任何烦恼。
> 上帝知道我是多么幸福！
> 可我是否爱你，我不知道。①

这首无题小诗，婉约而恰切地表达出了歌德在初遇弗莉德里克时那种犹豫踌躇、焦虑不安，然而又充满幸福憧憬的复杂心情。他不知道，这一次爱情是又给他带来痛苦，还是带来幸福。然而，爱火已在他的心中熊熊燃烧起来，那位住在宁静小村庄里的天使般纯洁、美丽、温柔的姑娘，就像磁石般吸引着年轻的歌德，使他不顾一切地奔向她——

> 我的心儿狂跳，赶快上马！

---

① 引诗均系本书作者翻译，有的名诗在重译时参考了郭沫若、冯至、钱春绮等前辈的译品。

想走就走,立刻出发。
黄昏正摇着大地入睡,
夜幕已从群峰上垂下;
山道旁兀立着一个巨人,
是橡树披裹着雾的轻纱;
黑暗从灌木林中向外窥视,
一百只黑眼珠在瞬动、眨巴。

月亮从云峰上俯瞰大地
光线是多么愁惨、暗淡;
风儿振动着轻柔的羽翼,
在我耳旁发出凄厉的哀叹;
黑夜造就了万千的鬼怪,
我却精神抖擞,满心喜欢:
我的血管里已经热血沸腾!
我的心中燃烧着熊熊烈焰!

终于见到你,你那甜蜜的
目光已给我浑身注满欣喜;
我的心紧紧偎依在你身旁,
我的每一次呼吸都为了你。
你的脸庞泛起玫瑰色的春光,
那样的可爱,那样的美丽,
你的一往情深——众神啊!
我虽渴望,却又不配获取!

可是，唉，一当朝阳升起，
我心中便充满离情别绪：
你的吻蕴藏着多少欢愉！
你的眼中含着多少悲凄！
我走了，你低头站在那儿，
泪眼汪汪地目送我离去：
多么幸福啊，有人可爱！
多么幸福啊，能被人爱！

  从1770年10月至第二年8月，歌德记不清有多少次疾走奔驰在斯特拉斯堡通往塞森海姆的山道上，记不清经历了多少次像诗中所描绘的欢聚与离别。

  这首题名就叫《欢聚与离别》的抒情诗，真实地写下了年轻的歌德急不可待地于深夜奔赴爱人身边的情景，在表现手法上成功地运用了对比和反衬。山间月夜的阴森可怕，正好衬托出心情的火热和急切。将相聚的幸福欢乐和离别的悲伤难过同时抒写出来，借助反差，让人感受格外强烈。妩媚温柔的弗莉德里克，把自己的一颗心完全交给了歌德，使年轻的诗人有生以来第一次享受到了真正的爱情。而随着1771年春天的到来，歌德更是幸福到了极点，于是禁不住放开歌喉，唱出了那首脍炙人口的《五月歌》——

大地多么辉煌！
太阳多么明亮！
原野发出欢笑，

在我心中回响!

万木迸发新枝,
枝头鲜花怒放,
幽幽密林深处,
百鸟鸣啭歌唱。

欢呼雀跃之情,
充溢人人胸襟。
呵,大地,呵,太阳!
呵,幸福,呵,欢欣!

呵,爱情,呵,爱情,
你明艳如朝霞!
呵,爱情,呵,爱情,
你璀璨似黄金!

你给大地祝福,
大地焕然一新,
你给世界祝福,
世界如花似锦。

呵,姑娘,呵,姑娘,
我是多么爱你!
你深情望着我,

你是多么爱我！

我热烈爱着你，
犹如百灵眷爱。
那歌唱和天空，
那朝花和清风。

我热烈爱着你，
是你给的青春，
是你给人欢乐，
是你给我勇气。

去唱那新的歌，
去跳那新的舞。
愿你永远幸福，
如你永远爱我。

  这首在我国也早已广为流传的《五月歌》，是世界抒情诗宝库中一颗光彩夺目的明珠。它感情炽烈，情景交融，从歌颂大自然的春天转入歌颂人类的青春，歌颂青年时代那明艳如朝霞、璀璨似黄金的爱情，歌颂带给了诗人青春、欢乐和勇气的爱人。全篇节奏明快、铿锵，语言准确、精练，比喻新颖、贴切。诗中充满了阳光、生命、欢笑、歌唱、憧憬、希望，是一首不可多得的自然颂、人生颂、青春颂！

  《五月歌》采取的是直抒胸臆的手法。吟诵着它，我们仿佛看见在阳春五月，年轻的诗人歌德携带着自己心爱的姑娘，来到阿尔萨斯鲜花如锦的郊原里。应和着百鸟的啭鸣，他忍不住雀跃欢呼，放声高歌。也就难怪它会如此的自然、质朴、清新。也就难怪埃米尔·路德维希要说："这是第一首由歌德写出来的歌德体的诗。从它开始，一种新的抒情诗，一种新的德语，一种新的文学诞生了。"①

然而，塞森海姆这个地方并不总是阳光明媚，到了7月底，歌德的心中已罩上阴影，已出现对于那宁静然而平庸的田园生活的不满。8月8日，大学里考试结束后的第二天，他最后一次去会见自己仍然爱着的弗莉德里克。临别，他已经骑上马，才把手伸给姑娘，此时的她如每次依依惜别时一样眼里噙满了泪水，却万万没想到这就是永别。

歌德自知做了一件昧心的事，因而悔恨不已，由此便诞生了那首传唱世界的《野玫瑰》。

《野玫瑰》这首抒情诗约成于1771年夏天，通常被看作是《塞森海姆之歌》的最后一首。这不仅因为它产生的时间最晚，而且已预示着大学生歌德和乡村少女弗莉德里克之间爱情的不幸结局。艺术上，它显然体现了歌德在赫尔德指导下学习民歌的收获，或者更确切地说，就是他在赫尔德处读过的一首古老民谣的改作。

这首诗格调如此质朴、自然、清新，节奏如此明快、活泼和富于音乐性，加之在简单的故事情节中包含着深沉的情感，因此经过舒伯特等音乐家谱了上百种曲调以后，在世界各国广为传

---

① 埃米尔·路德维希（Emil Ludwig）是著名的歌德传记作者。

唱。唱着它,我们不仅对善良、美丽但却不幸的弗莉德里克深感同情,同时还隐隐听见那"轻狂少年"的痛苦自责。他怎么也忘不了弗莉德里克那饱含泪水的眼睛,忘不了她最后写给他的那封信。他不得不一次又一次地进行他所谓"诗的忏悔",在后来创作的其他一些诗中,在剧本《葛慈》《克拉维歌》和《斯苔拉》中,甚至在《浮士德》和晚年完成的《诗与真》中。所有这些作品里的负心人都是不幸的,歌德更让他们被毒死、被剑刺死,足见他的悔恨多么沉痛,多么深刻。

(2)《莉丽之歌》

人的生活缺少不了爱情,风华正茂的诗人更是如此。

忍痛抛弃了美丽、善良的弗莉德里克,歌德曾痛下决心,不再与美丽的异性建立"任何亲密的关系",免得再坠入情网,给自己和别人造成不幸和痛苦。可是这份决心未能坚持多久。爱神对他紧追不舍,以他的青春年少,生性敏感,哪能因为有过痛苦的经验便心如死灰呢?

1772年5月,他在小城威茨拉尔又爱上了夏绿蒂·布甫。这是一

维特初见绿蒂

次更加不幸的爱情，在失恋的痛苦中他完成了书信体小说《少年维特的烦恼》（1774）。

这部像诗一般优美动人的作品空前成功，不仅帮助年轻的歌德一跃登上了德国文坛的"王座"，而且使他跻身上流社会。

1775年的元旦之夜，歌德应约去参加一个家庭音乐会，踏进了法兰克福大银行家薛纳曼豪华的客厅。这样，年轻的天才诗人和银行家的掌上明珠便亲近起来，歌德更可以说一见钟情，立即迷恋上了这位名字叫丽莉的少女。因为她长着一头柔软的淡黄色秀发，一双媚人的蓝眼睛，身材苗条，出落得不是一般的漂亮俊美，而是耀人眼目的艳丽。

年轻的歌德被她的魔力征服，甘当她动物园中的一只鸟儿；她呢，也情不自禁地爱上了才华横溢的年轻诗人。到了4月两人便正式订了婚。然而，歌德是否从此找到了安宁和幸福，找到了感情的归宿呢？

对这个问题，歌德在认识丽莉后不久写的一首题名《新的爱情 新的生活》的短诗，已预先做出了回答：

心，我的心，你怎么啦？
是什么使你如此困窘？
完全陌生而崭新的生活！
我已不能再将你辨认。
你爱的一切已不复存在。
你的烦恼也全都消逝，
你失去了勤奋和安宁——
唉，你怎么落到这般窘境！

是那含苞欲放的春花，
是那美丽可爱的清姿，
是那忠诚善良的顾盼
拴住了你，用无穷魅力？
一当我想从她身边飞走，
一当我欲鼓起勇气逃离，
我立刻又会回到她的身边，
唉，腿不由心，身不由己。

那可爱而轻佻的少女
就用这根扯不断的魔线，
将我紧紧系在她身旁，
尽管我十分地不情愿；
于是我只得按她的方式，
生活在她的魔圈中间。
一切俱已面目全非啊！
爱情！爱情！快放我回返！

  与丽莉的新的爱情，使他失去了好不容易才获得的内心的安宁、创作的热情以及行动的自由。丽莉的魅力就像"扯不断的魔线"一样紧紧束缚住他，强迫他去过一种他"十分地不情愿"的生活。这对热烈向往个性解放的狂飙突进运动的天才诗人歌德，是何等痛苦啊。

  这样的诗句，与"呵，爱情，呵，爱情，你明艳如朝霞！呵，爱情，呵，爱情，你璀璨似黄金！"相比，真是反差强烈。如果说，前边的《五月歌》整个充满着欢呼雀跃和幸福陶醉的感情，可以称作是一曲爱情颂、青春颂的话，这首《新的爱情　新的生活》，却只有无可奈何的叹息和哀告，应该称作一首爱情怨。

两首诗同样写对一位少女的眷爱，同样出自热恋中的歌德笔下，何以竟如此不一样？这首《致白琳德》，给我们揭示出了重要的原因——

> 你为何硬把我拖进，
> 唉，那富豪之地？
> 我这好青年不是挺幸福，
> 在清寂的夜里？
>
> 我将自己偷锁进小屋，
> 躺在月影之中，
> 如水的月光笼罩着我——
> 我沉沉地睡去。
>
> 我梦见黄金般的时光
> 和纯净的欢愉，
> 你的倩影已经铭刻在
> 我深深的胸际。
>
> 难道你还要将我拴在
> 灯火辉煌的赌台？
> 难道你还要让我迎合

面目可憎的市侩？

如今我更妩媚的春花
已不开在田野；
天使啊，爱与善和你同在，
自然与你同在。

《致白琳德》实际上就是致丽莉，在德国早些时候流行的安那克瑞翁派风格的诗歌中，白琳德通常作为心上人的代称。诗里所说的"富豪之地"，就是歌德因为丽莉的关系而滞留其中的上流社会。在那里，歌德不是陪她去赶舞会、上剧院、听音乐，就是陪她去逛集市、买小玩物、买小装饰品。还有那"灯火辉煌的赌台""还有那面目可憎的市侩"，这一切一切，都令歌德讨厌透了。歌德因此怀念自己的阁楼斗室，怀念这斗室中清寂的美梦。清寂的斗室和灯火辉煌的赌台，形象地表现了歌德与丽莉之间阶级地位的差异。可丽莉天使般的魅力使歌德，这位狂飙突进运动的天才沦为爱情的奴隶。1775年5月，和丽莉订婚一个月后，他终于接受友人邀请前往瑞士旅游，实际目的却是尝试摆脱丽莉的感情羁绊。下面这首《湖上》记下了他荡舟苏黎世湖的情景——

鲜的营养，新的血液，
我从自由的天地汲取；
躺卧在自然的怀抱里，
何等地温暖、惬意！

水波轻摇着船儿，
和着荡桨的节拍，
湖岸奔过来迎接，
云峰直插入天际。

眼睛，我的眼睛，你为何沉下？
是金色美梦，它们又袭扰你？
去吧，梦，尽管你色美如金！
眼前也有爱，也充满着生趣。

千万颗跳荡的星儿
在波浪上边闪明，
四周耸峙的远山
正在被柔雾吞饮，
港湾覆盖着绿荫，
湖水中一片金黄
是果实成熟的倒影。

仅仅读第一节和第三节，我们就要说这是一首十分成功的风景诗。它将群山环抱、轻雾缭绕的湖上美景描绘得淋漓尽致。迎着习习晨风，缓缓行进在星光万点的湖面上，舟中的诗人该是心旷神怡，忘乎所以。然而事实并不完全如此，第二节的四句诗告诉我们，他的心仍不时地受到旧梦的袭扰，使他忧郁地低下头去，无心于眼前的美景。为了哪怕是暂时忘却那虚有浮华外观的梦境，忘却那艳丽媚人的未婚妻，诗人提醒自己："眼前也有爱，也充满着生趣。"

歌德与友人往南走，登上边境上的圣哥特哈特山，再往前就是他向往已久的文明古国意大利了。他在山顶上伫立，徘徊。虽然离开法兰克福已两个多月，他仍不能忘情于丽莉，仍感到她对自己的吸引力。在必须做出的抉择面前，歌德内心充满矛盾。下边这首短诗将他的矛盾心境宣泄无遗，感人至深——

* 登 临

要是我，亲爱的丽莉，不爱你，
眼前的景象将给我多少欢愉！
可是，丽莉，要是我不爱你，
我又怎能幸福，在这里和那里？

7月里，歌德终于下决心离开瑞士回到爱人身边。可谁知还没有跨进那拥挤扰攘的古老商埠法兰克福的城门，诗人刚刚才敞开的胸怀又感到困窘和压抑。待到与丽莉见了面，两人之间似乎已出现隔阂。仍然是那些虚伪的应酬和无聊的娱乐，还有那帮随着秋天集市的开始而麇集到丽莉家中来的庸俗商贾，都令年轻的诗人厌恶反感。年轻的诗人狠下心来与自己仍然爱恋着的天使般美丽的少女决裂，于秋天里解除了本来门不当户不对的婚约。尽管这样，歌德还是经常情不自禁地徘徊在丽莉的家门外，偷偷地听她唱自己为她写的歌子，仰望她那掩映在窗帘后的苗条身影。这时期歌德写的有关丽莉的诗歌，都饱含着失恋的辛酸的泪水——

* 秋 思

绿叶啊,愿你更加
肥硕,沿着葡萄架
爬上我的窗户!
双生的草莓啊,
愿你更加饱满、圆莹,
更快地长大成熟!
太阳母亲临别的注望
给你们热力,
晴空中的熏风
将你们吹拂,
月亮亲切而神奇的嘘息
使你们凉爽,
我眼中涌出的
永恒的爱之泪,唉,
将化作滋润你们的
盈盈露珠。

* 慰 藉

别擦去,别擦去
那永恒的爱之泪!
唉,只有在擦而未净的泪眼中,
世界才显得荒凉而无生气!
别擦去,别擦去
那不幸的爱之泪!

不幸的爱之泪,就是失恋的痛苦的眼泪。它是永恒的,要流是流不尽的。话虽如此,歌德毕竟是一个堂堂男子,有着远大的抱负。他并不满足写成和出版《少年维特的烦恼》而享有的盛名,又已经开始《浮士德》和《埃格蒙特》等重要作品的创作。在此关键时刻,命运之神已为歌德安排了一条新路:经萨克森-魏玛公爵卡尔·奥古斯特一再邀请,11月7日,歌德乘着公爵专程派来接他的马车,向着当时人口尚不足6000人的宁静小城魏玛驶去。

(3)《西东合集》

诗人歌德一生多恋,在热恋中留下的情诗成百上千首,实难尽述尽引,以上大家欣赏了歌德青年时代的一部分抒情诗代表作。下面再看他晚年的抒情诗创作,只从他最著名和最成功的《西东合集》中摘引几首。

1814年,歌德终于厌倦魏玛宫廷的无聊生活,也为躲避拿破仑战争时期的喧嚣动乱,他在精神上做了一次阿拉伯之旅。他这次旅行的向导是波斯诗人哈菲茨。他自身也确实离开魏玛,踏上了旅程,只不过旅行的目的地不是被视为"人类之源"的太阳升起的东方,而是西南方的法兰克福以及莱茵河、美茵河和涅卡河地区,即他出生的故乡和他度过青少年时代的地方。在回返青春时代这一点上,精神上的旅行和现实中的旅行可谓目标一致。《西东合集》的大部分诗歌,也的确产生于现实的旅途中,只不过都披上了富于异国情调和色彩的外衣,歌德自己则变成了一个名叫哈台姆的波斯商人、歌者和情人。

7月26日一大早,歌德的马车驶出了魏玛的城门。在清晨的薄雾中,诗人目睹了一幕奇特的自然景象:在他眼前的天空中,出现了一道没有色彩的乳白色的虹霓。于是幸福的预感油然升起在心中，并当即记录了下来：

当福玻斯和雨云
交媾、拥抱，
就产生五彩虹霓，
把大地照耀。

我看见雾中升起
同样的弧形；
它虽然苍白无色，
却仍属天庭。

所以，快活的老人，
你也别灰心；
尽管你头发灰白，
还会有爱情。

这首题名为《现象》的诗之所以引人注目，除去表现手法方面的奇特比喻和大胆联想——这颇接近阿拉伯风格——更重要的是它反映了年满65岁的老诗人的一个重要心态，即他仍然渴望恢复青春，仍然怀着对爱情的憧憬。

歌德的预感没有错，他的渴望和憧憬得到了实现。在法兰克福的老熟人韦勒美尔家中，他遇见了年轻貌美的玛丽安娜。这位具有多方面天赋和秀外慧中的女子，对大诗人歌德怀有深深的景仰和倾慕，在他面前表现得十分温柔和谦卑；而对年方30、如鲜花盛开的她，本来就渴望爱情的歌德自然也不会无动于衷，两人的心弦于是便发出轻柔而微妙的震颤与应和，只不过暂时还秘而不宣，谁也没有任何表露罢了。可是等到第二年春天，当歌德动身再度去故乡及周围地区旅游时，他已如奔赴自己心上人的初恋者一般激动。还在途中，他便写了一些献给玛丽安娜的诗，而且也为她取了一个美丽的阿拉伯名字，叫作苏莱卡。

在离法兰克福不远的乡下有一处环境优美的别墅，我们的哈台姆和苏莱卡就在这爱情的伊甸园中，朝夕相处了整整4个星期。此情此景，两人再也按捺不住内心的激动，于是以诗的咏唱互诉衷肠。请听——

苏莱卡 – 玛丽安娜

* **哈台姆唱道：**
不是机遇造就了盗贼，
它本身就是最大的窃贼；
我心中的爱情残存无多，
它却将它们全部盗窃。

它把窃得的爱情送给你，

我的生活失去了全部意义；
如今我已然一贫如洗，
能否活下去全得看你。
然而，在你的明眸中，
我已感到对我的怜悯，
在你温暖的怀抱里；
我已享受着新的生命。

* 苏莱卡应道：
你的爱使我幸福无比，
叫我怎么能诅咒机遇；
就算它曾经将你偷窃，
这样的小偷令我欣喜！

哪里还用得着偷窃啊？
你倾心我是自由选择；
我倒是十分乐于相信——
是我自己将你的心盗窃。

你自愿交付我的一切
将带给你美好的偿报，
我乐于献出我的安宁，
我的生命，请拿去！

说什么已经一贫如洗！

爱情不使我俩更富裕？
能将你搂在我的怀中，
什么幸福能与此相比！

如此一唱一和，两人的诗弦便应和着心弦，激烈地、长久地共振起来。我们的诗人哈台姆和才女苏莱卡相互激励，相互启发，甚至相互竞争，因而一发不可收拾，完全沉湎和陶醉在由爱情享受和诗歌创作结合成的无比幸福甜蜜中。随之而来的则是痛苦万分的离别！

好不容易挨到了第二年9月，玛丽安娜才又匆匆赶赴风光明媚的古城海德堡，与逗留在那儿的歌德重叙旧情。其间的种种酸甜苦辣的滋味，诸如相聚的幸福、相思的痛苦、重逢的欢乐，以及最后再次分别的感伤、绝望等，统统都化作了一首一首富于真情实感的、优美动人的抒情诗。十分有趣的是，歌德把玛丽安娜写的诗也当作自己的诗，或原封未动或略加修改，便收进了《西东合集》。直到歌德死后30多年的1869年，才有研究者以确凿的材料证实了其中著名的《致东风》《致西风》等婉丽的佳作，都出自这位被埋没了的女诗人玛丽安娜笔下。这在世界诗歌史上，不啻一段美妙悦耳的插曲，一则意味深长的逸话。

《西东合集》的不少篇什堪称世界爱情诗中的瑰宝，只是由于介绍不够，在我国鲜为人知。限于篇幅，"本园"只能移植两株诗味最隽永、最迷人的异卉奇葩，以助"游客们"一窥《西东合集》这所"名苑"的全貌——

* 重　逢

竟然可能！明星中的明星啊，
我又将你紧抱在胸前！
那远离你的长夜啊，真是
无底的深渊，无尽的苦难！
是的，你甜蜜而又可爱，
是我分享欢乐的伙伴；
想起昔日分离的痛苦，
现实也令我心惊胆战。

当世界还处于最深的深渊，
还偎在上帝的永恒的怀抱，
他便带着崇高的创造之乐，
安排混沌初开的第一个钟点。
他说出了那个字：变——！
于是响起了痛苦的呻吟，
随后便气势磅礴，雷霆万钧，
宇宙闯进了现实的中间。

光明慢慢地扩展开来，
黑暗畏葸地离开它身边，
元素也立刻开始分解，
向着四面八方逃散。
迅速地，在野蛮荒凉的
梦中，各自向广远伸展，

在无垠的空间凝固僵化,
没有渴慕,喑然哑然!

一片荒凉,一派死寂,
上帝第一次感到孤单!
于是他创造了朝霞,
让朝霞怜悯他的寂寞;
他撕开那无边的混浊,
天空呈现出五色斑斓,
那一开始各奔东西的
又聚在一起,相爱相恋。

于是,那相依相属的
便急不可待地相互找寻;
感情和目光一起转向
那无穷无尽的生命。
攫取也罢,掠夺也罢,
只要能够把握和保持!
安拉无须再创造世界,
世界的创造者是我们。
就这样,驾着朝霞的羽翼,
我飞到了你的唇边,
繁星之夜用千重封印
巩固我们的美满良缘。
我俩在世上将成为

> 同甘苦共患难的典范,
> 我们不会又一次分离,
> 纵令上帝第二次说:变——!

这首诗把男女之间的爱情,把爱人之间的离合悲欢,放在世界形成和万物产生的大背景和大框架中,从宇宙哲学的原则高度,来加以考察和阐释,即认为光明与黑暗的一分一合两次行动,是世界和万物产生的原因。正像我们中国人用阴代表女性,用阳代表男性,相信阴阳的和谐结合便形成太极,达到幸福圆满,诗中也以光明与黑暗来代表男和女,认为他们本来就是"相依相属的"一体;说一当他们"又聚在一起,相爱相恋",就创造了美好的世界,因此"世界的创造者是我们",是热烈而真诚的相爱的人,而不是上帝或者安拉!

真不知道中外古今,还有没有哪一首诗能以如此崇高的思想,如此恢宏的气势,来赞颂男女之间的爱情,来抒写恋人之间的离合悲欢!

在结束对抒情诗人歌德的介绍之前,忍不住还要引他一首恐怕是世界上最炽烈、最优美、艺术手法最独特精湛的情诗——

> 任随你千姿百态,藏形隐身,
> 最最可爱的,我立即认识你;
> 任随你蒙上那魔术的纱巾,
> 无所不在的,我立即认识你。
>
> 看青葱的扁柏蓬勃生长,

最窈窕美好的,我立即认识你;
看河渠里清澈涟漪荡漾,
最妩媚动人的,我定能认识你。

当喷泉的水花欢跳向上,
最善嬉戏的,我多高兴认识你;
当云朵的形象变幻无常,
最丰富多彩的,我在此认识你。

看鲜花撒满如茵的草原,
灿如繁星的,多美啊我认识你;
看藤蔓千条伸臂向四野,
啊,拥抱一切的,于是我认识你。

当朝霞开始在山顶燃烧,
愉悦众生的,我立刻认识你;
于是,晴空笼罩着大地,
最开阔心胸的,我随即呼吸你。

我内外感官的一切认识,
最启迪的心智的,我获得通过你;
我用一百个圣名呼唤安拉,
每个圣名都回响着一个名字,为了你。

哈台姆-歌德用了世间一切最美妙、最可爱、最神圣的事物,来赞美"你",赞美他的爱人。对于诗人来说,爱情就是他信仰的宗教,爱人就是他崇拜和热爱的安拉、上帝。诗中以严整而多变化的格律,一而再再而三地重复你怎么怎么,使我们读着自然产生一个印象,"你"就是诗人的一切,"你"占据了诗人整个的头脑、心胸、灵魂;日里夜里,醒里梦里,他都思念"你"、看见"你"。色彩如此绚丽,感情如此炽烈、深挚,然而表现又如此含蓄!全篇不见一句我多么爱你、多么崇拜你的表白,却将钟爱与倾慕之情抒发得淋漓尽致!这诗像《重逢》一样只有老年歌德才写得出来,和他早年的《五月歌》一样,都堪称世界爱情诗的精华、绝唱。

2."乘着歌声的翅膀"
——海涅诗歌赏析

海涅画像

在德语近代文学史上,海涅堪称继莱辛、歌德、席勒之后最杰出的诗人、散文家和思想家。他不仅擅长诗歌、游记和散文的创作,还撰写了不少思想深邃、风格独特并富含文学美质的文艺评论和其他论著,给后世留下了一笔丰富、巨大、光辉而宝贵的精神财富。海涅兼擅诗歌、散文和游记的创作,但是无论个人的性情和气质,还是创作的成就和影响,都仍然让我们首先尊他为一位出色的抒情诗人和伟大的时代歌手。

亨利·海涅（Heinrich Heine，1797—1856）出生在德国杜塞尔多夫市一个犹太商人的家庭里。父亲经营呢绒生意失败，家道中落；母亲贝蒂·海涅是一位医生的女儿，生性贤淑，富有教养，喜好文艺。在母亲影响下，诗人早早地产生了对文学的兴趣，15岁还在念中学时就写了第一首诗。可是他却不得不遵从父命走上经商的道路，19岁时到他叔父在汉堡开的银行里实习。在富有的叔父家中，海涅不仅尝到了寄人篱下的滋味（《屈辱府邸》一诗便反映他当时的经历），更饱受恋爱和失恋的痛苦折磨，因为他竟不顾门第悬殊，痴心地爱上了堂妹阿玛莉——一位他在诗里形容的"笑脸迎人，心存诡诈"的娇小姐。

1819年秋，海涅在叔父资助下经营纺织品公司失败，完全失去了经商的兴趣和勇气，遂进入波恩大学学习法律，准备将来做律师。然而从小爱好文艺的他无心研究法学，却常去听奥古斯特·威廉·施莱格尔的文学课。施莱格尔是德国浪漫派的杰出理论家、语言学家和莎士比亚著作翻译家，海涅视他为自己"伟大的导师"，早期的文学创作受到了他的鼓励和指导。除此而外，从浪漫派诗人阿尔尼姆和勃伦塔诺整理出版的德国民歌集《男童的奇异号角》中，从乌兰特和威廉·米勒等浪漫派诗人的作品中，年轻的诗人也获得了不少启迪，汲取了很多营养。同时他崇拜歌德，并遵照施莱格尔的建议老老实实地读了歌德的作品。还有英国的浪漫主义诗人拜伦也被他引为知己，他不只把拜伦的诗歌翻译成德文，创作也受到拜伦的影响，以至一度被称作"德国的拜伦"。这就难怪海涅的早期诗歌创作显示出不少浪漫派的特征，如常常描写梦境，喜欢以民间传说为题材，格调大多接近民歌等。

1820年秋天,海涅转学到了哥廷根大学,第二年又转到了柏林大学。在柏林期间,海涅不但有机会听黑格尔讲课,了解了当时哲学所关注的所有问题,对辩证法有了初步的掌握,还经常出入当地的一些文学沙龙,结识了不少当时著名的文学家,大大地开阔了眼界,为日后成为一个思想深邃、敏捷的评论家打下了重要的基础。他同时还参加犹太人社团的文化和政治活动,表现出了对社会正义事业以及犹太人命运的同情和关注。

1824年,诗人重返哥廷根大学,第二年大学毕业获得法学博士学位。在此之前约一个月,他接受洗礼皈依基督教,成了一名路德派的新教徒。

在个人生活方面,由于初恋情人阿玛莉在1821年8月嫁给了一个有钱的地主,诗人遭受了巨大的心灵创伤。而在一年多以后的1823年5月,他在汉堡又邂逅阿玛莉的妹妹特莱萨,再次坠入爱河,经受了恋爱和失恋的痛苦。这样一些不幸的经历,都明显地反映在他早年饱含哀怨的抒情诗中。

(1)早年的抒情诗:玫瑰与蝴蝶

我的烦恼的美丽摇篮

我的烦恼的美丽摇篮,
我的安宁的美丽墓碑,
美丽的城市啊,我们必须分手——
别了!我要向你发一声吼。

别了,你神圣的家门,

我的爱人曾在这里出出进进；
别了，你神圣的地域，
我在这里初次见到我的爱人。

要是我从来不曾见过你，
我心中美丽的女王，
那就不会发生后来的一切，
我今天也不会如此悲伤。

我从不想打动你的心，
我从不曾乞求你的爱，
我只渴望安安静静地生活，
在轻拂着你的呼吸的所在。

可你自己却逼我离去，
还亲口吐出刻毒的话语；
我的感官已被狂念搅乱，
我的心也受了伤，生了病。

如今我的四肢软弱无力，
手扶游杖，艰难前行，
一直到我把疲倦的头颅，
放进异乡阴冷的坟茔。

我奔来跑去,坐卧不宁

我奔来跑去,坐卧不宁!
几小时后我就要见到她,我的爱人;
我的爱人,漂亮姑娘中最漂亮的那个——
可你干吗突突狂跳啊,我忠诚的心!

然而,时光却是一群懒汉!
他们步履拖沓,悠悠闲闲,
一路上哈欠打个没完没了——
我说快点啊,你们这些懒汉!

我真个心急火燎,焦躁难耐!
可叹时间女神从来不谈恋爱;
她们密谋策划,发誓跟我们作对,
她们看不惯这些恋人,如此急不可待。

星星们高挂空中……

星星们高挂空中,
千万年一动不动,
彼此在遥遥相望,
满怀着爱的伤痛。

它们说着一种语言,
美丽悦耳,含义无穷,
世界上的语言学家,

谁也没法将它听懂。

可我学过这种语言,
并且牢记在了心中,
供我学习用的语法,
就是我爱人的面容。

* 啊,我真愿……
头说:
啊,我真愿变成一张小板凳,
供我的心上人搁脚!
任她怎样踏我、踩我,
我也绝不抱怨、喊叫。

心说:
啊,我真愿变成一只小布袋,
供我的心上人插针!
任她怎样戳我、刺我,
我也一样快乐、欢欣。

歌说:
啊,我真愿变成一片小纸头,
供我的心上人卷发!
我要悄悄凑近她耳边,
对她诉说我心里的话。

* **蝴蝶爱上了玫瑰花**
蝴蝶爱上了玫瑰花，
围着它千百遍飞舞，
日光又爱上了蝴蝶，
用金手指将它轻抚。

可是玫瑰爱上了谁？
这问题我很想弄清。
是在唱歌的夜莺呢？
还是不吭声的金星？

我不知道玫瑰爱谁，
可我爱着你们大家：
金星、夜莺、日光，
还有蝴蝶和玫瑰花。

* **嘴儿红红的姑娘**
嘴儿红红的姑娘，
眼儿甜蜜、明亮，
我可爱的人儿啊，
我永远将你怀想。

在这漫漫的冬夜，
我真愿来到你身旁，
坐在你的小房里，

对你把知心话细讲。

我要把你洁白的小手，
按在我的嘴唇上，
我要让我的泪水，
滴在你洁白的小手上。

*自从爱人离我远去……
自从爱人离我远去，
我便没了笑的能力。
不管别人怎么扯淡，
我都没法再展笑颜。

自从我将爱人失去，
我便再也不曾哭泣；
即使痛苦令我心碎，
我却硬是欲哭无泪。

*一个青年爱一个姑娘
一个青年爱一个姑娘，
姑娘却相中另一个人；
这人偏又爱另一个女子，
并且跟她结了婚。

姑娘于是恼羞成怒，

嫁给随即闯上门的
随随便便一个男人,
叫青年好不伤心。

这是一个古老的故事,
然而它却永远新鲜,
谁要刚巧碰上这事,
谁的心就裂成两半。

随着阅历的增长,见识的提高,海涅的文学创作也开始走向成熟,不但题材和体裁变得丰富多彩,思想也更加深刻。海涅的出身、经历、交往和思想发展,自然影响了他的文学创作,也反映在了他的作品特别是他的诗歌中。他接下来的创作不再那么老是因为失恋而哀哀戚戚,而是多了奋发向上的乐观精神,多了用幽默和调侃表现出来的生气和生趣。

* 乘着歌声的翅膀……
乘着歌声的翅膀
亲爱的,我带你前往,
去到恒河的岸旁,
我知道的最美的地方。

在静静的月光下,
那儿的花园红花盛开;
玉莲花痴心等待,

等忠诚的小妹妹到来。

紫罗兰巧笑生媚,
仰望着夜空中的星星;
玫瑰花窃窃私语,
相互倾诉芬芳的爱情。

羚羊跳过来偷听,
一副虔诚、机灵样儿;
远处有隐隐涛声,
是圣河正在掀波涌浪。

我俩就降落此地,
在一丛棕榈树的树荫,
畅饮爱情和安谧,
如此咱们便美梦成真。

* *每当在清晨,亲爱的……*
每当在清晨,亲爱的,
我打你家门外经过,
一看见你在窗前,
我立刻便感到快乐。

你常常将我打量,
用深褐色的眼睛:

"你是谁,你怎么啦,
你这病弱的异乡人?"

"我是个德国诗人,
在德国境内闻名;
说出它最好的姓氏,
便说出了我的姓名。"

"我是痛苦,亲爱的,
德国许多人同样痛苦;
说出最可怕的苦难,
就说出了我的痛苦。"

* 心,我的心,你不要忧郁
心,我的心,你不要忧郁,
快接受命运的安排,
寒冬从你那儿夺走的一切,
新春将重新给你带来。

为你留下的如此之多,
世界仍然这般美丽!
一切一切,只要你喜欢,
我的心,你都可以去爱!

海涅的诗歌创作包括抒情诗、时事诗、叙事诗以及长诗等样式或品种，可谓丰富多彩；其中尤其是抒情诗，无论立意、运思，还是语言风格，都有鲜明的个性，独特的风格。纵观整个德语诗歌史，海涅可称是继歌德之后最杰出的歌者。在世界诗坛上，海涅的成就和影响足以与英国的拜伦、雪莱，俄国的普希金，匈牙利的裴多菲等大家媲美。他那些多以爱情为题材的抒情诗，由舒曼、舒伯特、门德尔松、柴可夫斯基等大作曲家谱写成的歌曲多达3000首以上，数量甚至超过了被他和拜伦尊为"诗坛君王"的歌德，堪称世界第一。其中如《罗蕾莱》《你就像一朵鲜花》《北方有一棵松树》《乘着歌声的翅膀》等，更是受到各国作曲家的青睐，反复谱曲少则六七十次，最多的《你就像一朵鲜花》竟达到160次以上，恐怕算得上世界之最。所有这些脍炙人口的歌曲，还有许多类似的优美动人的抒情诗，一个多世纪以来便在世界范围内广泛流传，特别受到正处于青春期的烦恼苦闷中的年轻人喜爱。

* *你就像一朵鲜花*

你就像一朵鲜花，
温柔、美丽、纯洁，
每当望着你，我心中
便不由得感到凄切。

我真渴望用我的手
抚摸着你的头，
我祈求上帝保佑你
永远纯洁、美丽、温柔。

* 赞　　歌

女人的身体是一首诗，
我主耶稣创作了它；
诗书写在自然纪念册，
他那会儿诗兴大发。

是的，写作时机很有利，
上帝确曾大发诗兴；
一个敏感、棘手的题材，
他处理得极为高明。

确实呐，女人的身体
可算诗歌中的雅歌；
那修长、白皙的四肢
乃是最精彩的段落。

哦，这光生生的脖子，
真正叫作神来之笔，
上面支撑着个小脑袋，
那鬈发环绕的主题！

玫瑰花似的小小乳房
乃精心雕琢的警句；
那划分出双峰的小沟
真迷人得难以言喻。

还有它那对称的丰臀，
显示作者是位高手；
还有无花果叶掩盖的
部位，同样美不胜收。

可不是抽象的概念啊！
这首诗有肉有肋巴，
有手有脚，会笑会吻，
嘴唇的风韵特优雅。

这才真叫诗意盎然喽！
无一处转折不迷人！
在它额头上，这首诗
盖上了完美的红印。

主啊，我要将你赞美，
要匍匐尘埃祷告你！
和你比我们是半瓶醋，
你才是天才的大师。

主啊，我真正恨不得
沉溺在你这华章里；
我要潜心地将它钻研，
无日无夜，夜以继日。

是的，日日夜夜钻研，
不浪费任何的光阴；
我的双腿变得细又长——
过分用功嘛该是原因。

* 他们赠我金玉良言……
他们赠我金玉良言，
吹我捧我不遗余力，
说我只要耐心等待，
就给我庇护、奖掖。

可等过来又等过去，
我差点儿没给饿死，
多亏得有位好心人，
给了我关照、提携。

好心人啊，他给我饭吃，
我永世不会把他忘记！
只可惜我不能吻吻他，
因为此人就是我自己。

* 一等你做了我的妻子……
一等你做了我的妻子，
人人都会把你羡慕，
你将生活得无忧无虑，

享受不尽欢乐、幸福。

你尽管骂我,尽管撒泼,
我都一概不以为过;
只有一件事使我抛弃你,
就是你不称赞我的诗歌。

(2)时事诗、讽刺诗:剑与火焰

海涅生活在一个欧洲社会急剧动荡,新兴的进步力量与腐朽的反动势力殊死搏斗的时代。童年,在故乡杜塞尔多夫,他经历了拿破仑军队占领时期实行的一系列进步改革;作为犹太人,他深深体会到了平等、自由之可贵——他18岁时在法兰克福所目睹的犹太同胞的悲惨处境,与此形成了鲜明的对比。对于生性敏感的诗人来说,生而为犹太人犹如一种宿命的不幸,简直就像一种先天埋藏在血液里的可怕"病毒",一种无法治

战士海涅

愈的"瘤疾"(见《汉堡的新以色列医院》),因此给他一生的思想和创作打下了深深的烙印。他有的作品,如《巴哈拉赫的法学教师》,则直接地描写了自己受压迫的犹太同胞的苦难。正是这个原因,对于他所崇仰的解放者拿破仑的失败和欧洲大陆上随之出现的反动复辟,诗人的感受尤为痛彻;而在相比之下又特别

黑暗、落后的德国，情况更令诗人触目惊心。写作于1826年的散文集《思想·勒格朗集》，则集中反映了海涅这一时期的思想感情，明白地表达了他对法国大革命的继承人和化身拿破仑的钦仰和感怀之情。这样的明显带有革命倾向的感情，在他的《两个掷弹兵》和《鼓手长》等不少诗歌中，也有流露和宣示。海涅特殊的出身和经历，注定了他终将成为一名战士和革命者。

1830年法国七月革命爆发，正在休养的海涅无比欢欣鼓舞，浑身充满了革命的激情，忍不住唱出了那首以"我是剑，我是火焰"开头和结尾的、充满战斗豪情的昂扬《颂歌》，渴望着去"投入新的战斗"。然而，诗人生活的德国在封建专制的重轭下仍如死水一潭，令人感到窒息。因为这个原因，加上他先后在汉堡、柏林和慕尼黑等地谋取律师和教授职位均告失败——主要因为他是犹太人而遭到反动教会人士的排斥——诗人遂于第二年的5月干脆移居到了巴黎。

在巴黎这个革命中心和国际文化大都会，海涅结识了巴尔扎克、仲马、维克多·雨果和乔治·桑等法国大作家，以及肖邦、李斯特、柏辽兹等其他国家的音乐家和艺术家，经常有机会参加各种文艺聚会，观看演出和参观美术展览，过着紧张而充实的生活，眼界进一步地开阔了，思想也进一步地活跃起来。在随后的10多年里，他虽也继续进行诗歌创作，但更多的时间和精力却用于为德国国内的报刊撰写通讯和时事评论，及时又如实地报道法国和巴黎的各方面情况，想让法兰西革命的灿烂阳光去驱散笼罩着封建分裂的德意志帝国的浓重黑暗，让资产阶级进步意识形态的熏风去冲淡弥漫在那儿的陈腐之气，于是产生了《法兰西现状》《论法国画家》《论法国戏剧》以及《路台齐亚》等一大批报道和文论。与此同时,他也向法国读者介绍德国的宗教、历史、文化、哲学以及社会政治现状,写成了《论浪漫派》《德国宗教和哲学的历史》等重要论著,帮助法国人民对德国精神生活的方方面面有比较深刻的认识。这样,海涅便开始了他写作生涯更紧密联系现实和富有革命精神的崭新阶段。

海涅在革命的19世纪30年代和40年代所写的大量时事诗,更一改哀伤忧郁、缠绵悱恻的旧日风格,最著名的时事诗如《颂歌》《教义》《倾向》《等着吧》和《西里西亚的纺织工人》等,都以音调铿锵、气势豪迈而深受读者喜爱,因此成为诗歌朗诵会的保留篇目。这些时事诗同样是优秀的抒情诗,只不过所抒发的已不限于个人一己的喜怒哀乐,而是从对时代和大众的深切关怀中所迸发出来的革命豪情,因而也具有动人心魄的力量和巨大深刻的社会意义,赢得了更广泛的赞誉。它们是战斗的呐喊,冲锋的号角,时事诗应该说也就是时代的诗,因为它们是战士海涅在那革命的年月发出来的时代最强音。

* 颂 歌

我是剑,我是火焰。

黑暗中我将你们照亮,战斗开始,
我冲杀在前,战斗在第一线。

在我周围,躺着战友们的尸体,
可是我们已经胜利,我们已经胜利,
可周围躺着——战友们的尸体。

在热烈欢腾的凯歌声中,
回响着哀悼死者的合唱曲。
然而,
我们既没有时间欢乐,也没有时间哀泣。
投入新的战斗的号角已经吹起——

我是剑,我是火焰。

* 公元1829年
请给我一处高尚宽广的战场,
我好痛痛快快地流血死去,
啊,别让我待在这儿①,
在市侩们的小天地里窒息!

他们吃得饱,喝得足,
真像鼹鼠一般幸福无穷;
他们的气度真叫宏大,
大得就跟施舍箱上投钱的孔。

他们雪茄叼在嘴里,
双手插在裤兜儿里,
消化力也呱呱叫;可就不晓得
又有谁,能把他们给消化掉!

---

① 指德国汉堡。

他们包揽着全世界的香料买卖，
一应货色无不齐备，
然而在他们周围仍充斥着
鳕鱼的灵魂的腐臭气。

啊，我宁肯目睹血腥的暴行，
目睹十恶不赦的罪孽，
只要不见这吃饱喝足的德行，
不见这付得起账的美德。

天上飞过的白云啊，带上我吧，
不论去到什么样的地方！
拉普兰、非洲、波美拉尼亚①
全行啊——只要远走他乡！

啊，带上我——白云没听见——
它们高高在上，乖巧聪明，
一飞临这座城市，
全吓得加快了飞行。

* 教 义

敲起鼓来，不要畏惧，
和随军女贩亲嘴去！

---

① 德国从前的一个偏僻之邦，临着波罗的海。

这就是全部的学问,
这就是书中的奥义。

把人们从沉睡中敲醒,
敲起身鼓,用青春的力,
敲着鼓永远向前行进,
这就是全部的学问。

这就是黑格尔的哲学,
这就是书中的奥义!
我懂得它,因为我是个
好鼓手,并且聪明伶俐。

* 倾　向
德意志的歌手!你要歌唱和
赞颂德意志的自由,
让你的歌激励我们的心灵,
用马赛曲的曲调
鼓舞我们投入战斗。

再不要像维特那样哀鸣,
他的心只为着绿蒂燃烧——
时代的钟声已经敲响,
快向你的人民发出警号,
你的诗应是匕首、战刀!

别再像软绵绵的长笛,
抛弃那牧歌般的情调——
你要成为祖国的号角,
成为它的大炮、重炮,
去吹,去吼,去轰,去杀!

每天去吹,去吼,去轰,
直至最后的压迫者逃掉——
永远为着这个目标歌唱,
同时却要让你的诗篇
尽可能地通俗明了。

* 鼓手长
这位当年的鼓手长,
他如今多么落魄、潦倒!
皇帝时代他①还风华正茂
生活又何等快乐、逍遥——

他舞动着大指挥棒,
满脸都堆满笑;
他军装上的银丝带
在日光中熠熠闪耀。

---

① 指拿破仑一世。

随着擂动的军鼓声，
他走进一座城又一座城，
女人和姑娘们的心中
全都发出了共鸣。

他趾高气扬，轻轻松松
征服了全城的美人；
他的黑色的胡髭
沾满了德国妇女的泪痕。

我们啊必须容忍痛苦，
像德国橡树一般温顺，
直到高高在上的上峰，
发出"解放"的号令。

像斗牛场上的野牛，
我们突然挺起了尖角，
为了摆脱法国佬的奴役，
我们唱着寇尔纳的战歌。①

好厉害的歌！
它震得暴君们胆战心惊！

---

① T.寇尔纳（1791—1813），德国诗人，作有许多爱国诗歌，并在反拿破仑的解放战争中战死。

皇帝和鼓手长害了怕,
双双仓皇逃遁。

他们自作自受,
得到很坏的下场,
拿破仑皇帝落进了
英国人的手掌。

在圣赫勒拿岛,
想必他受到了残酷虐待,
在经历长期痛苦后,
他最终死于胃癌。

他的鼓手长也一样,
失去了他的职务,
为了不至于饿死,
他当了旅馆的杂役。

他生火炉,刷痰盂,
搬完柴火又提水,
头发花白,颤颤巍巍,
楼上楼下,来来回回。

每当弗里茨来旅馆看我,
总忍不住要说说笑笑,

对这个摇摇晃晃的瘦老头,
他最喜欢作弄、讥嘲。

别嘲弄他啊,弗里茨!
日耳曼青年应有礼貌,
对已经倒台的大人物
绝不能开恶毒的玩笑。

我想你对这样的人
还应该有些孝心;
没准儿呐,这老头
是你母亲替你找的父亲。

* 等着吧
你们竟以为我不会打雷,
只因我闪电的本领太杰出!
你们大错特错啦,
须知我同样具有打雷的天赋。

一当真正的日子到来,
这天赋将得到可怕的证明,
你们将听见我的声音,
听见长空霹雳,风暴雷霆。
在那一天,狂暴的雷电
将劈开好些个橡树,

许多的宫殿将会战栗,
许多教堂钟楼将会倾覆。

* **西里西亚的纺织工人**①
阴沉的眼里没有眼泪,
他们坐在织布机前,咬牙切齿:
德意志啊,我们为你织裹尸布,
我们织进去三重诅咒——
我们织,我们织!

一重诅咒给上帝,我们祈求他,
在严寒的冬季,在饥肠辘辘时,
我们白白的希望啊,期待啊,
他却欺骗愚弄我们,把我们当傻子——
我们织,我们织!

一重诅咒给国王,阔佬们的国王,
我们的苦难不能软化他的心肠;
他榨取走我们最后的一枚钱币,
还下令把我们像狗一样的枪毙——
我们织,我们织!

---

① 1844年,西里西亚的纺织工人起义反抗资本家压榨和重税盘剥,遭到残酷镇压,海涅作此诗抒发对工人们的同情和对反动当局的义愤。

一重诅咒给虚假的祖国,
那儿只繁衍着卑劣和无耻;
那儿的花蕾全都遭到摧残,
腐败和污秽却把蛆虫养育——
我们织,我们织!

织布机轧轧,梭子飞驰,
我们不分日夜地织啊织——
衰老的德意志,我们为你织裹尸布,
我们织进去三重诅咒,
我们织,我们织!

(3)异乡病中吟:"我倒下了,战斗并未失败。"

1844年11月,诗人在流亡13年后第一次短时间回祖国探望母亲,心情异常激动,以至一到边界心脏就"跳动得更加强烈,泪水也开始往下滴"。发现德国封建、落后的状况依旧,诗人更加悲愤难抑,于是怀着沉痛的心情写成了长诗《德国,一个冬天的童话》。在诗里,他不仅痛斥和鞭笞形形色色的反动势力,而且发出了"要在大地上建立起天上的王国"的号召。可惜的是1848年法国爆发二月革命,整个欧洲掀起了革命高潮,海涅的诗歌创作却中断了。原因是诗人此前罹患脊髓痨,到1848年已经卧床不起,正苦苦地与死亡进行着抗争。

进入19世纪50年代以后病情稍有缓和,海涅在创作时事诗的同时,也写了不少音调沉郁、愤世嫉俗的抒情诗,哀叹自身不幸的命运和遭遇。他身为犹太人而倾向进步和革命,因而长期受到德国政府的迫害。自1835年起，他的作品就列入了德国官方的查禁名单，且高居榜首，新作更难在国内出版，稿费来源几近枯竭。在流亡中的诗人经济因此十分拮据，不得已便领取了法国政府发给的救济金。这事在1848年被国内的论敌知道了，海涅因此遭到恶毒攻击，再加上生活艰苦辛劳等原因，致使他患的脊髓痨进一步恶化，从此便长年痛苦挣扎在他所说的"床褥墓穴"中。

* 世　道

谁有的多，他马上会
得到更多更多。
谁只有一点，这一点
也会被人抢夺。

你要是一无所有，
唉，快叫人把你埋进土里——
须知只有有钱人，穷鬼啊，
才有生存的权利。

* 寒冷的心中揣着厌倦

寒冷的心中揣着厌倦，
我厌倦地走过寒冷的大地，
秋已近凋残，湿雾紧抱着田野，
田野早已经死去。

风发出啸叫，飘零的红叶

被风卷着,在天空中摇曳,
树木在啜泣,荒野在叹息,
而最糟的是,还下起了雨。

* *深秋的雾,寒冷的梦*
深秋的雾,寒冷的梦,
披着霜的山和谷,
树被风撕去了叶,
死气沉沉,一片光秃。

唯有一棵树亭亭静立,
唯有一棵树拥着叶簇,
仿佛为感伤的泪所浇洒,
正轻轻摇着绿色的头颅。
啊,我的心就像这荒原,
你的倩影,美人儿啊,
就是我的荒芜的心里
唯一一棵碧绿碧绿的树!

* *垂死者*
为追求光明幸福,你曾远走高飞,
如今却两手空空,可真正叫狼狈。
德意志的忠贞,德意志的衬衫,
它们也在异乡被磨破、扯碎。

你脸色苍白,形同死人,
然而身已在家,心感快慰。
在德意志祖国的泥土里,
能像在温暖的火炉旁一般安睡。

遗憾的是,有人已经瘫痪,
纵然希望,也不能再把家还——
只能伸出双臂,哀哀求告:
上帝啊,求你把我可怜可怜!

* 夜　思
夜里想起德意志,
我总是不能入眠,
热泪滚滚往下流,
我再也没法合眼。

冬去春来,年复一年!
自从不见我的母亲,
已逝去十二个年头;
我却对她更加思念。

我的思念与日俱增,
这老妈妈让我迷恋,
我时刻牵挂着她,这位老妈妈,
愿上帝对她垂怜!

这老妈妈深爱着我,
我能从她写的信看见
她的手啊如何战栗,
她那慈母心剧烈震颤。

母亲永远占据我的心,
十二个年头一去不返;
漫长的十二年逝去了,
我再没能拥她在胸前。

德意志是个结实的国家,
将万古长存,永远康健;
还有它的橡树它的菩提,
我总有一天会再看见。

我不会热切思念德意志,
要不是母亲生活在那边;
祖国永远不会毁灭,
母亲却将要告别人间。

自从我离开了祖国,
那儿有许多人进了墓园——
我深爱的人们啊,如果叫我数,
我的心将把热血流干。

可我必须数——
越数我越感到痛苦难耐,
好似许多尸体压着我胸口——
感谢上帝,它们终于退开!

感谢上帝,从我窗口射进来
法兰西明亮和煦的阳光!
我美如清晨的妻子走到床前,
用微笑驱散了德意志的忧伤。

* 蜻　蜓
一只美丽的蜻蜓
在溪水上来去翻飞;
这妖冶迷人的舞女,
她浑身熠熠生辉。

年轻痴愚的金龟子们
钦慕她青色的纱衣,
钦慕她身体五彩斑斓,
钦慕她腰肢柔软纤细。

年轻痴愚的金龟子们
丧失了金龟子的一点儿理智,
嗡嗡倾诉着爱恋和忠诚,

还答应送她花边和瓷器。

美丽的蜻蜓含笑回答:
"瓷器、花边我全不需要;
你们要想得到我欢心,
赶快去给我弄点火苗。"
"我的女厨子快坐月子,
晚饭得我亲自来烧;
炉里的煤炭已经熄灭——
找火种去吧,越快越好。"

女骗子刚把话说完,
金龟子们已匆匆起程。
为了替她找火,
他们远远离开故乡的森林。

他们发现了火光,
在灯烛明亮的凉亭里面;
凭着热恋者盲目的勇气,
他们一头窜进了烛焰。

熊熊的烛焰噼啪作响,
吞噬着金龟子和他们的爱恋;
一些个丢掉了自己的性命,
一些个只把翅膀烧残。

可悲啊,烧坏了翅膀的
金龟子!他只得流落他乡,
在阴湿的地面上爬行,
像发着恶臭的屎壳郎。

"社交生活太糟,"他抱怨,
"是流亡中最难堪的事,
我们必须与下等虫子为伍,
甚至结交那班臭虫、虱子。

"他们把我们视为同类,
只因我们身体同样污秽——
想当年维吉尔的弟子,那位
地狱的歌者①也受过这种罪。

"我懊悔地回忆美好的时光,
那会儿我的翅膀是多么漂亮,
在故乡的蓝空中翩翩飞舞,
在阳光下的花上轻轻摇荡。

"从玫瑰花蕊中汲取养料,
我的身份是何等高尚,

---

① 指意大利诗人但丁(1265—1321)。在他的代表作《神曲》里,古罗马诗人维吉尔为他的领路人。但丁1321年死于流亡中。

交往的是心性高卓的蝴蝶,
以及天才歌唱家纺织娘。

"如今我的翅膀已经烧坏,
不能再飞回自己的祖国,
我是一只可怜的虫子,
将死在烂在肮脏的异国。

"啊,我真希望从未见过
这青色的水上阿飞,
这腰肢纤细的荡妇,
这妖冶迷人的败类!"

* **杜卡登**①**之歌**
我的金铸的杜卡登啊,
告诉我,你们现在何处存身?

可是陪伴着金色的小鱼,
在清澈见底的溪水中
快活自由地浮沉?

可是陪伴着金色的小花,
在撒满朝露的绿野里

---

① 德国古金币。

妩媚地眨着眼睛?

可是陪伴着金色的小鸟,
在一碧如洗的天幕上
身披着霞光飞行?

可是陪伴着金色的星星,
在云汉璀璨的夜空中
永远地含笑盈盈?

唉! 你们金铸的杜卡登啊,
你们既不在清溪中浮沉,
也不在绿野里眨动眼睛;
既不在蓝天上自由飞行
也不在夜空中含笑盈盈——
我的债主们, 我敢担保,
他们把你们抓得很紧。

尽管贫病交加, 诗人仍然像一位临死仍坚持战斗的战士一样坚持写作, 直至1856年2月17日与世长辞, 享年58岁。

* *我的白昼明朗……*

我的白昼明朗, 我的夜晚幸福。
我的诗是欢乐, 我的诗是火焰,
曾经把不少美丽的烈火引燃。

每当弹起诗琴，人民总对我欢呼。

我的夏天虽然仍旧鲜花盛开，
可收获已被我运回到仓库里——
现在我就要离开一切的东西，
它们曾把世界变得珍贵、可爱。

诗琴已然从我的手中滑落。
酒杯刚兴奋地端到骄傲的唇边，
它却已经摔成了碎片。

主啊！死亡既丑陋又痛苦哦！
主啊！活在甜美而愁苦的尘寰，
苦虽说苦却十分甘甜！

* *两个掷弹兵*
两个掷弹兵踏上归途，
从被俘的俄国回法兰西。
一当进入德国的领土，
他俩便不禁垂头丧气。

他俩听到可悲的消息：
法兰西已经没了希望，
大军整个儿一败涂地——

皇上也落进了敌人手里。①

两个掷弹兵抱头痛哭,
为着这个可悲的消息。
一个道:"我真痛苦啊,
旧伤口又火烧火燎的。"

另一个说:"大势已去,
我也想和你一道自杀,
只是家里还有老婆孩子,
没了我他们休想活啦。"

"老婆算啥,孩子算啥,
我的追求可更加高尚;
饿了就让他们讨饭去吧——
他被俘了啊,我的皇上!

"答应我的请求吧,兄弟:
如果我现在就一命呜呼,
请运我的尸骨回法兰西,
把我埋葬在法兰西故土。

---

① 在1813年的莱比锡战役中,拿破仑几乎全军覆没,第二年不得不退位,并被流放到了地中海的厄尔巴岛。

"这红绶带上的十字勋章,
你要让它贴着我的心口;
把这步枪塞进我的手掌,
把这长刀悬挂在我腰头。

"我这样躺在坟墓里面,
就像一名警惕的岗哨,
直到有朝一日我又听见
大炮轰鸣,奔马长啸。

"这时皇上纵马跃过坟头,
刀剑铿锵撞击,闪着寒光;
我随即全副武装爬出来——
去保卫皇上,我的皇上!"[①]

* 祭 辰
没有人唱弥撒曲,
没有人念卡多希经,[②]
什么也不念,什么也不唱,
在我将来的祭辰。

[①] 海涅是法国大革命和拿破仑的同情者和拥护者,这首诗实际上抒发的是他自己的感情。
[②] 卡多希是犹太人追悼死者时念的经。

到了将来的那一天,
要是天气温和而又晴朗,
玛蒂尔德夫人也许会来
蒙马特散步,并有保兰同行。①

她带着千日红扎的花环,
用它装饰我的坟茔,
她叹息道:Pauvre homme!②
眼眶已伤心得湿润。

可惜我住在高高的天上,
不能给她,我心爱的人,
送过去一张椅子,唉,
她的脚已累得站立不稳。

甜蜜而丰腴的人儿啊,
回家时千万别再步行;
大门外铁栅旁停着辆
出租马车,你可已看清?

---

① 蒙马特高地位于巴黎北部,那儿有著名的墓园。保兰是海涅妻子玛蒂尔德的女友。
② 法语:可怜的人。

* Enfant Perdu[①]

在争取自由的战争中,
三十年我坚守在最前哨。
我战斗,不抱胜利的希望,
知道自己不会活着还乡。

我日夜警惕,不能睡去——
就像在挤满战友的帐篷里,
勇士们响亮的鼾声吵醒我,
即使有时我感到了睡意。

夜里我常受到无聊的袭扰,
甚至感到恐惧——只有傻瓜毫无畏惧——
为驱散它们,我便吹起口哨,
吹一支格调狂放的讽刺歌曲。

是啊,我端着枪,百倍警惕,
倘若一个黑影靠近,令我生疑,
我会好好瞄准,把滚烫的子弹
射进这小子卑劣的肚皮。
自然呐,有时也会出现这种情形,
一个坏家伙同样地精于射击——

[①] 法语:直译为"迷失的孩子",此处指守卫在最前沿的时刻冒着生命危险的哨兵。

唉，我不能否认——于是伤口裂开，
我将流尽我体内的血液。

哨位空了！——伤口裂开——
一个人倒下去，其他人跟上来——
我的心碎了，武器并未破碎，
我倒下了，战斗并未失败。

（二）Novelle——德语文学多姿多彩的奇葩

Novelle是西方文学一种源远流长，备受历代作家和读者青睐的体裁或者说样式。它源自拉丁文及意大利文的Novella一词，原意为"新鲜事、新闻"或者"奇闻逸事"，后来成了文学术语，特指一些结构严谨、篇幅不长，而且以一个完整的事件为中心内容的散文体或诗体的叙事作品，如薄伽丘的《十日谈》里的一篇篇故事。实际上，这种体裁发源于意大利的文艺复兴时代，可以说薄伽丘是它的创始者，《十日谈》是它发展初期最成功和最有影响的代表作。

继薄伽丘之后，英国的乔叟和西班牙的塞万提斯也写过类似作品。可以认为，这种体裁是随资产阶级在欧洲的兴起而兴起，发展而发展的。具体说，它孕育在市民阶级富丽堂皇的客厅里，产生于他们轻松愉快的聚会中，满足了富裕市民闲暇时消遣的需要。也正因此，Novelle几乎都挺好看，都重视愉悦和审美效果，都富有文学性。也就难怪，《十日谈》里的故事尽管出自一群躲避瘟疫的男女之口，仍然是那样充满欢乐和生气。

继意大利、西班牙、英国之后,法、德等国也出现了同类作品。在德国,市民阶级出现和发展较晚,是到了18世纪的后半叶才开始产生薄伽丘式的Novella,而在德语里的名称也变成了Novelle。

Novelle这种样式在德语文学特别受到重视,因此也格外发达,创作实绩和理论建构都属后来居上。从歌德开始直至20世纪,一代一代的作家都热衷于Novelle的写作,名家名篇层出不穷,而且逐渐打破一群人轮流讲故事的老套子,风格、品种多彩多姿。德国第一位诺贝尔文学奖获得者保尔·海泽即以擅长写Novelle享誉世界,也因此而获奖。他与人合作选编出版了《德语Novelle宝库》(1871—1876)和《新编德语Novelle宝库》(1884—1888),两套选集共有48卷之多。特别是在理论建构方面,德国甚至有称为Novellistik这个专门研究Novelle的学科;而在同样出了不少Novelle大家的法、俄、英、美等国,却似乎没有如此盛况。

在我们中国,西方的Novelle这种体裁在五四前后随外国文学的大量翻译而传入。至于是何时何人首先将Novelle译成为"中篇小说",则不可考。严格说来,"中篇小说"这个译法尚欠准确。因为即以篇幅长短而论,德语Novelle也不完全是我们习惯意义上的中篇,它们虽说篇幅多数在三五万字之间,但短则可以仅仅万把字甚至几千字,即也包括了"短篇小说",长则可达十几万甚至20万字。反之,有些仅从篇幅来看真是中篇的作品,最典型的如已被多种"中篇选"收入的《少年维特的烦恼》,实际上绝非Novelle,而是Roman(长篇小说)。因此,今天我们仍把Novelle这种体裁称作中篇小说或中、短篇小说,应该讲系不得已而为之，只是入乡随俗和差强人意罢了。

　　Novelle这种体裁样式，除去它篇幅的要求，还有一系列思想、艺术方面的特征和特点。所有这些特征、特点，说到底，恐怕都与它们最初产生于市民阶级的客厅里或者聚会中有关，都或多或少地受了这些环境条件的影响：在内容方面，它们反映市民阶级的兴趣爱好、思想情感、理想追求；在形式方面，它们篇幅比较适中，在其发展的早期乃至中后期，往往都以一个人或一些人轮流讲故事的形式出现，于故事本身之外或隐或现地可以看见一个讲故事的人，情节往往比较单一，而且大多引人入胜，整体来说十分注意娱悦效果，以满足市民们休闲娱乐的愿望。

　　就效果和作用而言，Novelle显然有别于文学史上通常更早产生的诗歌和戏剧：诗歌（不包括接近诗体小说的史诗和叙事诗）主要作用在抒发情感；戏剧除了早期用于宗教祭礼和节庆，则富于社会教化功能。可讲到艺术特点，Novelle又与戏剧有不少共通之处，那就是一样地讲究故事情节的铺陈，讲究矛盾冲突的提出、展开以至激化，直到出现一个扣人心弦的高潮和转折点，然后再进入矛盾缓和、解决的尾声和结局。

　　正因为如此，在歌德和浪漫派的理论家们纷纷强调 Novelle 内容的闻所未闻、令人惊奇也即传奇性之后，德国19世纪杰出的中、短篇小说作家施笃姆便进一步指出：成功的Novelle乃是戏剧的散文姐妹，是最严格的文学样式。它也像戏剧一样反映人生最深刻的问题，也必须以一个矛盾冲突为中心，围绕着这个中心去组织全篇，因此就要求形式极为完整严谨，剔除一切非本质的东西。确如施笃姆所言，在德语文学史上，除去一些现代派或受现代派影响的作品已发生了变异，Novelle的名篇佳作无不富有明显而强烈的戏剧性。

与英、法等国相比,德国资本主义的发展自有它的特点。这种特点反映在文学中,便造成了德语文学与其他欧洲国家文学的显著差异。

17世纪上半叶,在德意志土地上进行了30年之久的宗教战争(1618—1648),使德国分裂成300多个小诸侯国,大大阻碍了社会历史的进程,使资本主义经济发展缓慢和不平衡。在这种历史条件下,很难产生像参天大树一般气魄宏伟的长篇小说,很难产生像巴尔扎克、狄更斯、托尔斯泰和陀思妥耶夫斯基那样擅长写长篇小说的巨匠。但是,作为历史的补偿,德语文学却以诗歌和Novelle(中、短篇小说)著称于世。一些著名的德语作家除了脍炙人口的诗歌外,大都写过不少优秀的中、短篇小说。它们以一时一事为题材,具备以小见大的优点;它们像生命力旺盛的山花野草,在德语国家的土地上到处生长出来,发育得多彩多姿;霍夫曼和其他浪漫派作家的小说,散发着神秘的兰花的幽香;凯勒和高特赫尔夫等瑞士小说家的作品,充溢着阿尔卑斯山明媚的阳光和清新的空气;生长在北海之滨的施笃姆,他的小说始终像笼上了一层轻雾似的,弥漫着凄清柔美的诗意。

还得提一提的是德语Novelle在世界文学之林的地位。200多年来,德语国家出了霍夫曼、凯勒、卡夫卡等3位有巨大世界影响的中、短篇小说家。以《谢拉皮翁兄弟》这个中短篇集闻名的霍夫曼,深受巴尔扎克、波德莱尔、狄更斯、爱伦·坡、果戈理以及欧美其他许多大小说家的称赞,并影响了他们;凯勒创作了《塞尔德维拉的人们》等几个优秀的集子,更被誉为"写中、短篇小说的莎士比亚";至于卡夫卡,他著名的《变形记》和《地洞》等代表作，则被公认是西方现代派小说的经典，许多欧美的现代小说作者都曾受到过卡夫卡的启发和影响。此外，还有克莱斯特、施笃姆、海泽、托马斯·曼和斯蒂芬·茨威格等，这些著名作家在写Novelle方面也卓有成就，各具特色。只因为我们过去对这些作家介绍得既不够，也不系统，不便拿他们与欧美其他国家某个同类体裁的大师做比较；但以国家而论，德语国家的中、短篇小说在传统悠久，作者众多，风格齐备等方面，至少可以说不逊于法、俄、美和其他任何国家。

日耳曼民族是个惯于深思的民族，古往今来产生了不少伟大的哲人和学者。这个民族特点影响到文学，好处是出现了像《浮士德》式的富于哲理的巨著，坏处则是造成长篇小说大都议论冗杂，流于枯燥沉闷。19世纪末，托马斯·曼等登上文坛，打破了德语长篇小说贫乏和成就不大的局面；然而，即使他那伟大的代表作《布登勃洛克一家》，也仍被人比作"一部重载而行的车辆"，读起来同样并不轻松。但是德国的中、短篇小说却没有这个毛病。从形式上说，这种体裁本身就决定了必须剪裁经济，要求内容高度凝练集中，容不得大发议论，或进行哲学思辨。与板着面孔的长篇小说家不同，德语中、短篇小说的作者们大多是讲故事的能手。歌德、格里尔帕策、凯勒、施笃姆、迈耶尔等，他们的作品都结构严谨，富于传奇色彩和戏剧性，思想深邃，充满幽默感和画意诗情，使我们读得津津有味，从中获得丰富的艺术享受。德语文学通常给人一个"不好看"的印象，殊不知德语的Novelle即中、短篇小说，却真是既耐看又好看。

在欣赏了歌德、海涅的诗歌之后，再读几篇精彩的德语中、短篇小说吧，它们将进一步证明，德语文学事实上也好看，真好看！

1. 霍夫曼的志异小说

赌　运

一八××年夏天，皮尔蒙特①盛况空前。世界各地的达官贵人纷至沓来，游客人数一天多似一天。形形色色的投机家们都劲头十足，各显身手；其中，法娄牌②赌场的局主们都是训练有素的老猎人，他们也把自己台面上亮晃晃的金圆叠得更高，以便引诱和捕捉那些珍禽异兽。

谁都知道，赌博这玩意儿有着难以抗拒的诱惑力，特别是在温泉疗养地的疗养季节，人人都摆脱了日常事务，存心来闲散闲散、消遣消遣的时候，情况更有过之。我们见过一些从不摸牌的人，这时候也成了赌迷；而且为了表现良好的赌风——至少在上流社会是这样——他们还得每天都上场，直至把相当多的钱输掉为止。

霍夫曼

唯独有个年轻的德国男爵——我们叫他西格弗里特好了——却似乎对具有不可抗拒的诱惑力的赌博和良好的赌风不感兴趣。就算所有的人都跑到赌场上去了，就算他完全失去了进行他爱好的

---

① 德国著名温泉浴场，在汉诺威附近。
② 一种在庄家和押家间赌输赢的扑克牌游戏，与我国建国前的"牌九"类似。

有意义娱乐的办法和希望，西格弗里特也宁肯要么在孤寂的小径上散步，以驰骋自己的幻想；要么在房中拿起这本那本书来读，甚至还尝试着写诗撰文。

西格弗里特年轻富有，无牵无挂，仪表堂堂，风度优雅，因此自然受人尊重、爱慕，在与女士们打交道时一直是个幸运儿。而且不管干什么，他一上手仿佛总是吉星高照，无不成功。人们谈论着他一次次惊险离奇的艳遇，说其他任何人碰上了准保倒大霉，而他偏偏就应付自如，逢凶化吉，真是难以置信。说起他的好运气，熟悉他的老人们更津津乐道一段在他未成年时发生的关于表的故事。当时他还处于长辈的监护之下，在一次旅途中不期然出现了极大的经济困难，仅仅为了继续前进，便不得不卖掉自己那块镶了许多宝石的金表。他本已打算把这只珍贵的表贱价抛出，谁知在他下榻的同一家旅馆里住着一位年轻侯爵，此人碰巧要找这么一件宝物，便付给了他比表的价值更多的钱。一年过去了，西格弗里特已经自立，他到了另一个城市，在报上读到一条用抽彩的办法出售一只表的启事。他买了一张不值几文钱的彩票，结果赢回来了他卖出去的那块镶着许多宝石的金表。不久，他又用这块表换了一枚贵重的戒指。后来，他在G侯爵手下当了段时间的差，临离职时，侯爵赠给他一件纪念品，想不到又是那只镶着许多宝石的金表，而且还配了一条很值钱的表链！

从这表的故事，人们自然又扯到西格弗里特死不碰牌的倔脾气，说以他那样的好运气，真是难以理解。不过，众人很快便取得了一致的看法，认为男爵尽管具有其他优秀品质，骨子里却是个吝啬鬼，胆子小，心眼窄，输一点点钱也受不了。其实，男爵的作风本身就完全推翻了这种说法；可对此却谁也不加理会，跟常有的情形那样,世人往往渴望对一位品格高尚的人的名誉提出疑问,并且也总能——虽然仅仅只在自己的想象中——找到这种疑问;因此在把西格弗里特对赌博的反感做了上述解释后,大伙儿便心安理得了。

男爵很快便知道了人家对他的闲话。作为一位心高气傲、豁达开朗的人,他最恨最反感的莫过于吝啬了;因此决定不管自己多讨厌赌博,也要去输掉几百金路易,以洗去蒙受的嫌疑,打一打诽谤者的嘴巴。

男爵上了牌桌,决心无论如何也要把装在口袋里的一大笔钱输掉;谁料跟他做任何事情一样,运气始终忠实地伴随着他。他押每一张牌都赢。那班精于此道的赌棍再怎么老谋深算,仍通通败在他的手下。他改押其他牌也好,老押同一张牌也好,反正都是赢,赢,赢。如此牌风大顺,使男爵几乎要发起火来,这在他本人是近乎情理的表现,对于一个赌客却十分稀罕;因此大伙儿都忧心忡忡,面面相觑,生怕男爵这个本来就怪僻的人最后会发狂;要晓得一个赌客必定是神经错乱了,否则是绝不至于因为运气好而生气的。

男爵赢了一大笔钱,这就逼着他继续赌下去,以实现他原定的计划。根据一般情况判断,大赢之后必有大输。男爵的情况却大出人们所料,他后来的手气始终和开初一样好。

不知不觉间,男爵心中也产生了对法娄牌的兴趣,而且这兴趣越来越浓。说起法娄牌,它赌法虽然简单,却最要人老命。

如今,男爵不再讨厌自己的好运气,赌博已经迷了他的心,使他通宵通宵泡在赌场里。现在吸引他的已不是输或赢,而是赌博本身,因此他最终不得不相信赌博的特殊魔力;从前,他是绝对不承认朋友们所讲起的这种魔力的。

一天夜里，庄家刚发完牌，男爵一抬头便看见自己对面站着一个老头子，用忧郁而严肃的目光死死盯着他。以后，每当男爵玩着玩着抬起头来，目光总和这个陌生人阴沉沉的目光相遇，心里禁不住产生一种压抑和不祥的感觉。一直到牌局散了，陌生人才离开赌场。第二天夜里，他又站在男爵对面，用他那对幽灵似的阴沉沉的眼睛，直直地瞪着男爵。男爵仍然耐着性子；可到了第三天夜里，陌生人又来了，又目光灼灼地盯着他。他便发火了："我说先生，我必须请您另外找个位置。您现在这样妨碍我玩牌哩。"

陌生人苦笑着鞠了一躬，一句话没讲便离开牌桌，走出赌场去了。

接下去的那天夜里，陌生人却仍出现在男爵对面，眼里射出阴冷的光，像是想把男爵的身体看透似的。

这一来，男爵便气得比昨天夜里更厉害了："先生，您如果这么猴子似的瞅着我心头好受的话，那我劝您另外选个地点和时间，眼下您可给我——"男爵用手一指门，代替了几乎脱口而出的粗话。

和前一天一样，陌生人又苦笑了笑，点了点头，走出大厅去了。

赌博、酗酒，特别是那个陌生人在他心头引起的气恼和激动，使西格弗里特怎么也睡不着。曙光已经照临，陌生人的影子还在他眼前晃动。男爵看见他那张给人留下强烈印象的、皱纹很深的、饱经风霜的脸，看见他那对死死盯着自己的、阴郁深陷的眼睛，发现他衣着尽管寒碜，举止却还文雅，说明他是个颇有教养的人。——还有陌生人受到申斥时忍辱退让的态度,以及他强压着巨大悲痛离开赌场时的神情!

"不!"西格弗里特大声自言自语道,"我不该这样对待他!——很不该!——难道我的身份允许我像个鲁莽小伙子似的,无缘无故就凶人家,侮辱人家么?"

末了,男爵甚至确信,陌生人之所以死死盯着自己,是因为他痛感到了他们两人之间的巨大差异;在同一时刻,他自己穷愁潦倒,苦苦挣扎;男爵却挥金如土,豪赌不已。男爵决定,第二天早上就去找陌生人,挽回昨天的事情。

说也凑巧,男爵在林荫道上散步所碰见的第一个人,便是那个老头儿。

男爵招呼他,诚恳地就自己昨天晚上的行为向他道歉,请他务必原谅自己。陌生人说,他完全没有什么好怪他的,因为一个赌客赌到了兴头上,就顾不得这些那些了,人家必须包涵他,更何况自己是固执地老站在一个位置上,妨碍了男爵玩牌才挨骂的呢。

接下去,男爵便谈到生活中往往有些尴尬的时候,使一个有教养的人也感到痛苦颓丧;然后相当明显地表示,他准备把自己赢的全部钱或者更多一些送给陌生人,设若这样做能对他有所帮助的话。

"先生,"陌生人回答,"您当我手头十分拮据么?才不是哩。就我目前所过的简单生活来讲,我与其说穷,勿宁说富。再则,您自己也会同意我的下述看法:您以为侮辱了我,便想花一笔钱来挽回此事,我作为一个有体面的人断断不能接受,更何况我还是一个骑士。"

"我相信,"男爵困窘地回答,"我相信我明白了您的意思，因此准备奉陪，如果您要求的话。"

"呵，天啊！"陌生人接下去道，"呵，天啊！我俩之间要决斗可太不相当啦！——我确信，您和我一样不会把决斗当儿戏，而且也绝不至于认为，几滴鲜血，也许是从划破的指头上流出来的，就能洗刷干净遭到玷污的荣誉吧。在这个世界上，的确也有两个人不能并存的情况，即便一个住在高加索，另一个住在台伯河①，但只要一想到自己的仇人还活着，他们便势不两立。这时就该由决斗来回答问题：谁该向谁腾出地球上的这块地方。——至于我们之间呢，我刚才说过，要作为决斗双方是太不相当了；因为我的生命远不如您的高贵。要是我戳倒了您，那就杀死了一个前途远大的人；而我被戳倒了呢，则仅仅结束了一个可怜人饱经忧患的痛苦的一生！——但主要的，还是我根本不认为自己受到了侮辱。——您叫我走，我走就是呗！"

陌生人讲最后一句话的声调，流露出了他内心感到的屈辱。这就足以使男爵再一次向他表示抱歉，说自己也不知道为什么，陌生人的目光就像钻了他的心似的，使他简直不能忍受。

"可能的，"陌生人说，"可能我的目光真的钻进了您心中，使您意识到自己正处在危险里面。您年轻豪爽，站在悬崖边上还高高兴兴的，岂知只须再轻轻一推，您就会掉到无底深渊去啊。——一句话，您正要变成一个狂热的赌徒，正要自己毁掉自己。"

男爵断言，陌生人是大错特错了。他详细讲述了自己怎样玩起牌来的，声称他毫无赌瘾，唯一的希望只是输掉几百个金路易，一

---

① 高加索在中亚，台伯河在意大利。

旦目的达到，马上就可断赌；只可惜至今赌运实在太好了。

"哎，哎，"陌生人说，"这样的赌运才是最险恶的敌人和最可怕的诱惑哩！正是您玩牌时的好运气，您第一次上赌场的经过情形，您在牌桌上的整个神态——它清楚地表明您对赌博的兴趣越来越浓——这一切的一切，都让我生动地回忆起一个不幸者的可怕遭遇。这个人有许多和您相似之处，而且也是像您一样开始玩起牌来的。因此，我忍不住要目不转睛地瞧着您，忍不住想用言语告诉您我原本要以目光让您猜出的意思！——啊，快看，魔鬼正伸出利爪来拖您下地狱去啦！——我真想对您这么喊。——我渴望与您结识，现在我至少成功了。——请听我给您讲刚才已提到的那个不幸者的故事吧，这样您也许会相信，我认为您处境极端危险，对您发出警告，并不是我自己凭空臆造，想入非非。"

陌生人和男爵两人在僻静处找了一条长椅坐下来，接着，陌生人便开始讲下面这个故事：

梅内尔骑士有着和您——男爵阁下一样的出类拔萃的品格，因此博得了男人们的敬仰与钦佩，成了女士们宠爱的人。只是在财富方面，他运气赶不上您。他可以说相当穷困，必须节俭度日，才勉强维持住一位世家子弟的门面，不致丢脸。哪怕输掉很少一点钱吧，也会使他心痛，破坏他的整个生活，因此他从来不敢进赌场；加之他又对赌博毫无兴趣，所以要做到不赌也很容易。除此而外，他干任何事情都特别顺利，竟使人家把"梅内尔骑士的好运气"变成了一句口头语。

一天夜里，他打破了自己的习惯，让人硬劝着进了赌场。陪他一道去的朋友很快都入了局，一个个玩得难分难解。

骑士却心不在焉地一会儿在大厅里踱来踱去，一会儿又盯着牌桌，看见金圆正从四面八方流到庄家面前去。这当儿，一位老上校发现了骑士，突然大声喊道："老天啊！梅内尔骑士和他的好运气不是到咱们中间来了吗？咱们之所以老不赢，就因为他既未站在庄家一边，也未站在咱们一边。这样下去可不成，我得马上请他来为我下注。"

不论骑士说自己牌艺低劣也好，缺乏经验也好，上校都不答应，结果硬把他拉上了桌子。

他的手气正好和您——男爵阁下一样，牌张张顺手，不一会儿就为上校赢了一大堆钱，使上校对自己借用梅内尔骑士的好运这个妙主意高兴得不得了。

骑士的赌运尽管使所有人惊异，对他自己却未产生丝毫影响；是的，他本人也不知怎么的，反而更加讨厌赌博了。他硬撑着熬过了那一夜，第二天清晨精疲力竭，便下了最大决心，以后无论如何也不再跨进赌场的门槛了。

那个老上校的做法更增强了他的决心。这家伙一摸牌就输，因此莫名其妙地想让骑士为他摆脱霉运，死乞白赖地要骑士去代他押牌，要不至少也得在他赌钱时站在他身边，用骑士的福体祛除那个老是把输牌推到他手中的妖魔。众所周知，在赌友中间比哪儿都有更多的无聊的迷信。骑士只是在态度十分严厉的情况下，甚至声明宁可和他决斗，也不再为他打牌以后，才摆脱了上校的纠缠；上校本来也不是个决斗爱好者嘛。过后，骑士还一直骂自己当初不该对这个老傻瓜让步。

然而，骑士赌运亨通的故事却不胫而走，甚至还牵强附会地加上了种种离奇神秘色彩，把骑士描绘成了一个能与鬼神打交道的人。骑士尽管赌运很好,却不摸牌,这再清楚不过地表明他性格坚毅,更增加了人们对他的敬重。

大概又过了一年,骑士由于意外地失去了一小笔维持生活的款子,陷入了极其狼狈困窘的境地。他不得已向自己最忠心的朋友告穷,朋友毫不迟疑地帮助他,给了他所急需的款子,同时却又骂他是古往今来的第一大怪人。

"命运在向你我招手,"他说,"告诉了我们走什么路子去寻找并且找到自己的幸福;只是我们麻木不仁,才不加注意,不予理会。我们头上的神灵已凑近你的耳朵,明明白白地告诉你:'喂,你要发财吗?那玩牌去吧!否则你会终生穷困潦倒,无以自立。'"

到了这会儿,他心里才生动地出现了自己在牌桌上大走红运的情景,于是醒里梦里都只看见一张张的牌,听见庄家那一声声单调的"赢——输""赢——输",以及金圆叮叮当当的响声。

"可真是哩,"他自己嘀咕道,"像那天的情况,我一夜之间便可脱离穷困难堪的处境,不再成为自己朋友的拖累;是的,我有义务听从命运的召唤。"

那位劝他去玩牌的朋友,陪他进了赌场,再给了他二十个金路易,使他能放心大胆去下注。

要是说骑士上次为老上校已经押得很准了的话,这回就更是如此。他只管闭着眼睛不加选择下注好了,反正都是赢,仿佛不是他自己,而是一只看不见的神手,一个把运气握在手中或者干脆就是运气本身的神灵,在斟酌调弄他的牌。一夜赌下来,骑士赢了上千个金路易。

第二天早上醒来,他还处在陶醉之中。他赢的金圆堆在旁边一张桌子上。有一会儿他以为自己是在做梦，揉了揉眼睛，抓住桌子，把它拖到面前。他回忆着发生的事情，手在钱堆里掏来掏去，把它们数了一遍又一遍。这当儿，那种对于罪恶的金钱的迷恋，便第一次如烈性毒气一般渗透了他全身，使他失去了长期保持住的心灵的纯洁！

他急不可耐地盼着天黑，天黑了好去打牌。自此，他夜夜必下赌场，而且运气又好，因此不出几个礼拜便赢了很大一笔财产。

好赌的人可分两类：一类不在乎输赢，而只是从赌博本身获得一种无以名之的神秘的乐趣；在玩牌的过程中，种种偶然性奇妙地凑合在一起，那种冥冥中起支配作用的力量便再清楚不过地显现出来，激励着我们的精神，使它鼓动双翼，力图飞进那朦胧的国度里去，以窥探那个制造人类命运的工场的秘密。——我认识一个人，他没日没夜地独个儿关在房中开局，又当庄家又当押家，依我看这人才算得上一个真正的赌迷。另一类人，一心只想着赢钱，视赌博为一种迅速发财的手段。我们的骑士便可归入这一类；由此证明，真正的更高一级的赌性都是与生俱来，存在于一个人的天性之中这一说法是正确的。

正因为如此，他不久便觉得光当押家已施展不开，遂用自己所赢的为数可观的钱开起一个局来，结果运气仍然十分之好，短时间里全巴黎就数他那个局最兴旺了。作为最富豪、最走运的局主，涌到他身边来的赌客也最多，这是十分自然的事。

一个赌迷过的那种放荡粗鄙的生活，使骑士很快失去了一切曾经博得人们尊敬爱戴的优点和德行。他不再是一个忠实的朋友，快活的游伴，具有骑士风度的妇女崇拜者。他已无心于科学和文艺，也放弃了扩大自己眼界的一切努力。他那死人一般苍白的脸上，阴沉沉地射着寒光的眼中，充分流露出一种最可怕的狂热，他已被这种狂热紧紧包裹住了。——不是对于赌博的酷爱，不是的，而是魔鬼亲自在他心中点燃的对金钱的欲火！——一句话，他成了世界上所能找到的最不折不扣的庄家！

一天夜里，骑士手风不如平时那么顺，可也并未怎样输。这当儿，一个干巴老头儿出现在他的局上，衣着寒碜，模样猥琐，手抖抖颤颤地抽了一张牌，押上一个金币。多数赌客见到他都吃了一惊，对他显出鄙夷的神气；但老头儿一点也不在乎，更没说半句不高兴的话。

老头儿输了，一盘接一盘地输了，而且他输得越多，其他赌客便越高兴。可不，老头儿把赌注一倍一倍地往上加，最后在一张牌上竟押了五百个金路易。在他翻牌的一刹那，旁边一个人大笑道："转运啰，韦尔杜阿先生转运啰！唉，别丧气，继续押下去吧！我瞧您这模样，临了准能大赢一注，把他这个局给炸垮的！"

老头儿恶狠狠地瞪了说风凉话的那位一眼，冲出了赌场，但半小时后又跑回来，口袋里鼓鼓地装着钱。然而玩到最后一盘，老头儿只得歇手，他取来的钱又输光了。

骑士尽管已滥赌成癖，可仍注意在自己的局上保持良好的赌风，对众人讥讽和鄙视老头儿的做法极为不满。散局了，老人已经离去，他便叫住那位说风凉话的老兄以及另外几个对老头儿作践得最厉害的赌友，对他们提出了严肃的责问。

"哎，"一个赌友回答，"您不了解弗朗西斯科·韦尔杜阿这老家伙；您要了解他，就不会怪我们和我们对他的态度啦，相反还会大大称赞我们。告诉您,这个韦尔杜阿出生在那不勒斯,十五年前在巴黎住了下来,眼下是全巴黎最卑鄙无耻、凶狠毒辣的吝啬鬼和放印子钱的人,一点儿人味都没有。哪怕就是他亲兄弟痛苦得死去活来,在他面前打滚,也休想求他拿一个金路易出来救自己兄弟的命。由于他干的投机勾当,一些人,不,一些家庭便堕入了痛苦的深渊;他们都诅咒他,骂他不得好死。凡认识他的人,无不痛恨他,无不希望他遭到恶报,尽快结束其罪恶累累的一生。他从来不赌钱,至少在巴黎这十五年没赌过;因此,当这老吝啬鬼出现在局上时,难怪我们大家都很诧异。同样,我们对他输了很多钱不能不高兴;试想,要是这个恶棍运气反倒好,那就可悲,太可悲了!很显然,这老傻瓜是让您局上的财富给迷了心窍啦,骑士。他原想来拔您身上的羽毛,结果反倒被烫啰。本人不解的是,韦尔杜阿这个悭吝成性的家伙,怎么能有决心下那么大的注。哼,他多半不会再来了,咱们总算甩掉了这混蛋!"

哪知事情完全出乎所料,韦尔杜阿第二天夜里又来到了骑士局上,而且押的和输的都比前一天多。他仍然不动声色,甚至有时还自我解嘲地苦笑一下,好似他已经预先知道,风向很快就会完全转过来。可是,接下去几天夜里,老头儿输的钱跟滚雪球似的越滚越快,越滚越多。有人最后代他总计了一下,他已在骑士局上送掉三万个金路易。后来有一夜,牌局已经开始了很久,他才面无人色、目光迷茫地走进来,站在离牌桌老远的地方,眼睛瞟着骑士正在翻的牌。终于,骑士重新洗完牌,让人端过了,正准备开第二盘,老头儿却突然低声哑气地喊道:"且慢!"把几乎所有赌客都吓得回过头去。只见他拼命挤过人丛,来到骑士身边,凑近他耳朵压低嗓门儿说:"骑士!我在圣沃诺内街的住宅连同家具、陈设、金银、珠宝，统统估计在内总共值八万法郎，这个注您敢认么？"

"请吧。"骑士冷冷地回答，连瞧都没瞧老头儿一眼，便开始分牌。

"皇后！"老头儿嚷道。

翻牌结果，皇后输啦！老头儿一个趔趄退了回去，身子靠在墙壁上动弹不得了，就像根石头柱子似的，以后便谁也不再去理睬他。

局散了，赌客们纷纷离去，骑士和他的助手们将钱装进了银箱；这当儿，韦尔杜阿老头子才跟个幽灵似的从角落里踱出来，到骑士跟前，用有气无力的低沉的嗓音说："还有一句话，骑士，就一句话！"

"嗯，啥话？"骑士回答，一边从银箱上拔下钥匙，然后露出鄙夷的神气，从头到脚打量着老头儿。

"我的全部家产，"老头儿接下去说，"都败在了您的局上，骑士，一点儿也没剩给我，丝毫也没剩给我，我已不知道明早去何处安身，用什么来填自己的肚子。没奈何，我只好找你，骑士。求您从赢我的钱中，借个十分之一给我吧，好让我拿去重开旧业，挣脱这可怕的困境呵。"

"瞧您想到哪儿去啦，"骑士回答，"瞧您想到哪儿去啦，韦尔杜阿先生！您难道不晓得，庄家从来不能把他赢的钱借出去么？这是从来就有的规矩，咱可不干违背规矩的事儿。"

"您讲得对，"韦尔杜阿继续说，"您讲得对，骑士。我的要求是不像话，太过分了，竟要十分之一！——不，不，就借我二十分之一吧！"

"老实告诉您，"骑士不耐烦地回答，"我从自己赢的钱里一个子儿也不借出去！"

"也是实话，"韦尔杜阿脸色越见苍白，目光越见呆滞，说，"也是实话，您的确不能借任何一点钱出来。我过去也是这样的！不过，您就算打发一个叫花子，从您今天的飞来之财中施舍我一百个金路易吧！"

"果真名不虚传，"骑士怒气冲冲地吼道，"您老兄真会折磨人哩，韦尔杜阿先生！实话对您讲，您从我这儿别说一百个金路易，五十个金路易，就连二十个金路易，一个金路易也得不到。我除非疯了，不然就绝不会借哪怕一点点钱给您，使您能够重新去做那可耻的买卖。命运已把您像条毒蛇似的踩到了泥土里，再扶您起来就是罪过。去吧，您活该倒霉！"

韦尔杜阿双手捂面，长叹一声，蹲到了地上。骑士吩咐助手把银箱搬上马车，然后提高嗓门问道："喂，您什么时候移交您的住宅、您的财产，韦尔杜阿先生？"

韦尔杜阿从地上站起来，口气坚决地回答："现在——立刻，请跟我走吧，骑士！"

"好的，"骑士说，"您可以搭我的车，回您那明天一早就要永远离开的家去。"

一路上，骑士也好，韦尔杜阿也好，谁都一言不发。到了圣沃诺内街的住宅前，韦尔杜阿拉了拉门铃。一个老婆婆出来开门，一见韦尔杜阿就唠叨开了："呵，上帝，您到底回来啦，韦尔杜阿先生！昂热拉为了您已急得半死了！"

"别嚷嚷，"韦尔杜阿回答，"上帝保佑，千万别让昂热拉听见这门铃声呵！不能让她知道我回来了。"

说着，他便从惊呆了的老婆婆手中接过燃着许多支蜡烛的烛台，走在前面为骑士照路。

"我对一切都心中有数，"韦尔杜阿说，"您恨我，瞧不起我，骑士！您毁了我，您自己和其他人都因此感到开心，可您并不了解我。我告诉您，我曾经也是一个跟您一样的大赌家，运气好得和您今天不相上下。我到过半个欧洲，在多多赢钱的欲望引诱下，哪儿大赌便去哪儿，我局上的金圆越堆越高，就跟您眼下似的。我有一个美丽忠实的妻子，却把她置之不顾，让她在众多的财富中凄苦度日。一次，我在热那亚设局，一个年轻的罗马人把一大宗遗产全部输在了我局上。就像我今天求您一样，他也求我借给他一点钱，使他至少能够回故乡去。我哈哈大笑，断然拒绝了他。他气疯了，绝望之中从身上拔出一把匕首，一下子深深刺进了我的胸部。医生们好不容易才救了我的命。可我长期卧床不起，痛苦难挨。这时我妻子照护我，安慰我，在我痛不欲生之际鼓励我要有活下去的勇气。随着伤势慢慢好转，我心中朦朦胧胧产生了一种感觉，这感觉越来越强烈，越来越强烈，我还从来不曾体验过。作为一个赌徒，我丧失了一切人的情感，全不了解爱情是什么东西，一个妻子的忠诚眷顾有什么意义。这当儿，我心灵上起了内疚，觉得为那罪恶的勾当而牺牲了自己的妻子，很对不起她，与此同时，那些一生幸福以至生命都被我冷酷地葬送了的人的影子，又像复仇幽灵似的不断出现在我眼前，令我痛苦万分。我听见他们从坟墓中发出嗄哑低沉的喊叫，诉说我所播下的诸多罪孽。只有我的妻子，能够驱走我感到的无名的痛苦，以及往后时时向我袭来的恐怖！我起了誓，从此再不摸牌。我躲在家中，断绝了一切联系，抵抗住了我那些伙计们的诱惑，这些人离不开我和我的好运气。我在罗马郊外买了一幢别墅,伤好以后便带着妻子逃到了那儿去。唉,可惜好景不长,我只过了一年好日子,在这一年中获得了意想不到的安宁、幸福和满足!我妻子为我生了一个女儿,产后几个礼拜便离开了人世。我绝望了,怨天怨地,也诅咒我自己,诅咒我从前所过的罪恶生活,因为它,天神今天才给了我报应,夺走了我的妻子,夺走了使我免于毁灭、唯一给了我安慰与希望的人!就像一个害怕孤独的罪人一样,我离开了罗马乡下的别墅,逃到巴黎来了。昂热拉长大起来,温柔可爱得跟她母亲一模一样。她是我的心肝,为了她我才感到必须获得一宗巨产,并且使其不断增加。不错,我是放印子钱,但要说我欺骗借债人,却纯属无耻诽谤。那些中伤我的是些什么人呢?一班轻浮之辈罢了!他们不断地来折磨我,要我借钱给他们,可钱一到手,他们又随意挥霍,好像扔破烂儿似的。但这些钱并不属于我,而属于我女儿,我把自己只不过看成是她的管家而已,因此就要无情地去追讨债款,这一来那班人便受不了了。前不久,我借了一大笔钱给一个青年,使他能免遭屈辱与毁灭。他当时一贫如洗,我在他后来继承一宗巨产之前压根儿未想到要他还。过后我去找他讨债。——您猜怎么着,骑士,这轻狂之徒竟忘记了我对他的救命之恩,公然赖起账来。我不得已诉诸法庭,法庭强迫他还钱,他便骂我是一个卑鄙的吝啬鬼。我还可以给您讲很多这类的故事,它们使我在碰上轻狂卑劣的人时,变得冷酷无情起来。此外,我还可以告诉您,我已经多次因悔恨而痛哭流涕,并为我和我的昂热拉向上天祈祷。不过,您也许会认为我是在撒谎哄您,或者根本不当这是一回事,因为您是一位赌客呀!我原以为,上帝已经宽宥了我,谁知才是妄想!因为他让魔鬼来引诱我,给我造成了空前的灾难。他让我听说了您的赌运,骑士!每天都有人对我讲,谁跟谁又在您局上赌输了,沦为了乞丐。我于是便心血来潮,以为命运注定我要以自己始终保持着的好赌运来对抗您的赌运,以为命运将假我之手,来终止您的为非作歹。这样一个纯属狂妄的念头,搞得我食不甘味,卧不安寝。这样,我便上了您的局;这样,我便没命地狂赌下去,直至我的财产——昂热拉的财产,完全成了您的!如今一切全完啦!——您该会允许我女儿把她的衣服带走吧?"

"您女儿的穿戴与我无关,"骑士回答,"您还可以把床铺和必需的用具也搬出去。我拿这些破烂儿何用!不过您得当心,别偷偷弄走任何一件属于我的有价值的东西。"

韦尔杜阿老头儿一声不吭地瞪了骑士几秒钟,然后泪如泉涌,完全失去了自制,痛苦而绝望地跪在骑士脚下,举起双手来喊道:"骑士啊,您要是心中还有一点点人的感情,就可怜可怜我吧!可怜可怜我吧!将被您推下毁灭深渊的不是我,而是昂热拉,我那跟天使一般纯洁的昂热拉!呵,可怜可怜她吧!借给她,借给我的昂热拉她那被您抢去的财产的二十分之一吧!呵,我知道您会接受这个请求。呵,昂热拉!呵,我的孩子!"

老人不断地啜泣、哀号、呻吟,以撕肝裂肺的声音呼唤着自己女儿的名字。

"瞧您又做起戏来啦,真没意思,真无聊。"骑士无动于衷地、深表厌恶地说。然而就在此刻,房门一下子大打开了,一个穿着白色睡衣的女孩子冲了进来,头发散乱,面色惨白,跑上前去扶起韦尔杜阿老头儿,双手把他抱住,嘴里喊着:"呵,我的父亲,我的父亲!我听见了,全都听见了!你说你已经失掉了一切吗？一切吗？难道你不还有你的昂热拉？一定要钱和财产干什么呢？难道昂热拉不能供养你，照料你么？呵，父亲，别再对这个卑鄙下流、没有心肝的人低声下气啦。穷而可怜的不是我们，而是他，而是这个拥有大量肮脏财富的人，因为他遭到众人唾弃，处于可怕而绝望的孤独之中。在这广大的世界上，没有一个真心爱他的人，在他对人生绝望，对自己绝望之际，与他开诚相见。走吧，父亲，跟我一块儿离开这所房子，越快越好，别让这个可怕的家伙老拿你的痛苦开心！"

韦尔杜阿老头儿神志恍惚地跌在一把椅子里，昂热拉跪在他脚边，拉着他的手又是吻，又是抚摸，一边还小孩儿似的数说着自己的种种知识和技能，表示要用它们去挣钱供养自己的父亲，并且眼泪汪汪地求他老人家一定不要再难过，说什么她要是能为了赡养父亲而刺绣、缝纫、唱歌、弹琴，不只是仅仅为了好玩的话，那么生活对她就真正有了意义。

昂热拉用温柔甜蜜的语调安慰着自己的老父，打心坎里流露出对他的挚爱和孝敬，使这位少女身上仿佛蒙了一层圣洁美丽的光辉。此情此景，又有谁，又有哪个执迷不悟的罪人，见了能无动于衷呢？骑士的感受更有所不同。他良知复萌，心里跟下了地狱似的充满着痛苦和恐怖。昂热拉恰似上帝派来惩罚他的天使，在她的光辉面前，拥护他为非作歹的雾障尽行散去，他那十恶不赦的自我原形毕露，使他一见之下大为震动。

地狱之火在他胸中熊熊燃烧，但在这地狱之中，也闪过了一道神圣的光芒，带给他心里以天国的幸福与欢乐，然而也正因为如此，他那无名的痛苦就更加难以忍受了！

骑士有生以来还未恋爱过。他在看见昂热拉的一刹那，心中既产生了热烈的爱情,也产生了绝望的痛苦。在天使一般纯洁温柔的昂热拉面前,像当时骑士这样一个男人是绝无希望的。

骑士想说话,可又张口结舌说不出来。最后总算鼓足了勇气,声音颤抖地结结巴巴道:"韦尔杜阿先——先生,听——听我说!我没——没有——赢——赢您的钱,一点也——也没有!那是我的银——银箱,归——归您啦。——不!——我还要给您更——更多!我欠——欠了您的债。收——收下吧!收下吧!"

"呵,我的孩子!"韦尔杜阿惊呼。可昂热拉站起来走到骑士面前,眼神骄傲地望着他,庄重而平静地说:"骑士,您听着,世界上还有比金钱和财产更可贵的东西,那就是您所不了解的高尚思想,这种思想使我们心中充满天国的安慰,指示我们以藐视的态度拒绝您的施舍与恩惠!收起您的钱吧,它将给您这个没心肝的下贱赌徒带来永远也逃不掉的诅咒!"

"是啊!"骑士大吼一声,目光疯狂,声音可怕,"是该受诅咒!我愿意受诅咒,愿意被打下十八层地狱,如果什么时候我再摸牌的话!在这种情况下,您要是还赶我走,昂热拉,那就是您,就是您带给我不可挽救的毁灭。啊,您不知道,您不理解我,您也许会叫我疯子,可您将会感觉到的,将会知道一切,在我有朝一日脑浆迸流地倒在您面前的时候!昂热拉,我不是生,就是死!——别了!"

说完,骑士便绝望地冲出门去。韦尔杜阿看透了他,知道他心里是怎么回事,便极力打通昂热拉的思想,使她明白将会出现某些情况,使他们有必要接受骑士的礼物。昂热拉在听懂了父亲的话以后大吃一惊。她看不出在将来有任何改变对骑士的蔑视态度的可能。

然而，一个人的命运往往在他自己还不知不觉之间，已从他心灵最深邃的地方开始成形，最后使料想不到的事成为现实。

骑士好似从一场噩梦中突然醒来，发现自己正站在地狱的深渊旁边，面前有个光辉灿烂的形象，他伸出双手去抓又抓不着；她出现在面前并非为了救他，相反只是为了提醒他，他就要掉下地狱去了啊。

使整个巴黎感到奇怪的是，梅内尔骑士的牌局从赌场中消失了，他本人也不知去向。于是谣诼四起，一个比一个离奇。骑士避免与任何人接触，独个儿在那里饱尝着相思的苦味。一天，他在马门松公园的幽径上走着，不期撞着了韦尔杜阿老头和他的女儿。

原以为只能以厌恶与蔑视的眼光看他的昂热拉，这时发现骑士脸色苍白、心慌意乱、诚惶诚恐地站在自己面前，连头也不敢抬，心里异常感动。她知道得很清楚，自从那个可怕的夜晚以后，骑士便戒了赌，生活方式也来了个彻底改变。而这一切又都是她，是她一个人促成的，是她把骑士救出了罪恶的渊薮！试问，还有什么会比这个更能满足一个女子的虚荣心呢？

所以，在韦尔杜阿和骑士寒暄了几句以后，昂热拉就以透着温柔与同情的语气问道："您怎么啦，梅内尔骑士？看样子您是病了或不高兴吧？说真的，您该去看看医生才好哩。"

可以想象，昂热拉这几句话给了骑士心中以怎样的希望和安慰。他立刻变成了另一个人，抬起头来，说出了从心灵深处涌到嘴边的话；用这样的话，他本可以打动所有人的心。韦尔杜阿老头儿提醒他，希望他别忘了去接收他所赢得的住宅。

"好的，"骑士兴高采烈地回答，"好的，韦尔杜阿先生！

我要来，我明天就到府上来。不过，您得允许咱们仔细谈一谈条件，即使谈几个月也不要紧。"

"行啊行啊，"韦尔杜阿笑吟吟地回答，"我想，只要慢慢儿来，一切都是好说的，包括目前咱们还肯去想的事。"

这以后，骑士由于心中宁帖了，便又恢复了他在染上赌瘾之前具有的种种优点，变得殷勤和蔼了。他拜访韦尔杜阿老先生的次数越来越勤，他的守护神昂热拉对他也越来越倾心，直到终于相信自己是全心全意地爱他了，便答应了他的求婚。韦尔杜阿老头儿大喜若狂，对他把家产输给骑士这件事总算完全放了心。

一天，骑士幸福的未婚妻坐在窗前，脑子里转着一般做未婚妻的女子总有的甜蜜愉快念头。这当儿，窗下响起一阵欢快的军乐声，原来是一个猎奇兵团正开赴西班牙前线。昂热拉同情地注视着那些注定去可怕的战争中送死的人们。突然，队伍中一个非常年轻的小伙子勒转马头，仰起脸来望着昂热拉，使昂热拉手脚一软，便倒在了椅子里。

唉，这个正要去送死的年轻骑兵不是别人，正是迪韦内特，昂热拉一位邻居的儿子。他从小与她一起长大，几乎天天都在她家里玩，直到梅内尔骑士出现以后，才不再来了。

从小伙子满含责备的目光中——这目光里也有死亡的痛苦——昂热拉如今不只看出他说不出地爱她，不，她也看出自己对他也是一往情深，怪只怪过去没有意识到，只一味让骑士身上越来越明亮的光辉迷惑了自己。如今，她懂得了那小伙子的唉声叹气，懂得了他对自己耐心地默默无言地追求；如今，她才懂得了自己那颗不平静的心，知道了为什么每当迪韦内特来到，每当听见他脚步声的时候，自己心中会那么激动。

"晚了,太晚了,我已永远失去了他!"昂热拉在心里说。稍后,她鼓起勇气,克制那撕碎她心肝的绝望情绪;由于她有勇气这么做,也就做到了。

可是尽管如此,出现了干扰者,这点仍未逃脱骑士锐利的目光。不过,他考虑问题很细心,决不去揭开这个她觉得有必要对他保守的秘密,只满足于提前和他结婚,以彻底挫败任何可能的情敌。他把婚礼安排得极有分寸,很好地照顾了可爱的未婚妻目前的处境和情绪,使她又一次赞叹自己丈夫殷勤的为人。

骑士对妻子体贴入微,百依百顺,真诚敬重,无比钟爱,使昂热拉心中对迪韦内特的思念很快便自然地完全消失了。给他俩明媚的生活投下第一片阴影的,是韦尔杜阿老头儿的病倒和死去。

自从那夜把家产全部输给骑士以后,他再没摸过牌,谁知到了弥留之际,他的心灵却似乎全让赌博给占据了。牧师来给他送临终,对他讲升天之道,他却躺在床上闭着眼睛,牙齿缝里不住地喃喃着"输——赢""输——赢",一双垂死时颤抖的手还不停比画,就跟在发牌和抽牌似的。昂热拉和骑士向他俯下身,亲切地唤着他的爱称,他都视而不见,似乎已认不得他们。临了儿,他发自肺腑地叹息了一声,说出一个"赢"字,便咽了气。

昂热拉痛苦万分,每想起老人死时的情景就心里害怕。她第一次看见骑士那个可怕的夜晚——当时他还是个不可救药的、没有心肝的赌棍——又历历如在眼前,使她担心有朝一日骑士会扯下天使的面具,重新开始旧日的生活,现出他那魔鬼的原形。

昂热拉这可怕的预感,不幸很快成了现实。

韦尔杜阿老头儿临终仍念念不忘过去的罪恶生活,竟藐视教会的安慰,令梅内尔骑士也感到不寒而栗。他自己也不知怎么回事，从此以后就老想到赌钱的事，夜夜做梦都坐在局上，赢来一堆又一堆的钱。

昂热拉呢，她越受到对骑士本来面目的回忆的袭扰，便越闷闷不乐，对骑士也不能像过去那样温柔信赖了。同样骑士心里也产生了怀疑，以为昂热拉的郁郁寡欢与曾经扰乱过她心境，至今仍对自己秘而不宣的那桩隐情有关。于是怀疑产生出烦闷与气恼，他动不动就发脾气，伤了昂热拉的心。由于心理上的奇妙反作用，对不幸的迪韦内特的思念又在昂热拉胸中复苏过来，使她对他俩的爱情遭到了不可挽救的破坏，这从年轻心房中萌生的最绚丽的花朵遭到了摧残，产生了绝望的情绪。夫妇俩感情越来越坏，使骑士觉得生活在家里单调寂寞，枯燥无味，急于到外面去活动活动。

骑士的噩运重新降临。他内心的烦闷和气恼引起的演变，由一个坏家伙来最后完成了。此人是骑士过去局上的一名助手，他劝死劝活，硬要拉骑士下赌场去，那劲头儿令骑士也感到可笑。他狡狯地说，他简直想不通，骑士怎能为一个女人就抛开那唯一使他值得在世上活一场的事。

没过多久，梅内尔骑士的牌局上便金光灿烂，比任何时候都更兴旺了。他照样赌运亨通，对手一个接一个倒下，他的财富越聚越多。然而，昂热拉的幸福却如春梦一场，从此遭到了破坏，可怕地遭到了破坏。骑士对她漠不关心，甚至表示轻蔑！他常几周几周、几月几月不见她一面，家事全丢给一个老管家处理，而且对用人是想换就换，弄得昂热拉在自己家里也成了陌生人，从谁那儿都得不到一点儿安慰。她经常在失眠的夜里听见骑士的马车在大门口停下，沉重的银箱被拖上楼来，骑士粗声大气地吩咐这个那个两句，便砰的一声关上了他那离得远远的卧室的门。这时候，昂热拉便热泪纵横，心如刀绞，在深沉的哀痛中千百遍地呼唤迪韦内特的名字，恳求万能的主快快了却她这悲惨凄凉的残生！

后来发生了一件事：一个良家子弟在骑士局上输光了全部家产，便在赌场中，在骑士设局的赌台边上，朝自己头上开了一枪，血污和脑浆直溅到赌客们身上，一个个被吓得四散逃奔。唯有骑士不动声色，他问那班打算回家去的赌友，这样为了个没气派的傻瓜便提前散局，可符合赌场的老规矩？

这件事大为轰动。连一些最堕落、最狠毒的烂赌棍，也对骑士这不见先例的行径愤愤不平。于是乎所有人都起来反对他。警方取缔了骑士的赌局。还有人控告他弄虚作假；而当作铁证的，便是那他闻所未闻的好赌运。他怎么洗刷也洗刷不了，结果被处以罚金，夺去了他财产的很大一部分。他遭人唾骂，受人蔑视，于是便又回到他备受虐待的妻子怀抱中。浪子回头，昂热拉也高高兴兴地欢迎他。想到自己的父亲也曾在狂赌之后收了手，她心中又产生了一线希望：如今骑士又是上了年岁的人，从此该真正改邪归正了吧。

梅内尔骑士带着妻子离开巴黎，迁居到了昂热拉出生的城市热那亚。

在热那亚，骑士起初还老老实实地待在家里。可是，他与昂热拉之间恬静的夫妻生活一经遭到魔鬼的破坏，要想恢复就怎么也不行了。不久，他心里又产生出烦躁情绪，逼着他一天到晚在外面跑，一刻不得安宁。他的坏名声也跟着他从巴黎传到了热那亚，使他不敢去设局，尽管他心痒难熬，急欲一试。

当时，在热那亚最有钱的局主，是一个受了重伤不能再服役的法国上校。骑士心里怀着对他的嫉妒和仇恨，到了上校局上。他希望自己红运如初，能马上结果掉这个对手。上校呢，却一反常态，变得快活而幽默起来，高声对骑士道：有赌运亨通的梅内尔骑士到他局上来，玩牌才真正有了一点意义，眼下可以进行那场唯一使他对赌博发生兴趣的战斗啦。

事实上，骑士在头几盘手气仍然很好。他便相信了自己的赌运不可战胜，终于叫了一声"La banque"①，结果一下子输掉很大一笔钱。

在这之前时输时赢的上校，扬扬得意地把赢的钱捞到自己身边。从此以后，骑士便完完全全倒了运。

他夜夜赌，夜夜输，直到他的全部财产萎缩成了手中仅存的几千杜卡登票据。

为了把这些票证兑现，他整天在外面跑，傍晚很迟才回家。可夜幕一降临，他口袋里揣着最后一点金币又往外走，昂热拉猜准他要去哪儿，便出来拦住他，跪在他脚下泪如泉涌，求他看在圣母和全体圣者分上，别再去干那可怕的勾当，别把她推下痛苦穷困的深渊。

骑士扶起她来，心情沉痛地把她抱在怀中，声音低低地说："昂热拉，我亲爱的，我的好妻子！这是没有办法的事呵，我必须去，我不能不去。可明天，明天你的一切忧愁都会没有了，我以支配我们的永恒的命运起誓，今天赌最后一次！放心吧，我的

---

① 法语：炸局，意思是下一个与庄家台面上全部赌金相等的大注，一举打垮庄家。

好乖乖！去睡觉，去做一个好梦，梦见我们将来的幸福时光，美满生活，以及我今晚的好赌运！"

说着骑士便吻了吻妻子，匆匆忙忙跑出家门。

两盘下来，骑士输了个精光！

他站在上校身边呆若木鸡，眼睛茫然地瞪着台面。

"您不押了吗，骑士？"上校边洗牌边问。

"我输光了呵。"他强作镇静地回答。

"什么也没有了么？"上校发着下一盘的牌，问道。

"我成乞丐了！"骑士又气恼，又心痛，声音都哆嗦起来。他仍目不转睛地瞪着赌台，对其他押家正从上校手里赢走越来越多的钱的情况却视而不见。

上校继续心平气和地玩着。

"您可还有位漂亮的妻子哩。"他压低嗓子说，对骑士望也没望一眼，手里洗着下一盘的牌。

"您这话什么意思？"骑士怒气冲冲地问。上校只顾翻牌，根本不搭理他。

又过了一会儿。

"一万杜卡登——赌昂热拉！"上校一边让人端牌，一边转过半个脸来说道。

"您疯啦！"骑士大吼一声。可同时，他已渐渐恢复了冷静，发现上校正一个劲儿地在输。

"那就两万杜卡登好了。"上校手中停下洗牌，放低声音说。

骑士默不作声，上校继续赌着，牌几乎张张都对押家有利。

"行啊。"在开新的一盘时，骑士凑近上校耳朵说，同时把皇后推到台面上。

抽牌结果，皇后输了！

骑士咬牙切齿地退到一边，绝望而面无人色地靠在窗台上。

局散了，上校走到骑士跟前，刻薄地问了一句："喏，这下怎么说？"

"嗨，"骑士气急败坏地吼道，"您把我变成了乞丐啦。可您必定是发了狂，才想到可以赢走我的妻子。难道我们是生活在荒岛上，难道我妻子是个女奴，可以让无耻的男人任意买进卖出，赢来输去？不错，要是皇后赢了，您就得付我两万杜卡登；反过来，要是我妻子肯抛下我而跟您去的话，那就算我输掉了一切对她的权利。随我来吧，您会大失所望的。我妻子才不会像个下贱妓女似的跟人走，而将充满厌恶地赶走您的！"

"大失所望的将是您自己，"上校讥笑骑士道，"当昂热拉厌恶地赶走您这个使她不幸的可耻罪人，满怀欣喜地投进我的怀抱中来，您自己才会大失所望哩！当你听见教会的祝福将我与她结合在一起，无比美满，无上幸福，您才会大失所望哩！——您说我发了狂！哈哈，我要赢的正是您对于您妻子的权利，至于她这个人，肯定是我的！哈哈，我告诉您，骑士，您的妻子可真十分爱我啊，这我知道的——告诉您吧，我并非别人，正是那个迪韦内特，正是那个和昂热拉青梅竹马，相亲相爱，后来却被您用鬼蜮伎俩赶走了的邻家少年！唉，直到我不得不上战场去了，昂热拉才明白过来，明白了她是怎样爱我——这一切我现在才知道，可当时却后悔莫及了！是魔鬼点醒了我，我可以在赌博中把您毁掉，所以便拼命玩起牌来，并跟踪您到了热那亚。如今我大功告成啦！走，见您妻子去吧！"

骑士失魂落魄地站着，像遭一千个响雷击中了似的。那神秘而可怕的命运明明白白摆在他面前,这时他才完全看清楚了自己给可怜的昂热拉造成了何等巨大的不幸。

"让昂热拉,我的妻子,决定一切吧。"他声音沮丧地说,同时跟上急急忙忙冲出去的上校。

到了家中,上校一把抓住昂热拉卧室的门把手,骑士却推开他,说:"我妻子睡了,您想把她从香甜的睡梦中搅醒吗?"

"唔,"上校回答,"在您使她遭受了无数痛苦之后,她什么时候还能睡得香甜啊?!"

上校坚持要进房去,骑士便猛然扑在他脚下,绝望地喊道:"可怜可怜我啊!把我的妻子留给我吧!您已经使我倾家荡产了呀!"

"想当初,韦尔杜阿老头儿也这么跪在您这个没人性的恶棍跟前,也没能使您那石头一般坚硬的心肠变软一点,眼下就是老天对您的报应!"说完,上校又朝昂热拉的卧室走去。

骑士抢先冲到门边,一把推开门,奔向躺着他妻子的床前,用手分开帐幔,呼唤道:"昂热拉!昂热拉!"然后俯下身去抓住她的手……蓦地却面如死灰,浑身哆嗦,声音怕人地叫喊起来:"您瞧啊!您赢到了——我妻子的尸体!"

上校惊慌失色,冲到床边;昂热拉已经没有一丝儿生气,她死了——死了!

上校冲空中举起拳头,狂叫一声,奔出门去,从此便销声匿迹,杳无音信!

陌生人这么结束了自己的故事,从长椅上站起来走了,大为震惊的男爵连一句话也没来得及对他讲。

几天后,有人发现他在自己房里得了脑溢血,不多一会儿便一命呜呼了,临终时没说任何话。他的证件表明,这个自称包达逊的陌生人并非别人，原来就是不幸的梅内尔骑士。

男爵认识到是上天派梅内尔骑士来救他，使他悬崖勒马，便发誓无论如何不再受骗人的赌运的引诱。

直到今天，他还谨守着自己的誓言。

霍夫曼（Ernst Theodor Amadeus Hoffmann，1776—1822），德国近代杰出的小说家，后期浪漫派的重要代表。主要作品有中短篇小说集《谢拉皮翁兄弟》（四卷）、《夜谭》和《卡洛风格的幻想故事》，长篇小说《熊猫穆尔的生活观》和《魔鬼的万灵药水》，等等。

霍夫曼的小说有鲜明和突出的特点，在欧美文坛一度成为一个特殊的概念，影响了巴尔扎克、爱伦·坡、果戈理等一大批重要小说家。这些特点可以归纳为一个"奇"字和一个"异"字，即小说充满了奇思异想，写的都是奇人异事，气氛也强调奇异诡谲，不少时候到了神秘怪诞的程度，甚而至于阴气森森，难怪大作家赫尔曼·黑塞要拿霍夫曼的小说与我国的《聊斋志异》相提并论。

《赌运》选自《谢拉皮翁兄弟》，是一篇典型的霍夫曼小说。它以夸张的笔触，用一个亲历者的口吻，给我们讲述了两个赌徒奇异的故事。主人公的遭遇告诉我们，对赌博的迷恋即是对财富的贪欲，巨大的魔力足以使人丧心病狂，泯灭良知，实在需要警惕。

2. 克莱斯特的传奇小说

智利地震

一六四七年在智利的首都圣地亚哥，爆发了一次大地震，使得成千上万的人不幸丧生。就在大地开始震动的一刹那，一个被控犯了罪的名叫赫罗尼莫·鲁黑拉的西班牙青年，正好站在囚禁他的牢房里的梁柱旁，打算悬梁自尽。他曾经受聘在城里最为富有的贵族之一的唐·恩里克·阿斯特隆府上当家庭教师，大约一年前才让东家给辞退了，原因是他与东家唯一的女儿

传奇小说家克莱斯特

唐娜·荷赛发之间产生了爱情。在老贵族严厉告诫女儿，不准女儿与赫罗尼莫再有往来以后，他俩仍旧秘密约会，结果叫阿斯特隆骄傲的儿子给窥探出来，向父亲告发了他们，使老头子大为震怒，一气之下把女儿送进了圣母山上的卡美尔派修道院。谁知赫罗尼莫却偶然得着一个机会，与荷赛发重新接上了头，并且在一个幽静迷人的夜晚，把修道院的花园变成了他无比幸福的天堂。

这天是耶稣圣体节，嬷嬷们的游行刚刚开始，见习修女们走在队伍的最后边；然而就在圣钟齐鸣的当儿，不幸的荷赛发却发作了临产前的阵痛，一下子倒在教堂前的台阶上。这件事引起的震动真是非同小可，人们不顾她当时的处境，立即将这个年轻女罪人关进监狱，而且还不等她出月子，就遵照大主教的谕旨对她

进行了最严厉的审判。城里的市民们谈起这件丑闻来更是义愤填膺,出事的修道院也成了众矢之的,这一来,阿斯特隆全家的请求也好,修道院女院长本人的希望也好——鉴于姑娘平素品行端正,院长对她很是喜欢——都无法减轻修道院的戒规将加在她身上的严厉惩罚。一切办法都想尽了,才不过在总督的干预下,把她原本判处的火刑改成了砍头,可这仍然使得圣地亚哥城中的太太小姐们十分气愤。在行刑的队伍预定经过的街道两旁,有的住户将自己的窗口出租,有的甚至揭掉了房盖;城里虔诚的姑娘们更向外地的女友发出邀请,要她们来亲亲热热地待在自己身旁,共同观看这上帝给罪人以报应的话剧。

赫罗尼莫呢,这时也已经被投进狱中,一听那可怕的消息差点儿晕了过去。他企图逃跑没有成功,不管他如何绞尽脑汁,异想天开,他四处碰到的都是铁栓和墙壁,他想要锉断窗上的铁条被发现了,结果只使他遭到更严格的监禁。他在圣母马丽亚的像前跪下来,无限虔诚地向她祈祷,在他看来,现在唯有圣母才可能给他以拯救。然而可怕的日子终于来到,他胸中便对自己的处境完全丧失了希望。随着伴送荷赛发去刑场的钟声敲响,他的心也一下子缩紧了。活着似乎已经使他厌恶,他于是决定用一条偶然得到的绳子,结束自己的生命。刚才讲过,他正站在墙面前的一根柱子旁,准备把这条将要帮助他逃离悲惨人世的绳子套到嵌在墙壁里的一个铁钩上去,突然间哗啦啦一阵巨响,犹如天塌了一般,大半座城市都陷进地下,把所有的活物一股脑儿用废墟的瓦砾给埋葬了。

赫罗尼莫吓得目瞪口呆,仿佛整个意识都被粉碎了似的,眼下只知道抱住他刚才准备靠它寻死的柱子,免得身体栽倒。他脚下的大地摇来晃去，狱中的墙壁全部迸裂，整座建筑开始倾斜，向着街道方面倒去；只是亏了倒得不快，被对面的房屋倒下来支撑着，碰巧形成一条拱道，整个监狱才未被全部夷为平地。赫罗尼莫浑身颤抖，毛发直竖，两条腿再也支撑不住他的身体，便趴在已经倾斜的地板上，向着两幢建筑相撞时在监狱正面墙上撕开的一个大洞滚去。他刚刚到了外边，地又猛然一动，一整条本已震得够呛的街道便完全坍塌了。他失魂落魄，不知该怎样逃脱这场浩劫，在死亡从四面八方向他袭来的情况下，慌慌张张地翻过颓垣和断梁，向着最近的一道城门奔去。那儿正好也有一所楼房倒塌下来，砖石瓦块四处乱飞，把他赶进另一条街；这儿的房屋着了火，火舌舐着浓烟，从一面面山墙中窜出来，吓得他矬进旁边一条街道；那儿马波乔河水漫出了河床，奔腾咆哮着向他扑来，又赶他到第三条街。这儿躺着一堆死尸，那儿还有一个声音在废墟底下呻吟；这儿有人趴在燃烧的房顶上狂呼乱叫，那儿的人和牲口正跟浪涛进行搏斗；这儿一位勇敢的人正在救援遇难者，那儿一个人面如死灰，冲着苍天伸出一双颤抖的手，不吱一声。赫罗尼莫终于到城门口，爬上城外的一座土坡，然后头一晕，便倒在坡上了。

他这么不省人事地躺了约莫一刻钟才苏醒过来，背冲着城市从地上半支起身体，用手摸了摸自己的额头和胸部，不知道眼下的处境该怎么办才好。从海上吹来的西风轻拂着他，使他精神重新振作起来，举目四望，只见圣地亚哥城郊一派欣欣向荣的景象，他的心中有说不出的喜悦。唯有到处可以看到的惊惶不安的人群，才使他的心里憋得慌；他不明白，是什么使他和他们来到了这里，直到他掉过头去看见城市已塌陷了以后，才回忆起自己经历过的那可怕的一瞬。他深深伏下身去，使额头都碰到了土坡，感谢上帝奇迹般地拯救了他，仿佛最后那个可怕而深刻的印象，把他心中过去的一切全排挤掉了，他为能在这花团锦簇的世界里继续享受可爱的生活而高兴得哭泣起来。随后，他注意到自己手上的一枚戒指，猛然想起了荷赛发；想起荷赛发便想起了他坐牢的监狱，他在狱中听见的钟声，以及在监狱倒塌前的那一瞬间。这一来他的心胸又让深沉的忧郁给塞满了，他悔不该向上帝祈祷，仿佛这位坐在云端的万物的主宰在他看来也非常可怕。他混进从一道道城门涌出来的人流，看见人们全忙着抢救自己的财物；他鼓起勇气打听阿斯特隆的女儿的下落，想了解她是否已经被处决，可谁也说不清楚。一个妇女肩上扛着沉重的家什，胸前吊着两个孩子，弯腰曲背地打他面前经过，一边走一边告诉他，她可是亲眼瞧见那女犯人给斩了首啦。赫罗尼莫掉头走去，他计算一下时间，自己也不能再怀疑她已被处决，便坐在一片孤寂的树林里，放声痛哭起来。他希望大自然的灾难最好能重新降临到他头上。他不理解，在他凄苦的心灵渴求着死亡的时刻，死神怎么像从四面八方自动跑出来救他似的，使他得以逃生。他狠下决心，这会儿即使周围的橡树连根拔起，一起向他倒下来，他也决不再动一动。后来，他哭够了，经过热泪的冲洗心中重又萌生出希望，便爬起来，在田野上东西南北地乱走。每一个山包只要有人聚集着他都去看看；每一条道路只要有逃难的人流涌过他都去走走；哪儿只要看得见一条女人的裙子在风中飘动，他的腿便哆嗦着朝那儿移动：可是，哪儿都找不到阿斯特隆的可爱的女儿。

太阳偏西了，他的希望也已随之开始破灭。这时候，他已来到平原的边上，面前展开着一道只有很少逃难者的宽大的山谷。他穿过三三两两的人群，不知道该干什么好。他已经又准备走到另一边去，却突然在一道灌溉谷地的山泉边，发现一个年轻女子，她正专心致志地在泉水中洗自己的小孩。一见此情景他的心立刻雀跃了，他充满幸福的预感，连跑带跳地翻过石堆，下到谷地，口中连连喊着："啊，圣母！啊，仁慈的母亲！"那女人被响声惊得四下张望，他一看果然是荷赛发。这两个为老天的奇迹所拯救的不幸的人，是何等欣喜地拥抱在一起啊！原来荷赛发在走向死亡的途中，眼看就到刑场了，突然间房屋都轰隆隆倾倒下来，行刑的队伍整个给砸得七零八落。她一上来是胆战心惊地朝着最近一道城门奔去，但头脑很快清醒过来，想起自己那可怜的儿子还留在修道院中，扭转身又朝修道院跑。她发现整个修道院已成为一片火海，女院长在眼看荷赛发快离开人世时答应替她照看孩子，这当儿正站在大门外高声喊叫，要人去救她。荷赛发穿过滚滚而来的浓烟，冒着被四周已开始倾覆的房屋埋住的危险，勇敢无畏地冲进门去，好像得着所有的天使保佑似的，不多一会儿便抱着婴儿安然无恙地冲了出来。她正想投进用手抱着脑袋的女院长怀中，不料一道山墙砸下来，女院长和所有嬷嬷全都遭到了惨死。荷赛发给这可怖的景象吓得哆哆嗦嗦直往后退，随后她匆匆替女院长合上眼睛，仓皇逃去，一心只想从劫难中拯救出上帝重新赐给她的心肝宝贝儿。没走几步，她就碰见人们抬着大主教的尸体迎面而来，尸体刚刚才从大教堂的废墟下拖出，已经血肉模糊了。总督的宫殿也已倒塌；不久前判决过她的法院正给熊熊烈火包围着；在曾经是她父亲的住宅的地方，如今已变成一片湖泊，湖面上冒起一缕缕淡红色的雾气。荷赛发鼓足全身的力气坚持着，强压着内心的哀痛，怀抱着自己的宝贝儿，勇敢地走过了一条街又一条街，眼看已到城门口，这时她又发现赫罗尼莫曾经在里面唉声叹气的监狱也一样变成了瓦砾。此情此景，使她再也站立不住，险些儿就晕倒在街角上，可就在这一刹那，她身后一幢给一震再震完全散架了的楼房猛地坍塌下来，吓得她重新跳起。她吻了吻孩子，抹去眼中的泪水，不再管包围着自己的恐怖世界，径直奔出了城门。到了郊外，她立刻断定，并非每个曾经住在坍塌了的房子里的人都一定会被砸得粉身碎骨，于是站在前边的一个岔路口，静静等着，看看除去小菲利普外她那个在世界上最亲爱的人是否还会出现。终于没等着，她只好往前走，走完一段，人更加拥挤，她转过身来又等，她流了许多眼泪，最后悄悄溜进一道松树荫蔽下的幽暗山谷，想要为她相信已经逝去的爱人的灵魂祈祷祈祷，谁想就在这儿，就在这像伊甸园似的幸福的峡谷中，却找到了他，找到了她的亲爱的人。现在，她满怀感慨地对赫罗尼莫讲述这一切，讲完后把孩子递给他，让他亲吻。

　　赫罗尼莫接过孩子来爱抚着，尝到了做父亲的难以言表的快乐；孩子看见这张陌生的面孔却哭闹起来，他就用没完没了的亲吻去让他闭住小嘴。不多时，无比美丽的夜幕降临了，这是一个充溢着奇妙温暖的芳馨的夜晚，一个洒满银辉的静谧迷人的夜晚，这样的夜晚，只有诗人才梦想得到。沿着谷中的流泉，到处都有人停下来，在皎洁的月光下用苔藓和树叶铺成松软的床铺，以便在熬过这苦难深重的一天以后终于得到安息。只是那些可怜的人仍然哭哭啼啼，这个哭他失去了自己的住宅，那个哭他失去了老婆孩子，另一个哭他失去了一切的一切；为了不让自己内心的欢欣增加任何人的愁苦，赫罗尼莫和荷赛发悄悄钻进一座稠密的小树林。在林中，他们找到一棵美丽的石榴树，枝叶扶疏，鲜果累累，甜香扑鼻，还有一只夜莺在枝头唱着热烈的情歌。赫罗尼莫靠着树干坐下来，荷赛发坐在他怀里，小菲利普又坐在荷赛发怀里，三人就这么静静地坐着，用他的大衣遮盖着身体。树影在他们身上慢慢移动，叶影里洒落着点点光斑，直到曙光就要升起，月亮的圆脸已显得苍白时，他俩才沉沉地睡去。他俩一个劲儿地讲啊，讲啊，讲修道院的花园，讲狱中的生活，讲彼此为对方所吃的苦；当他们想到，世界不得不遭受这么多的劫难，才使得他俩得到了幸福，心中真是感慨万千！他们决定一等地震停止，便动身去康塞普西翁①，荷赛发在那儿有一位好朋友，她希望从朋友手中借到一笔小款子，以便乘船前往西班牙。赫罗尼莫在西班牙有一些属于母系的亲戚，他们决定在那儿度过自己幸福的一生。他俩拿定主意以后，又接过许多次吻，然后才睡着了。

他们醒来时，太阳已经高高挂在空中，他们发现附近也有几家人，都忙着在篝火旁准备简单的早饭。赫罗尼莫正愁着不知怎样去为他的妻子孩子弄到吃的，一位衣着讲究的年轻男子怀里抱个婴儿，来到了荷赛发跟前，谦逊地问她，她是否愿意喂这个小可怜虫一会儿奶，孩子的妈妈受了伤，正躺在那边树下起不来。荷赛发认出他是一个熟人，神色有些慌乱，对方理解错了，继续说："只需喂一会儿工夫，唐娜·荷赛发，这孩子自大伙儿遭到不幸天灾的那一刻起，就啥也没吃过。"

荷赛发于是说道："我没有立即答应，唐·费尔南多，那是另有原因的，在这样可怕的时刻，谁也不会拒绝把自己所有的东西分给别人的。"说着便把自己的孩子递给孩子的父亲，接过人

---

① 圣地亚哥西南的港口城市。

家的婴儿喂起来。

唐·费尔南多非常感激她的好意,便问他们是否愿意跟他一起到他家人那边去,那边眼下正在篝火上做着小小的早餐。荷赛发回答,她乐于接受这一邀请,赫罗尼莫也未表示任何异议,她便跟着费尔南多到他家属那儿去了,他的两位姨妹非常热情亲切地接待她,她也认识这两位令人尊敬的小姐。唐·费尔南多的妻子,唐娜·艾尔维菜双脚受了重伤躺在地上,看见荷赛发正在给自己饿坏了的孩子喂奶,便亲亲热热地拉她坐在自己身旁。还有唐·佩德罗——唐·费尔南多的肩膀受了伤的岳父,也慈祥地冲着她点点头。

在赫罗尼莫和荷赛发心中,产生了一些异样的想法。他们看见现在人家这么亲切友好地对待自己,就不知道该怎样去理解那过去的一切——那刑场、那监狱、那钟声,难道他们只是做了一场噩梦吗?仿佛大家受到那地震的可怕打击以后,所有人的心肠都变软了。他们回忆的思路就只能到此为止,再往前就什么都已淡忘。只有唐娜·伊莉莎白,昨天一位女友邀她去观看行刑的场面,可被她拒绝了,眼下还时不时地把她做梦似的目光停在荷赛发身上,只是每讲到一件令人毛骨悚然的新的不幸,她那刚刚才逃离现实的灵魂又被拉回到眼前的现实中。人们讲,城里在发生第一次大地震后突然满街都是女人,一个个竟当着男人们的面分娩起小孩来;教士们则擎着十字架在城里四处乱窜,口里高喊着:"世界末日到啦!世界末日到啦!"一队卫兵奉总督之命要求空出一座教堂,有人却回答他们:"智利已不再有什么总督!"在恐怖大到极点的时刻,总督不得不下令竖起一些绞架,以制止趁火打劫的现象蔓延;由此,一个无辜的人为逃命而穿过一所正在燃烧的住宅的后院，就被房主不分青红皂白地逮了起来，立刻套上绞索。

荷赛发一直在调理唐娜·艾尔维莱的创伤，趁大家七嘴八舌讲得最热闹的当口，后者便抓住机会问荷赛发，在那可怕的一天里她的遭遇怎样。荷赛发心情十分抑郁地给她讲了讲大致情形，欣慰地发现这位夫人已经热泪盈眶，唐娜·艾尔维莱抓过她的手去紧紧握着，示意不要再讲下去。荷赛发感到自己是置身于一些善良的人们中。她怎么也克制不了心里的这样一种感觉：已经逝去的一天尽管带给了世界许许多多苦难，但也赐予了世界一个老天从未赐予过的恩惠。可不是嘛，当那人类在尘世上的一切财富都归于毁灭，整个自然界都面临覆灭危险的恐怖时刻，人类的精神本身却像一朵美丽的鲜花，盛开怒放起来。在目力所及的一片片田野上，各阶层的人全混杂着躺在一起，王侯和乞丐，贵妇人和农家女，高官显宦和打零工的，修士和修女，全都相互同情，相互帮助，全都乐于把自己抢救出来的维持生命的东西分给他人，仿佛那一场浩劫把所有幸免于难的人全变成了一家人。现在人们已不像过去茶余饭后似的聊闲天，而是讲着种种英雄的事迹：一些过去在社会上受蔑视的人，如今表现出了罗马人一般的伟大；无私无畏，舍己救人，藐视危险，视死如归，仿佛把生命看得一钱不值，随时可以抛却，又随时可以再次得到，凡此种种，举不胜举。是的，没有谁在这一天没经历过一桩感人的事，没有谁自己没完成一件侠义行为，这样，人人心中都虽苦犹甜，以至谁都说不清楚，人类的幸福总起来看是增加得多呢，还是减少得多。

赫罗尼莫和荷赛发这么想啊，想啊，谁都不吭一声，最后他挽着她的胳膊,在石榴林的浓荫下来回踱步,心情真有说不出的愉快。他告诉她,在这人心善良、一切情况大为改观的情况下,他准备放弃登船去欧洲的决定了,他说要是一直对他的事表现出善意的总督活着,他就将去跪在他面前请求他,他希望能和她一起——说到这儿他吻了她一下——留在智利。荷赛发回答,她心里也产生了同样的想法,她说只要父亲还在人世,她不怀疑他会原谅他们,不过她认为,与其去跪求总督,不如前往康塞普西翁,从康塞普西翁再向总督提出书面请求更好,因为在那儿无论如何离港口更近,要是情况非常好,出现了所希望的转变,再回圣地亚哥来也挺容易。赫罗尼莫稍稍考虑一下,便同意她这个聪明的办法,他同她一边展望着美好的未来,一边继续在林间小道上漫步,又过了一会儿,才回到唐·费尔南多一家人那儿去。

很快到了下午,这时地震已经停止,聚集在野地里的一堆一堆的难民心情开始有些平静了,突然却传来消息说,在城里唯一未遭地震破坏的圣多米尼克斯教堂将由教区主教亲自主持一次隆重的弥撒,祈求上帝不要再降给城市灾难。各处的难民已经纷纷动身,急急忙忙像潮水般涌进城里去。在唐·费尔南多这群人里,也提出了是否应去赶这次盛典,以及要不要随着大流一块儿进城的问题。唐娜·伊莉莎白不无忧虑地提醒大家,昨天教堂里还发生过多大的不幸,再说这样的感恩弥撒是要一再举行的,等以后危险完全没有了,不是可以更加高高兴兴、安安心心地去表示自己的感激吗?荷赛发却站起来,颇为激动地说,正是现在,当造物主如此显示了他那不可理解的崇高的威力的时刻,她感到比任何时候都更加渴望跪倒在主的跟前,把脸埋进尘埃里。唐娜·艾尔维莱热烈支持荷赛发的意见,她坚持说应去赶弥撒,要求唐·费尔南多领着大伙动身。这样所有人都从地上站了起来，包括唐娜·伊莉莎白在内。可是伊莉莎白在准备动身时却显得犹豫迟疑，胸部喘得呼哧呼哧响，问她有什么不舒服，她回答她也不知道心中为什么总有一种不祥的预感，唐娜·艾尔维莱于是安慰她，要她和自己以及她们有病的父亲一块儿留下。

"那么请您替我照看一下这个小乖乖吧，唐娜·伊莉莎白，"荷赛发说，"您瞧他又粘住我了。"

"很乐意。"唐娜·伊莉莎白回答，说着就伸手去接孩子，可小家伙对母亲这么处置他却感到很委屈，大哭大叫，怎么哄也不成，荷赛发只好笑笑说，她还是带着吧，说着又亲吻孩子，使他重新安静下来。随后，唐·费尔南多便伸过胳膊来让荷赛发挽着，她举止的端庄优雅深得他的欢心；赫罗尼莫则抱着小菲利普，和唐娜·康斯坦莎做伴；人群中的其他成员跟在他们身后，一行人就以这样的格局，向城里走去。其间，唐娜·伊莉莎白却激动地偷偷与唐娜·艾尔维莱讲着什么，一行人走出还不到五十步远，她便在背后高声叫："唐·费尔南多！"同时慌慌张张追赶上来。唐·费尔南多停住脚，转过身，等着她走拢，而手臂仍然挽着荷赛发；可她呢，却远远地站住了，像是希望他迎上去似的，他只好问她干什么。这样，唐娜·伊莉莎白尽管显出不乐意的模样，仍走拢来，咬着他耳朵说了几句话，声音低得荷赛发根本听不清。

"还有呢？"唐·费尔南多问，"还有可能发生的不幸呢？"

唐娜·伊莉莎白惊惶得很，又凑近他耳朵窃窃私语。

唐·费尔南多的脸庞气得红了起来，回答说："好啦！唐娜·艾尔维莱可以放心！"说罢就带着荷赛发朝前走去。

当他们到达圣多米尼克斯教堂时,已经响起悦耳动听的管风琴声,只见教堂内人头攒动,信徒们挤得紧紧地一直站到了大门外广场上很远的地方,一些男孩攀着高高的墙头和画架,手中攥着自己的帽子,眼里射出期待的光芒。所有的枝形吊灯都大放光明,在正好到来的薄暮中,一根根立柱投下了神秘的阴影,那朵用彩色玻璃嵌成的大蔷薇,在教堂顶端显得血红血红,就像正好照在它上面的夕阳。突然,管风琴声戛然而止,整个教堂顿时一片肃静,仿佛人人都变成哑巴了似的。从古至今,打任何一座基督教的教堂中还不曾对上帝燃起过如此虔诚的信仰之火,像今天圣多米尼克斯教堂这样,男女老少的胸中,谁也未发出过比赫罗尼莫和荷赛发更加炽热的信仰之火!

盛典以布道开头,修道院中年事最高的一位教士穿戴着辉煌耀眼的法衣,出现在布道坛上。他一上来就朝天高高举起为宽大的袍袖笼着的双手,对上帝发出赞美和感谢,感谢上帝允许在这化为废墟的世界的一角,还有人能对着高坐云端的主,吐露心曲。他描绘着地震的惨状,说这都是按上帝的旨意发生的,末日审判不可能比这更可怕,随后,他指着教堂墙壁上裂开的一条大口子,称昨天的地震还仅仅是一个警告而已。听到这儿,与会的信徒们个个毛骨悚然,不寒而栗。接下来,他又以其教士的伶牙俐齿,滔滔不绝地数落起本城的伤风败俗的事件来,他说即使所多玛和蛾摩拉①,也不如圣地亚哥罪孽深重,它之所以没有完全从地球上给铲除掉,仅仅是因为上帝太耐心的缘故。听着这样的说

---

① 所多玛和蛾摩拉为《圣经》传说中的两座城市,因城中居民荒淫纵欲,伤风败俗,为上帝所毁。

教，我们那个不幸的人儿心已完全碎了。谁料教士却抓住机会，不厌其详地讲起在卡美尔派修女院花园中所犯的那桩罪行，这无异于又给他俩心窝里猛地刺了一刀。教士说，世人却姑息养奸，背叛上帝，他指名道姓，对这两个伤风败俗的罪人连声诅咒，巴不得把他俩交给地狱中的大小魔王严加惩处！

听到这儿，唐娜·康斯坦莎失声叫出："唐·费尔南多！"同时拽了拽赫罗尼莫的胳臂。费尔南多却回答："别吱声，唐娜，也别东张西望，但可以假装晕倒的样子，这样我们就好离开。"他的语气坚定有力，又低得旁人听不见。

谁料，唐娜·康斯坦莎还没来得及实施这一条脱身的妙计，一个声音已经打断教士的讲道，大声地吼叫起来："闪开！闪开！圣地亚哥的教友们，这两个亵渎上帝的罪人就在这儿呐！"

教堂中顿时一片骚动，另一个声音又怯生生地问："在哪儿？在哪儿？"

"在这儿！"第三个声音回答。话音未落，答话者便满怀神圣的怨毒，一把抓住荷赛发的头发，拽了她和靠在她身上的唐·费尔南多的儿子一个趔趄，要不是费尔南多扶住他们，两人肯定摔倒在地上。

"你们疯了不成？"年轻人大喝着，同时抡起胳臂在荷赛发四周乱打。"我是城防司令的儿子唐·费尔南多·奥尔默斯，你们不是全认识他吗？"

"唐·费尔南多·奥尔默斯？"一个鞋匠逼到他跟前来大声问。他曾替荷赛发修过鞋，认识她至少如她那双小脚一样清楚。"那么谁又是这个孩子的父亲呢？"他放肆地把脸转向阿斯特隆的女儿。

这一问费尔南多的脸唰地白了。他一会儿羞愧地瞅瞅赫罗尼莫，一会儿扫视教堂中的教友，想知道是否有认识他的人。荷赛发又着急，又害怕，高声嚷道："这可不是我的孩子，佩德里洛师傅，"同时胆战心惊地望着唐·费尔南多说，"这位少爷是城防司令的公子，他父亲你们谁都认识的。"

鞋匠却问："我说乡亲们，你们有谁认识这小子？"

"谁认识赫罗尼莫·鲁黑拉？谁认识就请站出来！"旁边站着的几个人反复问。

不巧在这当口，让喧闹给吓怕了的小胡安极力想从荷赛发怀里挣脱出来，让唐·费尔南多抱他。随之喊声四起：

"他就是老子！"一个声音喊。

"他就是赫罗尼莫·鲁黑拉！"另一个声音喊。

"他俩就是亵渎上帝的罪人！"第三个声音喊。

"用石头砸死他们！砸死他们！"教堂里的全体基督徒一起吼起来。

这时赫罗尼莫却大喝一声："住手！你们这些没人性的畜生！你们找的赫罗尼莫·鲁黑拉在这儿呐！放开那个人，他是无辜的！"

愤怒的人群让赫罗尼莫的话弄得莫名其妙，愣住了，有好几只手放开了唐·费尔南多；而且就在这一时刻，又挤过乱糟糟的人群，赶来一位军阶相当高的海军军官，问："唐·费尔南多·奥尔默斯，您出了什么事？"

费尔南多已经完全被放开了，真正泰然自若地回答说："可不，唐·阿隆索，您瞧瞧这帮杀人凶手！要不是这位高贵的青年站出来承认自己是赫罗尼莫·鲁黑拉，平息了这帮家伙的怒气，我确实完蛋啦。行行好,为着他俩的安全,您把他和这位太太逮捕起来吧,还有这个无赖,"说着他一把抓住佩德里洛鞋匠,"整个骚乱全是他给煽动起来的!"

鞋匠大嚷大叫:"唐·阿隆索·阿诺莱哈,我问您,您摸着良心说,这娘们儿是不是荷赛发·阿斯特隆?"

唐·阿隆索清清楚楚地认出是荷赛发,迟疑着没有回答,这一下人们的怒火又熊熊燃烧起来,好多人同时喊道:"就是她!就是她!"

"把她处死!处死这淫妇!"

这时,荷赛发便把一直由赫罗尼莫抱着的小菲利普接过来,连同小胡安一起交给唐·费尔南多手上,说:"走吧,唐·费尔南多,救救您这两个孩子,您就让我们听天由命吧!"

费尔南多接过两个孩子,说他自己宁可丧命,也绝不肯让他的同伴受到任何伤害。他借来海军军官的佩剑,让荷赛发挽着自己的胳臂,要求落在后面的一对儿赶快跟上。看着这个架势,人们自然畏惧三分,便闪开道,让他们走出教堂;他们呢,也自以为已经得救了。谁知才刚刚走到同样也挤满教徒的广场上,跟踪他们的愤怒人群中就有一个声音叫起来:"这就是赫罗尼莫·鲁黑拉,老乡们,因为我就是他的亲生父亲!"

话犹未了,走在唐娜·康斯坦莎身旁的赫罗尼莫已给一大棒打倒在地。

"圣母马丽亚!"唐娜·康斯坦莎一声惊叫,想逃到自己姐夫那儿去。

"你这修女院里的败类!"随着一声恶骂,飞来的第二棒就把她撂倒在赫罗尼莫旁边,没了气啦。

"作孽啊！"一个谁都不认识的人惊呼起来，"这可是唐娜·康斯坦莎·哈莱斯呀！"

"谁叫他们骗咱们！"鞋匠回答，"快去找真正的荡妇，把她处死！"

费尔南多一见康斯坦莎的尸体，怒火中烧，拔出剑来，一阵乱砍乱杀，那个造成了这场惨剧的狂热的杀人凶手要不是躲闪得快，逃过了愤怒的冲击，就准已给劈成两半。然而，费尔南多毕竟寡不敌众，人群渐渐逼近了他，这时荷赛发便喊："您和孩子们多保重吧，唐·费尔南多！——来，来这儿杀我，你们这些嗜血的野兽！"说着便自动冲进人群，以便结束战斗。

鞋匠佩德里洛一棒把她打翻在地，身上全溅满了她的鲜血："叫那小杂种也跟她一块儿下地狱去！"他号叫着重新冲上来，越杀越来劲儿。

唐·费尔南多，这位高贵的英雄，他这时背靠教堂的墙壁站着，左手抱着两个小孩，右手挥动宝剑，每一剑都像闪电似的砍翻一个对手，一头雄狮在自卫时也不会比他更勇猛。已经有七条嗜血的恶狗倒在他面前死掉，这帮魔鬼的头儿佩德里洛鞋匠自己也受了伤。可是他仍然不肯罢休，终于有一个孩子的腿被他拽住从费尔南多的怀中拖出来，高高擎着在人头上挥舞了一圈，随即叭地一下摔死在教堂的柱头棱上。这以后广场上渐渐静了下来，教徒们纷纷离去。唐·费尔南多看着躺在面前的儿子的尸体，见他脑浆迸裂，惨不忍睹，便怀着无以名状的悲痛，抬头仰望苍穹。这当儿海军军官又出现在他身旁，极力安慰他，要他相信，他自己深感后悔，竟在惨剧发生时什么行动都没采取，尽管也有些客观原因；唐·费尔南多却对他说，他一点也不怪他，只求他现在帮助把尸体运走。于是，趁着已经降临的黑夜，死者全部被抬到了唐·阿隆索家中；费尔南多也跟随前往，途中在小菲利普的脸蛋上不知洒了多少热泪。他当晚睡在唐·阿隆索家，左思右想，都不知道该以怎样的谎话去把这整个不幸告诉自己的爱妻；一则因为妻子有病，再说他还不清楚妻子将怎样看待他在这次事件中的行为。可是没过多少时候，她却从一个来访者口中偶然了解了全部经过，这位贤惠的妇人便偷偷大哭一场，以宣泄自己慈母的哀痛；可是第二天早晨，她就含着剩下的眼泪，一头扑到丈夫怀中，热烈地吻着他。随后，唐·费尔南多和唐娜·艾尔维莱将小菲利普收为养子；小菲利普呢也深得双亲的欢心，有时唐·费尔南多禁不住把他与小胡安相比较，竟几乎感到高兴哩。

克莱斯特（Heinrich von Kleist，1777—1811），是Novelle在德国的一位主要奠基人。他出生在奥德河畔的法兰克福，父亲是普鲁士贵族军官。克莱斯特15岁即进入军队，曾参加反对年轻的法兰西共和国的战争，却因厌恶普鲁士的军队生活，于1799年退役回家乡上了大学。先后尝试过攻读哲学、物理、数学和政治学，曾受康德批判哲学的影响。他原本希望通过学习不再变成一个"愚昧无知的公子哥儿"，但是很快失望了，于是迁居柏林，先后到法国和瑞士旅行。在瑞士期间，他下决心从事写作，从此开始了文学生涯；仅于1805年至1806年间在普鲁士参议会任职，1808年以后做过一些编辑工作，其他时间都主要用于创作。1811年，在已经完成一些戏剧和中、短篇小说杰作之后，年轻的克莱斯特却绝望轻生，在柏林附近的波茨坦投湖自杀了，原因是不满普鲁士的新闻出版检查制度，同时错误地对自己的文学天赋产生了怀疑。

克莱斯特也是一位出色的戏剧家,代表作有《破瓮记》《赫尔曼战役》和《洪堡王子》;他同时还擅长创作"逸事"——德语文学中又一种独特的体裁。然而,克莱斯特今天之所以仍享誉世界文坛,主要归功于他数量不多然而风格独特的中、短篇小说,如《米歇尔·戈哈斯》《侯爵夫人封·O》《义子》和《圣多明各的婚约》等。前文中全文摘录的《智利地震》,堪称德国乃至世界中、短篇小说脍炙人口的名篇。

关于这篇小说的思想内涵和艺术特色后面再讲,这儿先提一下作家特殊的行文风格,以引起注意。

克莱斯特以写德语里所谓Periode即句子套句子的长复合句著称。为了保持作家的特殊文风,翻译也尽量多用比较长的句子,不过仍然努力做到流畅、上口。对于克莱斯特的这种行文风格,读者不必担心,因为并不难读、难懂;不,恰恰相反,克莱斯特的长句逻辑严谨,结构精巧,因此读起来既耐咀嚼,又很有味。需要的只是阅读时稍稍耐心一点,细心一点。这,我想你肯定能做到。

> 年轻男儿哪个不渴望着爱,
> 妙龄女郎哪个不渴望被爱,
> 这是我们最神圣的情感啊,
> 为什么竟有惨痛迸涌出来!

德国大文豪歌德借其经典小说《少年维特的烦恼》重印的机会,在书前加印了一首短诗,上文所引即诗的第一节。它虽不过四句，却包含着一条人生的至理，即青年男女相互爱恋乃是我们人类"最神圣的情感"。与此同时，它还发出一声可谓是千古浩叹：为什么从这"最神圣的情感"里，"竟有惨痛迸涌出来"啊！

为什么？！读完《智利地震》，相信你会产生一样深长的思考，一样沉痛的感叹。然而仔细想想克莱斯特讲的故事，便得到了明确的解答：酿成人类恋爱婚姻大不幸的祸害根源往往有三——一是门第等级观念，二是封建伦理、道德，三是迷信和愚昧。

三个祸害的第一个也是生活中最常见的一个，多半近在受害者身边，多半就像魔鬼一样附在相爱者的父母和亲人身上。在小说《智利地震》里，女主人公的父亲唐·阿斯特隆就中了魔。他存心虽不见得坏，却仍是悲剧的始作俑者。他之所以容不得女儿与家庭教师相爱，就因为自己富有并身为贵族，家庭教师只是个地位卑下的穷光蛋，与他女儿真叫门不当户不对。

第二个祸害在全世界都曾猖獗过许多个世纪，现实生活中谢天谢地已渐渐露面少了，但仍未销声匿迹。在小说中它是酿成悲剧和不幸的真正罪魁祸首，然而却披着卫道士的外衣，因此最可恨，最值得警惕。它的代表就是伪善的教会，就是那个毫无恻隐之心的大主教，那个借布道煽动仇恨的面目狰恶的教士。

第三个祸害即迷信和愚昧，它暴露了人性中的"恶"，往往充当刽子手的角色，既可怕又可悲。可怕，因为它野蛮、残忍；可悲，因为它多半以群众的面目出现，有时甚至还附在受害者本人的身上。小说中那个野兽似的鞋匠，那些为能一睹女主人公被斩首的场面而兴奋莫名的太太小姐，都是它的化身。

克莱斯特剥掉这三个祸害形形色色的外衣，暴露出它们丑恶、凶残的原形，然后狠狠地给予了鞭笞。这，就是小说《智利地震》巨大而深刻的思想内涵。《智利地震》从思想内容上看对我们并未过时。

《智利地震》这篇小说非常好看，不仅是因它如德语Novelle要求的有一个完整而富传奇色彩的故事，而且情节跌宕起伏，张弛有致，开篇和结尾更是扣人心弦。读了第一句，便不能不读下去，读完全篇，心灵不会不受到剧烈震撼！放眼世界，有如此艺术魅力和震撼力的短篇小说，实在不多。

从德语Novelle的发展看，是克莱斯特把以前流行的"事件小说"提高为了"性格小说"，也就是讲他不只注重故事情节的完整、新奇和精彩，还着力塑造出性格鲜明的人物典型。在《智利地震》中，不论正面人物还是反面人物，都无不个性突出，血肉丰满。单说年轻的男女主人公吧，他们既具有热情、善良、对自己的爱人无比忠贞等鲜明的优点，也难免一般民众笃信宗教以致对其轻信、痴迷的弱点。正是这个弱点，使他俩在好不容易才侥幸逃生之后又自投罗网，自入虎口，不但糊里糊涂地送了命，还连累了一位高贵的好人和他的小孩。这样的结局，使《智利地震》越发带有了悲剧的性质。

德国另一位中、短篇小说大师施笃姆说过Novelle乃是"戏剧的姐妹"。《智利地震》确实极富戏剧性，可称为德语Novelle的经典范例。

3. 豪夫的童话小说

鹭鸶国王

* I.

一个晴朗的下午，巴格达的哈里发①查希德十分惬意地坐在沙发上。天气太热，他睡了一会儿午觉，醒来后精神爽快。他用一根玫瑰木②做的长烟袋吸着烟，时不时地呷一口仆人给他斟的咖啡。喝得高兴了，他还心满意足地捋一捋胡子。简单说吧，谁都看得出来，查希德国王这会儿的心绪很好。在这样的时刻，和他谈话最为合适，因

童话小说家豪夫

为这时他总是态度和蔼，平易近人，他的大臣曼梭尔每天也就在这个时候来觐见。那天，他又在这个时刻出现了，但与平常不同的是，他看起来满腹心事。哈里发从嘴边挪开烟袋，问："干吗这么满腹心事的样子，我的大臣？"

大臣把两手交叉在胸前，向他的主子深深鞠了一躬，回答："陛下，我不知道我的样子是否满腹心事。只不过，宫门外来了一个小贩，有好多好多漂亮的东西，可我没有那么多钱去买，因此感到挺烦恼。"

---

① 哈里发是古代一些阿拉伯国家对君主的称呼。
② 一种贵重的木料，深红色，有玫瑰香味，故名。

哈里发很久以来就打算让他这位大臣高兴高兴，所以立刻就叫一个奴仆去把那个小贩带上来。一会儿奴仆领着他回来了。小贩是个矮矮胖胖的男人，面孔棕黑色，衣着破烂不堪。他提着一口箱子，里面装着各式各样的商品，有项链、戒指、装饰精美的手枪以及杯子、梳子等。哈里发和大臣仔细看了所有的商品，最后哈里发给自己和大臣一人买了一把精美的手枪，还给大臣夫人买了一把梳子。小贩正准备把箱子关上，哈里发却发现箱子里面还有一个小抽屉，便问小贩抽屉里是否还有货卖。小贩拉开抽屉让他们看，原来是一个装有黑色粉末的小圆盒和一张纸，纸上写着一种古怪的文字，无论是哈里发还是大臣都没法读懂。

"这两样东西是一位商人给我的，他又是在麦加的一条街上捡到的。"小贩说，"我不知道拿它们来干什么，它们对我一点用也没有，我可以便宜地卖给你们。"哈里发喜欢收集古老的手稿放在他的图书馆里，即使他看不懂也要。因此他买下了圆盒和那张纸，然后让小贩走了。可是哈里发非常想知道纸上到底写了些什么，便问大臣能否找到一个读得懂这种文字的人。

"尊敬的陛下，"大臣回答，"大清真寺里有一个叫赛里姆的人，是位懂多种语言的大学者。叫他来吧，没准儿他搞得清楚这神秘的文字。"

一会儿，侍从就领来了学者赛里姆。

"赛里姆，"哈里发对学者说，"大家都说你很有学问。你看看，认不认识这种文字。你如果讲得出这纸上写的是什么，我就奖给你一件新礼服；如果你讲不出来，就得挨十二记耳光，外加打二十五下脚掌。因为大家把你当大学者看，你却徒有虚名。"

赛里姆一边鞠躬，一边回答："遵令，陛下！"然后久久地琢磨着那文字。突然，他叫了起来："这是拉丁文字，陛下！如果不是，我立刻上吊去！"

"你说是拉丁文？那就说说纸上写的是什么。"哈里发命令。

于是赛里姆开始翻译："赞美真主的恩赐吧，得到这东西的人！谁要吸一下这圆盒里的黑粉，同时嘴里念'姆塔波尔'，谁就能变成任何一种动物，并且能听懂这种动物的语言。如果他想变回来仍然做人，只要面朝东方三鞠躬，口里再念刚才那几个字就行了。不过要注意，在变成动物后你千万不能笑。一笑，咒语就会从记忆里消失得无影无踪，你也只能永远是一只动物了。"

听完学者赛里姆的翻译，哈里发非常高兴。他让学者发誓，不再向任何人泄露这秘密，然后奖给他一件新礼服，打发他走了。回过头来，他冲着大臣嚷道："这下咱可买着了，曼梭尔！我将变成一只动物，我是多么高兴啊！明天一早。你上我这儿来，我们一块儿到野外去。只要吸点这圆盒里的粉，我们就能倾听所有的动物在嘀咕些什么，不管它是空中飞的，还是水里游的，也不管它是在森林里跑的还是在田野上跑的。"

* II.

第二天早上，哈里发查希德刚吃完早饭穿好外衣，大臣就来了，他是按主子吩咐来陪他出外散步的。哈里发把那个装着魔粉的小圆盒揣在腰带里，命令侍从留在宫中，独自和大臣上了路。他们首先穿过宫里的大花园，可什么动物也未看见，没法试他们的魔法。后来大臣建议走出花园到湖边去，他经常在那儿看见很多动物。尤其是鹭鸶一本正经的样子和嘎嘎的叫声，总是引起他注意。

哈里发采纳了大臣的建议，一块儿朝湖边走去。到了湖边，正好有一只鹳鸟在神态严肃地踱来踱去，认真地寻找着青蛙，时不时地还发出"笃笃笃"的声音。同时，他们还看见空中有另一只鹳鸟正朝这儿飞来。

"尊敬的陛下，"大臣说，"我敢拿我的胡子打赌，这两只长脚畜生肯定要进行精彩的对话。怎么样，咱们就变成鹳鸟，好吗？"

"很好！"哈里发回答，"不过，这之前我们还是好好想想，怎样才能又变成人。是这样：向东方鞠三个躬，嘴里念'姆塔波尔'，那么我又成了哈里发，而你还是我的大臣。上帝保佑，我们千万千万不能笑，不然，我们就完蛋了。"

哈里发说这些话的时候，看见空中的那只鹳鸟正飞过他们的头顶，慢慢地向下降落。他赶紧从腰带里取出小圆盒，抓了一小撮粉末儿给大臣，两人吸了吸，同时叫道："姆塔波尔！"

立刻，他们的腿开始收缩，并且变得越来越细，越来越红。哈里发和大臣的漂亮黄鞋子也变成了怪模怪样的鹳鸟脚，他们的手臂变成了翅膀，两肩之间的脖子变得来足足有一尺多长。他们的胡子不见了，身上盖着一层柔软的羽毛。

"你的长嘴壳子多么好看啊，大臣先生！"哈里发惊呆了，好一阵才说出话来，"我敢凭先知的胡子起誓，我一辈子都没见过呐！"

"谢谢，我的陛下！"大臣点了点头，回答，"恕我冒昧，陛下您变成鹳鸟比您当哈里发还要英俊。不过，您要愿意的话，咱们快去听听我们那边的同类在聊些什么，同时也好检验一下，我们究竟会不会鹳鸟的语言。"

这时天上那只鹳鸟已经飞到地面，正用嘴修整自己的细腿，

理顺了羽毛,随后朝着另一只鹭鸶走去。那两只新变的鹭鸶赶紧凑到它们身边,令他俩惊讶的是竟听到了下面的对话:

"早晨好,长腿女士!这么早就上草地来了么?"

"你好,亲爱的呱哒嘴先生!我早餐只吃了一点东西。也许你想吃一小块壁虎肉,或者一条青蛙腿吧?"

"非常感谢!可我一点儿胃口也没有。我来草地完全是为了另外的事。我今天要在父亲的客人面前表演跳舞,想悄悄地一个人先练练。"

说着,年轻的鹭鸶就姿态奇特地穿过田野,哈里发和大臣吃惊地盯着它。当这鹭鸶单腿独立,摆出一副优美的架势,两只翅膀同时妩媚地舞动时,他俩再也忍不住了,便哈哈大笑起来。笑了好久他们才停止住。哈里发首先回过神,嚷道:"真是一场精彩演出呐,花钱也看不到的。可惜咱们的笑声打扰了它,不然它肯定还会高歌一曲。"

这时大臣猛然想起,在变成动物时是笑不得的。他立刻把自己的忧虑告诉哈里发:"天哟,要是我一辈子永远是一只鹭鸶,那就糟啦。你快想想那倒霉的咒语吧,我怎么竟想不起来了呢?"

"朝东方三鞠躬,同时念道'姆——姆——姆——'"

他们面朝东方站好,不停地鞠躬鞠躬鞠躬,嘴都要挨着地了。然而,可悲啊!咒语已远离他们而去。不管哈里发怎样一个劲儿地鞠躬,也不管大臣怎样使劲地'姆——姆——姆'叫,他们的记忆力已消失殆尽。可怜的查希德哈里发和他的大臣现在变成了鹭鸶,永远也只能是鹭鸶了。

* III.

被魔法变成了鹭鸶的哈里发和他的大臣忧伤地穿过田野,对自己遇上的这种倒霉事一筹莫展。他们没法脱掉身上鹭鸶的外衣,也没法回到城里让人们认出他们。谁能相信一只鹭鸶就是哈里发呢?就算相信了,巴格达的市民还能让一只鹭鸶当哈里发吗?

几天来他们就这样游来荡去,可怜巴巴地靠野果充饥。即便这样,由于嘴太长了,啄野果也很困难。再说,他们又不敢吃壁虎或者青蛙,怕这样的美食把胃搞坏。在这些忧伤的日子里,他们聊以自慰的是还能够飞行。因此他们常常飞到巴格达城上空,看看下面发生了什么事情。

开头几天他们发现,大街小巷充满了不安和悲伤。可大约在第四天,他们正歇在哈里发宫殿的屋顶上,就看见下面街上走过来一队华丽的人马,同时锣鼓喧天。一个穿着绣金的鲜红色长袍的人,骑着一匹披红挂绿的骏马,被仆从们兴高采烈地簇拥着。半个巴格达城的市民紧跟在后面,使劲地呼喊:"巴格达的君王米孜拉万岁!万岁!"

宫殿屋顶上的两只鹭鸶面面相觑,随后哈里发查希德说:"大臣,你现在明白了吗,我怎么会中魔法?这个米孜拉是我的仇敌卡史奴——一个有名的魔法师——的儿子。卡史奴曾发誓一定要向我复仇,让我遭受劫难。可我不会失去信心。你是我生死与共的忠实朋友,和我待在一起吧!咱们到穆罕默德的墓地去,也许在圣地魔法能够解除。"

于是他们离开宫殿的屋顶,向麦地那飞去。

然而飞行并不轻松,因为这两只鹭鸶还没怎么飞过。

"哦,陛下!"飞了几小时后,大臣唉声叹气地说:"原谅我,我实在坚持不了啦!您飞得太快了些,再说天也要黑了。最好先找一个地方过夜,对吗?"

查希德同意了他仆从的恳求。他发现山谷下面有一座废墟,也隐隐约约看见了屋顶,于是就朝那儿飞去,打算在那里过夜。废墟看样子以前是一座宫殿,在断垣残壁中还矗立着漂亮的石柱。从好几间保存得相当完整的房间看来,这宫殿曾经十分豪华。查希德和他的伙伴穿过走廊,踅来踅去想找一个干燥点的地方。突然,曼梭尔站住不动了。

"陛下,"他悄悄说,"假如一个大臣怕鬼算不上愚蠢,那对于鹭鸶怕鬼就更算不了什么,对吧!我真的害怕极了,在这附近我清清楚楚听到了叹息声和呻吟声。"

哈里发也就停下脚步,十分清楚地听见了像人而不是动物发出的啜泣声。他想朝发出声音的地方走去,搞清楚是怎么回事。大臣却用喙子紧紧拽住他的翅膀,哀求他不要又陷入新的莫名其妙的危险中。但毫无作用!哈里发尽管长着鹭鸶翅膀,胸中仍然跳动着一颗勇敢的心。他使劲挣脱开来,掉了几片羽毛也毫不在意,快步朝一条黑暗的走廊奔去。一会儿,他就到了一扇虚掩着的门前,刚才听到的叹息声和呻吟声就是从里边传出来的。他用嘴顶开门,却一下子惊呆了,站在门槛上一动不动。这是一间倾倒了的小屋,透过装有栅栏的小窗射进来的稀疏光线,他看见一只大猫头鹰蹲在地上。从猫头鹰又大又圆的眼睛里,不断地滚出来大滴大滴的眼泪。它弯弯的嘴巴发出了嘶哑的声音,诉说着它的哀怨。当它看见哈里发和跟在他后面进来的大臣,高兴得大声叫了起来。它轻轻地用褐色的翅膀擦去眼泪,用人的声音说起了标准的阿拉伯语,令他俩大吃一惊:"欢迎你们,鹭鸶先生!你们是我获救的吉兆，因为有人曾经预言，鹭鸶能给我带来好运气。"

哈里发从惊讶中回过神来，弯下长长的脖子，细长的双腿摆出一个优雅的姿势，然后说："猫头鹰，照你的说法，我完全可以把你看成我的难友啊！但是，唉，你希望我们救你出苦海，却是不可能的。你只要听听我们的遭遇，就会明白我们真的是爱莫能助啊。"

猫头鹰请他讲讲自己的故事，哈里发马上满足了它的要求。

* IV.

哈里发向猫头鹰讲述了他们的遭遇，猫头鹰感谢他并说道："听听我的故事吧，这样你们就会知道，我的不幸丝毫也不比你们少。我的父亲是印度的一位国王，我是他唯一的女儿，名叫露萨。那个让你们中魔法的巫师卡史奴也使我遭到不幸。有一天，他来找我父亲，想让我做他儿子米孜拉的妻子。我父亲是一个急性子人，马上就撵走了他。这个无赖却不死心，改头换面地来到了我身边。一次，我在花园里感到口渴，他便装成一个仆人给我送来饮料，我一喝就成了这个鬼模样。我吓得昏过去了，他就把我带到了这儿，还用可怕的声音冲着我耳朵吼：'你一辈子就这样丑陋地待在这儿，直到死去，连动物也会瞧不起你；要不就看有哪个人会自觉自愿地娶你这丑八怪作妻子。我就用这办法向你和你傲慢的父亲报仇雪耻。'"

"几个月就这样过去了，我悲哀地、孤苦伶仃地蜷缩在这破屋里，受到世人的憎恶，连动物也讨厌我。美丽的大自然也远离了我，因为白天我双目失明，只有微弱的月光洒进我这小屋，遮住我眼睛的雾障才掉下来。"

猫头鹰讲完自己的遭遇，不由得泪水涟涟，便用翅膀揩拭眼睛。

哈里发听着公主的叙述，陷入了沉思。

"如果我感觉不错，"他说，"在我们两人的不幸中可能存在某种神秘的联系。然而我又在哪儿能找到解开这个秘密的钥匙呢？"

猫头鹰回答道："噢，先生，我同样也有这种感觉！在我还很小的时候，有一位聪慧的夫人曾经预言，说一只仙鹤能带给我巨大的幸福！我也许知道，我们该怎样救自己。"

哈里发大吃一惊，便问她指的是什么方法。

"那个使我们两人遭到不幸的巫师，"猫头鹰说，"他每个月都要到这废墟来一次，和他的同伙在离我房间不远的一个厅堂里大吃大喝，好几次我都听见他们在那边讲话。他们相互吹嘘各自所做的缺德事，他没准儿会说出你们忘记了的那个咒语来。"

"啊，可爱的公主！"哈里发叫起来，"快快告诉我，他什么时候来，那间大厅又在哪里？"

猫头鹰沉默片刻，然后说道："请别见怪，你们得先答应我一个条件，我才能满足你们的愿望。"

"说呀，快说呀！"查希德吼起来，"只管吩咐好了，我什么条件都答应！"

"我直说吧，我也一样想赶快获得自由，而要做到这点，必须你们二位中间的一个向我求婚。"

两只鹭鸶听了这要求，一下子都愣住了。哈里发示意他的大臣，跟他出去一会儿。

"大臣，"他们出了门，哈里发就说，"这可是件荒谬的交易，不过，你娶她蛮好的。"

"我娶她?"大臣应道,"那我回家我老婆不把我眼珠子抠出来才怪呐?再说我也老了。而你还年轻,又没结过婚,不正好向这个年轻貌美的公主求婚吗?"

"问题就在这儿,"哈里发叹了一口气,忧心忡忡地耷拉着翅膀,"谁告诉了你她年轻貌美?这不等于黑布袋里买猫吗?"

他们两个你劝我,我劝你,谈了好一阵子。最后,哈里发看出来,他的大臣宁肯当一辈子鹳鸶,也不愿娶猫头鹰为妻,就只好咬咬牙自己满足这个条件。猫头鹰听了高兴得手舞足蹈。她说,他们来得再巧也不过了,好像就在今晚上,巫师们要来聚会。

猫头鹰领着两只鹳鸶离开她的小屋,朝那间大厅走去。他们在一道阴暗的长廊里走了很久,终于,从一堵半倒塌的墙后边射来了明亮的光线。他们走到了大厅外边,猫头鹰提醒两只鹳鸶动作轻轻的,不要弄出响声。从面前的一个墙缺口,他们可以看到下面的一座大厅,厅的四周全是高大的圆柱,装饰得富丽堂皇。五颜六色的灯光取代了太阳光,大厅正中的一张圆桌上放满了美味佳肴。围绕着桌子的软椅上坐着八个男人。两只鹳鸶一眼就认出了那个卖魔粉给他们的小贩。他的邻座正在请他讲最近有何作为。他讲了很多很多,也提到哈里发和他大臣的事。

"你究竟给了他们一句什么咒语?"一个巫师问。

"一句很难的拉丁语,就是——姆塔波尔。"

* V

站在墙缺口处的两只鹳鸶一听到这咒语,高兴得几乎控制不住自己。他们迈开长腿,拼命朝废墟跑去,猫头鹰好不容易才跟上他们。到了那儿,哈里发无限深情地对猫头鹰说:"你是我和我大臣的救命恩人,为了感谢你为我们所做的一切,请让我作你的丈夫吧!"

然后他面向东方,和大臣一起弯下他们长长的脖子,朝着刚从山那边冉冉升起的红太阳三鞠躬。"姆塔波尔!"他们叫道。话音未落,他们已恢复人形!为此他俩高兴得又是哭,又是笑,同时紧紧拥抱在一起。

可是,当他们回过头来,有谁描述得出他们的那份惊讶啊?一位穿着华丽的美貌小姐站在他们面前,她笑眯眯地握住哈里发的手。

"还认得出您的猫头鹰吗?"她问。

原来她就是那猫头鹰!她美丽的容貌和优雅的风度令哈里发如痴如醉。

接着,三人一起向巴格达城走去。哈里发一摸他的衣服口袋,里面不仅有装魔粉的小盒子,钱包也还在,于是就用钱在附近的一个村庄里购买了路上的必需品,没多久已来到巴格达的城门口。哈里发的出现使人们大吃一惊,因为据说他已经死了。老百姓看见自己爱戴的君主归来,个个兴高采烈。

他们对骗子米孜拉的仇恨一下子如火山爆发,跑进皇宫捉住了老巫师和他的儿子。哈里发也就是国王下令把老巫师关进废墟,吊在公主变成猫头鹰时待的那间屋子里。巫师的儿子对父亲的魔法一点不了解,哈里发就让他自己选择:要么去死,要么嗅那魔粉。他选择嗅魔粉,大臣于是把小魔盒递给了他。他猛吸一口,同时哈里发为他念了咒语,他立刻就变成了一只鹭鸶。哈里发吩咐把他关进铁笼子,放在自己的御花园里。

查希德国王和他的妻子,也就是印度公主,幸福地生活了很多很多年。每天下午大臣进宫来拜谒，是他最愉快的事，这时他们常常回忆被变成鹭鸶的种种经历。谈到兴头儿上，哈里发还不顾自己的身份，屈尊模仿大臣变成鹭鸶后的可笑模样。他一本正经地挺直双腿在房里踅来踅去，一边发出鹭鸶"笃笃笃"的叫声，一边把手臂当作翅膀来回扇动。他还学大臣当时冲着东方直鞠躬，可就是记不起咒语，只好"姆——姆——姆"地叫个不停。这样精彩的表演每次都使哈里发的妻子、儿女十分开心。但是每逢哈里发没完没了地学他以前的傻样，老是鞠躬和"姆——姆——姆"地一个劲儿怪叫，大臣就会笑嘻嘻地发出警告：再闹下去，小心他会把他俩当初在猫头鹰公主门外讨价还价的那些话，原原本本地告诉他的王后。

18世纪末，和整个欧洲文学一样，德国文学的发展也进入了浪漫主义时期。在文学史上以创作童话著称的威廉·豪夫（Wilhelm Hauff，1802—1827），便是德国后期浪漫派的重要作家之一。他虽然只活了短短25个年头，创作多集中于其过世前的一两年内，以童话和小说为主的成果却相当丰富。特别是被世人称作"豪夫童话"的前者，更如《格林童话》一样不但在德国家喻户晓，而且被译成各种语言，受到了全世界的孩子和青少年，甚至也包括成人在内的广大文学爱好者的喜爱。《豪夫童话》理所当然地进入了世界儿童文学经典的行列。

说到《格林童话》，大家都知道它是德语文学的一大瑰宝，在世界童话之林中与丹麦的《安徒生童话》一起形同双璧，占据着最显要的、至高无上的地位。《豪夫童话》比《格林童话》晚产生十多个年头，同为重视民间文学搜集整理的德国浪漫派的重要成果,在整个风格情调上深受追求奇异、重视想象的浪漫主义文风的影响。不过,在《豪夫童话》和《格林童话》之间,仍存在着一个重要而显著的区别:《格林童话》乃是格林兄弟收集、整理的民间童话,《豪夫童话》却与《安徒生童话》一样系作家创作,因此在德语文学史上也就有了"艺术童话"这个名称,以区别于民间童话。

由艺术童话这个称谓,我们大致就可知道这类作品的特点。那就是它们一般都更富于艺术性,更讲究谋篇布局,情节也更曲折复杂,人物刻画、环境描写也更深入、细腻,时代精神和社会意义也更浓重、强烈,读者对象也已经不限于儿童。从一定意义上讲,艺术童话实质上就是具有童话特征的小说,即童话小说。

童话小说(Märchennovelle),是Novelle(中、短篇小说)与童话(Märchen)这两种体裁的结合,因而既非纯粹的小说,也非通常的童话。这本身已体现浪漫派创作的一个重要特点,即模糊和取消各种不同体裁之间的界限,例如除去童话小说之外,浪漫派作家还写了不少童话剧,等等。①

在德语文学中,艺术童话或者说童话小说,算得上是一种传统久远和独具特色的样式。从歌德开始而迄于当代,许许多多的大作家都进行过艺术童话的创作,特别是在19世纪上半叶的浪漫派时期,这种样式更发展到了登峰造极的地步,产生了无数的名篇佳作,如霍夫曼的《侏儒查赫斯》和《金罐》,福凯的《水精昂蒂娜》(旧译《涡堤孩》),沙米索的《彼得·施勒密奇遇

---

① 浪漫派创作的另一特点是喜欢写"断片"(fragment),所以他们的长篇小说多为未完成。

记》（亦译《出卖影子的人》）等，都流传至今，闻名遐迩。后来的施笃姆、黑塞、格拉斯等著名小说家，同样也在艺术童话的创作方面有所建树。但以这一特殊体裁创作的数量和质量论，像掠过夜空的彗星一样英年早逝的威廉·豪夫，则无疑是其中一位最引人注目的佼佼者。

豪夫1802年出生在德国的斯图加特市，早年在迪宾根大学攻读神学和哲学，毕业后当过家庭教师和报纸编辑。他虽然写过一部开德国历史小说先河的长篇小说《列支敦士登》，也成功地创作了一些中篇小说和诗歌，但是威廉·豪夫这个名字之所以留在文学史上，之所以迄今仍为世人熟知，主要还是因为他奉献给了读者一系列成功、感人的艺术童话。

《豪夫童话》可以说是德国艺术童话的杰出代表。它尽管篇数有限，题材内容和艺术风格却称得上丰富多彩。故事不仅发生在他德意志祖国的城市、乡村和莽莽黑森林（《冷酷的心》和《年轻的英国人》），也发生在遥远的异国他乡，如广袤的阿拉伯大沙漠（《营救法特美》《赛义德历险记》），如荒凉的苏格兰小岛屿（《施廷福岩洞》），等等。

在风格上，《豪夫童话》更是兼收并蓄、广采博取，既富有民间童话善恶分明的教育意义和清新、自然、幽默的语言特色（《鹭鹭国王》《小矮子穆克》和《长鼻儿矮子》），也不乏浪漫派童话小说的想象奇异、诡谲、怪诞，气氛神秘、恐怖（《断手》《幽灵船》《施廷福岩洞》）。但与此同时，它又有不少区别于或者说优异于民间童话和一般浪漫派艺术童话的地方。例如，豪夫童话的人物已不再如民间童话似的简单化、模式化，而多半有了一个性格形成和发展的过程，因此更加栩栩如生，有血有肉，其行为动机、经历、遭遇和结局也更加令人信服。《冷酷的心》的主人公年轻烧炭夫彼得，便是一个塑造得很成功的典型，而德意志民主共和国根据这篇童话所拍的同名电影，在20世纪五六十年代时在我国放映以后，更把主人公彼得的形象深深地刻在了当时的一代观众的记忆中。较之一般浪漫派作品，《豪夫童话》则更富有现实性和社会批判意识。从总的倾向上看，《豪夫童话》的基调都比较明朗、欢快，都更富有积极乐观和向上进取的精神。

具体说到《鹳鸟国王》，情节滑稽有趣，语言自然、轻松而又幽默，还有一个值得注意的特点，就是反映出了阿拉伯传统文明对德语文学的巨大影响。这影响在德国和欧洲可谓由来已久，广泛深远，具体到《豪夫童话》则主要来自早已在德国家喻户晓的《一千零一夜》，这影响不只涉及故事发生的地点和情节，也涉及讲述故事、展开情节和刻画人物的艺术风格。因此，豪夫的艺术童话或曰童话小说，也值得我们比较文学和文化交流的研究者注意。

4. 凯勒的幽默小说

事在人为

约翰·卡比斯，塞尔德维拉城一位快满四十的体面男子，他有一句经常挂在嘴边上的名言，即"人人都必须是、应该是，也能够是自身幸福的锻造者"。为达此目的，他说，还无须大叫大嚷，折腾来又折腾去。

瑞士幽默小说家凯勒

一个好样儿的,他更经常讲,应该从从容容、漂漂亮亮地几榔头,就打出自己的幸福来!他所讲的幸福,还不仅仅是你我所想的获得生活必需之物;而是要啥有啥,绰有余裕。

因此还年纪轻轻,他便初显身手,漂漂亮亮地敲了第一榔头儿,也就是把他的名字约翰尼斯,改成了英国人常叫的约翰,给自己脑门儿绕上一圈盎格鲁-撒克逊的灵光,使自己区别于所有其他瑞士佬,提早为日后的飞黄腾达做好了准备。

完成这一壮举后,他便静悄悄地过了一些年,既不学习,也不干事,可又不胡搞乱来,而只是心安理得地坐等。

无奈幸福却不肯上钩,他便又敲了出色的第二榔头儿,索性把自己卡比斯这个姓中的字母I改Y,使这个(有的地方念卡彼斯)意思为圆白菜的德语词,带上了一股子洋味儿。这一来他便相信,我约翰·卡比斯该更有理由交好运了吧。

谁知一晃又是几年,他眼看三十出头,祖遗的一点薄产尽管省吃俭用,精打细算,也终于花光了,幸福却仍然不肯光临。到了这步田地,他才真正着起急来,考虑要老老实实地干一件事。从前,他经常羡慕许多塞尔德维拉市民,羡慕他们仅仅在自己的姓后面添上个女人的姓,就堂而皇之地开起大商号来了。有一阵,也不知从哪儿和怎样就忽然刮来了这股风,总之,它看来很对那些爱穿红绒背心的先生们的口味,转眼间全城各个角落都听见了这种冗长的双姓。大小店铺的招牌上,住家户的门板上,打钟绳上、咖啡盏和茶匙上,无不写着它们。而且有一段时间,城里一周出一次的报纸,竟也充斥着告白和启事,内容无外乎都是某某人启用某某复姓。对于新婚夫妇们,能尽快在报上登出这么一则启事来,更是成了蜜月期中的一大乐事。自然啰,这中间也产生了某些嫉妒与非议。试想想，一个臭皮匠或别的被瞧不起的人，仅仅用上个双姓便想在社会上出人头地，又怎能不遭人指摘非议，嗤之以鼻呢？尽管他是完全合法地占有着老婆的那一半。经验表明，姓氏的连缀关系着谱系的改变，历来是上流社会这部大机器里一个既有用，又脆弱的小零件；所以，靠加长姓氏挤进上流社会的外来者是一个还是更多，大家到底是不能漠然视之的。

不过对约翰·卡比斯来说，他名字的这一根本改变无疑将会成功。形势逼人，他必须毫不迟疑地打出他最漂亮的一锤，作为一个锻造自身幸福的老铁匠，他虽然并不成天地敲来打去，可到了节骨眼儿上就不能不露一手了。也就是说，约翰开始不声不响地，然而十分坚决地，物色起对象来。瞧吧，有志者事竟成！就在约翰下定决心的那个礼拜，一位老太太便带着个待字闺中的女儿来到塞尔德维拉住下啦。老太太自称奥利华夫人，女儿自然就叫奥利华小姐。卡比斯－奥利华！这声音立刻在约翰的耳朵里响起来，并不断在他心中引起回声：用这个姓先开一家小商号，要不了几年定能创出一份大家业！主意一定便着手行动，他用自己的全部行头精心装备起来。

他那装备包括：一副金丝眼镜；三枚用金链子缀在衬衫上的珐琅扣；一条交叉在撒花坎肩前胸的长长的金表链，外加各种零七八碎的附件；一枚巨大的胸针，上面嵌着一幅滑铁卢大战[①]的袖珍画；三四枚大戒指；最后，一根藤手杖，杖头是做成贝壳形状

---

① 1815年，英国和普鲁士及其联军在比利时的滑铁卢取得对拿破仑的决定性胜利。

的观剧用的单眼镜。此外,他在口袋里还带着几件宝物,是他要坐定以后才掏出来摆在面前的,计有:一个大大的皮烟斗套,套里藏着只海泡石烟斗,烟斗雕成了被缚在马背上的玛泽巴①形象,乃是他最珍爱的一件东西,因此每当他抽起烟来,雕像上的人和马都要翘得来和眉心一般高;其次是一个金锁扣雪茄匣,匣中躺着一排排上等雪茄,外面裹着一张红白二色相间的虎皮纹纸;还有一个惊人豪华的打火机,一只银鼻烟壶以及一块描花的小记事板;最后,才是那个精致和复杂得无以复加的钱包,里面有许许多多神秘莫测的夹层。

　　在约翰看来,这全部东西加在一起才构成一个幸福男子的理想装备;所以,他还在小有家财之际便购置了这些东西,为自己的一生预先定下了基调,可以说是既勇敢又不无远见的。须知今日,这些东西与其说是一个爱虚荣的平庸男子装门面之物,还不如说已成了他磨炼意志、毅力和得到安慰的依靠。眼下虽然天时不利,可他仍得为有朝一日时来运转做好充分准备;谁不知幸福就跟个贼似的,不定哪天晚上便会闯进他家里来哩。因此他宁可饿死,也断不肯卖掉或当掉其中哪怕最不重要的一件两件。不管在世人眼中或是自己眼中,他都绝不能成为一个叫花子,所以便学会了在保持体面的情况下,苦熬苦挨过日子的本领。为了不遗失、损坏、打碎或弄乱任何一件东西,他还规定了自己的举止要安详、文雅。喝酒及其他使人烦躁的任何事,他都绝不允许自己去做;难怪他十年前买下的玛泽巴烟斗,至今还不曾折断一只

---

① 伊万·玛泽巴(1640—1709),乌克兰哥萨克起义领袖,拜伦和普希金都歌颂过他反抗沙皇统治的斗争。

马耳朵或敲掉那高高翘起的马尾巴，就连皮包和匣子上的钩儿环儿，一个个也都开关自如，跟刚造成时一般无二。除去所有这些装饰品外，他对他那外套与帽子也爱护备至，并且永远拥有一件干净衬衫，以使那些扣子、链子和别针有个雪白的衬底。

要做到这些，才不像他那句名言中说得那么容易哩；可世人们往往把一种天才的成就，错误地说成是不需花力气的。

倘使两位女士是幸福的化身，那这幸福便会心甘情愿地投进约翰张开的网中；她们一见他文质彬彬，满身珠宝，便觉得没有白来塞尔德维拉，要找的人终于找到啦。约翰整天悠哉游哉，她们便想这准是个生活舒适而有保障的食利者或年金领取者，家中秘藏着不知多少票据。她们提起自己家道不错，却发现卡比斯先生似乎对此并不在意，便聪明地打住话头，相信吸引这位君子的仅仅是姑娘的人品。长话短说，不到几个礼拜，约翰便与奥利华小姐订了婚，接着就去京城，订制精印上他们那高雅的双姓名片，做一块漂漂亮亮的招牌，并为即将开张的呢绒绸缎号建立几处必要的信用关系。一时兴起，他还买了两三把精致的尺子，数十本印有麦扣利①标志的支票簿，标价签和带金边的小标签，以及账本等一应物品。

事毕，他兴冲冲地赶回去见他的未婚妻。在约翰眼中，她百事都好，不足之处就是脑袋稍显大了些。她快快活活地迎接着自己的未婚夫，听他报告旅行经过，然后告诉他，结婚必需的新娘一方的证明文书已经到了。她说这话时微微笑着，显得有点儿吞吞吐吐，似乎有件并非十分重要，却又不是完全没有意义的事要

---

① 罗马神话中的商业神。

让他知道。一切过场走完了,最后才弄明白:奥利华老太太诚然是位寡居的贵夫人,小姐却不过是她年轻时的私生女,因此无论公私场合,都只能用她娘家的姓氏,也就是姓霍依普特尔[①]!新娘子因此叫霍依普特尔女士,他们日后的商号便叫:约翰·卡比斯-霍依普特尔,译成德语意思即为圆白菜小脑袋汉斯。

未婚夫呆呆站着,半天说不出一句话,眼睛瞪着他那不吉利的未婚妻,终于喊道:"长他妈这么个大脑袋还叫霍依普特尔!"

未婚妻又羞又怕,低下头,以待风暴过去。她做梦也没想到,对卡比斯来说,她有一个漂亮的姓至关重要啊。

卡比斯二话没说,便冲回自己家中,以便把事情好好地考虑考虑。谁知在路上,有些捣蛋鬼便叫起他小脑袋汉斯来,显然已经知道了他的秘密。有三天三夜,约翰独自一人在房中,像个老铁匠似的翻来覆去敲打这件被自己做坏了的活计。第四天一早,他总算打定了主意,又去到母女俩家中,提出要和老太太结婚,而不是和她的闺女。谁料老太太也打听出卡比斯先生家中并未藏着什么票据,当下便大为震怒,毫不客气地给他吃了闭门羹,随后自己就带着女儿离开了塞尔德维拉。

卡比斯先生眼睁睁看着光辉灿烂的奥利华母女,像个肥皂泡似的一闪一闪地在蓝天里消失了,手中还握着他那把锻造幸福的大榔头,显得十分狼狈。他自己最后一点积蓄,也因这次交易花得精光。临了儿,他不得不狠下心来找点事儿做,以便至少把生活维持下去。他将自己估量了又估量,发现除能刮一手好胡子,操刀和磨刀还在行以外,便别无他技。于是他便买了个大面缸,

---

[①] 霍依普特尔,意为小脑袋。

开起一家小小理发铺来。铺门上挂了块写着"约翰·卡比斯"的牌子,这是他自己动手锯断了那块漂漂亮亮的大商号招牌,痛心地扔掉了失去的奥利华那一半做成功的。然而,"白菜脑袋"这个雅号却留下来,并为他在城里招徕了许多主顾。往后一些年,他便在刮脸和剃刀中讨生活,过得倒满可以。他曾经挂在嘴边那些壮语豪言,似乎也完全忘记了。

据说有一天,他店里来了位顾客,一个刚出远门归来的塞尔德维拉人。在约翰朝他脸上抹皂沫的当儿,此人随口问了一句:"从你招牌上看,塞尔德维拉倒还有些姓卡比斯的人吧?"

"鄙人是族中最后一名,"理发师不无自豪地回答,"敢问先生,您干吗打听这个?"

陌生人一直不作声,直等到他的胡子刮完,打整干净,一切停当,钱也付了以后,他才重新提起话头来说道:"在奥格斯堡①,我认识一个有钱的老头子。他经常向我提到,他的祖母也出生在瑞士的塞尔德维拉城,娘家便姓卡比斯。老头子好奇得要命,非常想了解此地还有没有他祖母族里的人。"说罢,主顾便出店去了。

白菜脑袋却把这事反复地思来想去,想着想着,一下子十分激动。他隐隐约约回忆起确曾听人说过,在很多很多年以前,他有一位老辈子嫁到了德国,从此杳无音信。此刻,一股子对亲眷的脉脉温情,一种对于自己宗族谱系充满浪漫味儿的兴趣,油然产生在他心里,以至他担心起来,怕那位主顾不会再露面。根据此人胡须的长势判断,他两天以后非来不可。果然,他如期来

---

① 德国城市。

了。约翰为他抹好皂沫,在刮脸时好奇得手都微微颤抖了。一刮完,便再也忍不住,立刻详详细细打听起来。顾客回答说:"那不过是位叫亚当·里图姆莱①的老先生,他讨了个老婆,可是没有小孩,就住在奥格斯堡的X街。"

上床后,约翰把这事又琢磨了一夜,居然在天亮前重新鼓起了勇气,要使自己真正幸福起来。第二天一早,他将礼拜天穿的讲究衣服装进一只旧背囊,把精心保存下来的全套饰物捆成个小包,把一应身份证明以及受洗凭证都揣在身上,便锁了店门,立即上路向奥格斯堡走去。一路上,他跟个老成的手艺人一般沉默寡言,毫不引人注意。

终于,奥格斯堡的钟楼和绿色城垣在望了,他于是取出身上的钱来点了点,发现所剩无多,必须捏紧手头,才能在事情不成功时还有回家去的盘缠。因此他找了很久,才找到一家最便宜的客栈住下。他走进客房,发现所有桌子的上方都挂着手艺人的标记,其中也有铁匠师傅的。作为自身幸福的锻造者,他当即坐在铁匠的标记底下,希望讨个吉利。天色尚早,他便吃了顿早饭,给身体增加一点力气。然后,他回到自己的小房中,穿戴打扮起来。他将自己打磨了又打磨,全部装饰都上了身,还有那个看歌剧的单眼镜,他也没忘记旋到手杖上去。老板娘见他一身华丽地走出房来,吓了一大跳。

为找到他一心想找的那条街,他走了很久很久。终于,他来到了一条很宽的胡同里,看见两边全是古老高大的邸宅,可是却

---

① 据《圣经》记载,亚当是人类祖先的名字。作者为此人取名亚当,不是没有用意的。

一个人影儿也没有。最后总算看见一个小女孩，手提一把泡沫翻腾的锃亮的啤酒壶打他身边走过。

他拉住她，问亚当·里图姆莱老爷家住哪里。小女孩抬手一指，原来他已站在人家门口啦。

他好奇地仰起头来一望，只见门大楼高，窗户宏敞，墙上的装饰浮雕和飞檐凸线多不胜计，看得我们这位寻找幸福的穷光蛋目不暇接，眼花缭乱，竟至害怕起来，担心自己这回干的买卖是否太大了些；须知他面前这所宅子，简直跟座宫殿似的。尽管如此，他还是轻轻推开沉重的大门，溜了进去，来到一间华丽的楼梯间。一道石楼梯分两段通向楼上，在一段与另一段的转接处留着很宽的平台，两边扶手上包铁又大又多。从楼梯底下望去，穿过一扇开着的门，可以望见阳光中的一座座花坛。约翰轻手轻脚走去，希望在那儿碰上一个用人或者园丁，结果除了一个长满奇花异草的老式大花园外，却谁也没瞧见。在花园中，还有一座石砌喷泉，以及围着喷泉的各式各样雕像。

园中一片死寂，他又退回来，顺着楼梯上去。楼上的四壁，挂着已经泛了黄的大地图和古代帝国城市的平面图，图中间是林立的城堡，图角上还饰以很精美的寓意画。在许多扇房门中，有一扇橡木门仅仅虚掩着，不速之客便把它推开一半。但见房里的睡榻上，摊手摊脚躺着个相当俏丽的女子，看来睡得十分香甜，正在编织的毛衣已从手里掉到地上，虽然眼下才早上十点钟。由于房间很深，约翰便把贝壳形手杖头举到眼前，透过望远镜仔仔细细观察那位睡美人，心扑通扑通直跳。睡美人穿着绸衣，身上的圆圆曲线一一呈现出来，使这间屋子在约翰眼中变成了一座神奇的宫殿。他神经紧张地抽身回来，继续小心翼翼，一步一步往上走去。

最顶上一层的楼梯间简直就是兵器室：墙上挂满历代武士所用之物，生锈的铠甲、铁盔、辫子时代①的宫中卫士服、长剑，以及包金的大炮点火棍，全都纷然杂陈在一起。此外在角落里，还蹲着几尊小而精致的铜炮，古老得已经变成绿色的了。一句话，这是位大贵族的府邸，约翰心里顿生敬意。

这当儿，蓦地传来一阵怪叫声，近在他的身旁，跟个大娃娃在那儿哭差不多。那叫声一直不断，约翰便循声走去，想借此机会找到住在屋子里的人。他推开旁边一扇门，发现里面是一间骑士厅，从屋顶至墙根挂满了画像。地面由六角形彩色瓷砖砌成，天花板上用石膏塑成人物走兽、果实累累的花环和贵族世家的纹章，全跟实物一般大小，几乎悬挂在空中。在壁炉上一面五六尺高的镜子跟前，站着个干巴老头儿，一张铁青色的脸，体重充其量超不过一只小山羊，穿着件猩红色天鹅绒睡衣，面孔上全是肥皂泡泡。只听他急得咂咂跺脚，哭声哭气地直叫唤："我刮不动！我刮不动！刀钝了！刀钝了！可谁都不来帮助我哟，上帝！上帝！"

当他在镜子里看见一个陌生人时，立刻不响了，转过身来，手里握着剃刀，愣愣地望着约翰，出现害怕的神气。这一位呢，便从头上摘下帽子，一边鞠躬，一边向前走，随后索性把帽子放下，笑嘻嘻地从老头儿手里接过剃刀来，用指头试了试刀刃，试完便把刀口先在自己的皮靴上擦了几下，在手心中荡了两荡，接着便抓过小毛刷来，在肥皂盒里打出一层厚厚的泡沫。总而言之，不消两三分钟，他便将那小老头儿的面孔刮了个清清爽爽，干干净净。

---

① 昔时德国男子也在脑后留着一条小辫，19世纪初废去。

"请原谅,阁下!"一切停当了,约翰才开口道,"请恕鄙人如此冒昧!不过,目睹着您的尴尬处境,我忍不住上前助一臂之力,借此也把自己引荐给您。敢问尊驾莫不就是亚当·里图姆莱先生?"

老家伙仍然愣愣地瞪着陌生人,随后转过身去照照镜子,发现自己的脸从来不曾刮得如此干净,才又回过头来,脸上出现惊喜参半的表情,再一次打量这位艺术家,满意地看出他乃是一位正人君子。不过即使这样,他在问约翰是什么人和因何到此时,语调仍旧并不客气。

约翰清了清喉咙,回答说,他是塞尔德维拉城的卡比斯,眼下旅行路过此地,不放过机会来拜望一位太姑婆的后裔,向他表示自己的敬意。

他装得活灵活现,好像从小尽在听人给他讲这些姓里图姆莱的亲戚似的。这一来,老头儿真个喜出望外,马上和颜悦色、兴致勃勃地喊道:"哈!如此说,卡比斯家族还兴旺着啰!人丁多不多?家事可体面?"

说话间,约翰已像个在外漫游的手艺人面对着城门口的稽查老爷,从身上掏出证明文书来递了过去。他一面指着文书,一面脸色阴郁地说:"人早已不多,就说我吧,已经是全族的最后一名后裔了啊!不过,体面始终都是体面的!"

这一番话叫老头儿既惊讶,又感动,不禁伸出手来,连声对他表示欢迎。两位先生迅速弄清了各自的辈分,里图姆莱又一次发出欢呼:"啊,咱俩原来还是近亲!请过来,亲爱的侄儿,过来瞧瞧您这位尊贵而杰出的太姑婆,我亲爱的祖母大人吧?"

说完便领着约翰在大厅中转来转去,最后站在了一位身穿世纪服装的美丽夫人像前。在相框的角上,有一张卡片,注出了像上人物的姓名、身份;其他所有画像,也都钉着这么一张标签。无疑,像上原本也有拉丁文题签,而且,这些题签和卡片上的说明,实际上却是牛头不对马嘴的哩。约翰·卡比斯站立像前,心中暗自想道:"这一榔头可让你砸准了呵!你看像上这位和蔼可亲地瞅着你的贵夫人,可正是将带给你幸福的女先人啊!"

他心中自言自语着,耳畔又响起了里图姆莱的声音。在约翰听来,这声音真如同音乐一般悦耳。里图姆莱说,千万别提继续旅行这些话,为了加深他们之间的亲近,亲爱的侄儿说什么也得留下来作客,能待多久尽量待多久。要知道这位侄儿先生的珠宝首饰已经落到他眼里,使他心中充满了对约翰的信任。

他当下便猛力拉起铃来,应着铃声陆续跑来了几个仆人,一一地向侄少爷请了安。最后,约翰在底楼见过的那个睡美人也露了面,脸蛋儿睡得绯红,眼睛尚未完全睁开。在老头儿向她介绍新来的客人时,她才一下张大了双眼,对这不速之客的出现显得既好奇,又兴奋。接下去,约翰被领着在其余的房间里走了一遭,还让硬劝着美美地吃喝了一顿。席间,夫妇俩不停地给他捡好菜,同时自己也吃得跟什么时候都食欲旺盛的娃娃一般高兴。这使客人乐不可支,他从此看出,这是两位生活阔绰、乐于享受的人。他这方面呢,自然也不失时机地给了主人一个高雅的印象。在紧接着的午餐桌上,这印象得到了彻底的巩固;因为每端上一道夫妇俩中任何一个人最心爱的菜来,约翰·卡比斯都大吃特吃,赞不绝口。他多年来培养成的雍容大方的气派,更增加了他这赞词的价值。主客三人豪兴大发,又吃又喝,古往今来,恐怕还没有三位有身份的人,像他们这般尽情地、问心无愧地享受过生活吧。对于约翰来说，这犹如一步登天，而在这个天堂里，似乎不可能有因犯罪而罚往下界这种事情。

总之，一切满意，万事顺心。他在这贵族之家一晃便住了八天，对它的每一个角落都已经熟悉。他想方设法为老头子消磨光阴，陪他散步，替他刮胡子，而刮胡子这一点又最得老头子欢心。须知他刀法轻盈，刮在老头子脸上唯有一种春风拂面之感。约翰发现，里图姆莱先生已开始认真考虑什么问题了，而且只要他一提走的事，哪怕仅仅是暗示暗示吧，老头子都十分骇异。他于是断定，时机成熟了，现在又该他来漂漂亮亮地打一榔头啦。因此，在第八天晚上，他就向主人明明白白地谈出了自己马上要走的打算，理由是倘若再住下去，势必使离别更加难受，而且他要重新适应普通人的生活，也会感到更加困难；身为男子汉，他决心承担起自己的命运，承担起他作为全族最后一名男嗣的命运，他必须兢兢业业，深居简出，以保持自己家族的荣誉，直至油尽灯灭的那一天。

"随我来吧，贤侄，随我到上面骑士厅去！"亚当·里图姆莱先生喊道。到了骑士厅中，他神色庄严地走过来，走过去，最后终于开了口："请听我的决定和建议吧，亲爱的侄儿！您是你们族中的最后一人，这命运是够惨了！可我呢，我要承担的命运，也并不比您轻松些！您瞧瞧我，好好地瞧瞧我！我可是咱家族的头一个人哩！"

老头儿说着便自豪地挺起胸部，约翰也果真瞧着他，可瞧来瞧去，也瞧不出什么奥妙。此时对方又讲起来："我是咱家族的头一个人，这就意味着，我下了决心，要创立一个伟大而光荣的家族，一个与您在这大厅墙上所看见的家族一样的家族！也就是说,这些画像上的人,并非我的祖先,而是本城一个现已死绝了的贵族世家的成员。三十年前,我初到此地,正赶上这所房子连同家具遗物一起出典,我当即一股脑儿买了下来,作为实现自己毕生梦想的根基。为只为,我虽广有家财,却没名没姓,连祖先是谁也不清楚。我甚至不晓得,我那讨了一位卡比斯小姐的祖父,叫个什么名讳。一开始,我采取了个补救办法,宣布这些画上的老爷夫人统统是自己的祖先,把他们一些称作里图姆莱,一些称作卡比斯,跟您在这些标签上所见的一样。但可惜的是,我只回忆得起家里的六七个人,剩下一大堆画,这四百年历史的结晶,我便怎么也奈何不了。唯其如此,我对未来便抱着更加殷切的希望,深感有必要创立一个源远流长的家族,我本人则要做这个家族受人尊崇景仰的老祖宗。我自己的像也早已请人画好啦,同时还制作了一张家谱,在这家谱的最底下,已写上了我的名字。可谁能想到,我这人竟命里多舛!我先后讨了三位太太,却谁也不曾为我养一个闺女,更甭提传宗接代的儿子了!前两位太太我已与其离婚,她们一出门跟别的男人一块儿便又养儿,又养女,好不可恶!眼下这位呢,我讨到家已经七年,要是放出去,结果也准保一样。"

"您这一来,亲爱的侄儿,倒使我有了个办法啦。这样的办法,在历史上大小王朝,都是屡屡使用过的。您有什么意见:我想把您当亲生儿子一般看待,立您为合法继承人!为此,您需要做的是,在表面上把您对自己家族的承袭责任放弃(您反正是族中的最后一名嘛),而在我死后,即继承遗产之际,也继承我的姓氏!在这之前,我要暗中放出消息,说您是我的私生子,是我年轻时一时莽撞所结下的果实。喽,接受这个建议吧,千万不要反对！在以后我们也许可以再作个书面宣布，譬如写篇回忆录，写一本不长的小说，或写一篇耐人寻味的爱情故事什么的。在故事中，我可以充当一位热情而冒失的小伙子，年轻时种下了不幸，到了老年才加以挽回。最后您必须保证，将来以我亲自从本城名门闺秀中挑选的女子为妻，把我所开创的事业继续下去。这些，就是我的全部建议。"

约翰聆听着老头子的话，脸一会儿红，一会儿白。他这倒并非害臊或者恐惧，而是又惊又喜。他惊喜的是，幸福终于到来，他终于凭着自己的智慧促使它到来。然而，他并不因此便昏昏然，而是做出一副十分为难的模样，似乎对牺牲自己的光荣姓氏与合法出生这点，思想斗争很激烈。他以礼貌得体的措辞，请求给他二十四小时考虑时间，说罢就跑到美丽的花园中，冥思苦索，走来走去。园里百花盛开，紫罗兰、丁香、玫瑰、皇冠、百合，以及花坛中的　牛儿草和枝头上的迎春花叶，还有一株株小小的桃金娘和夹竹桃，都一起在向他眨着可爱的眼睛，向它们这位新主子致意。他享受着灿烂的阳光和馥郁的花香，在浓绿的树荫下和清凉的泉水边徜徉了半个钟头，然后便板起面孔，走出门去。转过一个街角，走进一家烤饼店，约翰吃了三个热乎乎的肉饼，外加喝了两高脚杯美味的葡萄酒。随后，又回到花园，再走那么半小时，不同的只是这次嘴上衔着一支雪茄。他发现一个苗圃里长着又小又嫩的萝卜，伸手便拔出一丛，拿到喷泉边上冲洗。喷泉边上那些下半身为海豚的海神石像，一个个也谦卑地注视着他。他带着冲洗干净了的萝卜，去到一家凉爽的酒店中，就着萝卜喝了一大盅泡沫翻腾的鲜啤酒，一边还和酒客们拉家常。他努力把自己的家乡土话，改成柔和的斯瓦本话，以便于日后在本地人中抛头露面，有所发迹。

到了中午，他故意迟迟不回家吃午饭。为了回家后能装出食欲不振，他又提前吃了三根慕尼黑灌肠，喝了一大盅啤酒，并觉得这盅啤酒比上一盅味道还更好些。然后，他才蹙起额头，回到家中，坐上饭桌，瞪着汤盆，两眼发痴。

看着这光景，老头儿又气又怕，怕的是自己创立家族的最后一线希望又会落空。说起里图姆莱这老头儿，他有个事情不顺心时格外固执的脾气，简直完全不容别人分说。这当儿，他以怀疑的目光，打量着自己这个不识抬举的客人，心里在想，他到底还能不能成为家族的创始人呢？！事情不明不白，他再也受不了啦，便要求约翰缩短二十四小时这个考虑时间，马上做出决定。他担心，时间拖得越长，他侄儿的思想越古板。他亲自下酒窖取来一瓶陈年莱茵葡萄酒，那真是约翰做梦也不曾喝到过的。瓶塞一开，满室芳醇，加之那水晶杯还叮当悦耳地响着，人一下子便飘飘然如到了神仙境界。如此琼浆玉液，谁舌头哪怕只沾上一滴，鼻子底下马上就会变出一个开满鲜花的小小园子。两杯下肚，约翰·卡比斯终于软了口，说出了"同意"二字。公证人立刻被请来，一边饮着咖啡，一边立了一张具有法律效力的遗书。末了，假私生子和创立家族的老祖宗相互拥抱，可这拥抱并不如骨肉之间那么温暖、热烈，而是庄重得多，做作得多，就像两个各怀鬼胎的大人物，不期然碰到了一起似的。

自此，约翰便真的享起福来。他现在要做的，仅仅是不忘记自己的远大抱负，在父亲面前检点言行，以及按自己喜爱的方式花掉那一大堆零用钱。这一切，他全做得稳稳妥妥，自自然然。此外，他还穿得跟个男爵似的讲究。贵重的饰物他一样也无须再添置，他的天才正好表现在他多年前买下的那些东西，目前不只够用，而且刚好成了他眼下幸福的写照，就像做过精心设计。那胸脯上激烈展开的滑铁卢大战，反映出他志得意满；那肚皮上晃来晃去的表链流苏，表明他吃喝充足；他透过金边眼镜，傲睨人世；他拄着藤条手杖，显得聪明文雅，根基稳固；他用海泡石烟斗抽起上等雪茄来，更俨然是一位富于智慧的人士。说起这烟斗，它上面雕的那骏马已变成亮褐色，骑在马背上的玛泽巴却仍粉红粉红的，如人的肤色一般，行家见了无不赞叹这是件艺术杰作，并对它的两位创造者——雕刻家和抽这烟斗的人——肃然起敬。里图姆莱老爸爸也因此大受鼓舞，跟他的螟蛉之子学起抽海泡石烟斗来。他买了一大批同类烟斗，但可惜老头儿心太急，性太躁，怎么学也学不好这门高尚的艺术，做儿子的不得不时时指点他、纠正他，这就更增加了他对约翰的器重和信赖。

然而，两位男子很快又有了一桩更重要的事要做。做爸爸的催促再三，让儿子和他一道构思并写出那部小说，以便把约翰提高到一个私生子的地位。它应该是一份以回忆录片段形式写成的家庭秘密文书。为了避免引起里图姆莱太太的嫉妒与不安，他们在写作中必须严加保密，写完后稿子得悄悄锁进正待建立的家庭档案库里，直等到有朝一日家族兴旺发达了，方可以公之于世，以作为里图姆莱血统世系的历史佐证。

约翰却自有主意：等老头子一死，他便不再只姓里图姆莱，而要自称为卡比斯·德·里图姆莱了[①]。他对自己原来这个精雕细刻的姓氏，有着可以原谅的特殊感情啊。此外，他还决定毫不

[①] "德"字在法国人的姓中表示贵族身份，瑞士有一部分居民讲法语。

迟疑地把计划写的那本书付之一炬。因为它否定了他的光荣出身，使他认一个淫娃荡妇作自己的母亲。不过，话虽如此，他眼下仍得跟着干。唯有这件事，给他幸福的生活投下了一层淡淡的阴影。但他不露声色，在一天早上把自己和老头儿一道关进花园中的一间小房里，动手写起书来。到这时，他俩面对面坐在桌子旁边，才发现计划执行起来比想象中困难得多；要知道，在这以前，他俩谁都从未写过一篇哪怕才百来行的东西呵。他们根本不知道该如何开头，两人越是把脑袋凑拢一起，脑袋便越不顶用。末了，还是儿子想到，为了写一本长期保存的书，必须先有一捆结实漂亮的纸才行哩。这是理所当然，于是两人便上街去，在城里找起来。要找的纸已经找到了，可他们又觉得天气这么暖和，便你劝我我劝你地进了一家酒店，在那儿开怀畅饮起来。一连饮了好多壶，还吃了坚果、面包和香肠。吃着吃着，约翰突然大叫一声，说是故事的开头有了，要马上跑回家去写下来，不然就会忘记了的。

"那就赶紧跑吧！"老头子说，"我准备在此地构思后一部分。我觉得，这会儿也快成啦！"

约翰果真拿着那卷纸奔回小房子里，动笔写道：

"故事发生在17……，这一年年景非常好。那年头儿，一桶葡萄酒卖七古盾①，一桶苹果酒卖半古盾，一公升樱桃酒卖四巴岺②。此外，两磅重的白面包卖一巴岺，同样重的黑面包卖半巴岺，一口袋苹果八巴岺。牧草收成好，一只重达百斤的公山羊才卖两古盾

---

① 德国古金币名。
② 南德和瑞士古银币名。

哩。还有豌豆大豆收成也蛮好,可亚麻黄麻却不成,反过来油果脂肪又很好,总而言之,统而言之,老百姓都吃饱喝足啦,穿得孬是孬一点,灯可点得蛮亮堂。这一年好歹要完了,可新的一年又会咋样呢,大伙儿当然好奇得要命。那年冬天倒正常,又冷又晴朗,地头盖上了一床暖和的雪被,幼苗儿受到了很好的保护。可到后来,到底出了怪事啦。整个二月份,一会儿下雪,一会儿化雪,一会儿霜冻,不单闹得许多人生了病,而且到处都是冰凌儿,好像世界变成了个大玻璃铺,谁出门头上都得扛块木板,要不脑袋瓜儿准给掉下来的冰块戳破了。这时节,食物价格倒还跟上边讲的差不离,可到后来快开春,就稳不住了……"

这当儿,老头子兴冲冲地奔了进来,一把抓过纸去,也不念一念上边已写成的,二话不说就往下写起来:"这时来了一人,名唤亚当·里图姆莱。此人性子耿介,出生于17……此人来如春风,说到就到。他便是大伙儿知道的那种人。只见他身着红绒衫,头戴羽毛帽,腰佩一把宝剑。他还穿了一件金色坎肩,上绣一句格言:青年无德便是德!此人脚蹬金马刺,高高坐在一匹白驹上。他勒马冲进路边上的头一家客店,大喝道:'我天不怕,地不怕;既然是春天,我年轻人就该玩儿个痛痛快快!'此人样样都付现钱,大伙儿无不吃惊。他又喝烧酒又吃烤肉,吃完却讲:'这些玩意儿我统统不喜欢!'此人后来又说:'来呀,我的小美人儿,我爱你胜过烧酒和烤肉,胜过白银和黄金!我可天不怕地不怕哩。你愿也罢,不愿也罢,我要你干你就得干!'"

写到这儿,老头子突然顿住了,怎么也写不下去。父子俩便一块儿读已写成的部分,觉得还挺不错。此后八天,两人都待在一起,日子过得更轻松。他们常常去酒店,以获得新的启发,但

运气并非天天都有的。终于有一天,约翰又抓到了点线索,马上跑回家去,继续写道:

"里图姆莱老爷这话原来是对一位小妞儿说的。这小妞儿名唤小丽丝·费德施卑儿,家住在城外靠近森林和果园那块儿。她是本地生长过的一位最最迷人的美女,有一双小脚儿和一对蓝眼睛。她的身材长得美,压根儿不用穿衬胸衣,省下钱来便慢慢买了件紫绸衫,要晓得她穷着哩。因此,她整日里愁眉紧锁,模样儿显得更娇媚;弱不禁风,身段儿显得更婀娜。偏巧五月里天气又反常,好像春夏秋冬全给挤到了一起。月初还雪花飘飘,落在唱歌的夜莺脑袋上,堆成了一顶白色的尖尖帽;过后一下又暖洋洋的,小孩儿在河里洗起澡来,樱桃也都熟透啦。兹录编年史上所搜的一首当年的儿歌:

　　下了雪,结了冰,
　　娃娃下河去游泳,
　　樱桃熟,葡萄甜,
　　通通都在五月天。

这样的怪天气,使人心里发愁,只不过表现方式不同罢了。小丽丝姑娘本是个多愁善感的人,自然也陷入了沉思。末了她终于恍然大悟,她的幸福与痛苦,贞节与堕落,原来全握在自个儿手里呐。她思前想后、考虑再三,认识到这固然是一种自由,可同时也是责任,心里不觉伤感起来。正在这时,那勇敢的红衣少年跑上前来,即刻说道:'费德施卑儿,我爱你!'这一来,她也就顺应天命,改变了方才的想法,喜笑颜开啦。"

"现在由我接着写!"老头子喊道。他已气喘吁吁地跑回来,站在儿子背后念了写好的部分。"这会儿我写正合适!"说着便往下写道：

"没啥好笑的！"他喝道，"我可不跟谁闹着玩儿呐！"总之，事情该咋样就咋样。在一处长着小树林的山坡上，我那小丽丝坐在绿茵茵的草地上，仍一个劲儿笑吟吟的，可骑士已纵身上了他的白驹，飞也似的奔向远方，恰如空中一溜青烟，一眨眼便没踪没影儿啦。从此以后再没有来，真好一个浪子！

"哈哈，成啦！"里图姆莱欢呼着，扔下了笔。"我的任务完了，结尾归你去写。这鬼名堂，可累死我啦！凭冥河起誓！也难怪啊，不然那些大家族的祖宗怎么会倍受尊敬，像被子孙们画得来跟真人一般大呢！为建立我的家族吃了这份儿苦，咱算深有体会啦！再说，我这事不是干得挺勇敢么，嗯？

约翰又往下写起来：

"可怜的费德施卑儿小姐，她突然发现，这轻薄少年恰似那反常的五月天一般不知去向了，心中感到极为不满。不过她很快镇定下来，立刻向自己宣布刚发生的事压根儿不曾发生，像天平一般上下忐忑的心便恢复了平静。可她无忧无虑的生活过了没有多久。夏天到了，麦子熟了，遍地堆满了黄金，物价又降下来啦。小丽丝站在当初那个小山坡上，放眼四望，心中充满了懊恼和悔恨。到了秋天，一架架葡萄简直要流出酒来，苹果和梨子从树上纷纷掉下，打得地上咚咚咚的。大伙儿喝呀，唱呀，买呀，卖呀，人人置办自己需要的东西，全国变成了一个大集市；既然货物丰富，价钱便宜，那就谁也谢天谢地，干脆大买一通吧。可是唯有小丽丝从天上得到的恩赐，遭到了众人的鄙弃，谁也不肯要她，好似仅仅多这一张小嘴他们就养不起了咋的。小丽丝呢，却镇静自处，提前一个月生下个男娃娃来，模样儿活泼可爱极了,一看就晓得注定要成为自身幸福的锻造者。

这孩子后来也勇敢地闯过了坎坷不平的一生,终于被神奇的命运送到了父亲怀抱里。父亲认了他,立了他做继承人,他便是里图姆莱世家大名鼎鼎的老祖宗二世。"

写毕,老头子在文件下方签上了"已阅,同意,约翰·波里卡普斯[①]·亚当·里图姆莱"这几个字。接着约翰·卡比斯也签了名。最后,老头子在名字旁边盖了带有家族纹章的大印,即蓝底子上三个金色鱼钩,七只羽毛白一团红一团的水鸟,站在一根斜伸着的绿色栖木上。这当儿,父子俩都感到诧异,怎么这份文件不长一些,须知他们买的一大捆纸,仅仅才用了一张啊。尽管如此,他们仍把它放进了一个权当档案库的古老铁箱里,随后便心满意足,欢天喜地啦。

干着类似这样的勾当,日子过得自然是很惬意的。可谁知日子久了,这既无所追求,又无所操心,更不用再投机冒险的生活,反倒让幸福的约翰觉得不自在起来。他急欲找点新的事儿干,便无端地认为家里的女主人似乎对他怀有不满和戒心。这只是他的感觉,他也无法说得十分肯定。那女人几乎整天在睡大觉,要不醒来就吃好东西。约翰一向忙着别的事,所以没注意到:其实她对任何事全不闻不问,只要没谁去妨碍她休息,便一切满意,万事大吉。现在,约翰突然担心她会坏他的事,让她的丈夫改变主意或怎么的。

他举起食指来靠在鼻尖上,嘀咕道:"嗯,慢来!少不了再最后补一把火!这么重要的一点,我怎么竟长期疏忽了!如今倒

[①] 希腊语:能生殖者。

是好,可谨慎一些更妙!"

刚巧老头儿不在家,他悄悄为自己的继承人物色适当的配偶去了,把约翰本人也蒙在鼓里。约翰决定马上去太太跟前,想个什么法儿对她表示一下殷勤,博取她的欢心,把疏忽了的一课补上。他蹑手蹑脚地下了楼,带着毕恭毕敬的神气,朝她惯常待的房间走去。到了门边,发现门仍是半开半掩着,这是因为她懒归懒,却很好奇,门外发生什么事,总想马上就听见。

约翰小心翼翼地溜进房去,看见她又躺在那儿睡着了,手里还捏着一块啃了一半的莓子酱蛋糕。约翰站着看着,自己也不清楚怎么一来便踮起脚尖走了过去,抓起她那胖得溜圆的手来恭恭敬敬地吻着。女人躺着一动不动,也不吭声,只是眯起眼睛死盯着他,直到他失魂落魄地退出房门,逃回自己卧室里去。他躲到屋角里却怎么也避不开那双半睁半闭的媚眼儿的盯视。他又急急溜下楼来,女人还像刚才一样静静躺在那里,他走拢去,那眼睛又眯开了。他再一次逃出来,再一次躲在屋角里。终于,他第三次跳起来,跑下楼梯,冲进女人的房间,这次却待了下来,直到那位老祖宗回到家中。

打这时起,两人便没有一天不搞在一块儿,而且居然瞒过了老家伙,没有引起他的疑心。过去成天睡眼迷离的太太,如今一下子精神抖擞了。约翰之沉湎于干那忘恩负义的勾当,始终都为着一个目的,即巩固自己的地位,用钉子把他的幸福在墙上钉得牢牢的。

在这期间,两个罪人对受欺骗的里图姆莱老头更和气、更恭顺,他因此也乐滋滋的,还自以为治家有方哩。所以,仆人们很难判断,两位主子中谁过得更满意些。

一天早上，在和自己太太做了倾心长谈以后，老头子似乎占了上风。你看他踱来踱去，喜形于色，片刻也静不下来，还一直吹口哨，虽说嘴里牙齿缺了，吹得不成调子。他一夜之间像长高了好几寸，一句话，他完全陶醉了。可就在当天，优势似乎又被少主人夺了过去，老头子问他，他乐不乐意出去做一次长途旅行，见见世面，一边自我提高，一边考察考察各国教育情况，了解现行道德准则，尤其是上流社会的习尚。

对约翰来说，不可能有比这更美的美差了，便高高兴兴地接受了下来。接着他便打点行装，带了旅行支票，阔阔气气地上了路。首先到的是维也纳、德累斯顿、柏林和汉堡，然后又大起胆子去了巴黎。每到一处，他都过着豪华而节制的生活。所有游览胜地、露天剧场、娱乐场所，他都到过；所有皇宫中的珍宝室，他都前往观光。每天中午，他顶着烈日，站在阅兵场上，听乐队奏军乐，看军官们操练，一直到吃午饭。他混在成千上万瞧热闹的人中，目睹着种种盛况，心里充满了自豪，好像这辉煌的场面，雄壮的音乐，全都是因为他才有的。在他眼中，那些未能躬逢其盛的人，一个个都只能是无知的乡巴佬。然而，他一方面尽管恣意享乐，另一方面却保持了高度的理智，以向他的恩人表明，他派出来的是一个稳重的人。所以，对任何一个叫花子，他都从不打发一个铜子儿；也从未在哪个穷孩子手上，买点纪念品什么的；就连旅馆的茶房，他也有本事既不给小费，又不受他们怠慢；凡要雇人做什么事，也总是先要讨价还价老半天的。他常和二三同好，在公开的舞会上和某些女人周旋，并以吊她们的胃口、愚弄她们，作为最大的乐事。一句话，他生活得既稳妥，又快活，就像那种老跑江湖的酒贩子似的。

最后，他也不放过机会，绕道去到故乡塞尔德维拉兜一圈。他下榻在城里最豪华的一家旅馆里，神秘莫测地、沉默寡言地出现在午餐桌上，叫他的乡亲们想破了脑袋也想不出他如今成了什么样的人。他们确信，他并不咋的；可又发现，他确确实实过得很阔绰，便不得不暂时收敛了对他的嘲笑，在他故意亮出来给人看的金子面前皱起鼻头，眯起眼睛。可他呢，却连一瓶烧酒也不招待众人，而是当着他们的面，自斟自饮上等美酒，同时考虑用什么法子进一步捉弄他的乡亲。

这当儿，他旅行即将结束，才突然想起在沿途各国考察教育的使命。通过这一考察，将确定那个由里图姆莱创立，由卡比斯继承下去的家族教育子孙后代的原则。在塞尔德维拉来完成这项任务，在他看来是再恰当不过了。因为他可以装出负有上峰差遣的样子，以一位督学的身份出现，再好好地愚弄一下塞尔德维拉人。他这一招也玩得正是地方。原因是相当长时间以来，所有塞尔德维拉人都要么使自己的女儿当了教员，要么送她们去请教员教，使教育成了一种兴旺发达的行业。聪明孩子和蠢孩子，健康孩子和病孩子，全都在各自的学校里得到加工，以满足形形色色的需要。就像鳟鱼有不同烹调法，既可烧，又可炸，也可熏等。姑娘们也让加工成了有的虔诚一些，有的不那么虔诚；有的更擅长语言，有的更擅长音乐；有的适合于贵族巨室，有的适合平民之家。总之，她们所受的教育，都随各人将去的地域而异，随主顾的喜好而异。稀罕的是，塞尔德维拉人对所有这些不同的教育目的都满不在乎，对有关地区的生活情况也不甚了了；可尽管如此，商品销路却很好，原因恐怕就只会是这种出口货的买主们也同样心不在焉，懵懂无知吧。一位塞尔德维拉市民，本人尽管充当反教会的先锋,照样可以让自己决定去英国的女儿学习祈祷和赶弥撒;另一位塞尔德维拉市民,在公开言论中对自由瑞士之家的骄傲——高贵的史陶法赫夫人①尽可以崇拜得五体投地,却仍不妨把自己的五六个女儿发配到俄国大草原或其他不毛之地,让她们在遥远的异乡郁郁寡欢,憔悴而死。

对精明的塞尔德维拉市民来说,主要问题是如何尽快给这些可怜的女孩子一张护照、一把雨伞,赶她们出门,然后再用她们寄回来的钱,把日子过得舒舒服服的。

这种处置女孩子的办法,很快形成了一种传统和技巧。约翰·卡比斯花了很大力气,搜集并记录了这些在塞尔德维拉大行其道的教育方针,对它们表现出了非凡的理解力。他跑遍了一家家加工女孩子的小作坊,向女学监和教师提出种种询问,努力做到胸有成竹,知道如何一开始便对一个大户人家的小少爷进行适合身份的教育,并把这种事儿交给拿工钱的人去做,而无须父母亲劳神费心。

关于这个问题,他决定草拟一份备忘录。亏了他勤做笔记,这份备忘录不几天便膨胀成了一厚本,他在写的时候还故意让人家看见。写完,他把稿子卷起来,塞进一个白铁皮圆筒中,一直挂在腰带上。塞尔德维拉人见了,以为他是派来刺探他们工业秘密的外国间谍,大为恼怒,便又吓又骂地要驱逐他出城。

约翰惹恼了他的乡亲们,觉得很开心,便动身离开塞尔德维

---

① 史陶法赫据传是14世纪初反奥地利统治起义的参加者。在席勒的名剧《威廉·退尔》中,史陶法赫之妻被塑造成了一位谨慎能干的女性,被人视为瑞士妇女的表率。

拉。他健康快活得跟条年轻的梭子鱼似的，回到了奥格斯堡。他得意扬扬地跨进家门，发现屋里一派欢乐气氛。他首先碰见的，是一个乐呵呵的乡下女人，乳房耸得老高，模样也还喜人，端着一盆热水走过，让他当成了新来的女厨子，因此不无兴趣地打量了一番。本来他急于要去向太太请安，可太太眼下却起不来床，无法见他，另一方面，房子里又不断发出奇怪的声响。那是里图姆莱老头儿在奔来奔去，又叫又嚷，又笑又唱。终于，老头儿气喘吁吁地跑了出来，眼珠子骨碌碌转，面孔通红，喜气洋洋，真是要多骄傲有多骄傲，要多得意有多得意。他大模大样地，神气十足地，对约翰表示了一下欢迎，马上又跑去忙别的事了，瞧那模样，真像忙得不可开交哩。

这期间，从啥地方不断隐隐约约传来呱——呱——的声音，听上去活像有谁在那儿吹小喇叭儿。乳峰高耸的乡下女人这时又走了过来，手拿一大卷白布，尖声尖气地叫着："来啦，我的宝贝！来啦，我的少爷！"

"喂！"约翰唤住她，"我说，你那是搞的啥名堂？"

可他又听见那呱呱的叫声，一个劲儿地传过来。

"怎么样？"跳跳蹦蹦地跑回来的里图姆莱老头儿大声问，"鸟儿唱得好听吗？你有什么话讲，小伙子？"

"什么鸟儿？！"约翰反问道。

"嗨，上帝！你压根儿还蒙在鼓里么？"老头子叫道，"生啦！我到底有了一个小子，一个继承人，活泼得就像个小猪崽，已躺在咱们的摇篮里啦！我的全部理想，我的全部计划，这一来全实现了啊！"

我们那位自身幸福的锻造者目瞪口呆，可还没看出这事的全部后果，虽说本来是一目了然的。他只感觉心头不是滋味儿，眼睛便鼓得圆圆的，嘴唇也噘了起来，活像谁强迫他去跟刺猬亲嘴似的。

"喽，"快活的小老头儿继续说，"别不高兴啦！咱们的情况是有点儿变化，我已推翻了遗嘱，烧掉了那篇可笑的故事，这玩意儿咱们再用不着喽！不过你嘛，仍可以留在家里，负责指导我儿子受教育的工作，我让你当我所有事务的助理兼顾问，只要我活着，便什么也缺不了你的！眼下歇着去吧，我还得给咱那小淘气儿取个合适的名字呐！我已翻来翻去翻了三遍历书，这会儿想再查查旧编年史，那里边有非常非常古老的家谱和许多响亮的名字！"

约翰终于回到了自己的房中，在一个角落里坐下来。那装着教育备忘录的铁筒子仍挂在腰间，他下意识地取下来放在膝盖当中。而今他悟出是怎么回事了，首先咒骂那可恶的妇人，骂她竟来这么一手，无端弄出个继承人来；继而咒骂老头子，这混蛋竟真以为自己有了亲生儿子哩。他骂来骂去，就是不骂他自己，虽然这弄出个小东西来使他失去继承权的罪魁祸首，恰恰是他自己。他好似在一张扯不破的网里挣扎着，后来又跑到老头儿那里去，愚蠢地想让他看清真相。

"您果真以为，"他压低嗓门对老头子说，"那孩儿是您的么？"

"什么话，嗯？"里图姆莱先生从编年史上抬起头来，问道。

约翰进一步用各种说法暗示他，让他明白，他自己是永远没有当父亲的能力的，他老婆肯定是有了外遇啦，等等。

老头子一当完全听懂他的话，便中了魔似的一跃而起，脚在地板上跺得嗵嗵响，嘴里直喘粗气，老半天才喊了出来："给我滚，你这忘恩负义的坏蛋！你这血口喷人的流氓！我为什么就不能有儿子！你讲，你这该死的东西！你用自己下流的舌头，糟蹋我妻子，也糟蹋我，难道你就这样来报答我对你的好意么？幸亏我及时识破了你，识破了你这条我养在胸口上的毒蛇！谁想到呵，我们这种大家族的孩子还在摇篮里，便已遭到自私自利之徒的嫉妒和攻击了啊！滚！马上滚出我的家！"

老头儿气得浑身哆嗦，跑到写字台前抓起一把金币，用纸裹起来扔到不幸的约翰脚下。

"这儿还有点儿盘缠，拿去永远给我滚开！"说完咬牙切齿地走了。

约翰拾起纸包，不过并没马上滚开，而是回到了自己房里，一副半死不活的模样，天不黑就脱了衣服钻到床上，身上颤抖着，嘴里不住唉声叹气。他睡不着，心里难受得要命；可尽管如此，还是数了数刚才得到的钱，以及在旅途中用那种种办法省下来的旅费。

"顶个屁用呵！"他数完后说，"我才不想走哩！我要留在这儿，必须留在这儿！"

正在这当口，有人敲打起门来。两名警察走进房中，命令他起来穿衣服。他胆战心惊地一一照办。他们又命令他收拾自己的东西，这就太容易了，因为他到家后还未顾上打开手提箱哩。接着，警察便带他走出宅子，一个仆人跟着提来了他的行李，往路上一搁，便砰地关上了大门。到这时，警察才向他宣读了一纸禁令，禁止他再跨入这家人的门槛，否则严惩不贷。读罢，警察扬长而去。他抬起头来，仰望着那幢使他幸福得而复失的宅子。这当儿，楼上一扇窗户开了，那个好看的乡下保姆正探出身来，收取晾在窗外的尿布；与此同时，又传来了婴儿的呱呱哭声。

终于，他提着行李进了一家客栈，重新脱衣上床，这次便再没有谁来打搅他了。

第二天，他在绝望中去找一位律师，请教是否还有挽回的办法。他把话刚讲完一半，律师便怒斥他道："您给我滚，您这头蠢驴！像您这副蠢相还想骗取遗产哩！要不我就叫人把您抓起来！"

临了，没奈何，约翰才回到家乡塞尔德维拉，回到了他几天前才离开的这座小城。他住在一家客栈里，深思默想着，花他节省下来的那点钱。随着钱越来越少，他也越来越垂头丧气。塞尔德维拉人成群结队来寻他开心。如今他倒变得平易近人了。这样，人们便对他的遭遇有了相当了解，发现他还有一笔数目逐日消减的小款，就成全他买下城门口那间正待出盘的小小铁匠铺，拿他们的话来说，帮他找了个饭碗。为凑足买铁匠铺的钱，他不得不变卖了自己所有的宝贝物件儿，对它们他现在已不存在什么奢望了，所以也并不特别难过。这些东西一次又一次欺骗了他，他再不愿为它们伤脑筋啦。

古老的铁匠铺专打两三种普通的钉子，跟铺子一块儿过户来的还有一个老年伙计。从他手中新主人没费多少力气便学会了技术，成了一位打钉子的好把式。他成天用榔头敲敲打打，起初还算是勉强混日子；后来，他认识到这平凡的不懈劳动是一种幸福，免去了他的一切忧虑，清除了他的种种邪念，就心满意足了。

他怀着感激的心情，让美丽的南瓜藤和牵牛花爬满了他黑色的小屋。小屋在一株高大接骨木树的荫蔽之下，屋里的熔铁炉常年吐着愉快的火苗。

只有在静静的夜里,他才偶尔回顾回顾往事。而每当想到他看见里图姆莱太太手里捏着莓子酱蛋糕那天的情景,我们这位自身幸福的锻造者便低下了头,悔恨自己当初不该去补那一课,弄巧反拙,丢了幸福。

如今,随着他打钉子的手段越来越高,那些往事也渐渐淡漠了。

凯勒(Gottfried Keller,1819—1890),瑞士德语小说家,尤其擅长Novelle的写作,故享有"中、短篇小说家中的莎士比亚"的美誉。代表作为中短篇小说集《塞尔德维拉的人们》《苏黎世小说集》,以及长篇小说《绿衣亨利》。

凯勒继承和发扬德国古典文学的现实主义传统,深刻地反映了瑞士的宗法社会走向崩溃,资本主义开始发展这一历史转折阶段的社会现实。他长于人物形象的塑造和生活细节的描绘,往往能从一些司空见惯的人情世态中,发掘出一些富有时代典型意义的事件和现象来,然后加以放大、渲染和提炼,让人一目了然。瑞士新兴的民主制度使凯勒对事实的观察多了一点乐观和明朗的色调——与他的德国同行比较而言——作品于是形成一个鲜明的风格,那就是极富生活气息和幽默感。

《事在人为》选自《塞尔德维拉的人们》,原题名为《自身幸福的锻造者》,为什么翻译成《事在人为》,想必读完这篇小说便不难品出其中的滋味。

5. 迈耶尔的历史小说

普劳图斯在修女院中

炎热的一天过去了,傍晚,在美第奇大花园①的一座游艺厅前面,围绕着那位被大家称作"祖国之父"的科斯慕·美第奇,聚集了一群高雅的佛罗伦萨人,一边浅斟慢饮,一边享受那晚来的凉风。在他们头上,是明净澄碧的蓝天,随着灿烂而色调柔和的晚霞的消散,慢慢地没入了黄昏。在这群人中间,有一个清晰的白发的头,特别引人注目,在座人们的注意力,全系在他那两片娓娓讲述的嘴唇上了。然而,这位一看富于睿智的老人,他的脸上的表情却是奇怪而混杂的:在那愉快舒展的额头和微笑的嘴角上,投下了某种不幸遭遇的阴影。

瑞士历史小说家迈耶尔

"亲爱的波焦②,"那位丑脸上闪着一对聪慧的眼睛的科斯慕·美第奇,在片刻的沉默之后说,"最近我又翻了翻你那本幽默故事集③。里面的故事我自然已经背得烂熟啦,而遗憾的也就是在这里,因为我再得不到任何新鲜奇特的感觉,只能去欣赏这种体裁本身的灵活巧妙了。像你这么喜欢挑剔的人,不可能在编选

---

① 佛罗伦萨望族美第奇家族所建,故得名。
② 波焦·布拉乔利尼(Poggio Bracciolini,1380—1459),意大利著名人文主义学者兼政治家,曾发掘出意大利古典作曲家手稿,普劳图斯的喜剧便是其中之一。
③ 原文为意大利文Facezia,指一种短小的滑稽幽默故事。

这本小书时无所取舍，一定有好些美妙动人的故事——有的可能你认为还不够味，有的可能味道太浓——就被你从现在这公认的版本中剔除出去了。想想看！然后给大伙儿讲一个Facezia inedita①，在座的都是熟朋友啦，既能了解你最细微的暗示，也不会为你最冒失的玩笑生气。这么一边聊一边喝，"他指了指酒杯，"你就会把自己的不幸忘记了！"

白发苍苍的波焦，这位从前的教士，先后做过五位教皇的秘书，后来还俗结婚，现任佛罗伦萨共和国大臣之职，他如今已经有了几个儿子，全都聪敏过人，可没有一个有出息，适才科斯慕提起的那个似乎全城尽人皆知的不幸，就是他的一位公子给他造成的。这个不成材的纨绔子弟，以自己近乎盗窃和抢劫的行为，不只玷辱了父亲的白发，并且给作为法律保护人的波焦，这素来节俭的人，在经济上面带来了一大笔损失。

在片刻的沉吟之后，老波焦回答说："那种幽默故事或者类似的合你口味的东西，亲爱的科斯慕，如今已不适合我这张没了牙的嘴巴啦。"他微笑着，指了指自己那口仍然雪白漂亮的牙齿，"再说嘛，"他叹了口气，"我现在也不愿再提自己年轻时的那些荒唐玩意儿，虽然从根本上看，它们都是决无危害的；因为我在自己的儿子身上，看见我那立身行事的洒脱不羁和玩世不恭的人生观——谁知遵循的是哪条神秘的进化法则——已经蜕变成了不能容忍的放肆甚至邪恶堕落了。"

"波焦，你这是在说教呢！"一个年轻人插进来说，"你可是那个把普劳图斯的喜剧交还给世界的人呵！"

---

① 意大利语和拉丁语：一个未发表的故事。

"谢谢你的提醒,罗慕洛!"不幸的父亲提高声音说,同时打起了精神,因为他认为作为一个好的与会者,这样以自己个人的苦闷去影响在座的人,是有失礼貌的。"谢谢你的提醒!《普劳图斯寻访记》这个故事,就是今天我要给各位宽容大度的听众讲的。"

"还是干脆叫《普劳图斯窃夺记》吧!"一个讥刺的声音叫道。

而波焦对说这话的人理都不理,继续说道:"但愿这个故事带给各位快乐,同时使各位看清楚,我的那些觊觎者加在我身上的指责是多么不公平,好像我发掘出来的那些古典作家手稿,是我用某种不高尚,甚至犯罪的手段弄到的——说得粗鲁些——就是我偷来的。这真是天大的谎话呵!"

周围起了一阵轻轻的笑声。起初,波焦对此不以为然,一本正经的样子,但末了也忍不住跟着笑了起来。要知道,对像他这么老于世故的人有人评:哪怕最荒谬的成见,要想连根儿拔除也并不容易。

"我这故事,"波焦模仿着意大利短篇小说开篇时惯用的那种冗长的故事梗概介绍,"讲的是两个十字架——一个重的、一个轻的,和两个蛮女子[①]——一个试修女、一个修女院院长。"

"好极啦,波焦,"一个邻座的人打断他,"又是维斯塔[②]忠心的日耳曼女祭师那样的吧!你在那篇令人赞叹的《旅行书简》里,写她们如何跟水泽女神一般护着利玛河畔的矿泉——我敢当着众位缪斯起誓,这是你写得最成功的作品!它如今正成千上万地

[①] 意大利人和希腊人惯称日耳曼人为"野蛮人"。
[②] 维斯塔(Vesta),罗马神话里的女灶神。

在整个意大利传抄着呐……"

"我那不过是故作夸大之词,迎合各位的口胃罢了,"波焦打趣地说,"不过,伊波利托,作为忠贞美德的崇奉者,你仍然会喜欢我这个蛮修女的。我就开始吧。"

"高贵的科斯慕,在那些我们着手斩去由旧教会变成九头怪蛇①多余的日子里,我正好在康斯坦斯②,参加在那里举行的最高教皇会议的伟大工作。闲暇的时间,我一部分用在剧院消遣,看咱们时代的信仰、科学和政治连同教皇、异教徒、骗子跟妓女,如何拥挤在这座德意志帝国城市小小的舞台上;另一部分时间,则用来访求散佚在附近一带修道院的古典作家手稿。

"经过了四处奔走追踪以后,我得着了一个近乎肯定的推断:有一批普劳图斯手稿,不知是作为遗物呢还是当抵押品,从一个破了产的圣贝来狄会修道院,流落到了附近一个修女院的女院长手里。一批普劳图斯手稿!你试想想,在当时,在那位伟大的罗马喜剧家现存的很少一点手稿已经挑起了极大好奇心的时候,这意味着什么!我为此夜不能寐,你不会不信,要知道你,科斯慕,也跟我一样,对那个已经沉沦的世界遗留下的废墟瓦砾,怀着极大的热忱,因而经常给我帮助。我恨不能丢下一切马上赶去,要知道在那个修女院里,普劳图斯不是给世人带来欢娱,而是在一个卑劣而黑暗的角落里发霉腐烂!然而不巧那正是一切人的心全关注着教皇选举这件大事的时候,与会主教们的注

---

① 希腊神话里被大力士赫尔库勒斯斩杀在勒尔脑沼泽中的九头怪蛇。
② 康斯坦斯,地中海的德国城市,靠瑞士边境;1417年,在这里举行宗教会议,罢黜了在位的三位教皇,选举马丁五世为新教皇,天主教复归统一。

意力全开始集中到奥托·科隆纳的功绩和德行上,在这当儿,随从人员的奔走张罗是一刻也缺少不得的,作为这些人中的一员,我自然也就无法脱身了。

"就在这当口上,我由于一时兴奋,竟在我的一个助手面前失言道出了这一伟大发现的可能,正好这是个不诚实的家伙——遗憾的还是咱们的同胞——他于是想超前一步,来个捷足先登,结果呢,这个笨蛋,不仅per fas或nefas①都没有把手稿拿到,反而引起尘封着普劳图斯的那个修女院院长的疑心,使她因此对自己过去一无所知地占有着的宝藏注意起来了。

"终于,我腾出手来,不顾面临着的教皇选举,只叫人到时候把这一世界大事的结果给我送个信,就匆匆骑上了一头快骡去了。给我赶骡子的是驻库尔的主教带到康斯坦斯来的随从,雷迪亚人②,名叫昂塞利诺·特·斯比亚加。他没有迟疑,就接受了我的雇用,我们谈妥报酬,报酬其实是很少很少的。

"一路上,我脑子里想的是些开心的事情。蔚蓝色的天空,从北方吹来的清凉宜人的夏风,花钱不多的旅行,教皇选举中已经克服的重重困难,以及发现古典作家手稿即将带来的最高的享受,等等,这些上天施加于我的恩惠,使我说不出有多么畅快,我仿佛听见缪斯女神和着天使们一起唱歌。可是,我的那位随从昂塞利诺·特·斯比亚加,他的情形跟我正好相反,他好像一直沉湎在闷闷不乐的思索中,我觉得。

"我自己是很幸福的,出于对人的爱,就想使他也幸福起

---

① 拉丁语:合法或不合法。
② 生活在阿尔卑斯山区中部雷迪亚地区的居民。这人的德文名字叫汉斯。

来，或者至少让他开心一些，于是想出各式各样的谜语给他猜。大部分无非是从老百姓熟悉的《圣经》故事挑出来的。例如，我问他：'你知道那位大使徒从希律王的监狱中得救的经过吗？'他回答道，他在托萨那使徒教皇看见过描写这段故事的壁画。'听好了，汉斯老弟！'我继续令他猜。'上帝的使者对彼得说：穿上你的鞋跟我来。①彼得就跟着他，经过第一道岗哨，出了大门，再穿过一条巷子，但彼得却没有认出他是上帝的使者。后来，这个带路的人和他分手了，他才一下子恍然大悟，说道：这下我明白啦，是主的使者在引导我呀！汉斯老弟，圣彼得他怎么会一下子明白，确信给他带路的那人就是上帝的使者呢？你要是猜得着，就告诉我。'

"昂塞利诺想了好一会儿，然后摇摇他那固执的蓄着鬈发的头。

"'听着吧，汉斯老弟，'我说，'我自个儿来解开这个谜。彼得认出上帝的使者，因为他给人带了路，没有向人讨酒钱！这可不是凡人能做得出来的，只有天神们才会这样！'

"老百姓你就别打算跟他们开玩笑。在我刚才那句杜撰的打趣话里，我的小汉斯竭力寻找着我是不是有什么意图或者暗示。

"'可不是，老爷，'他说，'我差不多是白送你赶路，而且也不会向你要酒钱，尽管我并不是上帝的使者。你知道，我自己也急着要去摩纳斯特林根，'——他说出了我要去的那个修女院的名字——'在那儿，明天，盖特露苔就要让人家给她束上腰带，用剪子剪去她那金黄的头发了。'

---

① 见《新约全书》中《使徒行传》，第十二章。

"这个强壮的小伙子,血管里可能流着几滴罗曼斯人①的血液,本来言谈举止都给人一种天然的端庄持重感觉,现在却眼泪汪汪,大颗的泪珠滚过他那晒得黝黑的脸膛。

"'原来是个叫丘比特的情箭②射中了的不幸的情郎啊!'我失声叫了出来,接着,就让他给我讲了这个简单,但是并不容易明白的故事。

"他跟主教大人来到康斯坦斯,一时没有事做,就想在附近找点木匠活儿干干。他在修女院里找到了工作,后来就认识了住在近旁的盖特露苔。两人要好起来,彼此都很喜欢,常常待在一块儿。

"'但完全是规规矩矩的,'他说,'要晓得盖特露苔她可是个好姑娘啊!'

"可是后来,她突然躲开了他,并不是爱情有了裂痕,而像是有个什么必须谨守的誓约到期了。随后,他打听证实,原来她要进修女院了。明天正式入院,他就是赶去参加她入院落发仪式的,他要亲眼看看,这样好使自己相信,一个诚实而绝无怪癖的女孩子,真的会无缘无故地抛弃他真心爱着的男人,仅仅为了去做修女;再说,盖特露苔那么活泼天真,充满了生命力,做修女也绝不适合;同时,根据她平素的言谈——这就更加奇怪了——她对做修女不但毫无好感,是呀,甚至是讨厌和害怕的。

"叫人简直想不通,悲伤的雷迪亚人最后下结论说,并且告诉我,靠着上帝的慈悲,他的恶晚娘不久前死了,把占去的父亲

---

① 指操着罗曼斯语系的意大利或法兰西等民族的人。
② 罗马神话里的爱神丘比特手持弓箭,被射中的男女即堕入情网。

的房子为他空了出来,正如他老父亲的怀抱现在也为他张开了一样。这么一来,他的小鸽子就可以有个温暖的窝了,可是谁知道她为什么却宁愿进那笼子里去。

"讲完,汉斯又陷入了忧郁的沉思,固执地一言不发,直到我问他,那个修女院院长是怎样的人,他才回答:'她是个矮小丑陋的女人,不过做女院长倒是挺能干的,她恢复和整顿修女院废弛已久的秩序,使其兴旺起来。她来自阿巴迪·克拉家族,但一般老百姓只叫她小布里基特·封·特罗根。'

"终于,修女院在一色的葡萄林中出现了。这时候,昂塞利诺请求我让他留在道旁的一家酒店里,他说他只想再见盖特露苔一面——在她穿修女衣的时候。我点头同意,并让他把我从骡背上扶下来,以便不慌不忙地朝前面的修女院信步走去。

"那地方,眼下正熙熙攘攘的。在院前空旷的草地上,横搁着一个大家伙,像拍卖或是展览,但看不清到底是什么。一个头戴铁盔的丘八,时不时地吹两声发出噪声的喇叭,这只破喇叭,可能是从战场上拾回来的,也可能就是院里的圣器。那位女院长被修女们簇拥着;围绕着她和那个四不像的传统官——他裤子稀烂,紧身上衣补丁叠着补丁,光脚丫露在破鞋子外面——随随便便地站着世俗老百姓和其他修道院的修士,形成五颜六色的一圈。这儿那儿,农民中也夹着个把贵族——在这个叫特罗根的德国地方,这样的小爵爷真是多不胜数——但还有行乞歌者、吉卜赛人、流浪汉、妓女,以及被教皇会议吸引来的其他三教九流人等,也混在这群少见的观众中间。只见他们一个接着一个从人堆里挤出来,到场子中间去举那个横在地上的大家伙;走近了,我才看清这是一个古老硕大得叫人害怕的十字架,看样子沉重得很,要知道就连最有力的汉子,举上它不大一会儿也会摇摇晃晃，要不是旁边的人赶快七手八脚上前托住扛住，就准会一下子重重地摔在地上。随着每次失败而来的，是一阵又一阵的喝彩和讪笑。而那个女院长更是得意忘形，一则为了她那圣物的巨大重量——我这才开始明白人们聚在这里干什么——同时也可能是多喝了院里酿的葡萄酒的缘故，眼下她们那么毫不拘礼地用盛酒的大罐子你一口我一口地喝着。这当儿，女院长着了魔似的在新剪过的草地上来回蹦着跳着，为了使那个鄙俗的场面更加俗不可耐。

"'凭着圣母马丽亚的小腿肚起誓，'那放肆的婆娘高声叫着，'我们故世的阿玛拉斯薇塔公爵夫人的这十字架，任何人也别想给我举起来或扛得动，就连最结实的小青年也不行；可是瞧明儿，小盖特露苔却要像拈鹅毛球儿似的把它扛起来。只要那小妮子不惹我生气！我主你显灵吧！我小布里基特就说。诸位，我们这个圣迹已经有上千年历史啦，可是却跟刚出现一样新鲜！真是百灵百验，所以明儿个，我敢起誓，一定不会出岔子。'显而易见的，这位能干的女院长大白天多喝了两杯是在说瞎话。

"我把这个可笑的情形跟我在亲爱的祖国类似的经历联系起来，开始明白了这是个什么把戏——小时候，我进一步弄清了情况所得出的就正好不出我所料；可是蓦地，我的思路被一声尖厉刺耳的叫声打断了——那个身穿白色修女衣的小丑，面孔通红，闪着一双愚蠢而狡黠的细眼睛，向上翻起的鼻孔小得几乎找不着，还生着一张和鼻子隔得很开的大嘴，她冲着我喊：'喂，那边那个要耍笔杆的威尔斯人①!' 我那天穿着便服,但从相貌仍可看出是干哪行的。'上前来,给我举举已故阿玛拉斯薇塔公爵夫人的十字架!'

"周围的人忍不住一肚子笑,一起把目光射到我身上,为我闪开道,并按照阿雷曼尼人②的风俗三推两推就把我推了上去。可我呢,朋友们,就只好让他们看我两条你们知道的短小瘦弱的胳膊,请他们原谅。"说到这里,波焦伸出自己的胳膊来晃了晃。

"那无耻的婆娘就仔细地瞧了瞧我,喝道:'可你的手指儿倒是挺长的呀,你这无赖!'

"的确,由于成天地抄抄写写,我把手指锻炼得又长又灵活③。可是周围的人却发出一声狂笑,我不明白他们笑的是什么,但总感到受了侮辱,就把它记在女院长的账上。我愤愤地扭转身,转过近旁的修女院,发现院门洞开着,就径直走了进去。院里的门窗屋顶不是时兴的尖拱形,也没有愚蠢的法国式雕饰,而是高贵的圆矢形,这使我心里又重新充满了宁静。慢慢地,被面前的塑像吸引着,我顺着圣堂的正殿向前走去:在一个很大的壁龛里,由窟顶射下的光线照着,从神秘的朦胧中显现出一组有着特殊魅力的形象。走近了,仍是那样动人。像两个人,由一具十字架连着;这十字架,跟外面草地上让人参观的那架,不论大小或是形状,都一模一样,其中定有一架是仿造的了。一个魁梧的女子,头上顶着刺冠,几乎是在地上,用两条粗大的胳膊把十字

---

① 威尔斯人(Welscher),日耳曼人对意大利人或法国人的称呼,也是异族人或蛮夷人的意思。
② 这里指德国人。
③ 手指头儿长:为德国民间俚语,意即做小偷,波焦为意大利人,故不解。

架扛在自己宽厚的肩上,但仍是支撑不住的样子,这从她那衣服里突然出现的膝头就可看出。在这个摇摇欲倒的女巨人旁边,另有个矮小一些的女子,可爱的头上戴着小花冠,满怀怜悯地把自己窄窄的肩膀凑到无法承受的重负下边。塑这像的那位大师,也许有意地,但更可能由于艺术手段贫乏,把塑像的躯干和衣着处理得如此粗率,仅在那流露着绝望与怜悯的头颅上,用出了自己的才能和心力。

"我这么着迷地欣赏着,向后退了一步,想找一个光线好一些的角度。可是瞧,在那边,正对着我,靠塑像的另一面,跪着一个年轻女子,看模样是本地人,一个附近地方的村女,身材几乎与像上的公爵夫人一样魁梧,白修女衣的头贴披向脑后,盖着沉甸甸的一条金黄发辫和那结实然而苍白的颈项。

"她一直潜心地祈祷着,在我看见她以后才发现我,赶忙站起身来,抹去眼里痛苦的泪水,准备离去。可能是个试修女。

"我唤住她,求她把雕像给我说明一下。我是一位到康斯坦斯来参加教皇会议的神父,我用结结巴巴的日耳曼语对她说。可是我这个申明,对她似乎并没有留下多少印象。

"她告诉我,像上塑的是位娘娘,或者说是公爵夫人,这座修女院就是她创建的,她起了誓要来出家或:砂顶刺冠,肩上扛着十字架。

"姑娘沉思着继续往下讲,'她是个大罪人,犯了药死亲夫的重罪,可她出身又那么高贵,世俗的公理一些儿动她不得。这时,是主感动了她的良心,但她却对自己的灵魂得救完全失去了信心,陷在极度的痛苦中!'

"然而经过了长时间的苦苦忏悔,她得到了神的启示,她可以得救了！就让人造了这具硕大的十字架，重得连时下最有力的汉子也别想一人扛动。她自己呢，当然也会给压倒的，要不是圣母马利亚发了慈悲，现身用自己那有神力的肩头代她扛住的话。

"金发的日耳曼女郎讲的自然不是我这些词儿，而是一些更简单甚至粗俚的字眼，要从日耳曼话译成咱们文雅的托斯卡纳语就定会显得粗俗怪诞，同时也和她那倔强的蓝眼睛里流露的崇高表情以及当时我眼前那粗壮然而俊美的面庞儿极不相称。

"'这故事倒也可信！'因为在十世纪与十一世纪之交那个黑暗的转折时期，一个蛮贵妇人这样的举动应该说是合情合理、不足为怪的。'也可能是真的哩！'

"'就是真的！'盖特露苔断然地肯定说，同时用阴沉而虔诚的目光，望了望那尊塑像，又准备离去，我再一次唤住她，问她是否就是我今天的向导汉斯给我讲的那个盖特露苔。她，毫不忸怩，甚至是神态自若地，回答说是的；与此同时，一丝微笑，跟一脉游动的光一般，慢慢儿从她粗犷的嘴角扩展到了整个面部——在这个悠闲的修女院中，她那黝黑的面庞儿已经开始变得苍白了。

"她沉吟了片刻，然后说：'我知道他会来，来看我穿上修女衣，我觉得这样很好。他亲眼看着我剪去头发，就可以快一些把我忘记。您既然正好在这儿，大人，那我就求求您。等他跟您回到康斯坦斯，请您对他提一提，让他知道我为什么在跟他'——她的脸几乎察觉不到地唰地一下红了——'跟他正大光明地按照本地的习俗相好以后，又突然拒绝了他。我曾经不止一次想对他讲清楚，但最后还是咬了咬嘴唇，忍住没讲，要知道这是我和圣母马利亚私下约好的事，随便就唠叨出来可不成。可是对您，一位本来就掌管着圣事的教会中人，我就可以讲出来，不算泄密。请您到时候讲给他听，您觉得怎么讲好就怎么讲。只要他不把我当成个轻佻女孩子，当成一个忘恩负义的人，并且这样记住我一辈子就行了。

"'我自己的事可是无法挽回了。在我还是个不懂事的孩子的时候——当初我才十岁，父亲已经死了——母亲突然得了重病，眼看治不好了。我一下吓住了，要是这世界上留下我一人怎么办？出于恐惧和对母亲的爱，我把自己许给了童贞的马利亚①，条件是使我母亲活到我满二十岁或差不多的年纪。圣母马利亚真的这么做了，我母亲直到上个圣体降临节才过世，那会儿汉斯正好在修女院干活，母亲的棺木就是他帮忙做的。我这时候一个人孤孤单单的，爱上他又有什么奇怪呢！他人好，又不乱花钱，威尔斯人多数是这样，所以山那边②的人都夸他们又谦逊又知礼。并且，我们还可以用两种不同的语言谈心，因为我爸爸，一个强壮勇敢的汉子，曾经送一个胆小的商人到山那边去过好多次，这差事他可不吃亏，他从那边学回来了这么一句半句威尔斯语。汉斯唤我cara bambina③，我就管他叫poverello④，而且听起来都一样美，虽然我并不因此就说咱们本地对心上人的称呼不好，只要他们是打心眼里叫出来的。'

"'然而，就在这个时候，我许的愿到期了，每次晚祷的钟声都提醒着我。'

---

① 意即许愿做修女。
② 指瑞士境内的意大利语区。
③ 意大利语：可爱的姑娘。
④ 意大利语：小可怜的。

"'常常地,我脑子里像有个声音在悄悄说,比如,一个纯洁无罪的女孩子未成年时许的愿绝不容许反悔!或者,难道您想叫如此仁慈的圣母白白地救活你母亲吗!我自己也觉得诺言总归是诺言!守信用才能使买卖做得长久!圣母她既然说到做到,我也不好失信。没有信用跟信任还成个什么世界呢!我死去的父亲怎么说来着?咱们对魔鬼也要说话算数,更何况对上帝。'

"'你听明白了,大人,这就是我的想法!自从为那位娘娘背了十字架后,很久以来,圣母马利亚就同样帮助所有试修女,因而进她修女院的人越来越多。代试修女扛十字架已成了她习以为常的事,她想都不用想就会这样做。我九岁时,就亲眼看见小莉丝·封·魏菲尔顿——一个病弱的小人儿,也因为许了愿——怎么把这几百斤重的大十字架扛在她那溜肩膀上,同时还欢蹦乱跳哩。'

"'我于是对圣母说,你若要我,那就把我收去!虽然我想,如果我是位圣母而你是盖特露苔的话,也许不会把一个小孩子的话当真。然而尽管如此,诺言还是诺言!不同的只是那位娘娘本来重罪在身,进了修女院自然轻松舒畅;可我在这里却苦极啦!圣母呵,既然你肯为我背十字架,那么也减轻一下我内心的痛苦吧,不然我会不幸的呵!可话又说回来,如果你不能使我的心得到宽慰,那就不如,还不如让我在众人面前出丑,叫十字架压死在地上的好!'

"眼见着这些憨直的念头,慢慢在盖特露苔年轻的额头刻下一道深深的皱纹,我不觉狡猾地笑了:'一个聪明一些的女孩只消这么跟一下就可以万事大吉啦!'

"顿时,我看见盖特露苔那双蓝眼睛里怒火直冒说:'你是让我做假吗，大人？好吧，要是我不老老实实地使出两条胳膊的全部力气扛十字架，那就让圣父、圣子、圣灵在我临终时给我报应好啦！'说着，她举起两条胳膊，激动得仿佛十字架已经扛在肩上，使得她那修女衣和衬衫的长袖管滑到了肩膀上。这当儿，我像一个佛罗伦萨人会做的那样，细细地瞧了她那两条俊美的少女的臂膀，领略着艺术欣赏时所有的快乐。她发觉了，额头一皱就背转了身子。

"她走以后，我在忏悔椅上坐下来，手捧着额头想呀想呀，确实不是想那蛮女孩子，而是想我们那位罗马古典作家。骤然，我的心欢快雀跃了，我纵声高呼：'感谢你们，不朽的神道们！喜剧缪斯的骄子这下总算赐给了世界！普劳图斯到手了！'

"朋友们，造化之神力保证了我获得成功。

"我不知道，亲爱的科斯慕，你对圣迹之说有何看法？我自己呢，倒是挺随和的：既不盲目信其有，也不粗暴言其无；要知道我自己就讨厌那种专断的人，他们对于一个为迷信的浓雾围绕着的无法解释的现象，不加考察、不加分辨，要么一股脑儿统统相信下来，要么同样地一股脑儿全都否定掉。

"在眼下这一事件里，不可理解的事实与欺骗，我相信是兼而有之的。

"那具重十字架是真的，一个非凡的犯罪女子，一个蛮婆娘，那也可能凭着绝望与虔诚的巨大力量，确实扛动它。然而这样的事情不会一再重演，而是几百年来就被虚伪地、猴子学人似的模仿着。谁承担这一欺骗的罪责呢？盲目的信仰吗？牟利的打算吗？一切的一切，都让年代的久远湮没了。不过，有一点可以肯定，那就是，如今摆出去让人参观那具古旧发黑的可怕的十字架,跟过去许许多多单纯无知或者共谋的试修女,以及那个病弱顽皮的小莉丝在她们入院时扛过的那架,乃是用不同的木料做的;当重的那架在外面的草地上给人看、给人举的时候,那架骗人的轻的却严严地锁在院里的某个角落里,等着第二天像真的那架蒙混群众的眼睛。关于这具骗人的假十字架的存在,我深信不疑。至于我的另一张王牌,就是当时正发生的事告诉我的。

"革除三位教皇,烧死两个异教徒,并不足以使教会得到改革;因此,康斯坦斯教皇会议组成了两个委员会,一个负责继续进行改革工作,另一个则负责清除教会里存在的各种流弊。就是这么一个委员会,由克利斯提安西姆斯·甘森博士与皮尔·德·艾黎阁下主持。我偶尔也参加动动笔头,在着手做修道院的整顿工作。那些不可靠的婆娘编造这类危险的骗人圣迹,以及修女工的阅读情况不良等,就是委员会所要过问的。不过,顺便提一下,在那两位法国人手里,工作进行得拖沓而拘泥死板,叫我们意大利人简直没法理解。总之,用当时的形势作经线,用对假圣迹的揭发作纬线,我那张在女院长不知不觉中撒向她头上的网就算成功了。

"我慢慢走上唱诗台的台阶,再从唱诗台转进右边同样高高的有圆顶的圣器室;在圣器室的一堵高墙上边,我看见一些用夸张的词句写成的字条儿,指明那就是平时存放十字架的地方。那地方眼下空着,但过不多时它的占有者就会从院前的草地上搬回来了。圣器室里,有两道小门通向两间侧室,一道上了锁。推开另一道,我走进了一间圆窗上布满蛛网的阴暗的小斗室。你瞧,就在那儿几块蛀满虫眼的搁板上,乱糟糟地挤着修女院所有的书籍。

"我的整个身心都激动起来,和一个热恋着的年轻人走进了他的莉蒂亚或者格莉茜的闺房的情形没有两样。两手颤抖、膝盖哆嗦着,我一步一步挨近那些羊皮古书;假若我当时能够在里面找到那位阿姆布利阿人①的喜剧手稿,我一定狠狠地在它上面吻个遍。

"可是,啊,我翻来翻去,净是些天主教教规讲解和弥撒程序之类的圣书,我失望得心灰意冷。没有普劳图斯!人们告诉我的消息是确实的。就因为那个笨蛋这一插手,在这尘封的乱书堆里的唯一收获,是一本《圣奥古斯丁忏悔录》,我一直就喜爱这部机智风趣的小书,就顺手把它塞进衣兜里,像我习惯做的那样,算是为每天的夜读准备了材料。你瞧,就在这当口,那个矮小的女院长闪电般地冲到了我面前,把十字架搬回圣器室后,她就盯上了我,从敞开着的小房,由于渴望得到手稿心切,加之随来的失望,我竟迷迷糊糊的没有发现。我说了,她像闪电似的朝我冲来,又喊又骂,甚至毛手毛脚地在我袖子下面乱搜乱摸,立刻就把我藏在怀里的小书掏了出来。

"'好小子!好小子!'她嚷叫着,'我一瞧你那长鼻子,就知道你准是个威尔斯偷书贼,你们那一伙早就在我们的修女院周围嗅来嗅去啦。可是你得学学乖,别把机灵的阿本米勒会修女当成了圣伽鲁喝得醉醺醺的修道士。我晓得,'她冷笑着继续说,'猫儿围着转的是哪块肉?还不是我们院里保存那本丑角儿写的书。直到不久以前,一个威尔斯骗子来我院里把我们的圣书夸了一番,后来却想在他的长道袍底下,'她指指我的袖子,'偷偷弄走那本小丑的书,我们还谁都不知道这本是什么玩意儿

---

① 普劳图斯出生在意大利的阿姆布利阿。

呢。这下我就自个儿在心里叨咕：小布里基特·封·特罗根，你可别上当啊！这些猪皮①准可以换回金子，要不威尔斯人怎么肯拼着性命来偷它。要知道我们请的就是狄森霍芬的神父，他很赏识我们院里的葡萄酒，偶尔也喜欢跟修女们逗逗乐儿。他细细地瞧了瞧那些发黄的猪皮书上的愚蠢的花体字，我的乖乖，他说道，圣母啊，这可是件好货啊！用它可以给你们小小的修女院建成一座大仓库和一间酒糟房！好嬷嬷，把这骨瘦高——现在总算知道叫个什么名儿啦——拿去藏在你们的坐垫底下，蹲在上面死活别下来，一直等到有个公平的买主找上门来！我小布里基特就真这么做了，虽然坐在上面硬硬的不大舒服。'

"对于阿姆布利阿眼下的这个栖身之所——也许是冥府里的三位审判官为他生前的罪孽给予他惩罚吧——我好容易才忍住了没笑；同时，为了使自己具有在当时的情况下应有的尊严，我摆出了一副既庄重又严厉的面孔。

"'院长，'我以庄严的口气道，'你认错人了。在你面前站着的是最高教皇会议的使者，一位在康斯坦斯出席会议的神父，负有整顿修女院的神圣使命的要人。'说着，我展开了一张写得规规矩矩的旅馆账单；要知道普劳图斯近在我身边，我一点也不心慌。

"'兹以第十六届最高教皇会议之名，'我念道，'并作为其全权代表宣布：凡我基督之修女，均不得接触伤风败俗之语；那些因杜撰这类书籍而损害自己灵魂的作者，诸如……'，'虔诚的院长，我不能用这些罪人的名字辱没你贞节的耳朵……'

---

① 普劳图斯的喜剧手稿是用猪皮裹着的。

"'此外,一切旨在骗人的所谓圣迹,无论其由来已久或初次出现,均应严加追究。凡证据确凿,确实有意骗人者,其主犯——即使身为院长——均应以亵渎神灵罪用火刑处死,绝不宽宥!'

"女院长变得面无血色。但立刻,这诳骗成性的婆娘又镇定下来,其神态的沉着自若着实令人惊讶。

"'赞美我主!赞美我主!'她嚷着,'他到底还是来整顿他神圣的教会了!'说着,就赔着笑脸从那圣物柜的一个角落里掏出一本订得十分精巧的小书。'这东西,'她说,'是我们的客人,一位威尔斯大主教,在午睡时读了忘记带走的。狄森霍芬的神父看过以后说,这是本发明字母以来最最污秽、最最邪恶的书,并且还是个教士想出来的。虔诚的神父,我这就完全信赖地把这肮脏玩意儿托付给您。求您让我摆脱掉这祸患吧!'

"于是,我接过手来——我自己那本幽默故事集。

"尽管这次突然的袭击偶然的成分多于有意作弄,我仍然感受到了莫大侮辱,心里很不好受。我开始痛恨那矮小的女院长。要知道,我们的著作就是我们的心血,再说,我的那些东西,仔细品评起来,我可以这样自诩,既不会让品行端正的众缪斯蒙羞,也绝无有损教会尊严之处。

"'好,'我说,'院长,但愿你在第二点也即更重要的一点上,也是无可怪罪的!你近在教皇会议身边,可以说就在它的鼻子底下,聚众宣布了你的圣迹,'——我用的完全是指责的语气——'而且是像集市上的女贩子那样大喊大嚷,因此再也没有收回的可能。我不知道这样做是否聪明。我只希望你不要惊慌,院长,我将要检查你的所谓圣迹!你的惩罚完全是咎由自取!'

"那婆娘膝盖直打战,眼神也顿时游移起来。

"'跟着我,'我厉声说,'让咱们这就瞧瞧你那圣迹的机关去!'

"她垂头丧气地尾随着我,我们走进了圣器室,那重十字架已经放回原来的地方。在宽大的圣器室半明不暗的光线里,它赫然倚在墙壁上,布满坑凹和裂痕,拖着巨灵的阴影,仿佛那位绝望的魁梧的女罪人今天才扛过它,被它压得跪倒在地上,额头已经碰着石板,就在那一刹那,圣母现身了,为她解了围。我想试试它有多重,但一点提不起来。因而越发觉用那纸扎的玩意儿和它调包是多么可笑。我毅然地朝那扇高而窄的门转过身去,断定那假十字架就在里面。"

"'钥匙,院长!'我命令道。

"'丢了,主教大人!快十多年啦!'

"'婆子!'我以严厉得怕人的口气喝道,'你还想要命不要!就在对面,住着我朋友封·多卡布戈伯爵的仆人。要不要我派人或者亲自叫他来帮忙把门打开。这么一来,要是里面有一架仿照真的用轻木料做的假十字架,那么你这个罪人,就得跟异教徒胡斯①一样,死于熊熊的烈火之中,身上冒烟冒火,而且罪过并不比他轻!'

"片刻的沉默。随后,我不知道她是吓得牙齿打战呢还是咬牙切齿——那婆娘掏出了一把带着穗子的老古董钥匙,启开了门。幸运得很,我的理智没有骗我,在那高高的壁炉似的小斗室的墙

---

① 胡斯(Johannes Hus, 1369?—1415),捷克学者兼宗教改革家,领导反对德国封建主义在波西米亚享有特权的民族解放运动和国内宗教及社会改革运动。1414年,胡斯应邀赴康斯坦斯教皇会议以"异教徒"身份进行辩论,结果被教会保守势力背信弃义地用火刑处死。

边上，倚着一具满是坑凹裂痕的黑色十字架，我一伸手，就毫不吃力地用我两条瘦弱无力的胳膊把它举到了空中。它上面每一凸起的地方，凹下的地方，以及所有的细枝末节，都是照着真的那架做的，像得即使用最敏锐的眼睛也难辨真假，所不同的就是要轻好多倍罢了。至于到底是里面挖空了呢，还是用软木或别种轻木料做的，当时由于事情发生得太突然，我就没能再去弄个清楚。

"我惊叹那仿造的毫发不差，不由想，只有一位大艺术家，只有威尔斯人，才能创造出这样的奇迹；又由于我为自己祖国的光荣感到骄傲，就忘情地说了：'太妙了！太了不起啦！——当然，不是称许其欺骗得法，而是赞美那高超的艺术。'

"'恶棍！恶棍！'那无耻的婆娘仔细地观察了我的神态，然后举起一个指头来冷笑了笑说：'我算是上你的当了，不过我知道，你要我付出的代价是什么。我这就去把那个小丑的书给你取来，您夹着它，不声不响地见你的鬼去吧！'

"从前，两个古罗马的鸟卜师①碰见时，总是会说那么两句行话，然后就相视一笑；然而，这比起眼下那把女院长的脸孔扭歪了的一笑来，可能还算文雅得多；她那一笑，如果用语言表达出来就是'咱俩都是明白人，一样的流氓无赖，犯不着那么装腔作势。'

"可是我，这时候却在琢磨着用个什么法儿治这愚蠢的婆娘。

"这当儿，在骤然而来的静寂中，我听见从近旁的唱诗台那儿传来一阵轻轻的脚步声、絮语声和哧哧的笑声，便想一定是那些闲得无聊的好奇的修女们在外面偷听。

"'看在我可贵的童贞分上，'女院长恳求说，'让咱们

---

① 古罗马帝国时从鸟的飞鸣饲食观察预卜未来的卜算师。

现在分开吧，主教大人！就算给我世界上的一切，我也不愿意让咱们在这儿被我的修女们碰见；要知道您是位有见识、有修养的人，可我那些丫头们的舌头却跟刀子一般厉害着哟！'

"我觉得她这考虑不是没有道理。就让她带着修女们离去了。

"过了一会儿，我也离开了圣器室。但那放假十字架的小斗室的门我只轻轻地推回去虚锁着，没有转动里面的钥匙。我把钥匙拔出来，藏在衣服底下，然后把它丢在唱诗台两排椅子中间的地缝里，没准儿它现在还在那儿躺着呢。这么做，我并没有什么既定的目的，也许是受了某位神的指引吧。

"当我和女院长坐在她那低矮的院长室里，面前放着一小杯院里酿成的葡萄酒的时候，我是如此渴望立即得到缪斯女神那天真无邪的创造，同时对这已经揭露无余的骗局也没有心思再反复纠缠下去，就决定长话短说，尽快把事情了掉。我逼着那婆娘向我坦白，这个由来已久的骗人把戏是怎么传到她手里的，然后就拿腔拿调地训了她一通。她供认：她的前任临死时把她和院里的忏悔师一起关在自己的房间里，然后两人就把这个一代一代遗传下来的圣迹的秘密，像移交修女院珍贵的院宝一样，托付给了她。那位忏悔师——女院长这么唠唠叨叨地叙述着——向她吹嘘这骗局的年代如何久远，含义如何深，感化力如何大，简直就没个完。他说，它能够比任何的讲经传道更好、更有说服力地叫老百姓意识到，皈依上帝的道路是先难后易、先苦后甜的。那可怜的婆娘也确实让这象征法的奇效搞昏了脑袋，她一口咬定，她并没有干什么不正当的事，要知道她自小儿就是个挺诚实的人啊。

"'看在圣母马利亚的修女院分上，我饶了你，不然在火刑堆的烈焰下，人们会连她也怀疑了的。'我打断她那愚蠢的推理,直截了当地命令她,在这牛皮已经吹出的圣迹去最后一次表演了以后——院长这我可不敢禁止,否则就大为失算了——立刻把那假十字架烧掉,但普劳图斯应马上交出。

"女院长愤愤地听着,嘴里暗暗咒骂。她不得不顺从我那随口编造的康斯坦丁教皇决议,这个所谓决议,虽然与会的主教神父们连知都不知道,但可以肯定仍是符合其精神实质的。"

"我把自己关进靠修女院院墙内一间舒适的客房里;小布里基特悻悻地把手稿交给我,我立刻就把这下贱的婆娘推出门去,好独自跟阿布利阿人喜剧里的面具①待在一起。在这里没有任何声音打扰我,仅只在窗前的草地上,有一群农村少女在反复地唱着一支歌儿,而这却使我的一人独处显得更为惬意。

"自然,没过一会儿,那个女院长就气急败坏地吵嚷起来,她用拳头死命地捶那锁住了的厚实的橡木门,要我给她放假十字架那间没能上锁的小房间的钥匙。我只简单而诚恳地告诉她,抱歉得很,钥匙不在我手里,然后就再也不理她,任那倒霉的婆娘像炼城里的灵魂一样哭啊喊呀,我自己却得到了天堂里最高的享受,沉醉于新婚一样的快乐幸福里了。

"一位慢慢儿显现出身形来的古典作家,一位卓越的诗人,而不是某个晦涩难解的思想家,不,应该说是那永远亲近、永远诱人的东西,广阔的世界,激荡的生活,罗马和雅典市场上的笑声,谐谑的交谈和文字游戏,人的种种热情,以及那在喜剧的哈哈镜里略为夸大了的人性的放纵不羁——我一幕幕狼吞虎咽地读着,这幕还没完,贪婪的眼睛就已经望着另一幕。

---

① 古希腊罗马戏剧表演演员都戴面具,这里的面具指喜剧里的人物。

"我读完了机智风趣的《安菲特里奥》,《奥鲁拉利亚》①和它那无与伦比的吝啬鬼的面具就已展开在我面前——我停下来,靠在椅背上,我的眼睛已经发痛。天色渐渐昏下来。外面的草地上,姑娘们把那简单可笑的歌子不知疲倦地反复唱了大约一刻钟:'亚当有七个儿子……'

"这当儿,她们又开始反复吟唱一支新的歌子;但听她们以一种既调皮又坚决的口气讥诮地唱道:'我不愿进修道院,不!做小修女我可不乐意……'

"我把身子探出窗外,想看看这群天主教独身主张的小反对者,同时也欣赏她们那天真稚气的劲儿。然而,她们的游戏绝不是天真无邪的。她们唱着,用胳膊肘相互挤撞,使着眼色,脸仰起来冲着她们认为盖特露苔就在里面的那扇铁栏护着的窗户,脸上不无恶意与幸灾乐祸的表情。此刻,盖特露苔也许已经跪在圣器室里,在那长明灯的荧荧微光下,以通宵的祷告来迎接明天与天国的结合吧——修女们入院时都是这样做的。然而,这又与我有什么关系呢?我点着了吊灯,开始读《奥鲁拉利亚》。

"直到灯油尽了,疲倦的眼前字母模糊一片,我才倒在床上昏昏沉沉睡去。不一会儿,那些滑稽可笑的面具又绕着我转起圈来:这儿一个士兵在大吹牛皮;那儿一个喝得醉醺醺的年轻人想跟他的小爱人亲嘴,可她呢,机灵地一扭脖子就躲过了。猛然,意想不到地,在这群古代的快活的人中间,出现了一个赤脚宽肩的蛮女子,腰上束着修女带,就要被人带往奴隶市场出卖,似乎,她正以充满责备和威胁的目光,从那两道阴沉的眉毛下直瞪

---

① 均为普劳图斯的喜剧,后者又名《泥炭喜剧》。

着我。

"我吓得一下从床上爬起来。天已经发白,天气闷热,房内的小窗有半扇敞开着,可以听见近旁唱诗台上有谁在祷告,先是恳求,随后极凄惨地变作一声压低的叹息,最后竟成了绝望的呼唤。"

"我博学而享盛誉的朋友啊,"讲故事的波焦打断自己,脸转向对面那位大热天还穿绉襞古式斗篷的不任公职的人,"我伟大的哲学家,我恳求你,请你告诉我良心到底是什么?

"我想不是人皆有之的吧?绝不。我们谁都知道一些没良心的人;我只想以一人为例,就说我们在康斯坦斯革除的那位教皇约翰尼斯二十三世,他就是个没天良的家伙,然而却很有福,心情永远那么开朗,简直可以说跟小孩一样无所忧虑;他做尽了坏事,却没有鬼魂去搅扰他的安眠,而且每天清晨起来都比昨晚上睡下时愉快幸福。他在哥特里本堡受审,我到那里去参加他的审判,对他提起控诉,我列举了他的大量罪行,比他教皇封号的数码还多十倍的Scelera horrenda, abominanda①,连我都脸羞得绯红,声音颤抖;可他呢,却没事人似的抓起一支鹅毛管,给祈祷书里的圣女巴尔巴拉添上两撇小黑胡子……

"不,良心这东西不是人皆有之的,就说咱们吧,咱们诚然都有一个良心,但在各人那里又有所不同,就跟那变化多端的普罗丢斯②一样。而在我身上,它每每就会因为一个景象——这样的小暴君在咱们幸福的意大利真是成群成堆——在一个迷人的黄昏,由美人陪着,我们坐在从宫堡的塔顶远远突出的涧水冰凉的幽谷

---

① 拉丁语:可怕、可憎的大罪。
② 拉丁语:处女。

之上的阳台上一边弹琴,一边饮着名贵的琪尔酒。可是突然,我听见在我脚下一声呻吟。原来有人被关在下面的地牢里。顿时我兴致全无,再也待不下去。我的良心感到沉重,这么饮着、笑着、吻着、享受着生活,在一个受苦的人儿身边。

"同样地,那绝望的少女近在耳边的一声呼唤,也叫我受不了。我披上衣服,穿过朦胧中的十字形回廊,轻脚轻手地向唱诗台摸去,心里想,在我读普劳图斯的这一段时间里,盖特露苔该已经拿定了主意吧:在这决定性的关头,她应该不可动摇地确信,她将在修女院里,在她那空虚或者甚至于腐烂的生活中遭到毁灭,她将不得不跟这里的庸俗卑劣挤在一块儿,她鄙视它,因而也遭到它的痛恨。

"我在圣器室的门边上停下来,凝神听着,只见盖特露苔在那沉重的十字架前直绞手指。真的,她的手在流血,还有那膝盖,整整跪了一夜,看样子也流血了;她的声音喑哑,她已经耗尽了心力,费尽了唇舌,她现在跟神的谈话,因此就变得粗鲁而蛮横,仿佛是在做着最后的努力:'马利亚,圣母,你可怜可怜我啊!让我倒在你的十字架下吧,它对我太沉重了!我真害怕进那小笼子啊!'一边说,一边猛烈地挥动胳膊,仿佛要把一条缠在身上的毒蛇扯下来甩掉一样;接着,又在极度的内心痛苦中,甚至不顾羞愧地喊道:适合我的只是太阳云彩,镰刀和锄头,丈夫和儿子……

"在这痛苦的夜幕中,对于这个处女所做的人性的自白,我忍不住好笑;然而,我的笑容刚到唇边就僵住了……盖特露苔蓦地跳起,苍白的脸上两只张大得怕人的眼睛死死地盯着墙上的一个地方,不知什么红色的东西把那儿污染了好大一片。

"'马利亚,圣母,可怜可怜我吧!'她又一次喊道,'这小笼子哪容得下我这手跟脚呢,我的头都碰着天花板了。让我在你的十字架前倒下吧,它对我太沉重了。要是你,减轻我肩上的十字架,而不能减轻我心头的痛苦,那么瞧着吧,'——于是又盯着那可怕的红色的一团——'看我明天会不会脑浆迸裂地倒在你面前!'

"这时候,我对她感到了无限的同情,不,不只是同情,甚至是一种叫人窒息的恐怖。

"盖特露苔精疲力尽地坐在装着圣器的木柜上,重新编好她在和神的搏斗中松开了的金黄色的辫子。与此同时,不再用那粗而有力的嗓门,而是用一种异样的小女孩的高音说道:'如今我进了修道院,不得不做个可怜的小修女……'

"她是在模仿那些农村女孩们唱来讽刺她的小调呢。

"这已是一种神经错乱的表现,如果她非进修女院不可,就一定会精神失常了。幸而那位Optimus Maxmus①指引了我,假我之手不顾一切去拯救盖特露苔。

"于是,我也怀着一种出自内心的虔诚转向那位童贞的女神,古代人称她作帕拉斯·雅典娜,我们叫她马利亚。我合起掌来祈祷:'圣母啊,一些人说你是智慧的化身,一些说你就是仁慈的化身,但反正一样,智慧女神不会听信一个不谙世事的小女孩起誓,仁慈圣母也绝不强迫一个成年女子去实现她未成年时许的愚蠢诺言。你会含着笑把这无效的誓约解除的。让我替你行事吧,女神。愿你对我仁慈宽大!'

"因为我已答应过女院长——这婆娘生怕我揭她的底儿——

---

① 拉丁语:最卓越、最伟大者。

不再跟盖特露苔讲话，就决定像古代人那样，用三个象征性的动作，将所有事情的真相摊开在试修女面前，而且要那么一清二楚，即令她是头脑迂腐的村妇也能明白其中的意思。

"我走到十字架前，装作没看见盖特露苔的样子。

"'我要想认出某种东西，那么我就给他做上记号。'我一字一句地说，同时抽出我们那位著名的同胞——打刀匠庞塔利奥纳·乌布里科——为我打的那柄锋利的旅行小刀，在十字架横竖两根木头相交处相当于人的腋窝的地方，切下来不小的一块。

"接着，我跨了整整齐齐的五大步。然后纵声大笑，同时开始表演起来：'那个在康斯坦斯的旅馆里接我行李的搬运夫，他那模样真好笑！他在我行李里看准了最重的一件——一个最大的柜子，他把衣袖捋得老高，往手里——这个粗汉子——呸了一口唾沫，然后鼓起全身的筋肉把柜子往肩上一扛，没想到却是什么都没装的空玩意儿。哈哈哈哈！'

"最后，也是第三步，我像不愣愣地站在真十字架和那没锁严的十字架中间，手指不住地向两边指点，嘴里打哑谜似的念叨着：'真的摆露天，假的屋里关！'——然后又呼的一下冲过去，拍几下手：'假的摆露天，真的屋里关！'"

"我朝坐在半明不暗中的试修女溜了一眼，想从她脸上的表情看出我这三个咒语的效果如何。只见她不安而紧张地思索着，脸上掠过了最初的怒火的闪电。

"于是我又跟来时一样轻手轻脚地摸回自己的小房，和衣往床上一倒，享受起一个良心清白的人才能有的甜睡来了。直到人们涌向修女院的杂沓的脚步声和节日礼拜震耳的钟声把我从梦中吵醒。

"我走进圣器室，盖特露苔正好脸色苍白得像个即将上断头台的人一样，被人从旁边的小堂领回来，明说是去各小堂做巡回祷告，实际却是为了偷偷把十字架换掉。接着，上帝的新娘子开始梳妆穿戴了，由一群口唱赞美诗的修女围着，试修女在腰间束上那条打了三道结的带子，然后慢慢儿赤着她那粗大然而模样高贵的双脚。这时人家把刺冠递给她。这刺冠和那象征性的假十字架不同，老老实实是用粗硬带刺的树枝编成的，这儿那儿全是突着的锋利的针尖。盖特露苔却一把夺过去，带着一种酷虐的喜悦，狠命地往自己头上一按，顿时一股青春的热血从她头上迸射出来，大颗大颗滚下她那单纯的额头。一种崇高的愤怒，一种神圣的谴责，火焰一般地在这农村少女的蓝眼睛里燃烧起来，旁边的修女们不禁为之胆寒。接着，六名修女——看来全是女院长的心腹——抬来了那具假十字架，放在盖特露苔真诚的肩膀上；她们那么装模作样，好像六个人还险些儿抬不动的样子。看着她们那愚蠢的嘴脸，我更加清楚地体会到，那以玫瑰刺冠为象征的神的真诚，如何在公开的场合被人的虚伪崇奉着、景仰着，而背地里呢，却遭到了嘲讽和愚弄。

"以下的一切来得就像夏天的阵雨一样迅速。盖特露苔猛地把目光朝我用小刀深刻了一道记号的地方一扫，发现假十字架上没有记号。就鄙夷地让它从肩上滑下去，碰都没用手去碰。但马上又从地上举起那轻十字架来，发出一声尖厉的冷笑，就欢呼着把它放到石板上砸个粉碎。一个大步，她已经站在藏那真十字架的小斗室门前，推门进去，找着了真十字架，试了试多重，然后像发现了宝藏似的迸出野人般的欢呼，没等人帮助就把那重十字架扛到了右肩上，用她那两条勇敢的臂膀牢牢抱住，慢慢地、得胜地，一步一步朝着圣诗台走去。那儿高且宽敞，好让下面头挨头挤满正殿的目瞪口呆的群众——有贵族、有教士，还有乡村里各式各样的人们——全看得见她。女院长和她的修女们，哭着、骂着、威胁着，一拥而上，想拦住盖特露苔。

"可她呢，炯炯的两眼向上望着：'嗨，圣母，这回该你来公断啦！'她脱口喊出，像一个扛着木料硬从人堆中走的手工匠人一样，用她那粗大的嗓门吆喝着'靠边！靠边！'

"所有的人全为她闪开道，她登上唱诗台，以一位代理主教为首的教士团全体都在台上。人们的目光全集中在她那重压下的肩膀，和鲜血淋漓的面孔上。然而，那真十字架对于盖特露苔毕竟太重，再说又没有女神帮忙。她的胸脯起伏着，一步，再一步，越跨越低，越跨越慢，仿佛那赤着的脚粘在地上，在地上生了根。她稍稍踉跄了一步，再稳住；又一个踉跄，左脚软了下去，右脚跟着也跪倒了。她想以最大的努力挣扎起来。白费力！只得从十字架上把左手松开，撑在地上，暂时支持住全身的重量，但马上左胳膊也弯曲了，折了。戴着刺冠的头猛地倒向前去，咚的一声碰在石板上。那重十字架，她的右手直到昏厥时才从上面松开，滚到了她身上，发出轰隆一声巨响。

"这是血淋淋的真实，不是那假惺惺的欺骗。从在场的千百人胸中，同时发出一声叹息。

"盖特露苔被那班吓昏了的修女从十字架下拖出来，扶着站稳。她在跌倒时失去了知觉，但不一会儿这强壮的女孩子又清醒过来。她用手揉揉额头。目光落在适才把她压倒了的十字架上。一丝没有对前来帮助她的女神的感激的微笑，慢慢儿扩展到了整个面庞。然后，她兴高采烈地，说了这么一句十分调皮的话：

'你不要我吗，童贞的马利亚？那么另外有人会要我的！'

"血淋淋的刺冠还戴在头上，仿佛并不感到刺痛似的。她跨上了从唱诗台通向正殿的台阶，目光在人群中四处搜寻，找到了她要找的那个人。全场一片深沉的寂静。

"'汉斯·封·斯普吕根①，'盖特露苔大声地让在场的人全能听到，'你要我做你老婆吗！'

"'怎么不，当然要！一万个乐意呢！你只管下来吧！'正殿后面，一个恳挚的男人的声音欣喜地回答。

"这样，她就不慌不忙、容光焕发地一级一级跨下台阶，又重新做回那个普普通通的农村姑娘。此刻，她大概已经万分情愿地把自己刚才在绝望中表演的那份惊心动魄的一幕忘记了吧，因为她那作为一个人的起码愿望，现在已经得到了满足，她又可回到普通人的日常生活里去了。你笑我吧，科斯慕！为此我感到失望极了。有一刻，当她欢呼着捣毁那骗局的时候，这个农村少女，在我激烈的感官面前，乃是一个更高存在的化身，某种超人的生物，或者简直就是真理本身。可是真理，真理又究竟为何物呢？彼拉多②问。

"这么迷迷糊糊地想着，我也走下了唱诗台；蓦地，有人扯我衣袖，原来是给我送信的人到了。他向我报告奥托·科隆纳在突然爆发的欢呼声中当选为教皇，还有其他一些值得注意的事。

"等我抬起头来再瞧正殿，盖特露苔已经不知去向了。而激

---

① 德国人姓名里的"封"一般表示贵族，这里却只说明出生地，意即"斯普吕根地方的汉斯"；斯普吕根就是斯比亚加。
② 处死耶稣的罗马驻巴勒斯坦总督。

动的群众还在大吵大嚷，坚持各自不同的意见。从这儿的男人堆里传来：'臭娘儿们！骗子手！'骂的是女院长。那儿又有一些女人的尖嗓子在喊：'罪过啊！不要脸的小骚货！'这是指盖特露苔。但不管男人们是否已识破了那圣迹的骗局，女人们是否以为圣迹的失灵是因为盖特露苔起了邪念的缘故，反正一样：女院长的圣物是不灵验了，骗人的把戏只好从此收场。

"在民众粗野的斥骂下，勇敢的女院长也开始回骂起来；在场的教士们一个个瞠目结舌，脸上的表情从幸灾乐祸的赞许到真诚到无以复加的痴愚都应有尽有。

"我开始意识到了作为教士的职责，决定结束这一罪恶的局面。我登上宣讲坛，庄严地向在场的基督的儿女们宣布：'Habemus pontificem dominum othonem de Colonna！'[①] 同时带着高唱Te Deum[②]，首先应和着的修女们的合唱，立即全教友也跟着唱开了，声音震天响。赞美诗唱完，贵族和农民们赶紧上马的上马，步行的步行，一起拥向康斯坦斯；要知道，在结束了所谓Triregnum urbi undorbi[③]以后，新教皇在康斯坦斯施给的祝福会有三倍的神力呢。

"我却溜进了十字回廊，想趁此机会回房悄悄取走普劳图斯。从房里出来，胳膊下夹着手稿，不期又遇上了女院长，这时她已恢复了那管家婆的神态，正小心翼翼地用一只大提篮把假十字架的碎片送到厨房里去。我祝她顺利解开这结。可她却自以为

---

① 拉丁语：我们已选出奥托·科隆纳大人做我们的教皇。科隆纳的封号为马丁五世，1417—1431年在位。
② 拉丁语：一首赞美诗的起首。
③ 拉丁语：（结束了）全世界的三巨头统治。

上了当，就怒气冲冲地朝着我喊。

"'都见鬼去吧，你们两个意大利恶棍！'——看样子指的是阿姆布利阿人马尔库斯·阿克楚斯·普劳图斯和他的同胞托斯卡纳人波焦·布拉乔利尼。

"一个美丽的金发男孩，还是个小鬈毛，汉斯·封·斯普吕根和盖特露苔临走时代我雇好的人，为我赶着骡子回到了康斯坦斯。

"Plaudite amici①！我讲完啦。等到这个故事拖得长一些的康斯坦斯会议同样结束后，我跟随我那位仁慈的主人圣马丁五世殿下一道回山那边去，在山隘以北的斯比亚加地方的一家旅馆里，我们遇见的店主夫妇正是昂塞利诺和盖特露苔，两人都精力旺盛，女的没进修道院那阴暗的小笼子，而是在山谷里任山风吹刮，肩上负着婚姻给予的十字架，怀里已抱了个胖娃娃。

"高贵的科斯慕，但愿这个未发表的小故事，配得上作我那将要送给你的普劳图斯手稿的附赠物。我把普劳图斯手稿献给你，或者更正确地说，献给祖国——因为你是祖国之父——献给你那收藏馆与里面的宝藏都为之敞开的科学事业。

"不过，我想在死后再把这珍贵的手稿遗赠给你，免得我生前从你那儿取回十倍的报酬。要知道你从来都那么仁厚大方，绝不肯收受任何馈赠而不加报偿。只是，"——波焦伤感地叹了一口气——"谁知我的那些不孝子会不会尊重我最后的意志？"

科斯慕和蔼可亲地回答说："谢谢你，波焦，谢谢你的普劳图斯，谢谢你的这个故事。你在自己年轻的时候这么勇敢无畏

---

① 拉丁语：鼓掌吧，朋友们！古罗马喜剧结束时，演员们照例要向观众讲这么一句话。

地生活过来了。现在，当你白发苍苍的时候，又以老年的睿智把你的经历讲给我们听。好，朋友们，"他举起了那只一个狂笑的山怪搂抱着的酒杯，"让我们为真诚的波焦和他那位金发的蛮女子，干了吧！"

人们饮着，笑着，从普劳图斯谈到已经挽救出来的成千珍宝，谈到重新翻开了的羊皮古书，谈到他们生活的那个世纪的伟大。

瑞士杰出的中短篇小说家迈耶尔（Conrad Ferdinand Meyer，1825—1898）出生在苏黎世一个古老的贵族家庭，父亲是一位颇有造诣和声望的历史学家和法学家。迈耶尔年轻时学过法律，后来转而研究历史和语言学，一度也想成为画家。由于长期生活在贵族家庭，脱离社会实践和笃信宗教，无所事事，耽于幻想，精神抑郁成疾，27岁就患了精神病。病愈后迁居洛桑，在一位当时著名的历史学家鼓励下翻译法国历史著作并得到出版机会，开始有了生活的自信心。1854年回到苏黎世，继承了一笔可观的遗产，使他有可能前往法国、德国、意大利，做长时间旅行和考察。旅途中，他大大开阔了眼界，增长了阅历。在法国巴黎，他目睹拿破仑三世统治下资产阶级暴发户们纸醉金迷的生活，深感厌恶。在德国慕尼黑，他流连在无数的画廊和博物馆中，受到了艺术的熏陶。特别是在意大利的佛罗伦萨、米兰、罗马等古城中，他更是为以文艺复兴为代表的古典文艺所倾倒，对米开朗琪罗等文艺复兴时期的巨人产生了深深的崇敬。这些，不仅促使他下定了做一个文学家的决心，而且为他的创作提供了丰富的素材。

旅行归国，他即开始做翻译法国文学的工作，同时创作和发表诗歌。可是，一直到1871年叙事长诗《胡滕的末日》问世，他的创作才逐渐受到人们重视。此后，他却转而致力于写历史小说，以近20年的不懈努力，完成了长篇著作《郁尔格·耶纳奇》（1876）和十余个成功的中篇。1887年年末，迈耶尔不幸染上重病，精力日趋衰弱。1892年精神病复发，自此郁郁终日，与世隔绝，直至逝世。

迈耶尔以写诗开始其创作，但是为世人公认的更加重要的成就，却仍然是小说。尤其在历史小说这一特定的题材和体裁范围内，他更取得了整个德语文学史上无人堪与之比肩的成绩，为后世留下了一批脍炙人口的佳作，丰富了世界文学的宝库。

迈耶尔小说的主要代表作为长篇《郁尔格·耶纳奇》以及《圣者》《护身符》《普劳图斯在修女院中》《僧侣的婚礼》等中篇。

迈耶尔生活在1848年资产阶级民主失败后普遍弥漫着悲观失望情绪的欧洲，特别是他的创作旺盛之年（1870—1890），更已到了资本主义向帝国主义过渡的前夜。对于政治和社会现实的失望，使他放弃法学转而从事文学，放弃现实题材转而选取历史题材，希望借古喻今，通过描写历史上的伟大时代和伟大人物，来批判现时堕落的世风和渺小的政客。迈耶尔作品的基调一般比较沉郁，结局多为悲剧。作品对不同等级中被压迫者的同情以及对纯真爱情的赞颂，体现出进步的人道主义理想，从而使他的作品具有积极的健康的思想意义。

艺术上，迈耶尔继承欧洲浪漫主义历史小说奠基人司各特的传统，师法法国著名小说家梅里美，并受意大利文艺复兴的雕塑巨匠米开朗琪罗的风格的影响，因此小说结构严谨、场面壮观、气势宏伟。他尤其擅用德语小说常有的所谓框形结构（Rahmenkostruktion），使情节曲折婉转、跌宕起伏而富于戏剧性，时代气氛和传奇色彩十分强烈。迈耶尔小说的语言凝练、强劲，人物形象鲜明生动、富于雕塑美，心理剖析也细腻而深刻。难怪瑞士另一位被誉为"写中篇小说的莎士比亚"的著名小说家凯勒，要以"金丝银线织成的锦缎"来赞誉迈耶尔小说艺术之精湛。

《普劳图斯在修女院中》（1882）写的是15世纪意大利文艺复兴时期的一个故事。它虽篇幅短小，情节单纯，人物也没几个，但同样不乏悬念和戏剧性，读来引人入胜。小说在歌颂文艺复兴时期的"巨人"——那位多才多艺、敢作敢为的人文主义作家波焦的同时，还塑造了一个敢为争取自身的幸福而斗争的农村少女的形象，既无情鞭挞了扼杀人性的封建教会的虚伪、黑暗，又生动再现了文艺复兴时期的时代气氛。总之，迈耶尔的历史小说，不仅可以丰富我们的知识，加深我们对于欧洲历史上一些重要时代的了解，而且也以其特有的艺术魅力吸引我们，给予我们一种特殊而隽永的美的享受。

6. 施笃姆的诗意小说

茵梦湖

* 老 人

晚秋的一天午后，从城外倾斜的大道上漫步走下来一位衣冠楚楚的老人，看样子是散完步准备回家去。在他穿的那双眼下不

德国诗意小说家施笃姆

再时兴的带银扣的鞋上,已经扑满了尘土。他腋下夹着一条细长的金头藤手杖,神态安详自如,时而瞅瞅周围的风景,时而望望面前山下静卧在落日余晖中的城市。他满头银发,奇怪的是一双眼睛却依然黑黝黝的,恰似那业已逝去的青春韶华,如今全都躲藏在了他的这双眼睛里。他看上去颇像个异乡人,过往的行人很少有谁跟他打招呼,虽然他们常常情不自禁地要注视一下老人那双严肃的眼睛。终于,他在一幢带三角墙的高大楼房前停下来,掉头再望望下边的城市,然后就跨进门厅里去了。门铃响过以后,房里能看清门厅的一个窥视孔后的绿色帘子拉开了,出现了一张老妇人的脸。老人举起手杖来向她致意。"怎么还不点灯喽!"他讲话微带南方口音。女管家放下了窥视孔上的布帘。老人走进宽敞的过道,来到一间在四壁的大橡木柜中摆着各式瓷花瓶的客厅,穿过一道正对面的门,进入一条小走廊,这儿有一道狭窄的楼梯,通到后楼的卧室去。他慢慢儿爬上楼,打开一扇房门,走进一间不大不小的房间。房中舒适而宁静,有一面墙几乎全让书架给遮住了,另一面墙上则挂着一幅幅肖像画和风景画;一张铺了绿色台布的桌子上,随意摊着几本翻开了的书;桌子前面,立着一把配有红绒坐垫的古实、笨重的扶手椅。老人把帽子和手杖放到屋角里,然后就在扶手椅中坐下来,一只手握着另一只手,像是散步走累了,想要休息休息。他这么坐着,天便渐渐黑了。终于,月光透过玻璃射进屋来,落在墙头的油画上。明亮的月光缓缓移动,老人的眼睛也跟着一点一点转过去。这当儿，月光正好照着一幅嵌在很朴素的黑色框子里的小画像。"伊莉莎白！"老人温柔地轻轻唤了一声，唤声刚出口，他所处的时代就变了——他又回到了自己的少年时代。

* 儿　时

转眼间向他跑过来一个模样儿可爱的小姑娘。她叫伊莉莎白，看上去五岁光景；他自己年龄则比她大一倍。小姑娘脖子上围着条红绸巾，把她那双褐色的眼睛衬托得更加好看。

"莱因哈德，"她嚷着，"咱们放假啦！放假啦！今天一整天不上学，明天也不上学。"

莱因哈德把已经夹在胳膊底下的石板飞快往门后一搁，两个孩子随即冲进房前的花园，穿过园门，奔到野外的草地上去了。这突如其来的假日真令他俩喜出望外。莱因哈德在伊莉莎白的帮助下，已用草皮在这里搭起一间小屋子，他俩打算在里边度过夏天的黄昏；不过目前还缺少坐的板凳。莱因哈德马上动手干起来，钉子、榔头和必需的木板反正是准备好了的。这期间，伊莉莎白却顺着土堤走去，一边走一边捡野锦葵环形的种子，把它们兜在自己的围裙中，以备将来串项链什么的。莱因哈德尽管敲弯了不少钉子，到底还是把板凳做出来了；当他大功告成后跑到外边阳光灿烂的草地上时，小姑娘已经走在离他远远的草地的另一端。

"伊莉莎白！"他喊，"伊莉莎白！"女孩应声跑来，头上的鬈发在风中飘动。"快，"他说，"咱们的房子已经全部完工啦。瞧你跑得多热，赶快进去，咱们可以坐在新板凳上。我要给你讲个故事。"

两人随即钻进小屋,坐在刚钉成的凳子上。伊莉莎白从围裙中掏出锦葵籽来,把它们串在长长的线上;莱因哈德于是讲开了故事:

"从前,有三个纺纱女……"

"嗨,"伊莉莎白打断他,"我都已经背熟啦,你可别讲来讲去总是这个故事哟。"

莱因哈德不得不丢开三个纺纱女的故事,讲起一个被扔进狮穴中的可怜人的故事来。

"……这时候已经是夜里,"他讲,"你知道吗?四周漆黑漆黑的,狮子也都睡觉了。可不时地,它们在睡梦里打着呵欠,还吐出红红的舌头;那个人吓得直哆嗦,以为是快天亮啦。这当儿,他周围突然一下变得亮堂堂的,抬头一瞅,一位天使站在他面前。天使对他招招手,然后就照直走进岩石中去了。"①

伊莉莎白专心致志地听着。"一位天使?"她问,"他该有翅膀的吧?"

"这只不过是个故事,"莱因哈德回答,"实际上压根儿没有什么天使。"

"啊,呸,莱因哈德!"女孩说,同时呆呆地望着他的脸。当莱因哈德不高兴地瞪她一眼以后,她又怯生生地问:"干吗他们总这么讲呢?妈妈,阿姨,还有在学校里?"

"这个我不知道。"他回答。

"可你说,"伊莉莎白又问,"狮子是不是也没有呢?"

"狮子?有没有狮子?有,在印度;那儿的异教祭师把它

---

① 见《旧约·但以理书》。

们拴在车子前头，驾着它们拉的车穿过沙漠。等我长大了，我要亲自去看看。那儿比咱们这里美好不止一千倍，那儿根本没有冬天。你也得跟我一块儿去。你愿意吗？"

"愿意，"伊莉莎白回答，"可妈妈也得一块儿去，还有你的妈妈。"

"不行，"莱因哈德说，"那时候她们太老了，不能跟着去。"

"可我是不被允许单独出门的呀！"

"他们会许可的；你那时已真正做了我的妻子，其他人再不能命令你什么了。"

"可我妈妈会哭的呀！"

"我们还会回来嘛，"莱因哈德着急起来，"你干脆说，愿不愿意跟我去？不去我一个人去，去了再不回来啦。"

小姑娘差点儿没哭出声。"别这么生气呀，"她说，"我跟你到印度去就是。"

莱因哈德高兴得忘乎所以，一把抓住女孩的双手，拽着她飞跑到了草地上。"到印度去喽！到印度去喽！"他一边唱，一边拉着小女孩转圈，使她脖子上的红绸巾飘扬起来。唱着转着，他突然放开小姑娘的手，一本正经地说："不行，去不了，你没有勇气。"

"伊莉莎白！莱因哈德！"这当儿从园门边传来家里人的唤声。

"这儿呐！这儿呐！"孩子们边回答，边手拉着手朝家中跑去。

* 林　中

两个孩子就这么在一起生活，他觉得她常常太安静，她觉得他常常太急躁；但也正因此，便谁都离不开谁，课余的时间几乎总在一道玩儿，冬天在两家母亲并不宽敞的房中，夏天在田野上和树林里。有一次，伊莉莎白遭到老师的责骂，站在一旁的莱因哈德气得把石板猛地扔到桌上，想把老师的怒气引到自己身上去。老师没注意到他这举动。可这一来，莱因哈德再也不认真听地理课了，反倒在课堂上写了一首长长的诗。他在诗中把自己比作一只年轻的雄鹰，把教员比作一只灰老鸦，伊莉莎白则是一只白色的鸽子；雄鹰发誓一旦翅膀长硬了，定要向灰老鸦报仇雪恨。年轻的诗人眼含热泪，在自己的想象里成了一位非常非常高尚的人。回到家中，便找出一个羊皮面精装的小本子来，在里边雪白雪白的头几页上，工工整整地抄下了自己写的第一首诗。不久，他转到另一所学校里，和那里年龄相仿的男孩子结下了新的友谊，但这并未影响他跟伊莉莎白的关系。从他过去给她一讲再讲的童话中，现在他动手把那些她最喜欢的部分写下来，写着写着经常很希望把自己的某个想法也添加进去；只是不知道为什么总是不能如愿以偿，于是只好怎么听来的就怎么写上。写好后送给伊莉莎白，伊莉莎白则将它们珍藏在自己那个小柜子的一个抽屉里。晚上，她常常当着他的面把这些故事念给自己的母亲听；莱因哈德在一旁听着，心中感到莫大的快慰。

　　七年过去了。莱因哈德为了升学就要离开故乡。伊莉莎白没法设想，她从此有一段时间将完全见不到莱因哈德。使她高兴的是，他有一天对她讲，他将像从前一样为她把童话写下来，附在给母亲的信里寄给她；她呢，也得回信告诉他她是否喜欢它们。动身的日子眼看到了；可在这之前，羊皮面精装的小本子里又增加了一些诗，只不过对伊莉莎白仍是个秘密，虽说这个本子是由于她才存在，那渐渐已写满半本的诗中的大部分，都是因为她才产生的。

六月里，在莱因哈德离家的前一天，亲友们决定再聚会聚会，组织了一次到附近森林中去的郊游。大伙儿先乘一小时车，到了林子边上，然后从车上搬下装食物的篮子，继续步行前进。首先得穿越一片枞树林，林中空气清凉，光线朦胧，地上撒满了细细的枞针。走了约莫半小时，便出了幽暗的枞林，来到一片爽朗开阔的山毛榉林中；这儿一切都是明亮的、翠绿的，从繁密的枝叶间不时投射下来一道道阳光；在人们的头顶上，有一只小松鼠不停地从一根树枝跳到另一根树枝。在一处旷地上，古老的榉树的树冠长拢来，形成了一个绿叶拼成的透明的穹顶，大伙儿便停在下边。伊莉莎白的母亲揭开一个装食物的篮子，一位老先生自告奋勇充当司粮官。

"你们全给我过来，孩子们！"他喊道，"好好记住我要给你们讲的话。现在你们每人分到两块面包，当作早餐；黄油留在家里了，佐料必须自己去找。林子里草莓多的是，当然喽，只对能找到它们的人而言。谁笨拙无能，就只好啃光面包；生活中到处都一样。你们明白我的意思吗？"

"明白了！"年轻人齐声回答。

"好，"老先生说，"可是，你们瞧，我下面还有呐。咱们老年人在一生中已经奔波得够了，现在就留在家里，就是说留在这儿的几棵大树下，削削马铃薯，生起火来，摆好餐桌，等到十二点再煮煮鸡蛋。为此你们每人都得把自己采的莓子分一半出来给我们，这样我们也好享用一点饭后果。喏，各奔东西，老老实实把你们的收获带回来吧！"

年轻人扮出各式各样的调皮样儿。

"等等！"老先生再一次嚷起来，"我大概用不着对你们讲谁要是啥也没找到，谁便啥也不用交；不过你们的小脑瓜儿得给我好好记住，这样他也甭想从咱们老年人这儿再得到什么啦。喏，今天这一天你们受的教诲已经够多了，要是你们再能找到草莓，那日子就算过得不错。"

年轻的人们也感到受的教训够多了，已开始成双成对儿地离开。

"走，伊莉莎白，"莱因哈德说，"我知道有个地方草莓挺多，绝不能让你啃光面包。"

伊莉莎白把草帽上的绿缎带结绕起来，挎在手腕上。

"好了，走吧，"她说，"这就是咱们的篮子。"

两个随即走进树林，越走越远，越走越深，四周潮湿而幽暗，不见一线阳光，不闻一点声响，只在头顶上看不见的空中，偶尔传来几声鹰隼的鸣叫。接着面前又出现一片密不通行的丛莽，莱因哈德不得不走在前头开路，这儿折断一根乱枝，那儿挪开一条野藤。一会儿他却听见伊莉莎白在背后唤他的名字，便回过头去。"莱因哈德！"她喊，"等等我呀，莱因哈德！"莱因哈德看不见她，定睛望去，才发现她还远远地在和一些小树纠缠不清，她那稚嫩的小脑瓜儿，只勉强高出丛生的羊齿植物一丁点儿。他只好退回去，把她从乱糟糟的荆棘和灌木丛里领出来，到了一片林中旷地上；这儿开着一朵朵寂寞的野花，花间有一只只蓝色的蝴蝶在翩翩飞舞。莱因哈德从她涨红的小脸上抹开汗湿的头发，想给她戴上草帽，伊莉莎白却不肯，后来他请求她，她终于还是同意他给她戴上了。

"可是，你的草莓究竟在哪儿呢？"临了儿，她停下来深深喘了一口气，问道。

"从前它们就长在这儿，"莱因哈德回答，"也许是癞蛤蟆占了咱们的先，要不就是黄鼠狼或者小山精什么的。"

"准是，"伊莉莎白说，"叶子都还在这里嘛，只是千万别提小山精。走吧，我还一点儿不累，咱们继续找好啦。"

在他们面前横着一条小溪，小溪对面又是森林。莱因哈德把伊莉莎白抱起来，涉水到了对岸。然后走了一会儿，两人又出了阴森的密林，来到一片林中空地上。

"这儿准有草莓，"姑娘说，"连空气也香甜香甜的。"

两人在阳光明媚的草地上寻找起来，然而什么也没找着。

"没有，"莱因哈德说，"那只是野草散发出的香味。"

地上到处间杂地生长着一丛丛覆盆子和冬青，它们之间的空隙又被艾蒿和绿色的浅草填补起来，充满在空气里的浓烈的芳香是艾蒿发出的。

"真叫安静呀，"伊莉莎白说，"其他的人，他们在哪儿呢？"

莱因哈德压根儿没想到往回走。"等等，看一下风从哪儿吹来的。"说着，他把手举到空中，然而并没刮风。

"别作声，"伊莉莎白说，"我好像听见他们在讲话。朝那边喊一下吧。"

莱因哈德把手罩在嘴上，喊道："喂，到这儿来呀！"——"这儿来呀。"那边应着。

"他们答话了！"伊莉莎白高兴得拍起手来。

"没，连个影儿也没有，那只是回声。"

伊莉莎白抓住他的手。"我怕哩！"她说。

"别——"莱因哈德告诉她，"压根儿没啥好怕。这里美极了。坐到那边的树荫下去，让咱们歇一歇。咱们一定能找到其他人。"

伊莉莎白坐到一棵枝叶扶疏的山毛榉的树荫下，侧耳谛听着四方；莱因哈德也在离她几步远的一个树墩上坐下来，默默地望着姑娘。太阳当头照着，正是中午最热的时候；一些青色的小蝇振翅停在空中，给日光照射得发出金色的闪光；包围着它们的是一片细柔的嗡嗡嘤嘤，时不时地也从密林深处传来啄木鸟叩击树干的咚咚声，以及生长在森林里的其他鸟儿的鸣啭。

"听！"小伙子问。

"在我们背后。听见了？这会儿已是中午。"

"那么城市也就在咱们后面，只要朝着这个方向一直走，准能碰到其他人。"

两人踏上归途，不准备再找草莓了，伊莉莎白已经很疲倦。终于，从树木间传来大伙儿的欢声笑语，不多时又看到铺在地上当餐桌的耀眼的白布单，只见上边堆着的草莓多不胜计。老先生上衣扣眼里塞着一条餐巾，正一边继续对小年轻们发表道德演说，一边使劲儿地切一块烤肉。

"瞧，赶鸭子的回来啦。"年轻人发现莱因哈德和伊莉莎白从林中姗姗来迟，齐声嚷道。

"请吧！"老先生冲他俩喊，"把手巾里的和帽子里的都抖出来，倒出来！让大伙儿瞧瞧，你俩找到些什么。"

"找到了饥饿和口渴！"莱因哈德回答。

"要是仅只有这些，"老先生冲他们举起满满一碗烤肉来说道，"那只好留下让你俩自己享受喽。你们清楚咱们的协议，这儿是不养游手好闲的人的。"话虽如此，他到底还是经不起人家的再三恳求。接着便开饭了，大伙儿一边吃，一边欣赏着从杜松子丛中传送来的画眉的歌唱。

这一天便如此过去了。话说回来,莱因哈德还是找着了一点儿什么,虽然不是草莓,却也生长在林中。回到家,他便在自己那精致的本子里写道:

此处山丘之旁,
风息静寂无声;
巨树低垂长臂,
姑娘安坐绿荫。

姑娘坐在草丛,
碧草吐放芳馨;
青蝇嘤嘤飞舞,
纱翼闪闪晶莹。

森林多么静穆,
姑娘多么聪颖;
棕发沐浴日光,
熠熠如同鎏金。

远方杜鹃欢唱,
我如大梦初醒:
她有金色美眸,
何似林中女神。

这样,她便不再仅仅是一个受他保护的小女孩,对他来说,她已成为他正青春焕发的生命中一切美妙迷人的情感化身。

* 姑娘亭立路旁

圣诞节到了。还在下午,莱因哈德和几位大学生一起,坐在市政厅地窖酒店一张古老的橡木桌旁。墙上的灯点着了,地窖中已变得光线昏暗。但是客人们都不大花钱,几名侍者只好倚靠墙柱闲立着。在屋角里,坐着一个拉提琴的老人和一个弹八弦琴的模样俊俏的吉卜赛女郎,他们也把乐器抱在怀中,没精打采地望着前方出神。

从大学生们坐的桌旁传来开香槟瓶塞的响声。"喝吧,我的波西米亚宝贝儿!"一个阔公子模样的年轻人把满满一杯酒递到姑娘唇边,大声说。

"我不想喝。"姑娘回答,仍坐着一动不动。

"那就唱首歌好啦!"阔公子嚷道,同时扔了一枚银币在她怀中。姑娘慢慢举起手来梳理自己的黑发,老人则凑到她耳旁嘀咕着什么,只见她将头一昂,把下巴支在了八弦琴上。

"为这号人我不唱。"她说。

莱因哈德端起一杯酒站起来,走到她跟前。

"你想干什么?"姑娘倔强地问。

"想看看你的眼睛。"

"我的眼睛跟你有什么相干?"

莱因哈德目光灼灼地俯视着她,说道:"我清楚,它们是不诚实的!"

姑娘手托着腮,警惕地打量着他。

莱因哈德举杯到嘴边。"为了你这美丽的、造孽的眼睛!"他说。说罢喝了一口酒。

姑娘笑了,猛地转过头来。"给我!"她说,黑色的美目直视着莱因哈德的眼睛，慢慢饮尽了剩在杯中的酒。随后她便拨出一个和弦，用低婉深情的嗓音唱道：

> 今朝啊，今朝
> 我是如此美丽；
> 明朝，唉，明朝
> 一切都将逝去！
> 此刻啊，此刻
> 你仍然属于我；
> 死亡，唉，死亡
> 将带给我以孤寂！

提琴师正奏出快速的结尾，大学生们的桌旁又来了一个人。

"莱因哈德，"他说，"我刚才去约你，你已经走了。你可知道，圣婴已降临到你屋里啦。"

"圣婴？"莱因哈德问，"他才不会到我那儿去哩。"

"瞧你说的！你满屋子都已充满枞树枝和姜汁饼的香味。"

莱因哈德放下手中的酒杯，抓起帽子。

"你要干什么？"姑娘问。

"我去去就来。"

姑娘皱起了额头。"留下吧！"她柔声恳求，亲切地望着他。

莱因哈德犹豫不决。"不能啊。"他说。

吉卜赛女郎娇笑着用脚尖踢了踢他。

"去！"她说，"你也不中用，你们全都不中用！"

当她转过身去时，莱因哈德已慢慢登上地窖的台阶。

街上暮色苍茫，冬天的寒冷空气使他灼热的额头感到分外凉爽。从这儿那儿的窗户里投射出来圣诞树明亮的光辉，时时还可听见屋子里吹小笛子和小喇叭的声音,其间夹杂着孩子们的欢笑。成群的流浪儿从一幢房前跑到另一幢房前,要不就爬到台阶的栏杆上去,偷看一下窗户里边那些他们享受不到的美好的一切。有时一扇房门会突然打开,斥骂之声顿时驱赶着这些小小的不速之客,使他们从明亮的房前逃进黑暗的胡同里去。在另一所房子里可能正唱着一支古老的圣诞夜之歌,歌声中分明也有少女清脆的嗓音。莱因哈德却充耳不闻,只匆匆从一条街走到另一条街,眼前的一切全一晃而过。走近宿舍,天已完全黑了,他磕磕绊绊地爬上楼梯,跨进自己的房间。迎面扑来一股甜香,就跟圣诞夜走进母亲布置起来的屋子时一样,立刻在他心中勾起一缕乡情。他手颤抖着点亮灯,一眼瞧见桌上摆着一个大大的包裹,从包裹里滚出来了他十分熟悉的过节吃的棕色姜饼,其中几个上面还用糖汁浇着他名字的头一个字母;除去伊莉莎白,又有谁会这样做呢!接着又发现一个装着精致的绣花衬衫的小包,包里还有一些手巾和袖口,最后是母亲和伊莉莎白的几封信。伊莉莎白写道:

这些美丽的糖字大概会告诉你,是谁帮着做这些姜饼的,为你绣袖口的也是同一个人。我们这儿圣诞夜将变得非常冷清,妈妈总在九点半钟就把纺车捡到屋角里去,今年冬天你不在家真寂寞得很哩。你送给我的那只梅花雀,它上个星期天也死了;我哭得很伤心,我可是一直很好地照料着它的啊。下午,一当日光照着它的笼子,这小鸟便唱起歌来;你知道,在它唱得太起劲儿的时候,妈妈常常在笼子上挡一块布,使它不再吱声。这一下房间里更安静了,只有你的老朋友埃利希现在不时来看我们。记得你有一次说过,他这人就像他身上那件褐色外套。每当他跨进门来,我都不由得想起你这句话,真是太可笑了。可你千万别把它告诉我妈妈,她很可能不高兴的。猜猜看,我送给你妈妈的圣诞礼物是什么?猜不着吧?是我自己!埃利希给我画了一张炭精像,我没法子,已在他面前坐了三次,每次整整一个钟头。这么让一个陌生人盯着自己的脸瞧啊,瞧啊,真叫我烦透了。我本不乐意这样做,可妈妈她老唠叨个没完,说什么这会使好心的魏尔纳太太高兴得要命的。

可你没有守信用啊,莱因哈德。你没有寄童话给我。我常对你母亲埋怨你,她听了总说,你现在事情多得很,顾不上这种儿戏啦。但我还是不相信,我想一定另有原因。

接着莱因哈德又读母亲的信,两封信都读完了,便重新慢慢叠起来,放在一边。这当儿,一股强烈的乡愁袭扰着他,使他在房中来来回回踱了好半天,嘴里低声嘀咕着,临了儿含含糊糊地吟出了下面这首诗:

> 他几乎心醉神迷,
>
> 不识何处是归宿;
>
> 姑娘亭亭立路旁,
>
> 召唤他回归故土!

随后他走到写字台前,拿了一点钱又来到街上。街上这时已安静多了,圣诞树的灯光已经熄灭,流浪儿也不再成群结队跑来跑去。夜风一阵阵地卷过空寂的街巷,老老少少都在自己的家中团聚,圣诞夜的第二阶段开始了。

莱因哈德走到市政厅地窖酒店附近,听见从下边传来吉卜赛女郎的歌声和提琴的伴奏声。这时地窖的门咣当响了一下,一个人影步履踉跄地顺着宽大的、灯光暗淡的石阶爬上来。莱因哈德闪进珠宝店,他在店里选购了一个小小的红珊瑚十字架,然后循原路而归。

在离宿舍不远的地方,他看见一个衣衫褴褛的小女孩站在一幢楼房的大门前,正拼命地想打开那扇门。"要我帮助你吗?"他问。小女孩不吱声,只是放掉了沉重的门把手。莱因哈德已经替她把门打开,但又说:"不行,人家会赶你出来的,跟我走!我给你吃圣诞节的姜饼。"说完便重新把门关上,牵起小女孩的手;小女孩也静悄悄地跟着他,来到他房中。

他出门时没吹灭的灯仍然亮着。"这儿,给你姜饼。"他说,随手把自己保存的一半都倒进了小女孩的围裙里,只是舍不得给她任何一个浇着糖字的。"现在回家去吧,分一些给你母亲。"小女孩怯生生地仰望着他,这么和善的先生在她看来真是少见,使她完全不知所措。莱因哈德拉开门,端着灯为她照亮楼梯,小家伙于是带着姜饼迅速奔下楼,像只鸟儿似的飞回家去了。

莱因哈德拨旺壁炉中的柴火,把已经积满灰尘的墨水瓶放到桌子上,然后坐下写信,写给他母亲,写给伊莉莎白,写了整整一个通宵。剩下的圣诞节姜饼搁在他旁边一动未动,可是伊莉莎白缝的袖头却扣上了,跟他那件白色粗绒外套配起来再合适不过。他就这么坐着写呀写呀,直写到冬日的阳光照在结着冰花的玻璃窗上,从他对面的镜子里映出一张苍白而严肃的面孔来。

* 还 乡

复活节到来时,莱因哈德回到了故乡。返家的第二天一早,他便去看伊莉莎白。"瞧你长得多大了啊!"他对笑吟吟地迎着自己跑来的姑娘说。妩媚苗条的少女脸唰地红了,却没有讲什么;他握住她伸出来表示欢迎的手,她也轻轻地企图抽回去。他莫名其妙地望着她,过去她可从来不像这样啊,仿佛他俩之间变得有些生疏了似的。他在家里已住了一些时候,而且每天都上她那儿去,但情况仍未改变。每当他俩单独待在一起,谈话就常常中断,使莱因哈德觉得怪难受的,只好想方设法硬着头皮找些话来说。为了假期里有个消遣,他便把自己上大学头几个月勤奋学得的植物学知识搬出来,教给伊莉莎白。伊莉莎白从小习惯了对他言听计从,加之本身也挺好学的,便高高兴兴地跟着学起来。如今他俩每周都要去田野或荒原远足几次,中午背回来一个个装满花草的绿色标本箱,几小时后莱因哈德再上伊莉莎白家,和她一块儿对共同采集来的标本进行分类整理。

一天下午,莱因哈德又跨进她房里来,准备和她一起整理标本。这当儿,伊莉莎白站在窗前,把一些新鲜的繁缕草搭在一只他从未见过的镀金鸟笼上去。笼里蹲着一只金丝雀,一边拍打着双翅,一边叽叽喳喳地从伊莉莎白的指头间啄草。当初,莱因哈德的那只鸟也曾挂在这里。

"该不是我可怜的梅花雀死后变成一只金丝鸟儿了吧?"他兴致勃勃地问。

"梅花雀没这本领,"坐在扶手椅里纺线的伊莉莎白的母亲说,"它是您的朋友埃利希今天中午派人从他庄园里特地为伊莉莎白送来的。"

"从哪个庄园?"

"您还不知道?"

"一个月前,埃利希已把父亲在茵梦湖畔的第二个庄园继承过来啦,您不知道?"

"这您可压根儿没向我提过。"

"嘿，"伊莉莎白的母亲说，"您自己不也是一句没问过您这位朋友的情况吗？真是个又可爱又懂事的年轻人呐。"

母亲出房准备咖啡去了；伊莉莎白背向着莱因哈德，继续在那儿给她的鸟建凉亭。"对不起，请等一会儿，"她说，"马上就好。"莱因哈德一改旧习地没有回答，她惊讶地扭过头来。突然，从他的眼睛里流露出某种她从不曾见过的苦恼。

"你不舒服吗，莱因哈德？"她走近他问。

"我？"他也神不守舍地问，两眼茫然地盯着她的眼睛。

"瞧你这闷闷不乐的样子。"

"伊莉莎白，"他说，"我讨厌这只黄鸟。"

伊莉莎白怔怔地望着他，不明白是怎么回事。"你这人真怪。"她说。

他抓住她的双手，她任他抓着。母亲马上又进来了。

喝过咖啡，母亲仍坐下来纺线，莱因哈德和伊莉莎白则走进隔壁房间，整理他们的标本去了。两人先数花蕊，并小心翼翼地把叶片和花瓣展开，然后从每种花中挑两朵来压在一部对开本的大书中，让它们慢慢变干。那是个阳光灿烂的午后，四周一派宁静，能听见的只有隔壁房中母亲摇动纺车的嗡嗡声，以及莱因哈德压低了的声音，他要么告诉伊莉莎白某种植物所属的门类，要么纠正她的拉丁文植物名称的发音。

"这一来我就只缺铃兰一种了。"全部采集到的植物分门别类整理好以后，伊莉莎白说。

莱因哈德从口袋里掏出个羊皮封面的白色小本子，说："这儿有枝铃兰，给你。"说着就把那朵半干的花儿从本子里取出来。

伊莉莎白发现本子一页页全写满了字，便问："你又在编童话了吗?"

"不是童话。"他回答,把本子递给她。

本子里净是诗,大多数都长不过一页。伊莉莎白一页一页地翻着,像是仅仅在读标题似的:《当她给教师责骂的时候》《他们在林中迷了路》《复活节讲的童话》《当她第一次写信给我》等,几乎全是这样一些标题。莱因哈德留心地审视着她,发现她翻着翻着,爽朗的小脸上便泛起一片片红晕,到最后整个脸庞都变得通红通红了。他想看看她的眼睛,伊莉莎白却头也不抬,默默地把本子放到他面前。

"可别就这样还我呀!"他说。

她从标本箱中抽出一枝棕色的花。"我把你最喜欢的花放进去。"她说,同时把本子递到他手里。

很快到了寒假的最后一天。接着就是莱因哈德动身的早晨。伊莉莎白得到母亲允许,送她的朋友到离家几条街以外的车站去。他们走到大门口,莱因哈德便伸出胳膊来给伊莉莎白挽着,他就这样默默无言地走在苗条的姑娘身边。离目的地渐渐近了,长时间的分别即在眼前,他心里也越来越感到必须对她讲一件事——一件与他未来生活的全部价值和全部幸福紧密相关的事,可他就是想不出那一句能使他获得解脱的话。他害怕起来,脚步越放越慢。

"你会迟到的,"伊莉莎白说,"圣母教堂的钟已经打过十点了。"

可他还是快不起来。终于,他好不容易结结巴巴地开了口:"伊莉莎白,你将有两年见不着我啦——当我再回来时,你还会像现在一样喜欢我吗?"

她点点头，亲切地望着他。

"我还替你辩护过哩。"她停了一会儿说。

"替我辩护过？在谁面前？"

"在我妈妈面前。昨天你走以后，我们谈了你很久。她说，你不如从前好了。"

莱因哈德沉默了半晌，然后握住她的手，郑重地注视着她那孩子般的眼睛，说："我还跟从前一样好，相信我吧！你相信吗，伊莉莎白？"

"嗯。"她应着。随后，他放开她的手，加快步伐，走过最后一条街。分别的时刻越来越近，他的脸色也越来越开朗，脚步快得姑娘几乎跟不上。

"你怎么啦，莱因哈德？"她问。

"我有一个秘密，一个美好的秘密！"他目光炯炯地望着她说，"两年后，等我再回来时，你就会知道的。"

说话间，他们已走到车站，时间刚好还够。莱因哈德再一次拉着姑娘的手。"再见了！"他说，"多加保重，伊莉莎白。别忘了我啊！"

姑娘摇摇头。"再见！"她说。莱因哈德上了车，马就开始走动。

当车辘辘地转过街角的时候，他最后一次看了看姑娘可爱的身影，看见她正慢慢地走回家去。

* 一封信

差不多在两年后的一天晚上，莱因哈德坐在灯前，桌上堆着许许多多的纸和书。他正等一位朋友来和他一起做功课。这时有人上楼来了。"请进!"——原来是房东太太。"有您一封信,魏尔纳先生!"说完她就走了。

莱因哈德从上次回家以后没再写信给伊莉莎白,从伊莉莎白那儿也从未收到过信。这封信也不是她来的,信上是他母亲的笔迹。莱因哈德拆开信来开始念,马上就念到下面一段:

在你这样的年龄,我亲爱的孩子,真是一年跟一年都不一样,因为青年时代绝不会变得贫乏单调的。我们这里也起了些变化,要是我一向对你了解得不错,你乍一听想必会难过的。昨天,埃利希到底还是得到了伊莉莎白的同意;近三个月来,他已两次向她求婚,两次都遭到拒绝。伊莉莎白一直下不了决心,可她现在毕竟还是这么做了。她仍然非常非常年轻啊。婚礼很快就要举行,到时候她母亲也要跟他们一块儿搬走。

* 茵梦湖

又过了许多年。一个暖和的春天的下午,在一条倾斜的洒满树荫的林间小道上,漫步走下来一位面色黝黑、健康结实的年轻人。他那一对严肃的灰眼睛急切地张望远方,像是期待着这条单调的小路终于会发生变化,而这变化却迟迟不肯到来似的。终于,从坡下慢慢爬上来一辆大车。

"喂!老乡,"旅行者大声招呼走在车旁的农民,"这是到茵梦湖去的路吗?"

"没错儿,一直走。"农民回答,同时提了提头上的圆帽子。

"离这里还远吗?"

"先生,您已到了跟前。不消半袋烟工夫,您就走近湖边了,东家的住宅紧挨在湖边上。"

农民赶着车过去了；旅行者加快脚步，匆匆从树林中穿过。一刻钟后，左手边的树荫突然消失；小路绕上一座山坡，坡前长着一些树梢差点儿跟坡顶一般高的百年老橡树；越过树梢再往前看，便是一个豁然开朗的、阳光明媚的天地。脚下远远地躺着一片湖水，宁静、湛蓝，四周几乎全让阳光朗照的绿树包围着；树林只在一个地方留着豁口，展现出背后远远的一带青山。正对面的绿色树林中间，像撒上了雪似的一片洁白，那是果树正在开花。在高高的湖岸上，耸立着一座别墅，白墙红瓦，给绿叶衬着显得格外悦目。一只鹳鸟从烟囱上飞起来，在湖面上慢慢盘旋。

"茵梦湖！"旅行者失声呼唤。仿佛已经到了目的地似的，他一动不动地站着，视线越过脚下的树梢，久久眺望对岸那在明净如镜的湖水中轻轻晃动着别墅倒影的地方。后来，他突然又开始前进。

现在道路陡直地通向山下，下边的橡树很快又投下绿荫，但同时也把面前的湖给遮住了，只偶尔在树枝的空隙里，才能看见一点水光。不一会儿又登上一座缓坡，两边的树林一下子退去了，取而代之的是一个个牵满葡萄藤的小丘，夹道两边还有一些开了花的果树；只见成群的蜜蜂在花间钻来钻去，嘤嘤嗡嗡。一个穿着棕色大衣的很有气派的男子迎面走来，快到旅行者面前时突然挥动帽子，声音洪亮地叫道："欢迎，欢迎，莱因哈德，好朋友！欢迎你到我们茵梦湖的庄上来！"

"你好，埃利希，感谢你来迎接我！"对方回答。

接着两人就走到一块儿，相互握手。

"可这真是你吗？"埃利希在细细地端详了他老同学那严肃的面孔后说。

"当然是我，埃利希。你也是老样子，只不过看上去比先前更加快活就是了。"

一听这话，埃利希笑逐颜开，模样显得越发快活。"是的，亲爱的莱因哈德，"他一边说，一边又握了握老朋友的手，"你知道，在上次分手以后，我就办成功了那件大事。"随后他搓着手，兴高采烈地嚷道："这将是一个意外！她想不到你会来，万万想不到！"

"一个意外？"莱因哈德问，"对谁是个意外？"

"伊莉莎白呀。"

"伊莉莎白！怎么，你还没告诉她我要来吗？"

"一个字也没告诉，亲爱的莱因哈德，她想不到你会来，她母亲也想不到你会来。我完全是偷偷写信邀请你的，这样她将更加喜出望外。你了解，我这人总有一些自己的主意。"

莱因哈德沉思起来，越走近别墅，他也越觉得呼吸困难。路左边的葡萄园不见了，变成了一片很大的菜圃，一直延伸到湖岸边。鹳鸟已经落到地上，正在菜畦间大模大样地踅来踅去。"嘘！"埃利希喝道，同时拍着手，"这长脚杆的埃及佬，它又来偷我的豌豆尖啦！"鹳鸟不慌不忙地飞去，落在菜圃尽头一幢新建的房子上，这幢房子的墙壁全让人工编结的桃树和杏树枝条给盖住了。

"那是酿酒房，"埃利希说，"是我两年前才盖的。农庄的房子先父已添盖成了，住宅更是在我祖父手上建好的。如此一点一点地继续增加嘛。"

说话间，两人已走到一块大空地上；空地两边是农庄的房子，前面则为庄主的住宅，住宅两翼紧接两道高高的院墙，院墙背后耸立着一排排枝叶繁茂的紫杉,这儿那儿还有一树树盛开的丁香从墙头探出脑袋。一些在烈日下干活儿的满脸热汗的汉子走过空地,向两位朋友行礼问安;埃利希则一会儿向这个发发指示,一会儿向那个问问情况。随后他们走到住宅前,跨进一道高敞凉爽的走廊,在走廊尽头再转入左边一条光线暗一点的过道。在这儿埃利希打开一扇门,两人便进了一间宽大的花厅。花厅两侧相对着的窗户上都爬满藤萝,使厅里充满一片朦胧的绿意,正中两扇高大的玻璃门却敞开着,不但引进来春天充足的阳光,而且能让人观赏前面的花园;只见园内布置着一座座圆形的花坛,伫立着一排排高高的树篱,中间伸展着一条笔直的大路,顺着这条路望去,就能看见湖水和对面更远处的树林。两个朋友一跨进厅中,迎面便拂来一股芳香扑鼻的和风。

在花厅门前的阳台上,坐着一位身着白裙、身材仍如少女的夫人。她站起身,迎着他俩走来,可半道上却像脚下生了根似的站住了,两眼呆呆地一眨不眨地盯着客人。他微笑着向她伸过手去。

"莱因哈德!"她叫起来,"莱因哈德!我的上帝,真是你!我们可有好久不见了哟!"

"是的,好久不见了。"他应着,除此再说不出话;他一听见她的声音,心上就感到一阵隐隐的疼痛;再抬眼看她,她仍那么亭亭立在他的面前,几年前在故乡对她道再见的时候,她不也是这个样子吗?埃利希停在厅门旁,眉飞色舞。

"喏,伊莉莎白,怎么样?"他说,"想不到吧!永远也想不到吧!"

伊莉莎白亲切地望着他。"你太好了,埃利希!"她说。

他温柔地握着妻子的小手。"这会儿咱们总算把他给逮住啦，"埃利希说，"咱们不会马上放他走的。他在外面流浪得太久了，咱们要让他重新习惯自己的故乡。你瞧，模样这么高雅，简直叫人认不出来喽。"

伊莉莎白羞怯地瞟了莱因哈德的脸一眼。"只是我们好久不在一起的缘故。"莱因哈德说。

这当儿，伊莉莎白的母亲胳臂上挎着个装钥匙的小篮子，来到厅中。

"魏尔纳先生！"她发现莱因哈德后说，"哎哎，真想不到，稀客稀客。"

接着，便一问一答，顺利地寒暄开了。母女俩坐下来做她们的针线活儿；莱因哈德享用着为他准备的饮料；埃利希点燃他那只结实的海泡石烟斗，一边坐在客人身旁吐烟圈儿，一边和他谈话。

第二天，莱因哈德便由埃利希领着各处走走，去看了田地、葡萄园、忽布园以及酿酒房。①一切都管理得井井有条，在地头和酿酒锅旁工作的人们，都有着健康和满意的脸色。中午全家总聚在花厅里，其他时间则看主人的闲与忙，也或多或少地共同度过；只有晚饭前的几个钟头和上午，莱因哈德才待在房间里工作。多年来，他都致力于搜集所能搜集到的民间歌谣。如今他正着手整理自己的珍藏，并打算尽可能在附近一带再采集一些，使其更加丰富。伊莉莎白不论何时总是那么温柔，亲切；埃利希始终如一的关怀，使她报以一种近乎谦卑的感激；莱因哈德有时也不免想，像伊莉莎白以前那样活泼的小女孩，似乎不应该变成这么一位沉静的妻子。

---

① 忽布的籽可用来酿造啤酒。

从到庄上的第二天起,莱因哈德傍晚总要沿着湖滨散步。湖滨的小路刚好紧贴在花园下边,在花园尽头一个突出的墙堵上,高高的白桦树下立着一条长凳。伊莉莎白的母亲唤它作"黄昏凳",因为那地方正对着西边,黄昏时分她们常坐在那儿看落日。一天傍晚,莱因哈德沿湖滨小路散步回来,突然遭到阵雨袭击,急急忙忙躲到湖边上的一株菩提树下,但大颗大颗的雨点很快穿过叶簇,淋得他一身透湿。他索性走进雨中,继续循原路而回。天完全黑了,雨下得也越来越密。在快到"黄昏凳"的当儿,他觉得在斑驳闪亮的白桦树干中间,有一个白衣女子的身影依稀可辨。那女子一动不动地站着;走近一点,莱因哈德似乎看出她的脸是朝着他的,好像正在等候什么人。他相信这是伊莉莎白。可当他加快脚步,想赶到她跟前,然后和她一起穿过花园回房去时,她却慢慢转过身,消失在了黑暗的小径中。他莫名其妙,可又有些生伊莉莎白的气;不过,他怀疑这是否就是她。他没勇气问伊莉莎白,是的,他甚至在回屋时没穿过花厅,生怕看见她会从通向花园的门走进来。

* 依着妈妈的心愿

几天以后的傍晚,全家人又跟往常这时候一样聚在花厅里。厅门大大敞开着,夕阳已经沉落到湖对岸的树林后面,天马上就要黑了。

大伙儿请求莱因哈德,要他念一念今天下午刚从一位住在乡下的朋友那儿收集到的那几首民歌。他于是走回房去,不一会儿就拿来了个一页一页都抄写得挺整洁的纸卷儿。

大伙儿坐到桌旁,伊莉莎白坐在莱因哈德身边。

"咱们碰运气吧,"他说,"我自己都还没念过哩。"

伊莉莎白打开了纸卷儿。"这儿有谱,"她说,"因此你得唱,莱茵哈德。"

莱茵哈德一上来念了几首提罗儿山区的民谣,念着念着不时也哼出几节诙谐的曲调。所有人的兴致都渐渐高起来。

"这些歌是谁作的呢,这样美?"伊莉莎白问。

"哎,"埃利希说,"一听不就听出来了嘛,还不是小裁缝、小理发匠,以及诸如此类的乐天的下等人。"

莱茵哈德却讲:"它们压根儿不是人创作出的,它们自行生长,从空中掉下来,像游丝一般飞过大地,飞到这儿,飞到那儿,成千上万个地方的人都在同时唱着它们。在这些歌谣中我们能够找到我们自己的经历和痛苦,仿佛我们大家都参加了它们的编写似的。"

他抽出另一页来念道:"我站在高高的山上……"①

"我会这首歌!"伊莉莎白嚷起来,"唱吧,莱茵哈德,我来和你。"接着,他们便唱起来。这首歌的曲调是如此神奇,叫你简直不相信是出自人们的思想。伊莉莎白以自己微带沙哑的女低音,为莱茵哈德的男高音伴唱。

母亲坐在一旁起劲儿地做着针线。埃利希两手握在一起,凝神听着。歌声住了,莱茵哈德默默地把歌词放到一边。蓦然间,从湖边传来一阵牛群的铃铛声,打破了黄昏的寂静,大伙儿不由得侧耳细听,便听见一个牧童用清亮的嗓音唱道:

我站在高高的山上,

---

① 这首古老的民歌名为《修女》,讲一贫苦女子不能嫁给自己心爱的伯爵,便在修道院中度过终生。

眼望着深深的谷底……

莱因哈德莞尔一笑，说："你们听见了吧？就是这么口口相传啊。"

"在这一带常常听见有人唱。"伊莉莎白说。

"不错，"埃利希说，"是牧童卡斯帕尔，他赶着牛群回家来了。"

他们还倾听了一会儿，直到铃铛声消失在山丘上的农场背后。

"这是些古老的曲调，"莱因哈德说，"它们沉睡在密林深处，上帝知道是谁把它们找出来的。"

说罢，他又另外抽出一页。

天色更加暗了，只在湖对岸的树梢上，还挂着一片泡沫状的红霞。莱因哈德展开纸，伊莉莎白伸手按住纸的一头，也跟着看那歌词。只听莱因哈德念道：

依着妈妈的心愿，

我另选了位夫婿；

从前所爱的一切，

如今得统统忘记；

我真不愿意！

怪只怪我的妈妈，

是她铸成了大错；

从前的一身清白，

如今只留下罪过。

叫我怎奈何！

用我的骄傲欢乐，

换来了痛苦烦恼；

唉，要是没出这事，

唉，纵使乞食荒郊，

也比今日好！

念着念着，莱因哈德感觉那纸微微颤抖起来，他刚念完，伊莉莎白已经轻轻推开身后的椅子，一言未发便走到花园里去了。母亲的目光紧随着她。埃利希想要跟出去，丈母娘却说："伊莉莎白在外面有事。"这样就遮掩过去了。

外边园子里和湖面上的暮色渐渐合拢，夜蛾子嗡嗡地从敞开的门前飞过，花草的芳香一阵浓似一阵地灌进厅中，从湖上飘来一片蛙鸣，窗下的一只夜莺放开了歌喉，花园深处有另一只在与它应和，月亮也从树后探出脸儿来了。莱因哈德久久凝视着幽径间伊莉莎白的倩影悄然隐去的地方，最后，他卷起稿纸，向在座的两位道了别，便穿过房子来到湖边。

树林静悄悄地立着，给湖面投下大片的阴影，湖心却洒着朦胧昏黄的月光。时不时地，林中发出一点儿飒飒的颤动声，可这不是风，而是夏夜的嘘息。莱因哈德向湖滨走去，突然在离岸投一石远的湖面上，瞧见一朵白色的睡莲。他顿时心血来潮，想到近旁去看个仔细，便脱掉衣服，走进湖中。湖水很浅，锋利的水草和石块割痛了他的脚，他老走不到可以游泳的深处。后来，他脚下突然一下踩空了，湖水扯着漩涡在他头上合拢来，过了好半天，他才重新浮出水面。他摆动手脚游了一圈，直到弄清入水的方向。很快，他又发现了那睡莲，见它孤孤单单地躺卧在巨大光滑的叶子中间。他慢慢向前游去，偶尔把手臂抬出了水面，往下滴落的水珠便在月光中闪闪发亮。可他觉得，在他和睡莲之间的距离老是没变似的，回头看时，夜霭中的湖岸却更加朦朦胧胧。可他仍不罢休，便更加使劲儿地往前游去。终于，他游到了离睡莲很近的地方，可以辨清月光下的银白色花瓣了。但与此同时，他却感到自己陷进了一面网里，的确是有光溜溜的草藤从湖底浮起来，缠住了他赤裸的手脚。四顾茫茫一片黑水，身后又蓦地听见一声鱼跃，他顿时感到忐忑不安，便拼命扯掉缠在身上的水草，气喘吁吁地急急游回岸边。从岸边回头再看那睡莲，见它仍和先前一样，远远地，孤独地，躺卧在黑黝黝的水面上。他穿好衣服，慢慢走回房去。在经过花厅时，发现埃利希和他岳母正在做明天出门去办事的准备。

"这么晚您到什么地方去了？"老太太大声问他。

"我？"他应着，"我打算去看看睡莲，结果一无所获。"

"这可又叫人莫名其妙了不是！"埃利希说，"你跟睡莲未必有一丁点儿关系吗？"

"我曾经了解它，"莱因哈德回答，"可那已是好久好久以前的事。"

*伊莉莎白

第二天下午，莱因哈德和伊莉莎白一道去湖对面散步，一会儿穿过树林，一会儿走在高高的伸入湖中的堤岸上。伊莉莎白受埃利希委托，在他和母亲外出期间陪莱因哈德去观赏周围的美景，尤其是要让他从对岸看看庄园的气派。眼下他俩正从一处走到另一处。伊莉莎白终于走累了，便坐在一棵枝叶婆娑的大树下；莱因哈德站在对面，背靠着一根树干。这当儿，蓦地从密林深处传来杜鹃的啼叫，莱因哈德心中猛然一惊：此情此景当初不已有过吗？他望着她异样地笑了。"咱们去采草莓好吗？"他问。

"还不到采草莓的时候。"她回答。

"可这时候也离得不远了呀。"

伊莉莎白摇摇头，缄默无言；随后她站起身，两人又继续漫步。她这么走在他身旁，他的眼睛总一次又一次地转过来瞅着她；她的步态太轻盈啦，整个人宛如被衣裙托扶着往前飘去似的，他情不自禁地常常落后一步，以便把她的美姿全部映入眼帘。终于，他们走到一片长满野草的空地上，眼前的视界变得十分开阔了。莱因哈德不停地采摘着地上生长的野花，一次当他再抬起头来时，脸上突然流露出剧烈的痛楚。

"认识这种花吗？"他冷不丁地问。

伊莉莎白不解地望着他。"这是石楠，过去我常常在林子里采它。"她回答。

"我在家里有一个旧本子，"他说，"我曾经在里边写下各式各样的诗句，可我已好久不再这样做啦。在这个本子中间，也夹着一朵石楠花，不过只是朵已经枯萎了的花。你知道又是谁把它送给我的吗？"

她无声地点点头，眼睛却垂下去，一动不动地凝视着他拿在手里的那朵野花。两人就这么站了很久很久。当她再抬起眼来望他时，他发现她的两眼噙满泪水。

"伊莉莎白，"他说，"在那一带青山后面，留下了咱们的青春，可如今它到哪儿去了呢？"

两人都不再言语，只默默地，肩并肩地，向着湖边走去。空气变得闷热起来，西天升起一片黑云。"雷雨快来了。"伊莉莎白说，同时加快步伐。莱因哈德不出声地点点头，两人便沿着湖岸疾走，直到他们的船前。

渡湖时，伊莉莎白把一只手抚在船舷上。莱因哈德一边划桨，一边偷看她，她的目光却避开莱因哈德，茫然望着远方。莱因哈德的视线于是滑下来，停在她那只手上，这只苍白的小手，向他泄露了她的脸不肯告诉他的秘密。在这手上，他看见了隐痛造成的轻微抽搐，这样的抽搐，经常在不眠的深夜，都会出现在扪着自己伤痛的心口的一只只纤素手上。伊莉莎白感觉出他在看她的手，便慢慢地让手滑到了舷外的水中。

回到庄上，他们在住宅前看见一辆磨刀人的小车。一个披着满头黑色鬈发的汉子用力踏动砂轮，嘴里哼着一支吉卜赛人的曲调；一只拴在链子上的狗躺在一旁喘着粗气。门廊上站着个衣衫褴褛的女孩子，凄凄惶惶的神气，模样儿原本挺俊，她伸出手向伊莉莎白讨钱。

莱因哈德刚掏衣袋，伊莉莎白已抢在前头，急急忙忙把自己钱包中的一切全倒在了讨饭姑娘摊开的手中，然后飞快转身走了，莱因哈德只听见她抽噎着，跑上了楼。

他想上前拦住她，但一转念，停在了楼梯口。穷姑娘仍站在那里，手拿着布施的钱发呆。

"你还想要什么？"莱因哈德问。

她猛一哆嗦，忙说："不，什么也不要了。"说完就慢慢走出门去，只是脑袋仍转过来，一双眼睛傻愣愣地望着他。他喊出一个名字，但姑娘已经听不见，她垂着头，双臂抱在胸前走过院子，下坡去了。

　　死亡，唉，死亡
　　将带给我以孤寂！

一支古老的歌又在他耳中震响，他几乎停止了呼吸，一会儿以后，他便转身回房去了。

他坐下来工作，可是思想集中不起来。他努力了一个小时仍不成功，便走到楼下的起居室里。室内空无一人，只有一片朦胧、阴凉的绿意；在伊莉莎白做针线的小几上，放着她下午戴过的那条红围巾。他拿起围巾来，心中顿觉一阵痛楚，又赶快把它放回去。他心慌意乱，不觉走到湖边，解开小船，划着船到了对岸，把他刚才和伊莉莎白一块儿走过的路全部重新走了一遍。等他再回家来时，天已经黑了。他在院子里碰见车夫，车夫正牵着拉车的马上草地去，出门办事的两位刚刚到家。跨进走廊，他听见埃利希在花厅中来回踱着。他没进厅去见埃利希，只在外边悄悄站了片刻，便轻脚轻手走上楼梯，回房去了。他在房中靠窗的扶手椅中坐下来，极力想象自己是在听楼下园中紫杉篱间那只夜莺的鸣啭，实际听见的却只有自己的心跳。楼下所有的人都已安寝，夜也如流水般逝去，只是他不觉得。他这么坐了好几个钟头，临了儿才站起来，把上身探出敞开的窗户。夜露在密叶间滴答着，夜莺已停止歌唱。渐渐地，东方出现一片黄色的光晕，驱开了夜空中的墨蓝，一股清风随之起来，吹拂着莱因哈德灼热的前额。就在这时，第一只云雀欢叫着，跃上了天空。莱因哈德猛地转身走到桌边，用手摸索铅笔。铅笔摸到了，他便坐下去，在一张白纸上写了几行字。写完，他取过帽子和手杖，轻轻拉开房门，留下那张字条，下楼去了。屋子里还到处是一片朦胧昏暗；家里养的大猫在草褥上伸着懒腰，莱因哈德下意识地伸过手去，猫便把自己的背耸起来。不过，外边院子里的麻雀已在枝头叽叽喳喳叫开了，告诉大家，黑夜已经遁去。突然，他听见楼上一扇门开了，接着便有谁从楼梯上下来，他一抬头，伊莉莎白已站在面前。她一只手抚着莱因哈德的胳膊，嘴唇翕动了几下，却无半点声音。

"你不会再来了,"她终于说,"我知道的,别骗我,你永远不会再来了。"

"永远不会。"他说。她垂下手,再也说不出任何话。他穿过走廊,到了门口再一次转过身来。她呆若木鸡般站在原地,两眼失神地紧盯着他。他跨前一步,朝她伸出双臂,但突然又猛一扭身,出门去了。外面的世界已静卧在朗朗晨光中,挂在蜘蛛网里的露珠给朝阳照着,晶莹闪亮。他头也不回地快步往前赶去,那座宁静的庄园便渐渐落在后面,展现在他眼前的是一个辽阔广大的世界。

*老　人

月光不再照进玻璃窗,屋里暗起来了,可老人依旧坐在扶手椅中,手握着手,呆呆地凝视着前方。渐渐地,在他眼前,那包围着他的黑暗化成了一个宽阔幽深的大湖,黑黝黝的湖水一浪一浪向前涌去,越涌越低,越涌越远,在最远最远那道几乎为老人目力所不及的水波上,在一些很大很宽的叶子中间,孤零零地飘浮着一朵洁白的睡莲……

房门开了,一道亮光射进屋中。"您来得正好,布莉基特,"老人说,"请把灯放在桌上吧。"

随后,他把椅子也移到桌前,拿起一本摊开的书,专心致志地研究起他年轻时就已下过功夫的学问来。

德国19世纪的小说家特奥多尔·施笃姆（Theodor Storm, 1817—1888）,按照文学史的传统观点,他在前不如克莱斯特、凯勒"杰出"，在后不如冯塔纳、托马斯·曼"伟大"；可是施笃姆实际受欢迎的程度，却超过了他们所有的人。

1840年至1890年，是德语文学史上所谓的诗意现实主义（Poetischer Realismus）时期。这个时期的许多德语作家，包括施笃姆在内，在前既不同于着意描写人生的"夜的方面"的浪漫派，也不同于以"倾向文学"自行标榜的青年德意志派；在后同样有别于对社会生活进行琐碎而机械摹写的自然主义者。他们面向人生和现实，但由于受着德国社会发展迟缓和资产阶级政治上软弱乏力的局限，其中的多数人都只能客观反映自己所接触到的那一小部分现实，有意无意地回避重大的社会政治题材，力图从平凡的事物中寻找、发掘出所谓诗意，而缺少远大的眼光和抱负。按照当时一些理论家的主张，即使在极其贫乏的日常生活中也存在一个个富于诗意的因素或瞬息（einzelne Momente von poetischm Interesse），作家呢就应将注意力限制和集中于这些因素和瞬息上，从而再现平庸的社会现象中某个诗意的方面（eine poetische Seite）。

诗意现实主义的作家们在不同的程度上实现了这些主张，创作出了大量优秀的作品。这些作品虽然多数回避了时代和社会的重大斗争，接触生活的面相对狭窄，但在局部却并不都缺乏反映现实的深度，而且在写作艺术方面刻意求工，因此富有巨大的表现力和强烈的感染力。这一时期的作家们大多擅长于写抒情诗和中、短篇小说，而以后者的成就更为突出，更受世人重视。

在德语中、短篇小说的发展史上，此时形成了一个空前的高峰。作为当时兴起于整个欧洲的现实主义潮流中的一个支脉，德国诗意现实主义自有其不可忽视的特长和成就，产生了像凯勒、施笃姆、迈耶尔等一些有世界影响力的作家。

特奥多尔·施笃姆出身律师家庭,故乡胡苏姆是如小说《燕语》所描写的那么一座濒临北海的"灰色小城"。他早年在柏林等地学习法律,毕业后回故乡开了一间律师事务所,同时热心致力于搜集整理家乡的童话、传说、格言和民歌。1853年,不甘忍受丹麦占领者压迫的他到普鲁士过了十多年颠沛流离的生活。1864年丹麦人被赶走,[①]施笃姆回故乡当了地方行政长官,三年后改任初级法院法官。由于不满俾斯麦的"强盗政策"和"无耻的容克统治",于1880年提前退休,潜心从事写作,直至逝世。

施笃姆作为诗意现实主义的一位杰出代表,这一流派的优点、特长以及弱点,都鲜明而集中地体现在他的创作里。他以写抒情诗开始其创作,1853年出版了《诗集》。他的诗歌大多描写宁静和谐的家庭生活,歌颂故乡美好的大自然,格调清新、优美而富于民歌风。他在创作中深受歌德、海涅、艾辛多夫和莫里克的影响,自认为是继承了德语诗歌优良传统的"最后一位抒情诗人"。在他逝世十年后,冯塔纳也曾说过:"作为抒情诗人,他至少也属于歌德之后产生的三四个佼佼者之列。"[②]

可是,尽管如此,施笃姆一生的主要建树,仍在中、短篇小说方面。从1847年至1888年的40余年间,他创作的小说共50篇,论数量不算很大,但其中却不乏名篇佳作。今天,施笃姆之依旧

---

① 1848年,丹麦国王弗里德利希七世宣布吞并胡苏姆所在的施勒斯威格-霍尔斯坦地区,引发了丹麦和德国之间的第一次战争,战事于1850年以丹麦获胜结束。1863年丹麦通过宪法正式将施勒斯威格-霍尔斯坦并入自己的版图,引发第二次与德国的战争,结果战败。

② 参见Hartmut Vincon: *Storm*, rowohlt Verlag 1980, S. 174.

享有世界声誉,主要也归功于他的《茵梦湖》《燕语》《木偶戏子波勒》《双影人》和《白马骑者》等脍炙人口的中、短篇小说。

写到此,我们自然会提出问题:施笃姆的小说具体地讲有哪些特点?它们成为佳作,长期以来受到各国读者喜爱,所凭借的究竟是些什么呢?

根据前文所述作家的境遇变迁和思想发展,我们一般将他的小说创作划分为早、中、晚三个时期。但是,在这三个时期之间,一些贯串始终的共同特点却非常明显。

先说作品的思想内容。和多数诗意现实主义的作家一样,施笃姆在创作中也有意无意地回避时代与社会的重大斗争,而致力于从平凡人的平凡生活中去寻找诗意。他的小说写的大多是恋爱、婚姻和家庭生活,主人公也不外乎市民、大学生、手工匠人、农民,以及城乡中小资产者这样一些普通人。

显然是自觉不自觉地受了"题材决定论"的影响,我们过去评价施笃姆,几乎都无例外地将他的作品"多半局限在个人生活和家庭的范围内,没有接触到当时重大的社会和政治问题",判定为作家的缺点,并以此为依据,草率匆忙地得出施笃姆不够深刻、不够精典的结论。中外文学史的无数事例证明,这样做是不正确的。须知作品是否深刻、精典,并不取决于作家写什么,而取于他怎样写。施笃姆多写恋爱、婚姻、家庭生活这一类题材,也许倒恰恰是他获得众多读者喜爱的原因。这类题材固然平凡,为读者所司空见惯,因此不易写好;但是只要写好了,就能打动各个时代和不同民族的千千万万读者的心,因为恋爱、婚姻和家庭问题,毋庸讳言具有超时代、越国界的普遍意义,易于为广大读者所理解和接受。

除去上述两类小说,施笃姆的的确确也写过一些仅仅只能算生活场景速写的小短篇,例如《玛尔特和她的钟》。但整体而论,他的创作实在是很好地反映了19世纪后半期德国社会特别是某些偏远地区的社会风貌;他的一篇篇杰作,不啻德国宗法制社会在资本主义冲击下解体时的一幅幅生动而精彩的风情画。

在肯定其思想意义的时候,须要特别强调,施笃姆的中、短篇小说之所以广为流传,受到不同时代和不同民族的万千读者的喜爱,之所以今天还受到我们的重视,主要原因却不在思想内涵,而在于它们突出的艺术成就,在于它们鲜明独特和优美动人的艺术风格。

以风格而论,我们大致可以以1870年为界线,将施笃姆小说创作分成前、后两个时期。前期作品以《茵梦湖》为代表,重在意境的创造、气氛的渲染和缠绵悱恻的情感的抒写,而往往缺少连贯鲜明的情节、严整紧密的结构和激烈紧张的矛盾冲突。例如《茵梦湖》,只是借助主人公一些并无直接关联的回忆片段,把他不幸的恋爱经历大致告诉了我们,大异于传统小说的线性结构,倒与快节奏的现代电影的蒙太奇手法有几分近似,然而情感的抒发却既含蓄,又浓烈。施笃姆的成功之作几乎都具有一个共同的特点,那就是它们始终像笼上一层作者故乡北海之滨常有的轻雾似的,弥漫着一种凄清柔美的诗意。

施笃姆小说极富诗意这个特点可谓有目共睹,有口皆碑。与施笃姆同期而稍后的德国著名小说家海泽,给了他的整个创作这样的评论:"为了简单明白地指出特奥多尔·施笃姆小说的特点,我不知道还有比称它们是一位抒情诗人写的小说更好的说法。"①

施笃姆怎么能够将小说写得如此富有诗意呢？

除了他本身是一位抒情诗人，有着诗人的禀赋，因而笔端常常流露出充沛、热烈的诗情外，笔者以为还有以下原因：

首先，施笃姆常常写的都是亲身经历，即他自己所能接触到的那一部分现实。例如，《茵梦湖》中的伊莉莎白和《她来自大洋彼岸》中的燕妮，都是他年轻时所热恋过的一个叫贝尔塔的姑娘的化身；而《一位默不作声的音乐家》，拿施笃姆自己的话来讲，更"产生于我自己心灵的最神圣的深处，这默默无声的乐师便是我疼爱的儿子……"。

然后，故事发生的地点大多在北海之滨，那在不少小说（如《燕语》《双影人》）中都洋溢着的恋乡之情，正是热爱故土并曾长期流落他乡的施笃姆本人心境的写照。感情是诗歌的生命，施笃姆的成功之作无不写得情深意切，诗意也便油然而生。

其次，但同样重要，是施笃姆努力实践了在平凡的现实中寻找、发掘诗意的主张，并坚信作家只要有足够的功力，用中、短篇小说这种形式同样能创造出"最高的诗意"（das Hoechste der Poesie）。因此，他一生致力于中、短篇的创作，而谢绝朋友的劝诱写任何长篇。他在自己的作品中写的常常是善良的人，平凡而普通的人；写的常常是他们的美好情感，诸如爱情、友谊，以及对故乡家园的思念和热爱等。可也正由于平凡、普通，我们读来便感到熟悉、亲切；正由于善良、美好，我们不知不觉便会产生共鸣，受到感染。加之施笃姆确实功力深厚，我们每读完他的一

---

① 参见Hartmut Vincon: *Storm*, rowohlt Verlag 1980, S. 174.

篇杰作,心中自然便会涌起那种读完一首好诗后的微醺乃至陶醉的感觉和审美体验。

最后,还不可忽视的是,施笃姆在艺术上造诣高深,而且精益求精。他语言朴素优美,写景状物生动自然,尤善于以景物烘托气氛,创造意境,常常都做到了情景交融,以景寄情。他对夜晚、大海、森林的描写最为出色。他惯于用花木禽鸟作思想感情的象征,如《茵梦湖》用白色的睡莲象征可望而不可即的幸福,《双影人》用不惧寒霜的忍冬花象征忠贞不渝的爱情,而《燕语》中那一声声燕子的唧啾,更把主人公苦苦思恋故乡亲人的情怀,渲染得淋漓尽致。

还有施笃姆经常采用回忆倒叙的写法,让主人公面对读者,直抒胸臆。他并且惯于也善于在故事中嵌进富有北德地方色彩的民歌、民谣,以及情感炽烈的诗句,如《茵梦湖》中的"依着妈妈的心愿 / 我另选了位夫婿 / 从前所爱的一切 / 如今得统统忘记 / 我真不愿意",以及《燕语》结尾处的"当我归来的时候 / 当我归来的时候 / 一切皆已成空……",等等。这些都不仅对小说的主题思想起了画龙点睛的作用,还增添了诗的气氛。

上述种种,便使得施笃姆的成功之作充满了诗情画意,诗意盎然。总之,施笃姆不愧为德语文学中独有的诗意现实主义的杰出代表,他的作品的的确确可以称之为诗意小说。在德语中、短篇小说乃至世界中、短篇小说之林中,施笃姆的作品不但耐看、好看,且自有其鲜明的个性和特色;正因为耐看、好看又富有特色,它们便得以长期流传,而且今天仍然受到人们的重视。

7. 海泽的意大利风情小说

犟妹子

太阳还没有升起。维苏威山①上弥漫着一片灰色的浓雾，雾朝着那不勒斯方向延伸，沿岸一带的城镇都被笼罩住了。海静静躺着。但在苏莲托镇陡峭的岩岸下，在狭窄的海湾的沙滩上，渔夫和他们的妻子已经开始活动。他们挽着粗大的缆绳，把在海上打了一夜鱼的船和网拖回岸边来。还有一些人在收拾小船，整理风帆，或者把桨和桅杆从巨大的洞窟里搬出来；这些洞深挖在岩壁里，装着栅门，是渔民们夜间存放船具的地方。看不见一个闲人，就连那些不能再出海的老头儿，也加入了拖网的长长的行列；这儿那儿的平屋顶上，站着一些个老婆婆，要么纺线，要么照看孙儿，好让女儿去帮助丈夫干活儿。

"瞧见啦，蕾切拉？咱们的神父先生在那儿。"一个老婆婆对她身边摆弄纺锤的十岁小姑娘说，"他正在上船。他让安东尼送他上卡普里去。圣母马利亚啊，瞧他老人家简直还没睡醒哩！"她边说边举起手来，对下面船上一位矮小和气的神父打招呼。神父正撩起黑袍子来细心地铺在木凳上，然后坐定。岸边的其他人也停下工作，看这位不住向左右两边和蔼地点头的神父离去。

"他干吗一定得去卡普里呢，奶奶？"女孩问，"是那儿没有神父，要向咱们借吗？"

"别发傻，"老婆婆说，"他们那儿有的是，他们有顶美丽的教堂，还有一位咱们没有的隐士。只不过那里有位高贵的太

---

① 意大利著名火山，在那不勒斯市附近。

太,她在索伦多住过多年,并且得了重病,家里人几次都以为她熬不过夜了,每次都请神父去为她送临终。可瞧,这时童贞圣母帮助了她,她又变得结实起来,又好每天在海里洗澡啦。后来,她从这儿搬去卡普里,临走时送了一大堆钱给教堂和穷人。据人讲,她让神父答应了常去看她,听她忏悔,不然呐,她是不肯走的。真奇怪,她就这么信赖他。咱们真运气,有他这个神父。他跟个大主教似的有能耐,大人老爷们都来请教他。愿圣母与他同在!"一边说,她一边向就要离岸的小船挥手。

"咱们会碰上晴天吗,我的儿子?"矮小的神父问,同时担心地向那不勒斯方向眺望。

"太阳还没出来,"小伙子回答,"这点儿雾它是会驱散的。"

"那就开船吧,我们好在天热之前赶到。"

安东尼抓起长桨,正想把船撑开,但突然又停下来,眼睛望着从索伦多镇下港湾来的那条陡峻的小路的高处。

那儿出现了一个少女苗条的身影,正匆匆走下石阶,边走边摇动手绢。她腕子上挎个小包,衣着相当简朴。然而,她高傲地、简直可以说桀骜不驯地昂着头,黑色的辫子盘在额上,就像戴着一顶王冠。

"还等什么?"神父问。

"有人朝船走来了,大概也想上卡普里。要是您允许的话,神父——船不会慢下来的,她只是个不到十八岁的女孩子。"

说话间,姑娘已从围绕着小路的墙后转了出来。

"劳蕾拉?"神父问,"她上卡普里干什么?"

安东尼耸耸肩。姑娘疾步来到跟前,眼睛望着前方。

"你好啊,犟妹子!"年轻船夫中有几个喊道。看来他们还要说些什么,要不是神父在面前,使他们怀着敬畏的话;姑娘对待他们问候的态度,很叫他们不开心。

"你好,劳蕾拉。"这时神父也大声问,"过得怎么样?想搭船去卡普里吗?"

"要是您允许,神父!"

"问安东尼吧,他是船主。每个人都是自己财产的主人;而上帝,是我们大家的主宰。"

"给你半卡尔令[①],"劳蕾拉对青年船夫正眼不瞧地说,"要是够我的坐船钱。"

"你留下自己用更好。"小伙子嘟囔着,把几篓橘子推顺开,腾出一个座位来。他准备把橘子运到卡普里去卖,那边岛上遍地岩石,长的橘子满足不了众多游客的需要。

"我可不白搭你的船。"姑娘黑色的眉毛一扬,回答道。

"来吧,孩子。"神父说,"他是个好青年,不想靠你这可怜的一点钱发财。喽,上来呀。"他把手伸给她,"就坐在我旁边。瞧,他把自己的衣服给你垫上啦,让你坐得软和一些。对我他可没这么好。年轻人都是这样的,他们照顾一个年轻姑娘,比照顾十个教士还周到呐。得了,得了,安东尼,别道歉啦,这是我们上帝的安排,人以群居嘛。"

这当儿,劳蕾拉已上了船,坐下来,但坐下之前,她一声不吭地把那件上衣推到了边上。安东尼也让它摆着,只在牙齿缝里嘀咕了几句。随后,他猛一撑岸,小船便飞快地射向海湾。

"你那包里头装了些什么?"神父问。这时候,他们行驶在

---

① 意大利古币名。

刚刚被第一抹霞光照亮的海面上。

"丝、线和一块面包,神父。丝准备卖给卡普里一位太太织带子,线卖给另一位。"

"你自己纺的吗?"

"是的,大人。"

"要是我记的不错,你也学过织带子。"

"是的,大人。只是母亲的病更重了,我离不开家,要自己买架织机又没钱。"

"更重了!唉,唉!我复活节来你家,她还坐得起来啊。"

"春天一向是她最难熬的季节。自打那几场大风暴和地震,她就痛得起不来床啦。"

"别少祈祷和请求啊,我的孩子。求童贞圣母代你母亲说情。你要诚实而勤劳,她才会听你的祈祷。"

停了一停,他又说道:"当你走到海边来的时候,人家对你喊:'你好,犟妹子!'他们为什么这样叫你啊?对一个基督徒,这个名字可不好,一个基督徒应该温顺谦卑才是。"

姑娘棕色的脸庞通红,两眼闪闪发光。

"他们讽刺我,因为我不像别的女孩子一样跳舞、唱歌、喜欢讲话。他们就让人家自己走自己的路嘛,我又没有碍着谁。"

"可他也该对每个人都和和气气呀。跳舞和唱歌,尽可让生活轻松的人去唱,去跳;但说话和气,对一个苦闷的人也是应该的。"

她低下了头,双眉蹙得更紧,好似要在眉毛底下,藏起她那对黑色的眼睛。他们默默地航行了一会儿。这时,辉煌的太阳已升起在群山顶上,维苏威山的峰尖高高耸出云端,而山脚一带仍雾气环绕,索伦多平原上的房舍,在一座座绿色橘园的掩映中,闪着白光。

"那位画家，那个想娶你的那不勒斯人，他再没有消息了吗？"神父问。

姑娘摇摇头。

"他那次来画你的像，你为什么拒绝他呢？"

"他画这干吗？比我好看的女孩子有的是。而且谁知他要拿去做什么。母亲说，他会用它对我施魔法，戕害我的灵魂，甚至弄死我的。"

"别信这些罪过。"神父严肃地说道，"你不是一直在主的手掌中吗？没有主的意志，你头发也掉不了一根。难道一个人手头拿着张画像，就比主还强？再说，你也看得出，他是对你好的。要不，他肯娶你吗？"

姑娘不作声。

"可你为什么回绝他？据说，他是个正派人，又挺阔气的。他一定会养活你和你母亲，比你靠缲丝挣点钱好得多。"

"咱们是穷人，"姑娘激动地说，"母亲又病了这么久。咱们只会成为人家的累赘。再说，咱也配不上一位上等人。要是他的朋友来看他，他会为了我害羞的。"

"瞧你说些什么话！我不是告诉过你，人家是正派人。他还打算搬到索伦多来住。这样一个好人，不会很快再有啦，他像是上天专门派来扶助你们的。"

"我根本不要嫁人，永远不嫁！"她十分执拗地说，像在自言自语。

"你许了愿吗，还是想去做修女？"

她摇摇头。

"人家说你性子犟,说得对,虽然那个名字不好听。你没想过吗?你并不是独自生活在世界上,你这个倔脾气,只会使你生病的母亲生活更苦,病更重的。你有什么重要理由,竟拒绝任何诚恳地伸过来扶助你和你母亲的手?回答我呀,劳蕾拉!"

"我有个理由,"她迟疑地低声说,"可我不能讲。"

"不能讲?对我也不能讲?对你平时那么信赖他,相信他对你是一片好意的忏悔神父也不能讲?或者并非这样?"

她点点头。

"那就让你的心轻松轻松吧,孩子。要是你说的对,我第一个表示赞成。不过,你还年轻,对世界了解太少,也许将来有一天,你会后悔,后悔不该为着一些孩子气的想法,断送了自己的幸福。"

她羞怯地瞥了小伙子一眼。他坐在船尾,用力划着桨,羊毛帽子低低地拉到了额头上。他盯住船旁的海水,像是独自堕入了沉思。神父发现姑娘看了他,便把耳朵凑近姑娘。

"您不认识我父亲。"她悄声说,目光变得阴沉起来。

"你父亲?我记得他过世那会儿,你还不满十岁。可是你父亲,愿他的灵魂早升天堂,他与你这倔脾气又有什么关系?"

"您不了解他,神父。您不知道,我母亲的病,就完全是他弄出来的。"

"怎么会呢?"

"因为他虐待她,打她,用脚踢她。我还记得那些个他怒气冲冲回家的晚上,母亲从不说他一句话,对他真是百依百顺。可他呢,却揍她,揍得我心都快碎了。我只好用被子蒙着头装睡,实际上整夜在哭。后来,他见她躺在地上起不来了,又突然变了态度，抱起她来拼命地吻，使得她大叫要憋死啦。母亲不准我提一个字，但她被折磨得很惨，所以父亲死了很多年，她身体还没复原。要是她早早地去世——求主保佑不会这样——我就知道是谁害死了她。"

矮小的神父摇晃着脑袋，像是拿不定主意，该在多大程度上赞成他的忏悔女。临了，他说："宽恕他吧，就像你母亲宽恕他那样。别再老是想着那些悲惨的事情，劳蕾拉。将来你会过上好日子，并且忘记这一切的。"

"我永远也忘不了。"她回答，身上不禁战栗起来，"现在您明白了，神父，因此我要永远做闺女，不去给任何一个先虐待我，过后又来亲我的人当奴隶。要是现在有谁来打我，或者吻我，我就知道反抗。母亲却无法反抗，既不能反抗别人打她，也不能反抗别人吻她，就因为她爱他。我才不愿这样爱任何人，爱得自己生病，爱得自己受苦。"

"瞧你还不是个孩子，说起话来完全和个不知世事的人一样吗？难道所有男人，都像你那可怜的父亲，纵情任性，虐待自己的妻子吗？难道你在左邻右舍中，没有见到很多好人？难道没有见到很多妻子与自己丈夫过着宁静和睦的生活吗？"

"但我父亲待我母亲的情况，也没谁知道呀，她宁肯死一千次，也不愿告诉别人，向人诉苦。而所有这一切，都是因为她爱他。要是爱情就是这样，在该呼救时堵住你的嘴，在受恶人侵害时使你无力反抗，那我就永远不会倾心于任何男人。"

"我告诉你，你是个孩子，自己不知道自己在讲些什么。等到了时候，你的心就会不断问自己，到底爱还是不爱，到那会儿，不管你往自己脑袋里塞些什么想法，都不顶事啦。"神父又停了一停，继续说："再说那位顾客吧，你相信，他也会虐待你么？"

"他瞅人家那眼神，就跟我看见我父亲求母亲原谅，抱起她来用好话诓她时的眼神一样。我熟悉这眼神。一个忍心殴打从未损害过自己老婆的人，也有这样的眼神。我害怕再见到这样的眼神啊。"说完，她便固执得一声不响了。神父也沉默下来。看样子，他在想着种种可以用来开导姑娘的箴言隽语。只是当着年轻的船夫，他不便开口。在姑娘忏悔快结束时，小伙子变得烦躁不安了。

航行两小时后，他们在卡普里小小的码头靠了岸。安东尼把神父从船里抱起来，涉过最后几道平缓的海浪，恭恭敬敬地放在左岸上。劳蕾拉却不等他回来接她，扎起裙子，右手提木屐，左手挎小包，扑喇扑喇就踩着水跑上了岸。

"我今天在卡普里可能待很久，"神父说，"你不用等我。也许我要明天才回去。你，劳蕾拉，回去后代我问候你母亲。我这个礼拜就来看你们。天黑前你还回去吧？"

"要是有机会就回去。"姑娘一边回答，一边整理自己的裙子。

"你知道我是得回去的。"安东尼用自以为满不在乎的口气说，"我等你到响晚祷的钟声。要是你那会儿不来，我也无所谓。"

"你一定得来，劳蕾拉。"矮小的神父插进来道，"你不能让你母亲单独过夜。你要去的地方远吗？"

"我要到安那卡普里的一个葡萄园去。"

"可我得去卡普里。上帝保佑你，孩子，还有你，我的儿子！"

劳蕾拉吻他的手，随后说了声"再见"，既像对神父说，又像对安东尼说的。但安东尼装作没听见。他朝神父摘下帽子，看都不看劳蕾拉一眼。

可是，在他们俩转过身去以后，小伙子的目光只跟着困难地走在卵石滩上的神父移动了短短一会儿，就追着向右边高坡走去的姑娘看起来，同时还把手举到额前遮住刺目的阳光。上坡以后，道路眼看要转进两堵围墙之间，这时她停下来，像是想喘口气，同时回头望了望。她脚下就是码头，四周怪石嶙峋，海水湛蓝湛蓝的，异常美丽——这景致的确是值得停下来欣赏一番的。然而，事有凑巧，她的目光在掠过安东尼的船旁时，与安东尼追赶她的目光碰在了一起。于是，双方就像无意间干错事的人那样，做了个表示歉意的动作，然后，姑娘一撇嘴便向前走去。

午后才一点钟，安东尼已经在渔民酒店前的长凳上坐了两小时啦。他心头必定有什么事，每过五分钟就跳起来，跑到太阳地里去，仔仔细细朝着通向岛上两个小镇的道路张望。他对酒馆的老板娘解释：他是怕要变天了。天色虽还明亮，但天空和海水的这种颜色他是认识的。去年起风暴之前，天空和海水正是这样。那一次，他险些把一家英国人送不到岸边来。这她还记得吧。

"记不得。"女人说。

那好，要是傍晚时变了天，她就该想起他的话来了。

"老爷、太太去你们那边的多吗？"老板娘过了一会儿问。

"刚开始来。在这以前我们的日子可苦啦。洗海水浴的游客迟迟未到。"

"春天来得迟。比起我们卡普里这儿，你们挣的钱多吗？"

"还不够一礼拜吃两顿空心粉喽，要是我光靠划船过日子的话。时不时地送封信去那不勒斯，或者把哪位想钓鱼的老爷划到海上去——这就是全部营生。不过，您知道，我舅舅有几个大橘园，是一位有钱的人。'托尼诺，'他说，'只要我还在，就不让你吃苦，就算以后吧，也会考虑到你的。'这样，上帝保佑我才熬过了冬天。"

"他有儿女吗，你舅舅？"

"没。他没结过婚，在国外住了很久，很攒了两个钱。眼下，他有心开个大渔行，要我去总管一切，帮他把事情料理料理。"

"那，您就成了位有靠头的人了哟，安东尼。"

年轻的船夫耸耸肩。"谁都有自己的难处哩。"他说道。说着又跳起来左瞧右瞧，尽管他完全清楚，只有一方才可能变天。

"我给您来瓶酒吧。您舅舅反正付得起账。"老板娘说。

"只来一杯得啦，你们这酒烈着哩。我脑袋已经发热了。"

"这酒不醉人。您想喝多少，尽管喝多少，正好我男人来了，您得和他再坐一会儿，聊一聊。"

果然，身材魁梧的酒馆老板从高坡上下来，肩搭渔网，鬈发上盖着顶红色便帽。他刚进城给那位贵夫人送鱼去，为了招待索伦多来的小个子神父，夫人专门定了鱼。一瞧见年轻船夫，他便挥手热情欢迎，然后坐到他身边，开始问长问短，讲这讲那。正好老板娘又提来一瓶没掺水的卡普里酒，左边的沙地便响起咔嚓咔嚓的声音，劳蕾拉从通往卡普里的路上走来了。她向众人点了点头，沉默地站在那儿，不知如何是好。

安东尼一跃而起。"我该走了，"他说，"这姑娘是索伦多镇的，今儿一早随神父先生一块儿过来，天黑前得回家去照料自己的母亲。"

"得，得，离天黑还早着呐，"老板说，"她有的是时间来喝一杯。喂，老婆，再拿个酒杯来。"

"谢谢，我不会喝。"劳蕾拉回答，仍站得远远的。

"只管斟吧，老婆，斟啊！她要人劝哩。"

"随她去吧，"小伙子说道，"她是个顽固脑瓜，什么事她要不愿，就连圣者也说不动她。"说完，他便急匆匆地告了辞，跑到底下船边去，解开缆，站在那里等着姑娘。她先又向酒馆老板夫妇点点头，然后才步履踟蹰地向小船走去。上船前，她环顾四周，好像盼着谁和她搭伴。然而，码头上空无一人：渔民们要么在午睡，要么在海上垂钓撒网；少数几个妇女小孩在自家门口，打盹儿的打盹儿，纺线的纺线；再就是那些外来的游客，也一早就过去了，要等天凉了才乘船回来。但她也没能望多久；她还未来得及反抗，安东尼已一把抱起她，把她像个小孩似的抱到船上去了。他自己跟着也跳上去，抓起桨来，三划两划便到了海上。

姑娘坐到船头，半背向着他，使他只能看见她的侧面。眼下，她的表情比平时更严肃。鬈发低覆在额头上，纤细的鼻翼执拗地颤动着，丰满的嘴唇紧闭。他们这样默默地在海上航行了一些时候，她给太阳晒热了，便从手帕中取出东西，把帕子包在头上。接着，她吃起面包来，当她的午餐，她在卡普里什么也没吃啊。安东尼看不下去。他从早上装满橘子的筐中，取出两个橘子来，说："喏，拿去和你的面包一块吃吧，劳蕾拉。别以为是我特意为你留的。它们从筐子中滚了出来，我搬空筐子回船时在舱板上发现了。"

"你自己吃吧。我吃面包就够了。"

"大热天橘子可能解渴，瞧你跑了这么老远。"

"人家给了我一杯水喝，我已经不渴了。"

"随你便吧。"他说着，便把橘子扔回筐里。

又一阵沉默。海面平明如镜，船头的水声很轻很轻。就连那些栖息在岩岸洞穴中的白色水鸟,在飞来飞去地觅食时也悄然无声。

"你可以把这两只橘子捎给你母亲。"安东尼又提起话头。

"我家里还有橘子,就算吃完了,我再去买就是。"

"你就捎去吧,算我的一点儿心意。"

"可她不认识你呀。"

"那你可以告诉她我是谁嘛。"

"我也不认识你。"

她说不认识他,这已经不是第一次了。一年前的一个礼拜天,就在那位画家来索伦多的时候,安东尼和当地的几个小伙子正好在大街旁的广场上玩地滚球。就在那儿,画家初次见到了劳蕾拉,她头上顶着水罐,打他身边走过,压根儿没有注意到他。那不勒斯人一见她便着了迷,呆呆立在那儿盯着她瞧,不顾自己正好站在滚球道上,只要再跨两步就可以让出来。这当儿,重重的一球滚到了他的脚踝上,提醒他,此处不是发呆的地方。他回头瞅了瞅,像是等着谁去向他道歉。掷这一球的年轻船夫却傲慢地站在伙伴中间,一声不吭,陌生人觉得还是避免口角,走开为妙。可是,这件事后来传开了,画家来正式向劳蕾拉求婚时,又被人们提了起来。画家曾经问劳蕾拉,她是不是为了那个不懂礼貌的愣小子才拒绝他的;劳蕾拉不耐烦地回答:"我不认识他。"上述那件事,也传到了她耳朵里。这以后,她碰见安东尼就该认得了吧。

眼下,他俩坐在船上,就像一对仇敌,各自的心都跳得厉害。安东尼平时那和善的面孔涨得通红。他击打着海水,让水花溅到自己身上。他的嘴唇时而哆嗦,像是在骂人似的。姑娘装作没有看见,完全漫不经心的样子。她把身子倾出船外,让水流从手指间滑过。随后,她解下手帕,整理头发,就像船上只有她一个人似的。不过,她的眉毛微微抽动,两颊发烧,她用湿淋淋的手去冰也没有用。这时,他们已在大海中间,远近都见不到半点帆影。卡普里岛被抛在了身后,前面的海岸躺在迷眼的阳光中,还离得很远很远。甚至没有一只海鸥,来冲破这深沉的岑寂。安东尼环顾四周。突然,他像是拿定了主意,脸上的红色褪了,放下了桨。劳蕾拉情不自禁地回过头来看他,心情十分紧张,但一点也不害怕。

"我必须了结这事。"小伙子冲口说道,"拖了这么久啦,我差不多奇怪自己竟没有因此死掉。你说,你不认识我?难道你没有一次次地瞧见,我怎么疯子似的打你面前跑过,有满肚子话要对你说?可你总是把嘴一撇,转过身去不理我。"

"我有什么好和你谈呢?"她干巴巴地说,"我看得出,你想和我搭讪。可我不愿让别人嚼舌头,无缘无故地嚼舌头。我不愿意嫁给你,我不愿意嫁给你和任何人。"

"不嫁给任何人?你以为打发走了那个画家,就好总这么讲么?呸!你那会儿还是个孩子。你将来会感到寂寞,到那时,像你这么个怪脾气,就会随随便便嫁个人了事的。"

"谁知道自己将来怎样呢?就算我会改变主意,可这跟你什么相干?"

"跟我什么相干?"他大叫一声,从桨手凳上跳起老高,弄得小船也颠来簸去,"跟我什么相干?在知道了我的境况以后,你还能这样问?你将来对谁比我好,谁就不得好死!"

"难道我答应过你吗?你自己头脑发昏,又关我什么事?你有什么权力,要我跟你好?"

"哦，"他吼道，"这在书上自然没有写，任何法律家也不会用拉丁文把它写下来，盖上封印；不过，我知道，我有权讨你做老婆，就跟我有权升天堂一样，因为我是个好小伙子。你以为，我肯眼睁睁瞧着你被另外的男人带着上教堂吗？姑娘们打我面前经过，都会耸肩膀，这我受得了吗？"

"你想咋办就咋办吧。你再怎么吓唬，我都不害怕。我将仍旧照自己的想法去做。"

"你才不会老是这么讲哩，"他浑身颤抖着说，"我是一个男子汉，不会长此下去，让自己的生活给一个犟妮子给糟蹋了。你明白吗，你现在在我的手心里，我要你怎样，你就得怎样？"

"弄死我吧，要是你敢。"她慢吞吞地说。

"那就来个干脆，"他嚷道，声音变得嘶哑起来，"海里有的是咱俩的地方。我帮不了你啦，妹子。"他几乎是满怀同情地说，犹如是在梦呓，"不过，我们必须同时一起去，两人一块儿，就是现在！"他大声吼叫，蓦地用双手抓住了她。但转瞬间，他缩回右手，鲜血涌了出来：她狠狠地咬了他一口。

"你要我怎样，我就得怎样吗？"她叫道，身子猛地一扭，撞开了他，"咱们等着瞧吧，看我是不是在你手心里！"说完，便跳下船去，一眨眼便消失在大海深处。

一会儿，她浮出水面，裙子紧紧裹住身子，辫子叫海浪冲散了，沉甸甸地拖在脖子上。她双臂不停地划水，一声不响地奋力游着，从小船旁向岸边游去。

突然的震惊，使小伙子几乎失去了知觉。他站在船上，弓着腰，目不转睛地盯在她身上，好似眼前出现了奇迹。随后，他晃了晃脑袋，便扑到桨前，使出全部力气追着她划去。这当儿，他手上涌出来的鲜血，已把舱底给染红了。

转眼间，他就到了她身边，尽管她游得很快。

"看在圣母马利亚份上！"他喊道，"上船来吧！我是个疯子，天晓得我怎么失去了理性。就像给闪电打着了一样，我脑子里突然一热，就发起狂来，连自己干些啥，说些啥，也全不晓得啦。我不求你原谅我，劳蕾拉，我只希望你救自己的命，上船来啊！"

她只顾游着，仿佛什么也没听见。

"你到不了岸边，还有两海里呐。想想你母亲吧。要是你遭不幸，我会吓死了的。"

她用眼睛估量了一下到岸边的距离，然后也不答话，就游到船边，攀住了船舷。他赶去拉她，姑娘的体重使小船倾到了一边，他放在凳子上的衣服便掉进了海里。她敏捷地翻进船来，回到老位子上。他看见她平安无事了，又划起桨来。她拧着湿淋淋的裙子，挤掉辫子里的水。这时，她望着舱底，才发现了血。她迅速地瞅了瞅那只手，他仍在划着桨，压根儿就像没有受伤似的。

"拿去！"她递过手帕去说。

他摇摇头，继续朝前划。临了，她站起来，走到他身边，用手帕把他那很深的伤口紧紧包扎起来。然后，她不顾他的反抗，从他手中夺过桨，坐到他对面，正眼也不瞧他，只是盯住被血染红的桨，一下一下地猛力划起来。两人都默默无语。快到岸边，正碰上出海进行夜间捕捞的渔民们。他们招呼安东尼，并拿劳蕾拉打趣。可两人都没抬头，也不回答一句。

进港的时候，太阳还高高挂在波希达岛上空。劳蕾拉抖了抖在海上差不多已经干了的裙子，跳上岸去。早上看见他们离开的那个老婆婆，这会儿又站在屋顶上。"你那手怎么啦，托尼诺？

耶稣基督啊，整个船都给血泡起来了。"

"没事儿，教母，"小伙子回答，"我让一颗突出的钉子挂伤了。明儿个就好了的。该死的血一碰着便出来，其实并没有多少危险。"

"我来给你敷点草药吧，小伙子。"

"没事儿，教母。已经包扎好，明儿个就没事儿了。我的皮肤健康着哩，任何伤口都会一下子长好。"

"再见！"劳蕾拉说道，转身朝上山的路走去。

"晚安！"小伙子在后面大声说，但眼睛并未看她。随后，他把船具和筐子从船上搬下来，爬上狭窄的石级，走回自己的小屋去了。

在那两间他眼下走进走出的小屋里，除去他没有任何人。透过几孔只装着木条子的小敞窗，风吹进来，带着比在平静的海面上更多的凉意。寂静使他感到舒服。刚才，他在圣母的小像前站了很久，虔诚地望着贴在像上的、银纸剪成的星辉状灵光。但他并未想到祈祷。他不再有任何希望，还祈祷什么呢？

白天似乎停住了脚步。他渴望黑夜快快到来，因为，他疲倦了，失血过多也使他虚弱，尽管他不承认。他感觉手上阵阵剧痛，便坐到一张小凳上，解开手帕。被堵住的血又渗了出来，伤口周围肿得老高。他仔细地洗净伤口，把它久久地浸在水里冰。当他再取出手来时，便清楚地辨出了劳蕾拉的齿痕。"她说得对，"他自言自语着，"我是个野兽，活该如此。明天我让乔西普把手帕交给她。我不想让她再见我的面。"他在用左手和牙齿重新扎好右手以后，便仔仔细细洗起手帕来，洗好又摊开，在太阳底下晒。他自己则倒在床上，闭上了眼睛。

皎洁的月光，使他从似睡非睡中醒来，再说手上的疼痛，也不让他安睡。他跳起来，想再把手浸到水里止止痛。这当儿，他听见门上发出了响声。"谁呀？"他大声问，同时拉开门。劳蕾拉站在他面前。

也没问是否允许，她就走进屋去。她解下裹在头上的帕子，把一只小提篮搁在桌上，便喘起长气来。

"你来取手帕吧，"他说，"其实你不必劳这个神，明天一早我就要请乔西普送给你。"

"不关手帕什么事。"她立即回答，"我上山去给你采了些止血药，在这儿！"她边说边揭开提篮盖。

"太麻烦你，"他说，口气中全无讽刺意味，"太麻烦你了。已经好些了，已经好多了，就算更坏了吧，那也是自讨的。你这时来干吗呢？要是给人碰见怎么办！你知道，他们会怎么胡扯，虽然他们不知道自己在说些啥。"

"我才不管任何哟，"她急躁地说，"我只想看看你的手，给它敷上草药，要知道你用左手可弄不好啊。"

"我告诉你，这不必要。"

"那让我瞧瞧，好让我相信。"她二话不说，就抓起那只无力反抗的手，解开布条。一见那巨大的肿块，她就愣住了，叫道："圣母马利亚！"

"有一点儿肿，"他说，"过一天一宿就没事儿了。"

她摇摇头说："像这样，你一礼拜也出不了海啦。"

"我想我后天就可以。又有什么关系呢？"

说话间，她端来面盆，重新洗那伤口；他也像个孩子似的，听凭她摆布。然后，她把草药叶子铺在伤口上，用自己带来的夏布条包扎好，立刻，他就觉得疼痛减轻了。

包扎完毕，他说："谢谢你。听我说，你要是肯对我再行个好，就请原谅我今天发了狂，并把我说的和我做的一切，统统忘了吧。我自己也不知是怎么搞的。你从来不曾逗引过我，真的没有。往后，你再也听不见我说任何使你生气的话了。"

"该我求你原谅，"她抢过话头，"我本可以更好地向你说清楚一切，不该不理不睬地气你。再说，还有这手上的伤口……"

"你那是自卫，而且在该让我恢复理智的万不得已的时候。我说过了，这不要紧的。甭提什么让我原谅你了。你这样做对我有好处，我感谢你。好了，回家睡觉吧。这儿——这儿是你的手帕，你可以马上带回去。"

他递给她，她站着一动不动，像是思想里在进行斗争。终于，她说："你为了我的缘故，把上衣也丢了，而且我知道，卖橘子的钱也在里边。这是我在回家的路上才想起的。我无法赔偿你，因为我没有钱。就算我有点，那也是母亲的。不过，我有个银十字架，那个画家最后一次上我家，给我留在桌上的。可我瞧都不愿瞧一眼，恨不得从箱子里把它甩出去。要是你拿去卖掉——母亲说，可以值几个钱——就可补偿你的损失。要是还不够，我就在夜里母亲睡觉时，再纺线挣点钱给你。"

"我什么也不收。"他坚决地说，并且把她从衣袋里掏出来的那个亮晶晶的十字架推开。

"你一定得收下。"她说，"谁知你这手多久才能干活呢。我把它放在这儿了，我再不想让自己的眼睛看见它。"

"那就扔它到海里去吧！"

"这可不是我送给你的礼物呀。这纯粹是你的权利，是你理所应得的。"

"权利？我没有权利要你的任何东西。要是你往后再碰见我，就对我行行好，别再瞧我；不然，我就会想，你是在提醒我曾经对不起你。好啦，晚安，就让这是最后一次吧。"

他把手帕放进提篮，再将十字架搁在上边，然后盖上篮盖。可当他抬起头来看见她的脸时，他吓了一跳。大颗大颗的眼泪滚过她的面颊。她任其自由地流淌。

"圣母马利亚啊！"他喊出来，"你病了吗？瞧你浑身都在哆嗦！"

"没什么，"她说，"我要回家！"边说边朝门口歪歪倒倒走去。终于，她忍不住哭出声来，额头抵在门柱上，发出大声而急促的抽泣。但在他追上去劝阻她之前，她突然转过身来，扑到了他的脖子上。

"我受不了啦。"她喊道，紧紧地抱住他不放，就如垂死的人抱住生命一样，"我不能听你对我这么好言好语，然后叫我走，使我良心上过意不去。你打我吧，踢我吧，咒骂我吧！或者，要是真的，你真爱我，在我对你这么狠以后还爱我，那么，就收留我吧，想把我怎样，就怎样吧。只是别打发我离开你！"又一阵急促的抽泣，使她讲不下去了。

他默默地搂住她有好一会儿。

"你问我还爱你吗？"他终于大声说，"圣母马利亚啊！你难道以为，这小小的伤口，就把我心里的血全部流光了吗？你没感觉到这颗心，它在我胸中激烈跳动，就像要跳出来献给你吗？要是你讲的这些话只是想试试我，或者因为你同情我，那你就去吧,就连这些我也会忘记的。你不必因为知道我为你吃了许多苦,就觉得对不起我。"

"不,"她从他肩上抬起头来,眼泪汪汪地盯着他的脸,坚决地说,"我爱你。让我说了吧,我只是一直害怕会爱上你,一直想反抗。现在我可要变个样子了,因为当你在巷子里打我身边走过,要叫我不看你我就再也受不了啦。这会儿,我还要吻你哩,"她说,"这样,要是你又发生怀疑,你就可以对自己讲:她吻过我了,而劳蕾拉是不吻任何人的,除非她让这人做她的丈夫。"

她吻了他,然后挣脱身,说:"晚安,我亲爱的!睡觉去吧,把你的手养好。不用跟着我,要知道我不害怕任何人,只害怕你。"

说罢,她便一溜烟地跑出门去,消失在围墙的暗影里。小伙子却还久久地凝视着窗外的大海,海上,星星们好像全在轻轻地摇曳。

下一次矮小的神父听完劳蕾拉长时间的忏悔,从忏悔室中走出来时不禁暗自发笑。

"谁想得到呢,"他自言自语说,"天主这么快就垂怜这颗奇异的心。我还在责备自己,没有更严厉地警告她身上那个犟性子魔鬼哩。然而,我们的眼光都太短浅,看不见通往天国的条条道路。喏,愿上帝赐福给她,并让我活到劳蕾拉的大小子能代替他爸爸送我过海去的那一天吧!哎呀呀,这个犟妹子!"

保罗·海泽(Paul Heyse,1830—1914)是德国第一位获得诺贝尔文学奖的作家,19世纪末20世纪初在德国乃至欧洲曾享有"慕尼黑诗人之王"(Der Münchener Dichterfürst)的美誉。人们授予他诺贝尔文学奖，是"颂扬他作为抒情诗人、剧作家、长篇小说家和世界著名的中、短篇小说家，在长期创作生涯中所显示的渗透着理想的非凡艺术才能"。在德国文学史上，保尔·海泽的名字将是很难抹去的。

保尔·海泽多才多产，一身兼为小说家、戏剧家和诗人，从中学时代开始写作，在半个多世纪的漫长岁月中作品异常丰富，计有：长篇小说9部，中、短篇小说180余篇，戏剧近70出，此外还有大量的抒情诗和政治诗，以及相当多的文艺论文、回忆录、日记和与其他作家如冯塔纳、凯勒、施笃姆的文学通信等。不仅如此，海泽还是一位成就斐然的翻译家，翻译过西班牙和法国的诗歌，意大利的民歌、童话、喜剧和小说，以及马基雅弗利、奥里约斯托和莎士比亚等一系列重要外国作家的作品，其译著不仅深得时人好评，而且至今仍有价值。在1871年至1903年的32年间，他还编选出版了《德语中短篇小说宝库》《外国中短篇小说》和《新编德语中短篇小说宝库》，三套选本加在一起多达62卷，可以说集德国和世界中、短篇小说之大成，其贡献与功绩，也不可低估。

海泽写过大量抒情诗，早年创作受浪漫主义诗人艾辛多夫的影响，其后转而师承文艺复兴时期的大师，形式和风格都多有所借鉴，加上他驾驭语言的能力很强，作品也曾传诵一时，被勃拉姆斯和舒曼等一百多位著名作曲家谱过曲。可是，海泽的抒情诗缺少独创性，因此经不住时间的考验，今天看来价值已远不如他所完成的外国诗歌的翻译。

海泽的戏剧创作同样对德国古典戏剧以及奥地利大戏剧家格里尔帕策的创作亦步亦趋，个性模糊，加之又多以古代希腊罗马和意大利、法国等异域题材为内容，在60多部剧作中涉及德国现实生活的仅《汉斯·朗格》和《巴伐利亚人路德维希》等两三部，整个说来意义也不大。

在长篇小说创作中，海泽基本上遵循青年德意志派的古茨珂夫和施毕尔哈根的路子，但却没有达到前者的哲理深度和后者的政治尖锐性，成就也很一般，9部长篇小说里仅《世界的孩子们》（1873）和《众峰之上》（1895）这两部较有价值。前一部揭露教会的伪善和资本主义社会的道德沦丧，塑造了一个被视为"现代答尔丢夫"的伪君子典型；后一部批判尼采的超人哲学，鞭笞了残酷压迫劳动人民的统治阶级。

用以上几种体裁，海泽都未能创作出具有长远影响和巨大价值的杰作，其原因归纳起来不外乎：一是形式和风格方面因袭多，创新少；二是内容和题材脱离现实，缺乏社会意义。

在海泽数量巨大的创作中，只有Novelle这种体裁成就突出，一些优秀代表作在德国和世界上都曾经产生过广泛影响，在今天更是他唯一还保持着生命力的作品。

在海泽创作的年代，德国的Novelle正好发展到了最高峰，可谓名家辈出。这样，他不但可以向歌德、霍夫曼、克莱斯特、蒂克等前辈借鉴、学习，更可以与同时代的凯勒、施笃姆、迈耶尔等取长补短。他长期与凯勒、施笃姆通信，进行创作问题的探讨、切磋。通过对于Novelle这种体裁的认真研究、深入思考，海泽在理论上也有独到的见解。在1871年出版的《德语中短篇小说宝库》第一卷的序言中，他对自己的理解做了系统而深刻的阐述，提出了有关Novelle创作著名的"猎鹰理论"。

德语的Novelle尽管在不同时代和不同作家的笔下写法屡经

变迁，风格各式各样，但仍然保持着一些基本的共同的特点，那就是：在篇幅方面，一般为3万字左右，但长可达20万字，短可到几千字；在内容方面，按照歌德和同时代的施雷格尔兄弟的意见，德语的Novelle（中、短篇小说）的内容应该是"奇异的"（merkwurdig）、"罕见的"（selsam）、"独特的"（einzigarting）和"闻所未闻的"（unerhort）等。海泽继承了歌德和施雷格尔兄弟这些主张，并以《十日谈》中第五日的第九个故事为例，对中、短篇小说的特点做了进一步的阐发。

在《十日谈》的每一个故事前，都有一段概括全篇的开场白，第五日第九个故事前的开场白为：

> 费德里奇为一位太太耗尽了家财，总不能获得她的欢心，从此只得守贫度日。后来那位太太去看他，他把自己最心爱的鹰宰了款待她，她大为感动，就嫁给了他，并且给他带来了丰厚的陪嫁。

海泽就以这一开场白为例，阐明中、短篇小说的一个基本特点，要求每一位作者都经常向自己提出问题：

> 我的"鹰"在哪里？那使我的故事区别于其他成千上万篇故事的独特之点在哪里？

在实际创作中，海泽显然实践了自己的"猎鹰理论"。他虽然也向歌德等前辈借鉴、学习，与同时代的凯勒等取长补短，从自薄伽丘以来的外国中、短篇小说大师如梅里美、莫泊桑以及屠格涅夫等的创作中汲取了不少营养，但更重视的，却是自己发挥独创精神，努力地培养自己的"鹰"。因此他的作品特别是早期的一些代表作，立意构思都那么新颖别致，谋篇布局都那么匠心独运。渐渐地，海泽便形成了自己鲜明而独特的风格：他既不同于典雅、宁静的歌德，更不同于神秘、诡谲的霍夫曼，也与深刻、细腻的凯勒和凄清、柔美的施笃姆大异其趣，而是明朗、和谐、优美。整个说来，他的中、短篇小说创作以现实主义为基调，同时又富于戏剧性和浪漫色彩，每一篇较优秀的作品都自有引人入胜和出人意表之处，也就是说都有他自己的"鹰"。

在德语中、短篇小说的发展史上，海泽称得上独树一帜，占有着一个不可取代的地位。享有"中、短篇小说家中的莎士比亚"之称的凯勒，认为海泽在Novelle这一体裁内"创造出了一些崭新的东西"；19世纪丹麦的大批评家勃兰兑斯，则把他的中、短篇小说成就与霍夫曼和梅里美相提并论；1910年授予他诺贝尔文学奖时的授奖词，也特别强调他是"世界著名的中、短篇小说家"。

就内容而论，海泽中、短篇小说的题材不论是古代的或是现实的，不论是写意大利的或是写德国的，无一例外地都力求发掘出人性中的善和美。因此他最常表现的就是人与人之间纯真的爱情（如《犟妹子》）和无私的友谊（如《台伯河畔》），有时还歌颂舍己助人（如《死湖情澜》）和杀身成仁（如《安德雷亚·德尔莱》）这一类的壮举。他小说中的主人公，几乎都是心地纯善、气质高尚、独立不羁、热爱自由、富于自我牺牲精神的正面形象。在海泽塑造的正面人物中，显得多而突出的是妇女，而且不少来自下层。海泽之所以常以处于被压迫地位的妇女和下层人民作为小说的主人公，是因为他认识到人性中的善和美多存在于他们身上。在一篇题名为《比萨的寡妇》（1865）的小说里，海泽明确地宣称："我从来不能塑造一个身上没有某些可爱之处的主人公，尤其是从来不能塑造一个女性形象，自己不是在一定程度上爱上她的……"

海泽笔下的妇女，优点往往还不仅是一般作者所描写的美丽、温柔、善良，而是独立不羁、敢作敢为、敢爱敢恨，如《犟妹子》的年轻女主人公劳蕾拉，就是其中一个性格独特而又可爱的典型。尤其是海泽作品中的意大利妇女形象，更为人称道。凯勒在1859年11月3日写给海泽的信中说："您在这些意大利少女身上，塑造出了一种具有古代人的纯朴和真挚热情的光辉典型，赋予了这些单纯的自然肌体以热烈绚丽的色彩，从而产生出了特殊的魅力。"

你读完《犟妹子》这篇小说，难道不迷恋意大利那不勒斯港湾的绮丽风光？难道没爱上美丽、纯朴、勤劳、勇敢的意大利渔家少女？

二

内涵丰富、深刻却
耐看、好看的思想者文学

迄于18世纪70年代，德国文学尽管已出了温克尔曼、莱辛和克洛卜斯托克等有影响的理论家和作家，但与英、法、意、西等国相比尚处于落后地位，有人甚至视德国为"没有文学的野蛮国度"[①]。是歌德，具体地讲是他在24岁时写成的一本薄薄的"小书"——《少年维特的烦恼》，一举改变了这种可悲状态，使一股强劲的"维特热"席卷了整个欧洲，从此，歌德作为"维特的作者"而受到世人的景仰，德国文学也提高到了与英法等国并驾齐驱的地位。

---

① 范存忠《歌德与英国文学》："在18世纪以前，英国人几乎谁都不知道德国是有文学的。哲学家休谟竟把德国人与俄国人并举，认为野蛮民族。"杨丙辰《歌德与德国文学》："英国讽刺诗人斯威夫特（Swift）曾骂德国人为'最愚蠢之民族'，法国人简直地断定德国人是无文学上的天才的。"以上两文均见宗白华、周辅成编《歌德之认识》，南京钟山书店，1932年版。

1. 歌德的书信体小说

少年维特的烦恼

《少年维特的烦恼》是一部以第一人称写成的书信体小说,直接反映的是歌德青年时代的一段生活经历和思想感情。歌德1749年出生在美因河畔的法兰克福城。18世纪中叶,在处于封建割据状态下名存实亡的"德意志民族的神圣罗马帝国",这是一座具有相当自治权的帝国自由市。城里手工业和商业已很发达,但仍保持着森严的等级制度和其他

维特画像

种种中世纪的封建陋习。诗人的父亲年轻时上过大学,获得了博士学位,并广有家财,但作为普通市民仍受着城里占支配地位的贵族社会的歧视,想以不领薪俸为条件在市政府谋取一官半职而不可得,从此养成了孤僻、抑郁和固执的脾气,同时却"望子成龙",把精力花在了对子女的严格教育上。在这样的社会和家庭环境中成长起来的诗人歌德,一方面享受到了良好的教养,另一方面,也产生了对腐败的贵族社会和封建等级制的不满。

1772年5月,大学毕业后当上了律师的歌德到韦茨拉尔的帝国高等法院实习,6月初在一次乡村舞会上结识了天真美丽的少女夏绿蒂·布甫,对她产生了热烈的爱慕。可夏绿蒂已有所属,尽管

她和她的未婚夫对歌德都十分友善,他仍因失恋而感到痛苦,终于在3个月后不辞而别,回到法兰克福。

回到故乡后歌德仍未能克服心头的苦闷,一度产生了自杀的念头。差不多就在这时,另一个人却把歌德几经尝试却最终放弃的事完成了。消息传来,歌德大为震惊,因为自杀者不仅是他早年在莱比锡上大学时就认识的耶鲁撒冷,出事地点也正好在韦茨拉尔,而且自杀的主要原因是因为恋慕他人之妻遭到拒斥。这种种情况,令歌德联想到自身的遭遇,对耶鲁撒冷的不幸感到切肤之痛。为解除失恋之苦,歌德本欲做一次"诗的忏悔",耶鲁撒冷的自杀刚好为他提供了新的契机和所缺少的素材,让他终于愤而提笔,开始了《维特》的写作。

年青的歌德可谓完全进入了创作的狂热和忘我境界,"就像个梦游者似的,在几乎是无意识的状态下写成了这本小册子",以至当他最后拿起手稿来进行修改润饰时,"自己也感到十分惊异"。

那么,《维特》与歌德的关系,是否仅仅表现在主要情节和主要人物方面呢?

远不止此。这本"小本"从头至尾,字里行间,无处不打着青年歌德思想感情的烙印,折射着他从时代和社会所受的各种影响。以渗透全书的反封建精神和感伤情调为例,前者显然与他市民阶级的家庭出身和参加狂飙突进运动的经历有关;后者则表现了阅读英国感伤主义文学和在达尔姆塔特城的交往对他的熏染。总之,《维特》全面地反映了歌德的世界观、宗教观、社会观、美学观等,拿他自己的话来说,这部"小书"是他"用自己的心血哺育出来的。其中有大量出自我心胸中的东西,大量的思想情感……"

但是，我们绝不能把《维特》仅仅当作一部"自传体的爱情小说"，当作"一个意志薄弱者的悲剧"。维特不幸的恋爱与社会遭遇，已具有了时代的普遍意义。小说围绕着维特与绿蒂的爱情这条情节主线，展示了社会生活的广阔画面，通过维特本人的遭遇、感受对当时德国的阶级关系，对同一阶级内不同类型的人与人之间的关系，对广泛涉及自然、人生、社会、政治、宗教、法律、道德，以及儿童教育等诸多方面的问题，进行了认真的思考和深入的剖析。小说的年轻主人公无疑是一位时代的思想者、剖析者和评判者。近代丹麦大批评家勃兰兑斯讲得好：《维特》的"重要意义在于它表现的不仅是一个人孤立的感情和痛苦，而是整个时代的感情、憧憬和痛苦"。

《维特》出版于1774年，其时欧洲正面临着一个历史的转折点。经过启蒙运动，资产阶级的阶级意识进一步觉醒，可是在仍牢牢掌握着强大国家机器的封建势力面前，它一时尚难直接提出政治制度和权力方面的要求，只好以"个性解放""感情自由""恢复自然的社会状态""建立平等的人与人关系"等口号，来表达对于一个符合他们政治理想和经济要求的新社会的憧憬，在德国则引起了一股持续十余年的思想解放的狂飙运动。在这样的历史背景和社会思潮中产生的《维特》，鲜明、集中地体现着狂飙突进运动的精神。卓尔不群的维特不仅是时代的觉醒者和思想者，而且是社会的叛逆者；他的叛逆既表现在行为上，更表现在思想上。维特式的痛苦和烦恼，应该讲也是一个思想者的痛苦和烦恼。

论内容，《维特》既无惊心动魄的故事，也无离奇曲折的情节，写的多半是些日常生活中的现象和事件，以及主人公对这些现象和事件的反应和思考。论格调,《维特》重在揭示主人公的内心,抒写他的情感:或欢欣陶醉,或苦闷不满,或憧憬追求,或愤懑绝望,主观色彩是较重的。这样的内容和格调,显然既不宜于采用擅长表现外部动作和冲突的戏剧与传统小说的写法,也不宜于采用以抒写内心情感见胜但却无法描写琐屑生活现象的抒情诗形式。青年歌德恰到好处地选取了第一人称的书信体小说的写法,让主人公像对自己的知心朋友一样,把他的经历见闻和思想情感直接诉诸读者,很好地做到了形式与内容的协调统一。

歌德把主人公维特致友人威廉和绿蒂的近百封书信以及日记片段,巧妙地编排在一起,煞有介事地在书前冠以"编者"的引言,中间穿插进若干条注脚,结尾再添上一大段"编者致读者",把一个原本平淡无奇的故事讲得有声有色,娓娓动听。信中时而叙事,时而写景,时而抒情,时而针砭时弊,大发议论,但都声情毕肖,各尽其妙,读着读着,我们仿佛就变成收信者,眼前出现了主人公的音容笑貌,耳际听见了他的涕泣悲叹,思想感情不由得与他产生强烈的共鸣。

具体地讲,《维特》这部书信体杰作有两点主要艺术特色:一是强烈的情感、浓郁的诗意、细致入微的心理刻画,略去前后的"编者说明"不计,小说内容纯系个人的书简和日记片段,可以看成一部主人公的内心独白,这就决定《维

维特的最后时刻

特》以心理刻画和感情抒发见长。二是灵活的结构、精当的剪裁、含蓄有力的语言。《维特》名为长篇，实际只有100多页，容量不过一个长一点的中篇，但除写了维特个人不幸遭遇的始末和内心变迁，还展现了从城市到农村、从贵族阶级到市民社会的广阔而复杂的社会生活，令人目不暇接、回味绵长。

《维特》取得了巨大的成功，成为德语文学为数不多的既有丰富深刻的内涵，又好看、耐看和感人至深的思想者文学的典范。

《维特》虽号称长篇小说，实际篇幅却只有八九万字，而且像我的译本也早已广为流传，容易购得，因此为节省篇幅，这里就不再引原文了。

2. 歌德的《意大利游记》

威尼斯船歌（选段）

1786年9月28日傍晚，根据我们的时钟约下午5时，我终于遵从命运的安排，第一次见到了威尼斯。船从布伦塔河口驶入了浅海区，再过一会儿，我就将登上这座奇妙的岛城，访问这个海狸共和国①。如此一来，感谢上帝，威尼斯之于我就不再仅仅是个词儿，不再是个空洞的名字，而我呢，生来就痛恨听空话，因此常常对威尼斯这个名字避之唯恐不及。

---

① 海狸惯于在自己的巢穴周围垒起土埂，以形成一个浅水塘。威尼斯自697年起即为由选举产生的总督进行治理的共和国，并且也修筑称为里多（Lido）的堤埂拦阻亚得里亚海以形成浅水港湾（Lagune），故名。

当第一艘贡多拉靠近我们船边的一刹那——为的是把某些急不可待的游客早一些接到水城去——,我脑海里立刻浮现出一件儿时的玩具,也许已经二十多年了吧,我再没有想起过它。那是我父亲带回来的一艘贡多拉模型,非常漂亮精致,因此倍受父亲的珍视①,要是什么时候允许我拿着玩一玩,我真叫受宠若惊哩。眼下,那用闪亮的白铁皮包裹起来的尖尖船头,那乌黑乌黑的船舱,全都像在欢迎一位老朋友似的迎接着我,我尽情地享受着终于实现青年时代的美梦的喜悦。

下榻在了环境舒适的"英国女王饭店",它最大的优点是离圣马可广场很近②。我房间的窗户朝着一条夹在幢幢高楼之间的小运河,低头就看见一座单拱木桥,对面则是一条狭窄而热闹的小巷子。我就这么住了下来,而且将继续这么住上一阵子,直到我准备好寄回德国去的包裹,直到我饱览了这座水城的美景、风物。而今,我可以尽情享受过去时常渴望获得的孤寂,要知道,在挤过熙熙攘攘的人流时却不为谁认识,你所感到的孤寂将赛过在任何别的地方。在威尼斯也许只有一个人认识我,但我不会马上碰见此人。

9月29日,米迦勒节傍晚

关于威尼斯,书里书外都已经讲得很多了,我不想再细加描写,只说说自己亲身的经历。而在一切一切之中,首先引起我兴

---

① 诗人的父亲约翰·卡斯帕尔·歌德年轻时也曾于1740年游历意大利,并且写了一部游记。贡多拉为威尼斯别具风味的小游船,至今犹存。
② 歌德住过的这家旅社现名"维多利亚饭店",在威尼斯的主要观光地圣马可广场北边不远处。

趣的，仍然是这座城市的人民，是那数量巨大的、无所不在的、不容你须臾逃避的民众。

当初，他们一伙子人逃到这些小岛上来并非为寻欢作乐，后来的那些与他们汇聚在一块儿也不是出于自愿；危难教会了他们在极其不利的处境中寻求安居之地，谁知不利却转化为有利，他们也因此变得聪明起来。与此相反，整个北方世界却仍旧笼罩在黑暗里。对他们来说，人丁兴旺，殷实富足，乃是必然的结果。而今，城里房舍紧挨着房舍，沙滩、沼泽都已被岩岸取代，就像密集生长的树木不能向旁边发展只好往上冲，这儿的房屋也同样拼命耸入天际。每一寸土地都极其金贵，人们一开始便被塞在狭小的居室里，能留给街巷的宽度也仅仅够把一排房子与对面的房子隔开来，并让市民勉强可以通过而已。至于他们的街道、广场和散步的地方，则统统已为水流所取代。威尼斯这座城市实在太独特了，威尼斯人必须成为一种新的造物。它那像蛇一样曲折蜿蜒的大运河不输于世界上任何一条通衢大道，它在圣马可广场前的空旷浩渺更举世无双。我指的是那一大片为威尼斯本身环抱着的平明如镜的半月形海湾。海湾左边的水面上，圣乔治长岛历历可见，长岛的右边是朱代卡岛及其运河，再往右则看得见海关和大运河的入海口，就在那里，正对着我们，有一群大理石的教堂建筑熠熠闪亮。倘使我们置身于圣马可广场那两根圆柱之间，上边所讲就是投进我们眼帘的主要景物的大致轮廓。威尼斯的远景、近景经常表现在铜版画里，朋友们很容易生动地想象出实际的情形。

为了得到一个威尼斯的总体印象，早饭后大概记住了下榻地的方位，也没带向导便独自钻进了城市的迷宫。只见大小运河纵横交错，整个市区被切割得来支离破碎，然而又让大大小小的桥梁拉扯在了一起。① 到处都狭窄、拥挤，不是亲眼见着根本想象不出来。通常情况下，伸开双臂就等于，或者几乎就等于一条巷子的整个宽度；在那些最窄的小巷，更是只须双手叉腰，胳膊肘就能碰着两边的墙壁。诚然也有宽一些的街巷，这儿那儿也有一小片开阔地，但比较而言，威尼斯的一切都可称之为袖珍、玲珑。

很容易就找到了大运河和横跨在河上的主要桥梁——用白色大理石砌成的单孔里亚尔托桥。站在桥顶望去，风光美不胜收：大运河上船只穿梭往返，从大陆运来的所有生活必需品，主要都停靠在附近卸货；货船之间犹见不知多少贡多拉在漂摇荡漾。特别今天又是米迦勒节，整个场面就更加地热闹、欢快。为了描述得详细一些，我得稍微扯远一点儿。

威尼斯让大运河分割成两个大区，其间的唯一联系就是里亚尔托桥；然而为了交通方便，也设有不少固定的渡口，供市民乘平底木船渡河。今儿个那渡口的境况实在好看，太太小姐们一个个都梳妆打扮，戴着黑色的面纱，三五成群地来乘渡船，为的是到对岸的米迦勒教堂去赶这位天使长的纪念弥撒。下得桥来，我走到一个渡口跟前，以便大饱眼福。在那些上船下船的女士当中，我发现确有几位的身段和模样儿都异常的姣美动人。

看得倦了，才坐进一艘贡多拉，离开狭窄的街巷，准备去海湾的另一面看看。于是穿过大运河的北段，绕着圣克拉拉岛驶入浅海地带，再折进朱代卡岛的运河，一直到了圣马可广场的正

---

① 威尼斯由浅水区中118座小岛组成，其间流淌着大小运河150余条，最长的一条即大运河有3.8公里，连接各个小岛的桥梁约400座。

对面。置身此地，我也像每一个躺在贡多拉里的威尼斯人一样，突然感到自己成了亚得里亚海的主宰。这时候，不由得缅怀起我那善良的父亲来，他一生中最得意的事，就是讲自己类似的经历感受。我将来是否也会如此呢？这围绕着我的一切，乃是一个由无数人的劳动所完成的丰功伟绩，乃是一座令人肃然起敬的、宏伟高大的纪念碑；但这碑不属于某个统治者，而属于全民族。今天，就算他们的浅海区已渐渐干涸淤塞，沼泽地上已弥漫着恶臭浊气，就算他们的贸易已不再繁荣，他们的权势已衰败弱小，然而，他们共和国的整体结构和性质依然存在，仍无时无刻不令旁观者深深地钦仰、敬佩。威尼斯只是受到时光的侵凌罢了，一如世间所有有形的存在。

9月30日傍晚

今天搞到一张威尼斯地图，对城市的布局有了进一步的了解。在对它做了几分研究之后，我便爬上圣马可广场的高塔，纵目远眺。正午时分阳光灿烂，无须望远镜就能看清远远近近的许多地方。潮水已将海湾中的浅水区淹没，我把目光转向那所谓的地角——一条把浅水区封闭起来的狭长海滨——便第一次见到了大海和漂浮在海上的点点帆影，靠里边的浅水湾里却停着一艘艘大桡帆船和三桅战舰。整个船队原本奉命去增援正在与阿尔及利亚人作战的埃莫骑士，由于风向不对才停在这儿等候。从黄昏至午夜的这段时间，以帕多瓦和维琴察的山峰以及提罗尔群山作为背景，整个威尼斯真个美不胜收，风光无限。

10月3日

昨晚去了圣摩西歌剧院——它之所以叫这么个名字，就因为与摩西教堂紧紧相邻——，结果却十分扫兴！内容乏味，音乐差劲儿，歌手们也缺少内心的激情，而最后这点正是使歌剧演出精彩感人的唯一凭借。可也不能讲某个部分演得不好，但是只有两位女主角确实卖了劲儿，认真地在唱、在演，在博取观众的赞赏。这嘛多少总算有点看头。她俩身段漂亮，歌喉甜美，表演活泼伶俐，整个儿叫人赏心悦目。相反，那帮男演员却一个个没精打采，全然缺少取悦观众的兴趣，也没有一条嗓子称得上高亢明亮。

芭蕾表演更加糟糕，以致观众嘘声不断。虽然也有一些出色的男女舞者，但女的几位似乎觉得自己的职责就在于向观众展示其躯体的一个个美丽动人的部分，以此赚取热烈的喝彩。

10月5日

今天一早去参观了兵工厂①，由于迄今对航海方面的事一无所知，到了这里才接受启蒙教育，所以始终兴味盎然。要知道，工厂仍然像个旧式大家庭似的在运转着，虽然它兴旺发达的黄金时代已成为过去。我还凑到工匠们身边，看见了不少有意思的情况；旁边耸立着一艘已经完工的战舰龙骨，我便爬上了这个装有八十四门火炮的庞然大物。

同样的一艘战船，六个月前在斯拉沃尼亚人的河岸②失火沉没了，幸好船上的弹药舱装得还不太满，爆炸时没有造成巨大的灾

---

① 始建于1104年的著名造船厂，15世纪时即有工人1600名左右，其建成于1460年的大门为最早的文艺复兴式建筑之一。
② 威尼斯的著名游览胜地。

难，只是邻近房舍的玻璃窗遭了殃。

目睹了产自伊斯特拉半岛①的漂亮橡木的加工情况，静静地观察了这一珍贵树种的发育生长过程。我要不厌其烦地反复声明，对这些最终都被人类当作材料来使用的自然造物，我曾辛辛苦苦地进行学习和了解，结果获益多多，有关的知识随时能帮助我弄明白艺术家和工匠们的操作原理。同样，对于高山及其所开采出来的矿石的了解，也大大增进了我的艺术。

10月6日

今天晚上，我给自己预定了一场船夫们用自己的调子唱塔索②和阿里奥斯特的著名演出。真的必须事先预定；通常是没有这样的演唱的，确切地讲，它本属于一个几乎已湮灭无闻的古代传说。我在月光下登上一艘贡多拉，船头站着一个舟子，船尾站着另一个。他俩开始唱起来，轮流唱出一个又一个诗句。曲调的性质介乎于赞美诗和宣叙调之间，如我们在卢梭的作品中了解的那种，速度始终如一，没有明显的节奏，调式也老是相同，只有音高和音量随着诗句内容的变化而变化，就像在朗诵时那样。然而如我下面要讲的，这一演唱的精义和生命却不难理解。

至于曲调产生形成的途径，我不想深究，一句话，对一个略知音律并能背熟一些诗句的闲人来说，用它进行配唱确实倒蛮适合。

---

① 即位于亚得里亚海边的克罗地亚半岛。
② 塔索是16世纪的意大利诗人，代表作为史诗《解放了的耶路撒冷》。歌德也以塔索的故事写成了一部同名的悲剧。

通常，一名歌手坐在一个岛屿的岸边，或者在一条运河的船上，放开喉咙纵情高歌，让嘹亮的歌声尽量传到远方——威尼斯人比什么都重视劲道。在静静的水面上，歌声飘荡开去，另一个歌手远远地听见了它，熟悉它的曲调，理解它的歌词，便唱下面一句进行回应；接着第一个歌手又回答他，如此这般，一个总应和着另一个。他们可以通宵达旦地唱上几夜而不会疲倦。两位歌者相互间隔越远，歌声越加动人，听者最适合的位置则居于他俩之间。

为了也一饱耳福，我雇的两位船夫便在朱代卡岛登了岸，各自走向运河的两端；我呢，则在他俩中间往来穿梭，总是谁开始唱立刻远离谁，谁收住歌喉又向谁靠近。直到这时，我才一下子明白了如此唱法的真正含义。那从远方飘来的歌声一如哀而不怨的倾诉，听在耳里感觉奇特极了，活像蕴藏着某种难以置信的魔力，直感动得你下泪。我把这归咎于自己的多愁善感；老向导却讲："真是奇怪，这么唱唱就能叫人哭眼抹泪，他们唱得越好，听的人越控制不住自己的泪水。"[①]他希望我去听听地角那边的妇女们唱歌，特别是听马拉莫科和佩勒斯特里纳这两个地方的渔妇唱，他讲她们也会唱塔索，而且调子一样，或者差不多。

"丈夫出海打鱼去了，娘儿们总习惯坐在岸边上，在傍晚时分扯开嗓门儿冲着大海一个劲儿唱啊、唱啊，直到听见从远方传来自己男人的歌声。妻子和丈夫就这样对答交谈。"老向导接着讲。

这难道不挺美吗？只不过可以想象，一个第三者在附近听见这样的歌声心里是不怎么好受的，因为它们正在大海上与风浪搏

---

① 原文为意大利语。

斗啊。然而，它们的内容既真实又富于人情味，它们的曲调又生动又自然；反之，歌词本身却会叫我们想破脑袋，因此只是些僵死的字母而已。歌声把孤独者的问候送往遥远的远方，为了让与自己心心相印的另一个人能够听见，能够回应。

10月8日

今天早上跟着我的守护神乘船去里多，登上了这条把浅水区与大海隔离开并封闭起来的狭长地角。上岸后横穿过去，耳畔已响起一阵阵的喧啸。这是海在怒吼，我马上就看见了它。它在岸边激起如山的巨浪，随后又跌落下去；已到中午，正是退潮的时候。我终于亲眼见到大海啦！在潮水留下的平整沙滩上，我追逐着海的足迹。要是孩子们能来捡贝壳就好喽①。我自己也像小孩似的捡了个够，不过却拿来派了点用场：我把这里常常湿漉漉地溜掉的墨鱼装了些在贝壳里面，使其慢慢变干。

在地角离海不远的地方，埋葬着一些英国人以及犹太人，这两种人都不许长眠在神圣的土地上②。我找到了高贵的史密斯公使和他头几位夫人的墓地。我的那尊雅典娜雕像就是他所馈赠，为此我在他并不神圣的墓畔对他表示了感激。

他这墓葬岂止不神圣，简直快要让沙给淹没了。里多地角经常像一道沙梁，海风把沙子刮得飞来飞去，四处堆积，坟丘便遭到了排挤。过不了多少时候，这稍稍隆起一点的纪念地恐怕再没有踪迹可寻了。

---

① 歌德想到了留在魏玛的施泰因夫人的儿子弗里兹和赫尔德尔家的孩子。
② 因为他们被视为异教徒。

>大海实在壮观！我真想尝尝驾着渔船出海去的滋味儿，只可惜没有一艘贡多拉，敢带我到海上去。

以小说《少年维特的烦恼》一举成名的青年歌德，1775年接受卡尔·奥古斯特公爵的盛情邀请到魏玛做客，不想却身不由己，一住10年。在这里诗人整天忙于政务和宫廷酬酢，终于感觉累了，烦了。1786年9月3日凌晨，事先没有通知他称作"小巢"的魏玛的任何人，便改扮成一名画家（亦说商人），化名"缪勒"，离开他正在那儿疗养的卡尔斯巴德温泉，朝着自己从童年时代起就十分向往的南方古国意大利奔去。

意大利不只有温暖的阳光，热情的人民，更是古代文化遗存丰富的文艺复兴发祥地，历来被欧洲的骚人墨客和艺术家视为自己的"根"之所在。歌德的父亲就曾为提高修养到意大利游历，并且也留下了一部游记。歌德于出游之前两年写成的长篇小说片断《威廉·迈斯特的戏剧使命》，里边便有个神秘的意大利女孩名叫迷娘，她唱的那首内涵丰富和感人肺腑的怀乡曲"你知道吗，那柠檬花开的地方……"，实际上就抒发的是诗人自己对意大利的热烈恋慕和向往之情。

在阳光明媚的"南国"一住就是1年零9个月，诗人不但遍游威尼斯、佛罗伦萨、罗马、那不勒斯等文化名城，踏访庞贝的古城遗迹，观赏、临摹古希腊古罗马和文艺复兴时期的艺术珍品，而且也了解民情风俗，参加天性乐观的意大利人民的各种节庆活动，如1788年2月的罗马狂欢节，更给他留下了终身难忘的印象。此外，他还广交艺术界的朋友以提高艺术鉴赏力和修养，并亲手作画达1000余幅之多。他还渡海前往西西里岛，悉心考察研究岛上的亚热带植物，在巴勒莫的植物园里为自己提出的植物形变论找到了宝贵的实证，即他所谓的"原植物"。他甚至冒险三次攀登有名的维苏威火山，并且一直走到了火山口的边上，直接观察"那冒着蒸汽的、发出咝咝声的地狱大锅"。总之，到了意大利的广阔天地里，歌德一下子又变得年轻、大胆和充满朝气了，与幽暗湫隘的魏玛宫中那位圆滑老练、谨小慎微的枢密顾问相比真叫判若两人。

在文学创作方面，歌德也恢复了活力，完成了反映16世纪尼德兰人民革命的悲剧《埃格蒙特》，把《伊芙根妮在陶里斯岛》的散文初稿修改成了诗剧，《浮士德》和《托夸多·塔索》的写作也有相当进展。

当然还有热烈、实在而幸福的爱情——与诗人一生中那些或者多为柏拉图式的或者结局往往不幸的恋爱比较而言。在罗马等地，他曾和不止一位活泼爽朗的意大利女子相恋、同居，其中一位更被他耐人寻味地戏称作"浮士蒂娜"。他在回魏玛后不久写成的《罗马哀歌》不乏大胆的性爱描写，充满了他对与浮士蒂娜等爱侣缠绵相处的幸福回忆：

罗马啊，你诚然大如一个世界，可是没有
爱情，世界不成世界，罗马不叫罗马。

如此放肆的对爱的呼喊，表明意大利之旅使歌德恢复了他热爱生活、感情奔放、自由不羁的本性，重新找到了他作为诗人的自我。正因此，在不得不准备返回魏玛的前两周，他竟然每一想起要离开意大利，都会像个孩子似的哭泣。

以当时的日记和书信为基础，歌德在晚年完成了自己最重要的自传性作品《意大利游记》。它不仅全面记录了诗人在这个南方古国的经历、感受和思考，内容异常丰富多彩，思想极其精深博大，而且文笔也活泼可喜，是认识和了解歌德的不可多得的杰作。

从20世纪初马君武用文言翻译的《米丽容歌》（今译《迷娘曲》）算起，我国译介歌德已有百年的历史，他的代表作如《浮士德》《维特》等早已有了数个乃至数十个不同译本。不知是何缘故，同样堪称名著杰作的《意大利游记》迄今却连片段的中译也见不到，令人好不遗憾。

1999年8月28日，是歌德的250周年诞辰。为了纪念这位世界级的大诗人、大文豪和大思想家，他长期生活和工作的小小魏玛早已由欧洲联盟选定为1999年的"欧洲文化之都"，各种形式的庆祝活动也在德国和德语国家大张旗鼓地开展起来。对于我国新文学乃至近现代文化思想的发展，歌德可算为数不多的具有广泛而深远影响的外国著名作家之一。值此很可能是20世纪最后一次国际文化盛典到来之际，我们当然也要怀着感激和崇敬的心情，对歌德进行缅怀和纪念。因而从《意大利游记》中选译几个片段，加上《威尼斯船歌》这个题名予以发表。尽管篇幅有限，却也聊胜于无，是不是？

3. 海涅的音乐小说

帕格尼尼

很遗憾，李塞尔作的那幅小画眼下已不在我手边；要在，您对帕格尼尼的外貌也许就会有所了解了。他那副尊容实在是古怪，与其说属于这阳光灿烂的人世，还不如说属于那弥漫着硫黄臭味儿的阴间，所以只能用浓黑的线条，虚虚几笔描摹出来。

"说实话，是魔鬼把着我的手在画哩！"那位聋画家对我说。说这话时，他和我一块儿站在汉堡阿斯特河畔的一座凉亭前面，正好是帕格尼尼将在城里举行首次演奏会那天。"真的，朋友，"他接着说，"世人讲的一切有关他的故事，都千真万确：他把自己抵押给了魔鬼，连肉体带灵魂，就为的是能成为最优秀的小提琴家，为的是能拉琴挣大钱，但首先却为了能从苦役船上逃下来；在这该死的苦役船上，他已受了许多年的熬煎啦。因为，听我讲，朋友，他在卢卡城当乐队指挥时，爱上了一名歌剧皇后，可后来，由于跟一个小青年争风吃醋，没准儿戴了绿头巾吧，一气之下便把他那不忠实的阿玛塔杀啦，自己也就上了苦役船。末了儿，他据说是把自己抵押给了魔鬼，为了能逃脱苦刑，为了能成为最杰出的提琴家，为了今晚能从咱们每人口袋里诈取去两块银圆……可瞧哟！上帝保佑！您瞧，他不是正好从那边来了么，还带着他那个神秘的仆人！"

来人果然是帕格尼尼。他穿着一件深灰色外套，长得几乎跟脚背一般齐，使他的身材显得来高挑。他满头黑色的鬈发，乱纷纷地披散在两肩之上，给他死尸般苍白的面孔镶上了一个黑框。在这张面孔上，苦闷、天才以及地狱都刻下了不可磨灭的印记。在他身边，一蹦一跳地走着个小矮人儿，神态悠闲，打扮滑稽：一张布满皱纹的红通通的脸儿，浅灰色外套上铜纽扣亮晶晶的，一边走一边向四周嬉皮笑脸，点头哈腰，时不时又仰起头去惶恐不安地瞅一瞅他的主人；他主人板起面孔，一本正经地、若有所思地走在他旁边。瞧着他们俩,使人不由得想起雷契①画那张浮士德与华格纳在莱比锡郊外散步的插图来。关于眼前这两位,韦画家做了惊人的说明,并特别要我注意帕格尼尼那跨得很慢很开的步子。

"不是么,"他说,"他那两条腿中间好像还戴着铁枷似的?他已经习惯这么走道儿,一辈子也甭想改过来啦。您再瞧,当他的仆人问这问那,问得他不耐烦的时候,他是以何等轻蔑的目光在俯视着他啊。可他又离不开这个随从,一张血写的契约,把他和他紧紧地结合在一起了;而这仆人不是别人,正是魔鬼本身。老百姓不明真相,都道他是汉诺威的喜剧和逸事作家哈里斯,帕格尼尼在旅途中带上他,让他帮着料理开音乐会的财务。其实呢,魔鬼只是借用了乔治·哈里斯先生的肉体,把这个可怜人的可怜的灵魂连同其他破烂儿,都一股脑锁在了他汉诺威家中的一口木箱里,一直要等到魔鬼再把躯壳还给他,他的灵魂才能出来。这以后,魔鬼兴许会换上一副更体面的模样,即是说变成一条黑狗②,陪着他主人帕格尼尼继续漫游世界。"

要说这会儿还在大白天,我看见帕格尼尼从汉堡处女大街的绿树下走来,心中已感到神秘可怕;那么到了晚上,他这怪诞离奇的形象,就更使我惊诧骇异了。

音乐会在汉堡喜剧院举行,爱好艺术的公众提早便把剧场挤得满满的,我好不容易才在乐池旁边抢到了个座位。尽管那天是

---

① 雷契(1779—1857),德国著名画家和蚀刻家,为歌德的诗剧《浮士德》作过插图。
② 在《浮士德》中,魔鬼靡菲斯托开始时曾以黑犬的形象出现。

收发邮件的日子,我仍在头等包厢中看见了汉堡整个有教养的商业界、银行家和其他百万富翁的奥林匹斯①,咖啡大王、食糖大王,以及他们胖胖的王后,还有汪德拉姆的朱诺和德雷克瓦尔的阿芙洛狄特②,全都济济于一堂。大厅中一派宗教肃穆气氛。人人眼睛盯着舞台,个个耳朵竖着倾听。我邻座是一位上了年岁的皮货经纪人,他先生也把塞在耳朵里的脏棉球掏出来,以便把花了他两个银圆门票钱的宝贵声音尽可能多地吸进去。等了很久,终于在舞台上出现了一个黑色的人影,那模样看上去恰似刚从地狱里逃出来的。他就是穿上了黑礼服的帕格尼尼。你瞧他那可怕的黑燕尾服和黑坎肩,恐怕只有按照冥府女王宫中规定的样式才剪裁得出来。再说套在两根瘦腿上那条黑裤子,也是要垮不垮,荡来荡去的。他一手提着琴,一手握着弓,不住地朝观众行着鞠躬礼,琴和弓几乎拖到地板上,他的胳膊就越发显得长。他鞠躬时身子差点儿弯成了直角,显示出木头似的僵硬,且带上一股子野兽般的狂劲儿,真个叫人忍俊不禁。然而,他那在舞台的强光下变得更加惨白的面孔,却流露出某种哀哀求告的表情,某种白痴似的卑怯神气,使我们心中对他产生强烈的同情,把笑的欲望完全压了下去。他那么个鞠躬法,是跟一部机器学的呢,还是跟一条狗学的呢?他那哀哀求告的目光,是表现着一个病笃者的绝望呢,还是隐藏着一个狡猾吝啬鬼的讥诮呢?他究竟是一个活人,

---

① 奥林匹斯山为希腊神话中的众神聚居地。
② 朱诺是罗马神话中的天后,阿芙洛狄特是希腊神话中的美神和爱神,相当于罗马神话中的维纳斯。汪德拉姆(Wandrahm)和德雷克瓦尔(Dreckwall)是汉堡的两个街名,暗含"脂肪的墙壁"和"垃圾的堤坝"之意,被海涅巧妙地用来挖苦那些脑满肠肥、卑鄙龌龊的富商。

眼看自己即将告别人世，因此像个垂死的角斗士似的，想以自己身体最后的抽缩痉挛，在艺术的角斗场上来娱悦观众呢；或者他只是一个死鬼，一具才从墓穴里爬出来的手执小提琴的僵尸？这僵尸纵然不如人们传说的那样，能吸尽我们心中的鲜血，却可以吸去我们口袋里的钱币。

  在帕格尼尼对着观众一鞠躬再鞠躬之际，这样一些问题便不停地翻腾在我的脑海里。可谁想到，一当大师把他那琴往颚骨底下一夹，这种种想法便烟消云散了。至于说到我本人，各位都知道我具有一种特殊的音乐视力，一种听见任何声音同时便看见相应形象的奇异禀赋。所以，帕格尼尼每拉一弓，我眼前都出现各式各样的人物和景象，仿佛他用一种有声象形文字，向我讲述无数惊人的故事，仿佛他在为我演出五彩皮影戏，而在每出戏中，他都拉着提琴，担任戏中主角。在他拉第一弓时，他周围的布景就变了。转眼间，他站在了一间明亮的屋子里，面前立着谱架。屋里陈设显得凌乱而有趣，家具一律为矫饰的蓬巴杜款式①：满屋是小镜子，镀金的爱神塑像，中国瓷器，胡乱扔着的缎带、花环、白手套，撕碎了的金黄色花边，以及用金银纸做成的假珍珠和假金刚钻等，总之，在一位歌剧皇后房中能见到的一切，这儿应有尽有。帕格尼尼本人也完全变了样，与刚才比起来是变得好得不能再好了：他穿着紫缎紧身短裤，银绒绣花坎肩，上衣滚着天蓝色绒边，纽扣全都是包了金的；头发精心地裹成了一个个小卷卷儿，把他那年轻红润的脸庞包在中间。他一边拉琴，一边含

---

① 蓬巴杜（1721—1764），是法王路易十五的著名情妇。所谓蓬巴杜款式，即18世纪流行于欧洲的洛可可艺术风格，其特点是雕琢和多涡卷形花饰。

情脉脉地望着一个站在他谱架旁的美貌女子，脸上洋溢着柔情蜜意。

是的，我在他身旁看见了一个年轻的小美人儿，一身的古式打扮，白绸裙在髋部以下向外隆起，使腰肢越发显得纤细迷人，扑了粉的头发梳成一个高结，使圆圆的脸儿更加爽朗俏丽，一双眸子满含秋波，小小的鼻子也不乏魅力，两边脸颊浓施脂粉，还点上了一颗美人痣。她手握一个白纸卷儿，嘴唇不停地翕动，上身卖弄风情摇来摆去，我终于明白，她是在唱歌呐。可她的歌声我一点儿也听不见；我只能从年轻的帕格尼尼为她伴奏的旋律中，猜出她唱的是什么，以及这歌声在帕格尼尼心中引起了怎样的感受。呵，这旋律是多么的优美啊！只有在春天的黄昏，蔷薇的芳馨使夜莺感到了春的来临，因而陶醉于对幸福的渴望中时，它才会唱出这样的歌。呵，那又是一种何等甜蜜而令人销魂的幸福啊！只听得琴声袅袅，宛如一对情侣，时而亲吻戏谑，时而追逐逃奔，临了儿便嬉笑着拥抱在一起，融为一个整体，消失在和谐之中。是的，琴音宛如两只蝴蝶，在做着快活的游戏，一只在对另一只进行挑逗后逃开，躲在一朵鲜花背后，但终于被同伴找到了，便双双欢快地在金色的阳光中飘飘飞去。可是，只要有一只蜘蛛，仅仅一只蜘蛛，就足以给这一对相爱着的蝴蝶带来悲剧！年轻的帕格尼尼，他心中该是有了不祥的预感了吧？只听一声悲哀的呻吟，像是即将袭来的风暴的先兆，偷偷溜进了从帕格尼尼琴上涌流出来的欢快旋律中……他的眼眶湿润了……他跪倒在他的阿玛塔脚下，哀求着她……天啦！就在他俯下身去吻她的脚时，却发现床下躲着一个小小的情夫！我不知道他能把那个倒霉的家伙怎么样。只见热那亚人脸色变得跟死尸般苍白，愤怒地抓住年轻人就劈头盖脸一通耳光,然后又狠狠踢了几脚,便把他扔出门去;回转身来再从口袋里拔出一把长长的匕首,一下刺进了年轻美人的胸中……

"好啊!""好啊!"蓦地从四面八方响起这样的喊声。汉堡的热情男女,对伟大艺术家的演奏报以雷鸣般的喝彩。帕格尼尼结束了音乐会的第一部分,又在不停地向观众弯腰鞠躬,其次数比一开始更多,而且我觉得他脸上的表情比方才更卑怯,更可怜,呆滞的目光中充满恐怖,就跟个受苦的罪人似的。

"了不起,太了不起啦!单凭这一下子,就已值两块银圆!"我邻座的皮货经纪人一边搔耳朵,一边发着感慨。

说话间,帕格尼尼又已演奏起来,我眼前顿时呈现一片黑暗。琴声不再幻化成鲜明的形象和色彩,提琴家的身体也裹在了阴影中,一支撕人心肝的凄惨曲调,便从黑暗中飘送出来。偶尔,当头顶上那盏荧荧孤灯向他投下一团黄晕的光时,我才看清他的苍白的脸,在这张脸上,青春的火焰尚未完全熄灭。奇怪的只是,他身上的衣服变成两种颜色的了:一半是黄,一半是红。他脚上,戴着沉重的锁链;他身后,有一张面孔忽隐忽现,按照相面学的解释,生有这样一张面孔的人具有山羊的快活性格①。除此之外,我还看见一只毛茸茸的长手,想来也该是属于山羊脸一起的吧,不时地在帕格尼尼拉着的琴弦上按来按去。有几回,这手还把着帕格尼尼的手,在帮助他更好地运弓哩。这当儿,从帕格尼尼琴上奔泻出来的痛苦音调中,便混进一声声羊叫似的怪笑,活像是在表示赞许。琴声如泣如诉,恰似私聚凡女

---

① 在西方传说中,魔鬼长着山羊面孔和山羊蹄子。

的天使们被逐出天国，在忍辱含羞地沉沦到地狱中去时所唱的哀歌。这琴声仿佛是一个黑暗无底的深渊，连任何一点儿给人以希望与安慰的火星也没有。即使是天国中的圣徒们听见了它，他们也会嘴唇苍白，不只唱不出赞美上帝的歌，而且会抱住自己虔诚的脑袋，伤心地痛哭一场呐！有几次，当悲痛的琴声中搀进来羊叫的时候，我便看见在背景上出现一群小小的女妖，她们时而高兴地点着邪恶丑陋的脑袋，时而又幸灾乐祸地打着嘲弄的手势。接下去，提琴便奏出来恐怖的音响，如哀号，如呜咽，叫人听着不寒而栗；这样的声音，在人间从未听到过，而将来也未必能听到，要不然就是在约瑟法山谷中吹响了末日审判的长喇叭，死鬼们都赤条条地从坟墓里爬出来，等着对自己的命运做最后的判决了……可突然，在痛苦熬煎中的提琴家猛拉一弓，疯狂而绝望地猛拉一弓，他脚上的铁链便咣啷啷断了，他那讨厌的助手连同对他进行嘲弄的女妖，也都悠然遁去。

"可惜，太可惜啦！"我耳畔又传来皮货商的声音，"他的一根弦崩了，这得怪他一个劲儿地老是pizzikati①！"

他琴上的弦是否真有一根断了，我不知道，我只觉得提琴奏出的声音有了改变，帕格尼尼本人和他周围的环境，也随之换成了另一个样子。他身上裹着长大的修士袍，使我几乎认不出他来。连在袍上的风帽，遮住了他半个面孔。他腰间系着一条丝带，赤着足，脸上一股子狂热劲儿，孤傲地立在一块突出在海中的岩石上，拉着他的提琴。我觉得时间仿佛是黄昏，落日的余

---

① Pizzicato为意大利语，意思是用手指拨弦，皮货商经纪人错念成pizzikati。

晖倾洒在无垠的海面上,把海水染得越来越红,越来越红。这时候,与小提琴奏出的神秘音响应和着,海潮的喧嚣也显得越发地沉浊了。而海水越红,天空却越白;当汹涌的海涛最后完全变成了猩红的血水时,天空便白得跟死尸的面孔一般,使人产生一种不祥之感。接着,星星也出来了,可却大得叫你害怕……呀!这些星星全是黑色的,黑得就跟煤块一般亮晶晶的。这当儿,琴声越加激越,越加奔放,从面目狰狞的提琴师眼中,喷射出充满破坏欲的咄咄逼人的火花。他那两片薄嘴唇急促而可怕的咧动,好像在念诵古老的咒语,以招来暴雨狂风,并把锁在大海深渊中的妖魔鬼怪通通都召唤出来。有几回,他从宽大的袍袖中伸出瘦长的胳膊,握着琴弓在空中划来划去,那模样好似一个巫师,在挥舞魔杖呼风唤雨。这当儿,海底便传来疯狂的呼啸,血一般的海水也掀起高高的浪涛,红色的水沫险些儿溅到了白色的天穹和黑色的星星上去。紧接着便是一阵啸叫声、怒吼声、隆隆声,犹如天塌地陷似的。而那位巫师呢,仍一个劲儿地把他那琴拉呀,拉呀。聪慧的所罗门王,把他降服了的妖魔关在一些铁罐子里,打上七重封印,然后沉到了海的深处。帕格尼尼却要凭自己不屈不挠的意志,强行启开这些封印。他的提琴发出愤懑的低吟,使我仿佛听见关在铁罐中的妖魔在怒吼。临了儿,我便听到了解放的欢呼,而同时,从血红的海涛中,就冒出一个个挣脱了枷锁的妖精的脑袋,无不狞恶可怖:生着一对蝙蝠翅膀的鳄鱼,长有两只鹿角的巨蟒,头顶着钉螺帽子的猢狲,胡须跟老祖宗一般长的海豹,脸颊上吊着乳房的女妖,脑顶门成驼峰形的大头鬼,以及其他各种无以名状的四不像,一个个鼓着阴森森的巨眼,伸出蛙蹼般的脚爪,向着拉琴的修士扑去……帕格尼尼狂热地只顾作法,头上的风帽滑到了颈后,卷曲的黑发随风飘动,宛如一条条黑色的小蛇在他头上盘绕蠕动。

这景象看着叫人神经错乱,为使自己不至于此,我捂住了耳朵,闭紧了眼睛。这一来,幻觉便消失了。等我再睁开眼来的时候,看见可怜的热那亚人已恢复常态,又在行他那老一套的没完没了的鞠躬礼,观众则兴高采烈地大鼓其掌。

"这就是著名的G弦演奏呵。果真名不虚传!"我的邻座指点着。"鄙人也玩玩小提琴哩,知道要拉好它绝非易事。"他又说。

幸好幕间休息时间不长,否则我就免不了要听这位皮货行家大发一通关于音乐艺术的高论。只见帕格尼尼不动声色地又把提琴夹在下巴底下,将弓往上一搭,便奏出来了另外一种奇妙的旋律。它不再奔放热烈,而是平稳淳厚,慢慢地在空中回荡开去,犹如大教堂中的管风琴声一般庄严、雄浑。他周围的一切也逐渐长大升高,终于成了一个浩渺深远的空间,对于肉眼来说是无边无涯,唯有精神的慧眼才能看出它有多广多大。在这空间的中央,悬浮着一个光辉灿烂的圆球,球上有一位拉小提琴的巨人昂然而立。这圆球是否就是太阳呢?我说不上来。可站在球上的那个巨人,我却认得是帕格尼尼。不同的只是他已变得其美无比,脸上容光焕发,还带着慈祥和蔼的微笑。他健壮魁梧,一件天蓝色长袍裹住他高贵的身躯,黑得发亮的鬈发披在肩上。他端端正正站着,威严得如同天神一般。他拉着他的琴,天地万物全在屏息聆听。他俨然是一尊"人王星",整个宇宙都围绕他转动,同时还发出庄严悦耳的和声。那些从他身旁冉冉飘过的巨大闪烁的亮光,不正是天上的星群么?这星群在运动中产生的和谐音响,不又正是千百年来诗人和预言家们津津乐道的天籁么？每当我极目朦胧中的远方，就觉得看见了无数飘动着的白色衣裙，原来是一些挂着白色游杖的朝圣者，在向着帕格尼尼走来。真怪呀，他们游杖上的球形金顶，又恰是那些让我当成了星群的巨大亮光！朝圣者们循着一条圆形轨道，远远地围着拉琴的巨人转动。在他的琴声当中，他们游杖上的金顶越闪越亮，越闪越亮；他们嘴里唱着赞美诗，适才被我当成了天籁，原来不过是他琴声引起的回音。在这琴声里，蕴蓄着一种无以名之的神圣激情，时而神秘地颤动着如柔波细语，叫人几乎听不见一点儿声息；时而又如月夜的林中号角，甜美得撩人心弦；最后，却终于变成了纵情欢呼，恰似有一千个行吟诗人同时拨动琴弦，高唱着昂扬的凯歌。

　　这样的妙音呵，你可永远不能用耳朵去听，它只让你在与爱人心贴着心的静静的夜里，用自己的心去梦……

　　《帕格尼尼》是《佛罗伦萨之夜》的一个片段，堪称德语Novelle中一篇既内涵丰富深刻，又艺术精湛、极具审美欣赏价值的杰作珍品。写的是具有传奇色彩的意大利天才小提琴家帕格尼尼的一次演奏会。海涅以美妙、具象和强有力的语言，将演奏家琴弦上流泻出来的不可见的音乐，化作了一个个可见可感的或绮丽动人，或惊心动魄，或光明灿烂的场景，为钱锺书先生曾经论及的"通感"现象提供了一个生动范本。小说中的4个场景写得可谓出神入化，不只反映帕格尼尼生活中的4个阶段，还抒发他内心深处对幸福、自由和光明的渴望、向往，并替自己在奥地利异族统治下失声失语的同胞，发出了反抗和解放的呐喊。

4. 赫尔曼·黑塞的艺术家小说

书名平淡而又冗长，素净的白底封面上站着两个穿修士袍的男子，也使人以为书中写的只是修道院里的生活，枯燥乏味无疑。1984年年底，当我拿到上海译文出版社寄来的样书，说实话是颇有些担心这部小说会遭到我国读者冷遇。

黑塞

殊不知情况恰恰相反。现代德语作家赫尔曼·黑塞（Hermann Hesse）的长篇小说《纳尔齐斯与歌尔德蒙》，这部我在北京读研时冒着暑假的酷热用两个多月时间夜以继日译成的书，竟受到了相当多显然属于不同层次的读者的关注和青睐，竟成了我仅次于《维特》和《格林童话》的最受欢迎的译作。特别是一些爱好文艺的青年更是喜欢它：著名旅德画家程丛林告诉我，当年他们在四川美院的同学曾经排队等着看这本书；《四川日报》的副刊编辑李中茂一下竟抢购了10本，为的是公诸同好；有一年夏天，一位在边远苦寒地区某师范学校工作的藏族青年带着女友来重庆的歌乐山麓看我，给我献上一条雪白的哈达，就因为我是那本给了他人生启示和力量的黑塞小说的译者。之后我又在《光明日报》2001年4月19日的《书缘》版读到一篇文章，作者王以培坦陈《纳尔齐斯与歌尔德蒙》对自己的巨大影响，径直把他的朋友诗人西蒙和他本人比作书中的一对主人公……

岂止青年。在流传甚广的《文化苦旅》中有这么一段让我喜出望外的文字：

什么时候，那一位大手笔的艺术家，能告诉我莫高窟的真正秘密？日本井上靖的《敦煌》显然不能令人满意，也许应该有中国人的赫尔曼·黑塞，写一部《纳尔齐斯与歌尔德蒙》（*Narziss und Goldmund*），把宗教艺术的产生，刻画得如此激动人心，富有现代精神。（《莫高窟》）

也就是说，学者、作家余秋雨也被这部小说感动了，看来多半读的还是拙译，尽管他没有忘记在括号里抄上原文书名。

黑塞这部小说格外受青睐的现象引起我的深思，让我认认真真通读了自己的译文，想进一步弄清楚《纳尔齐斯与歌尔德蒙》究竟是怎样一部书、它何来如此巨大的魅力。

故事被假想发生在中世纪的德国，但是所提出的问题和表达的思想，却具有现代的或者更确切地说超越时空的意义：

在玛利亚布隆有一座古老的修道院，它曾经培养出一代又一代的学者和教士。时下修道院里有两位年轻的试修士，一个名叫纳尔齐斯，一个叫作歌尔德蒙。后者小小年纪就有着十分虔诚的信仰，为了赎补他那据说是放荡轻浮而早就离家出走的母亲的罪孽，歌尔德蒙已立下志愿终生做修道士。他与纳尔齐斯两人成了精神上的知己。

一天，歌尔德蒙受同学劝诱去村里饮酒作乐，在与村女接触中感受到了异性的吸引，回修道院后内心既懊恼又矛盾，郁郁以致成疾。纳尔齐斯以他对人的敏锐观察力和对歌尔德蒙资质的了解，劝他顺应自己的自然天性。并且对他说："你们的出身是母系的。你们生活在充实之中，富于爱和感受的能力。我们这些崇尚灵智的人，看来尽管常常在指导和支配你们其他人，但生活却不充实，而是很贫乏的。你们的故乡是大地，我们的故乡是思维。你们的危险是沉溺在感官世界中，我们的危险是窒息在没有空气的太空里。你是艺术家，我是思想家。你酣眠在母亲的怀抱中，我清醒在沙漠里。照耀着我的是太阳，照耀着你的是月亮和星斗；你的梦中人是少女，我的梦中人是少年男子……"纳尔齐斯的结论为：他自己是所谓父性的人，注定了为精神服务，成为学者和思想家；而歌尔德蒙刚好相反，是所谓母性的人，注定了享受人生和爱情，成为诗人或艺术家。

在与纳尔齐斯谈话以后，歌尔德蒙陷入了更加激烈和痛苦的思想斗争。这时，他在梦里和幻觉中，看见了自己早已遗忘的母亲的形象，恢复了对于童年的记忆，也就是说找到了失去的自我和本性。起初，这母亲只是一位嘴唇丰腴、秀发明亮的美丽少妇，只是他的生母；过后，在梦中，母亲、圣母和情人常常合为一体，使他梦醒后"有时觉得自己犯了可怕的罪，亵渎了神灵，虽死也不足以补赎；有时又觉得在这些梦中找到了拯救，找到了和谐"。这伟大的母亲的形象和丰富多彩、神秘莫测的母亲的世界反复出现，使歌尔德蒙完全醒悟过来，认识到纳尔齐斯的话是对的，终于下决心听从好友的劝告，离开了修道院。

歌尔德蒙漫游城乡，过着靠乞讨布施的流浪汉生活，但与此同时，他却无牵无挂，逍遥自在，既饱览了自然风光，也阅尽了人情世态。特别是凭着他英俊的外貌、伶俐的举止以及有求必应的豁达态度，歌尔德蒙竟成了一位偷香窃玉的好手，饱享了感官之娱。直至后来，在一座庄园里爱上一位品貌端庄的骑士小姐，才惊异地认识到了情欲与爱情之间的差别。

在一所教堂中,他看见一尊栩栩如生的圣母像,大受感动,便去寻访这圣像的雕塑师,拜在他门下学徒,掌握了高超的技艺,深得师傅赞赏。然而不久,歌尔德蒙再也不能忍受那安定平庸的生活,便谢绝师傅让他继承衣钵的美意,又动身流浪去了。

在此期间,歌尔德蒙梦幻中的母亲形象又发生了变化。"它不再是他自己母亲的容颜,而是从它的特征和肤色中渐渐演化出了一张非个人的脸,也即是夏娃的形象,人类之母的形象。"歌尔德蒙认识到,它就是"作为人类之母的生活本身",而生活之母"既可以被称作为爱情和欢娱,也可以叫她是坟墓和腐朽……她既是幸福之源,也是死亡之源;她永远地在生,永远地在杀;在她身上,慈爱与残忍合而为一"。这样一个夏娃母亲的形象,牢牢地铭记在了歌尔德蒙心中,对他来说已变成一种"神圣的象征"。至此,他才完全吃透和领悟了纳尔齐斯当初开导自己的那些话。

离开学艺的城市,流浪中的歌尔德蒙不慎闯入了一个瘟疫流行区,目睹了一幕幕家破人亡、田园荒芜的惨剧。他"心情既感伤,又陶醉,所有的感官都处于亢奋状态,欣赏着死之歌,体验着人世间巨大的苦难"。这时期,他进一步认识到世事无常,人生易逝;只有艺术能化无常为永恒,将美好庄严的事物和形象变成作品,世世代代保存下去。他心中又产生了强烈的创作欲望,于是返回学艺的城市。不料师傅已经染病死去,工场也关闭了。歌尔德蒙无所事事,设法勾搭上了当地总督的情妇。幽会时不幸让总督抓住了,判处了死刑。行刑前夜,一位教士来狱中让他忏悔,想不到这教士正是他离别多年的爱友纳尔齐斯。眼下纳尔齐斯已是一位德高望重的修道院长，经他说情，歌尔德蒙遂得死里逃生。

两人一块儿回到了玛利亚布隆修道院。在纳尔齐斯的启发和支持下，歌尔德蒙用两年多时间为修道院雕成了神龛和布道坛。在潜心专注的创作过程中，他丰富的人生阅历，他目睹和感受过的生的痛苦与死的欢愉，都统统融汇和表现在了他的作品中，升华在了他的艺术里。特别是他雕的那尊圣母像，更是异常生动，十分感人，因为她不仅集中了歌尔德蒙热爱过的一个个女性的美好的特征，而且显现了他长期珍藏于心的伟大夏娃母亲的形象。

工作一完成，歌尔德蒙又毅然离开了修道院。第二年秋天，他突然回来时已心力交瘁，面目全非，不久便安然长逝在他的朋友身边。临终前，他全无悔恨地回顾了自己的一生，并与他朋友的生活作了比较。他说："可你将来打算怎样死呢，纳尔齐斯，你没有母亲？人没有母亲就不能爱，没有母亲就不能死啊。"歌尔德蒙的一席话，像火焰一般在纳尔齐斯心中燃烧，使这位道行高深的修道院院长久久不能平静。

《纳尔齐斯与歌尔德蒙》是一部德语文学中的"艺术家小说"（Künstlerroman），写的主要是一个雕塑家的成长过程。不仅向我们展示了他曲折坎坷、充满传奇色彩和浪漫气息的一生，还让我们伴随着他漫游中世纪德国，目睹了包罗万象的大千世界和变化无常的人类社会，感受了人世间的冷暖温饱、喜怒哀乐、生生死死，以及爱情宴席上的种种酸甜苦辣。仅仅这精彩动人的情节，就能满足一大批以欣赏和求知为目的的读者，加之黑塞诗一般美丽的文笔大大增添了小说的魅力，因此使它极其好看。

但是《纳尔齐斯与歌尔德蒙》更大的价值，却还不在上述种种外在的、表层的美和光彩上，而在它那异常丰富、深邃的思想内涵。小说通过两位主人公的关系，通过歌尔德蒙成为艺术家的艰苦历程，通过他们的言谈、思考乃至潜意识活动（梦境、幻觉），探讨了艺术和人生的诸多重大哲学问题。为索解这样一些带根本意义的问题，古往今来，无数的哲人、学者、艺术家曾经皓首穷经，黑塞呢，却以艺术和象征的语言，对问题做出了自己独特的解答。

我们从黑塞的传记中得知，他年轻时也有过从一座叫毛尔布隆的修道院出逃的经历，他也是一个有相当造诣的绘画艺术家，也热爱在大自然中过无拘无束的生活。这就意味着《纳尔齐斯与歌尔德蒙》这部小说带有一定的自传性。此外，我们还知道，黑塞是一位富有哲人气质的诗人，一生不但受过歌德、尼采、弗洛伊德、荣格等哲学家、思想家和心理学家的影响，而且也通过卫礼贤（Richard Wilhelm）等的翻译介绍，接触到中国的古典哲学，从《易经》和老庄著作中得到了不少启迪。因此，他对于艺术和人生的一系列重大哲学问题的探索和解答，又可以让研究家去做出仁者见仁、智者见智的不同诠释。也就难怪，在《纳尔齐斯与歌尔德蒙》这部篇幅不大的小说中，我们爱好文艺、美学和哲学理论的年轻朋友，会有许多可喜的发现。它就像一座蕴藏丰富的矿山，吸引着勤于思考的人们去勘探，去采掘。

读完本园中移栽的几个描写歌尔德蒙流浪经历的片段，您一定会大为感动，大声感叹：啊，这部20世纪的德语思想者文学真是好看！

纳尔齐斯与歌尔德蒙（选段）

* 第七章

野地里空气越来越凉，月亮也越升越高，一对情人静卧在柔光中的草铺上，忘情于他们那爱的嬉戏中，不一会儿便双双睡去了。半夜醒来，两人又滚到一起，相互挑逗着，重新紧紧拥抱，重新精神抖擞。直等最后一次拥抱过了，两人才精疲力竭，莉赛钻进了草里，呼吸沉重；歌尔德蒙一动不动地仰卧着，久久地凝视着月色惨淡的夜空。两人心里都陡然升起愁思，只有逃到睡眠中去求得解脱。他们沉沉地睡着，绝望地睡着，贪婪地睡着，仿佛这是他们最后一次睡眠，仿佛他们被判了终身醒着的苦刑，必须在这几小时中提前猛睡个够。

歌尔德蒙醒来时，发现莉赛正在梳她黑色的发辫。他心不在焉地，似醒非醒地，从旁看了她一会儿。

"你已经醒啦？"他终于开了口。

莉赛猛地转过身来，像是吃了一惊。

"现在我得走了，"她说，神情显得颓丧而又尴尬，"我本想不叫醒你的。"

"我这不已醒了么。难道咱们眼下就得上路不成？反正咱们没有家啊。"

"我的确没有，"莉赛说，"可你是修道院的人。"

"我不再是修道院的人了，我跟你一样，孑然一身，无牵无挂。我将和你一块儿漂泊，毫无疑问。"

莉赛把目光转向一旁。

"歌尔德蒙，你不能跟我一块儿走。我眼下必须回到我丈夫身边去。他将会揍我,因为我在外边过了夜。我说,我迷了路。可他当然是不会相信的。"

这当儿,歌尔德蒙想起了纳尔齐斯先前对他说过的话。眼下的情形不真如他所料吗?

他站起来,把手伸给莉赛。

"我失算了,"他说,"我原以为,咱俩会待在一块儿。不过,你真打算让我继续一个人睡下去,不告别就跑掉么?"

"唉,我担心,你会发脾气,没准儿还揍我。我丈夫揍我嘛,不错,是自然的事,没有什么可怪的。但是,我不愿意让你也来揍我。"

他握紧她的手。

"莉赛,"他说,"我不会揍你,今天不会,永远也不会。难道你不愿意离开你丈夫跟我走么,他可是要揍你哟?"

莉赛挣扎着,想把手抽回去。

"不,不,不。"她大声叫道,快哭出来了。歌尔德蒙感觉出她是真心想离开他,宁肯去挨另一个男人的拳头也不愿意听他的好话,便放开她的手。莉赛这时开始大哭起来,一边哭一边跑开,双手捂着泪水汪汪的眼睛。歌尔德蒙目送着她,再也不说什么话。他可怜这个女人,看着她匆匆跑过收割了的牧草地,像是被一种巨大而不知名的力量召唤着,吸引着似的。对于这种力量,他不禁做了一番考虑。他感到莉赛挺可怜,也感到自己有些可怜,看来他是不幸的,独自一人傻坐在这里,孤孤单单,遭到别人遗弃。不过,眼下他仍困得想睡觉,他还从来没有像这么精疲力竭过啊。往后尽有时间去遭受不幸,于是他又呼呼睡着了,直到高高升起的太阳晒烫了他,才重新醒过来。

这会儿真休息够了,他跳起来,跑到小溪边洗了洗脸,喝了些水。此刻在他脑海里出现了许多回忆。一夜销魂的种种情景,种种甜蜜温柔的感觉,像一朵朵不知名的野花吐放出温馨的气息。他一边大步往前走,一边重温旧梦,一而再再而三地感觉到那一切,品味到那一切,嗅到那一切,摸到那一切。这个萍水相逢的皮肤黑黑的女人,实现了他的多少梦想,催开了他的多少蓓蕾,满足了他的多少好奇和渴慕,同时又唤醒他多少新的欲望啊!

在他的眼前展现出片片田野和荒原,再过去是一块休耕地和一座黑森林;森林后边,也许就有农庄和磨坊、村镇和城市了吧。生平第一次,歌尔德蒙面对一个广大的世界,这世界敞开胸怀,准备接纳他,既将给他以欢乐,也将给他以痛苦。如今,他已不再是一个从窗户里眺望世界的学生,他此行也不再是去了肯定还会回来的远足。广大的世界如今成为现实,他本人已是这世界的一部分,他的命运寄托在它里边,它的天空为他所有,它的阴晴冷暖也属于他。在这个广大的世界里,他是如此渺小,小得跟一只在无边绿野上窜逃的野兔,同一只在无际的碧空中翩飞的甲虫并无二致。在这里没有钟声催他起床,催他去做弥撒,催他去上课,催他中午上斋堂去。

唉,他真饿啊!半个大麦面包,一杯牛奶,一盆面糊糊——于他而言都成了十分美好的记忆!他的肠胃真像头饿狼似的躁动起来了。在经过一块麦地时,他看见麦穗已经半熟,便用手指搓去外皮,把那小小的滑溜溜的麦粒放在嘴里大嚼起来,嚼了一把又一把,最后还使衣袋都塞满了麦穗。后来他又发现了榛实,尽管还是青的,他也高高兴兴地用牙齿嗑起来,而且吃了不算,还带了一些走。

眼下又来到森林中。这是个杂生着橡树和木岑树的大松林，林里覆盆子多得数不清，他一边坐下来休息乘凉，一边摘覆盆子吃。在坚挺细长的林草之间，点缀着蓝色的铃铛花，褐黄色的蛱蝶翩翩飞舞，不时地躲藏进花丛里面。圣女热诺维娃①就曾住在这样一座森林中，她的故事歌尔德蒙一直很喜欢。啊，他要能碰见她就好了！这树林中也许有一个隐居所，在一座岩洞或者树皮搭成的小屋中住着一位年迈的胡须长长的神父吧。要不就可能住着一些烧炭人，歌尔德蒙很愿意结识结识他们。闹不好甚至可能有强盗出没，他们大概不会为难他的。反正只要能碰见人就好啦，随便怎样的人都行。不过他自然知道：没准儿他要在这个森林里一直走下去，今天，明天，很多很多天，然而却一个人也碰不见。就算这样也只好忍受，命中注定了又有什么办法呢。不必东想西想，一切只能听其自然。

他听见一只啄木鸟在叩击树干的声音，便决定悄悄去观察一下，他轻手轻脚地移动着，好不容易才看见那只小鸟。他在一旁瞅了它好半天，看见它身子贴在树干上，小脑袋一个劲儿来回动着，孤孤单单地在那儿啄呀、啄呀。可惜，人不能和禽鸟交谈！要是能向这只啄木鸟打声招呼，寒暄几句，问问它在林中的生活情况，了解了解它的工作和欢乐，那有多美！啊，人要能变就好啦！

他蓦然想起，他在空闲时偶尔画过画，曾用石笔在黑板上画

---

① 热诺维娃原是法国民间传说中的人物，后来也成了德国民间故事书和文人剧作中的主人公。

出花、叶、树、动物和人的脑袋等。他经常用这办法长时间地消遣,有时就像个小上帝似的随心所欲地创造着生物。他曾给一个花萼画上眼睛和嘴,把树枝上滋生出的叶簇画成一些人,在一棵树梢上画一个大脑袋。这么胡乱画着,他常常感到在一段时间内很幸福,自己像中了魔,同时又变成了魔术师,能让自己手底的线条要么变成一片树叶,要么变成一个鱼头,要么变成一条狐狸尾巴,要么变成人的一撇眉毛。对于他的这种本领,歌尔德蒙自己也颇为惊异。人应该是能变的,他现在想,就像当初他那黑板上的好玩儿的线条一样。歌尔德蒙真巴不得变成一只啄木鸟啊,哪怕一天,哪怕一月,栖息在树梢上,在那光秃秃的树干上跑来跑去,用坚硬的嘴壳子啄进树皮,用长长的尾巴支撑身体,说一种啄木鸟语言,从树皮里边发掘出好吃的东西。啄木鸟的叩击声引起共鸣,听起来清脆而又悦耳。

一路上,歌尔德蒙在林中碰见了许多野物。他碰见了几只兔子;这些胆小鬼从一处灌木中窜出来,痴愣愣地瞪着走近的他,随后一扭身就箭也似的跑了,耷拉着长耳朵,尾巴下面露出一团白色。在一块小小的林间空地上,他发现躺着一条蛇,他走过去也不逃开,原来并非是一条活蛇,而只是条空空的蛇皮。歌尔德蒙把蛇皮拾起来,拿在手里观察着,看见在脊梁上有一溜灰褐两色的花纹十分美丽,太阳光透射过来,薄得有如蛛网似的。他还看见一些黄嘴黑山鸡,这些家伙鼓起黑眼珠紧张而畏葸地盯着他,随后便贴着地面飞开去。红胸脯的驹鸟和鸣禽也很不少。

林子里有一块四地,积满绿油油的水,水面上有一些长脚蜘蛛在穿梭奔跑,像是着了魔,又像在玩一种人所不能理解的游戏;在空中,飞着几只翅翼呈深蓝色的蜻蜓。有一天,天色已晚，他又看见——或者说只看见树叶在抖动，听见树枝嘎啦嘎啦折断的声音和潮湿的泥地上吧嗒吧嗒的踏脚声，一只硕大的几乎看不清的野兽猛地冲过灌木丛，他不清楚是头麋鹿或是头野猪。他伫立良久，吓得好半天才缓过气来，紧张地倾听着野兽遁去的方向。周围早已恢复宁静，他的心仍扑通扑通地跳。

他走不出森林，只好在里边过夜。他一边选择睡处，用苔藓铺成一张床；一边思考着，要是他再也出不了森林，不得不在林中永远待下去，那又将怎样呢。他得出结论，这将是非常非常不幸的。临了可能靠吃草莓活命，睡在苔藓上；除此之外，他毫无疑问也能造一间小屋，没准儿甚至能钻出火来。可是永远永远只是一个人，在这些无声地沉睡的树木中间，在这些一见人就逃跑的野物中间，在这些不通人语的禽鸟中间；如此活着真是可悲得难以忍受啊。看不见人，不能对谁讲一声早上好或者晚安，瞧不着人的面孔和眼睛，欣赏不到姑娘和妇女的美貌，享受不着亲吻，再不能用嘴唇和肢体去玩那神秘而欢乐的游戏，啊，这简直不能想象！如果他注定了要如此活着，他想，那么他就将努力变成一头野兽，一头熊或者一头鹿，哪怕为此而失去永生的幸福。做一头公熊而能够爱母熊，这也不坏，至少比保留着他的理智、语言以及等等一切而孤零零地活着，悲哀地活着，没有爱地活着，要强许多许多。

他在临睡前躺在苔藓床铺上，谛听着森林之夜的各种难以理解的谜一般的声音，既好奇又害怕。这些声音如今成了他的伴侣，他必须和它们一块儿生活，习惯它们，和它们待在一起。他现在必须与狐狸为伍，与小鹿为伍，与枞树和松树为伍，和它们一同生活，一同分享空气和阳光，一同等待天明，一同挨饿，并到它们那儿去做客串门。

最后他睡着了，做起梦来，梦见野兽和人，梦见自己变成了一头公熊，竟在爱抚中吃掉了莉赛。半夜里他猛然惊醒，不知何故心头怕得要死，睁着眼睛胡思乱想了很久很久。他想起，他昨天晚上和今天晚上都未曾祈祷就上床了。他站起来，跪在床边，把晚课连着念了两遍，算是补足了昨晚和今晚的祷告。不久，他又睡着了。

早晨，他惊异地环顾四周，忘记了自己是在森林中过的夜。自此，他对森林的恐怖感开始减弱，怀着新的喜悦过起林中的生活来，不过仍朝太阳升起的方向继续向前走去。到了一个地段，他发现道路格外平坦，林中很少灌木，完全长着些粗大、笔直、苍老的白色枞树。在这些巨树间走了一会儿，他便回忆起修道院大礼拜堂中的圆柱；他最近亲眼看见自己的爱友纳尔齐斯正是消失在了这个礼拜堂的黑色门洞里边——到底什么时候？难道真的仅仅在两天前么？

两天两夜以后，歌尔德蒙才走出了森林。他满怀欣喜地发现附近有人居住的迹象：耕种过的土地，长条形的黑麦田和燕麦田，这儿一小块那儿一小块的牧场，一条人踏出来的穿越牧场的小径。他摘下一把黑麦来塞在嘴里嚼着，种上了庄稼的土地友好地迎接着他。在蛮荒野林中困了长时间以后，无论是这小径，这燕麦，还是那业已凋萎的白色瞿麦花，都使他油然产生一种又回到人间的亲切之感。很快他就要见着人啦。走了不到一小时，他从一片庄稼地边上经过，看见那儿竖着一个十字架，便情不自禁地跪在下面祈祷起来。随后再转过一座土岗，遽然便站在一棵绿影婆娑的菩提树前，耳畔响起琤琤淙淙的流泉声。泉水通过木管流进一个长长的木槽里；歌尔德蒙喝了几口清凉甘甜的泉水，欣喜地发现在接骨木树的掩映下露出来几个草屋顶；在那儿，草莓已经熟得成了紫黑色。比这所有亲切的景象更使他感动的，是一头母牛哞哞的叫声，在歌尔德蒙听来，这叫声是在对他表示问候和欢迎，那么友好，那么热情，那么温暖。

他慢慢走近传出牛叫声的那幢茅屋，眼睛四下里搜寻着，发现门前的土地上坐着一个红头发的小男孩，他长着一双淡蓝色的眼睛。小孩身旁摆着一罐子水，他正用泥沙和水捏泥团玩儿，两只赤裸的腿上已糊满泥浆。小男孩带着幸福而认真的神情，把湿泥放在两手之间挤压，让泥浆从他的手指缝中冒出来，然后搓成一个个的小圆球。在和泥和捏泥团的时候，他有时还用自己的下巴颏帮忙。

"你好，小朋友。"歌尔德蒙和蔼可亲地打招呼。但小家伙抬头一看是个陌生人，便噘起小嘴，胖脸抽动两下，哇哇哭着爬进屋里去了。歌尔德蒙跟着走进去，到了一间厨房里。他骤然从明亮的阳光下走进来，起初在昏暗的厨房中什么也看不见。他不管有人还是没有人，先致以一声基督徒的问候，结果却没有回音，只是那受惊的小男孩仍在哭，过了好一会儿才又传来一个微弱、苍老的声音，像是在抚慰他。终于从黑暗的里屋走出来一个小老太婆，凑到歌尔德蒙跟前，把手搭在眼睛上，仰面打量着客人。

"你好，老妈妈，"歌尔德蒙拉大嗓门问候道，"愿所有圣者保佑你的眼睛好起来，我可是已经三天没见过一个人啦。"

老婆子瞪着一双老花眼，痴愣愣地望着歌尔德蒙。

"你到底想干什么？"她惴惴不安地问。

歌尔德蒙把手伸过去摸了一下她的手。

"我想问你好,老妈妈,想休息休息,帮助你烧火。要是你肯给我一个面包吃,那我就非常高兴,不过这并不急。"

他看见靠墙钉着一条木凳,便坐下去。这当儿,老太婆切了一块面包给小男孩。小家伙眼下在一旁呆呆地瞅着陌生人,又好奇又紧张,看样子仍然随时准备哭着逃走。老婆婆再切下一块面包,递给歌尔德蒙。

"谢谢,"歌尔德蒙说,"愿上帝报答你。"

"你肚子空了吧?"老婆婆问。

"倒不空,填满了覆盆子。"

"那快吃吧!你打哪儿来呀?"

"打玛利亚布隆,从那所修道院来。"

"是位神父?"

"不。学生,正在旅行。"

老太婆望着他,半带讥笑嘲讽,半是迷惑不解,摇了摇她那由一条细瘦而皱褶累累的脖子撑持着的脑袋。她留下歌尔德蒙一人在屋里吃,自己把小男孩又领到太阳地里去。随后她回到房中,好奇地问:"你知道什么新闻么?"

"新闻不多。你认不认识安塞尔姆神父?"

"不认识。他怎么啦?"

"他病了。"

"病了?准会死吗?"

"不知道。是腿上的毛病。他走路不怎么行啦。"

"他准会死吗?"

"不知道。也许会吧。"

"得,死就死呗。我可得熬粥了。帮我劈点柴来。"

她递给歌尔德蒙一块在灶头上烤得干干的枞木,还有一把柴刀。他劈出了够她用的引火柴,然后看着她把柴一块块塞进热灰里,弓着背,一边咳咳呛呛,一边吹气,直到柴燃起来。接下去,她又以一种严格而神秘的方式,把枞树枝和榉树枝架在引火柴上,灶孔里便升起熊熊火苗。她最后再让一口由熏黑了的铁链挂在烟囱上的大黑锅坐到火上。

歌尔德蒙遵照她的吩咐,去泉边提来了水,打掉了牛奶钵中的脂肪,然后便坐在烟雾迷蒙的厨房里,看着火苗儿欢快地嬉戏,看着老婆婆那张瘦骨嶙峋、布满皱褶的脸在红红的火光中时而出现,时而消隐。隔着一道板墙,从旁边的房屋中不断传来一头牛喷鼻和撞击料槽的声音。歌尔德蒙的心沉醉了。这菩提树,这泉水,这铁锅底下闪动的火苗儿,这牛喷鼻、咀嚼和蹴踢墙壁的沉浊的响声,这半明不暗的厨房以及房中的桌凳,这忙忙碌碌的小老太婆,一切一切都是如此美好,都散发着生命与宁静的气息、人类和温暖的气息、故乡的气息。房里还有两只山羊,老婆婆告诉他,屋后还有一个猪圈,她本人是户主的祖母,刚才那小家伙是她的曾孙。他的名字叫库诺,这会儿仍不时跑进来瞅瞅陌生人,虽然一声不吭,样子畏畏缩缩,却已不再哭鼻子了。

农民和他的妻子回到家中,一进屋撞见个陌生人颇有些吃惊。男的几乎骂起来,疑神疑鬼地一把抓住年轻人胳膊,把他拽到门口的阳光中去打量他的长相,随后却笑开了,友善地拍了拍他的肩,邀请他一块儿进屋吃饭。大伙儿坐在桌旁,各人都拿自己的面包在一个公用的牛奶钵中浸一浸,直到钵中剩下的牛奶不多,男主人端起来一口喝掉。

歌尔德蒙问主人家能否允许他在家里住一夜,明天动身。不行，农民回答，家里房间不够，不过外面到处有干草堆，找个睡处毫无问题。

农妇照管着身边的孩子，没有插话。只是她一边吃东西，那好奇的眼睛却一边把陌生青年看了又看。歌尔德蒙的鬈发和目光一开始便引起了她的注意，眼下她更欣喜地发现他的颈项是如此白皙匀称，他的双手是如此高贵细腻，他的举止是如此优雅大方。一位仪表堂堂的陌生的上等人，而且这样的年轻！可是最最吸引她和打动她的，是他那如唱歌般悦耳、温暖、柔和而招人喜爱的青年男子的嗓音，一言一语全都动听得像绵绵情话一般。她真恨不能长久地听这声音啊。

饭后，农民在厩舍里干活儿；歌尔德蒙从茅屋中走出来，在泉边洗了洗手，随后坐在绕泉而筑的矮垣上，一边乘凉，一边听着流水的声音。他犹豫不决，在此地他已没事可干，可是要马上离开却也颇觉怅然。这当儿农妇走出家门，手上提着一只桶。她把桶搁在流泉下接水，同时压低嗓门说："喂，今儿晚上你如还在附近，我就送东西来给你吃。那边，在那块长条形大麦地后面，有个干草堆要等到明天才搬走。你会到那儿去睡觉吗？"

歌尔德蒙瞅了瞅她那生着雀斑的脸，看见她提着水桶的胳膊十分壮实，一对大眼睛明亮而温暖，便冲她微微一笑，把头点了点。随后农妇便提着满桶水大步走去，消失在黑暗的房门中。他满意地坐在那儿，听着泉水淙淙地流动，心中油然产生一股感激之情。稍后，他走进房去找到农民，跟他和老婆婆握握手，道了几句谢。小屋内仍弥漫着烟火和牛奶的气味。这小屋刚刚才作过他的荫蔽和栖身之所，眼下又马上要变成一片陌生地了。他带着惜别之情走出房去。

在农舍的外边，他发现有一座小礼拜堂；在礼拜堂附近，有一片美丽的林木；林中长着一棵棵经年的高大橡树，底下是一块浅浅的草地。在树荫下，在一棵棵粗壮的树干之间，歌尔德蒙来来回回地踱着步，流连忘返地不肯离去。他想着女人和爱情，感到非常奇妙：她们事实上是不需要言语的。比如刚才那农妇只讲了一句话，就把幽会地点告诉了他，其他一切都尽在不言之中。靠什么呢？靠眼睛；是的，还靠微带羞涩的嗓音中某种特别的声韵，还靠些别的什么，也许是某种香味儿，或者皮肤上散射出来的某种轻柔微妙的光辉。凭借它们，男人和女人都可以立刻判断出来，他与她彼此怀着渴慕。这样一种无声而精确的语言实在妙绝。歌尔德蒙对这种语言简直一学便会！他满心欢喜地等着夜的到来，同时又好奇得要命，不知这个金发妇人会怎么样，不知她会有怎样的目光和声音，会有怎样的肢体、举动和亲吻；但肯定和莉赛是不同的。可眼下她在哪儿呢，那个满头黑发、皮肤黝黑、呼吸急促的莉赛？她的男人揍她了吗？她现在还想他歌尔德蒙吗？她也许又找到了一个新的情人，就跟他今天找到了一个新的女人一样吧？一切都进行得何其迅速啊，路边到处都可以找到幸福，美丽而且炽热，同时又像春花朝露那样消逝得多么轻易！这是罪孽，这是通奸，不久之前他还宁可让人砍掉脑袋，也不肯造这个孽。但现在他尽管等待着的已是第二个女人，良心却安安静静。也可以说，他良心也许并不安静；但使他偶尔感到良心不安和负疚的，却并非什么犯了奸淫罪，而是另一点他叫不出名字来的东西。那是一种人自身并未，但却一出生便带到世界上来的罪恶。也许按照神学的解释，那就是所谓的原罪吧？很有可能哟。是的，生命本身就包含着某种罪过——不然像纳尔齐斯这样一位纯粹而富于睿智的人,他还有什么必要像个罪人似的忏悔赎罪呢?不然,他歌尔德蒙又为什么总在内心深处感到有这种罪过呢?难道他不幸福吗?难道他不年轻而健康,不自由自在得就跟天上的飞鸟一样吗?难道女人们不爱他吗?难道他能够把自己感受到的同样的乐趣给予女人,这不是很美吗?可为什么他尽管如此,仍不能完全幸福呢?为什么他年轻的心中,也同纳尔齐斯那充满德行和智慧的心田一样,会时时地渗进这种奇异的痛苦,隐约的恐惧,伤逝的怨尤呢?为什么他有时也必须如此苦思冥索,绞尽脑汁呢,尽管他明知自己不是个思想家?

嗯,不管怎么说,活着毕竟是美好的。他在草丛中摘下一朵小小的紫花,把它举到眼前,观察着纤细而密集的花萼,发现里面运行着一根根脉络,生长着一些柔如纤毛的器官,生命在里面振荡着,欢乐在里面颤抖着,就如在一个妇人的怀里或者一位思想家的脑海中似的。啊,人为什么竟如此无知?为什么竟不能和这一朵花交谈?可不是吗?连人与人之间也不能真诚交谈,除非碰上特别的幸运,两个人成了好朋友,乐于披露心曲。是啊,幸好爱情无须言语;不然,它便会充满误解和愚妄了。唉,单说莉赛那双似睁犹合的美目,在快乐到了极点时迷离而朦胧,仅仅在颤动的眼皮间透出一丝丝白光——这妙境就够学者或诗人用千言万语去描述啦!唉,没有什么,的的确确没有什么是说得清楚,想得明白的。然而人们却偏偏经常产生一种迫切的需要,去谈和去想这种永恒的人性。

歌尔德蒙观察着那些小小的植物,看见它们的叶子在茎干四周分布得如此匀称，如此合理，不禁感到十分惊讶。维吉尔[①]的诗歌是很美的，他喜欢读它们；可是，维吉尔的有些个诗句，和茎上这些螺旋形向上生长的小小叶片的布局相比，在明朗机智和优雅含蓄方面却不及它们的一半。一个人只要仅仅能创造出这么一朵花来，那就是何等的享受，何等的幸福，何等值得惊美的、高尚而有意义的行动啊！可是没有一个人能办到，英雄不行，皇帝不行，教皇不行，圣者也不行。

太阳快下山了，歌尔德蒙便出发到农妇给他指定的地方去，找到以后便在那儿等着。他这样等着，并且知道一个女人正在途中，将给自己带来纯真的爱，真是一件美妙的事。

农妇手提一个麻布包，包里裹着一大块面包和一片肥肉。她打开布包，放到歌尔德蒙面前。

"给你的，"她说，"吃吧！"

"等一等，"他回答，"我现在馋的不是面包，我现在馋的是你。拿出来瞧瞧啊，你给我带来些什么美好的东西？"

她带了许多美好的东西给他：厚实的焦渴的嘴唇，有力的光亮的牙齿，粗大健壮的手臂；这手臂让太阳晒得红红的，但脖子下边衣服遮着的肌肤却雪白细嫩。她会讲的话不多，但在喉头间却能发出唱歌般甜蜜动人的声音；当她感到他的双手抚摸着自己的时候，她的皮肤不禁颤动起来，喉咙里发出喘息；她从来还未被这样一双细腻、温柔、充满感情的手抚摸过呐。她的手段不如莉赛多，然而比莉赛有劲儿；她紧紧搂着他，像是要把她最亲爱的人的脖子给折断似的。她的爱情既稚气又贪婪，单纯、有力却

[①] 维吉尔（公元前70—前19），古罗马诗人。

又保持着羞怯；歌尔德蒙和她一块儿非常幸福。

事后，她叹息着，难分难舍，可是不能够留下，最后只好走了。

这时剩下歌尔德蒙一个人，既幸福又悲伤。很晚他才想起那面包和肉，便独自吃起来，这时已夜阑人静。

* 第八章

歌尔德蒙已经流浪了一些日子。在这些日子里，他难得在同一个地方留宿两个晚上，到哪里都受到女人的渴求和宠遇。太阳已晒得他皮肤黝黑，长途跋涉和缺少饮食已使他变得瘦削。许多女人一大早就告别他，临去时有的还哭眼抹泪；他也不止一次想："为什么没有一个留在我身边呢？既然她们爱我，为了一夜的爱情就破坏了对丈夫的忠贞，为什么又不留下呢？为什么全都立刻要回到她们大多担心会揍自己的丈夫那儿去？"没有一个认真地求他留下来，没有一个求他带走自己，没有一个准备为了爱情与他同甘共苦，一块儿去流浪。尽管他不曾邀请任何女人和他一块儿走，不曾把这样的想法对任何女人提过，扪心自问，他也觉得自由对他更加珍贵，而且他想不出任何一个自己爱过的女人，是他在投入下一个情人的怀抱后仍念念不忘的；但是，尽管如此，他心中仍感到惊讶和惆怅：爱情在哪儿都转瞬即逝，女人们的爱是如此，他自己的爱也是如此。情欲燃起来快，满足得同样快。这正确吗？到处和永远都如此吗？或者只是他本人的过错。他也许生来如此，尽管女人都需要他，觉得他美，但没有一个希望和他共同生活，都只愿同他在草堆里或青苔上做一夜不说话的露水夫妻吧？是因为他在流浪途中，这些有家的女人对一个流浪汉的生活感到恐惧么？或者原因完全在他自己，在他这个人：妇女们只像喜欢一个漂亮的洋娃娃似的喜欢他,把他抱在胸前玩儿,但事后都跑回丈夫身边去,即使挨揍也在所不顾吧?歌尔德蒙想不出个所以然来。

他在向女人学习这点上是孜孜不倦的。尽管他更喜欢非常年轻的姑娘,喜欢那种还不曾接触过男人的一无所知的少女,对于她们,他才能产生热烈的恋慕之情;但是,她们往往都可望而不可即,她们要么倾心相爱,要么羞答答地半推半就,或由父母严加保护。不过,他也乐于向有经验的妇女学习。每个妇女总留给他点儿什么,一种姿态,一种接吻的方式,一种别致的玩法,一种依从或者拒绝的特殊表现。歌尔德蒙对一切无不领情,他是不知厌足地和孩子般地任人摆布的,乐于接受任何引诱,正因为如此,他自己也就有了巨大的诱惑力。

仅仅他的英俊还不足以令妇女们如此轻易地倾心于他,更重要的是他这孩子般的随和与不拘小节,他这天真无邪的好奇心和随时能满足一个妇女任何要求的性格。他自己也不知道,他竟能因人而异,成了每一个妇女希望和梦想中的情夫,对这个他温柔耐心,对那个他迅速主动,有时他像个初闯情场的腼腆少年,有时他是位技艺精深的偷香老手。他会逢场作戏,会奋力搏斗;会唉声叹气,会纵声大笑;会腼腆害臊,会厚颜无耻。他不干一个妇女不渴望他干的、不诱使他干的任何事。这就是任何感官敏锐的女性很快能在他身上嗅到的优点,这种优点使他成了她们的宝贝儿。

但他仍在学习。他不只在短时间内学到了许多爱的方式和艺术,从他众多的情人们身上吸收了经验。他还学会用视觉、感觉、触觉、嗅觉辨识形形色色的妇女。他练就了一双好耳朵,往往一听某些妇女的声音，便准确无误地猜测出这些妇女爱的方式和能力。他总带着不衰的热情，观察着女性的万千差异，看不同的脑袋怎样长在不同的脖子上，前额怎样以不同方式从发间突露出来，膝盖怎样在不同地运动。他学会了在黑暗中闭着眼睛，用手指的触摸就分辨出不同的头发，不同的皮肤以至汗毛。他很早已经开始察觉到，他如此漂泊流浪，如此从一个妇女的怀抱换到另一个妇女的怀抱，其意义也许就仅仅在于能学会这种识别和分辨的本领，并通过练习不断精益求精吧。也许他的使命就在于充分认识这千差万别的女性和爱情，正如某些音乐家不只会演奏一种乐器，而是三种、四种、许许多多种一样。至于这有什么好处，这将造成怎样的后果，他诚然是不知道的，他只感觉到，他已走上这条道路。不错，他懂得拉丁文和逻辑学，可是对此并不具备什么特殊的、惊人的、罕见的天赋——然而对于爱情，对于和妇女打交道，他却不是这样。在这方面他一学便通，博闻强记，自然而然便积累了许多经验，而且有条不紊。

有一天，在已经流浪了一年或两年以后，歌尔德蒙来到一位富裕的骑士的庄院里。骑士有两位美丽的女儿。其时正值初秋，夜晚的天气眼看就要冷起来了。去年秋季和冬季，歌尔德蒙已吃足了苦头，在想到即将来临的几个月时，心中自然不无忧虑：冬天在外流浪是够苦的。他打听能否在庄院里得到食宿，人家便客客气气地收留下他。当骑士听说客人念过书、会希腊文时，便请歌尔德蒙离开仆人的食桌，和自己坐在一桌吃饭，差不多像对自己人那样对待他。席间，两位小姐都低眉垂眼，大的一个叫丽迪娅，今年十八岁，小的一个叫尤丽娅，刚满十六岁。

第二天，歌尔德蒙想走。他觉得这两位金发小姐中的任何一位自己都没希望得到，而此外又没有别的能使他留下的女人。谁料早饭以后，骑士却把他叫到旁边，领他进了一间布置得很别致的屋子。老人谦虚地对青年谈起自己对于学问和书籍的爱好，让他看一个小小的藏满他收集文稿的小柜子，看一张他雇工精心制作的写字台，以及他贮备的精美纸张和羊皮纸。歌尔德蒙事后渐渐了解到，这位虔诚的骑士年青时也上过学，但后来却完全沉迷于战争和世俗生活，直到上帝对他发出警告，让他生了一场重病，他才醒悟过来，做了一次赎补自己年青时罪孽的朝圣旅行。他去了罗马，甚至到过君士坦丁堡，在回家来时发现父亲已经死去，房子也空了，便在家乡住了下来，结了婚，后来妻子病故，只好独自把两个女儿抚养成人。而今老景已至，他就坐下来动手撰写自己当年去朝圣的详细游记。他已经完成几章，不过——如他向青年承认的——他的拉丁文相当蹩脚，写起来常常感到吃力。因此，如果歌尔德蒙肯为他把已写成的部分修改誊清，并在续写时助他一臂之力，他就准备送歌尔德蒙一套新衣服，免费招待他食宿。

秋天已经到了，歌尔德蒙知道这对一个流浪汉意味着什么。一套新衣服同样是他求之不得的。但更令他高兴的是有了和那漂亮的姐妹俩长久住在一所邸宅中的希望。他于是毫不迟疑地说了同意。没几天，女管家便奉命打开衣料柜，选出一段上好棕色呢子来，交给裁缝为歌尔德蒙做一套衣服和一顶帽子。骑士本想用一段黑料子为歌尔德蒙做件学士服，可客人压根儿不喜欢，并说动他放弃了自己的主意。眼下一套漂亮的衣服上了身，与歌尔德蒙的模样配得十分合适，看上去既像个猎手，又像个公侯府中的近侍。

再有拉丁文方面也弄得不坏。他们共同把已写成的部分念了一遍，歌尔德蒙不只修改了许多不准确和有错误的地方，而且还在好一些地方把骑士结结巴巴的短句润饰成了优美的长句，结构严谨，consecutio temporum①干净利落。骑士因此大为高兴，赞不绝口。每天他们都至少有两个小时在一块儿进行这项工作。

在城堡里——它其实只是个稍许添了些防御设施的大农庄——歌尔德蒙也找到了某些消遣。他参加狩猎，在猎师亨利希手下学会了射箭，和猎犬交上了朋友，并且可以骑着马出去尽情逛一逛。很难见他独自待着，他不是对一条狗或一匹马嘀咕，就是和亨利希或女管家蕾娅——这是个嗓门儿跟男人一般粗、很喜欢开玩笑和打哈哈的胖老婆子——要么和饲养猎犬的童子或牧羊人在一块儿聊天。他同住在附近的磨坊主娘子本来可以轻易勾搭上，但歌尔德蒙却克制住自己，装出一副不谙此道的模样。

骑士的两位千金太叫他倾心呐。小的一位更美一些，可她那么矜持，几乎一句话都不曾同歌尔德蒙说过。他对姐妹俩百般奉承，彬彬有礼；可她俩一等他接近，便摆出那种接待纠缠不休的求婚者的面孔来。妹妹一言不发，带着股害羞的固执劲儿。姐姐丽迪娅则憋着腔调和他讲话，说是尊敬也可，说是讽刺也可，似乎把他这位学者当成了一头珍奇的动物。她向歌尔德蒙提出许多好奇的问题，打听他在修道院中的生活情况，但临了总要挖空心思，说两句讽刺话和贵妇人式的高傲的话来压一压他。歌尔德蒙甘受一切，对丽迪娅就像侍奉贵夫人，对尤丽娅就像尊重小修女；只要晚饭后他能以自己的谈吐吸引住小姐们使其多坐一会

---

① 拉丁文：动词变位。

儿，或者什么时候丽迪娅在院子里和花园中招呼了他，允许他调笑一下，他便心满意足，觉得事情有了进展。

这年秋天，院子里高高的木岺树迟迟没有落叶，花园里一直还盛开着翠菊和玫瑰。突然有一天，邻近的一个地主带着老婆和马夫来访，温暖的天气使他们游兴大发，纵马做了一次不寻常的长途旅行，眼下来到城堡，请求借宿一夜。主人殷勤地接待了他们，歌尔德蒙的床铺立刻从客房移进书斋，把客房让给了他们。接着便宰了几只鸡，还派人去磨坊里要来了鱼。歌尔德蒙也兴致勃勃地跟着激动一番，立刻就感觉出新来的夫人对自己非常注意。从她的声音和目光，歌尔德蒙都发现这位地主太太对他垂涎三尺；但也就在这当口，他也发现丽迪娅完全变了，绷着面孔一声不吭，开始打量起他和地主老婆来。这后一个发现，使歌尔德蒙更加紧张。夜宴开始了，地主太太的脚在桌子底下与歌尔德蒙的脚搞起名堂来；但令他开心的并非仅仅这件事本身，更主要的还是丽迪娅那注视着他俩一举一动的阴郁而沉默的紧张表情，以及一双快喷出火来的充满好奇的眼睛。最后，他故意掉了一把餐刀在地上，弯腰到桌子底下去拾，趁势抚摸着地主太太的脚和小腿，眼睛却观察着丽迪娅，发现她一下子变得脸色苍白，牙齿把嘴唇咬得紧紧的。他继续讲着修道院中的逸事，感觉出地主太太与其说是在专心听他故事，还不如说是对他富于诱惑力的声音着了迷。其他人都留神地听着，他的东家带着一脸的善意，那位地主老爷却面无表情，虽然也受到了青年的热情的感染。丽迪娅呢，却从来没见过他如此口若悬河、神采飞扬、目光炯炯，呼吸中颤动着欢乐，嗓音中歌唱着幸福，目光中洋溢着柔情。三位女性都感觉出了这点，但各人的体验完全不同：小尤丽娅进行着激烈的反抗和拒斥，地主太太扬扬得意，丽迪娅却陡然觉着一阵心疼，不仅拉长了脸，眼睛也冒出火来。在丽迪娅的痛苦中，掺和着衷心的渴慕，无力的反抗，以及极其强烈的嫉妒。所有上述种种表现，歌尔德蒙统统心中有数，它们都像一圈圈涟漪似的传到他身边，对他的追求做出秘密的回答；种种产生自爱性的思想像一群鸟儿似的绕着他飞来飞去，有的驯顺，有的反抗，有的互相争斗。

宴会后，尤丽娅回房去了，夜已经很深，她端起一支点在陶瓷烛台中的蜡烛，离开了餐室，神情冷漠得像一位小修女。其他人却还坐了一小时，两位男人谈着年景，谈着皇帝，谈着主教。与此同时，丽迪娅却听着歌尔德蒙和地主老婆东拉西扯，尽管讲的全是些毫无意义的事，谁知一来一往，却用目光、音调以及小小的动作织出一张紧密而美丽的网来，不只是寓意丰富，而且还向空中散发出暖意。姑娘既贪婪又恐惧地吮吸着这气氛，当她看见或感到歌尔德蒙的脚在桌下碰着地主太太的脚时，她仿佛觉得也碰到了自己，浑身不由一震。事后她半夜都睡不着，一直竖起耳朵，心怦怦地跳着在倾听，坚信那一对儿肯定会跑到一块儿去。她想象出了他们并未能成就的事情，看见他俩紧相搂抱，听见他俩亲密接吻，同时自己激动得浑身哆嗦，既希望又害怕：被欺骗的丈夫莫不会突然闯进去抓住那一对情人，一剑刺穿这可恶的歌尔德蒙的心口吧。

翌日早上，天空蒙上了一层乌云，远方刮来的风也带着潮气。虽经再三挽留，客人仍坚持立刻起身。他们上马的当儿，丽迪娅也在场，她与客人握手，说着送别的话，但做这一切全都心不在焉，全副精神都注意到别的东西上去了。他看见地主太太上马时把一只脚踩在歌尔德蒙伸过去的双手里，后者张开右手，紧紧地、有力地握住那妇人的小脚有一会儿工夫。

客人去远了，歌尔德蒙只好到书斋里去工作。过了半小时，他听见丽迪娅在楼下发号施令的声音，接着马就牵来了；主人走到窗前，望着院子里的情景，微笑着不住地摇头。随后歌尔德蒙也踱过去，和他一块儿目送着丽迪娅骑在马上走出院子。今天他们的拉丁文写作进展较慢，歌尔德蒙心不在焉，他的主人也比平时早一些让他休息。

歌尔德蒙偷偷地牵着马溜出院子，迎着湿冷的秋风，驰进褪了色的田野里去。马跑得越来越快，他感到自己胯下的坐骑发起热来，血液也开始燃烧。越过刚收割过的麦地和休耕地，越过荒原和生长着木贼与苔藓的沼泽，他放慢速度喘了口气，然后又驰进长着赤杨的小峡谷，穿过散发着一股霉气的松林，进入另一片褐色的旷野。

在一座由银灰色的云天明显衬托着的高岗的脊梁上，他发现了丽迪娅的倩影，只见她高坐在缓步前进的马儿上。歌尔德蒙直奔向她。她一发觉有人追赶，便策马飞驰起来。一会儿她踪影全无，一会儿又长发飘飘地出现在远方。歌尔德蒙像逐猎似的猛追，他的心笑了，嘴里不断以一些低声温柔的喊声给马鼓劲，在飞驰中愉快地用眼睛扫视着沿途的标记，像低洼的田地、赤杨林、女贞树丛、池塘的泥岸等，但视线每次总会回到他追逐的目标——那位美丽的逃跑者身上。他一定得马上追到她。

丽迪娅知道他追近了，便放弃逃跑的打算，让马放慢了脚步。她没有转身去看追逐自己的人。她高傲地、表面上无动于衷地径直往前走，仿佛什么也不曾发生，仿佛四周并无任何其他人。歌尔德蒙策马到了她身边,两匹马安静地并辔前行,只是骑手和牲口都冒着热气。

"丽迪娅!"他轻声呼唤。

她没有回答。

"丽迪娅!"

她仍不出一声。

"从远处看你骑在马上,丽迪娅,那景象真太美啦!你的长发飘在脑后,犹如一束金色的闪电。真太美啦!唉,多奇怪,你见了我竟要逃跑!由此我才看出来,你是有些爱我的。我过去不知道,直到昨天晚上还拿不准。可刚才你企图从我面前逃走,我就一下子明白了。亲爱的,美人儿,你一定累了,咱们下马歇歇吧!"

他迅速跳下马,并在同一瞬间一把抓住她的缰绳,以防她又跑掉。她面色苍白地俯视着歌尔德蒙,当他把她从马上抱下来的当儿,她便哇的一声哭起来了。他小心翼翼地扶着她走了几步,让她在枯草里坐下,自己却跪在她旁边。丽迪娅坐在那儿,竭力克制自己的抽泣,勇敢地和自己的脆弱做斗争,终于镇定下来。

"唉,你真坏呀!"她能够说话时便开口了。但也仅仅说出这么几个字而已。

"我真这么坏?"

"你是个诱骗妇女的坏蛋,歌尔德蒙。让我忘记你刚才对我讲的那些无耻的话吧,你是没有资格和我这样讲话的。你怎么能认为我爱你呢?让咱们忘记这些吧!可是我昨天晚上不得不目睹的场面,又叫我怎么能忘记哟?"

"昨天晚上?你看见什么来着?"

"嗨,别装模作样,别这么自欺欺人!昨晚上你当着我的面和那女人干的勾当,真是既丑恶,又无耻!你难道一点不知羞耻么?竟然摸那女人的腿,在桌子底下,在我家的桌子底下!当着我,在我面前!如今她走了,你又跑到这儿来,想要死乞白赖地追求我!看来你真的不知道什么叫羞耻啊!"

对于在抱丽迪娅下马前自己向她说的那几句话,歌尔德蒙早已感到后悔。多么愚蠢啊,爱情是不用多嘴的,他本该沉默才是。

他什么也不再说,只是跪在她旁边;丽迪娅看上去是这么美,这么不幸,他不觉也难受起来,感到自己的确有些不该。可是尽管丽迪娅讲了那许多话,他仍从她眼里看出了爱情,就连她那哆嗦的嘴唇上的痛苦,不也是爱的流露吗?他相信她的眼睛胜过她的言语。然而,丽迪娅却一直等待着他的回答。这个回答迟迟不来,丽迪娅的模样儿便更加阴沉了,一双哭红的眼瞪着他,重复问:"你真的不知羞耻么?"

"请原谅,"歌尔德蒙谦卑地说,"我们在谈一些用不着谈的事情哩。这是我的错,请原谅!你问我知不知道羞耻。知道,我当然知道羞耻。可是我爱你呀,而这爱情,却是不知什么羞耻不羞耻的。请别生气!"

丽迪娅似乎不在听。她坐在那儿,噘着嘴,眼睛凝视远方,仿佛只有她孤零零的一个人。歌尔德蒙从未落到过这样狼狈的境地。全都怪他说了话。

他把脸轻轻贴在她的膝头上,这一接触立刻使他觉得心中好受些。可是他仍然有些不知所措,忧心忡忡;丽迪娅呢,看上去始终十分伤心,坐着一动也不动,一声不吭,凝视着远方。多么尴尬,多么难受啊!不过,她的膝头善意地接受了他脸颊的依偎，没有拒绝。他闭上眼睛静静地待着，慢慢把丽迪娅那膝头的优雅的形象铭记在心。歌尔德蒙欣喜而感动地想到，这优美的、充满青春活力的膝头，和她那修长的、漂亮的、圆润的手指甲配合得多么协调啊。他怀着感激之情，偎依着这个膝头，让自己脸颊和嘴唇与它倾吐衷曲。

这当儿，他感到她的手怯生生地、轻飘飘地搁在了自己的头上。可爱的手啊！他感到，他觉着，这手正温柔地、抚慰孩子似的抚摸着自己的头发。他已经经常仔细观察她的手，欣赏她的手，了解它就如自己的手一样，记住了它修长的指头儿，以及指头上那些长而饱满的玫瑰色的指甲。眼下，这样的纤纤玉指正羞怯地和他的鬈发对话。它们的语言是幼稚的、怯懦的，但却充满了爱。歌尔德蒙感激地把头偎在她手里，任随她抚摸自己的脖子和脸颊。蓦然间，她说："是时候了，咱们该回去啦。"歌尔德蒙抬起头来，温柔地望着她，轻轻吻了吻她长长的手指。

"请站起来，"她说，"咱们该回家了。"

他立即服从，两人站起来，上了马，骑着回去。

歌尔德蒙的心里乐陶陶的。丽迪娅多么美，多么天真纯洁，又是多么温柔啊！他还一次也不曾吻过她，可是已从她那儿得到了许多温情和爱。两人急驰如飞，一直快到庄院门前，丽迪娅才猛然一惊，说道："咱们不好两人同时回去呀。咱们真傻！"可在最后一刻，当他们翻身下马，并看见一个马夫已朝他们跑来的时候，丽迪娅才迅速而急切地凑到他的耳朵边说："告诉我，昨夜晚你是不是和那婆娘在一起！"歌尔德蒙连连摇头，同时卸着马具。

午后，父亲外出，丽迪娅又来到书房里。

"是真的吗?"她劈头就激动地问。歌尔德蒙立刻明白她指的什么。

"可是,你干吗和她勾勾搭搭,那么恶心,让她迷上你呢?"

"这是为了你,"他说,"相信我,我乐意抚摸你的脚胜过她的脚一千倍。然而,你的脚从未在桌子底下伸到我的脚边来,问一下我爱不爱你呀。"

"你真爱我吗,歌尔德蒙?"

"真爱!"

"可这会有什么结果呢?"

"我不知道,丽迪娅。我也不管。反正爱你将使我幸福——结果会怎样,我不考虑。当我看见你骑马飞奔,我就感到快乐;当我听见你的声音,或你的手指抚摸我的头发时,情况也一样。要是你允许我吻你,那更会如此。"

"男人只准许吻他的未婚妻,歌尔德蒙。难道你从未想过吗?"

"没有,我从未想过。我干吗要想呢?你和我一样明白,你不可能成为我的未婚妻。"

"正是哩。正因为你不能做我的丈夫,永远生活在我身边,你来向我谈情说爱就很不对。你真以为,你引诱得了我么?"

"我什么也没以为,什么也没想,丽迪娅,我所动的脑筋,比你所估计的少得多。我除去希望你什么时候能吻吻我以外,再没别的任何愿望。咱们讲的话太多。相爱的人不这样做。我相信,你是不爱我的。"

"今天早上你说的话可相反啊。"

"你的行动也相反嘛。"

"我?你怎么这样想?"

"一开始，当你看见我来了时，你就驱马逃开。我于是便相信你爱我。后来，你忍不住哭了，我就想，是啊，她爱我嘛。再往后，我的脑袋靠在你膝头上，你又抚摸我，我更想，这就是爱呀。可这会儿，你对我毫无爱的表示。"

"我不是你昨晚上在桌子底下摸她腿的那种女人。看起来，你是习惯于那种女人的。"

"不，感谢上帝，你可比她美得多，纯洁得多啊。"

"我不想谈这个。"

"哦，可这是事实。难道你不知道你有多美么？"

"我有一面镜子。"

"你在镜子里看过自己的额头吗，丽迪娅？还有你的双肩，还有你的指甲，还有你的膝盖？你有没有发现，这一切是多么协调，多么和谐，全都有着相同的特点：匀称、舒展、结实、苗条，你有没有发现？"

"瞧你说的！我的确从未发现，不过眼下，在你谈起的时候，我却明白你想的什么。听着，你真是引诱女人的能手，你现在是企图激起我的虚荣心。"

"很遗憾，我无法给你说清楚。可我干吗需要激起你的虚荣心呢？你很美，我同时想向你表明，我为此感谢你。你强迫我用语言把它讲出来；但如果不用语言，我就能对你表达的好一千倍。靠语言我什么也不能给你！靠语言，我从你那儿不能学到任何东西，你也不能从我这儿学到任何东西。"

"我从你那儿有什么好学啊？"

"我向你学，丽迪娅，而你也可以向我学。然而你不乐意。你只打算爱你将成为他未婚妻的那个男子嘛。如果他将来发现，你什么也没学过,连接吻都不会,他会笑话你的。"

"这样,原来你是想要教我接吻对不对,学士先生?"

歌尔德蒙冲她微笑着。她的话在他听来尽管不是滋味,却仍能在丽迪娅气势汹汹的巧辩背后感到她那颗处女的心已让情欲攫住,正在充满恐惧地挣扎反抗。

他不再回答,他只是笑吟吟地望着她,用目光牢牢控制住她那不安的眼神;在她反抗无效终于成为俘虏以后,他的脸便慢慢靠拢去,直到两人的嘴唇凑在一起。他轻轻地碰了碰她的嘴,这嘴便回报他一个孩子般的吻。当他想吸住它不放的时候,它马上便惊恐地松开了。他温柔地追过去,直到她的小嘴又迟疑地迎上来,他于是便教这个被迷住的少女如何轻松愉快地接受别人的吻和吻人,直至最后,她把脸儿精疲力竭地靠在他的肩上。他任它待着,一边快活地嗅着她金发上的浓香,一边凑近她耳朵窃窃私语,说着温存和抚慰的话。此情此景,使他回忆起自己还是个懵懂无知的学生的时候,有一天如何得到了吉卜赛女郎莉赛的点化。莉赛的头发有多黑,皮肤有多健康啊!那天太阳火辣辣的,小连翘散放着喷鼻的芳香!而这已经是很久很久以前的往事,恰如遥远的地平线上的一星闪光。一切都如春花朝露,转瞬即逝!

丽迪娅抬起头来,脸上的表情已经变了,一双睁得大大的媚眼严肃地望着他。

"让我走吧,歌尔德蒙,"她说,"我待在你身边已经够久了。哦你,哦我亲爱的!"

从此他们每天都秘密约会。歌尔德蒙完全听凭他爱人的摆布,这处女纯真的爱情感动了他,陶醉了他。有时候,她在整个幽会过程中都只握着他的手,瞅着他的眼睛,仅在分别时才孩子似的吻他一下。另一些时候她又尽情地吻他，不知满足，可动手动脚却从不允许。只有一次，她通红着脸，下了很大的决心，才同意让他看一看自己的乳房，以使他大大地高兴。当她羞答答地把那个小小的、雪白的果实从衣服里掏出来时，他便跪下去吻了吻，她赶忙又小心地用衣服盖起来，脸一直红到了脖子根。他们在一块儿也谈话，不过已不用第一天的那种方式。他们相互取了亲昵的称呼。丽迪娅最喜欢给他讲她的童年，她的梦以及游戏。她也常常说，他们的爱情是不正当的，因为他不能娶她。一提起这点她就悲伤，绝望；他们的爱情有这种隐忧做点缀，恰似美人脸上盖了一块神秘的黑面纱。

丽迪娅有一次说："你生得如此漂亮，模样儿如此开朗，可是在你的眼睛深处，却没有快乐，只有忧伤，仿佛它们不知道有什么幸福，而一切美好的、可爱的东西对于我们都不久长似的。你的眼睛是世间最美的眼睛，但也是最忧伤的眼睛。我相信，这是因为你无家可归的缘故。你从森林中来到我身边，有朝一日，你又会离开这儿再回森林去，以青苔为床，四处流浪。可我的归宿又在何处呢？等你一走，我诚然还有个父亲，有个妹妹，有一间屋，有一扇窗，我可以坐在窗前想你，但是却不会再有归宿。"

歌尔德蒙尽由她说，时而报以微笑，时而面露愁容，但从未用言语安慰过她，只偶尔把她的头抱在自己胸前轻轻抚摸着，嘴里哼出一些毫无意义的声音，就像保姆在哄哭闹的婴儿时一样。

又有一次，丽迪娅说："我想知道，歌尔德蒙，你将来会变成什么样子。我经常考虑这个问题。你的生活不会平平常常，也不会轻松容易。唉，但愿你能过得好啊！有时候我想，你该成为一个诗人才是，一个诗人不但有许多幻觉和梦想，而且能把它们优美地表达出来。唉,你会漂泊天涯,尽管世间的女子都爱你,你却仍将是孤独的。倒不如还是回到修道院那位你时常提起的朋友身边去吧!我将为你祈祷,求上帝不要让你将来孤孤单单地死在森林里。"

她可以如此一本正经、目光茫然地讲一通,然而过后又能欢笑着,与歌尔德蒙一道奔驰在深秋的田野里,要不就出谜语让他猜,或捡枯叶和橡实来扔他。

有一晚,歌尔德蒙躺在房中的床上,久久未能入睡。他的心扑扑跳着,既充满爱情,又充满感伤和绝望,甜蜜与痛苦的感觉奇妙地搅和在一起。他听见十一月的西北风摇撼着屋顶,如此静卧着久久不能成眠,在他已经成了一种习惯。他那晚也跟往常一样,低声默唱起圣马利亚颂来:

> Tota pulchra es, Maria,
> et macula orginalis non est in te.
> Tu laetitia Israel,
> tu advocata peccatorum! ①

这首曲调柔和的颂歌深入到了他心灵中。

与此同时,窗外的风却唱着不安与流浪之歌,唱着森林与秋天之歌,唱着无家可归的漂泊者之歌。他想起了丽迪娅,想起了纳尔齐斯,想起了自己的母亲,不安的心里百感交集,无比沉重。

---

① 拉丁语:无比圣洁的马利亚啊,原罪没有玷污你的身体。你是以色列民族的骄傲,你是罪人的辩护者!

蓦地，他惊得坐了起来，呆瞪着两眼，自己也不相信会真有其事：房门开了，黑暗中有一个穿着长长的白睡衣的人正走进来。原来是丽迪娅。她赤着脚，无声地走在石砌地面上，进房后轻轻关上了门，然后坐在歌尔德蒙床边。

"丽迪娅，"他悄声唤着，"我的小鹿，我的小白花！丽迪娅，你这是干什么？"

"我到你这儿来，"她说，"只想待短短的一会儿。我想看看啊，看看我的歌尔德蒙怎样睡在他的小床上，我的心肝。"

她躺在他身边。两人静静待着，心怦怦直跳。她任他吻她，任随他抚摸她的手脚，却不允许他干其他别的什么。过了一会儿，她把他的手从自己身上推开，吻了吻他的眼睛，然后便轻轻地站起来走了。门嘎吱响了一声，屋顶上被狂风吹得哗啦哗啦直响。一切都像中了魔，都充满神秘，充满恐惧，充满许诺，充满危机。歌尔德蒙不知道自己在想什么，在干什么。当他迷糊了一会儿再清醒过来时，发现枕头已经被泪水沾湿了。

过了几天她又来了，他那甜蜜的白色的小精灵。她和上次一样在他旁边躺了一刻钟。在他的怀抱里，她凑在歌尔德蒙的耳朵柔声低语，她要讲的和抱怨的真多啊。他温顺地听着，左臂上枕着她的头，右手抚摸着她的膝盖。

"歌尔德蒙小亲亲，"她贴近他的脸颊，声音压得低低地说，"真伤心哟，我永远也不能属于你。长不了啦，我们这小小的幸福，我们这小小的秘密。尤丽娅已经起疑心，马上她就会强迫我向她坦白的。要不父亲也会发现。他要是看见我在你的床上，我的小金丝雀，那你的丽迪娅就惨啦。她将眼泪汪汪地站在树下，仰望着被吊死在树上的爱人，看着他在风中摆动。唉，我说，你还是逃走吧，马上逃走吧，免得父亲把你捆起来，吊到树上去。我有一次已经看见吊死过一个人，一个小偷。我不能眼看着你被吊死啊。你赶快离开这儿，把我忘了吧。你绝不能死，我的亲爱的，绝不能让野鸟来啄你蓝色的眼睛！可是不，我的宝贝儿，你不能走——唉，你要走了，丢下我一个人孤零零地又怎么办呢！"

"你难道不愿意跟我一块儿走吗，丽迪娅？咱们一块儿逃走，世界大着哩！"

"那倒是好，"她慨叹道，"非常非常好，要是能跟你跑遍天涯海角！可是我办不到啊。我不能在森林中过夜，不能没有家，不能让头发上粘着草茎。我也不能给父亲带来耻辱。不行，别说了，这些都不可想象。我办不到！我不能用一只脏盆子吃饭，不能在一个麻风病人的床上睡觉。唉，一切好的东西、美的东西对于我们都是禁止的，咱俩生来就该受苦的啊。歌尔德蒙，我可怜的小哥哥，到头来我可还是得看见你被吊死的。而我，那以后就会被关起来，送进修女院里去。亲爱的，你必须离开我，再睡到那些吉卜赛女人和农家婆子的身边去。唉，走吧，走吧，在他们来抓住你，捆起你以前！我们永远也不会幸福啊，永远。"

歌尔德蒙轻轻地抚摸她的膝头，当他非常小心地碰了碰她的下身以后，便请求道："我的花儿，我们可以非常幸福哩！允许我吗？"

丽迪娅用力推开他的手，把身子挪开了一些，但也没有生气。

"不，"她说，"不，这我不能够。这是禁止我做的。你这个小吉卜赛人也许不理解。我现在的行为已是不端，我是个坏姑娘，我辱没了整个家庭。不过，在我内心深处，我仍然保持着骄傲，那儿是不允许任何人随意闯进去的。你务必尊重我这点，否则我再不会到你房间里来了。"

歌尔德蒙从未想到蔑视她的任何禁令、愿望以及暗示。连他本人也感到奇怪，这个少女怎么对他有如此巨大的魔力。可他仍然感到痛苦。他的感官没得到满足，心里常常激烈地反抗着这种从属地位。有时他努力想摆脱它。有时也向小尤丽娅献献殷勤，把自己装扮得老老实实的；和这位重要人物毕竟有必要保持良好的关系，以便尽可能地迷惑住她。这位尤丽娅使他觉得老摸不透，一会儿十分地孩子气，一会儿又像什么都懂得似的。无疑，她比丽迪娅更美，是个非凡的美人儿，这点加上她那小机灵鬼般的天真烂漫，对歌尔德蒙也很有诱惑力，使他常常也很恋慕她。可正好就是妹妹的这种对于他感官的诱惑力，使他多次惊异地认识到了情欲与爱情之间的差别。一开头，他对两姐妹等量齐观，但觉得尤丽娅更美，更富于刺激性。他对她俩都一样地追求，一样地盯住不放。可现在丽迪娅对他却有了如此巨大的魔力！他爱她爱得这样厉害，甚至放弃了对她完全占有的欲望。她的心灵已经为他所了解和珍视；她的孩子气、温柔深情、多愁善感，都好像与他的性格相似。他常常惊讶不止，赞叹不止：她这心灵竟与她的肉体如此协调和谐；她无论做什么，说什么，表示一个愿望或者下一个判断，她的话和内心情感总是完全一致的，正如她眼睛的模样和手指的形状完全协调一样！

歌尔德蒙自信已经看出构成丽迪娅天性、心灵和身体的基本形态与法则，常常产生要把它们捉住和描摹下来的欲望，于是极为秘密地在一些纸上试着描画她的头部的轮廓，她的眉毛的曲线，她的手，她的膝盖，而且能单凭记忆画出。

对付尤丽娅可遇到了一些困难。她显然已发觉她的姐姐正沉湎在情海的狂澜中；她的所有感官都充满着好奇和渴望，要想闯进这个乐园中来，尽管她的理智不能同意。她对歌尔德蒙表现出极为冷淡和反感的样子，可在情不自禁的时候又常常注视他，流露出对他的景仰和渴慕。对丽迪娅她经常十分亲热，不时还去陪伴姐姐睡觉，竭力想不声不响地呼吸一点那爱和性的国度里的气息，大胆地去掀起那虽遭禁止、但又十分诱人的秘密的帷幕。不成功，她就以近乎侮辱的方式让丽迪娅知道，她对她偷偷摸摸的勾当了如指掌，十分鄙视。这个美丽而任性的小女孩，在两个情人中间捣来捣去，一会儿亲热，一会儿捣蛋，一会儿装得一无所知，一会儿又摆出一副咄咄逼人的知情者的嘴脸让他俩瞧瞧，仿佛她连做梦也在玩赏她所掌握的秘密。如此没过多久，这个小女孩就变成了暴君。丽迪娅吃她的苦头更多一些，因为歌尔德蒙除去一日三餐，其他的时间很少与她见面。他对尤丽娅的魅力并非无动于衷，对丽迪娅说，这也已不是什么秘密。有时她就看见，他那钦慕赞赏的目光如何久久地停在尤丽娅身上。可她什么也不敢说，一切都如此艰难，一切都充满危险，万万不能得罪尤丽娅，让这位暴君不高兴。唉，每一天她这爱情的秘密都可能被揭露出来，每一天她这提心吊胆的幸福都可能完蛋，没准儿还十分可怕地完蛋。

有时歌尔德蒙奇怪自己怎么迟迟没有离开。像现在这样的生活，他是很难过的：他被人爱着，却既无希望得到合法的长时期的幸福，也无希望让自己的情欲像过去所习惯的那样轻易获得满足；这种欲望不但始终被挑逗起来，如饥似渴而得不到消解，而且经常还处于危险之中。他为什么要留在这儿忍受这一切，卷进这种种的纠葛和烦恼里去呢？这样一些体验、感情和心理状态，不是那种定居的人、正当的人、住在暖烘烘的屋子里面的人才有的吗？作为一个无家可归和与世无求的人，他不是有权逃避这种缠绵而错综复杂的关系，将它一笑抛却么？是的，他有这种权利。他曾想在此地寻找个归宿，为此却经历这么多的痛苦，这多么的难堪，难道不完全是个傻子么？可是话虽如此，歌尔德蒙却继续待下来，心甘情愿地忍受一切，并在内心暗暗觉得幸福。以这样一种方式恋爱固然是愚蠢和困难的，复杂和伤脑筋的，但同时也是美妙的。妙就妙在这种爱的隐隐的伤感，以及它的痴心和无望。那一个个充满相思的不眠之夜，本来就很美。丽迪娅在述说自己的爱情和忧虑时嘴唇的痛苦抽动，嗓音的绝望喑哑，这一切一切都是多么动人而值得回味啊。在几个礼拜内，丽迪娅年轻的脸上出现了这种痛苦的表情，并变成了特征；用笔把这张脸的线条画下来，歌尔德蒙觉得十分美妙和重要。而且他还感到：在这短短几个礼拜里他自己也成了另一个人，年龄似乎大多了，虽然没更聪明，却更有经验，虽然没更幸福，却成熟得多，心灵丰富得多。他不再是一个少年啦！

丽迪娅声调轻柔而哀怨地对他说："你千万不要悲伤，千万别为了我而悲伤，我只是想使你快活，想看见你幸福。原谅我，我使得你心里难过，用我自己的恐惧和烦闷感染了你。我夜里做的梦真叫稀奇，我总梦见自己在一个沙漠中走啊，走啊；那沙漠又大又黑暗，叫我简直形容不出来。我走啊，走啊，一直寻找着你，可就是找不着；于是我明白过来，我已经失去了你，将不得不永远永远地这么走下去，孤零零地一个人。后来，我醒了，心中就想：哦，多美好啊，他还在这儿，我将会看见他，也许还有几个礼拜,也许还有几天,反正一样,他眼下总还在!"

　　一天清晨,天一亮歌尔德蒙就醒来了。他躺在床上沉思了一会儿,夜来梦境中的形象还飘荡在他的四周,只是相互之间并无联系。他梦见自己的母亲和纳尔齐斯,两人的模样还历历在目。在他从梦的罗网中完全挣脱出来后,突然发现一种特殊的光辉,奇异而又明亮,从他小小的窗孔中射了进来。他一跃而起,直奔窗前,只见窗台上,马厩的屋顶上,庄院的大门上,以及门外的整个原野,全都覆盖着初雪,闪耀着白里泛蓝的光。这宁静的冬景与他内心的不安恰成对照,使歌尔德蒙不禁愕然:这田畴和森林,这丘陵和原野,它们对太阳、风、雨、干旱以及雪是多么驯服、虔诚和处之泰然;这槭树和木岑树,它们是多么耐心地背着自己的冬天的负荷,姿态又是多么美啊!难道人就不能像它们一样,就一点不能向它们学习么?歌尔德蒙若有所思地走进院子,踏着雪,不时用手去摸摸雪花,来到了花园里,视线越过堆着厚厚一层雪的篱笆,落在让雪压弯了的玫瑰茎秆上。

　　早餐时大伙儿一边喝麦糊糊,一边谈着初雪,所有的人——包括姑娘们在内——全已经出去踏过雪了。今年雪下得很迟,转眼就要到圣诞节了。骑士给大伙儿讲着压根儿不下雪的南方国家的情况。可是对于歌尔德蒙,使这瑞雪初降的日子变得难以忘怀的事却发生在深夜里。

　　那天两姐妹又发生了口角,而歌尔德蒙却一无所知。当晚,在夜深人静以后,丽迪娅来到他房中,跟每次一样默默躺在他身边,头枕着他胸口,以便听见他的心跳,在靠近他时获得慰藉。她情绪沮丧,心惊胆战,生怕尤丽娅会告发她,然而又下不了决心和自己的爱人谈一谈,怕这样会使他担心。她就这么静静地躺在他的胸口，听他不时悄声说出一句亲昵的话，而且感到他的手在抚摸自己的头发。

突然间——她那么躺了还没多久——丽迪娅猛然一惊，一翻身就睁大眼睛坐了起来。歌尔德蒙也同样一愣，他看见门开了，一个人走进房来，惊慌之中却并未认出是谁。直到那人走到床前，弯下了腰，他才心情紧张地看出是尤丽娅。尤丽娅脱掉套在睡衣外的大衣，让它滑落在地板上。丽迪娅痛苦地叫了一声，倒下身去，紧紧抱住歌尔德蒙，像是被刺了一刀似的。

尤丽娅用一种讥讽与幸灾乐祸的口气，然而声音却有些颤抖地说道："我可不能一个人待在房间里。要么两位收留我，咱们三个一块儿睡，要么我马上去叫醒父亲。"

"嗨，尽管来呗，"歌尔德蒙说，一边就揭开被子，"别冻坏了你的脚啊。"

尤丽娅上了床。为了在窄窄的床铺上给她挪出一点地方来，歌尔德蒙颇费了些劲，因为丽迪娅把脸埋在枕头里，一动不动。三人最后总算躺好了，歌尔德蒙每边一个姑娘。有一瞬间，他还忍不住在想，这种情况在不久以前对他是多么求之不得啊。他感到尤丽娅的躯体就在自己身边，既有点惊骇，又暗暗欢喜。"我务必亲自来瞧瞧，"尤丽娅又开了口，"看躺在你这床上是个什么滋味，我姐姐竟会这么喜欢往你这儿跑。"

为了让她不作声，歌尔德蒙就用脸颊去轻轻擦她的头发，用手轻轻抚摸她的腰和膝盖，就像哄一只猫一样。她也默默地、好奇地让他抚摸，被这新奇的魔法完全迷住了，丝毫没有反抗。与此同时，歌尔德蒙还要努力去对付丽迪娅，凑近她耳朵说着绵绵情话，好不容易才使她抬起头来，把脸转向他。他不出声地吻她的嘴和眼睛，同时他的手却把旁边的妹妹镇住，这难堪别扭的处境渐渐地使他感到不可忍受。他的左手在和尤丽娅美妙的、静静等待着的躯体打交道时，也使他受到了教育，他不仅第一次深深感到他对丽迪娅的爱情既美好而又绝望，也觉得这爱情有多么可笑。此刻，在他嘴唇吻着丽迪娅，手却摸着尤丽娅的当儿，他就感到有必要要么迫使丽迪娅委身于他，要么就干脆离开这儿，继续走自己的路。既爱她而又不能占有她，这是荒谬的，不合理的。

"我的心肝，"他悄声对丽迪娅说，"咱们是在不必要地自找苦吃啊。现在咱们三人可以非常非常幸福！你就让咱们随心所欲吧！"

一听这话，丽迪娅吓得退开了，歌尔德蒙便去求另一位。他的手抚摸得她十分舒服，使她发出一声长长的、战栗的哼唧。

听见这声音，丽迪娅的心嫉妒得完全缩紧了，就像灌进了毒药一般。她冷不防地坐起来，一把掀开被子，跳下地去，喊道："尤丽娅，咱们走！"

尤丽娅一个哆嗦，姐姐这粗声粗气的喊叫，很可能把他们三个全毁了。她看出情况危险，也一声不吭地站了起来。

歌尔德蒙的满腔欲火未得满足，又被泼了一盆冷水，赶忙抱住正站起身来的尤丽娅，吻了吻她的乳房，心急火燎地凑着她耳朵说："明天，尤丽娅，明天！"

丽迪娅穿着睡衣，光着脚站在石砌的地面上，脚趾都冻得蜷了起来。她把尤丽娅的大衣从地上拾起来，披在妹妹肩上，以一种即使在黑暗中也逃不出尤丽娅眼睛的痛苦而屈辱的神情，诓着她快走。姐妹俩无声地溜出了房间。歌尔德蒙心乱如麻，倾听着她俩消失的方向，发现宅子里仍旧一片死寂，才松了一口气儿。

就这样，三个年轻人结束了一次奇特的、不自然的聚会，各自又堕入孤独的沉思中。因为那姐妹俩回到卧室后也未能交谈，而是各人都睁着眼躺在自己的床上，一声不吭地赌着气。一个不幸与不和的精灵，一个破坏理智、播种隔膜、搅扰心灵的恶魔，仿佛已经控制了这所房子。午夜以后，歌尔德蒙才昏昏沉沉睡去，尤丽娅天快亮时才睡着，丽迪娅一直清醒地躺在床上，受着折磨。一当雪原上出现淡淡的曙色，她立刻起身穿好衣服，久久地跪在她那小小的木雕基督像前祈祷。她听见楼梯上传来父亲的脚步声，便跑出去请求父亲和她谈话。她没有考虑自己这样做是出于为妹妹的贞操担忧或是出于嫉妒，就下定决心把事情结束。歌尔德蒙以及尤丽娅两人都还在酣睡，骑士已经知道了丽迪娅觉得该告诉他的一切。她只字未提的是尤丽娅也参加冒险的情况。

歌尔德蒙跟往常一样准时走进书房，立刻发现骑士一反常态，不是穿着便鞋和绒袍来从事写作，而是脚登皮靴，身穿短袄，腰挎宝剑，心里顿时明白是怎么回事。

"戴上你的帽子，"骑士说，"我要跟你出去走走。"

歌尔德蒙从钉上取下帽子，跟在主人身后走下楼梯，穿过院子，出了大门。他们的鞋底踩在微微冻结的雪上咔嚓咔嚓发出响声。这时天边还是一片红霞。骑士默默地走在头里，青年跟在后边，不住地回头去看那庄院，看他的房间的小窗，看积着雪的倾斜的屋顶，直到他的视线被遮住，什么都不再能看见为止。这屋顶、这窗户、这书房、这卧室，还有那两姐妹，从此他再见不到啦。长时间来，歌尔德蒙就想着会有突然离别的一天，可今日真的分别，他的心仍疼痛难当。

他们就如此一前一后地走了一个小时，谁也没有说半句话。

歌尔德蒙开始考虑起自己的命运来，骑士佩着剑，也许会杀死他。不过他不太相信这种可能。危险并不大，他只需拔腿跑掉，老头子拿着剑也只好干瞪眼。不，他的生命没有危险。可是，这么默默地跟在一位受了侮辱的威严的父亲身后，哑巴似的任凭他领着自己往前走，每走一步却也使歌尔德蒙心里增加一分难受。终于，骑士停了下来。

"喏，"他用颤抖的声音说，"你现在一个人继续走，永远朝着这个方向，去过你过惯了的流浪生活。你要什么时候再到我庄子附近来露面，我就开枪打死你。我不想对你报复，我本该自己放聪明一些，不让你这样一个年轻男人待在我女儿身边。可你胆敢再回来，就休想活命。去吧，愿上帝饶恕你！"

骑士站在晨光熹微的雪地里，挂着白胡子的脸异常阴沉。他像个幽灵似的一动不动地站在原地，直到歌尔德蒙隐没在前面一道土岗后边。天空升起彤云，曙光消退了，太阳没有露脸，空中又开始纷纷扬扬地飘起雪花来了。

*第十三章

在重新开始流浪的初期，歌尔德蒙贪婪地享受着再次获得的自由，但对一个流浪汉无以为家、颠倒混乱的生活方式，却得重新加以适应。流浪汉们不听命于任何人，只受天气与季节的约束，眼前无目标，头上无房顶，身边无长物，得过且过，随遇而安，生活得天真而勇敢，寒酸而充实。他们是被逐出乐园的亚当的儿子，纯洁无辜的动物的兄弟。时时刻刻，他们从老天的手中受领着主的赐予：阳光、雨露、霜雪、冷暖、舒适和困厄。对于他们来说，无所谓时间，无所谓历史，无所谓追求；他们也不像那些住在房子里的人，对所谓发展和进步如异教徒似的怀有狂热崇拜。一名流浪汉可能是文雅的或者粗野的，精明的或者痴憨的，勇敢的或者怯懦的；但不管怎样，他在心里总是个孩子，总生活在出生后的第一天，生活在世界历史开始之前，他的生活总是受很少几个简单的欲望和需要支配。他可能是聪明的，也可能是愚蠢的；他既可能深知一切生命之脆弱和短暂，深知一切在茫茫宇宙中存身的生物之渺小和可怜，也可能懵懵懂懂，完全只知满足自己贪婪的肚腹的需要。他始终是财产拥有者和安居乐业者的对头和死敌，这种人恨他、鄙视他、害怕他，因为他们不愿被他提醒：存在是短暂的，所有的生命却在不断枯萎，在我们四周的宇宙里，充斥着冷酷无情的死亡。

流浪汉生活的幼稚单纯，它的母性倾向，它对法则与精神的格格不入，它的冒险轻生以及时刻处于死亡边缘等，都早已对歌尔德蒙的心灵产生深刻的影响。但尽管如此，他心中仍然存在灵性和意志，他仍然是位艺术家，而这个矛盾，就把他的生活变得更加丰富而艰难了。每一个人的生活都是通过分裂和矛盾才变得丰富多彩。没有陶醉纵乐，理性和明智何以存在；没有死神在背后窥视，感官的欢娱又有什么价值；没有两性之间永远还不清的孽债，又哪儿能产生爱？

夏季和秋季过去了，歌尔德蒙好不容易熬完寒冬，重新又迎来鸟语花香的令人陶醉的春天，时序更替快如飞梭，夏日高悬蓝天的骄阳，总是一眨眼便落了下去。如此年复一年，歌尔德蒙似乎忘记了世界上除去饥饿、爱情以及这不声不响的节令变化以外，还有别的东西；看起来，他已完全沉溺在母性原始的大欲世界里了。其实，每次在梦中，每次在休息时望着一道道鲜花盛开或者枯萎萧索的山谷而堕入沉思的当儿，他仍然充满彻悟，仍然是一位艺术家，仍然痛感着一种想以精神力量将这过一天算一天的无意义的生活改变和抛弃的渴望。

有一天，他碰见了一个同伴。自从与维克多那次你死我活的搏斗以后，他就一直在单独流浪。眼下这位不知怎么跟上了他，他甩了好长时间都摆脱不了。不过这一个同伴并非和维克多同一类型，而是位去过罗马的朝圣者，年纪轻轻的，身穿修士袍，头戴朝圣帽，名叫罗伯特，老家在波顿湖边上。此人是个手艺人的儿子，曾在圣伽鲁斯修道院念过书，少年时代就产生了去罗马朝圣的念头，年纪越大越是入迷，等到抓住一个机会便实行起来。他的父亲一死，他的愿望才得以实现，他本身是在父亲的工场里做细木匠的。老头儿刚一下葬，罗伯特就向母亲和妹妹宣布，现在任何事情也别想再拦住他去实现自己的夙愿，即动身前往罗马朝圣，以便补赎他自己和他父亲的罪过。两个女人叫苦连天没有用，破口大骂也没有用，罗伯特固执己见，未曾得到母亲的祝福，也不考虑两个女人日子是否过得下去，便在妹妹的怒骂声中走出了家门。促使他这么干的首先是对游荡的兴趣，其中也掺杂着某种表面上的虔诚，即是说想在宏伟的教堂和圣地待一待，尝尝参加弥撒、洗礼、葬仪、燃点圣香和圣蜡的滋味。他也会少许拉丁文，但不是想做学问，而是渴望在教堂穹顶的阴影中去嘀咕嘀咕，自我陶醉。小时候，他很热衷于当做弥撒的辅祭。歌尔德蒙并不怎么瞧得起他，但对他也还喜欢，觉得在狂热的迷恋漫游和向往异域方面，自己和他颇有些相似。罗伯特自称高高兴兴地离开了家，还真到过罗马，受到无数修道院和神父的殷勤款待，亲眼看到了许多名山大川和南国风光，在罗马的大小寺院和教堂中间感到身心舒畅，听了数百次弥撒，在最神圣的地方做过祷告，领过圣餐，吸进的圣香之多，已经超过了赎补他年轻人的小小罪过以及他父亲罪孽的需要。他在外流浪已一年多；当他终于返回故乡，踏进家门的时候，家人对他却不像迎接一个归来的游子似的亲热。原来妹妹已经垄断家中的义务和权利，在工场中雇用了一个勤快的伙计，嫁给了他，一个人把家庭和工场管理得井井有条，使归来的罗伯特没住两天便发现自己是多余的人，而且当他马上又声称要出走的时候，谁也不曾劝他留下。他呢，也并不难过，只求他母亲拿出一点点积蓄，重新做一套朝圣服穿起来，便踏上新的旅程，漫无目的地横穿了整个德意志帝国，一半像流浪汉，一半像教士。他身上挂的朝参著名圣地的纪念铜牌和念珠叮叮当当响个不停。

他初次碰见歌尔德蒙时两人只同行了一天，相互交换了一些流浪的见闻，到下一个小镇便走散了。后来他又不止一次遇见歌尔德蒙，终于完全留在他身边，成了他一名相处得不错的不辞劳苦的旅伴。他很喜欢歌尔德蒙，常常献一些小殷勤讨好他，他钦佩歌尔德蒙的学识、勇敢和智慧，热爱他的健康、力量和诚恳。两人渐渐彼此习惯了，因为歌尔德蒙为人也挺豁达的。只有一个怪癖，就是当他堕入忧郁和沉思时，他总是固执得一声不吭，目光茫然，旁若无人，在这种情况下，他就不容谁去找他唠叨，或者问这问那，或者对他进行安慰，而必须听其自然让他爱沉默多久就沉默多久。罗伯特很快便学会了这样做。后来，他发现歌尔德蒙能背出一大堆拉丁文诗和圣歌，在一座教堂的大门口听他讲解了那些石像的来历，亲眼看见他用一截赭石寥寥几笔就在他们靠着休息的白墙上画出一些真人大小的人物像，打这时起，他更把自己的伙伴视为上帝的宠儿，甚至几乎当他是一个魔术师。至于歌尔德蒙还是妇女的宠儿，只需做一个媚眼和微微一笑便能征服她们中的某些人，罗伯特也同样看在心里，这一点他不那么喜欢，但却不得不佩服。

　　有一天，他俩的旅程意外地给人打断了。其时他们正走近一座村庄，冷不防迎面碰上一群用棍棍棒棒以及连枷杆武装起来的农民，为首的一个远远地喝住他俩，命令他们随即向后转，永远滚出这个地区见魔鬼去，否则就要揍死他们。歌尔德蒙停下来想问个究竟，一块石头已经砸着他的胸部。他扭头一瞧，罗伯特已经没命地逃跑了。农民们一步步逼上来，歌尔德蒙别无他法，只好慢慢去追赶逃得无踪无影的同伴。在田野中间的一具耶稣受难十字架下，罗伯特浑身哆嗦地等着他。

　　"你跑得真够好样儿的，"歌尔德蒙笑着说，"可这些脏家伙的蠢脑瓜里到底怎么啦？打仗么？干吗用武装守卫自己的窝，不放人进去？我真想不通在搞什么鬼名堂！"

　　他俩谁也闹不清楚。直到第二天早上，他们在一座孤零零的农庄里经历了一些事件以后，才开始猜出这个谜。农庄里有一所茅屋、一个厩舍、一间仓库，周围是一片野草齐腰的绿色庄稼地，果树相当多，然而异常寂静，一切都像睡着了似的：没有话语声，没有脚步声，没有小孩啼哭声，没有锤击镰刀使之锋利的声音，什么也听不见；只有田地中间站着一头母牛在吃草，不时地发出两声哞叫，看样子早该有人去挤它的奶了。两人走到住屋前，敲了敲门，没得到回音；又走进厩舍去，厩舍也敞开着，里边空空如也；再走向仓库，只见麦草盖的房顶上鲜绿的苔藓在阳光下发亮，房中却连鬼影也没有。两人又朝住屋走去，踏进荒芜的前院，用拳头再一次捶门，仍然没人应声。歌尔德蒙试图自己开门，却惊讶地发现门压根儿未锁死，轻轻往里一推便开了，他于是走进黑沉沉的房间里面。"喂，我说屋里有人吗？"他大声嚷着，可是仍然鸦雀无声。罗伯特留在门外，歌尔德蒙继续好奇地往里钻。屋子里气味很难闻，散发着一股令人恶心的奇臭。灶孔里积满了灰烬，他往里吹吹，最底下的木炭上居然还冒出一点点火星来。这当儿，在光线朦胧的灶台背后，他看见一个人坐着。那人正坐在一把圈椅里睡觉哩，看样子是一位老太太。叫喊不起作用，这所房子好像中了魔似的。歌尔德蒙亲切地拍了拍那位坐着的老太太的肩，她还是一动不动；到这会儿他才发现，老婆子原来坐在一张蛛网里，蛛丝的一端附在她的头发里，一端缠在她的膝盖上。"她死啦。"歌尔德蒙想，心中微微感到有些恐惧；为了把事情弄个水落石出，他便去灶孔前掏开死灰，往里吹气，直到余烬吐出火苗儿，点燃一根长长的木条。他照了照坐着的那老婆子的脸，只见她灰白的头发底下面色铁青，一只眼睛瞪着，茫然无光，凝滞不动。这个女人就如此坐在椅子里死了。哎哟，有什么办法呢。

歌尔德蒙擎着照明的木条，继续进行搜索，发现在同一间房间里，在通往里屋的门口，又躺着一具尸体，一个约莫八九岁的男孩，脸孔肿胀而扭曲，只穿着一身内衣。男孩的肚子朝下趴在门槛上，两手拼命地握成拳状。这是第二个了，歌尔德蒙暗自思忖；他像在做一个噩梦似的再往前走，进了里屋。这儿板窗都大开着，日光照射进来，显得很明亮。他小心翼翼地熄了火把，用脚在地上将火星踏灭。

里屋中摆着三张床。一张是空的，麻布床单下露出了铺草。

第二张床上躺着一个人，一个大胡子汉子，面朝天僵卧着，脑袋死劲儿往后仰，下巴根上的胡子翘得很高，想必是当家的农民。他深陷的脸颊泛着死灰色的光，一条胳臂从床沿垂到地上，那儿翻倒着一个陶罐，水已从罐中流出来，在地上还不曾完全渗掉，而是流到了一个木盆面前，盆里还剩有一些水。在第三张床上，浑身上下紧紧裹着麻布和粗毛毯，躺着一个结实高大的女人，脸埋在床单里，麦秸似的又粗又黄的头发在日光中闪闪发亮。在她旁边，与她紧紧搂在一起，躺着个刚发育的女孩，一样麦秸似的黄头发，脸上青一块灰一块，像是给缠在乱糟糟的麻布里憋死了的。

歌尔德蒙把几具死尸挨个瞅了一遍。那个姑娘的脸虽然完全变了形，却仍流露出对死亡的无可奈何的恐惧。在她那把脸深深埋进被单的母亲的脖子和头发上，却可看出愤怒、恐怖和狂热的求生欲。尤其是那不服管束的头发，看来怎么也不肯向死神屈服。至于农民的面孔，则表现着抗争与强忍着的痛楚；看起来，他死时很难受，但却很有男子气概，下巴的胡子冲天空高高地、倔强地翘着，活像一名壮烈牺牲的战士。他这个舒展的、克制的、倔强而凝滞不动的姿态，真能引起某种美感，显然，一个如此迎接死亡的人不会是个胆小鬼。但更令人感动的，却是那个以肚子趴在门槛上的男孩的尸体，他脸上毫无表情，俯卧的姿态和紧握的小拳头却意味深长：无可奈何的悲哀，忍无可忍的疼痛。在他脑袋旁边的门上，锯了一个供猫进出的洞。歌尔德蒙仔细地察看着一切。在这座房子里，气氛无疑相当恐怖，而且一股尸臭令人恶心；尽管如此，一切却对歌尔德蒙有着深深的吸引力，仿佛充溢着伟大的命运的启示，它如此真实，如此具体，其中甚至包含着某些能赢得他的爱、能使他铭记在心的东西。

这时罗伯特在门外已等得不耐烦和担心起来，开始大声唤他。歌尔德蒙是喜欢罗伯特的，但在此刻却不能不想到，像他这么个胆小、好奇、孩子气十足的活人，与那些死者相比是何等渺小和可怜啊。他没有回答罗伯特，反而专心致志地观察着那些尸体，心情就像一个艺术家，既怀着真诚的同情，又保持着鉴赏的冷静。他仔仔细细看了那些躺着的形象和那个坐着的形象，研究了他们的头、手以及身躯的姿态。在这座中了魔的房子里有多安静啊！在这所怪宅中，气味又是多么难闻啊！在这小小的人类的栖身之所内，灶孔里仍有余烬延烧，屋内却遍布尸体，死亡窃据着每一个角落，整个显得多么阴森，多么凄凉啊！这些无声无息的人，不久脸上的肌肉便会脱落，老鼠便会啃噬他们的手指。别的人都在棺木和墓穴里，悄悄地、不露形迹地去完成自己最后一件可悲的任务，即腐烂和发臭；他们五个人却在自己家里，在关着门的房间中，在光天化日之下，肆无忌惮地、无遮无掩地、不知羞耻地腐化了。歌尔德蒙已见过一些死人，但还从未碰到过死神如此残酷无情地捉弄人的景象。他把这幅凄惨的画面深深记在心中。

罗伯特在门外的喊叫终于使他再也待不下去，他走出房来。

他那同伴怯生生地瞅着他。

"怎么啦？"罗伯特问，声音里充满着恐惧，"里边到底有没有人？啊，你干吗这么瞅着我？说呀！"

歌尔德蒙用冷冷的目光打量着他。

"自己进去瞧瞧呗，一所滑稽的房子。然后咱们去挤那头漂亮的母牛的奶。快去！"

罗伯特畏畏缩缩地跨进门，向着灶台摸过去，看见那个坐着的老太婆，发现是死人，便大叫一声，仓皇逃出门来，眼睛鼓得像鸡蛋那么大。

"天啊！灶前坐——坐个死老婆子！怎么回事？屋里竟——竟没一个人？干吗不——不葬了她？啊，天啊，已经发臭了哟！"

歌尔德蒙淡然一笑。

"你是位大英雄，罗伯特，只可惜往回跑得太快了点。一个死人这么坐在椅子里，确实是个不平凡的景象。可你要是再往里走几步，你还能看见更加不平凡得多的情况呐。一共五个，罗伯特。床上躺着三个，门槛上趴着个小男孩，也都死了。一家大小全死绝了，所以奶牛才没人挤了啊。"

同伴傻愣愣地望着他，过了一会儿突然用快窒息的嗓音叫了起来："噢，噢，现在我明白了，昨天那些农民干吗不放咱们进村去。啊，上帝啊，现在我一切全明白了。鼠疫！凭我可怜的灵魂起誓，鼠疫，歌尔德蒙！而你在里边待了那么久，没准儿还摸过死人吧！走开，你，别靠近我，你肯定给传染上啦。我很遗憾，歌尔德蒙，但我不得不走，我不能留在你身边。"

他已拔腿想跑，不想朝圣服早被拽住。歌尔德蒙以谴责的目光逼视着他，牢牢抓住他的衣服，他怎么挣扎反抗也无济于事。

"小伙计，"歌尔德蒙用和气而讥诮的声调说，"想不到你倒挺机灵哩。看样子你是对的。喏，到下一个农庄或村子里咱们就知道啦。很可能这个地区真在闹鼠疫。咱们可以瞧瞧，看能不能平安无事地闯过去。但你想溜却不成，小老弟。你看，我是个慈悲为怀的人，心肠有多软；当我想到，你可能已在里边受了传染，让你一跑说不定会在荒野里的什么地方倒下，一个人孤零零地等死，没谁来合上你的眼皮，给你掘个墓坑，往你身上撒土——不，亲爱的朋友，要这样我会难过死了的。我说啊，你可得注意听并且好好记住，我说过一遍绝不说第二遍：咱俩处于同样的危险中，倒霉的可能是你，也可能是我。还是让咱俩待在一块儿吧，要么一道死，要么一道生，逃出这诅咒的瘟疫区。要是你将来病了，死了，我就会安葬你，这难道不值得？要是该死的是我，那你尽可以自便，安葬我也好，径直溜掉也好，我反正无所谓。然而在这之前，亲爱的，不能逃走，记住！咱们将互相需要。好啦，别啰唆，我什么也不想听。喏，去厩舍里找个铁桶来，咱们该挤奶牛啦。"

事情果真如此办了。从这时起，歌尔德蒙怎么吩咐，罗伯特就怎么做，两人过得挺不错。罗伯特也再没企图逃走，只是解释说："我有一会儿工夫很怕你。当你从死人的屋子出来时，脸色真叫我不愿看。我想，你肯定传染上鼠疫啦。不过，可能不是鼠疫；但尽管这样，你的脸色还是变了的。真有那么可怕吗，你在里边看见的事？"

"一点也不可怕，"歌尔德蒙毫不迟疑地回答，"我在里边看见的，是你和我以及所有的人都将会发生的事情，即使咱们并不患鼠疫。"

他们继续往前走，马上就到处碰着在当地肆虐的黑死病。有的村子不准任何外人进入，另一些村子他们则可在大街小巷任意穿行。许多农庄被弃置不顾了，陈尸遍野，或腐烂在房间里，没人去掩埋。圈里的母牛有的因奶胀了，有的因为饿，都在哞哞叫。其他牲畜便在庄稼地里野窜。他们挤了几头奶牛和奶羊，给它们丢了点草料；他们宰了几只小山羊和小猪，拿到树林边烤熟，一边啃，一边喝从那些没有主人的地窖里搬来的葡萄酒和果子酒。他们日子过得挺自在，要什么就有什么，只不过心里总不是滋味儿。尤其罗伯特，时刻担心被传染，一见死人就恶心，常常吓得失魂落魄，他总怀疑自己已经有病，不停地把脑袋和双手伸在他们露宿的篝火上让烟熏（这在当时被认为是有效的治疗方法），甚至睡梦中也在自己身上瞎摸，看他的腿、胳膊、腋下是不是已发疮疹。

歌尔德蒙经常骂他，嘲讽他。他没有罗伯特式的恐惧，也不感恶心，他怀着紧张和阴郁的心情，穿行在死亡的国度里，精神完全集中在观察这浩劫的景象上，灵魂充满深秋般的惆怅，耳畔唯听见沉郁的死之歌。偶尔，永恒的母亲的形象又显现在他眼前，一个长着美杜莎①怪眼的苍白巨脸，凝重的笑意里满含痛苦与死亡的神气。

有一天，他俩抵达一座小城。城外好像防护得很严，从城门口起，围着城墙加筑了一道有房屋高的护垣，奇怪的只是上边一个守卫也没站，洞开的城门下不见一个人影。罗伯特不愿意进城，恳求他的同伴也别这么做。说话间，只听得一阵钟声响起，从城门里踱出一个神父来；他手捧一具十字架，身后跟着三辆运货车，两辆由马拉着，一辆由牛拉着，全都装着垒得高高的尸体。一群穿着异样的长袍、脸紧紧裹在头罩里的兵役，在车旁赶着牲口。罗伯特脸色铁青，精神恍惚；歌尔德蒙跟在运尸车后，保持一段小小的距离，走了约莫二三百步光景，所到的地方并非公墓，而是在旷野中掘的一个坑，深不过二尺，却大得如一间厅

---

① 美杜莎是希腊神话中名叫戈耳工的三女妖之一，谁直接看见她的面孔和目光就会变成石头。

堂。歌尔德蒙停住脚,只见兵役们用木棍和船上的钩竿把尸体拖下来,堆在大坑中,然后神父口中念念有词,举起十字架来在尸堆上晃了两晃便退到一旁,兵役们再围着尸堆点起熊熊大火,火一旺各自就默默无声地往城里走去,谁也顾不到去用土把尸坑填起来。歌尔德蒙定睛看去,大坑里可能有五十具或者更多的尸体,重重叠叠,赤身露体,这儿突兀地翘起一条腿,那儿僵直地伸出条胳膊,一块破衣片在风中轻轻飘动,景象煞是凄惨。

歌尔德蒙回到原处,罗伯特差点儿没跪到地上哀求他赶快离开。罗伯特这样做看来是有理由的,他在歌尔德蒙茫然的目光中,又发现了那种他十分熟悉的专注凝滞、如醉如痴和灵魂出窍的神气。他没能制止住他的朋友。歌尔德蒙独自进城去了。

他穿过无人把守的城门,听见自己的脚步在石铺路面上发出的响声,头脑中就浮现出他漫游过的许多小城及其各不相同的城门的景象来,耳畔又听见经常在城门口迎着他的孩子们的嚷叫声、儿童的嬉戏声、妇女的吵骂声、铁匠铺里叮叮当当的榔头声、辚辚的车轮声,以及其他各式各样的声响,有的粗噪,有的悦耳,乱糟糟地混在一起,织成了一面声音的网,包容着人们形形色色的劳作、乐趣、事业和交往。眼下这个空洞洞的城门和门内那冷清清的街道呢,却静悄悄的,没有一声欢笑,没有一声呼喊,空气也凝滞了似的一片死寂;而正因为如此,城里还汩汩唱着歌的泉水就显得声音很大,简直震人耳鼓。在一扇敞开着的窗户里面,可以看见在各式各样的长面包和面包卷之间坐着一个面包师。歌尔德蒙指指面包卷,面包师就用长柄铲子小心翼翼地递了一个出来,并等着歌尔德蒙把钱放在铲子上。当陌生人并不付钱,一边咬面包一边就径直离去的时候,他只愤愤地关上自己的小窗,没有破口大骂。在一所华丽的邸宅的窗前,摆着一排瓦钵,从前里边想必都鲜花盛开,如今只在枯茎上耷拉着几片败叶。从另一所宅子里,传出来小孩子的哭泣声和呼叫声。可想不到,在邻近一条街的一处二楼的窗户背后,歌尔德蒙竟看见站着一位漂亮的姑娘,在那儿梳头。他仰望着她,直到她发现后也低下头来,脸红红地把他瞅着,他趁机冲她亲切地微微一笑,只见她那绯红的脸庞儿上也慢慢地、微弱地,漾开一脉笑意。"快梳好了吧?"歌尔德蒙仰着脸大声问。她笑吟吟地从窗孔中探出鲜艳的脸来。

"还没生病?"他又问;她摇了摇头。"那么,跟我一块儿离开这座死人的城市吧,咱们到森林中去过好日子。"

她眼神中带着疑问。

"别考虑来考虑去,我说的是真话,"歌尔德蒙高声说道,"你是住在父母家里,还是给别人当女佣?原来是给别人当女佣。那马上来吧,亲爱的,让那些上了年纪的人去死,咱们还年轻健康,还想好好地活一阵子咧。来呀,褐发的美人儿,我不骗你。"

姑娘审视着他,迟疑不决,露出一脸惊讶的神色。他慢慢向前踱去,穿过一条无人的街道,接着又穿过一条无人的街道,然后又慢慢踱了回来。抬眼一望,姑娘仍站在窗前,向外探出身子,见他回来非常高兴。她向他挥挥手,他慢慢走去,她马上便追上来,还不到城门口,她已赶上他,手中提着一个小衣包,头上裹着一条红头巾。

"你叫什么名字?"他问姑娘。

"莱娜。我跟你一块儿走。啊,这城里太可怕啦,人都快死绝了。离开吧！离开吧！"

在离城门不远的地方，蹲着垂头丧气的罗伯特。看见歌尔德蒙走来，他一跃而起，等到发现还有个姑娘，便张大了眼睛。这一次他没有马上屈服，而是连声抱怨，又跳又闹。从鼠疫窝里带一个人出来，而且竟指望他罗伯特容忍她在身边，这不是发精神病吗？这不是存心试探上帝吗？不，他死也不和歌尔德蒙再待在一起，他的忍耐现在已经到了头！

歌尔德蒙任他一个劲儿诅咒、抱怨，直到他不怎么吭声了才说："哼，你对我们啰唆得够多啦。你现在该和我们一块儿走，而且应为能有这么个漂亮姑娘做伴感到高兴才是。她叫莱娜，以后将待在我身边。可我也想让你高兴高兴，罗伯特，告诉你，我们现在打算安静而健康地生活一段时间，避开这些鼠疫窝。我们可以找一块有空屋子的干净地方，或者自己搭一所房子，然后我和莱娜准备做主人和主妇，你就算我们的朋友，和我们住在一起。让我们舒舒服服、和和睦睦地过一些日子，你觉得怎么样？"

噢，噢，罗伯特非常赞成。只要歌尔德蒙不要求他和莱娜握手，或者碰她衣服。

"不会，"歌尔德蒙说，"不会要求你这样做。甚至将严禁你哪怕用一个指头碰一碰莱娜。你可别异想天开喽！"

三人一块儿继续往前走，起初谁都不吭一声，随后莱娜开始讲起话来，说能重新看见天空、森林、草地真是高兴，那鼠疫猖獗的城里，情形可怕得难以形容。她述说着亲眼目睹的那些可悲而骇人的景象，心情倒轻松了一些。她还讲了几个悲惨的故事，那座小小的城市简直是座人间地狱啊。她讲：城里原有的两个医生中死了一个，剩下的那个只去给有钱人看病；好些房子里都有死人躺着腐烂，没有人来运尸；运尸的兵役却在另一些人家趁火打劫，奸淫妇女，常常把还活着的病人从床上拖下来，跟死人一块儿扔到运尸车上，拖进坑里去烧。她可讲的惨事多着呐。两个同伴谁也不打断她的话，罗伯特听得既惊异，又好奇；歌尔德蒙则一言不发，十分沉静，他想让莱娜尽情述说自己所受的惊恐，心里舒畅一下。再说，他对那些事又有什么可说的呢？终于莱娜也累了，滔滔的话遂告中断。于是歌尔德蒙放慢脚步，轻声唱起歌来，唱的是一首有许多诗节的歌，每唱一节声音就越响，莱娜开始露出笑容，罗伯特听得津津有味儿，深为惊叹——过去他从未听歌尔德蒙唱过歌呢。他真是什么都会啊，这个歌尔德蒙！瞧他眼下一边走，一边唱，真是个怪家伙！他唱得有板有眼，悠扬悦耳，但嗓门并未完全放开。在唱第二首歌时，莱娜已经跟着轻轻地哼，不久也大声唱起来。天快要黑了，旷野前边远远地出现一片黑色的森林，森林背靠着一座不太高的青山，山色越往外越浓。他们的歌声时而愉快，时而庄严，前进的脚步也随之或慢或快。

"瞧你今儿真高兴啊。"罗伯特说。

"是的，我很高兴，我当然很高兴，找到了这么个漂亮爱人嘛。嗨，莱娜，那些运尸的丘八把你留给我，倒真不错。明天咱们就会有个小家，好好儿地过一过，为咱们的肉和骨头还乖乖儿地长在一起而庆贺庆贺。我说莱娜，你有没有在秋天的树林里见过那种肥大的菌子？这种菌子蜗牛很喜欢，人也能吃。"

"见过，"莱娜笑着回答，"见过许多次。"

"就跟你头发一样是褐色的，莱娜，气味也挺香。咱们还要唱首歌吗？或是你恐怕已经饿了吧？我背囊中还有些好吃的。"

第二天，他们找到了要找的东西。在一座小小的白桦林中，站着一所用粗树干建的小房，也许从前由伐木工人或猎户居住过。房里空无一物，门却锁着。罗伯特也认为这房子不错，是个干净的房子。途中他们碰见一些没人放牧的四处乱窜的山羊，便顺手牵了一头挺好看的母羊带上。

"喂，罗伯特，"歌尔德蒙说，"尽管你不是大木匠，却到底做过细木工。咱们要在这儿住下来，你必须给咱们的宫殿造一道间壁，把它分成两个房间，一间归我和莱娜住，一间归你和母羊住。吃的东西已经不多了，今天只得对付着喝羊奶，多也罢，少也罢。就是说，你得造间壁，我俩负责搭大家夜里睡觉的铺。明儿我再去找饲料。"

三人动手干起活儿来。歌尔德蒙和莱娜去找干树枝、羊齿草和苔藓来搭床，罗伯特便在一块石头上磨刀，准备砍小树造墙。然而一天功夫他完不成这个任务，夜里只好一个人露宿房外。歌尔德蒙发现莱娜是个小可人儿，羞羞答答的没有经验，爱得却异常热烈。他把她搂在胸前，听着她的心跳，在她早已疲倦和满足地睡着以后，还久久不能入眠。他嗅着她头发间的香味儿，把脸紧紧地偎上去，脑海里却出现那个大而浅的土坑，看见那些蒙着面的魔鬼把一车一车的尸体扔进去。生命是美好的，幸福美好而又短暂，青春美好却易于凋萎。

小房中的间壁造得很漂亮，收尾时三人一起动了手。罗伯特想显示一下自己的能耐，兴冲冲地讲要是有刨床、工具、角铁和钉子，他真想再做好多好多家具哩。可是，他除去一把刀跟一双手便什么也没有，就只能满足于砍下十来根桦树干，在屋中间建一道结实粗糙的隔栅。不过在两间小屋当中,他吩咐道,还必须用金雀花的枝条编出一个间壁。这需要时间,但大家一起动手,干起来也挺愉快。随后,莱娜去采草莓和看管母羊,歌尔德蒙则出发巡视住地周围的情势,搜索食物,看看有无邻居,同时捎带点这样那样回来。远远近近全无人烟,这使罗伯特很满意,如此一来既不怕传染鼠疫,也不怕有人袭击;可也有一个缺陷——吃的东西太少。附近有一座废弃的农舍,这次里边没有死尸,使歌尔德蒙禁不住提议放弃林中小木房,搬到那儿去住。罗伯特却不答应,连看到歌尔德蒙踏进那座空住宅也十分反感,歌尔德蒙从那儿捡回来的每一件家什都必须先熏过洗过,他才肯碰。歌尔德蒙能在那儿找到的东西不多,但总算有了两张矮凳、一个牛奶桶、几只瓦罐、一把斧头。后来有一天,他又在野地里抓到两只乱窜乱飞的鸡。莱娜深深爱着歌尔德蒙,感到很幸福,三人合力齐心建立自己的小小家园,看着它一天天更美好,也确是一件乐事。缺少的仅仅是面包,为了弥补这个缺陷,他们又养了一头羊,还找到一块长着萝卜的菜地。日子一天天过去,间壁已用金雀花条编好,床铺也调整得更舒适,并且砌了一眼灶。小溪离此不远,溪水又清又甜。大伙儿常常一边干活,一边唱歌。

一天,他们坐在一块儿喝羊奶,赞颂着自己安适的生活,莱娜却突然以梦呓般的口气说:"可是,冬天来到以后又会怎样呢?"

谁也没回答她。罗伯特笑了笑,歌尔德蒙样子奇怪地凝视着前方。莱娜渐渐看出,谁也没考虑冬天,谁也没想真正在这儿长期住下去,这个家并不是家,她已沦落到一群流浪汉中了。想到此,她垂下了头。

这当儿,歌尔德蒙开腔了,口气就像逗哄孩子似的:"你是个农家女儿,莱娜,事情想得很远。甭担心,等这瘟疫一过去,你就会重返家园,瘟疫总不致永远闹个没完嘛。然后你就可以去找你的父母和别的亲人,或者再进城当女仆,吃面包。可眼下呢,还是夏天,周围一带死人无处不在,只有这儿才安全,咱们不是过得挺惬意么。所以咱们待在这儿,高兴待得久就久些,高兴待得短就短些。"

"可往后呢?"莱娜激动地嚷道,"往后不就一切完了么?你一走,我又怎么办?"

歌尔德蒙一把抓住她的长辫子,轻轻拽了拽。

"傻丫头,"他说,"难道你已把那些运尸首的兵役忘了么,还有那些死气沉沉的房子,那个城外烧死人的大坑?你应该高兴,你没有躺在坑中,让雨淋你的小内衣。你应该想到,你逃出来了,四肢都还灵活有劲儿,还能够笑,还能够唱歌。"

莱娜仍然不高兴。

"我可不想再走了,"她哀哀地说,"也不愿放你走,不!一想起很快一切都会完结,一切都会过去,心里怎能不难过啊!"

歌尔德蒙又一次劝慰她,亲切的语气之中却已暗暗透露出威胁:"这个问题嘛,小莱娜,古来的圣贤们都绞尽脑汁。世上本无长久的幸福。你要对眼下咱们所有的一切还不心满意足,高高兴兴,那我马上一把火烧掉这房子,然后咱们各奔东西。好啦,莱娜,咱们别再谈下去吧。"

事情就此结束,莱娜屈服了;但在他们快乐的生活中,却已投下一道阴影。

……

第 二 编
德语民间文学精彩绝伦，举世无双！

导游者言

前边大家欣赏了抒情诗、Novelle以及少量长篇的精彩选段，大概不会不承认"德语文学也好看"这个事实了。其实，更好看、更有意思的还是德语的民间文学，德语民间文学可谓精彩绝伦，举世无双！

要证实我的话不假，只须看一看德语民间文学最著名、最富影响、也最具民族特色的格林兄弟的童话。作为一部民间童话集成，异常好看的格林童话堪称举世无双！须知，在世界文学大花园中，能与它争妍斗艳、相提并论的只有丹麦的《安徒生童话》，然而《安徒生童话》是作家创作的童话即艺术童话，而《格林童话》则是丰富多彩、流传广远、想象奇丽、脍炙人口的民间童话。

一

格林童话
——民间文学的杰出代表

童话大王格林兄弟

《格林童话》之所以代代流传,受到世界各国的孩子和家长喜爱,原因在于书里跳动着一颗纯朴、善良、美丽的心灵,它丰富、美化了一代代人的童年生活,把我们儿时的梦境装饰得更加色彩斑斓,奇幻迷人。

《格林童话》是雅各布·格林和威廉·格林兄弟俩收集整理的德国民间童话。当然,归根到底,《格林童话》也可以看为创作,只不过作者既不是它的收集整理者,更不是某位作家,而是千百万的人民群众,而是几百年来讲述它、聆听它,聆听后又再讲述它的一代代民众。直接称它为《格林童话》,而不用格林兄弟用过的《儿童和家庭童话集》这个题名,就表明世人高度评价他俩的贡献和功绩。

格林兄弟的童话收集整理工作始于1806年，全部完成和出版在1812年。也就是讲，《格林童话》诞生于19世纪初四分五裂、兵荒马乱的德国，产生和收集的地区则在靠近北德的黑森林和莱茵河一带，这样自然便带有浓重的民族色彩、时代色彩和地域色彩。

首先从内容讲《格林童话》的时代特色、民族特色和地域色彩：

自17世纪的"三十年战争"以后，德国分裂成了数以百计的小国小邦，其中势力较大的也多达36个。它们之间相互争斗，还不时地与周围的邻国争斗，使德国几百年间战火不断，一直充当欧洲的战场。因此在《格林童话》中东一个国家西一个国家，国王、王子、公主也就多得数不过来，王子公主落难、获救、成婚的例子不胜枚举。

除去士兵，故事中还经常出现手工艺人、农民、猎人和看林人，这些职业自然与当时的社会经济发展水平紧密相联。特别是说到德国的手艺人，他们有一个古老而特别的传统，就是出师以后都必须长时间外出漫游，在漫游途中讨生活，长见识，磨炼技艺，但也使他们经历许多危险，碰见许多奇事怪事。因此漫游途中的手艺人，特别是文弱而招人同情的小裁缝，就常常成为民间童话的主人公。

故事经常发生在黑黝黝的森林中和茫茫的原野上，有时也出现河流和湖泊，但却绝少提到大海，山呢则多为幻想出来的虽说不高却异常难爬的"玻璃山"。因为当时的德国也和现在一样，是个多森林和草原的内陆国。而在黑沉沉、阴森森的大树林里，在莽莽苍苍的大荒原上，有关精灵、女巫、强盗和饿狼的想象和故事自然便层出不穷（《亨塞尔与格莱特》《白雪公主》《小红帽》）。

德意志民族的优点是朴实、勤劳、忠诚、勇敢、善良，缺点是争胜斗勇，这些民族特性也时时处处表现在《格林童话》里。例如《傻大胆学害怕》以及不少的"傻子"故事，都生动地体现出德国人的上述优点和价值理想，而故事中的坏人往往受到极其严厉的惩罚，则是扬善惩恶的反映。顺便说一下，还有对公主、王子的崇拜，对后母和兄弟姐妹中的长者一律否定、抹黑等，同样也不可取。

再讲艺术方面，《格林童话》更多表现的是欧洲民间童话的共性。主要特点是单纯、明晰、稚拙，经常反复插入民歌、儿歌，因此十分符合儿童的心理特征，易于小读者们理解和欣赏。

是的，你只要翻开书来慢慢阅读，就一定会进入富有异国情调的、梦幻般的七彩世界。让我们先读几篇：

1. 滑稽、荒诞的

傻大胆学害怕

有位父亲养了两个儿子。大儿子聪明又伶俐，事事都能应付自如；小儿子却呆头傻脑，什么也不懂，什么也不学，难怪人家一见他都说："这个包袱只能他父亲背呀！"遇上什么事，总得大儿子去办；可要是天晚了，或者深更半夜父亲还叫他去取东西，而且又得穿过墓地或者其他阴森可怕的地方，他多半就会回答："啊，不，爸爸，我不去，我害怕哩！"他呀，确实会胆战心惊。有时，夜里围着火炉讲故事，当讲到令人毛骨悚然的地方，他经常会说："啊，真可怕！"小儿子呢，坐在屋角里，听见人讲"害怕"，却不明白是什么意思。"他们总说'我害怕！我害怕！'，我呢，就是从来不害怕。没准儿呢，这是一种本领，一种我完全不会的本领吧。"他心想。

终于有一天，父亲对他说："你待在角落里听好了，你已经长得又高又壮，也该学点本事挣钱吃饭啦。你瞧，你哥哥多能干；可你呢，真不中用！""嗨，爸，"小儿子回答，"我非常愿意学点本领。对了，要是可以，我很想学习害怕，我真是一点儿还不会害怕哩。"他哥听见这话笑了，心想：亲爱的主呵，我兄弟怎么是这么个傻瓜，他一辈子也甭想有出息。俗话说，钩子得早弯，成才看幼时嘛。父亲叹了一口气，回答小儿子说："你想学害怕就去学好了，不过靠它你是挣不来钱吃饭的。"

过了不久，教堂的执事来家访问，父亲向他诉苦，说他的小儿子糟糕透顶，什么也不会，什么也不学。"您想想，我问他将来打算靠什么挣钱吃饭，他竟要求去学习害怕！""如果别的没什么，"执事回答，"那他可以上我那儿学习去。只管送他来好了，我会打磨好他的。"

父亲挺满意，心想：这小子到底有治啦。于是，教堂执事把小儿子带回家，交给他打钟的任务。几天后的一个深夜，执事把他从床上叫起来，要他爬到钟楼上去打钟。"你小子该学会害怕啦。"执事想，同时偷偷赶到了他的前面。等小伙子爬上钟楼，转过身来正打算抓打钟的绳子，却看见楼梯上正对着传声口立着一个白色的人影。"谁在那儿？"他大声问。影子却不回答，一动也不动。"快回答，"小伙子吼道，"要不就滚开，深更半夜的这儿没你的事！"执事仍旧站着不动弹，想使小伙子相信他是个鬼怪。小伙子第二次吼:"你在这儿干吗?讲,要是你是个好东西;不讲,我摔你下楼去。"执事想:"不会这样严重吧。"因此仍旧一声不响地站着,活像一根石柱。小伙子又第三次冲他吼,还是没有用,就猛的一下蹿过去,把鬼怪推下了楼梯,他接连滚了十多级,才躺在墙角里不动了。小伙子打完钟回到房里,一句话不讲就上床继续睡觉。执事的太太左等右等,总不见丈夫回来,终于害怕了,就唤醒小伙子问他:"你知道我丈夫在哪儿吗?他在你前边上钟楼去了。""不知道,"小伙子回答,"只是在传声口对面的楼梯上站着个人影。因为他既不答话又不走开,我想一定是个坏家伙,就把他给推下去了。去看看是不是他呗。要是,我真抱歉。"

执事太太急忙跑去,发现丈夫正躺在墙角落里哎哟哎哟叫唤,他的一条腿摔折啦。他妻子把他背下钟楼,随后跑到小伙子的父亲面前大喊大叫:"你那小子闯了大祸!他把我丈夫从钟楼楼梯上往下扔,摔断了一条腿。把你这废物给我领回去吧!"父亲吓坏了,跑来大骂小伙子一顿:"你着了魔,怎么的,竟干出这等混账事!""爸,"小伙子回答,"先听我说,我一点儿没有错。他深更半夜站在那里,像个心里有鬼的坏蛋。我不知道是谁,一连三次警告他要么开腔,要么滚开。""唉,"父亲说,"有你在我只会倒霉。给我走得远远的吧,我不想再看见你。""好的,爸,我很愿意走,只是得等到天亮。天一亮我就离开家去学习害怕,将来也好有一种养活自己的本领。""你爱学什么学什么,"父亲说,"对我反正全一样。这儿有五十个银币,拿去闯荡世界吧,可别告诉任何人你从哪儿来的,你的父亲是谁。我真为你感到羞耻呀。""好的,爸,就照您说的办,如果再没别的要求,我是很容易办到的。"

天亮了,小伙子把五十个银币塞进口袋里,走出家门,上了大路。一路上,他口中不住地念叨着:"但愿我会害怕!但愿我会害怕!"迎面走来一个人,听见小伙子自言自语,就陪他走了一段,到了能看见绞架的地方,对他说:"瞧见啦?那儿有棵树,树旁有七个人和绳匠的闺女结了亲,正在学'荡秋千'哩。你坐到下边去等着夜晚到来,这样你准能学会害怕的。""如果没有别的要求,那好办。"小伙子回答,"我要真这么快学会了害怕,我这五十个银币就归你,明儿一早你可得再来呵。"说完,小伙子走到绞架前,坐在被绞死的人底下,等着夜晚来临。由于感到冷,他生起了一堆火。可是半夜里刮着寒风,他尽管有火烤仍旧不暖和。这时风吹得吊着的死人相互碰撞,荡来荡去,小伙子就想:嗨,你待在火堆旁还冷,难怪上边那几位要冻得荡来荡去。他心肠怪好的,搭起梯子爬到了绞架上,一个接一个地解开绳子,把七个人全放下了绞架。然后他架好柴,吹旺火,把他们抱来围着火堆坐成一圈,让他们暖和暖和。可死人们坐在那里一动不动,火烧着了他们的衣服。"喂,小心点,要不我把你们再挂上去。"小伙子说。可死鬼们不听他的,仍旧不哼不哈地让自己的破衣烂衫继续燃烧。这下子他真火了,道:"你们不当心,我没法再帮你们,我可不愿和你们一道被烧焦。"说着,又挨个儿把死鬼送上绞架。事完后,他坐到火堆旁,睡着了。第二天一早,那人来看他,想得他的五十银币,问他:"怎么样,现在知道什么是害怕了吧?""不知道,"他回答,"叫我打哪儿知道呢?上边那些家伙口都不开,蠢得让火把穿在身上的破烂也给烧焦了。"那人看出今天是甭想得那五十个银币了,一边离开,一边说:"这样的傻大胆我真还没碰见过。"

小伙子又上了路,重新开始自顾自地念叨:"唉,只要我会害怕就好啦!唉,只要我会害怕就好啦!"一个从背后赶上来的车夫听见了,问:"你是谁?""我不知道。"小伙子回答。车夫继续问:"你打哪儿来?""我不知道。""谁是你的父亲?""我不能告诉你。""你一个劲儿在嘀咕些什么?""唉,"小伙子回答说,"我想要害怕,可没谁能教会我。""别说蠢话啦!"车夫告诉他,"走,跟我去,看我给你找个住的地方。"小伙子跟着车夫,傍晚来到一家旅店,他俩打算在里边过夜。在进屋时,小伙子又大声念叨起来:"只要我会害怕就好啦!只要我会害怕就好啦!"店主听见笑起来,说:"要是你真有兴趣,这儿倒有的是机会。""唉,别扯啦,"店主太太说,"好些个冒失鬼已经送了命。一旦你那漂亮的眼睛再也看不到阳光,那是多么可悲又可惜啊!"小伙子却回答:"不管多么艰难,我都要学一学,就是为这个我才离家远行的啊。"

他缠住店主不放,直到店主告诉他,离此不远有一座魔宫,谁要是想尝一尝害怕是啥滋味儿,只要去那里面待三个晚上就够了。据说,国王答应把公主许配给敢于住进魔宫的人,而这位公主,无疑是天下最美的少女。在宫里,还藏着巨大的财富,由恶魔们守护着,勇敢者住进去,魔法就会破除,足以使一个穷光蛋变成大富翁。已经有许多人冒险进去了,但至今没见一个出来。第二天早上,小伙子来到国王面前,说:"要是您允许,我打算去魔宫里待三夜。"

国王看了看他,觉得小伙子挺不错,回答说:"你还可以请求带三件东西,但绝不能是有生命的。""那我就请求带进去一把火、一台车床和一座带刀的刨台。"小伙子说。

　　国王让他在白天把所要的东西全搬进魔宫去。天晚了，小伙子也住进来，在一间屋子里生起一大堆火，把带刀的刨台放在旁边，自己则坐到车床上。"唉，只要我会害怕就好啦！"他说，"看来，在这儿我还是学不会的。"快到半夜，他想把火堆拨得旺一点儿，可正当他使劲儿吹火的时候，突然从一个屋角传来叫声："噢——，喵——！咱们好冷好冷哟！""你们这些笨蛋！"小伙子大声道，"有什么好叫的？要真冷，就过来坐在火旁烤烤得啦。"他话音刚落，就一下子跳过来两只大黑猫，挨着他一边一只坐下来，还瞪大忽闪忽闪的眼睛盯着他。过了一会儿，它们烤暖和了，又说："伙计，咱们玩玩儿牌怎么样？""那敢情好！"小伙子回答，"不过嘛，先让我看看你们的爪子。"两畜生果真伸出脚爪来。"哎呀，"小伙子又说，"指甲好长啊！等一等，我先给你们修剪一下。"说着就捏住它们的脖子，把它们提上刨台，夹紧它们的脚爪。"我仔细观察了你们，失去了跟你们玩儿牌的兴趣。"他说。接着，他便将两只黑猫打死，扔进了水池里。他刚打发完它们回来坐在火边，从所有屋角落里又钻出来很多黑猫黑狗，身上全戴着烧红了的链子，而且越来越多，越来越多，搞得他几乎没有待的地方。畜生们怪叫着，逼近他的火堆，想要拖散它，弄灭它。小伙子先是冷眼旁观，等他感觉闹得太不像话了，就一把抓起刨刀来大声喝道："给我滚开，你们这帮混蛋！"同时，刀已经砍过去。一些猫狗迅速逃掉了，一些被他砍死，扔进了外边的水池中。他回房后重新吹旺火堆，暖和暖和身子。他这么坐着坐着，眼睛渐渐睁不开。他真的瞌睡来了。这时他回头一瞅，发现屋角立着张大床。"正好我用得着。"他说，并且立刻躺上去。谁知他刚要合眼，那床却开始自己移动起来，紧接着就像车子似的在整个宫中四处乱跑。"挺好挺好，"他说，"再加点油吧！"那床果真像驾了六匹马似的，飞快向前滚去，越过一道道门槛，在楼梯冲上冲下。猛然间轰隆隆一声巨响，床跑着跑着翻了个个儿，来了个底朝天，小伙子像是被压在了大山底下。可他却一下把被子枕头掀到天上，自个儿钻了出来，说："喏，谁还有兴趣谁就乘好啦。"说着便躺在火堆旁，一觉睡到了第二天。早上国王来，看见小伙子躺在地板上，以为是妖怪们已经结果了他，感叹说："这个英俊的青年死得真可惜啊！"小伙子听见了，坐起来说："还没这么严重。"国王又惊又喜，问他情况怎样。"蛮好蛮好，"他回答，"第一夜算是过去了，后两夜也会过去的。"

　　小伙子回到旅店，店主惊讶得瞪大了眼睛。"没想到还能见到活着的你，"他说，"这下你该学会害怕了吧？""没呐，"小伙子回答，"一切都白费力气！真有谁能告诉我怎么办就好了！"第二夜，他又走进古老的宫殿，坐在火堆旁唱他的老调："但愿我能学会害怕哟！但愿……"到了半夜，突然听见一片吵吵嚷嚷和乒乒乓乓的声音，先是轻轻的，接着越来越响，随后又安静了一点，临到头却随着一声大喊，从烟囱里跳下来半截人身子，一蹲蹲到了小伙子跟前。"啊哈！"他嚷起来，"还该有半截喽，这样子真不成话。"话刚出口，嘈杂声重新响起，随着一阵疯狂的咆哮和号叫，另外半截身子也落了下来。"等一等，"小伙子说，"让我先替你把火吹旺一点。"当他吹完火转过头来，发现两半截身子已合在一起，变成一个狰狞可怕的人，还把他的座位给占了。"咱们可没玩儿这个游戏，"他说，"这凳子是我的。"那可怕的家伙想挤开他,可小伙子哪里愿意,鼓足劲儿推开对方,重新坐在了自己的位子上。这一下便一个接着一个,从烟囱中掉下来更多的凶汉。他们带来九根骷髅腿和两颗骷髅头,往地上一竖就玩起地滚球来。小伙子一见也来了兴趣,问:"喂,我说,我也参加行吗?""行,要是你有钱。""钱有的是,"他回答,"不过你们的球不够圆。"说着他已抓起骷髅头,放到车床上打磨得滚圆的了。"好啦,现在它们会滚得更顺溜儿。啊哈!这才叫有趣哩!"小伙子跟着一块儿玩,输掉了一点儿钱。可是钟一敲十二点,眼前的一切全消失了。他躺下后睡得很安稳。第二天早上国王来看动静。"这一夜你过得怎么样?"他问。"我玩儿了地滚球,"小伙子回答,"输掉了几个银耗子。""难道你就不害怕吗?"国王问。"什么呀!"他说,"我玩得挺开心。我要知道什么是害怕就好啰!"

第三夜,他又坐在他的凳子上,很不耐烦地念叨:"只要我会害怕就好啦!"深夜里,走进来六个巨人,抬着一口棺材。他一见道:"哈哈,准是我几天前死掉的那个表弟。"边说边伸出食指招一招,并且喊:"表弟,过来过来!"巨人们把棺材放到地上,他便走过去揭开盖子,只见里边躺着一具死尸。他摸了摸尸体的脸,已经冷得像冰。"等一等,"他说,"我给你暖和暖和。"说着走到火堆旁去烤了烤手,然后又用手去摸死尸的脸,死尸仍然冰冷。他干脆把他抱出来,自己坐在火堆旁,让尸体靠在自己怀中,并且给他摩擦手臂,想使他血液重新流动起来。等发现一切都没有用,他又想起如果两人同睡一张床,没准儿都会暖和起来,就把尸体抱到床上,盖好被子,然后自己躺在旁边。过了一会儿死人也真暖和了,开始动起来。于是小伙子说:"你瞧，表弟，我这不把你偎暖了吗？"死尸却一跃而起，叫道："现在我要掐死你。""什么！"他说，"你就这样感谢我吗？我马上叫你回棺材去！"说着举起死尸，扔进棺材，盖紧盖子。那六个巨人又走进来，把棺材重新抬走了。"我还是没害怕，"小伙子说，"在这儿我一辈子也别想学会害怕啦。"这时走进来一个人，比刚才所有那些人还要高大，样子也十分可怕，只不过他已经老了，长着长长的白胡子。"喂，你这个小家伙，"他吼道，"我要叫你马上学会害怕，因为你死到临头了。""没这么快，"小伙子回答，"如果我真要死，我自己也得出把力。""我这就逮住你。"老怪物说。"慢一点，慢一点，别吹牛皮。我也和你一样有力气，没准儿力气还更大哩。""那咱们瞧瞧好了，"老巨人说，"要是你力气比我大，我就放你走。来，咱俩比试比试。"说完，他带领小伙子穿过一些黑暗的通道，来到一座铁匠炉前，举起一把斧头，猛的一击把铁砧砸进了地里。"我会比你干得更好些。"小伙子边说边走到另一个铁砧前。老头子也走到旁边去看，白胡子拖了下来。小伙子抓起斧头，一下劈开铁砧，把老家伙的胡子夹在了中间。"这下我逮住你了，"小伙子说，"死到临头的是你不是我。"说着便抓起一根铁棍，朝老家伙一阵乱打，打得他嗷嗷直叫，他恳求小伙子住手，说愿意送给他巨大的财富。小伙子拔出斧头放了他。他领着小伙子回到宫里，指点他找到了一个地窖中的三箱黄金，对他说："一箱分给穷人们，另一箱归国王，第三箱是你的。"这时钟敲十二下，老妖怪不见了，剩下小伙子一个人站在黑暗中。"我会自己找路出去的。"他说，边说边在四周摸索，真找到了回房间的路。在房里的火堆旁边，他又睡着了。第二天早上国王来问:"你终于学会害怕了吧?""没有,"他回答,"害怕究竟是什么呢?我死去了的表弟来过,还来了一个白胡子老头儿,让我去下边看了金子。可谁都没告诉我,害怕是什么。"国王听了说:"你使宫殿解除了魔法,应该娶我的女儿。""那可太好啦,"他回答说,"可我仍旧不明白什么是害怕哩。"金子被取了出来,婚礼也举行了。年轻的驸马尽管非常爱他的妻子,非常快乐幸福,却老还在说:"要是我会害怕就好喽!要是我会害怕就好喽!"终于他的妻子听得不耐烦起来。她的贴身侍女对她讲:"我愿意想个办法,准保叫他学会害怕。"说罢走到流经花园的小溪边上,让人帮助捉来了一满桶梭子鱼。半夜里,年轻的驸马睡着了,公主却猛地拽走他的被子,把一桶冷水和梭子鱼倒在他身上,小小的鱼儿在他全身乱跳乱蹦。他一下惊醒过来,大叫:"哎呀呀,真可怕,真可怕,亲爱的!是啊,这下我明白什么叫害怕啦!"

2. 奇幻、诗意的

白雪公主

寒冷的冬天,雪花像羽毛一样从天上飘落下来,一位王后坐在乌檀木框子的窗户前,做着针线。她一边缝着,一边望着空中飞舞的雪花,针一下子扎破了手指头,血流出来,滴了三滴在雪地里。血红红的,衬着白雪,格外美丽。王后于是想,要是我有个孩子,有个皮肤白得像雪、嘴唇红得像血、头发黑得像乌檀木的孩子,就好啦!过了不久,她生下一个女儿,果真皮肤雪白,嘴唇血红,头发像乌檀木一样黑油油的,因此她给孩子取名叫

"白雪"。可是,白雪公主生下不久,王后就去世了。

过了一年,国王娶了一位新王后。她是个漂亮女人,只不过又骄傲又自负,容不得任何人比她更美丽。她有一面魔镜,每当她走到魔镜前照一照,总要问:"镜子镜子,挂在墙上,全国上下,哪个女人最漂亮?"

镜子便回答:"王后娘娘,全国您最漂亮。"

王后心满意足,因为她知道,镜子讲的是真话。

可是,白雪公主慢慢长大了,而且越来越美,到七岁那年已美丽得如同晴朗的白昼,美得甚至超过了王后。一天,王后又问镜子:"镜子镜子,挂在墙上,全国上下,哪个女人最漂亮?"

镜子便回答:"王后娘娘,这里数您最漂亮,可公主是比您漂亮一千倍的姑娘。"

王后大吃一惊,忌妒得脸都青了。从此,一见白雪公主,她心里就怪难受,因此恨死了小姑娘。忌妒和骄傲像野草一样,在她心中越长越高,使她白天黑夜再没有安宁。于是,她叫来一个猎人,对他说:"把这孩子带进森林里去,我讨厌见到她。你得把她杀死,把她的肺和肝带回来当证据。"猎人遵命把白雪公主带进了森林,拔出猎刀来准备刺穿她纯洁无邪的心脏,白雪公主一下子哭起来,说:"亲爱的猎人啊,饶了我的命吧,我情愿跑进森林深处去,永远不再回来!"她生得那样的美,猎人对她产生了同情,说:"可怜的孩子,你就快跑吧!"他心想,野兽很快会吃掉她的;不过他无须再杀死她,心上仍像掉下了一块大石头似的。这时候,正好有只小野猪蹦蹦跳跳跑过来,他就一刀把它戳死,掏出它的肺和肝,带回去给王后当证据。厨子奉命把它们用盐烧好,随后给狠毒的妇人吃得干干净净。她还以为,她吃的真是白雪公主的肺和肝呐。

可怜的小姑娘一个人孤零零地留在大森林中，心里害怕极了。她瞅着各式各样的树叶，不知怎么办才好。突然她开始跑起来，跑过尖锐的石头，穿过带刺的灌木丛；野兽在她身边跳来跳去，却没给她一点伤害。她跑啊，跑啊，只要腿还动得了。她跑到天快黑的时候，突然发现一幢小屋，就进去休息。小屋内所有的东西都小小的，但却说不出的精致，说不出的整洁。一张铺着白台布的小桌儿，桌上摆着七只小盘子；每只盘里放着一把小勺儿，旁边还有七副小刀叉和七个小杯子。靠墙并排摆着七张小床，床上铺的被单雪白雪白。小公主又饿又渴，忍不住从每只盘子里吃了一点儿蔬菜和面包，从每个杯子里喝了一滴葡萄酒；要知道，她可不想把一只盘子和一个杯子的东西全吃光喝光啊。她太疲倦了，吃喝以后立刻躺在一张小床上。可是床都不合适，这张太窄，那张太短，直到第七张总算勉强可以，她才躺着不再动弹，让上帝带进了梦乡。

天全黑下来以后，小屋的主人回来了，他们是七个小矮人儿。为了找到矿石，他们每天去山里掘呀，挖呀。他们点着七盏小灯，小屋里一下子变得很明亮，这时他们发现家里来了生人，因为东西已不完全像他们离开时摆放的样子。

"谁坐过我的小椅子？"第一个小矮人说。

"谁吃过我小盘儿里的东西？"第二个说。

"谁把我的面包吃掉了一点儿？"第三个说。

"谁吃了一点儿我的蔬菜？"第四个说。

"谁用我的小叉子叉过？"第五个说。

"谁用我的小刀儿削过？"第六个说。

"谁喝过我杯子里的葡萄酒？"第七个说。

这时，第一个小矮人回头一看，发现他的床铺上陷下去了一块，又说："谁踩过我的小床？"其他小矮人也跑来，惊呼道："我的床也有谁躺过啦！"

可第七个小矮人一看自己的床，就看见了躺在上面的白雪公主。他一喊，其他小矮人全跑过来，用他们的七盏小灯照着白雪公主，发出惊讶的呼叫："哇，我的天！哇，我的天！多么漂亮的女孩啊！"他们高兴极了，不忍心唤醒她，便让她在床上继续睡觉。第七个小矮人因此和他的伙伴合睡，在每个床上睡一小时，这样过了一夜。

清晨，白雪公主醒来，看见七个小矮人吓了一跳。可是他们却和和气气，问她："你叫什么名字？""我叫白雪公主。"她回答。"你怎么到了我们的屋里？"小矮人们继续问。于是，小姑娘就讲了她的继母想害死她，猎人却饶了她的命，她一整天跑啊跑啊，最后发现了他们的小房子。小矮人们说："你要愿意替我们管家，替我们煮饭、铺床、洗衣服、缝衣服和织毛衣，把房间弄得整整齐齐、干干净净，你就可以留在我们这里，我们不会亏待你的。"

"好，"白雪公主回答，"我打心眼儿里愿意。"于是她就继续住在小矮人儿家中，替他们料理家务。每天早晨，他们进山去找铁和金子，晚上回家来，这时饭菜已经摆好。一整天，小姑娘都一个人在家，好心的小矮人们因此提醒她说："当心你的继母啊，她很快会知道你在这儿。可不能放任何人进来哟！"

王后呢，自以为吃了白雪公主的肺和肝以后就坚信，她又成了全国的第一大美人儿。她走到魔镜前，问："镜子镜子，挂在墙上,全国上下,哪个女人最漂亮?"

镜子便回答:"王后娘娘,这里数您最漂亮;可是白雪公主越过了山岗,住在七个小矮人家里,是比您漂亮一千倍的姑娘。"

王后大吃一惊,知道镜子不讲假话,就发现猎人把她骗了,白雪公主还活着。于是她想来想去,怎样让白雪公主死去呢?只要她还不是全国最美的女人,心里就不得安宁。她终于想出个好主意,往脸上涂抹了一些颜色,换上一身破衣服,装成个做小买卖的老太婆,叫人完全认不出来。王后就这样越过七座山,来到七个小矮人的屋子前,敲了敲门,喊道:"卖好东西喽!卖好东西喽!"白雪公主从窗口往外瞧,问:"您好,亲爱的老婆婆,您卖什么东西?""好东西喽,漂亮极啦,"老婆子回答,"扎头发的丝带,各种颜色全有。"说着,就掏出一卷用彩色丝线编织的带子来。

这位诚实的老太婆我可以放她进来,白雪公主想,就打开门,买下了那卷漂亮丝带。"孩子,"老婆子说,"瞧你这模样!过来,我好好替你扎一扎。"白雪公主毫无戒心,站到她面前,让她替自己扎上新发带。谁知老婆子飞快拴住她的脖子,紧得使白雪公主透不过气来,倒在地上像已经死去一样。"看你还是不是最漂亮的女人!"老婆子一边嘀咕,一边就急忙溜走了。

过了好久,到了吃晚饭的时间,七个小矮人走回家来,看见他们亲爱的白雪公主倒在地上,都吓得不得了。小姑娘一动不动,像是已经死了。小矮人儿抬起她来,发现她脖子上紧紧勒着根带子,赶快把它剪断。这样,小姑娘开始有了细微的呼吸,渐渐活了过来。小矮人儿们听她讲了事情的经过,同声说:"卖东西的老婆子不是别人,就是那个邪恶的王后!当心,我们不在的时候别放任何人进来。"

恶毒的妇人回到宫里,站在镜子前面问道:"镜子镜子,挂在墙上,全国上下,哪个女人最漂亮?"

镜子像上次一样回答:"王后娘娘,这里数您最漂亮;可是白雪公主越过了山岗,住在七个小矮人儿家里,是比您漂亮一千倍的姑娘。"

王后听了又急又怕,浑身的血液一起涌向心房。她明白,白雪公主又活过来了。"哼,"她说,"我会有办法要你的命的!"说着,她用巫术做了一把有毒的梳子。随后她又乔装打扮,变成另外一个老婆子。她爬过七座山,来到七个小矮人的小屋前,敲着门喊道:"卖好东西啰!卖好东西啰!"白雪公主从窗口往外望了望,说:"走你的吧!我不能放任何人进来。""你看看总可以吧?"老婆子说着取出有毒的梳子,高高举起。

白雪公主很喜欢这把梳子,于是又上了当,开门放老婆子进屋去了。买卖谈好以后,老婆子说:"现在让我给你好好梳梳头吧。"可怜的白雪公主毫无心眼儿,同意了老太婆的建议。梳子刚一插进她的头发,毒性便发作了,姑娘立刻倒在地上不省人事。"你这位美人儿,这下倒霉了吧!"恶毒的老婆子说完便逃走了。幸好天很快黑下来了,七个小矮人儿回到家里,一看白雪公主像死了一样倒在地上,立刻就猜到是她的继母干的。他们找到了有毒的梳子,刚把它从头上拔下来,白雪公主便恢复知觉,给他们讲了白天发生的事。他们再一次劝告她要有警惕,别给任何人开门。

在宫里,王后又走到魔镜前,问:"镜子镜子,挂在墙上,全国上下,哪个女人最漂亮?"

镜子仍然回答:"王后娘娘,这里数您最漂亮;可是白雪公主越过了山岗,住在七个小矮人儿家里,是比您漂亮一千倍的姑娘。"

王后听了魔镜的回答,气得浑身发抖。"我非叫白雪她死掉不可,哪怕为此赔掉我自己的性命!"她吼道,随即钻进一间任何人进不去的密室,做成了一只毒苹果。这只苹果看上去很美,白里透红就像美人的脸蛋儿,谁见了都会垂涎欲滴,可只要咬上一口就肯定会死去。苹果做成后,王后又在脸上涂了颜色,换了衣服,装扮成一个农妇,翻过七座山到了七个小矮人那里。她敲了敲门,白雪公主从窗口探出头来说:"我不能放任何人进来,七位小矮人不允许。""我无所谓,"农妇回答,"我的苹果已快卖完了。这儿,我送你一个。""不,"白雪公主回答,"他们不许我要人家任何东西。""你是怕有毒吧?"老婆子说,"瞧,我把它切成两半。红的一半你吃,白的一半我吃。"

可这苹果故意做得只是红的一半有毒。白雪公主盯着它好不喜欢,看见农妇吃掉了白的一半,就再也忍不住伸出手来,接过了有毒的一半。她刚咬一口,立刻倒在地上死了。王后目光凶残地打量着她,狂笑道:"好一个皮肤白得像雪,嘴唇红得像血,头发黑得像乌檀木的姑娘!这回那七个小矮子再也救不活你啦!"她一回到家就立刻问魔镜:"镜子镜子,挂在墙上,全国上下,哪个女人最漂亮?"

镜子终于回答:"王后娘娘,全国您最漂亮。"

这样,她那颗忌妒的心才勉强安定下来,但是,一颗忌妒的心是得不到真正的安宁的。

小矮人们晚上回到家,发现白雪公主躺在地上,嘴里不再有气息,已经死了。他们抬起她来,寻找是不是有毒药。解开了她头发的发带，梳理她的头发，用水和酒擦洗她的脸颊，可是全都没有用。可爱的小姑娘死了，永远地死了。小矮人们把她放在棺材里，七个人一块儿坐在她旁边，哭啊哭啊，哭了整整三天。三天后，他们想埋葬她，可发现她还像活人一般容光焕发，脸蛋儿红红的，非常漂亮。他们说："这样的孩子咱们不能埋进黑暗的地下！"于是做了一个透明的玻璃棺材，把她放进去后从四面都能看得见，还用金字拼写上她的名字，说明她是一位公主。然后他们把棺材搬到外面的山上，并且总是留下一个人在那儿守护着她。山林中的雀鸟也飞来哭白雪公主，先是一只猫头鹰，随后是一只乌鸦，最后是一只小鸽子。

白雪公主就这么在玻璃棺材中躺了好久好久，没有腐烂，而只是像睡着了的样子，皮肤仍旧雪白雪白，嘴唇仍旧血红血红，头发仍旧黑黑的像乌檀木。一天，一位王子进了森林，来到七个小矮人家里过夜。他看见了山上的棺材和棺材中美丽的白雪公主，读了写在上面的金字，就对小矮人们说："把棺材卖给我吧，你们要什么我都给。"小矮人却回答："即使给我们世界上所有的金子，我们也不卖呀。"王子又说："那就送给我吧，见不到白雪公主我活不下去，我会待她像自己最心爱的人，会珍惜她、敬重她。"

听他这么一说，善良的小矮人对王子产生了同情，把玻璃棺材送给他了。他立刻叫用人们把棺材扛在肩上，抬回宫去。谁知半道上用人们让一棵小树绊了一跤，猛地一震，那块白雪公主咽下去的毒苹果便从喉咙里掉出来了。不一会儿，她睁开眼睛，推开棺材盖，坐起身来，重新活过来了。

"啊，上帝，我在哪儿哟？"她喊出来。王子高兴极了，说："你在我身边！"接着他讲了发生的事，随后又说："我爱你胜过爱世界上的一切。跟我回我父王的宫里去吧，我要你做我的妻子。"白雪公主也喜欢王子，就跟着他去了。他们的婚礼安排得很盛大，很隆重。

白雪公主邪恶的继母也受到了邀请。她穿上美丽的衣服，走到魔镜前说："镜子镜子，挂在墙上，全国上下，哪个女人最漂亮？"

镜子回答："王后娘娘，这里数您最漂亮。可还有个比您美一千倍的新娘。"

恶毒的妇人狠狠咒骂了一句，非常吃惊，非常生气，气得差点儿没晕过去。一开始，她压根儿不想去参加婚礼，可是不看见年轻的新娘，又不得安宁，只好去了。一踏进大厅，她立刻认出了白雪公主，吓得呆呆地站着，一点儿动弹不得。这时候，早已放在炭火上烧得通红的铁鞋子用钳子夹过来，放在了她的跟前。她被迫穿上火红的铁鞋跳舞，一直跳到倒在地上死去。

笔者从事德语文学的译介已近半个世纪，为自己的译文写过无数的引言和译序，唯有给《格林童话全集》的是一首诗"代译序"，诗名《永远的温馨》，因为在我的心目中，在全世界亿万儿童和也曾为儿童的成人的心目中，《格林童话》原本就是一首长长的诗，一首无比奇妙而又温馨的诗。

* *永远的温馨*
——*《格林童话全集》译后记*

奇妙啊，这哥儿俩的小宝盒！

你听，孩子，听它给你唱
一支支婉转动人的歌——
歌唱勤劳善良，歌唱忠诚正直，
歌唱助人为乐的勇士，
为唤醒长睡不醒的女孩，
他一往无前，不怕挫折……

奇妙啊，这哥儿俩的小宝盒！
你瞧，孩子，瞧它的收藏
精美绝伦，五光十色——
闪光耀眼的水晶鞋，
自动上菜的小木桌，
巧克力蛋糕做成的林中小屋，
还有一把金钥匙哩，
它会帮你开智慧之锁！
你，我，他——你们和我们，
今天的孩子们和过去的孩子们，
一代又一代枕着这只小宝盒，
进入梦乡，进入幻想的天国，
变成美丽的公主、勇敢的王子，
变成聪明又机智的小裁缝，
变成害怕也得学的傻大个，
去环游世界，去历经坎坷，
去斗巨人，斗大灰狼，斗老妖婆！

即使在严寒的冬夜,
不慎落入食人者的凶窟,
多么的紧张,多么的恐怖!
可噩梦总会在曙光中消逝,
醒来,我们更爱身边的一切。
即使多少年过去了,
我们已成为老头儿老太婆,
每当想起善良的小矮人儿,
想起灰姑娘和白雪公主,
我们心中仍会感到温馨,
感到慰藉,充满欢乐——
多么幸运啊,这奇妙的小宝盒,
它曾经进入我的家庭!
它永远永远属于我!

毫无疑问,我和每个热爱《格林童话》的人一样,都无比珍惜属于自己家庭的这片温馨,藏在自己心里的这片温馨!所以便有了我两篇在网上广为传播的对玷污童话名著现象进行批评的檄文。作为园丁,我不能只种花不锄草,不灭害虫。而诸位游客,你们了解一下《格林童话》这棵秀木的现实状况和历史渊源,应该也不会没有意义。

二

丰富多彩的、好看异常的德语民间文学
——德语文学之根

享誉世界的《格林童话》只是德语民间文学最杰出的代表。自古以来，植根于德国民间、活跃于底层的文学传统，提供了采集的丰富素材，构成了德语民间文学产生的坚实物质基础。因此除了格林兄弟的《儿童与家庭童话集》，在德国诞生和传承下来的还有内容近似于格林童话的L.伯希斯坦《德国童话集》，还有《闵希豪森男爵历险记》《喜尔达市民的故事》和《厄伦斯俾格尔》等著名的民间笑话集和民间故事书，还有民间史诗《希尔德布朗特之歌》《尼伯龙根之歌》和《谷德隆之歌》，等等。

上述的民间文学集成不只本身具有很高的文学价值和审美价值，为广大民众喜闻乐见，广为流传，具有长久而强大的生命力，更重要的是给作家和艺术家的创作提供新鲜而充足的营养。要证明后面这点，最强有力的例证无疑是歌德的《浮士德》，因为这部伟大诗剧的情节素材，基本上都脱胎自16世纪便流传于民间的《浮士德博士的故事》。除了歌德的《浮士德》，还有德

国杰出歌剧作家里夏德·瓦格纳不少久演不衰的歌剧，都取材自民间传说和民间史诗，例如《尼伯龙根的指环》和《莱茵河的宝藏》，即与《尼伯龙根之歌》有着一脉相承的关系。

当然，光有掩藏于草根下的素材和基础，尚不足以产生精彩、经典的民间文学作品，还必须有合乎条件的发掘、采集、整理者，而他们的出现，就取决于原属精英阶层的文学界和学术界的状况，取决于他们的文学传统和价值观念。

从18世纪70年代的狂飙突进运动到浪漫派，德国的文学家们都十分重视、大力提倡发掘文学的民族传统，十分重视民歌、传说、童话等民间文学的搜集、整理工作。像狂飙突进时期的赫尔德和歌德，浪漫派的阿尔尼姆和布伦塔诺，全都身体力行，并有重大建树。赫尔德搜集的《民歌中各族人民的声音》和阿尔尼姆与布伦塔诺搜集的《男孩的奇异号角》这两部民歌集，以及其他浪漫派作家搜集整理古代民间史诗，都载入了史册。

具体举两个民间文学影响创作的小例子：

我们上一编已欣赏到歌德的《塞森海姆之歌》，那些情感真挚、清新可喜的抒情诗，全都是年轻的诗人在赫尔德鼓励下搜集和学习民歌的收获。特别是其中那朵常开不败、万人钟爱的《野玫瑰》，更是他在赫尔德处读过的一首古老民谣的改作——

少年看见玫瑰花，
原野里的小玫瑰，
那么鲜艳，那么美丽，
少年急忙跑上去，
看着玫瑰心欢喜。

玫瑰，玫瑰，红玫瑰，
原野里的小玫瑰。

少年说：我要摘掉你，
原野里的小玫瑰。
玫瑰说：我要刺痛你，
叫你永远记住我，
我可不愿受人欺。
玫瑰，玫瑰，红玫瑰，
原野里的小玫瑰。

轻狂的少年摘下了
原野里的小玫瑰。
玫瑰用刺来抗拒，
发出哀声和叹息，
可是仍得任人欺。
玫瑰，玫瑰，红玫瑰，
原野里的小玫瑰。

这首直接根据民歌改写成的诗，它表现了诗人在抛弃弗莉德里克后的深深内疚，格调却如此质朴、自然、清新，节奏如此明快、活泼和富于音乐性，加之在简单的情节中包含着真挚而深沉的情感，因而成了歌德抒情诗中的名篇杰作。后经舒伯特等著名音乐家谱成了上百种曲调，在世界各国广为传唱，至今仍是音乐会上的保留曲目。

流传广远、影响巨大堪与《野玫瑰》媲美，或者说尤有过之的是海涅的《罗蕾莱》：

不知道什么缘故，
我总是这么悲伤；
一个古老的故事，
它叫我没法遗忘。

空气清冷，暮色苍茫，
莱茵河静静流淌；
映着傍晚的余晖，
岩头在熠熠闪亮。

一位少女坐在岩顶，
美貌绝伦，魅力无双，
她梳着金色秀发，
金首饰闪闪发光。

她用金梳子梳头，
还一边把歌儿唱；
曲调是这样优美，
有摄人心魄的力量。

那小船里的船夫
心中蓦然痛楚难当；

他不看河中礁石,
只顾把岩头仰望。

我相信船夫和小船
终于被波浪吞噬;
是罗蕾莱用她的歌声
干下的好事。

  根据浪漫派作家搜集整理的民间传说,诗人海涅写成了这首脍炙人口的《罗蕾莱》。不管谁读过它,唱过舒伯特为它谱写的歌曲,也同样没法遗忘这浪漫、优美而又忧伤的故事,都会把金色夕晖中静静流淌的莱茵河,永远永远铭记在心里。游莱茵河观罗蕾莱于是成了每个访问德国的人的心愿。其实现实中的罗蕾莱只不过是突兀在莱茵河中的一堆不大的石岩,于白昼的阳光下看上去一点儿不浪漫,一点儿不神秘,不不不,甚至连美丽也说不上。殊不知就是海涅的一首《罗蕾莱》,使河中这块原本不起眼的礁石享有了长盛不衰的惊世美名,让世界各国的文艺爱好者都熟知它,恋慕、向往它,使旅游德国的人们无不趋之若鹜。这是为什么呀?我不禁问。

  是因为德国有丰富的民间文学和民间文学搜集整理者,有歌德、海涅这样善于从民间文学和民族文学传统汲取营养的浪漫诗人,有舒伯特这样杰出的作曲家!是他们的诗和歌,让罗蕾莱的传说不胫而走。他们用罗蕾莱的歌声和美貌,迷到的远远不只是莱茵河上的船夫,还迷醉了全世界。由此,我想到了文学和音乐巨大而不朽的魔力。

是啊，文艺的魔力永远不朽，只要人还没有彻底变成物，人心还没有完全变成石头，更何况石头经过诗人和音乐家的点化，也会变得有灵气、有情感呢！莱茵河中的罗蕾莱——岩石受诗歌和音乐点化的绝佳例子。

言归正传，作家、诗人受民间文学影响，从民间文学获得灵感和素材的例子，在德语文学中还有很多很多。众所周知，歌德伟大的诗剧《浮士德》脱胎自有关炼金术士和奇人浮士德博士的民间故事，里夏德·瓦格纳的许多著名歌剧都取材于德国民间史诗《尼伯龙根之歌》。还有歌德、席勒创作的大量叙事谣曲以及歌德的叙事长诗《列那狐》，也都是作家从民间文学汲取养料的显著例子。

一句话，民间文学是养育德语文学的土壤，是德语文学之根。民间文学传统坚实、丰厚和倍受重视的生态环境，造成了我们德语文学大花园的树木茁壮、绿草如茵、繁花似锦，一派令人赏心悦目的景象。

第 三 编
德语文学——最具代表性的典型的思想者文学

导游者言

称德语文学为思想者的文学，依据在于它主要的杰出作家往往以文学为工具或依托，对宇宙的奥秘、人生的意义、历史的演进、社会的公正等人类关心的大问题，做严肃而深入的思考和探索；因此，他们的作品常常于不甚集中、明朗和精彩的情节中，注入了深邃乃至冗长的哲理思辨，色调偏于沉郁。按照德语文学界自身的观点和评判标准，他们越是伟大的作家和作品，越是明显地表现出这种倾向，不，甚至可以说缺少了深刻的思想和思辨，在德国人眼中就干脆成不了第一流的文学家或文学作品。事实确乎如此，德语文学历来所公认的最杰出、伟大的作家，不管他们生活在哪一个时期、属于什么流派，不管是莱辛、歌德、席勒，还是海涅、毕希纳，不管是卡夫卡、里尔克，还是托马斯·曼、黑塞、布莱希特，或是伯尔、格拉斯，都无不在自己的作品里就人类关心的大问题进行了深入的思考，他们本身因此当得起思想家的称号。

让我们进一步追问，德语文学为什么有内涵深邃、富于思辨性这个特点呢？

一般的回答是：日耳曼民族是个爱好思索也善于思索的民族，具有爱好抽象思维和思辨的习性，所以这个民族才在历史上给人类贡献出了特别多的大哲学家和大音乐家。附带提一下，贝多芬等杰出作曲家的交响乐等大型乐曲，往往也具有抽象地、自成体系地进行哲学思辨的性质，是作曲家对诸如大自然、命运、正义、自由、革命、英雄主义这样一些重大问题进行深入思考的产物。

至于日耳曼民族为什么有这样的性格，说来比较复杂，也难以得出定论。略而言之，按照笔者个人的观察，这个民族之爱好思索和善于思索，大概可以归结出两个方面的原因。

首先，受人种遗传基因的内在影响，日耳曼人与意大利人、法兰西人生性活泼、浪漫热情的特点不同，先天便具有沉静、稳重、坚毅，以及立身行事认真严谨，思考问题穷根究底的气质和个性。这后一点，便是德国人至今仍然引以为自豪的所谓认真、彻底（Gründlichkeit），也可以说是"浮士德精神"的一个重要体现。

其次，除了内因即先天的因素，还有其所处人文、地理、社会环境以及民族和国家形成、发展的历史过程等后天的外在因素，对德意志民族养成爱好思辨的性格，同样发挥了重要影响。我们知道，在人类文明史上，日耳曼民族是个后来者，长期落后于生活在意大利、不列颠、法兰西和尼德兰、西班牙的诸民族，在近代更经历了特别漫长的封建统治和战乱、分裂之苦，想改变现状的努力又一次次地遭受挫折和失败。于是，在缺少阳光的天空下和索然寡味的生活中，人们便逃向内心，苦思冥索，以寻求对宇宙、人生、社会的种种疑问的解答，于是进一步强化了沉静内向、爱好思辨的民族性格，遇事总要想出个究竟。一句话，是漫长历史进程中曲折多难的集体经历、经验，造就了日耳曼民族勤于思索也善于思索和爱好思辨这一带有本质意义的品格特征。

由这样的民族性格和民族精神孕育和产生的德语文学特别是德国文学，自然先天便具有内涵深沉、博大、丰富的特点，便常常会充满对宇宙、人生、历史、社会问题严肃而深入的思考，因此而成为"思想者的文学"。

为阐明这个观点，最好的例证莫过于德语文学发展的第一个高潮，也即是它得以确立其在世界文学之林的地位的时期。这个时期，号称德意志民族的神圣罗马帝国已名存实亡，分裂成了数百个封建小邦国，其落后、腐朽直让恩格斯将德国比喻为了一个个"粪坑"，而本应成为推动社会发展变革力量的资产阶级却软弱无力，安于现状，就像一堆身处"粪坑"仍安安逸逸的蛆虫，以致整个社会似乎没了拨云见日的任何希望。就是在这样黑暗而无望的环境中，在这个沉重得不能再沉重的历史时刻，德国却诞生了一大批有史以来最杰出的思想家，他们的主要代表在哲学界是康德、黑格尔，在音乐界是莫扎特、贝多芬，在文学界是莱辛、歌德、席勒。其中特别是歌德，他集诗人、戏剧家、小说家、自然科学研究者、艺术家和美学家、哲人于一身，本质上却是一位杰出的思想家，因此成了整个德国精神与文化最重要的代表，被恩格斯誉为"最伟大的德国人"。也因为如此，1770年至1830年也就是德语文学发展的第一个高潮时期，让后来的学者们称作了"歌德时代"。

一

歌德时代的思想者文学

歌德时代的德意志文学艺术、精神文化的星空可谓光芒四射，星汉灿烂，像围绕着北斗似的聚集在歌德周围的，是德国、欧洲乃至人类思想史上众多名垂千古的文艺、科学和思想界的巨人。可是，这歌德时代及其巨星、伟人，他们可都不是突然间横空出世，而是在前人奠定的思想文化基础之上才得以诞生和出现的。这样的奠基者，哲学方面可以列举出黑格尔、康德之前的费希特、莱布尼茨等，音乐领域可以列举出莫扎特、贝多芬之前的海顿、巴赫等，文学领域则为温克尔曼、莱辛、赫尔德和克洛普斯托克。这里必须特别说一说莱辛，因为是他以自己的一系列理论著作，帮助德国人终于真正拥有了自己的民族文学，开创了德语文学的新纪元，所以海涅说"莱辛是文坛上的阿米尼乌斯[①]；

[①] 公元9年，阿米尼乌斯率日耳曼部族在条顿堡森林战役中战胜了强大的罗马军团，争得了民族独立。

是他，把我们的戏剧从异族的统治下解放了出来"。用今天的说法，莱辛则可以称为德国文学之父。

1. 德语文学的奠基者莱辛和《莱辛寓言》

莱辛（Gotthold Ephraim Lessing，1729—1781）出身贫寒，但从小勤奋好学，被老师称作"一匹需要双份饲料的马驹"。他19岁开始写作，26岁时即已出版一部对于德国文学来说具有划时代意义的悲剧——《萨拉·萨姆逊小姐》（1755），接着又写成了喜剧《明娜·封·巴尔海姆》（1767），悲剧《爱米丽雅·迦洛蒂》（1772），诗剧《智者纳坦》（1779）和三卷寓言，发表了《关于当代文学的通信》（1767/69）、《拉奥孔》（1766）、《汉堡剧评》（1767/69）和《论人类的教育》（1780）等一系列重要著作。

民主德国发行的莱辛纪念邮票

莱辛首先是一位剧作家和戏剧理论家。在他生活和创作的18世纪欧洲，戏剧还被当作主要的文学样式和民众教育工具。然而，当时德国的戏剧，从内容到形式都对法国戏剧亦步亦趋。以适应封建专制主义的需要而产生的法国新古典主义戏剧，形式严守被曲解了的"三一律"的窠臼，写的几乎全是帝王贵胄们的"伟大业绩"，本身即为对希腊罗马的古典戏剧的模仿。莱辛之前的德国戏剧作为这一模仿的再模仿，不免就"更其空洞无物，索然寡味，荒唐可笑"（海涅语）了。

莱辛的戏剧创作打破了"三一律"的框框，既具有民族的内容和创新的形式，也富于强烈反封建的时代精神，不但是德国启蒙文学的最重要成果，而且对后世剧作家歌德、席勒以至于克莱斯特都产生了巨大的影响。

不过，莱辛在发展德国民族文学和丰富世界文学方面的伟大贡献，更多还体现于他的戏剧理论和美学理论。

1767年至1769年间，莱辛结合自己在汉堡民族剧院的工作写出了著名的《汉堡剧评》。在《汉堡剧评》中，他一方面从理论上清算法国新古典主义戏剧及其在德国的效颦者的主张，一方面阐明创立德国民族戏剧的条件、方法和原则，在此他特别强调了创作具有民族的内容和形式特点的剧本的必要性和重要性。正是在莱辛的《汉堡剧评》推动下，德国的民族戏剧才得以发展、壮大，真正确立了自己的地位。

莱辛的美学著作《拉奥孔，论绘画与诗的界限》，通过特洛亚祭师拉奥孔父子被海蛇缠死这同一题材在雕塑和史诗中不同表现方法的比较，阐明了画与诗，亦即造型艺术与包括戏剧在内的文学作品反映现实的方式的根本区别，指出前者表现的只是一个固定的瞬间，后者则应摹写连续不断的行动。《拉奥孔》帮助清除了一些长期统治人们头脑的糊涂观念，诸如温克尔曼指出希腊古典文艺的理想是"高贵的单纯和静穆的伟大"，贺拉斯指出"诗是能言的画，画是无言的诗"等，为德国乃至欧洲新美学理论的发展扫清了障碍。歌德在《诗与真》里回忆《拉奥孔》对自己的影响时说："这部著作把我们从可怜的静观领域带进了思想的原野。久被曲解的'诗如画'一语突然得到了澄清，造型艺术和语言艺术的区别变得明晰了……这一美好的思想，这种种结论，犹如闪电似的照亮了我们，迄今支配着我们的那些理论都像穿旧了的衣服一样给抛弃了。"

确实是在莱辛奠定的合乎时代要求的新的理论基础上，德国文学才发展到一个高峰，迎来了以席勒、歌德为代表的光辉灿烂的古典时期。别林斯基说得好，是莱辛"完成了德国文学的转变"。

然而，我们今天敬重莱辛，还不仅因为他是德国和欧洲文学史上一位杰出的文学家和理论家，不仅因为他的《拉奥孔》和《汉堡剧评》至今仍在世界范围内产生着影响；我们更推崇他的伟大人格，视他为德国18世纪启蒙运动中最卓越的思想家，最坚定、最勇敢的反封建斗士。莱辛一生的重要作品，不论是创作或是论著，无不闪烁着启蒙思想的光芒，洋溢着反封建的批判精神，无不是思想者文学的典范。这里就让我们读几篇莱辛创作的脍炙人口的寓言。

莱辛是举世公认的伟大寓言作家，他创作的寓言数量不多，却被看作德国古典文学中的名著杰作，在世界的寓言宝库里占据着重要地位。莱辛是18世纪德国启蒙运动的重要代表，寓言也和他的戏剧、理论著作一样被用来作为传播启蒙思想的工具和武器，但由于短小犀利，富于警醒和号召的力量，常常被人誉为启蒙的号角和战斗中致敌于死命的匕首——

* 水蛇

宙斯给青蛙们另立了一位国王，派贪馋的水蛇接替和善的木桩。

"您既然想做我们的国王，为什么还要吃掉我们？"青蛙们提出抗议。

"为什么?"水蛇回答说,"就因为是你们自己请求派我来的。"

"我可没有请求派你呀!"青蛙中有一个叫起来。

水蛇恶狠狠地瞪着它,像用眼睛就要吞掉他似的,说:"没有请求?那更好!我非得吃掉你不可,因为你没有请求派我来嘛。"

在莱辛的寓言中,斗争的矛头首先指向当时的反动统治阶级,指向封建专制制度及其精神支柱教会。狮、虎、狼等,常常被他用来描绘和讽喻统治者的专横、暴虐。例如《水蛇》这篇百来字的寓言,真是活灵活现地、入木三分地刻画出了专制暴君既贪婪又凶残,并且还蛮不讲理的可恶嘴脸。

莱辛一生光明磊落,疾恶如仇,十分痛恨统治阶级特别是教会里的伪善行为。他因此用来鞭笞形形色色的伪善现象的作品也格外多,如像《垂死的狼》《羊》《狼和牧羊人》以及《秘密》《隐士》等,都是其中富有代表性的篇什。

* 垂死的狼

狼奄奄一息地躺在病床上,回顾着往事。

"我当然是一个罪人,"它说,"可我仍然希望自己不是罪大恶极的动物中的一个。我做过坏事,可好事也做了不少。记得有一次,一只迷途的羔羊咩咩地叫着打我旁边经过,隔得那么近,我简直就可以把它掐死。可我呢,却硬是连一根羊毛也没动它。就在这个时候,一头绵羊对我嘲笑谩骂,我同样宽宏大量,听之任之,虽然眼前并没有猎狗。"

"是的是的,我完全可以替你做证,"帮助料理后事的狐狸朋友插进来说,"而且我还清清楚楚地记得当时的全部细节哩。

那正好是你给一根骨头卡得很痛苦的时候。这根骨头,后来还是好心的白鹤替你从喉咙里钳出来的。"

尽管莱辛爱憎分明,斗争的主要对象始终是反动统治者,但他对下层民众和他自己所代表的资产阶级的弱点也并非视而不见,不闻不问,而是严肃地加以揭露,无情地进行讽刺。诸如愚昧、懦弱、爱慕虚荣和缺少行动能力等德国小市民的习气,在驴、羊、兔、鹅和鹿身上,都生动形象地得到了表现,遭到了辛辣的讽刺。莱辛是一位杰出的文艺理论家和批评家,寓言创作中自然也不放弃对当时德国文坛的鄙陋现象的针砭。《夜莺和云雀》批评文艺脱离民众,《麻雀与田鼠》批评作家的故步自封和批评界的短视,《猴子和狐狸》批评热衷于模仿外国、缺少创作个性和民族特点的文艺家,都言简意赅,一针见血。

* 猴子和狐狸

"你说说看,有哪一种灵巧的动物我猴子不能模仿?"猴子对狐狸夸口说。

狐狸却反问道:"那么你也说说看,有哪种低贱的动物会想起来模仿你猴子?"

我们民族的作家啊!难道还要我讲得更明白么?

莱辛对古希腊的伊索极为钦仰,创作受伊索的影响极大。《葡萄》《男孩和蛇》《乌鸦和狐狸》《狼和羊》等,明显地都是根据《伊索寓言》改写的,但是却又赋予了它们新意,如《伊索寓言》中那篇妇孺皆知的《狼和羊》,在莱辛的笔下变得别有一番滋味。

* 狼和羊

羊口渴了，来到小河边。出于同样的原因，对岸又来了一头狼。有河水隔着，羊觉得安全，便存心要挖苦一下狼，它冲着河那边的强盗大声喊道：

狼先生，我该没有弄浑你的水吧？仔细瞧瞧我，看我是不是六周前在背后骂过你？我没骂至少我爸爸也骂过不是。"

狼明白羊的讥讽。它望着宽宽的河面，咬牙切齿。

"算你运气，"它回答说，"咱们狼已经习惯了对你们羊耐心和蔼。"说完，狼大摇大摆地走了。

莱辛寓言的题材相当广泛，内涵丰富而深刻，虽产生于250多年前封建落后的德国，所包容的人生哲理和智慧却未过时，加之艺术精湛，便长久地保有其思想魅力和艺术光彩，堪为思想者文学内涵深邃、耐看的早期典范。

再者，莱辛文如其人，伟大而崇高的人格感动和鼓舞了无数的后继者。海涅称他是一位"完人"，说莱辛是"全部文学史里"最受他热爱的作家。车尔尼雪夫斯基在一篇关于莱辛的专论中写道："莱辛的人格是如此高贵、崇高，同时又这样和蔼、卓越，他的行动是这样无私、热情，他的影响是如此巨大，致使人们越钻研他的本质，就越坚决、越无保留地敬重他，热爱他。"

从前你活着，我们尊敬你
如同一位天神，

如今你去了，你的精神仍支配着
我们的灵魂！

莱辛逝世后，席勒写了这么两句诗，来赞颂和纪念这位伟人。

2. 歌德的哲理诗和哲理小说

说完莱辛，便可以走近德语文学在歌德时代的代表人物，读一读"最伟大的德国诗人"歌德的作品，进一步感受一下什么是思想者文学了。但是受篇幅的限制，歌德最重要的代表作《浮士德》和《威廉·迈斯特》等堪称思想者文学的经典，却没法全文收入，只能选取其中一些片段，或者其他篇幅较小却内涵丰富深沉的作品，例如抒情诗和短篇小说。就以抒情诗开头吧，因为歌德（Johann Wolfgang Goethe，1749—1832）虽然一身兼为文学家

暮年歌德

《浮士德·天堂里的序幕》

和思想家，即使在自然科学领域内也取得了同时代人无法忽视的成就，对于文学创作更表现出了多方面的天赋和才能，堪称世界文学史上的一位大文豪，世界文化史上的一位大思想家；然而，大文豪和大思想家歌德首先是一位诗人，一位前无古人、后乏来者的伟大诗人。

（1）歌德的哲理诗

* 神　性

愿人类高贵、善良、
乐于助人！
因为只有这
使他区别于
我们知道的
所有生灵。

让我们祝福
未曾认识的
预感中的神灵吧！
愿人类酷肖他们，
人的榜样教我们
相信神的存在！

须知大自然
没有知觉：

太阳同样照着
好人与坏人；
罪人与善人头上，
同样闪亮着
月亮和星星。

风暴、雷霆，
洪水、冰雹，
都恣意肆虐，
匆匆地攫住
这个和那个，
不加区分。

还有那幸福
也在人间摸索，
时而抓住男孩
纯洁的鬈发，
时而摸到老者
罪恶的秃顶。

遵循永恒而伟大的
铁一样的法则，
我们大家都必须
走完自己的
生命的环形。

只有人能够
变不能为可能：
他能区别、
选择和裁判，
他能将永恒
赋予一瞬。

只有人能够
奖励善人，
惩罚恶人，
治病救命，
将一切迷途彷徨者
结成有用的一群。

而我们尊敬
不死的神灵，
就像他们也是人，
也在大范围内做着
优秀的人经常做
或乐意做的事情。

愿人类高贵、善良、
乐于助人！
愿他不倦地

造福行善，
成为我们预感中的
神的榜样！

这首诗作于1783年，即歌德到魏玛从政的7年以后。诗题虽为《神性》，实际上却是对人和人性的赞歌。它告诉我们：人区别于或者说超越于其他一切的生灵，是因为人高贵、善良和乐于助人，是因为只有人才有良知和德行；只有人能够区分善恶，用精神的创造将永恒赋予一瞬，做到大自然不可能做到的事情，虽然人也是自然的一部分，同样遵循着"铁的法则"，要走完生的环形；我们之所以相信神的存在，就因为在现实生活中有优秀的人的榜样，也就是说，人按自己的模样创造了神。所谓神性，不过就是理想的人性罢了。

诗中所述的事理简单得不能再简单，语言也明朗、质朴之极，但却引申出和阐明了一种伟大、崇高而深刻的思想：人是万物之灵长，自然之精华，天神的榜样。

《神性》这首诗洋溢着人道主义的精神，蕴含着丰富而深沉的哲理。诗中宣告人不但应该"高贵、善良、乐于助人"，而且能"将一切迷途彷徨者／结成有用的一群"，也即成为有道德的人和社会的人，呼唤的已经是人性的崇高和完善。《神性》这首诗，对于我们如今读它的现代人，仍未失去教育意义。从一定意义上讲，我们还是在努力实现歌德完善人性的理想，诗人歌德的杰出和伟大也正在于此。

* 水上精灵之歌

人的灵魂
就像水:
它来自天空,
又回到天空,
然后再
落向大地,
循环始终。

从高高的
峭壁泻下
一道清流,
转瞬间散作
缥缈的水雾,
降至平岩,
被轻轻扶着,
如柔曼的纱幕,
淅淅沥沥,
飘进山谷。

有嶙峋乱石
阻挡去路,
便飞沫激溅,
冲破层层阻拦,
坠落渊薮。

沿平缓河床
悄悄流进幽谷,
化作平湖一片,
让满天星斗
把芳颜细睹。

风是水波
可爱的情郎,
从湖底掀起
汹涌的波浪。

人的灵魂,
你多像水!
人的命运,
你多像风!

1779年9月至1780年1月,歌德又一次到瑞士旅行,在劳特布鲁嫩附近观赏了高达300米的施陶巴赫大瀑布。面对着飞流直下、水花四溅、雾气升腾的动人自然景观,诗人遐想联翩,对人的灵魂和命运等问题做了富有哲理和诗意的思考。

幸福的渴望
别告诉他人,只告诉智者,
因为众人会热讽冷嘲:
我要赞美这样的生灵,

它渴望在火焰中死掉。

在爱之夜的清凉里，
你被创造，你也创造，
当静静的烛火吐放光明，
你却被奇异的感觉袭扰。

你不愿继续被包裹在
那黑暗的阴影内，
新的渴望吸引你
去完成高一级的交配。

你全然不惧路途遥远，
翩翩飞来，如醉如痴。
渴求光明的飞蛾啊，
你终于被火焰吞噬。

什么时候你还不解
这"死与变"的道理，
你就只是忧郁的过客，
在这黑暗的尘世。

　　飞蛾扑火的比喻，无论在东方或是西方，都经常被采用。哈菲兹就有一首诗以它来歌颂为爱情而牺牲："灵魂在爱情的火焰中燃烧，像蜡烛一样光明，我曾以纯洁的心情献身。你不像飞蛾因渴慕而自焚，你就永远不会得救，摆脱爱的苦闷。"从歌德《幸福的渴望》一诗的原稿的最初题名看，他是受了哈菲兹这首诗的启发，有意识地借用它的意境构思，并加以提高和发挥的。

然而，《幸福的渴望》所表达的要不断更新自己，超越自己，为了实现这个理想而不畏艰险、不惧牺牲的思想，却是歌德所固有的，是他那带有进化论特征的自然哲学和以自强不息的浮士德精神为核心的人生观的表现。

再者，歌德这首诗一开头就给人一个神秘的感觉，加之标题中的"幸福"一词在原文中为Selig，主要指人死后享受天国的极乐，带有明显的宗教色彩，因此有学者认为诗里表现了老年歌德的宗教思想，说他渴望像飞蛾一样投身火中以实现与神的结合。

如此等等，《幸福的渴望》这首诗的内涵真是无限丰富，难怪被视作是歌德抒情诗中最难解的一首。它借用阿拉伯东方的形式外壳和神秘气氛，表现西方诗人歌德的深邃思想和伟大精神，使两者和谐地、有机地融合在一起，成为一部可以透视宇宙、人生的光彩耀眼的水晶球般的艺术杰作。对于整个《西东合集》来说，它可算是最富典型意义的代表。因为整个诗集也是以东方的艺术形式表现西方的精神思想，也是将东方和西方的诗歌艺术、文化精神、哲理智慧融在一起。故而，对《西东合集》这个题名的解释，也会多式多样，见仁见智，所谓它是"西方诗人写的东方诗集"，仅是其中最省力和肤浅的一种而已。

（2）歌德的哲理小说

歌德不仅以伟大的诗剧《浮士德》以及优秀的长篇小说和抒情诗，丰富了德国和世界文学的宝库，而且也创作过一些Novelle

（中、短篇小说），并对Novelle这种体裁在德国的发展，做出过重要贡献。他1795年模仿薄伽丘的《十日谈》写成的《德国流亡者讲的故事》，是德语文学史上第一组有影响的中、短篇小说。

干脆题名为Novelle的这篇作品写于1827年，为歌德中、短篇小说中最成功的一篇。他原本想用这个题材写一首《赫尔曼与窦绿苔》式的叙事长诗，由于席勒和威廉·洪堡提出异议而作罢，30年后才终于诞生，却被歌德视为当时尚处于摸索尝试阶段的Novelle创作的典范，所以直接题名为Novelle。就这件事情，歌德于1827年对艾克曼发表了触及这种体裁本质——即富有传奇性——的如下看法，为后世的作家和理论家所重视：

我想就叫它Novelle，您看怎样？要知道，Novelle不过就是一个发生了的闻所未闻的（unerhört）的事件而已，这就是这个词的本来意义。时下在德国以Novelle之名流行的那许多东西，完全不是Novelle，仅仅是普通故事（Erzählung）或者别的您愿意说的随便什么。我插在《亲和力》里的那篇Novelle，也是本来意义上的一个闻所未闻的事件。

Novelle这篇作品内容单纯，情节集中，格调明朗而富传奇色彩，后半部分更富于诗意，确实都适应了歌德所理解的Novelle的要求。但是，小说更值得注意的是其丰富的意蕴和深刻的哲理，即它以象征和寓意的手法，用一个孩子驯服猛狮的故事，表现了作者所怀抱的以艺术改造世界、以美育陶冶人心、以仁爱制胜暴力的理想，亦即他的美学观念、人生哲学、自然哲学和政治哲学。小说中描写的那个君主贤明有为、人民勤劳安乐的小侯国，并不存在于分裂而黑暗的封建德国的现实中，只存在于歌德的头脑里，也是他晚年的社会政治思想的鲜明反映。因此，这篇歌德本人极为重视，因而在与艾克曼谈话时一再讲起的Novelle，也堪称思想者文学中一篇篇幅不大但颇具可读性的范本。

  清晨，浓重的秋雾还包裹着侯爵府邸内一所所宽广的居室；但透过渐渐变得稀薄起来的雾幕，在庭院中已经隐隐约约看得见一支准备出猎的队伍，或骑马，或徒步，往来穿梭地在忙碌着了。近在跟前的一些人的紧张活动可以看得清楚：有的在放长马镫，有的在收短马镫，有的在传递猎枪和弹药，有的在整理背囊；与此同时，拴在皮带上的一大群猎狗却急不可耐地往前窜动，那个牵它们的人差点儿就给拖着一起跑去。这儿那儿地还有一匹马在扬蹄奋鬃，要么是出于本身暴烈的本性的驱使，要么是受了骑手的马刺的刺激，要知道在这天色微明时分，它也忍不住想显示显示自己哩。全部人马已经整装待发，就等着与自己年轻的妻子告别而迟迟不肯露面的侯爵。

  他俩不久前才结为夫妇，但已感到情投意合，无比幸福；两人都生性活泼好动，一个对于另一个的兴趣和爱好总是高高兴兴地给予支持。侯爵的父亲享有高龄，但还来得及看见侯国中所有臣民都一样地勤谨度日，各人以自己的方式工作和劳动，先创造，然后享受。

  他们取得了多大的成效，眼下就有明摆着的事实，因为这些日子正好开大集市，那简直称得上是一次博览会。昨天，侯爵已领着自己的妻子，驱马去那如山的货物堆中转了一通，让她看看正是在这儿，山区和平原如何进行着互利的交易；他知道亲临市集，能使她了解到他的领地有多么殷实富足。

如果说在这些天，侯爵和自己身边的人老是谈论有关眼前这个市集的问题，特别是与他那位财政大臣一工作起来就没个完的话，那么他的狩猎总监却也不愿放弃行使自己的权力；时下秋高气爽，在他看来是非进行那已经推迟的逐猎不可了，这将使他自己和那许多外来的客人过上一次别有风味的难逢难遇的节日。

侯爵夫人很不情愿留下；猎手们决定要进到深山，让那些老林中的和平居民们受一点惊骇，以为突然来了一支敌人的部队。

临分手，侯爵没有忘记建议妻子在他叔叔弗里德利希的陪伴下骑马出去散散心。"我把咱们的霍诺利奥也留给你，"他说，"做你的马厩监督和近侍，他会料理好一切的。"

侯爵说完走下台阶，同时对一个身材魁梧的年轻人发出必要的指示，随后就在客人和仆从们的簇拥下，迅速离去了。

侯爵夫人对已走出院子里的丈夫还挥了一阵手帕，现在才退回后面的房间，在那儿能自由自在地眺望进山的大道。府邸本身就坐落在高出河岸不少的山坡上，所以不论朝前朝后，都有变化多端的景致可供观赏。她发现昨天傍晚架在那儿的一台望远镜还一动未动；他们当时就是用这台奇妙的仪器，越过丛莽、山丘和林梢，观赏了那些他们的祖辈曾经居住过的古堡的废墟；夕照中，大片大片的光与影形成强烈对比，那古代宝贵遗迹的轮廓便显得格外分明，格外宏伟壮丽。在古堡的围墙中间，挺立着经年的参天巨树，种类繁多，给秋色一染，今天早上看起来也十分悦目显眼。美丽的少妇却把镜头稍稍往下搬了一点，对准一片荒芜的沙石地，那是打猎的队伍必须经过的地方；她耐心地等待着，果然如愿以偿：借助这只清晰而放大力强的望远镜，她那双闪闪发光的眼睛清清楚楚地认出了侯爵和他的马厩总管;是的,她甚至忍不住再次对他挥起手帕来,在她与其说是看清,不如说是猜测他又停了停,并且回过头来张望的时候。

随后用人报告说,侯爵的叔叔弗里德利希老爷来了。老爵爷走进来,带着他那位腋下挟着一个大皮夹的绘图师。

"亲爱的侄媳,"身体很结实的老爷子说,"我们这儿送来了古堡的分解图。画这些图是为了从各个方面让人看清楚,这座古代的大城堡何以能经年累月,抗住了风霜雨雪的侵蚀,而周围的墙垣却经受不住,这儿那儿地已经坍塌,变成了一堆堆破砖碎石。现在我们已清理了下,又可以上得去了。除此不用再做任何事情,就足以叫每一个漫游者和每一个来访的客人大为惊讶。"

老侯爵摊开图纸,指着其中一张继续说:"瞧,从通过外墙的峡谷爬上去,来到城堡跟前,突然就会发现一尊在整个山里头也算最大最坚硬的岩石兀立在我们前面;岩头上又耸峙着一座被内墙围起来的望楼,真叫谁也说不清楚,哪儿是自然生成,哪儿是人工兴建。再往旁边瞅,则是紧接在一起的围墙,以及内外墙之间像台阶似的向下延伸的甬道。不过我说得还不准确,要知道把这架古老的山峰包围着的本是一座森林,一百五十年来就从未砍伐过,到处都生长着参天的巨树;不论你走到围墙边的什么地方,你眼前都总挺立着树干光滑的槭树,树皮粗糙的橡树和细高细高的根须突露的松树;我们必须小心地绕过它们,才能找到路径。瞧瞧,我们的大师把这特点画得有多清楚,各种盘绕纠结在石墙之间的树干树根都一目了然,那些从墙缝里长出来的粗大树枝也历历可见!真好一个无与伦比的荒芜景象,真好一处绝无仅有的奇妙所在;在这里,呈现在你面前的是一场殊死的搏斗,久已逝去的人类创造力的古老遗迹与永远生动、永远活跃的大自然之间的搏斗。"

老侯爵摊开另一张图,又说:"可对这个庭院你能讲些什么呢?大门边的老望楼倒下来,堵死了它的通道,不知从什么时候起就再没人踏过它的地面了。我们想办法从侧面钻进去,打通了围墙,炸塌了穹顶,终于开辟出一条舒适而又秘密的道路。内面则无须任何清理,那儿是一块天然生成的石头平坝,只不过这儿那儿仍有巨大的树木生了根;它们生长得很缓慢,但却十分顽强,已经把自己的枝丫伸到了当年曾经是骑士们来来去去的长廊边,是的,甚至穿过门窗,伸进了一座座穹顶的大厅里;不过我们也不想把它们赶出去,它们事实上已经成了这儿的主人,就让它们继续地当家做主吧。在清除掉积在地上的残叶以后,我们才发现这块奇怪的院坝竟是这样的平整,走遍全世界恐怕也见不到第二处。

"尽管已经讲了这么多还是值得提一提和有必要到现场去看一看:在那些通往主望楼的台阶上,有一株槭树扎下了根,它长得如此粗壮,人要费老大的劲儿才能挤过去,然后才能登上望楼,极目远眺。不过在那儿你仍然可以舒适地流连在树荫下,要知道这株巨树高耸入云,整个望楼都受着它的荫蔽。

"咱们真该感谢这位杰出的艺术家,是他绘了各式各样的图,令人赞叹地使咱们相信这一切,就像已经身临其境似的。为此他耗费了一天中最美好的时辰,一年中最美好的季节,接连许多个礼拜活动在古堡周围。在这个角落上,为他和咱们派给他的卫士建了一所舒适的住宅。叫人简直无法相信,亲爱的,他在那儿开辟出了一个多么美的风景区,既可远眺山野,又可俯瞰府邸，还可观赏残垣断壁。不过，既然一切都已清楚明白地勾画在纸上，他在这下边也可以不费力气地讲给人听。让这些画去装饰咱们的花厅吧；叫任何一个观赏过咱们布置严整的厅堂、凉亭和林荫道的客人，都不能不渴望再实地去见识见识那混杂着古与今、倔强与坚韧、僵死与新鲜、难以摧毁的人类的创造与不可抵抗的自然的威力的奇异景象。"

霍诺利奥进屋来，报告马匹已经牵到。侯爵夫人于是转过脸去对叔叔说："咱们骑马上去吧，让我实地看看你在这儿用图对我说明的一切。自从来到侯爵府，我就听说这件事，可直到现在才真正渴望亲眼去见识一下那在我听起来是不可能的情况，即便有了图，我仍觉得难以想象。"

"现在还不成啊，亲爱的，"老侯爵回答说，"你刚才在图里见到的，还只是将来可能变成也一定会变成的样子，目前还有些障碍，必须再加一些人工，使其达到完美，这样在造物面前，人才不至于相形见绌。"

"那咱们至少也骑着马上山去走走，就算只走到峰脚下也好，今天我真想到野外去看看。"

"这完全可以。"老侯爵回答。

"不过让咱们从城里走，要经过大市集广场，"少妇接着说，"在那儿开着无数的摊档，看上去就像一座小城或者一片营地似的。仿佛本地的千家万户都把自己日常的需求和活动搬到了露天里来，集中在一起进行展览；一个留心的观察者在这里便可看见人类所能够和所需要的一切；你在一瞬间甚至会想入非非，以为根本无须金钱，单凭交换就能在这里做成任何一种交易；而说到底也确实如此。自从昨天侯爵使我有机会去浏览一番以后，我就老爱想象，在这山区和平原紧紧相邻的侯国里，双方把自己的需要和愿望表达得何等明白呵。山民们巧妙地把自己林子里的木材变成了千百种形态，用铁打出了应有尽有的用具；平原上的人呢也拿五花八门的货物来满足他们的愿望，有的货物叫人几乎辨不出是用什么做的，常常也不了解用处何在。"

"这我知道，"老侯爵回答说，"我侄儿最关心的就是这件事；特别眼下的季节，正是收入多于支出的时候；国家的整个财政收入，归根结底就看这一招，跟国内最小的人家没有区别。可是请原谅，我从来不高兴骑着马打市集和人群聚集的地方经过：你真是寸步难行，走一走又给拦住；而且，我脑子里立刻会再现那可悲的景象，仿佛又看见大片大片的货物为烈火吞没，眼睛也因此感到灼痛似的。我几乎就没法……"

"让咱们别错过美好的时辰。"侯爵夫人打断了他的话，她已经听老爷子把那次灾难详细描绘过好几次，每次都曾胆战心惊。原来，在一次长途旅行中，老侯爵某晚曾下榻在市集广场上的头等旅馆里，由于已经极度疲倦，一进屋就倒在床上睡了；其时正逢着开大集市，不期半夜里喊声四起，他惊醒过来一看，可怕的烈火已经卷到了他住房外。

侯爵夫人匆匆跨上心爱的坐骑，领着她那既不心甘情愿，却唯命是从的亲随，没有通过后门往山上走，而是打前门下山去了。要知道有谁不乐意与她并辔而行，有谁不乐意追随她的芳踪呢？就说眼下的霍诺利奥吧，他就是放弃已经盼望了很久的出猎，自愿留下来单独侍候她的啊。

如所预料，他们在集市上只能一步一步地往前走，不过每次一被迫停下来，美丽温柔的少妇就发表一通机智聪明的言论，使情绪变得愉快。"既然我们的耐心不得不接受考验,那我就乐得来温习一下昨天的功课。"她说。而人群也真的一起拼命朝着两位骑者的旁边挤,他们便只能慢吞吞地往前行进。民众都乐于一睹少妇的风采,当他们看见国中的第一夫人确实美丽之极,温柔之极,无数张笑脸上便流露出了巨大的欣喜。

那些静静地居住在岩石和松柏间的山里人,那些来自丘陵、沃野和牧区的居民,那些小城镇的手工业者以及其他各色人等,全都不分彼此地挤挤挨挨地站在一起。侯爵夫人在冷静地观察过一番以后对她的亲随说,所有这些人不管来自何方,他们用来做衣服的布料都太多了,他们用来做绉襞和边饰的呢、麻、缎带也太多了,仿佛女人们老嫌自己不够肥胖,男人们老嫌自己不够富态似的。

"这个咱们就随他去吧,"叔叔回答说,"人有了富余总得花掉才开心,而最开心的又莫过于用来穿戴打扮自己。"

美丽的少妇点头表示同意。

一行人如此慢慢走到了通往市郊的一处空场,这儿店铺和摊档没有了,却出现一座用木板搭成的大棚子,他们刚发现这奇怪的建筑,就听见从前面传来一阵震耳欲聋的吼声。看来是关在那里面供人参观的野兽们进食的时间到了;雄狮这森林和沙漠之王吼叫得最带劲儿,马匹们吓得直打哆嗦,使人不禁意识到,在这文明世界的和平生活和劳动中,这野兽之王是太可怕啦。走到木板棚跟前,他们也就不能不看看那些花花绿绿的巨幅招贴画;一头头当地没有的野兽,色彩是如此强烈,样子是如此凶猛,叫和平的国民们克制不住心中的好奇,说什么都得进去解解眼馋。一只大老虎正气势汹汹地扑向一个摩尔人,眼瞅着就要把他撕成碎片；一头雄狮威风凛凛地立在岗头，仿佛在眼前见不到它屑于去猎取的大动物；在这两头猛兽旁边，其他那些形形色色的小野兽就不怎么引人注目了。

"咱们在回来的时候，也不妨下马进去瞧瞧这些个稀客。"侯爵夫人说。

"说来也怪，"老侯爵答道，"人总喜欢让可怕的事物来刺激自己。里边的老虎明明是安安静静地躺在笼子里的，这外边却一定得气势汹汹地扑向一个摩尔人，好叫人相信在里边也能看见同样的景象；世界上的谋杀和行凶还不够，火灾和沉沦还不够，还一定得有说唱艺人去到处一次次地反复宣讲。善良的人们都乐于受此惊吓，以便事过以后能真正体会到，能自由地呼吸是多么美，多么值得称赞。"

一行人出了城门，来到爽朗开阔的野外，立刻把刚才从那些怕人的图画上得来的可怖印象统统忘了个一干二净。开始时他们走的是一条沿河的大道；在眼前河床虽然还很窄，只能行一些小舟，但渐渐地就会变成一条著名的大河，带给远方的国度以蓬勃的生机。随后他们又穿过一座座培植得很好的果园和花园，继续慢慢向山上爬去；他们一边走一边环视这开阔而舒适的居住区，直到先进了一片小树丛，然后来到一座森林里；这些幽静无比的树林虽然遮住了他们的视线，却也令他们赏心悦目。随后亲切地迎接他们的是一片通向山上的谷地，谷中的牧草刚割过第二茬，由于得着一条从上边欢快地流下来的泉水的滋养灌溉，眼下又已是绿茸茸的；临了儿，在走出森林以后，他们又兴致勃勃地继续往上爬，就到了一处更高的比较开阔的地点；从这儿再抬头望去，才看见远远地在一些别样种类的树丛之上，形似峰巅或林梢地高高耸立着的古堡——他们这次远游的目的地。但回过头来——要知道从来没谁爬到了这里能不回一回头的——透过巨大挺拔的树木之间偶尔留下的空隙,他们能看清左边的侯爵府邸在朝阳中闪闪发光,能看清建筑得很好的上半城的空中炊烟袅袅,以及再往右边的下半城和曲折蜿蜒的河流;河上建着一座座磨坊,岸边伸展着一块块牧地;正对面则为一片广袤而肥沃的田野。

大伙儿在饱览了眼前的风光以后,或者更确切地说跟我们在登高远眺时经常发生的那样,他们这才真正产生了站得更高、看得更远的欲望,于是又策马继续朝一片宽阔的岩头爬去;到了岩上再看,那座巨大的废墟就像一柱戴着绿冠的峰巅似的立在他们眼前,峰脚下围绕着一些年岁还不太大的树木;他们穿过岩头,蓦然发现正好走到了最为陡峻、最难攀登的一侧。悬崖峭壁耸峙在面前,从古至今就这么生了根似的没有任何变动,其间从山顶上坠下来的巨石则跌得大块大块的,像是一堆乱七八糟的废墟,叫最大胆的人也不敢去碰一碰。倒是那陡峻的岩壁似乎还能吸引青年人;去冒险攀登它们,征服它们,对于青春的躯体来说将是一种享受。侯爵夫人表现出来跃跃欲试的兴致,霍诺利奥立刻上前搀扶她;老爵爷尽管贪图舒服,却也愿意奉陪,不想显得老不中用的样子;马匹被拴在了峰下的树林里,大伙儿打算爬到一块凸出的足够站住他们的岩石上,从那儿鸟瞰山下。到了目的地,山下的景物看上去虽然已经变得如此之小,却仍然如一幅画似的美不胜收。

差不多已经当顶的太阳显得辉煌灿烂;侯爵的府邸连同它的各个部分以及一幢幢主楼、侧翼、圆顶、钟楼看上去简直富丽极啦,上城完全伸展开了,下城也看得很舒服;是的,通过望远镜,甚至可以把市集上的小摊档也一个一个分辨清楚。霍诺利奥习惯了总在身上背这么个器械,借助它,他们观看着河的上游和下游,以及河这边山坡上的梯田,河对岸平坦整齐的和丘陵起伏的沃野,此外还有无数的村落;要知道从这儿究竟能看见多少村庄,历来就有争论啊。

在辽阔的大地上一派宁静气氛,正如每到中午时那样,因为老人们说,潘①这会儿在睡觉啦,整个自然界都屏住呼吸,生怕吵醒了他。

"这已经不是第一次了,"侯爵夫人说,"我站在高处眺望,总会有这么一种感受:瞧这明朗的自然界是多么纯净和平啊,简直给人一个印象,好像世界上压根儿不可能有什么不顺心的事似的;可是一回到人居住的地方,不管房子是高是矮,是宽是窄,总有没完没了的争斗、矛盾、仲裁、调停。"

这时候霍诺利奥用望远镜朝城市的方向看了看,突然大叫起来:"快瞧!快瞧!市集上失火了。"

众人一起望去,但只看见很少的烟,火焰在大白天里看不怎么明显。

"火势在继续蔓延!"一直举着望远镜没放的霍诺利奥高声说。这时侯爵夫人仅凭着一双好眼睛也看清楚了城里发生的不幸;只见不时地有一股红色的火舌蹿起来,浓烟直冲云霄,老侯爵于是说:"咱们回去吧,情况不妙,我总是害怕会第二次经历那样的灾难。"

一行人爬下峭壁,朝着马匹走去,这时侯爵夫人对老爷子说:

---

① 希腊神话里的森林之神和牧神。

"请您先赶回去,但一定带上马夫,把霍诺利奥留给我,我们随后就来。"

老侯爵感到此话有理,必须这么办,就骑上马尽可能迅速地跑下布满乱石的荒山坡去了。

在侯爵夫人上马以后,霍诺利奥便说:"我请求您骑慢点,夫人!城里和府中的消防设施一样完备,人们不会让这突如其来的意外事件吓昏了脑袋的。这儿的地面太糟,净是石块和浅草,骑快了很不安全,反正等我们赶到家火已经灭了。"

侯爵夫人不信他的话,她看见黑烟继续蔓延,并觉得眼前升起一道闪电,耳畔轰地响了一声,想象中立刻出现她叔叔一再讲过的他亲身经历的那次市集火灾的种种可怕情景;很遗憾,它们留在她脑子里的印象太深刻了。

那一次火灾实在是可怕,来得如此突然,如此迅猛,难怪使人终生心惊胆战,总想着同样的不幸会再次发生。那是夜半深更,在巨大的市集广场上,一片陡然升起的大火攫住了一个挨着一个的摊档、店铺,还在来得及把那些沉沉酣睡在店内和店旁的人们撼醒以前;作为一个长途跋涉的异乡人,老公爵疲乏地刚刚进入梦乡,便被吓醒过来奔到窗前,一看外面所有东西都被照得通明透亮,烈焰正追逐着烈焰,不住地向左右两方窜扰,并冲着他吐出火舌。广场上被反光映得通红的房舍也像在燃烧似的,随时都有可能接上火头,在烈焰中灰飞烟灭;火势不住地蔓延,木柱和板条被烧得噼噼啪啪地爆响,篷布则飞到空中,拖着冒出火苗儿的碎尾巴在头顶上飘来荡去,好像是一些恶魔附了体,在那儿尽情狂舞,等把自己的化身耗尽以后再从其他什么地方的烈火中重新升起。随后人人都嘶叫着抢救手边的财物,仆人和主人一起拖走已经烧着的货包，拼命想从冒着烟火的棚架上再拔下点什么来，把它塞进木箱里，可到头来连木箱也不得不让飞快卷来的烈火夺去。更有少数人存着迎面扑来的大火会稍停片刻的幻想，在那儿左思右想地找对策，结果连人带物一会儿就被火焰吞没了。城市的一面已是火光烛天，而另一面却仍然笼罩着沉沉黑夜。一些意志坚强和性情迂执的人，不顾烧掉自己的眉毛头发，仍然对凶暴的敌人进行着拼死的抗争，尽力地抢救着一些东西。遗憾的是眼下在侯爵夫人美好的心灵中，这可怕的混乱情景又得到了重演，于是明朗的充满朝气的自然界似乎便罩上了迷雾，她的美目变得阴沉了。森林和草地看上去也怪怕人的。

下到幽静的山谷中，她们全然不再感到这儿的空气是多么凉爽宜人。离那道欢快地流淌着的山泉还没有走几步，蓦地侯爵夫人便发现在谷地最底下的一丛小树林中，有一个异物在蠢动，她立刻认出是一头老虎；这畜生就像她在画面上看见的那样正准备向他们扑过来；而比起适才使她感兴趣的那些画，眼前的情景所造成的影响就太奇怪了。

"快逃，夫人！"霍诺利奥大呼，"快逃命！"

她勒转马头，朝她刚刚走下来的陡峻的山坡冲去。年轻人却面对着老虎拔出火铳，在他认为已经够近的时候放了一铳，可惜的是没有打中，老虎往旁边一跃，马倒给吓愣了，被激怒了的猛兽不顾其他，径直尾随着侯爵夫人朝山上奔去。侯爵夫人也拼命往倾斜的石坡上疾驰，顾不上胯下的娇惯的牲口能不能经受住如此劳累。那马被背上的女骑手驱策着，一次一次地让山坡上的小卵石碰痛了蹄子，尽管奋力挣扎，最后到底疲劳过度，无力地倒在地上了。美丽的夫人非常果敢机灵，一下就跳到了地上，那马也慢慢站立起来,可这时老虎已经逼近,虽然跑得并不非常快。坑洼不平的地面,锋利突出的石块,似乎都妨碍它的前进;只有先紧追不舍、随后齐头并进的骑士霍诺利奥,给了它新的刺激,使它鼓起劲儿继续奔跑。侯爵夫人站在马旁,眼见着猛虎和骑手同时冲到眼前;就在此危急关头,霍诺利奥从马背上弯下腰来,用第二只火铳对准那庞然大物的脑门儿又是一铳;这下打个正着,老虎顿时倒在地上,伸开了四肢,让人真正看清了它有多么威武和可怕,虽然躺在眼前的仅仅只是它的尸体。霍诺利奥纵身下马,一下跪在老虎身上,右手握着出鞘的宝剑,不让那畜生作最后的挣扎。年轻人的模样真叫英俊,在他疾驰而来的一瞬间,侯爵夫人觉得就跟常常在比武场上看见他的时候一个样。在狂奔着的马背上,他的子弹就曾这样命中插在木桩上的土耳其人脑袋,而且不偏不斜,正好射着那大缠头下的前额;同样准确地,他手执明晃晃的宝剑,在骏马飞驰而过的一刹那,就将地上的摩尔人脑袋挑了起来。对于所有这些武艺他都娴熟精通,得心应手,在此地也就得到了施展。

"给它留下最后一口气吧,"侯爵夫人说,"我担心它还会用爪子伤着你。"

"请原谅!"霍诺利奥回答,"它已经完全死了,而我也不愿弄坏它的皮,好让这皮在即将到了的冬天给您的雪橇增加光彩。"

"可别造孽!"侯爵夫人说,"此时此地,还有什么蕴藏在一个人内心深处的虔诚的感情能不苏醒过来呵。"

"我也一样,从来没比现在更加虔诚,"霍诺利奥高声说道,"可也正因为如此,我便想到那最令人高兴的情景,我看这张虎皮就只能陪伴着您,增添您乘雪橇出游的快乐。"

"可它将总是使我记起这可怕的时刻。"她回答。

"不过比起那些抬到胜利者面前展览的已被杀死的敌人的武器来,"年轻人通红着脸又说,"这件战利品不会更使人问心有愧。"

"见着它我将想起你的勇敢和机智,甚至也可以说,你可以终生指望受到我的感激以及侯爵的恩宠。起来吧,老虎已经死了,我们该想想下一步怎么办,但首先得站起来!"

"不,"年轻人回答,"既然我已跪着,已处于一种我平时说什么也不能采取的姿态,那就让我以这样的姿态请求您,让我此刻就得到一点您答应给我的眷顾和恩典吧。我曾多次地恳求您高贵的丈夫,求他准我的假,给我一次远游的机会。谁要享有在您的宴席上就座的荣幸,并且以自己的谈吐来娱悦您的宾客,他就必须是一个见过世面的人。旅行者来自四面八方,每当谈起一个城市,谈起世界上某一洲的一个要地时,每次都会问您的亲随,他是否到过那里。可是人家绝不会相信他的话,要是他不曾亲眼见过一切,这就好像一个人之所以受教育,完全是为了别的人似的。"

"站起来!"侯爵夫人再次吩咐道,"我不高兴违背我丈夫的想法,去表示什么愿望和请求。不过,我要是看得不错的话,他之所以迄今一直留下你的原因,很快就会不存在了。他的意图是要亲眼看着你成熟起来,成为一个有自立能力的,在外边也能像过去在府里一样为自己和他争来荣誉的骑士,而你今天的行为,我想就是一个年轻人已能走向世界的最好凭证。"

然而掠过霍诺利奥脸面的不是青春的喜悦,而是某种哀伤,但侯爵夫人没时间注意到这个,霍诺利奥本人也来不及吐露衷情;这时从山下已经跑来一个神色慌张的妇女,一只手牵着个男孩，径直奔向他们。还没等霍诺利奥考虑好站起身，那女人已哭喊着一头扑在老虎的尸体上；从这举动以及一身虽说整洁但却色彩鲜艳奇特的衣裙已可猜出，她准是这头被结果了的畜生的驯养者和主人无疑。那男孩生着一脑袋黑色的鬈发，一双眼睛也是黑黑的，手里拿着一只小笛儿，也跪在母亲旁边跟着一起哭泣，虽说不像她那么呼天抢地，但深为悲痛。

不幸的妇人在尽情地哭过以后又絮絮叨叨地述说起来，虽然有点结结巴巴，可话音始终不断，就像从一处山岩泻向另一处山岩的流泉。她操的是一种急促简短的土语，听起来恳切而感人，但想译成我们的方言却又白费劲儿，尽管大意我们也能明白。

"他们把你给打杀了呵，可怜的畜生！他们压根儿用不着这么干啊！你是这么听话，本来会静悄悄地躺下来等着我们的。要知道你的脚掌已经发痛，你的爪子已经没有了力气！因为你太阳晒得太少了，生不出力气啊。在你的同类中，你可是最最漂亮的一只，有谁啥时候见过一只老虎睡着了有这么好看呢，就像你这会儿躺在这儿一样，尽管已经死了，再也站不起来了。每天早上天一亮你就醒来，张开大嘴，吐出红红的舌头，冲着我们像是在微笑哩；还有，你吼起来尽管声音很大，从一个女人手里和一个小孩指头儿中间吃食的时候却跟玩儿似的！多少年来我们和你一起走南闯北。多少年来我们都离不开你，从你那儿得到好处！我们，我们的全部吃喝都靠这些畜生，我们的甘美的食粮都来自这些猛兽。可现在已经全完了！天啦，天啦！"

女人还在没完没了地诉苦，这时绕着山腰，从古堡的背后却跑来一队骑手，侯爵夫人很快认出是跟丈夫去打猎的随从，侯爵本人则一马当先。他们在后边的山里头行猎时看见失火的黑烟，便越过山谷和深涧,跟猛追野物似的径直朝那可悲的信号奔来。在迅速翻过光秃秃的石坡以后,他们突然停步不前,在那儿发起愣来,原来是意外发现了站在下面旷地上的奇怪的一群人。两方面的人彼此刚一认出来时全成了哑巴,在略微缓过气以后才三言两语解释清楚眼前这莫名其妙的情况。于是,由一群骑士和随后赶上来的徒步的仆从簇拥着,侯爵便不得不着手处理这样一桩稀罕的闻所未闻的事件。该做什么是不难决定的。侯爵正忙着发出指示,让手下立即执行,这时却有一个身材魁梧的汉子挤进人丛中来,身上也和妇人和男孩一样穿得花花绿绿、古里古怪。这一下妇人和男孩又开始哭天喊地,说实在没想到会遭此意外。那汉子却非常冷静,站在对侯爵表示出尊敬的距离外,说:"眼下不是诉苦的时候。呵,我的主人和高贵的猎手,请容我向您报告,雄狮也逃出来了,也跑进了这一带的山里,可是求求您别伤害它,发发慈悲,别让它跟这头可爱的老虎一样死去。"

"雄狮?"侯爵问,"你发现了它的踪迹?"

"是的,老爷。一个农民被它吓得爬到了树上,本来没有必要,他让我再往左边山上去找,可我发现这儿有这么多人和马,便跑来看个究竟,请求帮助。"

"既然如此就必须往左追赶,"侯爵吩咐说,"给你们的枪填好弹药,悄悄地赶上去,要能把它撵进深山密林就算不错了;不过归根到底,朋友,我们无法挽救你那畜生。谁叫你们不当心,让它给跑了呢?"

"都怪发生了火灾,"汉子回答,"本来我们挺沉着和小心,火势蔓延得虽快,但离我们还远,我们有足够的水灭火,谁料这时一个火药库爆炸了,烈火一直冲我们飞来,甚至越过了我们的头顶,这下子我们才张皇失措,发生了现在的不幸。"

侯爵还在忙着吩咐这吩咐那,突然之间所有人又愣住了,只见从山上的古堡方向急急忙忙地奔下一个人来,一看正是奉命在上边替绘图师看画室的那个卫士,他住在画室里边,顺带监督清理古堡的工人。他跑到时已经上气不接下气,但很快就用几句话讲清了情况:在山上比较高的围墙背后,一株百年老榉树的脚下,那头雄狮正安安静静地躺在地上晒太阳。这个粗汉末了儿很懊恼地说:"鬼知道昨天我干吗把枪背到城里擦拭去了!它要在我手边,那畜生就休想再站起来,这下皮便归我所有,我一辈子都可以以此为骄傲不是。"

在此不可避免的危险从各方同时逼上来的节骨眼上,侯爵显示出作为指挥者应有的军事经验,他问:"要是我们不伤害你们的狮子,你们能给我什么保证,让我相信它不会在我的国土上危害我的臣民呢?"

"这个女人和这个孩子,"那作父亲的赶紧回答,"他们负责去驯服它,让它一直安安静静地待着,直到我去把铁笼子搬上来,重新关它进去,这样既使它不伤害人,也使它免遭伤害。"

这当口男孩似乎已经跃跃欲试,准备吹他的小笛儿;那是一支人们通常称为甜笛的木管直笛,鸟喙儿似的衔口短短的,很像支烟袋;但在行家的手里却会吹出极美的音调。侯爵问古堡看守人,狮子是怎么上去的。看守人回答:"通过那道两边垒上了墙的窄路呗,这历来就是唯一的通道,现在仍然如此。本来还有两条小路,可全让咱们给弄得无法走了;要知道按照弗里德利希老侯爵的想法和口味,要让任何想去参观那座神奇的古堡的人,都非得走刚才讲的窄路不可。"

侯爵望着继续在轻轻试吹着竖笛的小男孩,沉吟片刻,然后转而对霍诺利奥说:"今天你已干了不少事,那就善始善终吧。你去守住狭窄的通道,端起你的枪,但是只要还有任何别的办法能赶那畜生回去,就不准开火。不过无论如何得生起一堆火来,它见着火就不敢下山了。剩下的事情由这一男一女去处理。"霍诺利奥赶紧去执行自己的使命。

男孩则专心吹着自己的笛子,所吹出来的只不过是一连串无规则的音符,似乎不成什么曲调;但是唯其如此,倒格外使人觉得不寻常,格外能抓住人心,周围的人全都像被一支美妙的歌曲给迷住了。这当口孩子的父亲便满怀激情地开始讲起话来:"上帝给了侯爵以智慧,同时也让他认识到,上帝的造物全都具有灵性,只是各自有着不同的表现方式。请看这座巨岩,它岿然屹立,一动不动,抗拒着风雨侵蚀,日晒夜露,古老的树木装饰着它的头颅,它就这么傲然环视远方,倘若有一块掉了下来,也不愿保持故态,而是摔成许多碎块,铺盖在山坡上。但就此还不肯罢休,而是勇敢地往深渊里跳跃,直到溪流接纳它们,送它们到大江里去。从此它们就百依百顺,乖乖地磨去棱角,变得又滑又圆,以便更快地赶路,从一条江河到一条江河,直到终于投进大洋的怀抱,在那儿有成群的巨人在水面巡行,而侏儒则麇集在深深的海中。

"星星们万代不变地赞颂着主的光荣,而人有谁这样做!可你们干吗遥望远方?看看眼前这只蜜蜂吧!已经到了深秋时节,它还在辛勤地采集花粉,并且既当师傅又当伙计,为自己建造着一所有棱有角、平平稳稳的新居。再看看那儿那只蚂蚁!它认识自己的路,从不迷失方向,它用草茎、土屑和松针建造自己的住宅，使它高高隆起，并且有一个拱顶，可是它白费力气，马踏在上面，一切都土崩瓦解！你们瞧，马踩断了屋梁，踢飞了椽子，不耐烦地喷着鼻息，一刻也安静不下来，因为主让马做了疾风的弟兄，狂飙的旅伴，注定了它要驮着男人去他想去的地方，女人渴望上哪里也驮她上哪里。但是棕树林却是狮子的天下，它迈着威严的步子穿过沙漠，在那里统治着所有的动物，没有任何东西敢违抗它的意志，然而人，知道怎么驯服它。人是上帝的同类，为上帝和他的仆人服务的天使也与人一样地毕肖上帝，甚至野兽中最凶暴的狮子对人也怀着敬畏。不是吗？但以理在狮穴中毫不畏惧，始终坚定坦然，连猛狮凶狂的咆吼也不曾打断他虔诚的歌唱。"①

这一篇流露出自然纯真的激情的讲话，不时地得到男孩的优美的笛声的伴和；可是等父亲一讲完，孩子便放开纯净清亮的歌喉，委婉动人地唱起来，父亲则接过笛子和谐地进行伴奏。听孩子唱道：

> 在这儿山坳里，我听见
> 狮穴中传来先知的歌声；
> 天使们在空中飞翔盘旋，
> 可为了安慰受惊的善良人？
> 雄狮、母狮去而复来，
> 终于偎在他的脚下；
> 啊，是温柔虔诚的歌唱，

---

① 关于先知但以理驯服猛狮的传说见《旧约·但以理书》。

感化了它们的性灵!

父亲用笛子反复吹着同一段曲调,母亲不时地插进来,唱起了第二声部。

可完全出乎意料因而给人留下强烈印象的是,小男孩唱着唱着就完全打乱各句的次序,虽说并未因此得到新的意义,却自然而然地增强了原诗包含的情感,越发激动人心:

　　天使们上下飞翔,
　　用歌唱给我们鼓励,
　　呵,这歌声何等神奇!
　　在狮穴中,在山坳里,
　　孩子可已感到恐惧?
　　这些温柔虔诚的歌声,
　　将驱走灾难和不幸;
　　天使们飞去飞来,
　　保佑他逢凶化吉。

随后三人一起引吭高歌:

　　有永生的主统驭尘寰,
　　有主的慧目照临大海;
　　雄狮一头头变成羔羊,
　　排空的怒浪平息下来;
　　猛劈的利剑滞留在空中,

信仰和希望充满人人心怀；
是仁爱创造了桩桩奇迹啊，
在祈祷的歌声里包含仁爱。

大伙儿全都静悄悄地倾听着，屏息凝神地倾听着，直到歌声完全消失，才回过神来，注意到了眼前发生的事情。所有人都似乎得到了安慰，都以各自的方式受了感化。侯爵仿佛这才看清自己刚刚差一点造的孽，不禁低下头去望着偎依在自己身旁的妻子，侯爵夫人则忍不住掏出绣花手帕来擦眼睛。在此以前不久她那年轻的心胸还感到压抑，眼下却如释重负，极为舒畅。人丛中一派肃穆气氛，好像把所有的危险全给忘了，既忘了山下的大火，也忘了山上那头休息好以后还会爬起来的猛狮。

侯爵招手让下人把马牵过来，这一下人们才又恢复了活动，随后他转过脸去对那女人说道："这么说你们相信通过你们的歌声，通过这孩子的歌声还有这只竖笛的吹奏，就能在碰见那头雄狮时将它驯服，使它在既不危害我们也不遭到伤害的情况下，重新回到笼子里去喽？"

那一家做了肯定的回答，并且一再保证说到做到。侯爵于是派古堡的看守给他们领路，自己则带着少数亲随匆匆离去，其他随从陪着侯爵夫人慢慢跟在后边，那母子二人也在已经搞到一支枪的古堡看守的带领下，向山上走去。

在进入古堡的夹道的口子上，他们发现一伙猎人正在搭干柴堆，以便随时能够生起一堆大火来。

"用不着，"女人说，"没这一切也会万事大吉的。"

再往前走，他们又在一处墙头上看见了霍诺利奥。他怀抱双筒猎枪，以一种随时准备应付意外情况的姿态坐在那里，然而却似乎压根儿没注意到有人上山来，像是正在沉思默想，目光也心不在焉地游来游去。女人与他搭话，请求他不要点火，他似乎仍然爱理不理。她于是更加恳切地求他，高声说道："英俊的年轻人呵，你杀死了我的老虎，我不诅咒你；别再伤害我的雄狮吧，好心的年轻人，我会给你祝福的。"

霍诺利奥的双眼直愣愣地望着红日开始沉下的远方。

"你在望着西边啊，"女人又高声说，"你这样做是对的，那儿可干的事多着哩；赶快去吧，不要耽搁，你会战胜一切困难的。不过首先你得战胜你自己。"

听到这儿，霍诺利奥似乎微微笑了；女人继续往山上爬去，爬着爬着仍忍不住扭过头来再次望一望留在身后的霍诺利奥，淡红色的夕照使他容光焕发，她相信自己从未见过比他更英俊的小伙子。

这时候古堡看守对她说："要是真如你们相信的，你的儿子能靠吹笛儿唱歌吸引住雄狮，使它安安静静，那么事情就好办了，因为这只大畜生躺的地方离那个破墙洞很近，由于大门给封住了，我们便是从这个洞进出的。小家伙要是能把它逗进去，我便可以轻而易举地把洞堵上，然后孩子只要好好记住我的话，循着他在墙角上看见的小悬梯往上走，就从那野物身边溜出来了。咱俩可以藏起来，不过我将找这样一个位置，以便我的枪弹随时能够给小家伙以帮助。"

"这些麻烦统统没必要，上帝和艺术，虔诚和幸运，一定会使事情圆满结束。"

"就算是吧，"看守回答，"可我也了解自己的职责。我先领你们从一道很难走的台阶爬到城墙上去直接去我刚才说的入口跟前，小家伙可以往下走，马上进入表演场，然后再把被驯服了的猛兽朝里边逗。"

事情就照他说的办。看守和母亲藏在墙头上，目睹着小男孩走下悬梯，踏进开阔的庭院，然后消失在了对面黑森森的墙洞中。可是不一会儿就响起他的笛声，这笛声逐渐变弱，最后终于完全消失了。时间一分一秒地真是够难熬的，那位饱经风险的老猎手在这罕有的情况面前也憋得受不了。他自言自语说，还不如由他去对付那危险的野兽哩；然而母亲却神色泰然地倾着身子聆听着，丝毫没表现出惊慌不安的样子。

终于又响起了笛声，男孩从墙洞中走出来，满意的两眼炯炯发光，雄狮跟在他的身后，但走得异常缓慢，好像行动有些吃力似的，走不多远又想躺下去的样子。可是男孩领着它绕了一个弧形，穿过已经落掉一些叶子但仍色彩斑斓的树林，一直走到通过废墟的缺口射进来的落日的残照中，在那儿，他才慢慢坐下去，像个仙人似的身披霞光，同时再次唱起了他那首能感化性灵的歌；这首歌，我们也不能不再重温一遍：

> 在这儿山坳里，我听见
> 狮穴中传来先知的歌声；
> 天使们在空中飞翔盘旋，
> 可为了安慰受惊的善良人？
> 雄狮、母狮去而复来，
> 终于偎在他的脚下；
> 啊，是温柔虔诚的歌唱，
> 感化了它们的性灵！

唱着唱着，那猛狮便紧挨着小男孩躺了下去，并把自己沉重的右前爪搭在他的怀里。男孩一边继续歌唱，一边温柔地抚摸它的爪子，可没摸一会儿他就发现，原来有一根锋利的大刺扎进了雄狮的脚掌中。男孩小心翼翼地把刺拔出来，微笑着从自己脖子上摘下一条花绸围巾，用它包扎好了那猛兽的巨爪，让在上面偷看的母亲高兴得伸出两臂，身子往后一倒，要不是看守的粗大手掌一把将她拽住，提醒她危险尚未过去，她没准儿就会按照老习惯喝起彩来，鼓起掌来的。

孩子在用小笛儿吹出一小段前奏以后，又嗓音嘹亮地唱道：

有永生的主统驭尘寰，
有主的慧目照临大海；
雄狮一头头变成羔羊，
排空的怒浪平息下来；
猛劈的利剑滞留在空中，
信仰和希望充满人人心怀；
是仁爱创造了桩桩奇迹啊，
在祈祷的歌声里包含仁爱。

雄狮，这凶残的野兽，这森林中的大王，这动物王国的暴君，如果说在它的脸上，人什么时候有可能感到一点和蔼亲切与满意感激的表情的话，那么就是眼下；小男孩满身灵气，看上去真像一位强大的无往不胜的征服者；那一个呢，虽说还不像已被征服，在它身上还潜藏着力量，但却跟被驯化了似的，如此和平，如此柔顺。孩子继续地吹着笛儿唱着歌，并且随性之所致，对词句进行颠倒和增添：

> 善良的小孩子们，
> 不让他们产生恶念，
> 帮助他们完成善行。
> 虔诚的意念和乐曲，
> 打动了林中的暴君，
> 它偎在主的爱子膝前，
> 永不离开这幼弱的人。

3.《浮士德》——思想者文学的典范

歌德之所以伟大，歌德之为歌德，首先在于他是一位伟大的思想家，首先在于他思想的伟大。"智者之书"《浮士德》——思想者文学的典范，它的主人公浮士德博士的痛苦，就是典型的思想者的痛苦！

尽管歌德的《神性》、席勒的《欢乐颂》等篇幅短小的诗歌富有思想者文学的鲜明特征，已能显示德语文学的精彩、精湛、魅力、魔力，我们却不能就此驻足停步，还须深入德语文学的堂奥，攀登德语文学的高峰，去认识一下《浮士德》这旷世不朽的杰作，哪怕只是接触它的一个局部，即阅读它的一些片段。为了更好地解读、欣赏这些片段，有必要先了解一下《浮士德》全书。

诗剧《浮士德》在问世后的近两个世纪里，先在德国，继而在欧洲乃至全世界，引起了越来越大的重视，不仅一再地被翻译成世界各国的其他文字，甚至在许多国家它都有不止一种译本，研究他的著作、论文也成千上万，汗牛充栋。人们不断地从不同的角度，在不同的时代和文化背景中，带着不同的审美眼光对《浮士德》进行审视和解读。这部杰作呢就如同一块硕大的水晶体，随角度、背景和审美眼光的变化而变化，永远闪射着美丽迷人的光彩。像《浮士德》这样长久保持巨大生命力和吸引力的经典作品，在德语文学中真是绝无仅有，在世界文学中也屈指可数。它是马克思"最喜爱的"一部德语文学著作，被他读得烂熟。马克思早年写过一部命运悲剧《兰尼姆》（未完成），其主人公贝尔蒂尼就被认为是"《浮士德》里的（魔鬼）靡非斯托裴勒司苍白无力但可辨认出来的翻版"。①马克思还在自己的论著里经常引用《浮士德》，或者巧妙地借用书中形象，或者创造性地发挥书中的思想。他特别欣赏靡非斯托裴勒司冷峻尖刻的嘲讽，曾让这个魔鬼现身说法，帮助揭示金钱、货币"带来邪恶堕落"和"助长异化现象"的资本主义的社会现实。②列宁同样非常喜欢《浮士德》。他流亡国外时只带了两本文学书籍，其中一本就是歌德的伟大诗剧。他在西伯利亚的流放地也经常读它。统一德国的"铁血宰相"俾斯麦，也推崇《浮士德》到了无以复加的地

---

① 柏威拉尔：《马克思和世界文学》，梅绍武等译，三联书店1982年版，第23页。
② 柏威拉尔：《马克思和世界文学》，梅绍武等译，三联书店1982年版，第104页、106页。

步,称它为德国人"世俗的《圣经》"①,说只要"带着它,一个人即使终生独居在孤岛上,也不愁缺少精神寄托……"

诚然,对于歌德的《浮士德》,近200年来并非只有推崇和赞美。特别是在歌德逝世后不久的19世纪上中叶,特别是对诗剧的第二部,批评和贬斥也不算少。甚至有些原本十分景仰老诗人的年轻一代作家如赫勃尔、默里克、凯勒以及海涅等,也不完全理解这部巨著,也加入了批评者的行列。但是,时代的前进,研究的深入,渐渐消除了好心人的误解和反动势力(如德国的纳粹"理论家")的曲解,使《浮士德》像一座深深埋藏在地下的宝藏,终于为越来越多的人所认识和珍视。

《浮士德》对于后世作家们的影响,更非同一般。海涅、拜伦、普希金和屠格涅夫等大诗人大作家,都写过类似题材或主题思想的诗剧,平庸之辈的仿作更不计其数。到了20世纪,在《浮士德》启迪下写成的作品仍不断出现,其中最著名的为托马斯·曼的长篇小说代表作《浮士德博士》(1949),卢那察尔斯基的《浮士德与城》(1918),高尔基未完成的长篇小说《克里姆·萨姆金的一生》(1927—1937)以及法国杰出诗人瓦雷里的戏剧片段《我的浮士德》(1940),等等。在咱们中国,一提起《浮士德》,人们自然会想起文学巨匠郭沫若,因为他不仅是这部世界名著的第一位中译者,而且其本身的诗歌和戏剧创作也深受《浮士德》的启迪。②

---

① 海涅在《论浪漫派》中也有类似说法。见(中译本)人民文学出版社,第55页。
② 关于欧洲文学受《浮士德》影响的详情,可参阅董问樵著:《浮士德研究》,复旦大学出版社1987年版,第148—162页。

歌德的《浮士德》甚至影响到了其他艺术门类，由此产生的名著杰作有法国作曲家古诺的歌剧《浮士德》，法国画家德拉克洛瓦、西班牙画家达里等绘制的《浮士德》插图，以及一大批以演出《浮士德》中的浮士德和靡非斯托裴勒司著称的演员。

诗剧《浮士德》分上下两部，共计12111行，篇幅虽不算小，但毕竟有限。相比之下，它的魅力和影响力，却几乎无限、无穷。何以会如此？原因在哪里？

原因首先在作品本身具有无比丰富，异常深邃，复杂而又多层次的思想内涵。是的，它是如此的丰富、深邃、复杂而又多层次，以至不同时代和不同民族的读者，人人都可以从中发现一些新的东西，以至一代一代的研究者对它总是说不完，道不尽。

《浮士德》给我们讲述了一个"异人"，一个永远不安于现状、永远自强不息的德国男子的故事。《浮士德》让我们跟随主人公的足迹，时而人间，时而地府，时而天国，从现实回到往古，再从往古返归现实，进而面向未来，一路上经历和目睹了无数或黑暗凄惨，或壮丽恢宏，或神奔鬼突，或圣洁和谐的场面和境界。人生世象尽在眼前，七情六欲激荡心中。《浮士德》真可谓是一面人生的宝鉴，反映着善与恶、美与丑、光明与黑暗之间形形色色的没完没了的斗争。

人们常讲《浮士德》是对西欧自文艺复兴以来的300年历史的总结，或者更确切地说，是"对西欧启蒙运动的发生、发展和终结，在德国的民族形式中加以艺术概括，并根据19世纪初期资本主义的发展，展望人类社会的将来"。[①]一句话，《浮士德》不仅

---

① 董问樵著：《浮士德研究》，复旦大学出版社1987年版，第34页。

仅是某个德国男子的故事,而是西欧一个漫长而重要的历史时代的缩影。

《浮士德》是歌德的主要代表作,第一部问世于1808年,第二部问世于1832年,为完成它前后总共花了60年的时间。它不仅折射着歌德一生的主要经历,也是诗人兼哲人的他对社会、人生和宇宙的大问题长期思考的结晶。这后一点更加重要,《浮士德》因此成了一部富于哲理的智慧之书。书中到处都是意味深长的警句,光彩照人的思想。从整体上看,它回答了哲学所关心的几乎所有重大问题,诸如宇宙的形成、万物的起源、认识的性质、人生的意义,乃至人类发展的未来,等等。《浮士德》的主人公并不等于作者,而是一种资本主义上升时期的新人的典型。所谓"浮士德精神",也可以讲是一种新的文化精神的体现。因此,歌德这部诗剧在西欧思想文化史上,具有鲜明的现实意义和现代意义。

不用全部,仅仅上述的几个方面乃至其中的某一个方面,就足以使《浮士德》的思想内涵异乎寻常的丰富、复杂、深邃。也就难怪,诠释、研究《浮士德》,会形成一门专门的学问,世界各国的学者对书中的问题,诸如什么是"浮士德精神"等,会仁者见仁,智者见智,不断做出富有新意的解释。至于一个多世纪以来各国文学中出现的大量以浮士德的故事为题材的剧本、小说和诗歌,实质上同样是作家们企图做出自己新的解释的尝试。

使《浮士德》成为不朽杰作的不仅仅是内容,它十分独特的艺术形式同样起了重要的作用。 换句话说,赋予《浮士德》无穷魅力的另一个因素,是诗剧独特的艺术形式。它同样丰富多彩、复杂多变,而且与思想内涵有着水乳交融一般不可分割的联系。

可是正由于它独特、丰富而又复杂，在好些方面就还可能不合我们的欣赏习惯，同样会增加阅读和接受的困难。这儿只粗略地说一说《浮士德》的艺术特点。

首先，《浮士德》是一部诗剧，同时具有戏剧和诗歌的特点。故事情节和人物的思想、情感和个性，主要用对话、独白以及西欧传统戏剧的合唱来表现；而所有的对话、独白和合唱，又都以诗体写成，都像诗歌一般凝练、含蓄和富于暗示性。在这部巨著中，诗体和格律可谓多种多样，并且随着人物、场景、时代的变化而相应改变，语言就显得格外的丰富多彩。至于内容，则或赞颂，或抒情，或叙事，或喻理，或讽刺，或调侃，无所不备，应有尽有，令人目不暇接。

其次，《浮士德》既是"欧洲自文艺复兴以来300年历史的总结"，时间的跨度极大，从德国中世纪即将结束的16世纪，一直延续到19世纪初的资本主义原始积累和自由竞争时期，所应涵盖的历史事件和故事内容非常之多，一部作品不管多么大的篇幅，都无法如编年史似的将它们一一述及。所以，诗剧的剧情极富跳跃性，其间的省略和空白，都需要读者用想象，或者更确切地说用自己原有的历史和文学知识来加以弥补，因此就不像读一般消遣性的通俗小说那样愉快轻松，但却更堪玩味和咀嚼，读者会体会到更多的参与、探索、发现和驰骋想象力、思考力的乐趣。

最后，恐怕也最重要的是，《浮士德》内容深邃、复杂和多层次，即既生动而具体地反映出德国的社会和政治现实，如对格利琴的悲惨遭遇的描写，对德国宫廷生活的揭露，又充满天马行空似的大胆而奇异的幻想，如写浮士德寻找古希腊的美女海伦，与她结合及生子等，而且在这些事态世象背后，还隐藏着丰富的精神内容和深刻的哲学寓意。所以，诗剧使用的艺术手法与此相适应，也不可能单纯和统一。总体上讲，《浮士德》的确如作者自称的那样是一部悲剧，但不少场次又是喜剧、闹剧、寓言剧，等等。

人们常讲，《浮士德》在艺术手法上是现实主义与浪漫主义相结合的典范。这是对的，但还不够。笔者认为，还必须大大地强调歌德对于象征这一艺术手段普遍、大胆和天才的运用。

《浮士德》全剧终了时有一首总结性的《神秘的合唱》——

> 一切无常世象，
> 无非是个比方；
> 人生欠缺遗憾，
> 在此得到补偿；
> 无可名状境界，
> 在此成为现实；
> 跟随永恒女性，
> 我等向上向上。

这首"合唱曲"乍听起来确实神秘，实际上却揭示了诗剧在艺术审美方面的主要奥秘：浮士德的整个故事，无非是个比方或者说象征罢了。而深刻的比方和象征，通常都带有无可名状、难以言喻和朦胧的性质。这就更加丰富了诗剧的"寓言意义"和"神秘意义"。像上引《合唱》中的"永恒女性"究竟象征什么的问题，就很难做出完全明确的、肯定的解答。这样的问题，在《浮士德》中可谓比比皆是，无可回避。

是的,《浮士德》的最重要的艺术特点,是大量地使用象征、典故和比喻。这些象征、典故和比喻,还不局限于一词一语,一时一事,不仅仅涉及人物原型、故事模式、文学意象或某一个局部的思想母题,而是贯串全书,几乎无所不在。甚至可以讲,整部诗剧,诗剧主人公浮士德博士的整个故事,都是建构在象征、典故和比喻之上。拿人物来说,不只天主、靡非斯托、海伦、欧福良、悭吝、忧愁等虚拟的形象是象征,浮士德、瓦格纳、格利琴以及皇帝宫中和战场上实存的各色人等同样如此。

众所周知,凡是文学作品中的象征、典故或比喻,无不包藏着深厚的民族文化积淀。诗人歌德身为德国人,他的民族文化是欧洲文化的一部分,其来源一般讲主要有三个:一是日耳曼民族固有的文化;二是以《圣经》为主要载体的基督教文化;三是经过意大利文艺复兴得以发扬光大的古希腊罗马文化。在这一大前提底下,《浮士德》中的象征、典故和比喻,同样都植根于这三种对我们来说是异质的文化中间。它们要么取自德国的民间故事或传说,如浮士德博士的故事和魔男魔女在瓦普几斯之夜的传说,要么取自基督教的信仰及其经典,如诗剧开场时至关重要的两次赌赛就与《圣经·旧约·约伯记》的两次赌赛有着关系,要么取自希腊罗马传说,例子更比比皆是,不胜枚举。

对于我们中国的读者来说,欣赏接受《浮士德》这部巨著的困难,恐怕主要也在理解把握书中层出不穷的象征、典故和比喻。

诗剧《浮士德》既有曲折、多变和动人的情节,又富于文化底蕴和哲理思辨,因此不能视作一般揭示社会矛盾的戏剧——虽然它也揭示了若干突出的社会矛盾。从总体上看,《浮士德》可以说是一部以诗体写成的、带有悲剧色彩的象征剧或者寓意剧,是一部诗的哲学或者说哲学的诗。

内容和形式两个方面的丰富、复杂、独特，使《浮士德》成了世界文苑中的一枝珍贵的奇葩，成了屈指可数的几部吸引一代又一代研究者的杰作。但与此同时，对于广大读者，它也差不多成为一部难解的"天书"。普通的欧洲人和德国人已经是如此，生活在另一个文化背景中的中国人更是。诗剧的第一部有一个凄美动人的爱情故事作为情节核心，倒还容易阅读和理解；第二部则大不一样，不只一般人读不下去，连郭沫若这样思想敏锐的诗人和学者也是如此：他在1920年前后同样只能欣赏和翻译《浮士德》第一部，26年后，待到他的阅历、见识大大丰富了，思想更加成熟了，才自认为能理解第二部的深刻含义，下决心将它翻译出来。对于这种现象，歌德自己做了如下的解释：

> 第一部几乎纯粹是主观的。一切都产生于较狭隘的、更热情的个人，这种人的半蒙昧状态，也许能讨人们喜爱。但第二部里几乎完全没有主观的成分，所呈现的是一个更高尚、更宽广、更明朗、更冷静的世界，谁要不曾奋斗求索过，有了些人生阅历，谁对它就会一筹莫展。

尽管如此，我们不应半途而废，置《浮士德》的第二部于不顾，虽然对于中国读者来说，要真正读懂它是难上加难。这就要求我们在开始阅读前做充分的思想准备，有进入深山探索的地质工作者一般的正确态度。对一部作品的理解的程度，主要决定于阅读者本身的"先结构"，即所谓"先见""先知""先有"等。拿通俗的语言来讲，就是决定于读者本身已有的文化修养、人生阅历以及阅读欣赏的训练。读者的"先结构"离作者越近，阅读理解的障碍就越少。这儿所说的理解，自然是广义的、多方面的，审美鉴赏也是一个重要方面。再者，要想读懂并且欣赏《浮士德》这部内涵无比丰富的"智慧之书"，除了有严肃认真的态度和一定的知识储备，还必须方法得当。最重要的，似乎是应该遵照先易后难、由表及里这一循序渐进的原则，首先弄清楚《浮士德》的字面意义，即它的具体故事内容，然后再深入考虑其他方面。

说不完的《浮士德》！在我们对这部思想者文学中的经典做了大致介绍之后，再来自己读一读它的几个片段——

* *夜*[①]

高拱顶的哥特式房间，狭窄、拥挤，

浮士德不安地坐在书桌旁的圈椅里。

* *浮士德*

如今，唉！哲学、

法学和医学，

遗憾还有神学，[②]

我全已努力钻研。

可到头来仍是个傻瓜，

[①] 原剧第一部第一场。
[②] 哲学、法学、医学和神学为欧洲中世纪的四大学科。戏一开场便提到它们，和上面有哥特式拱顶的居室描写，都渲染出了剧中人所处的时代环境。

并未比当初聪明半点!
枉称硕士甚至博士,
转眼快到十年,
牵着学生们的鼻子
左右东西原地打转——
最后却发觉一片茫然。
我因此真叫忧心如焚,
虽然比所有蠢货、比博士、
硕士、作家、牧师都要聪明;
虽然我没疑虑、内疚的困扰,
地狱啊、魔鬼啊我全不担心——
然而欢乐也被完全剥夺,
不敢自诩有任何真知,
不敢将民众教育指引,
或以青年的导师自命。
我既无产业也无金钱,
没有荣耀也没有盛名;
这么活下去啊连狗也不如!
所以说我才潜心魔法,
尝试借神魔的力量和口舌,
把一个个的奥秘探明;①
希望不用再流着臭汗,

---

① 中世纪之前,意在认识和驾驭自然的魔法、巫术,实为科学的始祖,中外皆然。

去强不知以为知地胡扯；
还希望我能够发现
世界核心的凝聚力，
看清所有动力和种子，①
不再咬文嚼字胡扯蛋。

朗朗的月光哦，但愿今夜
你最后一次看见我的烦恼！
多少回了，我通宵难眠，
在书案旁迎接你的来到：
于是忧郁的朋友你便
将我的典籍和素笺照耀。
唉！真想披着你的银光，
漫步在高高的山顶上，
随精灵们绕着山洞飞旋；
在洒满你幽辉的草地徜徉，
扫净知识的雾障，沐浴
你的清露，还我身心康健！

唉！难道我仍要困守牢狱？
这该死的墙洞幽暗霉烂，
透过它有色玻璃的阻隔，
连日光月华也黯然惨然！

---

① 此处的"种子"为术士的用语，意即元素或构成宇宙万物的基本物质。

一直到高高的拱顶底下，
尘封虫蠹的书本堆积如山，
四周围着烟火熏黄的纸罩，
人陷入其中转身也艰难；
周围散乱着试管烧杯玻瓶，
还塞满形形色色的仪器，
它们全是老祖宗的遗产——
这就是你的世界！这也能算世界！

谁想你竟然问，为什么
你的心在胸中闷得可怕？
为什么一种难言的痛楚
会把你所有的生机扼杀？
上帝创造生气勃勃的自然，
原本为让人类生存其间；
可你却将它远离，来亲近
烟雾、腐臭和死尸骨架。

走！快！快逃向广阔天地！
这部神秘的著作，它出自
诺斯特拉达姆斯的手笔，
难道它还不足以引导你？
一当你得到自然的指点，
就会看清星辰的轨迹，
顿时获得心灵的力量，

把神灵间的对话洞悉。
要想弄懂这些个灵符,
在此苦思只白费心机。
身边飘浮的神灵啊,你们
听到了就请回答我的问题!
(翻开大书,看见大宇宙的符记)

哈!才这么看上它一眼,
我便突然觉得心旷神怡!
年轻而神圣的生命的幸福感
忽然沸腾、激荡在我血脉里。
写下这灵符的莫非是位神灵?
它平息了我胸怀中的躁动,
使我可怜的心里充满欣喜,
让我怀着神秘莫测的激情,
去揭示周遭自然力的奥秘。
我也是神吗?如此心明眼亮!
符记的线条看得清清楚楚,
突然间悟出了造化的玄机。
这下我才真懂了先哲之言:
"神灵的世界本未关闭;
只是你闭目塞听,心已死去!
弟子啊,快振作,别懈怠,
用红色朝霞将胸中尘埃荡涤!"
宇宙万物交织成一个整体,

相互依存，才富有活力！
宇宙之力在不断消涨，
把黄金的吊桶相互传递！
鼓动着散发福馨的灵翅，
从空而降，渗透大地，
有和谐的天籁响彻寰宇。

何等壮观哦！唉，也只壮观而已！
无尽的自然啊，我在何处把握你？
丰乳——众生之源，天地之根，
我枯萎的心胸对你们无限渴慕，
可你们在哪里？你们在哪里
涌溢、滋养，却把焦渴的我抛弃？

老博士浮士德在夜里独自苦思，怀疑知识的价值，厌倦书斋里的生活，欲亲近自然、获得神性而不可得，遂产生了自杀的念头。

浮士德——思想者的典型；浮士德的痛苦——思想者的痛苦，求索者的痛苦。歌德青年和中年时期的代表作《少年维特的烦恼》和《塔索》的主人公，其实也都是典型的思想者，也都经历过但却最终承受不了浮士德似的思想者的痛苦，结果维特自杀，塔索精神失常。

* *守塔人之歌*
生来为了观看，
瞭望是我使命，

> 矢志驻守高塔，
> 世界令我欣幸。
> 我遥望那远方，
> 我俯瞰这近景，
> 上有月亮星辰，
> 下有林莽鹿群。
> 我看大千世界，
> 永远欣欣向荣，
> 就像我爱世界，
> 我也爱我本人。
> 幸福的双眸啊，
> 你们所见一切，
> 尽管变化万千，
> 莫不美妙绝伦！

《守塔人之歌》出自《浮士德》第二部《深夜》一场。它歌颂宇宙，礼赞生命，洋溢着肯定现世、热爱人生的乐观精神。同《遗嘱》一样，它也宣示了诗人的宇宙观和人生观，也表现了歌者作为"先知"——高瞻远瞩的守塔人也是某种意义上的先知——的自豪感；但是，却不存在理念化的问题，而是将哲理自然地、含蓄地融汇进了诗情画意之中，深藏在了文学语言的后边。正因此，它才能一方面明白如话，言简意赅，另一方面又意蕴丰富，耐人寻味，成为歌德晚年哲理抒情诗中的一首杰作。

浮士德博士临终独白

我为千万人开拓疆土,
虽不安全,却可以勤劳自由地居住。
绿色的田野结满果实;
人和畜在新垦地上都感到幸福,
勇敢而奋发的民众垒起高丘,
移居者得到它有力的保护。
任外边狂潮汹涌,冲击岸壁,
里面仍是一片人间乐土;
一当潮水噬岸,冲入堤防,
人们便群策群力将缺口堵住。
是啊,我已完全沉湎于这个理想,
它是智慧的最后结论:
只有每天去争取自由和生存的人,
才配享受自由和生存。
于是少年、壮年和老年人,
不惧风险,在这里度过有为的年辰。
我愿看见这样熙熙攘攘的一群
在自由的土地上生活着自由的人民。
对眼前的一瞬我便可以说:
你真美啊,请停一停!
于是,我有生之年的痕迹
不会泯灭,将世世代代长存。
我怀着对崇高的幸福的预感,
现在已享受那至神至圣的一瞬。

"为千万人开拓疆土",让"自由的土地上生活着自由的人民"——这是一个何等崇高而美好的理想!它从欧洲传统的人道主义土壤中萌生出来,成长在绚丽然而虚幻的空想社会主义的旧影下。在19世纪初,还很难设想它将怎样实现,还多半只是一个"预感"。因而,诗人是让老博士在双目失明后误将死灵为他掘墓当作民众筑坝的情况下,做了如上独白的。这表明,歌德知道,他在诗中描绘的只是人类的未来前景。他也知道,为了实现这美好的前景,人们只有群策群力,每日每时地去争取和斗争,因为"只有每天去争取自由和生存的人,/才配享受自由和生存"!

浮士德老博士的最后独白,应该讲才是歌德的真正遗嘱,才是这位人类光明未来的伟大歌者谢幕前最高亢、最辉煌的咏叹。它将诗人一贯奉行的乐观的现世主义,提高到了积极能动的有为哲学的高度;将他对个性解放的追求,扩展为为人类争取自由和生存的努力奋斗。

这样讲,希望不要引起误解,以为笔者已将浮士德——歌德当作了人类解放的斗士乃至社会主义者。不,浮士德仍然是以自我为中心,仍然自视为民众的主宰和救世主,而非民众的一分子抑或先锋。这,不仅注定了他的理想从根本上讲仍未改变资产阶级人道主义的性质,也暴露了他世界观中轻视群众的一大弱点。

可是,尽管如此,浮士德——歌德所怀抱的理想依然崇高而美丽,依然散发着千古不灭的灿烂光辉。

艺术风格上,浮士德这段独白也融哲理于诗情画意之中,只是调子更加沉雄豪放,情感更加激越热烈。读着它,浮士德老博士那高大魁梧的形象仿佛便屹立在我们眼前,而在他面对着的远方,正展现出千百万人齐心合力地移山填海,建造人间乐土的壮丽动人的情景。

最后让我们再概略而系统地说一说《浮士德》所蕴含的哲学思想。

歌德没有写过任何专门的哲学著作，更未试图建立自己的哲学体系，对此他甚至可以说抱有反感；然而，在《浮士德》中，他却探讨和回答了德国古典哲学所涉及的种种重要问题。正是丰富而深刻的哲学内涵，构成了《浮士德》宽广厚实的思想意义基础。也就难怪，黑格尔干脆称它为一部"绝对哲学悲剧"。①

"全部哲学，特别是近代哲学的重大的基本问题，是思维和存在的关系问题。"②在诗剧《浮士德》中，歌德对这个问题做了形象生动的直截了当的回答。在全剧开始即《天堂里的序幕》里，诗人便对大自然唱了一曲庄严的颂歌：宇宙恢宏无际，世界光明灿烂，日月星辰、风雨雷霆、海洋潮汐，各自按照永恒的轨道和法则而运动，而存在。这样一个壮丽无比的宇宙和自然界，尽管对于天使和魔鬼都"神秘莫能明"，但确定无疑的已是一个实体，一个物质存在。余下的问题仅仅是"开辟"宇宙的造化之力究竟存在于何处，世界的本原究竟是什么：是精神和意识呢，还是物质？是造物主上帝呢，还是永远运动变化着的自然本身？

对这个问题，诗剧主人公老博士浮士德也苦苦思索，力求解答。在第一部的《书斋》一场，他冥思苦想，重新翻译《圣经》中的《约翰福音》，刚翻第一句便犯了嘀咕：

---

① 见黑格尔《美学》第3卷下册，第310页。
② 见《马克思恩格斯选集》第4卷，第219页。

我写上了:"泰初有言!"
笔已停住,没法继续向前。
对"言"字不可估计过高,
我得将别的翻译方式寻找,
如果我真得到神灵的启示。
我又写上:"泰初有意!"
仔细考虑好这第一行,
下笔绝不能过分匆忙!
难道万物能创化于"意"?
看来该译作:"泰初有力!"
然而就在我写下"力"字,
已有什么提醒我欠合适。
神助我也!心中豁然开朗,
"泰初有为!"我欣然写上。

浮士德老博士哪里是在做"翻译"!他完全是在独立思考,力求索解宇宙形成之初造化天地万物的本原究竟是什么的问题。在《圣经·新约》的希伯来原文中,"泰初有道"的"道"字为Logos,按照基督教教义可解释为"神的理性""创世的原则"和"上帝的肉身"即耶稣基督;马丁·路德把Logos译作das Wort（言）,浮士德一开始也用了同一译法;中文通行本的《圣经》则将Logos译成了"道"。可是,无论怎么译,浮士德否认"泰初有Logos",就等于否定了它是造化天地万物的本原,就等于否定基督教关于上帝是造物主的说法。因为《约翰福音》明明白白写道:"泰初有道（Logos）,道与上帝同在,道就是上帝。这道泰初与上帝同在。万物是借着他造的。凡被造的，没有一样不是借着他造的……"①

浮士德不仅以否定"泰初有道"否定了上帝造物的说法，而且也不认为能造化天地万物的是属于精神范畴的"意"和难于界定和捉摸的"力"；他的最后结论叫作"为"。"为"的德文原文为die Tat。这个词儿于人可以理解为行动、行为和实践，于生物可理解为生存或进化，于自然界包括社会可理解为运动和发展等。对于宇宙万物之形成、产生，这个"为"字在浮士德看来再重要不过。由此，便宣示了一种无神论的、强调自然界本身的运动、进化、发展的宇宙观。

在诗剧《浮士德》里，辩证地看待事物的精神在靡非斯托身上体现得尤为生动、尤其深刻。他自称"否定的精灵"，明白地供认自己的本质便是一个"恶"字。但是，辩证地看，这否定和"恶"并不等于绝对的消极和坏。恩格斯曾经指出："在黑格尔那里，恶是历史发展的动力借以表现出来的形式。这里有双重的意思，一方面，每一种新的进步都必然表现为对某一种神圣事物的亵渎，表现为对陈旧的、日渐衰亡的、但为习惯所崇奉的秩序的叛逆，另一方面，自从阶级对立产生以来，正是人的恶劣的情欲——贪欲和权势欲成了历史发展的杠杆……"②

歌德对恶的认识与黑格尔可算不谋而合，异曲同工。在《浮士德》的两位主人公浮士德和靡非斯托身上，都有恩格斯指出的恶两个方面的表现。不同只在于程度和侧重，只在于本质的差

---

① 《圣经·新约》香港圣经公会1983年版，第125页。
② 《马克思恩格斯选集》第4卷，第233页。

异。真正集中了恶的品性的，是靡非斯托，通过他，恶的作用和意义被充分地展现在我们面前。

魔鬼靡非斯托正是以"人的恶劣的情欲"，以一般人贪恋的酒、色、财、权等为诱饵，力图使浮士德上当受骗，苟且偷安，不思进取；可结果呢，反倒刺激了他不断上进，促使他一步步超越自己，认识了人生的真正意义。拿魔鬼自己的话来说，他就是那种"永远想作恶结果却总是创造了善的力量的一部分"。作为浮士德的对立面，他明显地起了相辅相成的作用。没有他便没有浮士德，正如没有恶便无所谓善。他与浮士德如影随形，浮士德本人身上也有他的影子，就是那个"沉溺爱欲，执着尘世"的拖后腿的心灵。所以，在他身上，恶与善并非截然分开，而是彼此渗透，彼此影响。

作为恶的化身，魔鬼靡非斯托在剧中的确起到了"杠杆"的作用，积极而至关重要的作用。离了他，老学究浮士德一筹莫展，寸步难行，多半只能困死在书斋里；靠着他，浮士德才进入了"小世界"和"大世界"，完成了自己的人生使命，找到了"智慧的最后结论"，升入了"灵的境界"。

再者，魔鬼作为"恶"的化身和"否定的精灵"，也确如恩格斯说的对各个时期陈旧的、日渐衰亡的"神圣事物"，进行了肆无忌惮的"亵渎"。这便是革命导师们大为称道的"靡非斯托裴勒司的辛辣的嘲笑"。

您看，他嘲笑教会的伪善，嘲笑官廷的腐败，嘲笑大学里的迂腐教条，嘲笑浪漫派死气沉沉的诗歌……他还对资本主义社会金钱的巨大魔力和罪恶，对所谓自由贸易与战争和海上掠夺实为"三位一体"，进行了无情的揭露和尖刻的讽刺。例子真叫不胜枚举。这里仅择取富于哲理的两个。

在诗剧第二部第一幕，他当着皇帝的面，把道貌岸然的大主教兼宰相大肆奚落了一番：

> 听这番高论，先生实在很有学问！
> 凡摸不着的，您便以为远在天边，
> 凡抓不住的，您便根本不予承认，
> 凡算不出的，您便否认真实确凿，
> 凡没称过的，您便相信分量为零，
> 凡非您铸的，那金币便不值分文。

在这里，靡非斯托活画出了一个主观唯心主义者的嘴脸，真正是愚蠢而顽固，可笑而又可厌！

再听他在第一部的《书斋》一幕，如何貌似给年轻学子答疑解惑，实则狠狠地嘲笑了名为逻辑的形而上学：

> 光阴似箭喽，时间真得抓紧，
> 想节约时间，唯有有条不紊。
> 亲爱的朋友，因此我劝你
> 首先选修逻辑学。在课堂，
> 你的精神将受严格的培训，
> 恰像穿上西班牙的长筒靴[①]，
> 一旦将来上了思维的跑道，

---

① 此处西班牙皮靴是一种刑具的俗名。

就不会东倒西歪，昏昏沉沉，
就不会胡跑乱跳，闯鬼迷路，
而是迈起步来更稳重、谨慎。
随后还要对你反复训练，
养成你按部就班的习惯，
比如吃喝这种一下就成的事，
也必须来它个一！二！三！
须知思维工场如像纺织厂，
出好的产品得有能干工匠；
要脚一踩就牵动万千纱线，
梭子来而复往，急如飞燕，
棉纱悄悄流动着，流动着，
万千经纬交织只在一转眼。
哲学家随后登上讲堂，
向你证明必须这个样：
假设甲如此，乙如此，
那么丙和丁只能如此；
假如甲不存在，乙不存在，
丙和丁也就永远不会存在。
……

值得一提的是，"恶"的化身靡非斯托还经常成为一些深刻哲理的昭示者，例如马克思、恩格斯和列宁都引用过的"理论都是灰色的，生活的金树长青"这句名言，便出自他这个魔鬼之口。今天，它也常出现在我们的文章里。细想起来，这同样符合辩证法。

在伟大的诗剧《浮士德》中，的确处处闪耀着辩证思维的光辉；而靡非斯托这个形象，更是充分表现了歌德本身以及整个时代的智慧的杰作。

从以上的概略、粗浅分析可以看出，《浮士德》这部巨著蕴含的哲学思想可谓包罗万象，博大精深。这样丰富深刻的哲学内涵，当然不是从天上掉下来的，也绝非一个孤立的存在，正如天才诗人歌德和他的不朽杰作《浮士德》，也不会自动地、无因地，产生在18世纪的德意志这块贫瘠的土地上一样。起决定性作用的，应该讲还是时代的大气候和德国周围的大环境。因为，在特定的紧相依傍的地理条件下，在同样的文化历史传统中，欧洲各国联系密切、频繁，相互影响强烈、迅速，地处欧洲中心地带的德意志帝国，不但毗邻着瑞士、荷兰、英国、法国等先后领导思想潮流的国家，而且一度还把文明古国意大利包括在版图之内，因而说得上是四通八达、人文荟萃、各种思潮的流传汇聚之地。从这个着眼点看，《浮士德》就不仅仅属于德国，而是属于整个欧洲，不然，它也就不可能成为"欧洲300年历史的总结"。《浮士德》所蕴含的哲理、所表现的精神，即"浮士德精神"，也非纯粹的德意志精神，而是整个欧洲文化和哲学传统的延续，更是意大利文艺复兴以来300年的欧洲精神的凝聚和结晶。

如前所述，诗人歌德之所以能兼为哲人和思想家，是因为他在自己的作品里，深刻地探讨和回答了一系列有关宇宙、人生的重大哲学问题。但是仅仅指出这点，似乎还不能完全说明歌德作为思想家何以格外伟大，出类拔萃。事实上，歌德之为歌德，本是文学家的他作为思想家之特别受到世人重视和景仰，而且这种景仰历久不衰,应该说还有一个更加重要的、带决定意义的理由,就是他在其伟大的诗剧里,将自己的主要思想浓缩、凝聚成了一个闪闪发光的巨大"宝石"——"浮士德精神"。

近两个世纪以来,人们只要一提起歌德,自然会想到"浮士德精神";一提起"浮士德精神",自然会想到大文豪兼大思想家歌德。可以说,鲜明而突出的"浮士德精神"的创立,乃是哲人歌德的主要建树;可以说,正是因为凝聚着这种精神,《浮士德》这部诗剧才在众多同一题材的作品中脱颖而出,独树一帜,在世界文学史上占据着难以被其他作品取代的地位。

"浮士德精神"既然如此重要,它的具体内容究竟是什么呢?

这个问题,一直受到歌德研究者乃至普通读者的关注。国外对此问题的回答可谓异彩纷呈,人言人殊,我们的答案几十年来却似乎有些简单,往往仍然重复辜鸿铭老先生半个多世纪前的用语和提法,称"浮士德精神"即为"自强不息"的精神,云云。如今,无疑已有必要对它做进一步的展开和阐述。

为此,窃以为首先得走出一个误区,既不能希望对一个形而上的、复杂的人文精神取向,也跟对自然科学现象似的下个言简意赅的定义,甚或列出一个什么等于什么的简单公式来。须知,"浮士德精神"就是诗剧主人公以其一生的奋斗、失败、再奋斗所体现出来的全部人生态度和精神追求,绝非干巴巴的一则公式、一个定义、一句教条所能概括和涵盖。

"浮士德精神",照我看具有十分丰富的、多方面的内容。小而论之,它涉及个人的立身行事、荣辱观念、理想追求;大而论之,它涉及对社会、对人类、对宇宙的认识和态度。积极乐观,奋发进取,自强不息;永远向上,永不自满自足,不断精益求精；勇于探索真理，不畏艰险，不怕牺牲，上下求索，九死不悔；热爱生活，心系大众，"敢把天下的苦乐承担"，"宏已救人"（郭沫若语）；以奋斗为乐，为拯济人类而大胆改造自然，征服自然；高瞻远瞩，永远乐观地面向未来。所有这些，不都体现在诗剧的主人公身上，不都可以称作"浮士德精神"吗？

刚刚与靡非斯托签完打赌的契约，浮士德面对这个只知道以声色犬马之娱诱惑世人的魔鬼，如此展示了自己的抱负和理想：

> 真正的男子汉只能是
> 不断活动，不断拼搏。
> ……
> 听着，这儿讲的并非什么享乐，
> 而是要陶醉于最痛苦的体验，
> 还有由爱生恨，由厌倦转活跃。
> 我胸中对知识的饥渴业已治愈，
> 不会再对任何的痛苦关闭封锁。
> 整个人类注定要承受的一切，
> 我都渴望在灵魂深处体验感觉，
> 用我的精神去攫取至高、至深，
> 在我的心上堆积全人类的苦乐，
> 把我的自我扩展为人类的自我，
> 哪怕最后也同样失败、沦落。

老博士的这段自白，应该讲就是何谓"浮士德精神"的权威解释。

他这样的精神，在《浮士德》产生的年代，在欧洲的启蒙运动时期，在新兴资产阶级登上历史舞台并逐渐成为主角的17、18世纪，正体现着一种新的文化精神，一种新的人生态度，一种不断拼搏、进取，永远追求"至高、至深"，在"把我的自我扩展为人类的自我"的道路上无所畏惧的积极进步的人生观和世界观。

阐明了"浮士德精神"是什么以后，有必要明确地指出，这新的文化精神和新的人生态度，这种新的、进步积极的人生观和世界观，正如本篇一开始说《浮士德》不是一个偶然产生的、孤立的存在一样，也并非无源之水，无本之木，而是一棵有着300年树龄的参天大树。这棵树深深地扎根在欧洲的历史里，扎根在它的文化传统中，只是在歌德的笔下，在诗剧《浮士德》里，它变得来特别的枝繁叶茂，高大挺拔罢了。它本是文艺复兴以后逐渐成长、壮大起来的欧洲新兴资产阶级所具有的精神，本是随着资产阶级的成长、壮大而提高和弘扬了的人文主义和启蒙运动精神，也即迄于19世纪初叶整个新兴资产阶级的积极人生态度和先进世界观。这种人生态度和世界观，在歌德的《浮士德》中，只是"预言式"地、集中地、鲜明突出地，体现和汇集在了诗剧的主人公身上罢了。

具体讲，意大利文艺复兴时期的人文主义肯定人生，确立了人对于神独立不羁的地位和价值，尊重自然和自然的人性，承认了人的欲望——包括对艺术美和异性美的喜好、追求——的正当合理性，使人性获得了解放。

歌德的浮士德则更进一大步。他不只肯定人生，而是要体验、感受、享有人生的方方面面，他说"整个人类注定要承受的一切，／我都渴望在灵魂深处体验感觉"，甚至包括人生的痛苦，而且永远不知餍足。在神的面前岂止独立不羁,他甚至像歌德的颂歌《普罗米修斯》的主人公一样敢于藐视神,与神平起平坐,甚而至于亵渎神,不但肆意篡改《圣经》,而且与魔鬼结盟。他不但拼命追求美,而且从往昔和彼岸招来美的化身海伦,与她结婚生子。在他身上,我们看见的不只是人性的解放,而是人性的极度张扬,人身上各种潜能的充分发挥。他不只是尊重自然,亲近自然,而且勇敢地投身于自然的改造。更加难能可贵的是,他身上还显示出资产阶级人道主义精神已开始升华,企图扩展一己的小我为全人类的大我,以实现从追求个人的自我完成到为大众造福……

法国、英国的启蒙思潮视理性高于一切,尊重知识,主张返归自然,倡言自由、平等、博爱,同时却贬抑人的情感。

浮士德呢不只博学深思,而且是个富有批判精神的思想者,所以能摆脱书本教条的束缚,冲破中世纪僵死的知识的迷雾,为认识人生的真谛而断然逃出牢笼似的书斋,投身现实生活,全身心地去"小世界"和"大世界"中闯荡、体验,经历了人间的种种失败和成功,亲身感受了人类的喜怒哀乐,并以围海造田的宏大工程"为千万人开拓疆土",身体力行地努力实现着自由、平等、博爱的理想,最后终于在临死前获得了"智慧的最后结论"。

前述体现在"浮士德精神"里的资产阶级世界观和人生观,在后世得到了继承、发展,影响既大又深远。是的,"浮士德精神"直到今天仍然活着,特别是在资本主义的西方世界,但又不局限于西方的资本主义世界。可以讲,整个西方现代文明,都或多或少,或直接或间接,或正面或反面,受到了它的渗透和侵袭。须知,"浮士德精神"在歌德时代作为一种新的文化精神和新的人生态度，原本就具有强大而持久的生命力，原本就是面向着未来的。它不但曾是文艺复兴以后逐渐成长、壮大起来的欧洲新兴资产阶级赖以安身立命的精神支柱，正是依靠着它，资产阶级才能战胜消极保守、代表着业已过时的世界观的封建势力，建立起自己的经济和政治统治，创造出了《共产党宣言》中列举的种种人间奇迹；而且，"浮士德精神"还代表随后欧洲文明的发展方向，因而也影响着后来的整个西方资本主义世界。似乎可以断言：在地球上资产阶级和资本主义制度彻底消亡以前，"浮士德精神"便不会泯灭。甚至在那以后，它也未必完全会消失。因为，"浮士德精神"的某些组成部分原本具有普遍的、永恒的价值，如自强不息的积极人生态度，就并非资产阶级所专有；"宏己救人"①的理想，更已超出资产阶级世界观的范畴，人人都可以和应该努力学习和发扬。而后面这点，正是革命导师马克思、列宁也特别喜爱《浮士德》的原因，正是这部杰作在资本主义世界以外也广为流传、影响深远的原因。

说"浮士德精神"影响了后来的整个资本主义的西方世界，渗透到了全部的西方现代文明之中，此话听来似乎有些夸大，似乎难以自全其说。但是，只要认真仔细地做一番考虑、分析，它又并非不可理解。为此，我们首先必须明确：所谓影响，可以是正反两个方面的，可以是直接的和间接的；所谓渗透，则多半隐晦而曲折，必须细加清理和辨识。就这个问题，无疑可以写一部厚厚的专著。笔者没有这样的精力和功力，只能抛砖引玉，提出

---

① 郭沫若以此语概括浮士德造福大众的理想。见其《题〈浮士德〉第一部新版》。

一些粗浅的看法或者说甚至只是感觉；深入的探讨、论证，就留给我们还会出现的新一代歌德研究者吧。

一个半世纪以来，工业革命和政治革命成功后的西方资产阶级，他们并未"躺上软床"，而是仍然一个劲儿地创造财富，积累财富，没有一天停止，没有一刻餍足。他们并且不断改进创造财富的手段，革新技术，优化管理，进行科学实验和发明创造。他们进而征服自然，改造自然，不但使地球的面貌日新月异，而且开始探索和开发宇宙，比起浮士德的上天入地、围海造田来，实在尤有过之。他们无止境地追求生活的享受，可谓竭尽舒适、豪华、奢靡之能事，浮士德博士的那些享受——不管是金钱、权力和美色的拥有，还是事业的成功——与他们相比真是小巫见大巫。《浮士德》中那些看似神奇的事物，例如魔女"巫厨"中能窥见裸体美女的"宝镜"和使人恢复青春的汤药之类，在他们老早已变成生活中的现实和掌中的玩物……

所有这些列举的人间奇迹，当然有其产生的经济基础、物质技术条件和社会前提，但是，就上层建筑而言，上述以"浮士德精神"为代表的永远积极进取的人生态度，不是仍然对其产生起了举足轻重的作用么？何况，经济基础和物质技术条件乃至制度前提，也同样是人的创造，同样是某种人生态度的产物。

当然，随着时间的推移，欧洲资产阶级和资本主义的发展，"浮士德精神"的影响和作用发生了变化。有意无意地，它某些部分被夸大和绝对化了，某些部分被忽视、阉割或者曲解，以致产生出消极和反面的影响。到了19、20世纪之交，随着资本主义发展进入晚期，以我为中心、自视为超人、利己唯我、声色犬马、纵欲无度、贪得无厌、为达到目的不择手段、殖民掠夺、无度地利用自然资源、破坏生态环境——这些资本主义社会的弊病和资产阶级的恶行，也同样隐隐约约地投影出被夸大、扭曲和滥用了的"浮士德精神"来。

这种现象，不只可以用"真理跨前一步即成为谬误"进行解释，而且也反映出资产阶级世界观本身所固有的矛盾和缺陷。浮士德不是自谓"我的胸中，唉！藏着两个灵魂，一个要与另一个各奔西东"吗？"浮士德精神"也和世间的万事万物一样具有两面性，它在后世继续发挥积极作用的同时，也产生某些消极影响，应该讲并不奇怪。

对于西方近现代文明的特征和根源问题，解答很是不少。例如，德国近代著名思想家和宗教社会学的创立者马克斯·韦伯（Max Weber，1864—1920）一生研究西方近代文化和近代人的特性和产生的原因，研究西方资本主义的起源，他的答案为根本原因系所谓"资本主义精神"。在他的名著《基督教新教伦理与资本主义精神》中，他又把这"资本主义精神"本身的根源归之于基督教新教，特别是新教中的加尔文教派所奉行"前定论"（Prädestination）教义。该教派的教徒坚信自己的尘世祸福尚在生前已被上帝决定了，他们作为被上帝挑中了注定享受其恩宠的所谓"选民"，在世上只能以努力进取，证实上帝的挑选正确，既以此荣耀上帝，同时也承受、体验上帝的恩宠。因此，资本家们的克勤克俭，兢兢业业地经商办工厂，聚敛财富、发展事业，都超越了功利的考虑，而仅仅出自于对永恒的天国之福的追求和希冀。

我们所讲的"浮士德精神"，显然与韦伯源于基督教新教教义的"资本主义精神"南辕北辙，大异其趣。请听在诗剧结尾年已百岁的浮士德面对灰衣女子"忧愁"的一番夫子自道：

我只匆匆奔走在这世上，
任何欢乐都抓紧尝一尝，
不满意的立刻将它抛弃，
抓不住的干脆将它释放。
我只顾追求，只顾实现，
然后又渴望将人生体验，
用巨大心力，先猛冲蛮干，
而今行事却明智、谨严。
对于尘世我已了如指掌，
对于彼岸我不再存希望；
只有傻瓜才会盯着云端，
以为有同类居住在上面！
强者应立住脚，放开眼，
世界对他不会默默无言。
他何须去永恒之境悠游！
凡能认识，便可把握拥有。
他该如此踏上人生旅途，
任鬼魅出没而我行我素，
于行进中寻找痛苦、幸福，
他呀，没有一瞬感到满足！

在这段概括地描绘和总结他一生行事和思想、对"浮士德精神"加了一个很好注脚的自白中，老博士明确宣示的是一种无神论的、现实而积极的人生观。他认为"只有傻瓜才会盯着云端"，"强者"应立足现世，无须寄希望于彼岸，去所谓的"永恒之境"寻求幸福。

"浮士德精神"尽管植根滋生在西方资本主义世界的文化历史中，发育成长在其兴盛发达的近代和现代，但是它所代表的积极进取的人生态度，并非一直为西方的资产阶级所专有，而是已经成为人类共同的宝贵精神财富。

二

现代德语
思想者文学

1. 里尔克——孤独的风中之旗

奥地利诗人里尔克（Rainer Maria Rilke，1875—1926），是德语诗歌传统在现代的杰出继承者。同时代的奥地利著名作家罗伯特·穆西尔（Robert Musil，1880—1942），称里尔克是"中世纪以来使用德语的民族所拥有的最伟大诗人"，说他"第一次使德语诗歌臻于完美"。这些出自他同胞之口的高度评价，虽说不无溢美之嫌，但是里尔克作为20世纪最卓越的德语诗人和现代西方象征主义诗歌主要代表之一的地位，却得到了公认。我们或者不妨认为，里尔克是20世纪初崛起于德语诗坛的一座新的高峰。

里尔克画像

现在就让我们走近这座高峰，看看它形成的环境和过程，以及傲然耸立的与众不同之处。

（1）"小时候，我没有家！"

1875年12月4日午夜，诗人里尔克出生在布拉格一名铁路职员的家庭里。由于他降临人世的时辰与圣婴耶稣相差无几，被认为是圣母马利亚的孩子，一落地便取了Maria（马利亚）这个女性的名字，等到行洗礼时又取名Rene（莱涅）。莱涅这个法国男孩常用的名字意为"再生者"，原来他是被母亲当作了早他一年出生而夭亡的女儿的替身，也正因此，他一直到7岁上学之前都被当作女孩抚养、打扮。他在母亲腹中只发育生长了7个月，因此从小体质孱弱。他别无兄弟姐妹，童年异常孤寂。上述种种，都使诗人自幼养成了性情温驯内向、好幻想和感官敏锐这样一些女性的特点，以至他在30岁以后写的《1906年自画像》中仍不加隐讳地说，他的目光中有着"女性的卑怯"。

可就是这么个女性般温柔的人，在11岁时却被送进了士官学校，为的是实现一度跻身戎行却未能出人头地的父亲的夙愿。然而事与愿违，少年里尔克在军校中苦挨苦熬两年多以后，终因"体弱多病"而不得不退学。后来，在他的短篇小说《皮埃尔·杜蒙特》（1894）以及其他一些作品中，都生动地写出了诗人对军校生活怀有巨大而无法克服的恐惧。

也就是说，在家庭中，幼小的里尔克天性一直受到压抑。这压抑先来自母亲，后来自父亲；这压抑使得他早早地失去了自我。

小时候我没有家，
也不曾将家失去；
在世界之外的某个地方，
母亲将我生育。
而今我站在世界上，不停地
走向它的深处，
有自己的幸福，有自己的痛苦，
有一切的一切，却感到孤寂。
……

这首收在《图像集》（1902）中题名为《最后一个承继者》的抒情诗，道出了里尔克童年和青少年时代无以为家的寂寞、凄凉心境；而孤寂、恐惧和心灵的空虚等，则成了他早期诗歌创作的重要主题。

里尔克所处的家庭和社会环境，对于一个人的健康成长显然不利，但却造就了孤独中进行着孤独的思考的现代派诗人，出现了一位西方评论家所说的"文学史上最令人惊讶的一幕"：从一个看似"毫无希望的开端"，竟发展和产生出了如此超群绝伦的成就。

（2）通过"女性之门"

1895年，里尔克进入布拉格的查尔斯大学；1896年，里尔克到了慕尼黑，在一个新的环境中开始了新的生活。

德国作家和思想家赫尔曼·黑塞，在小说《纳尔齐斯与歌尔德蒙》中将诗人、艺术家称作富于爱和感受能力的所谓"母性的人",说他们生活在充实之中,以大地为故乡酣眠在母亲的怀抱里,照耀他们的是月亮和星斗,他们的梦中人是少女……里尔克正是这样一个地道十足的"母性的人",他极富爱和感受力。他热爱自然,同情和崇拜妇女,关心社会上的一切弱者和不幸者。作为诗人,他一生中只亲近两类人,并从他们那儿获得了最大的帮助和影响:一类是女性,一类是艺术家和文学家。里尔克19岁时,正是在一位很有才气的女友瓦莱莉·封·大卫·隆菲德的激励和帮助下,出版了自己的第一本诗集《生活与诗歌》。然而,与隆菲德相比,另一位才女露·安德雷阿斯-莎乐美对里尔克的影响,还要巨大、久远得多。1897年5月初,在瓦塞尔曼家里,里尔克遇上了他生命中第一位也是最重要的一位精神向导。

露·安德雷阿斯-莎乐美(Lou Andreas-Salomé,1861—1937)出生在彼得堡,父亲是一位效力于沙皇俄国的德国将军,母亲的血管中却混流着德国人和丹麦人的血液。露幼小时生活在

露·安德雷阿斯·莎乐美

彼得堡,和里尔克一样,有一种身为"少数民族"的孤寂。她遇上里尔克时已经36岁,可仍是一位富有魅力的金发美人,而且才思敏捷,观念先进,在作家圈子里已相当有名气。早些年,著名大哲学家尼采曾热恋过她,称赞她说:"在我认识的人中,露是远远超出他人的最聪明的一位。"露没有嫁给尼采——她成了在精神方面平庸得多的东方学家安德雷阿斯的妻子,仅仅出于对这位以自杀

相威胁的疯狂追求者的怜悯……却写出了第一部享誉欧洲的尼采传记（*F. Nietzsche in seinen Werken*，1894），被视为这位哲学家生活中除母亲和妹妹之外最重要的人。

同样，对年轻的诗人里尔克来说，露的重要性可以说怎么言说都不过分。她兼为诗人的朋友、情人、保护者和精神导师，在她那儿，他得到了生活、事业和精神的依靠。

> 挖去我的眼睛，我仍能看见你，
> 堵住我的耳朵，我仍能听见你；
> 没有脚，我能够走到你身旁，
> 没有嘴，我还是能祈求你。
> 折断我的双臂，我仍将拥抱你——
> 用我的心，像用手一样。
> 钳住我的心，我的脑子不会停息；
> 你放火烧我的脑子，
> 我仍将托付你，用我的血液。

这首收在《祈祷书》（1905）中脍炙人口的短诗，任何人都理所当然地会将它看作是对神、对上帝的赞颂，那么虔诚，那么富于宗教热情和献身精神；然而，这位"神"就是诗人无比倾慕、无比热爱和无比崇拜的露——这使我们不由得想起歌德那首"爱情宗教诗"《人随你千变万化，藏形隐身》，但却感觉更加热烈，更加精练。这首诗是里尔克在认识露的1897年夏天所作，并且马上寄给了露。里尔克与这位比他年长近15岁的成熟而聪慧的女性交往，对他产生了多方面的巨大影响。

1899年和1900年，里尔克在露引导下两度游历俄罗斯，两度拜访大文豪列夫·托尔斯泰，结识了大画家列宾、波利斯·帕斯捷尔纳克和作家阿·托尔斯泰等。他们不但踏访文化胜迹，而且深入民间，与农民诗人德罗申以及普通民众交往。俄罗斯广袤的原野、浩荡的河流、纯朴善良的人民，使出生在狭小的布拉格都市环境里的里尔克惊叹不已。仿佛他有生以来第一次有了与大自然亲近的机会，第一次体会到了天地的广阔、宇宙的浩渺无边，第一次可以敞开胸怀，自由呼吸，纵情地驰骋思想一样；里尔克简直认为，俄罗斯这个宗法制的，看似和平、安静、原始、充满宗教虔诚和忍耐精神的国度，才是他真正的故乡——精神的故乡，以至一度打算长期移居俄国。

仅仅通过两次总共半年左右的游历，诗人对巨大的俄国还说不上有真正深刻的了解和认识；但就是这么一个美好的假象——它更多的是诗人自身精神现象的投影——一生一世都铭记在了里尔克的头脑里，反反复复显现在他的作品中。特别是他的成名作《祈祷书》，主要就是讲述俄国之行的收获。

俄罗斯，这是露引导里尔克发现和亲近的一个国度。与此同时，露还领着年轻的诗人进入了一个巨大的精神王国，那就是尼采的学说和思想。世纪之交，在欧洲的思想文化领域内，尼采本来就是无法回避的现实，里尔克早先的诗作如《基督的幻象》和《使徒》，也已看得出尼采的踪影。但是，通过与露这位尼采的女友和传记作者的长期交往，诗人就更加深入到了公然宣称"上帝死了"的大哲学家的精神世界里。在幸运地遇上露以后，里尔克诗歌的哲学内涵开始变得越加深沉、丰富；不论是他的第一个具有自己独特风格的集子《图象集》或是稍后的《祈祷书》，都充满了对传统的基督教观念的反叛,充满了对近代文明的否定——

> 城市总是为所欲为,
> 把一切拖入自己的轨道。
> 它摧毁森林,如同朽木,
> 一个个民族被它焚烧掉。
>
> 城里人致力于文明事业,
> 完全失去了节制和平衡,
> 蜗牛的行迹被称作进步,
> 要想快跑就得放慢速度。
> 他们挤眉弄眼如同娼妓,
> 制造噪声用玻璃和金属。
>
> 他们仿佛中了邪,着了魔,
> 他们已经完全失去自我;
> 金钱如东风陡起,转眼间
> 威力无穷,而人却渺小而又
> 虚弱,只能听任酒浆和
> 人畜体内的毒汁刺激他们,
> 去把事业的过眼云烟追逐。

里尔克写过许多关于女性的诗。他在其中的一首《少女之歌》中说:"别的人必须长途跋涉/去寻找黑暗中的诗人……(然而)她们生命中的每扇门/都通向广大世界 / 都通向一位诗人"。

里尔克正是通过女性之门,在露以及将来还会遇到的一个个聪慧、善良和美丽的女性的激励、帮助和影响下,凭借自己身上与生俱来的女性的内向和敏感,一步步走向广大的世界,成为一位充满自然感性气质的现代主义诗人。

除此之外,诗人里尔克也特别亲近作家、艺术家这类"母性的人",从他们那儿同样获得了许多帮助、启迪和影响。1900年游历俄国归来不久,他便接受一位两年前在佛罗伦萨结识的画家伏格勒的邀请,到他和一些同行们离尘避居的沃尔普斯韦德村(Worpswede)去住了一些时日。这座在德国现代艺术史上很著名的小村子藏在一大片沼泽地中,环境十分幽静,诗人与年青而勤奋的艺术家们相处得非常融洽。就在这儿,他遇上了女雕塑家克拉拉·维丝特霍芙,并于第二年两人在离沃尔普斯韦德不远的另一座小村庄结了婚。

这是诗人一生中唯一一次企图过安定的家庭生活,正常市民生活的尝试。这种尝试很快便失败了,除去他天生有流浪艺术家的性格倾向,心灵始终渴望着孤寂以外,经济拮据、无力养家也是重要原因。然而,与克拉拉的结合,仍是命运对里尔克的一大恩惠。因为这位女艺术家不仅对丈夫十分宽厚、体谅——虽然他与她长期分居,很少尽自己做丈夫和父亲的责任,他们结婚当年圣诞节便添了一个女儿,还有他不止一次的外遇——而且更重要的是克拉拉系法国雕塑大师罗丹的弟子。通过她,里尔克对罗丹有了不少了解,产生了深深的敬意。他们婚后的第二年,里尔克就抓住柏林一家出版社委托他写一部罗丹传的机会,欣然来到巴黎,来到了大师的身边。

不到一年,《罗丹传》完成了。在经过一些游历之后,里尔克于1905年又回到巴黎，做了罗丹的私人秘书。这样，前后两次加在一起，他便能较长时间向这位杰出的艺术家学习。他日复一日地在工作室里观察大师的艰辛创造，看见大大小小的艺术形象如何一件一件地在大师手下显现出来，获得生命。他虚心聆听大师关于艺术创作的见解，明白了对于一个艺术家来说重要的是必须学会"观看"，认真仔细地观看，以便认清事物的本相，把握生活的真谛。里尔克把大师的教诲用到了自己的创作实践中，改变了早期诗作偏重抒发个人主观感情的浪漫主义遗风，写出了许多新颖独创的以直觉形象或者说图像反映客观现实、象征宇宙人生和表达自身情感思想的咏物诗。

里尔克的咏物诗题材十分广泛，大都收在《新诗集》（1907）和《新诗续集》（1908）里，其中最为脍炙人口和富有代表性的一首，就是《豹》——

> 铁栏在眼前不停地往返，
> 它的目光已疲倦得什么都看不见。
> 眼前好似唯有千条的铁栏，
> 世界不复存在，在千条铁栏后面。
>
> 柔韧灵活的脚迈出有力的步子
> 在一个小小的圆圈中旋转，
> 就像力之舞环绕着一个中心，
> 在中心有一个伟大的意志晕眩。
>
> 只是偶尔无声地撩起眼帘，

于是便有一幅图像侵入，
透过四肢紧张的静寂——
在心中化作虚无。

这是里尔克向罗丹学习后写的咏物诗中最富代表性的一首。以它为标志，诗人实现了前后风格的转变。它的特点和区别于以往的新颖之处在于：一是诗中没有了"我"字，没有了"我"的任何情感的流露，"我"只成了诗外冷静的观看者和忠实的记录者，也就是高度的客观性；二是明显的操作性，意即诗人就像个拿着泥刀的雕塑家乃至手工匠人一样，亲手精确地、精心地一点一点做成了自己的作品即图像；由此产生出第三个特点，即诗中于音乐美之外增加了雕塑美，于意象性之外增加了实在性即所谓物性（Dinglichkeit），于图画的平面感之外增加了立体感。但是，尽管有突出的客观性和物性，尽管诗中没有诗人的我，任何初具文学欣赏能力者都不会把它仅仅看作是一篇"动物园即景"，而会感到有深义存焉；但另一方面想确切地找出这深义是什么，又非常非常不容易。

从《豹》这首诗，我们已可看出同为图像的譬喻和象征之间的一些重要区别：在一首诗中的作用，譬喻往往是局部的，象征则是整体的；与对应物（思想、情感、观念）的关系，譬喻往往是表面的、单纯的，象征则是深层的、多方面的、复杂的；要表达的内涵，譬喻往往是明朗的，因为对应物大都说了出来或者不言而喻，象征则是朦胧的、多义的，有时甚至晦涩而神秘。这也许就是里尔克的诗作越往后越难解和多解的一个重要原因吧。像他那以玫瑰为象征的短短墓志铭，已经有20多种解读；至于

《豹》，我说它象征着诗人在面对世界、探索人生时产生的困惑、迷惘、彷徨、苦闷还有思索，当然也只是解释之一而已。

（3）孤独的风中之旗

1914年冬天，里尔克一个人住到了玛利·塔克西斯公爵夫人在亚德里亚海滨的杜伊诺古城堡中。这儿据传是中世纪意大利诗人但丁的流亡地，有着里尔克所寻求的孤寂和宁静。第二年1月，诗人便创作出了他毕生代表作《杜伊诺哀歌》中的头两首。他这一年有半年多都待在古堡中。《哀歌》的第三、四首也相继在巴黎和慕尼黑写出。

但是，1914年第一次世界大战爆发，欧洲大陆淹没在了血与火之中，每天都有成百上千的人死伤，诗人再也无法保持内心的孤寂和宁静。战争爆发时他正在慕尼黑，一度也受到德国人的民族情绪和好战狂热的感染，不过很快便清醒过来，对各民族之间的大屠杀极为反感。战争中，他更成了个无家可归的人，成了个梦游者，四处漂泊。在大战前后的10年时间里，里尔克四处漂泊，无依无靠——

我犹如一面旗，在长空的包围中，
我预感到风来了，我必须承受；
然而在低处，万物却纹丝不动；
门还轻灵地开合，烟囱还喑然无声；
玻璃窗还不曾哆嗦，尘埃还依然凝重。

我知道起了风暴，心如大海翻涌。

> 我尽情舒卷肢体，
> 然后猛然跃下，孤独地
> 听凭狂风戏弄。

这首诗很好地说明了里尔克的处境与心境，说明了诗人与时代和社会的关系：风暴欲来，敏感而孤独的他已经有所感受；风暴刮起了，他只好听凭它任意戏弄。当然，战争年代的经历，他目睹的生与死的搏斗，将使他后期的诗歌更加沉痛、深沉。

在诗人生命后期的关键时刻，又是"永恒的女性"来引导、扶持他继续前行、向上。她们人数很多，其中最突出的代表是巴拉蒂涅·克洛科夫斯卡和南尼·翁德里-孚尔卡特。前者是一位画家，里尔克的最后一位恋人和孤寂心灵的抚慰者；后者是诗人的崇拜者——时髦的叫法就是"大粉丝"，她不只无私地帮助里尔克克服在瑞士生活的种种困难，而且使他找到了在世时的最后归宿：她让自己一位富有的表亲先租佃，后买下瑞士山中的米索古堡，并亲自按照诗人的习惯和心愿进行修葺和布置，再送给里尔克永久居住和在里边从事写作。里尔克当然也给巴拉蒂涅·克洛科夫斯卡和南尼·翁德里-孚尔卡特以回报，把她俩写进作品中，还给她们取了爱称，前一位叫美莉涅，后一位叫尼斯（亦即Nike）。

诗人最后居住的这座建于13世纪的古堡，比起亚德里亚海滨峭岩上巍然矗立的杜伊诺城堡要寒碜得多，既无电，也无自来水，但周围却有许多诗人一生都格外喜爱并经常成为他诗中象征的玫瑰花。1921年7月，里尔克带着一位女管家住进这与世隔绝的古堡中，专心致志地准备继续进行《杜伊诺哀歌》的创作。

1922年2月，在里尔克的生命中乃至在德语文学史上，都可算是个非同寻常、值得注意的时期。就在完成《献给奥尔弗斯的十四行诗》前后两部之间的一周时间里，里尔克一口气吟出了一首长达数百行的哀歌，完成了他毕生最重要也最难解的作品《杜伊诺哀歌》。

　　这儿说吟，还不能表现出实际的情形，诗人简直是放开喉咙大声呼喊，而此乃他作诗时一个独特的习惯——也许这也是里尔克总在寻找古堡一类人迹罕至的创作地和归宿的原因之一吧。在此，我们很容易想象，激情似火的诗人如何在南瑞士的山中，敞开心扉，以自己的灵魂和天地对话，和茫茫宇宙对话，向天地、宇宙发出一个个先哲们不断思考而未获圆满解答的询问，关于生的痛苦，关于死的意义……，并对这些带有永恒和终极意义的问题，长时间地、孤独而痛苦地进行思考。

　　和歌德一样，里尔克作为他在20世纪的继承者，也当之无愧地称得上是诗人中的思想者。

　　完成了《献给奥尔弗斯的十四行诗》和《杜伊诺哀歌》，里尔克如释重负。经历了心灵的狂风暴风雨的一个月之后，他也确实筋疲力尽，需要休息休息了。

　　此后里尔克尽管仍然深居简出，但却变得殷勤好客，宁静的米索古堡不断地迎送着诗人的新朋老友和仰慕者。1925年初，他甚至鼓起最后的勇气回到巴黎，向这个对他作为诗人的一生中起过最重要作用的城市，这个他既爱又恨的城市告别。

　　回到米索古堡不多久，里尔克就病了。虽然检查结果并非诗人自己担心的癌症，他情绪仍极为抑郁，于是便立下遗嘱交给尼斯保管。遗嘱中除对不多的一点财产做了安排，特别强调的是他临终时不要让"任何神职人员在旁边"——跟歌德著名小说的主人公维特一个样。除此而外，他还选定离米索不远的拉龙乡村小教堂的南墙根儿为自己永久的安息地，并为自己撰写了据认为是文学史上极为有名也极为难解的墓志铭：

玫瑰，纯粹的矛盾啊，欢愉，
在如许多的眼皮下，不让任何人
安息。

有人统计过，到1972年对这短短的墓志铭已有不下26种解读，而笔者上面的翻译也不过是解读的一种而已。原文的Lidern（眼皮）甚至有人认为系Liedern（歌、诗歌）之误，要说的是诗人的业绩（诗歌）长存，躺在墓中的里尔克因此并未真正安息。

也许又是一个矛盾，一个天意：一生酷爱玫瑰的诗人，却由玫瑰招来了死亡。里尔克临终前痛苦不堪，却不让尼斯安排医生给他使用麻醉剂或提供其他帮助，坚持要以自己的方式"独特地死去"——

他躺着，头靠高枕，
面容执拗而又苍白，
自从宇宙和对宇宙的意识
遽然离开他的知觉，
重新坠入麻木不仁的岁月。

那些见过他活着的人们

不知他原与天地一体，
这深渊、这草原、这江海
全都装点过他的丰仪。

呵，无边的宇宙曾是他的面容，
如今仍奔向他，将他的眷顾博取，
眼前怯懦地死去的是他的面具，
那么柔弱，那么赤裸，就像
绽开的果肉腐烂在空气里。

收入《新诗集》的这首《诗人之死》，正是里尔克自身"独特的死"的写照。作为诗人，里尔克尽管出生在一个不幸的家庭，生长、生活在一个畸形的社会、一个没落的时代，他却又是一个幸运的人。他"与天地一体"，和宇宙灵犀相通，能敏锐地感知人世间的痛苦，用一部比一部更加深邃的作品将其表现出来。诗人的精神没有死，无边的宇宙奔向他，他也奔向无边的宇宙。

（4）人生·上帝·宇宙

里尔克在对重大的哲学问题进行思考和探索时，除去使用图像和象征代替一般的陈述或思辨语言，还常常穿上了宗教的、传说的神秘外衣。在《祈祷书》和《献给奥尔弗斯的十四行诗》中，这个特点极为显著。

里尔克在诗里首先和最经常思考的是人生的诸多问题。在诗人看来，人生无疑是痛苦的。他相信生活中的欢乐、幸福虚幻而短暂，恐惧和痛苦却无穷无尽、无所不在。从《图像集》起，他的诗歌就反复咏叹孤寂、恐惧、贫穷、病害、黑夜、死亡这么一些主题,整个调子低沉而悲怆。到了《杜伊诺哀歌》,他甚至以基督教的原罪为榜样发明了所谓"原苦"(das Ur-Leid)。在第十首哀歌里,诗人垂死时就像但丁在维吉尔带领下游地狱一样,在年轻和年老的"伟大女性"即"怨恨"的带领下,走进了那月色朦胧的,充满眼泪、忧伤和愤怒的"原苦"之国。因此,对于里尔克来说,生存就意味着受苦,就意味着像《祈祷书》里的修士们那样禁欲、牺牲,就意味着忍受和"挺住"(üeberstehen)。

一个为人熟知的例子是《图像集》中那首《沉重的时刻》:"不知今夜此刻谁在世界上的何处哭 / 无缘无故地在世界上哭 / 哭我……"如此这般,在以下三节诗中仅仅将哭换成了笑、走和死,其余几乎是完全相同的重复,重复那诗中主体也感到无从捉摸的不知、谁、何处、无缘无故,从而表达出了诗人对于人生和存在的迷惘和荒诞感。当然,里尔克这些对于人生的看法不是自动从脑袋里长出来的,而是如前所述,系他对自己所处的时代和社会的感受,以及彼时彼地流行的哲学思潮——除去叔本华、尼采,还有斯宾格勒的西方没落论——对他产生影响的结果。

那么,诗人里尔克是否完全否定人生,因而逃避人生呢?看来也不是。

呵,告诉我,诗人,你干什么?
——我赞颂。
可那致命的,狂暴的
你怎么对待,怎么承受?

——我赞颂。
那无名的，还有匿名的，
你怎么呼唤它们，诗人？
——我赞颂。
你从何处得到权利永远真实，
不管穿什么衣服，戴什么面具？
——我赞颂。
哪怕宁静如星座，狂暴如风雷，
万物都同样认识你，为什么？
——我赞颂。

这首同样完成于米索古堡但先于《献给奥尔弗斯的十四行诗》和《杜伊诺哀歌》的短诗，用反复重申的"我赞颂"，明白无误地表明了诗人对人生的肯定态度。

在里尔克的成名作也是中期最富哲理的《祈祷书》中，有一首仅仅只有三行的短诗——

主啊，让每个人都按自己的方式死去。
生过、爱过而后死去，
都有必要，都有意义。

这首诗明确地肯定了生的意义。但是，说得更确切一点，肯定了生、爱和死的必要，而重点却摆在死上，并且提出了"每个人都按自己的方式死去"的所谓"独特的死"（der eigne Tod）的问题。死，生与死的关系，这是诗人几乎一生都在思索的问题；

而在《祈祷书》第三卷，特别是在最后的杰作《献给奥尔弗斯的十四行诗》和《杜伊诺哀歌》中，更成了他思索和创作的中心。对于诗人说来，生与死之间不存在绝然的界线，不存在不可逾越的鸿沟；相比之下，死还比生更重要、更美、更富于诗意。因此，里尔克对于"致命的"，一样是"我赞颂"。只不过，诗人认为有意义的、美的死，是像果实成熟一样的自然的死，是"每个人都按自己的方式死去"的"独特的死"，而非大战中各民族相互残杀的炮火中成堆成片的死。里尔克认为，只有包含着死，包含着"独特的死"的生，才会有意义，才会永恒，才是"全生"。他不仅这么想，也这么做，临终前不要医生和牧师帮助，就是为了追求自己"独特的死"。

一方面认定生是必要的苦难，一方面又肯定生，赞颂生；在肯定生的意义和必要性的同时，又认为死比生更重要、更美好——里尔克的这种人生观跟他的整个生活、思想和创作一样，可谓奇特而充满矛盾。他对于死的肯定和赞颂，显而易见，是受了德国浪漫派的诺瓦利斯等前辈诗人乃至歌德的影响的。

> 万物都处于循环中，
> 我也生活在增长的循环中间，
> 也许我无力完成那最后一次循环，
> 可我仍希望尝试一番。
>
> 围绕着上帝，围绕着太古之塔，
> 我旋转，千万年地旋转；
> 可我还不知道：我是一头鹰，

一声风暴，抑或一首伟大的诗篇。

　　这是《祈祷书》里的第二首诗。它同样肯定生，"希望尝试一番"，而且指出了生的本质和形式乃不断"增长的循环"，千万年地围绕着"上帝"旋转。至于诗中的"我"，显然不仅仅指诗人，也不仅仅指诗中假想的主人公——一名俄国修士，而是代表着全人类。我认为，这首诗形象地探讨了人类和"上帝"、和自然乃至宇宙的关系，并给出了自己长久思索的答案。与《献给奥尔弗斯的十四行诗》和《杜伊诺哀歌》一样，整部《祈祷书》，特别是诗人在俄罗斯之行后写的第一、二卷，都是对于宇宙与人生问题的思索和玄想，都是一些集中阐明了里尔克人生观和宇宙观的哲理诗。

　　宇宙，在诗人眼中始终是浩渺无边的，而人类，乃至人类居住生活的地球，在宇宙中都极其渺小，都在向着无底的深渊坠落，就像"摆着手，不情愿地往下落"的片片枯叶。但是，在冥冥中有一位"神"，"他用自己的双手无限温柔地将这一切的坠落把握"（《图像集·秋》）。

　　那么，这位寄寓于茫茫宇宙中的"神"和"上帝"，又是怎样的呢？

　　里尔克在《祈祷书》中的思考和回答是——

在世间万物中我都发现了你，
　对它们，我犹如一位亲兄弟，
　渺小时，你是阳光下一粒种子，
　伟大时，你隐身在高山海洋里。

这就是神奇的力的游戏,
它寄寓万物,给万物助益:
它生长在根,消失在茎,
复活再生于高高的树冠里。

　　诗中前一节的"你"和后一节的"它"都指代"上帝"或"神"。它是什么呢?它就是"寄寓万物,给万物助益"的"神奇的力",即自然造化。
　　《祈祷书》里同类的诗非常之多。

你是未来,是无边的朝霞
笼罩在永恒的平原上。
你是时间的夜阑的鸡啼,
是晓露,是晨钟,是处女,
是陌生人,是母亲,是死。

你是变幻无定的形象
从命运中孤独地耸起,
尚未被世人称颂、抱怨,
像莽林还不曾揭开秘密。

你是万物深沉的奥义,
却不吐露本质最后的一句,
你的形象总是因人而异:
你是岸,对于船;

你是船，对于陆地。

这首诗较之上一首又有了新的内涵，即指出了"你""变幻无定""因人而异"的性质，指出了"你"深沉奥秘、不可穷尽的意蕴。

总而言之，里尔克眼中的"神"不是基督教那既人格化、一元化了却又虚无缥缈的主或上帝，而是无时无处不在、具体而可以感知但却千变万化的物。里尔克带有无神论和唯物论本质的自然神论和泛神论宇宙观——在这点上也继承了歌德，不已表现得淋漓尽致了吗？当然，它始终罩着宗教、神秘的纱幕，这便是处于近代文明危机时代的诗人内心矛盾的又一表现。

最后，我想指出，里尔克是继歌德之后，德语文学里出现的最富宇宙意识和人类意识的杰出诗人。正是这个原因，使他和他的诗歌创作变得博大而又深邃。作为诗人、作为人类的先知和心灵，里尔克不只奔向"无边的宇宙"，"无边的宇宙"也奔向他。人们每当读到他那些时而像潺潺小溪，时而像狂风暴雨，时而忧伤沉痛，时而宁静旷达，既富于音乐美又富于图像美和象征性的诗时，眼前自然就会出现一位立于天地之间苦吟的诗人形象，又常常会令人联想到作《天问》的悲愤的屈原，联想到对酒狂歌"天生我材必有用"的李白，联想到站在基克尔汉峰上，面对着日暮时万籁俱寂的宇宙信口念出《漫游者夜歌》"所有的峰顶/沉静"的歌德。

从歌德到里尔克，文明已经跨前了一大步，作为思想者文学的德语文学又掀起了一次新的高潮，但现代诗人的精神状态却反而由奋发而至抑郁，因此而不满于脚下的世界，试图挣脱出乏味、狭隘的地平线，翱翔于由自己心灵构建的广阔、灿烂、深邃、神秘的天空。这也就是西方现代主义诗歌的重要一支，即象征主义诗歌杰出代表里尔克的真实写照。

2. 卡夫卡小说《审判》选段

法律门前

法律门前站着一名卫士。一天来了个乡下人，请求卫士放他进法律的门里去。可是卫士回答说，他现在不能允许他这样做。乡下人考虑了一下又问：他等一等是否可以进去呢？

"有可能，"卫士回答，"但现在不成。"

由于法律的大门始终都敞开着，这当儿卫士又退到一边去了，乡下人便弯着腰，往门里瞧。卫士发现了大笑道："要是你很想进去，就不妨试试，把我的禁止当耳边风好了。不过得记住：我可是很厉害的。再说我还仅仅是最低一级的卫士哩。从一座厅堂到另一座厅堂，每一道门前面都站着一个卫士，而且一个比一个厉害。就说第三座厅堂前那位吧，连我都不敢正眼瞧他呐。"

乡下人没料到会碰见这么多困难，人家可是说法律之门人人都可以进，随时都可以进啊，他想。不过，当他现在仔细打量那位穿皮大衣的卫士，看了看他那又大又尖的鼻子，又长又密又黑的鞑靼人似的胡须以后，他觉得还是等一等，到人家允许他进去时再进去好一些。卫士给他一只小矮凳让他坐在大门旁边。他于是便坐在那儿，日复一日，年复一年。其间他做过多次尝试，请求人家放他进去，搞得卫士也厌烦起来。时不时地，卫士也向他提出些简短的询问，问他的家乡和其他许多情况；不过，这都是些那类大人物提的不关痛痒的问题，临了儿卫士还是对他讲，他还不能放他进去。乡下人为旅行到这儿来原本是准备了许多东西的，如今可全都花光了；为了讨好卫士，花再多也该啊。那位尽管什么都收了，却对他讲："我收的目的，仅仅是使你别以为自己有什么礼数不周到。"

许多年来，乡下人差不多一直不停地在观察着这个卫士。他把其他卫士全给忘了；对于他来说，这第一个卫士似乎就是进入法律殿堂的唯一障碍。他诅咒自己机会碰得不巧，头一些年还骂得大声大气，毫无顾忌，到后来人老了，就只能再独自嘟嘟囔囔几句。他甚至变得孩子气起来，在对卫士的多年观察中，他发现这位老兄的大衣毛领里藏着跳蚤，于是也请跳蚤帮助他使那位卫士改变主意。终于，他老眼昏花了，但自己却闹不清究竟是周围真的变黑了呢，或者仅仅是眼睛在欺骗他。不过，这当儿在黑暗中，他却清清楚楚看见一道亮光，一道从法律之门中迸射出来的不灭的亮光。此刻他已经生命垂危。弥留之际，他在这整个过程中的经验一下子全涌进脑海，凝聚成了一个迄今他还不曾向卫士提过的问题。他向卫士招了招手，他的身体正在慢慢僵硬，再也站不起来了。卫士不得不向他俯下身子，他俩的高矮差已变得对他大大不利。

"事已至此，你还想知道什么？"卫士问，"你这个人真不知足。"

"不是所有的人都向往法律么，"乡下人说，"可怎么在这许多年间，除去我以外就没见有任何人来要求进去呢？"

卫士看出乡下人已死到临头，为了让他那听力渐渐消失的耳朵能听清楚，便冲他大声吼道："这道门任何别的人都不得进入，因为它是专为你设下的。现在我可得去把它关起来了。"

卡夫卡（Franz Kafka，1883—1924），奥地利小说家，西方现代主义文学的主要代表。作品内容貌似荒诞，实则深刻地揭露了现代社会的人及其现实生活中的种种异化现象。卡夫卡对西方当代文学的影响很大，20世纪在欧洲和美国相继兴起过"卡夫卡热"，我国在1980年代出现了类似的情况。代表作为长篇小说《城堡》《美国》，中篇小说《审判》和短篇小说《变形记》《流放地》《致科学院的报告》等。

《法律门前》是《审判》的一个片段。内容荒诞而又荒谬，文字不多，语调平淡，却揭示出一个深刻的道理：资本主义社会所谓"法律面前人人平等"，所谓"法律之门人人可以进，随时可以进"，都是虚伪的谎言。

3. 托马斯·曼划时代的杰作

20世纪初叶，德语文学发展史上出现了一座堪与歌德、席勒的狂飙突进和古典时期媲美的新高峰，一批世界级的大师——亨利·曼和托马斯·曼兄弟、豪普特曼、施尼茨勒、里尔克、卡夫卡、布莱希特、黑塞等——崛起于文坛，开创了德语文学一个成就辉煌的新的古典时期。而托马斯·曼更被誉为这一时期德语文学的"火车头"。

一些文学史家认为，传统的德语文学以歌德、海涅为代表的诗歌，以莱辛、席勒为代表的戏剧和以霍夫曼、凯勒为代表的中、短篇小说（Novelle）见胜，长篇小说——除去一部并不算长的《少年维特的烦恼》——在世界文学之林中则没有什么地位。认为托马斯·曼是第一位作为长篇小说的大家，真正赢得了崇高而持久的国际声誉，实现了德语文学发展史上的一个突破。

事实确乎如此。自托马斯·曼的《布登勃洛克一家》（1901）问世以来，德语国家的长篇小说创作可谓

青年托马斯·曼

人才辈出，硕果累累，不仅把诗歌、戏剧等样式的创作远远抛在了后边，也令世界刮目相看。可以列举的作家和作品实在太多，其中的大多数我们尚未很好译介或者根本没来得及译介（例如德布林等人）。仅以继托马斯·曼之后获诺贝尔文学奖的黑塞、伯尔、卡耐蒂、格拉斯都擅长创作长篇小说这一事实，便足以说明：托马斯·曼开了一代风气而至今影响犹存。

托马斯·曼1875年出生在德国吕贝克城一位富商的家中。父亲曾做过这座享有相当多自治权的北方海港城市的市议员。托马斯·曼中学未毕业父亲便去世了，家业随之衰败，全家迁到了南方的慕尼黑。托马斯·曼19岁即在当地一家保险公司做见习生。同年发表小说《沦落》获得好评，决心走文学道路，开始在慕尼

黑大学旁听历史、文学和经济学课程，并参与编辑《二十世纪》和《辛卜里其斯木斯》这两本文学杂志。1895年至1898年随兄长亨利·曼旅居意大利，1897年着手创作《布登勃洛克一家》。这部小说于1901年问世后立刻引起轰动，奠定了时年26岁的他在德国乃至整个欧洲文坛的地位。

在随后的半个世纪里，托马斯·曼经历了资本主义世界严重的社会经济危机，目睹了德国发动的空前残酷野蛮的两次世界大战并深受其害，被法西斯政权褫夺了国籍，长期流亡国外。第二次世界大战结束后，他虽已成为美国公民，却感到这个盛行麦卡锡主义的国家窒息了自己的创作灵感，又不愿回到分裂的祖国的任何一边去，只好在1952年移居瑞士，直至1955年客死于苏黎世。

托马斯·曼可谓一生坎坷、经历丰富，思想发展的过程更充满了曲折、矛盾和痛苦。所有这些，都反映在了他的作品特别是长篇小说里。

托马斯·曼创作的长篇小说在10部左右，看来数量不多，然而几乎都是鸿篇巨制，如单单取材于《圣经》故事的《约塞夫和他的兄弟们》（1933—1942）为四部曲，和其他的大长篇加在一起，便构成20世纪德语文学尤其是长篇小说一个可观的组成部分。这些作品尽管题材不同，风格、手法也有发展变化，但是都一样从精神、文化和哲学的高度，深刻而直率地提出了时代的根本问题，生动而多彩地描绘人生、社会和世态，恰如巴尔扎克所做的那样。也就难怪德国著名的评论家汉斯·马耶尔要将托马斯·曼的小说与《人间喜剧》相比拟。①

在托马斯·曼的所有长篇小说中，公认最成功的为《布登勃洛克一家》《魔山》和《浮士德博士》（1947）这三部。1929年，托马斯·曼"主要由于他日益被公认为当代文学经典之一的伟大小说《布登勃洛克一家》"，当之无愧地获得了诺贝尔文学奖。《魔山》则是作者继这一"伟大小说"之后的又一划时代的杰作，堪称《布登勃洛克一家》的续篇；《布登勃洛克一家》的副标题为"一个家庭的没落"，我们也不妨给《魔山》②加一个副标题，为"一个阶级的没落"。

《魔山》说的是出身富有资产者家庭的青年汉斯·卡斯托普，他在大学毕业后的暑假里离开故乡汉堡，去瑞士阿尔卑斯山中一所名叫"山庄"的疗养院探望患肺结核的表兄约阿希姆·齐姆逊。他原本打算3周之后便回汉堡接手造船工程师的职位，不想一住却住了7年。原来他闯进了一座"魔山"！

在"魔山"中住着来自欧洲乃至世界各国的病人。他们代表着不同的民族、种族、文化传统、宗教信仰和政治态度，但却有一个共同点，即都属于不必为生计担忧的有产有闲阶级。在与世隔绝的环境中，这些"山庄"的居民们自有一套独特的生活方式和人生哲学，都饱食终日，无所用心；都沉溺声色，饕餮成性；都精神空虚，却在尽情地享受着疾病，同时又暗暗地等待着死神来临。整个"山庄"及其所在的达沃斯地区，就跟中了魔魇一

---

① 见Hans Mayer：*Thomas Mann*，Suhrkamp Verlag S.113-131页。
② 《布登勃洛克一家》早有傅惟慈先生的译本行世。杨武能等译《魔山》也已作为漓江出版社"获诺贝尔文学奖作家丛书"之一种出版。

样，始终笼罩着病态和死亡的气息。

在"魔山"中除了上面那些行尸走肉的活人，还游荡着一些幽灵，过去时代的幽灵以及叔本华、尼采等的幽灵。这些幽灵附着在奥地利耶稣会教士纳夫塔和意大利作家塞特姆布里尼等人身上，他们是那些活死人中的思想者。塞特姆布里尼固守着前一两个世纪盛行的资产阶级人道、进步和理性的传统，梦想有朝一日会出现一个资产阶级的世界共和国，还身体力行地参加了共济会的活动，实际上却是一个过时的人物，其形象、思想和行径，在作家笔下都像个摇风琴的行乞者一般地寒碜、迂腐、可笑。纳夫塔则自视为"超人"，信奉精神至上主义和非理性主义，妄想世界有朝一日会恢复到教会享有绝对权力的上帝之国的原始状态，并为此而鼓吹暴力、奴役和恐怖。这个外貌丑陋矮小、言辞尖酸刻薄、行事虚伪怪诞的教士，不仅继承了欧洲封建反动思想的衣钵，而且是德国军国主义的狂热信徒。

至于"魔山"的统领，则是"山庄"疗养院的院长——宫廷顾问——贝伦斯大夫。他和他的助理克洛可夫斯基博士，一个绰号叫"拉达曼提斯"，一个绰号叫"弥诺斯"，意思都是地狱中的鬼王。然而"魔山"的真正主宰，却并非"鬼王"贝伦斯大夫，而是死神。这不仅因为这位大夫自命为"伺奉死亡的老手"，而且本人的身体和精神也染上了重病，即将成为死神的俘虏。

就这样，在死神的统领指挥下，经由贝伦斯这些"鬼王"精心安排和组织，风景如画的阿尔卑斯山就变成了妖魔聚会的布罗肯山，"山庄"的疗养院客人便像瓦普吉斯之夜的男女妖精似的纵情狂欢，夜以继日地跳着死之舞。①

主人公汉斯·卡斯托普是个性格和体质都很柔弱的资产阶级少爷，且涉世不深，刚入"魔山"还有点儿不习惯，但马上被"鬼王"逮住，不多久就习惯了不习惯，参加了死之舞。这是因为，"山庄"的独特生活方式自有其魅力。这魅力的表现之一就是使人忘记时间，忘记过去和将来，活着仅仅意味着眼前的及时行乐。因而"魔山"成了一个介乎于生死之间的无时间境界，难怪年轻的卡斯托普在山上不知不觉一住便是7年，难怪他也很快学会了像其他疗养客一样怀着冷漠、娴静的心情，俯瞰和傲视平原上碌碌终日的芸芸众生。

不过，在"魔山"中的7年，汉斯·卡斯托普也并未虚度。他年轻、好奇，性格内向，有一个区别于一般疗养客的特点和优点，就是对周围的人和事乐于观察、倾听，勤于思索。他在跨出校门后遽然来到一个新的环境，日日目睹着疾病和死亡，倾听着塞特姆布里尼与纳夫塔的激烈争论，自己还对爱情的苦乐和生离死别有了切身的体验，思想活动更是异常活跃。而山庄无所事事的特殊生活方式，又提供了他去沉思默想的充裕时间。这样，当他在7年后终于为第一次世界大战的炮声所震醒，他似乎已经变成另一个人，一个健康的对世界和人生有了自己看法的人。

然而，这位唯一在山庄康复了的小说主人公，这位有头脑的资产阶级的苗裔，他却并未找到自己的归宿，却仍然没能逃脱死神的控制。因为这时整个欧洲和资本主义世界都着了魔，都跳起

---

① 布罗肯山是德国中部名山哈尔茨山中的一座险峰，相传每年圣女瓦普吉斯纪念日即五月一日的前夜，妖魔鬼怪都要在此聚会，纵情狂欢。

了疯狂可怖的死之舞，汉斯·卡斯托普自然在劫难逃，很快也被战火所吞没。小说便以年轻主人公的死，来为它所揭示的一个阶级的没落，打上了惊叹号和休止符。

　　从上面的故事梗概可以看出，《魔山》既无离奇曲折的情节，也无惊心动魄的场面，但却不失为一部力作，不乏引人入胜的深邃思想和摄人心魄的艺术魅力。这是因为，《魔山》并不重在描绘自由资产阶级没落的外在表现和过程——虽然这方面也有不少精彩之笔——而重在揭示其内在的历史和精神根源。看来在托马斯·曼的小说与狄更斯、巴尔扎克等批判现实主义大师的作品之间，一个显著而重要的差别就在于此。

　　《魔山》是部篇幅达70万字的巨著，被公认为20世纪西方文学富有经典意义的杰作之一。托马斯·曼能取得这一成就，应该归因于他既很好地继承了传统，又成功地进行了创新。

　　在继承方面，《魔山》首先令人想起了德语文学中历史悠久的"教育小说"或"修养小说"（Bildungsroman）。这类小说最著名的典范当推歌德的《威廉·迈斯特》和凯勒的《绿衣亨利》。它们写的差不多都是年轻主人公到社会上受教育、淘经验，以及在此过程中思想、性格发展和成熟的过程，借以表达作家自身的教育主张、人生哲学和社会理想。这样的小说，大都富于认识价值、教育意义和哲理性。托马斯·曼的《魔山》无异于一部现代的"教育小说"；对于年轻的卡斯托普来说，那与世隔绝的山庄国际疗养院及其所在的达沃斯地区，不啻是一个对他进行强化训练的"教育特区"。

　　在这个"教育特区"里，不但从空间上集中了整个欧洲乃至世界的精神和思想，让卡斯托普接触到它们形形色色的代表人物，而且使时间浓缩起来，让他早早面对死亡，不得不对生与死、健康与疾病、肉体与精神、空间与精神、空间与时间等一系列问题，进行认真思索。再者，这里还有一些教育者，那就是塞特姆布里尼和纳夫塔。他俩都自觉而公开地以年轻主人公的导师自居，并为影响他、争夺他的灵魂而无休止地进行着辩论，进行着你死我活的斗争，虽然他们本身都已病入膏肓。除了他俩，"鬼王"贝伦斯大夫以及他形形色色的病人，何尝又不曾在不同的程度上，各以自己的方式，充当年轻主人公的教员——反面或正面的教员。这样，生活在"魔山"这个"教育特区"中的汉斯·卡斯托普，思想和性格就加速地发展和成熟起来。

不错，这儿的确存在一些悖论，例如称"魔山"为"教育特区"，既说"魔山"是个"无时间境界"又说它浓缩了时间，等等。然而，不正是由于这许多悖论和矛盾的存在，才使《魔山》更加耐人寻味和富于哲理吗？

至此已接触到《魔山》继承德语文学传统的第二个和更深刻的方面，即它的哲理性和思辨性。

有人干脆称《魔山》为一部哲理小说或者理智小说，这很容易使人产生枯燥、沉闷的联想。其实，《魔山》提出的哲学问题既丰富多彩又现实，所用来进行思辨的手段也富于变化而且生动。除去生与死这个核心问题之外，小说对于例如时间这个构成生命的重要因素，也做了既精到、深入且全面、精彩的分析和论说。例如，仅仅为揭示时间因人因地而异的相对性，小说就自然而纯熟地使用了三种手段：一是主人公卡斯托普在自己头脑里对这个问题的思考、探索（集中在第六章的《变迁》一节）；二是作者的直接插话和评说；三是用故事情节本身进展的快慢直观地显现。

且看第三种手段的明显例证：主人公住进"山庄"疗养院的第一天，觉得一切都异常新鲜，经历和感受十分丰富，时间也就相对地增了值，对这一天的描写便占了100多页的篇幅；相反，到了后来，日子过得千篇一律和枯燥乏味了，几个月甚至几年便一笔带过……

除去这些，还有一种在《魔山》中用得特别多也特别引人注目的思辨手段，那就是让书中的人物相互辩驳和争论。塞特姆布里尼和纳夫塔这两个人物，似乎主要就是为此而生存的。他们势不两立却相辅相成，在无情的论争中几乎探讨了人类社会的所有重大问题，尽管这两人如前文说过的都并不足取，都是言行不一的空谈家，而且他们的言论本身也经常自相矛盾，令他们的教育对象卡斯托普无所适从。

总之，《魔山》这部大书尽管思辨色彩浓郁，却因为手段多样而艺术，使读者尤其是爱好哲学的读者感到并不难以接受，相反倒是饶有兴味。

《魔山》也成功地继承了德国和欧洲的批判现实主义传统，世情的描写、人物的刻画、环境的点染，都做到了既细腻精致，又生动深刻，且富于典型意义。小说中的人物非常多，但都各具个性特色，不容张冠李戴。就讲仅仅出现在卡斯托普回忆中的祖父和舅公吧，也都刻画得活灵活现，既带着时代和阶级的共性，又有不容忽视的个性。类似这样一些富于对比意义的次要人物的存在，加强了小说内涵的历史纵深度，为一个阶级的没落做了必要的背景交代。

至于在"侍奉死亡的老手"贝伦斯大夫经营下的"山庄"，

那真是个资本主义社会以营利为目的的医疗机构的典型，也即完全背离了其治病救人的人道主义本性的异化的典型。托马斯·曼对这家疗养院及其主持者的揭露，可谓入木三分，触目惊心。

《魔山》的社会批判意义多且广，不容也不必一一列举。值得引起注意的只是，以"语言魔术师"著称的托马斯·曼杰出地运用了幽默、揶揄、嘲讽等语言手段，使自己与他描写的人物、习尚、事件之间保持了必要的距离——"讽刺的距离"或曰"批判的距离"。这种距离一开始便出现在叙述的语气里，接着又渗透进描绘人物肖像的笔调中，到最后更融合到故事的情节里。能说明这最后一点的最典型例子，是纳夫塔与塞特姆布里尼的决斗。由于作者运用语言十分的精细，"距离"的远近分寸便十分明显，从而也就自然而然地表明了他自己的态度和爱憎。不，这儿谈不上爱，因为在书中没有一个真正可爱的正面人物。就连对主人公卡斯托普和他那位生性豪爽的意中人克拉芙迪娅·舒舍，作者充其量也只是同情和理解而已。

《魔山》同样证明，托马斯·曼确实当得起20世纪西方文学批判现实主义大师的称号。

然而，对于《魔山》这部巨著来说，更值得注意的是它还有所创新，有所突破；是它还越出现实主义的常轨，采用了勃兴于20世纪初的现代主义的某些手法。

《魔山》使用得最多也最有趣的现代主义手法是象征。可以认为小说的题名《魔山》本身便是一个象征，它所描写的"山庄"疗养院以及生活在里面的形形色色的人物，也都富有象征意义。仅以与软弱的平民卡斯托普形成鲜明对比的表兄约阿奇姆为例吧。这位"好样的士兵"身上集中了"德国军人的所有美德"，称得上是整座"魔山"中唯一一个有事业心和责任感的人，然而却怎么也实现不了去军旗下效忠的夙愿。他那被描写得非常细腻的夭亡，不正象征着德国军国主义引以为豪的普鲁士精神业已过时和不再有生命力了吗？

十分耐人寻味的是《魔山》中还充满着所谓的"数字象征"（Zahlsymbol）。一个"七"字贯串着整个故事，反反复复地出现：全书一共七章，主人公迷失在"魔山"中长达七年，"山庄"的餐厅里不多不少摆着七张桌子，主人公的朋友圈子最终凑足了七个人，等等。为什么正好是七呢？是因为上帝"创造世界"也用了七天，因此七就意味着全部，处处凑足了七的"山庄"就是作者心目中的世界的象征，还是另有原因呢？这个问题看来只有作者自己才能解答了。

《魔山》成书的10多年，正值弗洛伊德学说在欧洲广泛传播。托马斯·曼是弗洛伊德的景仰者，小说自然地反映出了心理分析学的影响。倒不是指贝伦斯院长的助手克洛可夫斯基博士也在对病人施行所谓心理分析；也不是指这位形容萎靡、身穿黑大褂的"殡仪馆抬尸者"似的大夫，在"山庄"长年地开着一个大谈爱情与疾病和死亡的微妙关系的讲座，害得男女疗养客们体温升高了老是降不下来这些都只能看作是对迎合时尚的冒牌博士和骗子大夫的讥讽而已。作者自己使用精神分析方法，主要表现在他深入到人物的潜意识中去挖掘和揭示其思想行为的内在因果关系。一个明显而突出的例子是：年轻的主人公一开始非常讨厌克拉芙迪娅·舒舍，因为这个俄国妇人不拘小节，缺少上流社会的教养，每次进出餐厅都把玻璃门摔得哐啷啷响。可是，随着他对这响声的渐渐习惯，卡斯托普竟不知不觉地、狂热地爱上了这个并不见得漂亮的女病友。为什么？主要因为她也长着一双细眯眯的鞑靼人眼睛，令他忆起了自己少年时代倾慕过然而却早已忘记的男同学。也就是说，隐藏在潜意识中未得到满足的恋慕之情，又固执地表现出来了，以至在卡斯托普心中使俄国妇人和那个男同学的形象老是叠印在一起，在他对异性的爱恋中又加进少年时代的亲切回忆，使他更加着迷和神往。

小说第六章有一节叫《雪》，写了主人公在与风雪和死亡搏斗过程中的一个个梦境，它们也是存在于他潜意识中的理想和恐惧的折射和显露。这些一开始绚烂美丽、如诗如画最后却阴森可怖的梦境，实际上表明了主人公（也包括作者）在生与死之间，在人道与非人道之间，在意大利作家塞特姆布里尼与奥地利耶稣会教士纳夫塔之间做出的选择，虽然他对前者最终能否战胜后者还缺少信心。这缺少信心的表现，既合乎欧洲历史的真实，也合乎作家本人思想的实际。

象征和精神分析，只是托马斯·曼使用现代主义手法的两个显著方面。从总体上看，《魔山》堪称德语文学乃至西方文学率先将现实主义和现代主义结合起来的典范之一。

《魔山》问世于1924年，它的故事则发生在第一次世界大战的前夕。书中所描写的死神统治的"山庄"国际疗养院，实际上是19世纪末与20世纪初精神空虚、道德沦丧、危机四伏的资本主义欧洲的缩影。整个"山庄"都未能逃脱死亡的厄运，这意味着作者认为"山庄"所象征的世界已注定走向没落。

《魔山》这部书也是作者对自己在战前的经历和思想的总结。1912年，为了探望患病的妻子，托马斯·曼确曾在瑞士达沃斯地区的一所疗养院住过一些时候。这段经历提供了创作《魔山》的契机和素材。起初他只打算写一个中篇小说,并以生战胜死为主题,来做自己《威尼斯之死》和《特利斯坦》等表现艺术家渴望和美化死亡的作品的对立面。大战中的痛苦经历和长时间的深刻反思,使这部中篇发展成了一部上下两卷的大长篇。而且,在书中的主要人物身上,更清楚地投下了作者自己的影子。卡斯托普与作家本人的出身、经历的相似之处自不必说。更值得注意的是塞特姆布里尼和纳夫塔这两个怪人;通过他们,托马斯·曼事实上对自己早先的思想,其中特别是叔本华和尼采的思想影响,来了一个清算。这个清算既深刻,又全面;因此《魔山》一书,便不仅对他个人的思想和创作发展具有划时代的意义,也成了20世纪初整个西方世界的精神写照,并从而确立了它作为西方文学现代经典的地位。

《魔山》选段

* 变 迁

时间是什么?是一个谜——看不见摸不着,却又威力无比,是现象世界存在的一个条件,是一种运动,一种与物体的空间存在和运动紧紧结合在一起的运动。那么,没有运动,就没有时间?没有时间,也没有运动?只管问吧!时间是空间的一种功能?抑或相反?抑或两者原本是一回事?这可走得太远了!时间在行动,具有活动性,能够"产生效果"。什么样的效果?变异!这时不再是那时,此地不再是彼地,因为在它们中间有了运动。然而,由于人们用来计量时间的运动又是循环往复的,自我封闭的,这样的运动和变异差不多同样可以称为静止不动;因为那时不断地在这时重现，彼地不断地在此地重现。再者，人们不管怎么拼命动脑子，也想象不出一个有尽的时间和有限的空间，便只好下决心将时间和空间都"想成"是永恒的和无穷的——人们显然认为，这么想尽管并不真的很好，却也差强人意。可是，确定了时间和空间的永恒与无穷，是否意味着在逻辑和计量上否定一切有限和有穷尽呢？相对而言把它们贬低成了零呢？在永恒中可能有先后吗？在无穷中可能有并存吗？就算不得不承认永恒和无限这个前提，那么距离、运动、变化乃至仅仅是宇宙中有限物体的存在等概念，又如何才能与之协调起来呢？诸如此类的问题，你可以一个劲儿地问下去！

汉斯·卡斯托普也正为类似的问题绞尽脑汁。还在上山之初，他的脑子便已处于一种亢奋状态，对这些玄妙的问题似乎格外敏感，一度非常爱发牢骚和钻牛角尖。他问自己，问好性子的约阿希姆，问老早已让厚厚的积雪盖住了的山谷，尽管从任何方面，他都看不出可以得到近乎答案的希望——至于哪一方面让他最失望，却很难讲。他之所以向自己提出问题，正是因为他不知道该如何解答这些问题。约阿希姆呢，他更是对这些问题全然不感兴趣，诚如汉斯·卡斯托普那天晚上操着法语所说的，他一心只想着下山当兵去；为了实现这个时而向他靠近又时而愚弄他、疏远他的愿望，约阿希姆做着可谓艰苦卓绝的斗争。新近他好像已打定主意，要最后决一死战。可不是吗，这位善良的、耐心的、诚实的、心中只想着报效国家和遵守纪律的约阿希姆，他近来真叫怒不可遏，恨透了那个所谓的"加夫基[①]等级体系"；就是

[①] 加夫基（1850—1918），德国细胞学家。

按照这个体系所定的标准，下边的化验室测定并标明患者带菌的等级，也就是根据化验物中是只有少量的细菌还是非常非常多，来确定"加夫基指数"，一切的一切全看这个数字的高低。因为它准确地表示出了患者康复的希望有多大，根据它，也不难断定他在山上还要待的月数或年数，从为期半年的短暂访问直至大伙儿爱讲的"无期徒刑"。后面这个讲法，从严格的时间意义来判断，其实又经常没有什么意义。上面说了，约阿希姆对"加夫基等级体系"气愤之极，公然宣称不相信它的权威——不是完全公开地，不是直接地冲着上边的人，但是却当着他表弟的面，甚至在进餐的时候。

"我烦透了，我不让人继续把我当傻瓜，"他大声说，黝黑的面孔涨得通红，"十四天前我的加夫基指数为二，小事一桩；今儿个变成了九，细菌简直挤都挤不下了，甭再提下山。鬼才明白是怎么搞的，真叫人受不了。顶上那所'阿尔卑斯之宝'疗养院躺着个家伙，一个希腊农民，被人从阿卡狄亚送来的——论病情已毫无指望，害的是奔马痨，每日每时都可能进太平间，可他一辈子在痰里从来没查出过细菌。相反那位胖胖的比利时上尉——他已经康复出院——他在刚来时加夫基指数倒是十，细菌简直成群成堆，虽说他只有一个小小的空洞。让加夫基见鬼去吧！我不干了，我要回家，即便这样做我会死！"约阿希姆真的这么说了。而看着一个温和、稳重的年轻人竟然如此激动，大伙儿都感到痛心。约阿希姆扬言要不顾一切地下山去，使汉斯·卡斯托普禁不住想起他听见谁用法语说过的一席话。不过他没有吭声；他难道也能以自己的忍耐给表兄树一个榜样，就像施托尔太太似的？施托尔太太确实告诫约阿希姆别那样犯上抗命，劝他不如逆来顺受,学习学习她的忠诚;她卡洛琳纳·施托尔就是靠这种忠诚坚持住在山上,忍痛放弃了在康施塔特的家中做家庭主妇的职责和权力,为的只是有朝一日变成一个完完全全健康的妻子,重新回到丈夫的怀抱里去。不,汉斯·卡斯托普不能,何况在过了狂欢节①以后,他对约阿希姆老感到内疚——也就是他的良心老对他说:尽管他们从未提及,可约阿希姆肯定知道那件事,肯定将它看作是跟背叛、怯懦和不忠差不多的,尤其是面对那一双圆圆的褐色眼睛,听见那动辄便爆发出来的咔咔笑声,闻到那橘子味儿的香水气息的时候②。一日五次,约阿希姆处于这种香味儿的冲击之中,但每次都是规规矩矩地垂下眼睑去死死盯住面前的汤盆……可不是吗,就在约阿希姆对他的那些关于"时间"的思考和观点的无言拒斥中,汉斯·卡斯托普也感觉出他作为军人的庄重,因而自己良心受到了责备。

至于那积雪很深的冬天的山谷,汉斯·卡斯托普同样也躺在他那舒舒服服的靠椅上,向它提出了他那些超验玄虚的问题;只不过它的山坳、山色、山脊连同褐绿与浅红混杂在一起的重重森林,都默默无声地立在时间里,让世间的静静流逝的时间包裹着、缠绕着,在深蓝色的天穹下时而闪闪发光,时而云雾弥漫,时而让落日映得通红,时而让月华照得发出蓝幽幽的光,如同金刚石一般——不过一切全在雪中,从长长的然而又是倏忽即逝的六个月以来就是如此,以致所有的疗养客都声称,他们不能再看雪,已经对雪产生了反感,因为夏天就已经满足了他们的要求;

---

① 狂欢之夜,卡斯托普曾与自己恋慕的舒舍夫人一夜风流。
② 暗示约阿希姆暗恋的女病友玛露霞。

而眼下日日夜夜还是只看见雪、雪堆、雪山、雪原，已经非人所能忍受，已经窒息着精神与心灵。于是，人人都戴上了有色眼镜，绿的、黄的、红的，与其说是保护眼睛，不如说是保护心脏。

山谷和群峰埋在雪中已经六个月了吗？已经七个月！在我们讲故事的时候，时间正继续前进——这是指我们的时间，我们花来讲故事的时间，可也指汉斯·卡斯托普和他的病友们在山上的冰天雪地里度过的早已成为往昔的时间，时间带来了种种变异。一切都顺顺当当地在完成、在实现，就像狂欢节那天在从达沃斯坪返回疗养院的路上，汉斯·卡斯托普快嘴快舌地做了预言，招来塞特姆布里尼先生不快一样。他当时说：夏至尽管还不是近在眼前，可复活节毕竟已穿过白皑皑的山谷，四月正在行进，圣灵降临节已经在望，春天很快就会到来，融雪天——不是所有的雪都会融化，南边的北峰上，北边的岩隙深涧里，不用说总会有雪残留下来；不过也不会没有变化，而是在夏季里每个月都会少掉一些。只不过这新的一年的开始，预示着卡斯托普的生活在短时间里会出现一系列具有决定意义的变化。在狂欢节的晚上，他从舒舍夫人手里借了一支铅笔，随后在原物奉还时又接受了人家送的另一件东西作为留念，并将这件纪念品时时揣在怀里，从那会儿到现在已经过了六个星期——也就是比汉斯·卡斯托普原来打算来山上待的时间还多一倍。

的确，从卡斯托普结识舒舍夫人，从他比忠于职守的表兄晚了许多才回自己房间去的那个晚上到现在，已经过去了六个星期；从紧接着舒舍夫人就离开了疗养院的第二天到现在，已经过去了六个星期。她这次离开是暂时的，只是要到高加索以东极其边远的达吉斯坦去待一段时间。舒舍夫人的离去只是一次暂别，只是临时性的，她还打算回来——不论迟早，她还愿意回来或者也必须回来，对此汉斯·卡斯托普已经吃了定心丸；不是在我们已转述的法语交谈中做了直接的口头许诺，而是接下来我们保持缄默，中断了我们讲述的时间之流，让纯粹的时间成为主宰的那段间歇，使卡斯托普心中有了底儿。总之，年轻人在回到第三十四号房间之前，确实已得到保证和放了心；因为他第二天没再和舒舍夫人搭一句腔，甚至几乎没再见她，除了两次离得远远的注视以外：一次是吃午饭的时候，她穿着蓝呢裙和白色羊毛衫，在餐厅的玻璃门哐啷一声响过以后，步履轻盈地最后一次走到自己的桌边，叫卡斯托普看得心都快从喉咙里跳出来了，要不是恩格哈特小姐在旁边严密监视，他肯定会用双手将脸蒙起来；另一次，是下午三点在舒舍夫人启程的时候，他没有去大门口参加送行，而只是站在走廊的窗前，远远地目送着她离去。

类似的送别场面，汉斯·卡斯托普在住进疗养院以后自然经历过几次：楼门前的平台边上停着雪橇或者马车，车夫和用人正将旅行箱捆到车上，一群疗养客——都是那位已经康复或者未曾康复而准备回到平原上去生活或者等死的患者的朋友——甚或也有一些仅仅是趁机丢下工作出来闲散闲散的疗养院员工，聚集在大门前；临了儿出现了一位穿着礼服的院方代表，有时候大夫们也亲自露露面，往后才轮到被送别的疗养客本人出场。此人在多数情况下都是兴高采烈、和蔼可亲，一个劲儿地向好奇地围着他的人和送别的朋友们挥手致意，为开始冒险之行而处于精神高度亢奋状态……眼下走出来的却是舒舍夫人。只见她怀抱鲜花，满脸堆笑，身着长长的、滚着毛皮边饰的粗呢旅行外套，头戴大皮帽，由她那位瘦削的同胞布里金陪伴着；这位先生打算送她一程。她看上去也满面春风，跟所有出院者一样——只因为生活方式的转变，全然不管是经过医生同意才离开的，或者仅仅是厌烦了、绝望了，因此甘冒风险，也不怕问心有愧，擅自中断了住院疗养。她双颊绯红，不停地讲话，看样子多半讲的是俄语；与此同时，她的双膝已让人用毛皮毯子紧紧裹了起来……在场的不只有舒舍夫人的同胞和同桌进餐的熟人，还有其他许多疗养客，克洛可夫斯基大夫憨笑着，露出了胡子背后的大黄牙；送给她的花束更多了，老姑妈献上了她习惯于称作"小茶点"的俄罗斯果酱；女教员也挤在送行的人群中，还有那位曼海姆来的乐师——这老兄立得远远的，眼里充满了哀愁，当他那阴郁的目光顺着大楼往上扫视，在走廊的窗口里发现卡斯托普时，就痴痴地停在了他身上……宫廷顾问贝伦斯没有露面，显然他已借其他机会，私下与离去的美人儿话了别……终于，在周围挥着手的人们的呼叫声中，马群拉动了雪橇；舒舍夫人的上身因为惯性往后一沉，靠到了软垫上，却再一次微笑着，拿她那一双斜眼飞快地扫视着"山庄"大楼，就在这一刹那，她看见了汉斯·卡斯托普的脸……卡斯托普面色苍白，急急奔回房中，跪到阳台上，为的是从那儿再看一眼响着铃铛、沿着山路向着谷底的"村子"驶去的雪橇车。随后他倒在椅子里，从胸前的衣袋中掏出那件纪念品，那件信物。它这次不是一根棕红色的小木棍儿，而是一块镶了框的薄薄的玻璃片；你得把它对着亮光，才能发现其中的奥妙——原来里边藏着一帧克拉芙迪娅的透视片，虽然没有面孔，但上身那纤细的骨骼，那柔软莹洁的肌肤，还有那乳峰，都表现得出神入化，历历可见……

从那以后又流逝了一些时光，产生了一些变化。而在这段时间里，卡斯托普曾无数次地注视这小小透视片，把它按在嘴唇上亲吻。举例讲变化之一，就是习惯了克拉芙迪娅①远远离开之后在山上开始的新生活，而且习惯得比人想象的还要快：山上的时间原本就是这么安排的，就特别适合于习惯的培养，哪怕仅仅是对于不习惯的习惯。一日五次进餐时哐啷哐啷的摔门声再也听不见了，也没有人应声走进餐厅里来；而今，舒舍夫人已到千里之外的不知什么地方摔门去了——这样一个癖性与她的存在、她的疾病紧密地融合在一起，就跟时间与空间里的物体融合起来了一样：那也许就是她的病，除此没有别的意义……她是见不到了，不在了；但对于汉斯·卡斯托普的意识来说，她同时又是一个看不见的存在，又是这个疗养院的精灵。他在那放纵的甜蜜的时刻——平原上没有任何歌曲能配上它，怎能不显得平淡无奇——认识了她占有了她。九个月来，他的心是多么不平静，她的那帧由光影幻化成的小像无时无刻不珍藏在他心中。

　　那天晚上，他颤抖的嘴唇一会儿操着法语，一会儿操着德语，既像神魂颠倒又似碍难启齿，总算结结巴巴地说出了一些大胆越轨的想法：有建议，有劝诱，有疯狂的计划和决心，然而都理所当然地统统遭到了拒绝——说什么他要陪她去高加索，要跟踪她，在她随心所欲地选定的下一个居留地等候自己的守护神，以便再也不与她分离，诸如此类的信口雌黄，想入非非。从那个大胆越轨的时刻，头脑简单的小伙子实际得到的只是那帧小小的透视片，以及一种近乎实在的可能性而已：舒舍夫人可能第四次回到疗养院来，或迟或早，全看给予了她行动自由的病情做出决

---

① 克拉芙迪娅是舒舍的名字。

定。可是，迟也罢，早也罢——汉斯·卡斯托普到时候必定"早已远走高飞"。这在告别的当儿又一次被提了出来；须知，类似的预言本无多少意义，反倒叫人更加难堪，要是他认识不到，对某些事做出预言并非真的为了这些事发生，倒是想让它们别发生，就像人们在念咒语时想的一样……

* 雪

一日五次，对于今年冬天的气候不佳，在那七张餐桌上都异口同声地发着抱怨。大家断定，这高原之冬太不负责，绝对没有充分提供本地区赖以远近驰名的，广告上明白写着使长年客人已经习惯，新来者也已幻想过的宜于疗养的气候条件。出太阳的日子太少，日照太少；而日照是一个重要治疗因素，缺少了它的帮助，痊愈就会推迟，毫无疑问……不管塞特姆布里尼先生对他们，对这些或者继续坚持疗养或者离开"故乡"下山去的人们的真诚有何想法，他们反正要求获得自己的权利，反正希望享受他们的父母或者丈夫为他们花的钱理应带来的利益，因此在餐桌上、在电梯里、在游艺室中，大家都嘀嘀咕咕，抱怨连声。院方也充分认识到自己进行弥补和减少损失的责任。一台新的"高山人造太阳仪"买来了，因为原有的两台已满足不了那些渴望通过电气化的途径变得黝黑起来的人们的需要。须知，黝黑的肤色可以使年轻的小姐和女士更迷人，可以使男士们更健美，即使是静卧时平躺着，模样也像一位征服者。是的，这模样事实上已结出硕果：女士们尽管对他们男性魅力的技术性和美容术根源一清二楚，却够愚蠢或者说够狡猾的，竟然心甘情愿地一而再，再而三地受蒙骗，以便陶醉在幻觉中，同时也做出自己女性的回报。

"我的上帝啊!"薛菲尔德太太,一位从柏林来的红头发、红眼睛的女病人,傍晚在游艺厅中对一位长腿、凹胸的男伴叹道;这位殷勤"骑士"的名片上自称为"获有文凭的飞行员和德军少尉",午餐时总穿常礼服,到晚上反而脱了,说什么海军里有这条规定。"我的上帝啊,"她两眼贪婪地盯住那位少尉叹道,"瞧,他让高山的阳光晒得多黑,多漂亮!样子像个猎鹰者,这鬼!"——"等着瞧!妖精!"在电梯里,他凑着她耳朵嘀咕了一句,叫她浑身起鸡皮疙瘩,"您对我挤眉弄眼,我一定叫您赔偿损失!"可不,绕过阳台上的玻璃隔墙,那鬼和猎鹰者摸到了去妖精房间的路……

然而,人造太阳毕竟还是远远补偿不了今年损失的真正日光。一个月里头,纯粹出太阳的日子只有两三天——在这样的日子里,白皑皑的山峰背后,天鹅绒一般的天幕湛蓝湛蓝,日光金刚石一般地熠熠闪烁,从厚厚的游动的灰色云雾中投射下来,热辣辣地直射在人们的脖子上和脸上,真叫舒服极啦。可好几个礼拜才有两三天这样的日子,这对于命运坎坷、特别需要抚慰的心灵来说真是太少太少;加之他们离开了平原,放弃了那儿的人们的乐和苦,就是指望着能过上契约上许诺给他们的虽然缺少生气,但却是轻松愉快的生活:无忧无虑,连时间也被取消了,绝对的舒适安逸。因此,尽管贝伦斯顾问提醒大家,就算天气不行,住在"山庄"究竟还不等于蹲西伯利亚矿坑或者别的某座监狱,山上的空汽稀薄、质轻,差不多跟太空里的以太一般纯净,极少地球上的杂质,不管是好是坏,就算没太阳,仍可免遭平原的烟尘、蒸汽的侵害,优点真是太多,却仍然没有用。恶劣的情绪和抱怨迅速蔓延,每天都有人威胁说要提前出院,而且有的真的付诸实施，对萨洛蒙太太的教训在所不顾。萨洛蒙太太新近很凄惨地回来了，她原本病得不重，只是因为耐不住寂寞，硬犟着回到潮湿而多风的阿姆斯特丹去住了一阵子，结果弄出了生命危险……

没有太阳却有的是雪，成堆成片的雪，无边无涯的雪，这么多的雪，汉斯·卡斯托普一辈子还未曾见过。去年冬天确实也下过大雪，但与今年相比，又有些差劲儿了。今年，它们是那样地无穷无尽，铺天盖地，让人心里一下子充满此地原来就这么古怪反常的意识。雪一天一天地下着，整夜整夜地下着，时而稀稀疏疏，时而风雪交加，但总是在下着、下着。少数仍保持可以行走的道路坑坑洼洼，路两边立着比人还高的雪墙，一些被抹平压实了的小方块闪着水晶般的悦目光泽，供游山的客人写写画画，或传递这样那样的信息，或开几句玩笑，或说说讽刺话。在两面雪墙之间，也可碰见高高凸起的地方，那底下刚好挖空了，这可以从一些疏松处和空洞看出来，不小心一踩脚就会陷下去，一直陷到膝盖，可得好好留神，不然很容易折断腿。路旁休息用的长凳消失了，沉没了，偶尔还有一截靠背从白色的墓穴中突露出来。山下"村"里，街面也有奇异的变动，底楼的一家家商店全变成了"地下室"，顾客只能从人行道走下雪踩成的台阶，才能进得去。

雪继续没日没夜地下个不停，在无垠的雪原上再添加新雪，悄没声儿地，在天气并不太冷，也就是零下十至十五度，人还不感到寒彻骨髓的时候——人们甚至可能感觉才零下五度乃至两度，因为没有一丝风，空气又干燥，寒冷失去了锋芒。早上很黑，只好打开从嵌线呆板可笑的穹顶上垂下来的枝形吊灯，让客人们在非自然光线下进餐，厅外一片混沌迷茫，世界一直到窗前全裹在灰白色的棉絮里，裹在纷飞的大雪和厚重的雾霭中。群山隐去了，近旁的针叶林也只偶尔微露端倪：负荷是那么多，它们很快就失去了本来面目，不时地有一棵松树实在受不了啦，才抖落身上的白沫，使其掉进灰色的空漠中。上午十点，太阳终于爬上山顶，但不过是一团惨白的光晕，一个缺少生气的幽灵，能带给苍茫大地的只是虚幻的感觉。万物仍融在幽冥柔漫的苍白中，没有任何可以让眼睛大胆地追寻的线条。山峰的轮廓模糊了，雾化了，消失了。白皑皑的雪野层层叠叠，将人的目光引向空蒙。最后，也许才飘来一片亮云，炊烟似的，久久地挂在岩壁前，不改原来的形态。

正午，太阳勉强冲破云层，努力将雾障消解到蓝空中。然而它的企图远远未能实现；只不过在很短的时间里，蓝色的天光毕竟闪现出来，足以使雪盖冰封下变了形的大地又像金刚石一般熠熠生辉。这时候，通常雪也停了，仿佛要对已取得的成绩做个总结；是的，那穿插着的少数几个出太阳的日子好像也有同样的作用。风雪停了，直射下来的日光则努力将新铺上的积雪洁白无瑕的表面融化掉。世界的模样像在童话里一般，天真纯朴而又滑稽可笑。树枝上叠着厚厚的、松松的垫子，地面长出驼背，驼背下匍匐着灌木和岩石，蹲着的、蜷伏着的、像小丑一般打扮起来的，周遭全是奇形怪状，恰如童话中的精灵世界，看着令人忍俊不禁。可是，如果说人们艰难地活动于其中的近景令您觉得奇幻怪诞的话，那么，它那远远地逼视着你的背景，那高耸入云的阿尔卑斯山的雪峰，却将唤起你庄严和神圣的感情。

午后两点至四点之间，汉斯·卡斯托普躺在阳台上，头枕着他那呱呱叫的躺椅上调得既不过陡也不过平的靠板，目光越过装上了软垫的栏杆，眺望丛林和远山。托负着沉甸甸雪被的墨绿色枞林一直逶迤到山梁上，树与树之间的空地全铺上了松软的雪枕。枞林之上，群峰直插灰白色的天空，无边的雪被只间或被这个那个突兀的峭岩刺破，锯齿状的峰脊则化作一条柔漫的迷蒙曲线。雪无声地下着。万物的轮廓渐趋模糊。目光进入空茫一片，很容易打起盹儿来的。伴随着似醒非睡的一刹那会产生寒冷之感，但接下来，在这儿的严寒中，睡眠却清纯得再清纯不过，没有梦，也不受有机生命的任何潜意识的干扰；因为呼吸着眼前这没有任何杂质的明净的空气，肌体的感觉轻松得就跟死者不呼吸差不多。汉斯·卡斯托普醒来时，群山已完全消失在雪雾里，只有一些局部，时而一个山头，时而一道凸岩，转换着呈现出来几分钟，随后又被遮裹住。这神出鬼没的静静的变化很有意思，可必须全神贯注，方可窥探出那变幻莫测的雪雾纱幕的启闭规律。一群山峰，在雪雾开处，既无峰尖也无山脚，突兀地横亘在前方，但等他一分钟后转过眼来一看，却已踪影杳然。

接着来的是暴风雪，阳台上根本无法待了，雪花让风卷进来，在地上和家具上盖了厚厚的一层。是的，在宁静的深谷中也起了风暴，眼前只有纷纷扬扬的雪片在飞舞，一步开外便什么也看不见，死寂的氛围一下子充满不安和躁动。阵阵狂风吹得人连气都喘不过来，雪暴变得更加野性、倔强，更加咄咄逼人，从下往上回旋着，把谷底的积雪卷到空中，让它跳起疯狂的死之舞——这已不再是下雪。这是一场白色的混沌，一个非常地域里的大自然的狂暴肆虐，只有此时突然成群出现的雪雀才自由自在，如鱼得水。

然而，汉斯·卡斯托普却喜爱冰天雪地里的生活。他觉得在许多方面，它都跟海边上的生活相似：自然景象的单调是两者共同的；雪，这种深深的、松软的、毫无瑕疵的白色粉末，在此地就扮演着海滩上那些黄沙一样的角色；两者让你摸着都一样干净，你将干雪粉从鞋中和衣服里抖落，就像在海边抖掉那没有灰尘的石头和贝壳碎末一样，不会留下丝毫痕迹；人在雪地里行进和在沙丘上走同样困难，除非它表面让太阳烤化了又在夜里被冻硬，要这样走起来便轻松舒适，宛如踩在光滑的镶拼地板上——确切地讲，轻松舒适得跟走在海滨被水冲刷着的平整、坚实而又富有弹性的沙滩上一样。

只是今年的雪暴和积雪使得大伙儿很少可能在户外活动，唯有那些滑雪运动员例外。铲雪车在工作，但要勉强保持疗养地最常走人的几条大小路径的通畅，已感困难。这几条仍然通行的路也走不多远就封住了，因此，能走的一段上行人格外多，健康人和病人，本地居民和来自世界各国的疗养客，全挤在一起；可这一来，玩橇车的人就常撞着步行者的腿。橇车上的先生女士们脚冲前，头仰后，大声吆喝着发出警告，那声调表明他们自信其活动真是最重要不过。其实呢，他们只是那么躺在本是孩子们玩儿的小冰橇上，曲曲折折、歪歪倒倒地顺着山坡向谷底冲去，到了目的地又用绳子拴着将那时髦玩具重新拽上山。

这样的漫步溜达已令汉斯·卡斯托普厌烦。他现在只有两个愿望：最强烈的愿望是单独一个人静静地思考和"执政"，他的阳台满足了这个愿望，虽然还是表面地满足；另一个愿望与这一个有联系，就是渴望与他关心的让大雪封闭着的群山有更亲密而自由的接触。这个愿望对一位怀抱着它的未经训练的步行者来说，是无法实现的，除非他长上翅膀；因为只要企图在任何一条铲出来的道路的尽头再往前闯，立刻便会陷进雪里，一直陷到胸部。

于是有一天，汉斯·卡斯托普下决心去买了一双滑雪板，并学着使用，以应实际的需要。他不是运动家，由于缺少必要的身体素质从来都不是，也不装着是的样子，不像某些"山庄"的疗养客为适应本地风气和赶时髦，硬将自己打扮成那个模样——特别是女士们，例如那位赫尔米娜·克勒费特小姐，她虽然已是上气不接下气，以致鼻尖、嘴唇总是青的，却喜欢在午餐时穿羊毛健美裤，饭后叉开双腿往静卧厅中的藤椅里一倒，懒洋洋地够风骚。汉斯·卡斯托普没去征求贝伦斯顾问同意，去了必定也是碰一鼻子灰。对于这儿山上的人们来说，"山庄"也罢，其他疗养院也罢，体育活动都绝对禁止。因为这儿的气氛看上去轻松愉快，对心肌却提出了极严厉的要求；至于汉斯·卡斯托普本人，他那句很明智的话"习惯你尚未习惯这个事实吧"，仍然是完全没错。贝伦斯顾问归因于一处浸润点的低烧，在他身上仍顽固地持续着。否则，他还待在这山上做什么？所以，他的愿望和打算也就充满矛盾和不现实。只是我们必须充分理解他，他并非受虚荣心的刺激，要学学那些公子哥儿和滑雪家的样子，去户外的新鲜空气中活动一番。其实，这些人一经提议，在空气憋闷的房间里玩起牌来同样也认真积极。汉斯·卡斯托普感到对自己更具吸引力的是另一个集体，不是这一小群游客。从一个更广、更新的角度看，基于一种令他惊异的尊严感、一种使他压抑的责任感，他觉得不问青红皂白地跟那些人一样去雪地上狂欢、打滚，活像小丑一样，这不是他该做的事。他绝无放荡放荡的意思，愿意有所节制；他计划干的事贝伦斯顾问本来完全可以同意，但囿于院规，他还是会禁止，汉斯·卡斯托普只好决定背着他行事。

他偶然地对塞特姆布里尼先生谈到了自己的打算。塞特姆布里尼先生高兴得差点儿拥抱他。"可不是，可不是，工程师，看在上帝的分上，您就干吧！别去问任何人，您自己只管干好啦——这是您的守护天使给您的暗示！马上就去干，别等到这好兴致重新离开您！我跟您一块儿去，我陪您去商店，一会儿功夫咱们就会得到那可爱的器材！然后，我还要陪您进山，和您一道滑，脚上穿着飞行鞋，跟天上的使者麦丘利一样，可我却不允许……唉，不允许！只要不是不允许，我一定这么做了。可我不能啊，我这个人已经没指望。相反您……您却不会有什么问题，绝对不会，只要您保持理智，不做任何过分的事。嗨，什么，就算出点儿小问题，您的守护天使总会来的，他一定……我不用再讲什么了。一个多么出色的计划！在山上待了两年才能想出来——啊，不，您的本质是好的，没有任何根据对您绝望。妙，妙极啦！您嘲弄你们那上边的鬼王，您买一双滑雪板，让店里送到我这里或者卢卡切克处，或者底下的香料商店里。您要练习就来取，然后，您就踏着它滑去，滑去……"

完全照他说的办了。塞特姆布里尼先生对体育原本一窍不通，却硬充行家，由他亲眼瞧着，汉斯·卡斯托普在"村"里正街的一家专业商店中挑选了一副漂亮滑雪板：上等橡木制造，漆成浅绿色，皮件配得很精致，板头尖尖地向上翘着；同时他还买了两支带铁尖和轮盘的滑雪杆。汉斯·卡斯托普说什么都要亲自将器材搬回塞特姆布里尼住地去，到了那儿很快就取得香料商的同意，让汉斯·卡斯托普每天存放滑雪用具。在反复观察弄清使用方法以后，卡斯托普便自己开始尝试，不过远远避开练习场上众多的初学者，而是独自在"山庄"疗养院背后一处几乎没有树木的斜坡上摔摔跌跌。塞特姆布里尼先生也不时地站在旁边做指导，手撑着拐杖，两脚优美地交叉着，对卡斯托普在灵巧性方面的进步报以喝彩。一切进展顺利，直至有一天，汉斯·卡斯托普为了将器材送回香料店去，正顺着铲过雪的大道小心翼翼地向山下"村"里滑去的时候，不期然碰见了贝伦斯顾问。好在顾问没认出他来，虽说是大白天，而且初学者险些就撞他个正着。顾问被香烟的浓雾包裹着，脚步沉重地从年轻人身边走了过去。

　　汉斯·卡斯托普听说，一个人内心渴望的技巧要学会是很快的。他并不要求自己成为能手。他所需要的那点本领，果然几天之内就不慌不忙地没费太大力气就学会了。他坚持将双脚摆正，使留在雪地里的是两道整齐平行的辙印；他尝试着在下滑时用滑雪杆控制方向，学着张开双臂飞越障碍，飞越小土包，那么一起一落地就像一只波涛汹涌的海上的船儿。经过二十次尝试，他在做变向或急停旋转时一条腿伸出去，一条腿跪下，已经稳当得不再倾倒了。他逐步扩大着练习范围。一天，塞特姆布里尼先生眼看着他消失在白色的雾障中，用手做成话筒在背后大声告诫了他一下，然后就怀着对自己的教育成果的满意心情回家去了。

　　冬天在山里很美——但不是文静温柔的美，而且像刮强劲的西风时北海海面上那种粗犷、野性的美——尽管没有海涛的轰鸣，而是死一般沉寂，却引起完全一样的敬畏之情。汉斯·卡斯托普长而富有弹性的"大脚"托着他时东时西，或沿着左边的山梁去克拉瓦德尔峰，或向右经圣母教堂和格拉利斯村往前滑，在那儿看得见乌鸦崖在雾中若隐若现，影影绰绰；还去过迪施马谷，或者在"山庄"疗养院背后一直往上走,登上密林覆盖的海角峰,它只有一点点披着白雪的峰顶突出在林梢之上;还去德鲁萨查密林,在林后可以看见白雪皑皑的雷迪空山脉淡淡的剪影。他还跟着伐木人乘索道车登上阿尔卑斯宝藏峰,在海拔两千米的高山雪原闪闪发亮的斜坡上徐徐滑行,赶上天气晴朗的日子,还可从上边远眺瑰奇壮丽的山区风景。

他满意自己的学习成绩;现在,条条道路对他都已敞开,重重障碍也几乎化为乌有。他经常处于所渴望的岑寂包围中,而且是一种可以想象出来最深沉的岑寂,足以令人感到陌生和疑惧的岑寂。在他的一边,可能是一片倾斜向下直至化作一团团雪雾的枞林;在另一边,可能是一道拔地而起的陡壁,壁上积雪多、厚而又形状怪异,有穹庐般的窟窿,有驼峰般的凸包。如果他自己站住不动,自己不出一点声音,那就绝对、完全地安静,好像什么都裹上了棉胎似的声息全无。这样的寂静真是闻所未闻,在其他任何地方都不会有的。听不见哪怕一丝丝儿风拂过林梢的沙沙响声,听不见溪水潺潺,也不闻一声鸟语。当汉斯·卡斯托普停止滑行,身子倚靠着滑雪杆,仰起脑袋,张着嘴巴在那儿倾听时,他所听到的乃是原初那纯而又纯的寂静。在这寂静之中,雪仍不停地下着,悄悄地下着,不出一点儿声息。

不,这个以它无底深渊般的沉寂对着年轻人的世界一点也不殷勤好客,它接待他的条件是他自己对自己负责,自己承担风险。它根本谈不上接纳他、招待他,只是以一种令人不快的没来由的恶劣方式,容忍他的侵入和存在而已。它让人感到的只是一种静得可怕的原初情绪,连敌意都说不上,而仅只是一种死气沉沉的冷漠。然而,汉斯·卡斯托普,这个从小就对大自然感到疏远、陌生的文明之子,却比自幼便不得不在山野里与这个世界亲密相处的自然之子更能发现它的伟大。后者几乎不感到前者在扬起眉毛走近它时怀有的那种敬畏,就是这种敬畏,决定着汉斯·卡斯托普内心深处对这个世界的感情基调,使他灵魂中经常保持某种虔诚的震慑,某种畏葸的激动。汉斯·卡斯托普身穿驼毛长袖短外套,缠着绑腿,脚踏着豪华的滑雪板。他在倾听这冬天荒野里死一般的沉寂的时候,骨子里感觉到自己是够勇敢的。而随后,在往回走的路上,当第一批住房重新在雾障中显现出来,一种油然产生的轻松释然感更增强了他对自己刚才的境况的意识,提醒他,有好几个钟头之久,他的心灵曾被一种既神秘又神圣的恐惧所控制。在西尔特岛,自然是穿着白色的裤子,他曾漂亮而又威严地站在海潮汹涌的海岸边,像面对着一个狮子笼;在笼子的铁栏后面,就是一头张开血盆大口、露出可怕的獠牙的巨兽。随后他跳下海去游泳,海滩看守人却吹起自己的小号角,警告这放肆地企图冲击第一个潮头的人别与大海过于亲近,谨防海潮的下一次冲击就像折断粗大的防浪木似的扭断他的脖子。从那以后,年轻人体会到与狂暴的自然力亲近带来的振奋和欣喜,但是完全与它拥抱在一起却会要人的命。不过他并不了解,人身上有一种总想不断增强与致人死命的自然力亲近程度的倾向,致使完全的拥抱变成迫在眉睫的危险——他,一个尽管由文明差强人意地装备和武装起来但却仍然孱弱的人,就这么冒冒失失往前闯,久久不知道逃遁,一直到擦着危险的衣裤,再也划不清彼此的界线,一直到再不是玩玩潮头的泡沫,让潮水轻轻拍打拍打身体,而是已面对着巨浪、血盆大口和大海。

一句话,在这山上,汉斯·卡斯托普是一个有勇气的人,如果在自然力面前表现的勇气不意味着对它们冷漠，而意味着有意识的倾心，意味着由于同情而克制住了对死亡的恐惧的话。——同情？——不错，汉斯·卡斯托普在他细瘦文明的胸中，是怀着对自然力的同情。而且，这种同情与他在滑雪场上看见那一群摔摔跌跌的人时所意识到的尊严感，也是联系在一起的。这种尊严感，使他渴望享受比他在阳台上所能得到的更深、更大、更少世俗气的孤寂。从阳台上他能眺望云雾缭绕的群山，观察暴风雪的舞蹈，但却为自己只能在安全舒适的防御工事内看着外面发呆而内心感觉羞耻。正因为如此，他既不着迷于体育，也不生来好动，却学会了滑雪。如果说，在山顶的大自然中，在大雪纷飞的死一般的沉寂里，他曾觉得阴森可怖的话——实际上我们的文明之子完全不是这样——那么他在这儿的疗养院中，早已用精神和感官尝够了阴森可怖的滋味。就说与纳夫塔和塞特姆布里尼的讨论吧，它离阴森可怕也并非很遥远，它同样引人进入无路可通的极其危险的绝境。就汉斯·卡斯托普方面而言，他之所以对冬天的高山雪野产生好感，是因为他尽管心怀敬畏，却仍觉得那儿是个适合他沉思默想的所在，是个很好的避难所，可以让他这个自己也不知怎么一来就担负了"执政"的重担、这个必须想清楚主的人的地位和尊严的人去静静待一待。

这儿没谁来对冒险者吹小号角发出警告，除非把塞特姆布里尼先生当成这个人。在汉斯·卡斯托普滑出他视野时，他不是把手握成话筒冲着年轻人喊叫过吗？可卡斯托普有的是勇气和同情，不再在乎背后的喊叫声，虽然当这同样的声音在狂欢节之夜从他身后传来时，他曾经是注意过的。"喂，工程师，请理智一点！"嗨，你张口闭口理智和反叛，你这热衷于教育的撒旦，年轻人想。除此而外，我是喜欢你的。你尽管是个吹牛大王，像个街头摇风琴的艺人似的穷酸，但你心眼儿不坏，心眼儿好得多，因此我也更喜欢你，而不喜欢那个尖刻而矮小的耶稣会修士和恐怖主义者，那个眼镜闪闪发光的西班牙酷吏和施刑人，虽然你俩每次争论他几乎总是在理……就像中世纪上帝与魔鬼争夺人一样，你俩争着教育我的心灵……

他腿上扑打着雪粉，拄着滑雪杆一步步登上像梯田似的一级级升上去的雪坡，越来越高，越来越高，却不知最终去向何处。看来，这雪坡不通向任何地方，它上端与同样是乳白色的天空融为一体，已看不清天边在何处，也看不见峰巅，看不见山脊，突兀在汉斯·卡斯托普眼前的是雾蒙蒙的一片虚无；还有他背后的那个世界，那居住着人的山谷，很快也关闭了，从他视野里消失了，连一点儿声音也不再从那儿传来他耳畔。于是，不等他意识到，已经出现了他的岑寂，是的，一无所有的空虚，那么深沉，正合他的心意，深沉得令人感到恐怖，而恐怖是勇敢的前提。"Praeterit figura hujus mundi"[①]，他自顾自地念叨着，可这不是一句富于人文主义精神的拉丁文成语——他是从纳夫塔口中听来的。他停下来，环顾四周。哪儿都看不见任何东西，都一无所见；只有零零落落的小小的雪花从白茫茫的空中降下来，落在同样是白茫茫的大地上。四周的寂静不发出任何一点儿声音，却包孕着巨大的力量。白茫茫的雪地迷了他的眼，他暂时收回目光，只觉得心由于爬坡而跳得很厉害——整个心肌器官的构造和跳动情况，他曾在透视室里咔嗒咔嗒的闪光下，也许是罪恶地偷看过。

[①] 拉丁语，意为：虚无缥缈，世事无常。

他不禁动了感情，对他自己的心脏，对人的跳动着的心脏，油然生出一种单纯而又虔诚的同情来，而且偏偏是在这山顶上，在这似谜一般令人疑惑不解的冷冰冰的虚无境界。

他用滑雪杆推着自己继续向上走，向着天空逼近。有时候，他几乎将滑雪杆整个儿戳进了雪中，并发现在抽出来时有一道蓝光从洞底随着滑雪杆往外冒。他觉得很有意思，常常停下来观察这小小的光学现象，久久地，反复地。这是一种特殊的高山和深谷之光，绿中泛蓝，冰一般莹洁，却又影影绰绰，那么柔和，那么富于神秘的吸引力。它使汉斯·卡斯托普想起某些眼睛的目光和颜色，一些与他命运紧密相关的斜斜的眼睛，塞特姆布里尼先生从人道主义的立场出发轻蔑地称之为"鞑靼人的眯眯眼"和"荒原狼之光"——使他想起早年见过，后来又未能避免再见的眼睛，希培的眼睛和舒舍夫人的眼睛。"很高兴，"他无声地自言自语，"可是别把它弄折了，得把它拧好了，你知道。"同时，他的心灵听见了从身后传来理性的告诫之声。

在右边不远处隐隐约约看得见一片森林。他转向那儿，以便眼前有一个尘世的目标，而不是一片超验的白色。他突然开始下行，虽然一点也没看出地势在降低。雪光耀眼，使他完全辨不清地形。他什么都看不清，眼前模糊一片。脚下的障碍一次又一次完全出乎意料地使他腾起来。他任凭自己顺势而下，连用眼睛估量一下坡度都来不及。

他不经意地朝深涧中滑去，而适才见到的森林则在深涧的另一边。他在滑了一段之后才发现，脚下由疏松的雪铺盖着的地面向着群山的一侧斜了下去。他继续下滑，两侧的坡度越来越大。他像是顺着一条狭路，向山腹中滑去。终于，他滑雪板的尖头又朝上了，地势在慢慢升高，很快旁边就没有了可以攀登的陡壁。汉斯·卡斯托普又滑到了无路可循的开阔的坡顶上，头顶着蓝天。

他看见旁边和脚下全是针叶林，便向下滑去，很快就到了一些披着雪的枞树跟前。这些树排列得像一个个尖尖的楔子，从森林里凸出来，插进空旷的雪地中。他在树下边休息边抽雪茄，心上老觉得有点紧张、压抑、憋闷：真是太静了，太孤单了，叫人简直害怕。然而，他又为征服了它们而感到骄傲，并且因为觉得自己配享受这个环境而充满勇气。

时间是下午三点。午饭后他立刻上了路，以便在外边消磨下午静卧的一部分以及喝下午茶的全部时间，然后赶在天黑之前返回"山庄"。当时一想到马上可以到野外，可以到大自然中去自由自在游游荡荡几个小时，心中就充满了快意。他在马裤口袋里装了一点巧克力，在马甲口袋里装了一小瓶波尔多葡萄酒。

看不出太阳现在何处，周围的雾太重了。在背后的山谷出口处，在山坳里，云变得越来越黑，雾气变得越来越重，像是要压过来似的。看样子要下雪了，要下比满足急需更多的雪，要来一场真正的雪暴。果然，山坡上纷纷扬扬的小雪花已经下得密了。

汉斯·卡斯托普伸出手臂，用衣袖接住雪花，以便拿一个业余科学家的内行眼光对它们进行观察。雪花像是些无定形的小碎片，不过，他曾不止一次地把它们放在自己挺不错的放大镜下观察过，清楚地知道它们是由一些多么小巧、精致、规则的图形所组成，像宝石，像星星一样的勋章，像金刚钻，哪怕就连最忠心耿耿的首饰匠也休想制造得更多姿多彩、更精确细致。是的，这些积压着森林、铺盖着原野、托负着他在上面滑行的又轻又松软的白色粉末，它们同汉斯·卡斯托普家乡海滩上的沙相比，却有着一种不同的品质：众所周知，构成它们的不是石头的小颗粒，而是无数的、同时形态也千变万化的小小水滴的结晶——也正是这种无机体的微粒，使得生命的原浆，使得植物的以及人的躯体得以膨胀成形——这无数的神奇结晶星星般美妙极了，小得肉眼分辨不出来它们之间的差异，可事实上它们没有一粒雷同于另一粒。它们以相同数量的面、相同数量的角的六角形为基本模式，显示着无穷无尽的变化乐趣和创造才能，但每一粒本身又绝对规则和严整。是的，这正是它们的非有机性，它们与生命格格不入的可怕表现。它们太规则了，规则到了任何有生命之物怎么也达不到的程度。在它们的一丝不苟面前，生命不寒而栗，因为感到它们就是死亡本身的秘密，也会致人死亡。现在，汉斯·卡斯托普相信自己终于懂了，为什么古代神庙的建筑师们在对称地排列庙中的圆柱时，总要有意识地暗中留下一些小小的偏差。

他撑着滑雪杆继续向前滑行，顺着林边雪积得厚厚的斜坡向雾蒙蒙的低处滑去。他一会儿上坡，一会儿下滑，无目的地、悠闲地继续游荡在死寂无声的原野上，周围是空空的、像波浪一般起伏的雪坡，只是间或有一丛丛干枯的矮松。极目望去，平缓起伏的地貌与沙丘连绵的大漠异常相像。汉斯·卡斯托普站在那儿欣赏着自己的这个发现，满意地点了点头。就连他面部的燥热，他动不动就手脚颤抖，他那混合着激动与紧张的特殊的陶醉感觉，他也好意地容忍了。因为所有这一切，都使他亲切地回忆起既振奋人又饱含着某种令人昏昏欲睡的物质的海风，回忆起它极其相似的影响。现在他感到自己独立不倚，自由自在，心里非常满足。他面前没有必须走的路，背后也没有路让他严格地循着返回原处。一开始,他还插了些棍子,在雪地上画了些记号,作为路标。但很快他便故意不理睬它们的管束,因为他想起了那个吹小号角的海滩管理员。他觉得它们都跟他的内心,跟他与这冬天的茫茫原野的亲密关系格格不入。

他一会儿左一会儿右地迂回着,从一些被雪蒙住的山丘之间穿过。山丘背后是一面斜坡,然后是一片平野,再往后是一群大山;大山之间铺着厚厚雪垫的峡谷和隘口似乎在引诱他,让他去走。是的,那远方和高处,那不断展开在面前的新的岑寂,对汉斯·卡斯托普的心灵有着巨大的吸引力,他甘冒回去可能太晚的危险,仍奋力深入那旷野的沉默,深入那阴郁可怖、岌岌可危的境界。他也不顾内心的紧张和压抑:由于灰色的雾幕降临使天空提前暗下来,已经变成了真正的恐怖。这恐怖使他意识到,他在此之前恰好是在努力使自己不辨方向,使自己忘记疗养院所在山谷的位置,眼下他完全如愿以偿,完全做到了。他还可以告诉自己,只要马上转过身一个劲儿往下滑,他很快就可以回到那道山谷,尽管现在可能离得已经很远——岂止很快,也许太快啦;他会回去得太早,不能充分利用他的时间。当然了,要是暴风雪突然袭来,他也可能一时间根本找不到归途。可是因此就提前逃跑,不,他不愿这样做。恐惧,他对大自然的真挚的恐惧,尽可以来压抑他的心。这差不多完全不是运动员的作为,因为运动员与自然力打交道的前提是他有把握成为它们的主宰,同时又细心和更加明智,知道迁就与让步。汉斯·卡斯托普的心理却只须用一个词说明——挑衅。尽管这个词包含着责难的意思,尽管——要说特别是尽管——他心中由此而生的内疚还混含着那么多真挚的恐惧,但只要我们稍稍考虑一下便大致可以理解,在他这么一个长年过惯了优裕生活的年轻人和男子汉的内心深处，是会有某些积郁的，或者拿作为工程师的汉斯·卡斯托普本人的话来说，是"蓄满了能量"，有朝一日便不得不释放出来，化作一句极不耐烦的"嗨，什么！"或者"爱怎么着怎么着吧！"简言之，化作挑衅和对谨慎明智的厌弃。正因为如此，汉斯·卡斯托普仍踩着长长的雪板一个劲儿往前滑，滑下斜坡，滑过新的山丘。在丘顶上，他看见不远处立着一所木头房子和一个草垛，或者只是一间顶上压着石板的供牧人在高山上歇息的小草屋。房子面向着另一座山，山梁上长着猪鬃毛一般的枞树，山背后耸峙着座座高峰，在云雾缭绕之中时隐时现。他面前稀稀拉拉长着一些树木的雪坡太陡峻，往右斜插过去却有一道缓坡可以绕到它后面，看清那儿的究竟。汉斯·卡斯托普先在那小屋的平地前再下了一道相当深的从右向左倾斜的山涧，然后便着手去完成那个考察。

当他正要重新开始往上爬时，一场早已预料到的暴风雪就袭来了，而且是一场真正的雪暴。它早就威胁着要来，如果对盲目无知觉的自然力也可以说"威胁"这个词的话。虽然它像是那个样子，却无意毁灭我们，它对随带着会发生什么事倒是漠不关心到了阴森可怖的程度。当第一股劲风窜进雪中，径直向汉斯·卡斯托普扑来时，他不禁停住脚，暗自叫了一声："嘿！"真叫不赖，直刮进骨髓里去啦，他想。这样的风的确够凶险的：事实上山顶经常都保持着近乎零下二十度的严寒，只是通常空气干燥而凝定，才未让人感到可怕，才显得温和。可每当起了风，它就叫你冷得像刀子割一样，尤其是现在这个样子——须知刚才那第一股劲风还只是个预告——你即使穿上七件皮袄，也难保不寒气彻骨，冻个半死。汉斯·卡斯托普没穿七件皮袄，只穿着一件羊毛短袄，这在平时也完全够了，而且一出太阳反成累赘。现在，风差不多是从后侧吹来，要转过脸去直接顶着风，看来不合适。这个考虑与它的执拗以及发自内心的那一声"嗨，什么！"参和在一起，使得狂暴的年轻人仍一个劲儿奋力前行，穿过一株株立着的枞树，要到他已打算去的山背后去。

然而，这完全不是件开心事儿，眼前只有漫天飞舞的雪花，好像在那儿飘卷回旋，密密麻麻地挤满了所有空间，压根儿不落下地似的。照直吹来的寒风刮得他耳朵火辣辣地生痛，冻僵了他的胳臂和腿，冻木了他的双手，使他不再知道滑雪杆是否还握着。雪花从背后灌进他的衣领，融化后流进他的背心，厚厚地积压在他肩上，盖满他右侧身子。他仿佛要在这儿被冻成雪人，手中僵直地握着根棍子。而这一切一切的讨厌难受，还是在相对有利的情况下才有的；他要是转过身，情况更糟糕。但是，往回走是非做不可的工作，他该毫不犹豫地踏上归途才是。

想到此，他停住脚，耸耸肩，掉转了滑雪板。迎面吹刮的劲风立刻叫他喘不过气来，他只好再做一次讨厌的转身动作，以便吸足气，用更大的决心去面对面接受那冷漠的敌人的挑战。他低着头，小心地屏住气，到底还是成功地开始了向反方向运动。——尽管做了极坏的估计，他仍然对前进的困难，特别是由视线模糊和呼吸急促引起的困难，大感惊异。他每时每刻都可能被迫停下来，首先为了在阵风之后吸吸气，其次由于他低着头向上睨视，在那白色的昏暗中什么也看不见，必须时时留神别撞在树干上或者让脚下的障碍绊翻。雪片大量飞到他脸上，在那儿融化后结成冰。它们还飞进他嘴里，化作一点淡淡的水味儿，又扑打着他的眼睑，令它们赶紧闭上，而且淹没他的两眼，妨碍他观看——

不过，观看反正也没用，视野之内只有茫茫雪幕，加之四处白皑皑的雪光迷眼，汉斯·卡斯托普已差不多完全丧失了视觉。即使他勉强着看，也只看见一片虚无，一片白色的、飞卷回旋着的虚无。只是偶尔才在这虚无之中浮现出一点憧憧鬼影似的什么：一丛矮松，几棵云杉，还有他刚才经过的那个草垛依稀模糊的影子。

他顾不上看那草垛，企图翻过山坡，在立着一间仓房的地方寻找回去的路。然而，压根儿就不存在什么路。要想确定回家去的方向，大致的方向，没有什么理智的办法，多半靠碰运气，因为他虽然还能看见举在面前的手，却连脚下滑雪板的尖头都已看不清了。就算能见度好一点吧，老天还采取了足够的措施，使往前走变得极端艰难：脸上扑满了雪，狂风顶着他猛吹，妨碍着呼吸，使他吐气跟吸气一样地困难，不得不时时地转过身去喘息——在这种情况下还得前进，汉斯·卡斯托普或者另一位更强壮的人——他不时地停下来，喘喘气，眨眨眼睛挤掉睫毛上的雾水，拍打掉身上雪结成的铠甲，终于感觉到在这种条件下还要前进，简直是失去理性的妄想。

尽管如此，汉斯·卡斯托普仍然前进了。这就是说，他离开了原来的位置。至于这是不是有意义的前进，是不是在正确方向上的前进，或者干脆站在原地不动还正确一点儿——当然这也是不行的——只有鬼知道。甚至从理论上推断，汉斯·卡斯托普看来多半是走错了，而事实是他马上便发觉，他站的地方不完全对劲儿，不是他打算找的那座平缓的山坡，他适才费老大的劲儿从涧中爬了上来，现在看来最好再走下去。平地太少，他又得往上爬。从山谷出口处的东南方刮来的暴风，显然以其强劲的顶推力迫使他偏离了方向。已经有好长一段时间，他是在错误的方向上前进，而且为此弄得精疲力竭。在翻卷回旋着的白夜的包围中，他只是盲目地使自己陷进冷漠可怕的自然力手里，越来越深，越来越深。

"嗨，什么呀！"他从牙齿缝中挤出这么一句，停住了脚。他没有表现得更加激昂慷慨，虽然有一刹那，他觉得仿佛有只冷冰冰的手攫住了他的心，令它猛地悸动一下，接着就更快地跳起来，撞在肋骨上砰砰直响。整个情形与当初贝伦斯顾问刚宣布他有一个浸润点时一样，他心情真是够激动的。因为他看出，他没权利再说大话，装样子。是他自己提出的挑战，情况再可虑、再危险都得他自己承担。"也不坏嘛。"他说，同时却感到他脸上的表情，感到他负责表情的脸部肌肉已不听心灵的使唤，不能再反映任何情绪，害怕也好，愤怒也好，轻蔑也好，因为它们完全僵住了。"怎么办？从这儿斜插下去，然后照直向前，对准那片林子一个劲儿地走。虽然说着容易做起来难，可总还得做点什么。"他气喘吁吁地、断断续续地但确实是声音不大地往下说，同时脚下又开始移动。"我不能坐下来等，除非我愿意让那些规整的六角形将自己埋起来，当塞特姆布里尼带着他的小号角来寻找我的时候，发现我的眼珠子已成了玻璃球，脑袋上歪戴着一顶雪便帽……"他发现他在自言自语，而且声调怪异。他强使自己不要这样子，但一会儿又小声而富于表情地嘀咕开了，尽管嘴唇已冻麻木，已不听使唤，他只好不用唇辅音，这样勉强地说着，使他忆起了早年情况类似的一段生活。"闭上嘴，瞧你又前进了。"他说，接着又补充道，"看起来你是在胡言乱语，脑袋瓜儿已有些不清醒。从一定的意义上讲，这挺糟糕。"

然而，"这挺糟糕"，从他想脱离困境的角度看，却纯粹是那有控制力的理性的判断，在一定意义上讲可以说是一个陌生的、置身事外的虽然也并非漠不关心的人的判断。就其本性而言，他倒宁肯让自己不清醒，要知道随着身体越来越疲倦，他的脑子也慢慢糊涂了。不过，他仍注意到了自己的偏颇，对它进行了思考。"对于一个在深山里的暴风雪中迷失归途的人来讲，这是一种有意识的体验方式。"他边走边想，嘴里喘息着，说出只言片语，但避免使用那种慎重而更准确的词汇。"谁事后听见了，定然想象得很可怕，却忘了疾病——要说嘛，我现在的处境也是一种疾病——已经造就了生病的人，使他与它相安无事。自然也有减轻患者痛苦的措施，也有削弱感应神经的办法，也有麻醉术，不错……但是，人必须反抗它们，因为它们有两面性，好坏难分：如何评价它们，全看人的出发点。可以说它们心怀好意，是所谓善举，倘若人自己不打算回去的话；也可以讲它们居心险恶，必须坚决加以反对，要是人还考虑回去，比如像我这样的话。我可不想，我这颗怦然狂跳着的心可不想让这些规则得近乎愚蠢的小晶体给埋在深山老林里……"

事实上他已经很累了，在与自己的感应神经开始出现的麻痹状态做斗争时也糊里糊涂，心急火燎。当他发现自己又从山坡上下来时，已经不像在正常状态本该感到的那样惊恐：这次他显然是从另一个方向，从山坡更陡的一侧，下到了坡底。因为他现在是迎着侧面刮来的风在滑，虽然这样做暂时再舒服不过，在眼下却并非良策。"没问题，"他想，"再下去一点就可以转到原来的方向。"他于是这么做或者相信在这么做，或者自己也不完全相信，或者更糟糕，他已经开始无所谓：能转回原来的方向或是不能，都一个样。他有气无力地反抗着的好坏难分的镇痛措施已产生明显效果。那种疲乏加激动的混合状态像个已长住下来的客人，他的问题仅在习惯于不习惯。渐渐地，疲乏和激动已增强到再也谈不上以理智去对付那些镇痛措施的程度。汉斯·卡斯托普恍恍惚惚，跟跟跄跄，浑身哆嗦，跟喝醉了似的，情形和那次听完纳夫塔与塞特姆布里尼的大辩论后相似，只是严重得没法比。这样，就提供了可能，让他以对那些辩论的缅怀回顾来为自己懒于反抗麻醉措施做解释，使他尽管讨厌被规则的六角形晶体埋住却自言自语，说出些理智的或非理智的话来。要求他抗拒麻痹的责任感纯粹是一种道德观，一种资产者贪恋生存的庸碌习气和非宗教的庸人哲学。就以这样的形态，他的意识中潜入了想躺下去永远安息的愿望和诱惑，以致他告诉自己，这就好像沙漠中的风暴，一遇上它阿拉伯人不是都匍匐在地，将斗篷扯起来盖住脑袋吗？只是因为他没披斗篷，羊毛短袄的领子又扯不起来，没法盖住头，才给了他一个借口不那样做，虽然他不是小孩，从一些传说中也清楚知道，人会怎样冻死。

　　在较快地下滑一段和滑完一片平地之后，现在又开始向上爬，而且坡度很陡。这未必不对，因为在返回"山庄"那道峡谷的路上，也必须再上一座山不是吗？至于风，那大概也是一时兴起变了方向，现在吹在汉斯·卡斯托普背上，他真叫求之不得。不过，他的身子之所以往前倾，是狂风刮得他直不起腰，还是面前那罩在昏暗的雪帘中的斜坡又软又白，对他的身体有吸引力呢？只要将身子往上靠一靠就一切都结束啦，让他这样做的诱惑力很大，大得就跟书上写着并称之为典型的危险状态一个样。但这么写这么称，却也一点也不能减弱它活生生的现实威力。它坚持自己的特权，不愿被归之于众所周知的范畴，让人一下子认出来，而要在急迫强劲方面表现得独一无二和无与伦比——自然不必否认，这种诱惑也来自某一个方面的窃窃私语，也是某一位穿着西班牙黑礼服、戴雪白打绉的大领圈的人物的灵感表现。与这个人物的观念和原则联系在一起的，是形形色色的阴暗思想，诸如耶稣会尖刻的和反人类的思想，是形形色色的刑讯、体罚、奴役，所有这一切令塞特姆布里尼先生恐怖、厌恶，却只能以他的手摇风琴和理性与之对抗，白白成为人家的笑柄而已……

然而，汉斯·卡斯托普是好样儿的，抗拒住了想靠一靠的诱惑。他什么也看不见，却仍然挣扎着，前进着——不管是否真的前进，他反正在做他该做的事，反正在动弹，为此就得挣脱严寒和风暴加在他身上的越来越沉重的锁链。由于坡度对他来说太陡了，他没多加考虑便马上调整方向，顺着坡腰向旁边滑了一会儿。要睁开痉挛的眼皮朝前瞅一瞅是很困难的，加之经验表明没有用，他也就没多少心思去费这个劲儿。可尽管如此，他有时还是看见点儿什么：几棵凑在一起的云杉，一条小溪或者沟壑，那是白茫茫雪地上的一道黑线。当情况再一次发生变化，他又往下滑行而且是逆着风的时候，突然在前方不太远处，好像是被飞卷的风雪刮到了空中，飘飘摇摇的，他发现了一点人类建筑物的影子。

令人高兴、给人欣慰的发现！他到底精神抖擞地挺过来啦，尽管有那么多讨厌的情况。这会儿甚至出现了建筑，表明那住着人的山谷已经近了。也许这儿就有人，也许可以走进他们的房子里去歇歇脚，等暴风雪过去再上路，必要时还可以请人护送和当向导，要是到时候天晚了的话。于是，他死死盯住那在风雪中显得虚幻、常常会完全消失不见的影子，又顶着风爬上一座很要命的高坡，好不容易到达了目的地。可在那儿仔细一瞧，真叫他又气、又惊、又怕，脑袋一晕差点儿摔倒；确切无疑，这就是方才已见过的那间小屋和那个顶上压着石板的草垛。他绕了许多弯子，经过认认真真的努力，又将它们找回来啦！

真见鬼！一连串凶狠的诅咒，在省去唇辅音的情况下，从汉斯·卡斯托普冻木了的嘴唇间吐出来。为了辨明方向，他绕着小屋一戳一步地走了一圈，最后确信他是从背后再见到它的，也就是说，有整整一个小时之久——按照他的估计——他都纯粹在瞎忙活。是的是的，书上就这么写着。人完全在兜圈子，拼命地走啊走啊，心里以为是在前进，实际却愚蠢地大大转上一圈，然后又回到原地，就像那令人困恼的四季轮回一样。人就这么胡乱地东奔西跑，就这样迷失了归途。汉斯·卡斯托普认识到这个司空见惯的现象，心里感到一些安慰，虽然也不无害怕。想不到自己亲身经历的现实竟与书上描写的一般情况毫发不差，他不禁又惊又恼，猛地拍了一下大腿。

孤零零的仓房不接待客人，门锁着，汉斯·卡斯托普哪儿也进不去。不过他仍决定暂时留下来，因为前边的屋檐引起他可能会受到一点礼遇的妄想，而小屋朝向群山的一面呢，确实也给汉斯·卡斯托普提供了一点抗拒暴风雪的保护，如果他把肩靠到用树干拼成的墙壁上的话。因为雪板太长，背却靠不拢去。他把滑雪杆插在旁边的雪地上，竖起羊毛短袄的领子，手插在衣袋里，一条腿伸出去作为支撑，就这么斜靠着墙站在那儿。他闭上眼，让昏昏沉沉的脑袋也靠到木头墙壁上休息休息，只是时不时地眯缝着眼，顺着肩膀瞟一瞟山涧对面在漫天飞雪中偶尔可见的岩壁。

眼下，他的景况比较舒服。"必要时我就这么站一夜。"他想，"只要我不时地换换脚，就等于躺在床上翻一翻身；自然了，还得穿插一些必不可少的运动。即使外边冻僵了吧，我身体内通过运动仍然积蓄着热量。这样，尽管我倒了霉，离开小屋又回到小屋，出来转游一趟也并非完全没意义……'倒了霉'①，这算个什么词儿？完全用不着这么讲，它对我的情况不合适。我明明白白使用了它，因为我头脑不十分清醒。也不，照我看来它本身还算是恰当的……好啦，我可以挺过去的，就算这鬼天气，这暴风雨，就算它能一直闹腾到明天早上。明天早上？！只要到天黑下来就够呛，夜里跟在暴风雪中倒霉的危险一般大，跟瞎兜圈子的危险一般大……多半已经是傍晚了吧，大约六点钟——我转来转去已经浪费掉那么多时间。可到底多晚了呢？"虽然他手指麻木，掏起来很不容易，他还是从衣袋里掏出了表。他看了看这只镌有他签名的弹簧盖金表，见它在这寂静的雪野之中仍欢快地、忠于职守地嘀嗒嘀嗒走着，就像他的心脏，就像他温暖的胸腔中那颗令他感动的人类的心……

四点半。鬼知道怎么回事，当暴风雪起来时不已经差不多这光景了么？难道要他相信，他兜来兜去仅仅花了一刻钟？"时间对我变长了。"他想，"老转圈子无聊，时间显得长。不过，五点或五点半一般会天黑，这是不会变的。会在这之前停下来，及时停下来，保证我别再倒霉吗？让我为此喝上一口波尔多葡萄酒，提提神儿吧。"

---

① 原文 umkommen 只有"丧命"的意思，主人公用它来表示"走弯路"，显然不恰当。这表明他头脑已不清醒，潜意识中想到了死。译者权译作"倒霉"。

他之所以带上这种冒牌饮料，只是因为院里有用小而扁的瓶子装好的现成货，原本准备卖给外出郊游的患者，自然没考虑到有谁会私自跑进山里，在风雪严寒中迷失方向，被迫在野外过夜。只要他神志稍微清醒一点，考虑到还要回家去，他就会告诉自己，眼下喝这样的酒真是大错特错。事实上他在喝了几口之后，也对自己这么说了；因为马上显示出来的效果，就跟他上山第一天晚上喝库尔姆巴赫啤酒后差不多一个样。当时他大谈烧鱼的佐料之类不大成体统的事，惹恼了塞特姆布里尼——罗多维柯·塞特姆布里尼，这位教育家，他甚至单单用目光便可以使疯子理智起来，他响亮的号角声已经从空中传到汉斯·卡斯托普耳畔，宣告这位雄辩滔滔的教育家正大步向他走来，将他伤脑筋的学生，将生活中的问题儿童从眼前的困境中解救出去，领他回家去……

这当然纯属想入非非，只是他误饮了劣质波尔多酒造成的妄想。首先，塞特姆布里尼先生没有什么号角，有的只是手摇风琴，他只能用一支独木腿把琴稳住在人行道上，为了显示自己已演奏得很熟练，便让一双双人道主义的眼睛在居民楼的窗前瞅来瞅去。其次，他对眼下发生的事情毫不察觉，一无所知，因为他不再住在"山庄"疗养院，而住在女装裁缝卢卡切克原本当库房的阁楼里，书桌上蹲着一只清水瓶，在纳夫塔那绸子小窝的头顶上——他压根儿没有权利和可能来干预卡斯托普的事，就跟狂欢节那天夜里他陷入窘境、困境时差不多。当时他把她的铅笔，"他的"铅笔，普希毕斯拉夫·希培的铅笔，还给了女病友克拉芙迪娅·舒舍夫人……再说，什么叫"困境"？所谓处于困境，就必须是"困"，就必须倒下，而不能站着，这样才名副其实，而不仅仅是比喻。也就是说身体要成水平，成一种山上的老住客都习以为常的水平姿势。他汉斯·卡斯托普不是也习惯了躺在室外的风雪严寒中，白天黑夜一个样么？于是，他做好准备往下倒，幸好脑子里突然闪过一个念头，就像提着他的衣领一样使他站住了：难道他这些关于"困境"的胡诌不也是冒牌波尔多酒的影响，不也出自于他那身不由己地想躺下去睡一觉的欲望么？那些诡辩，那些文字把戏，都不过是书里称作典型危险的欲望用来诓骗他的伎俩。

"糟糕，坏了。"他忽然意识到，"这波尔多酒不地道，才喝上几口就懵懵懂懂，脑袋沉得抬都抬不起来，净产生些糊涂想法，叫我自己都不敢相信——不仅是最初的那些胡思乱想，甚至连后来对它们的批判也一个样，而不幸也就在这里。'他的铅笔'！这意思是她的铅笔，而不是他的，在这种情况下只能讲'他的'，因为'铅笔'是个阳性名词，其他全是胡闹。嗨，我怎么净纠缠这些事！还有些情况可要急迫得多，例如，我这条支撑着身体的左腿，不是麻木得跟塞特姆布里尼撑他手摇风琴的木脚差不多了么。他总是用膝头一顶一顶地使木脚在地面上移动，如果他想凑到窗下去，伸出毡帽接住上边的小妞们扔给他的东西的话。与此同时，好像还有一双非人的手在拽我，要我躺到雪里去。对付的办法只有运动。我必须活动活动身体，惩罚那库尔姆巴赫啤酒，使自己的木腿灵活起来。"

他肩头一使劲便离开了墙壁。可是才往仓房前面迈出一步，狂风就像刀一样砍在他脸上，逼着他又回去寻求墙壁的庇护。毫无疑问，他注定了待在这儿，暂时只得以此为满足。他可以自由选择的只是换换姿势，将左肩靠上墙，将右腿伸出去支撑身体，同时摆动摆动左腿，使它灵活起来。像这样的天气还是别离开房子为好，汉斯·卡斯托普想。稍微变变姿势是容许的，绝不可玩什么新花样，去跟暴风雪套近乎。静静地待着吧，垂下你的脑袋，它本来就够沉的。墙壁挺不错，粗木头拼成的，仿佛有温暖往外排放，当然只是眼下此地谈得上的温暖，木头自身潜藏的温暖，可能更多的是情绪问题，主观的……啊，这么多树木！啊，有生命的物体的有生命的气候！多么馥郁芬芳哟！……

　　汉斯·卡斯托普站在阳台上。阳台下边是一片花园，一片宽广的、葱绿繁茂的花园。园里生长着各种阔叶树：榆树、梧桐、山毛榉、槭树和白桦；叶簇的色调略略分出不同的层次，但一样肥大、光鲜，悦人眼目，树冠都轻轻摇曳着，发出沙沙的声响。一阵和风吹来，带着树木呼出的宜人气息，滋润甜美。空中突然牵起了雨丝，透明而又温暖。抬头仰望，长空中无处不光闪闪的。太美啦！呵，你故乡的呼吸，平原上的繁茂丰盈和芬芳馥郁，久违了！空中充满鸟鸣，充满纤柔甜美的歌唱、呜哢、啁啾、吱喳和咕唧，却见不着任何一只小鸟小虫。汉斯·卡斯托普脸上露出笑容，满怀感激地吸了口气。可是，这其间，四周景象变得更加美丽迷人起来。一道虹桥斜架在园子的上空，饱满而又实在，纯净而又鲜亮，七色分明醒目，一起像油彩般稠稠地注入下边的苍翠浓绿中。这就如同音乐，如同长笛声和小提琴声烘托着的叮咚的竖琴声。特别是那蓝色和紫色流动得更加奇妙。一切色彩都在神奇地融合、幻化和重新创造，使那彩虹越来越美，越来越美。汉斯·卡斯托普记得曾经有一次听音乐会也有同样的感受：那是一些年以前，他有幸听一位世界知名的男高音演唱，体验到了悦耳动人的歌声如何从艺术家的喉咙中涌流出来，注入人们的心田。他的音调一直很高，一开始就非常美。但是渐渐地，从一个瞬间到一个瞬间，他的嗓音越来越富于激情，越来越宏亮，越来越辉煌。好似一重又一重为人所看不见的帷幕，依次自动地打开了，直至最后一重人们相信是遮掩着最纯净圣洁的光的帷幕也升上去，这才唱出令人难以置信的最最激越、灿烂和感人肺腑的结尾，致使听众中发出不寻常的低沉的惊叹声，听上去几乎跟有异议和不满似的，而他，年轻的汉斯·卡斯托普竟忍不住抽泣起来。眼下他的热情也在不断地变化，不断地升华。彩虹中的蓝色弥漫着……闪亮的雨帘在下沉：那是平明的海面——是海，是南方的海，湛蓝湛蓝的，闪着银光，一半被淡青色的群山环抱着，形成一片开阔、美丽、烟波浩渺的海湾，湾内有几座小岛，岛上长着高高的棕榈，可以看见白色的小屋掩映在柏树林中。啊，啊，够啦，够啦，多么圣洁的阳光，多么蔚蓝的天空，多么明净的海水，真叫他无福消受！汉斯·卡斯托普从未见过这样的仙境，从未见过任何类似的景象。他没尝过南方旅行的滋味，见过的海都是粗暴的，晦暗的，总与他儿时的阴郁感觉联系在一起；而地中海、那不勒斯、西西里和希腊他都没有到过。可尽管这样，他却"回忆"起来了。他现在沉湎于其中的，是一种特殊的重逢。"啊，是的，就是这样！"他在心里喊道——仿佛这展现在眼前的阳光明媚的幸福美境，他早就藏在心中，只不过是暗暗地，就连对自己也讳莫如深罢了。可这个"早就"很遥远，遥远得目不可及，就像辽阔的大海，在左边远远地已和淡紫色的天空相接在一起。

海平线挺高，宽阔的海面像还在变宽，这是因为汉斯·卡斯托普从相当高处俯瞰着海湾。山脉延伸着，突出到海中，形成长满树丛的海角，到了海湾中心又折回来形成一个半圆，逶迤直至他坐的地方并继续向前。这是一道岩岸，他蹲在让太阳晒热了的石级上。在他面前，由长满苔藓和灌木丛的巨岩构成从高到低的陡坡，渐渐演变为平缓的海滩。在那儿，在芦苇丛中，被海潮冲洗圆滑了的石头再围成无数蓝色的湾仔、小港和水塘。这块阳光灿烂的土地，这道高峻的岩岸，这片活泼愉快的滩头，还有大海、小岛以及岛与岛之间往来穿梭的船儿，直是远远近近无处不住着人，无处没有南国的阳光和大海养育的孩子们在活动和休息，一个聪明、愉快、美丽、年轻的人类，望着他们真是件美事——汉斯·卡斯托普为领受这美妙的感觉，大大地敞开心扉，痛苦而爱慕地敞开了心扉。

小伙子们嬉闹着骑马狂奔，马嘶鸣着，扬鬃奋蹄。有几匹烈马，他们只好放长缰绳拽住，要不就骑在光光的马背上，用赤脚夹击马腹，赶着它们向大海冲去。阳光中，小伙子们背部的肌肉在古铜色的皮肤下窜动，他们对牲口或者彼此发出的吆喝声，不知怎的听起来异常迷人。在一片像山间湖泊似的倒映着岩岸的小海湾前，有一群年轻姑娘在跳舞。一位将颈后的头发特别富于魅力地在头上挽成髻子的少女，坐在一旁吹奏牧笛伴舞，她眼睛不看手指，而望着她的女友。舞女们长裙飘飘，或笑盈盈地舒展着双臂独舞，或耳鬓厮磨，成对成双，舞步蹁跹。坐在她们背后吹牧笛的少女白皙而苗条，由于手臂弯着，侧面看上去较丰满。另一些女友或坐着，或相互搂着站在一起，边看边轻声交谈。还有一伙青年男子在练习射箭。汉斯·卡斯托普心中油然生起幸福、快慰的感情，他看见年长者如何指导初学的小毛头张弓、搭箭，和他们一块儿瞄准目标，如何笑呵呵地去扶持被弓的反弹力弄得站立不稳的晚生学子,而在前一个瞬间,箭矢已嗖的一声射出去了。还有些人在钓鱼。他们有的趴在岸边的石板上,一条小腿在空中晃来晃去,让鱼线垂在海水中,歪着脑袋,悠悠闲闲地与旁边的钓友答话;这一位呢,则仰着身子坐着,将钓饵甩得老远。还有一些人在干活儿,正拉的拉、顶的顶、推的推,把一艘船舷高高的带桅杆的大船送下海去。孩子们在防浪木中间跑跳着,欢叫着。一个少妇摊开四肢仰卧在沙滩上,眼睛望着脑后方,一只手撩开胸前的花衣服,一只手去抓头顶上带叶的果子;那是一个健壮男人伸长胳膊悬在她头上逗她的,叫她可望而不可即。人们或倚靠在岩隙缝中;或迟疑着是不是下海游泳,用手臂交叉抱着自己的肩,伸出脚尖去试水温。成对的情侣漫步海滩,男的把嘴凑到女的耳朵边上,悄悄说着情话。白毛长长的羊群在石坡山上跳来跳去。年轻牧人一手叉腰,一手扶着牧杖站在高处,他生有一头棕色鬈发,戴着一顶后面的边子卷起来的小毡帽。

"真太美啦!"汉斯·卡斯托普打心眼儿里发出赞叹,"看着就叫人高兴,令人心情愉悦!多么漂亮、健康、聪明、幸福啊,他们!是的,不只是体格健美,也生性聪敏,和蔼可亲。这就是使我感动,使我入迷的原因:作为他们人格基础的精神和感官,我想讲,在他们身上是紧密联系、和谐一致的!"他指的是这些太阳的孩子在交往中表现的殷勤和蔼,以及很有分寸地彼此关怀照顾:他们相互敬重,只是以微笑掩饰着使这一情感藏而不露,但又因人人心性相通、思想一致而使你时时处处都体会得到。他们行事端庄、严肃,但寓庄于谐,所表现出来的仅仅是一种难以言表的乐观、机敏的虔诚精神——虽然并非一点不重礼仪形式。例如,在那边一块长着苔藓的圆石板上,坐着一位穿褐色衣裙的女子，一位敞开前襟在奶孩子的年轻母亲。每一个打她跟前经过的人，都以一种特定的方式向她致意，集中地表现了人们通常只是以含蓄的沉默清楚流露出来的所有感情：小伙子们面向年轻母亲，文质彬彬地、迅速地把双臂在胸前抱成个十字，微笑着点点头；姑娘们朝着她微微屈一屈膝，就像她们在教堂里从祭坛前经过时那样子，只不过同时还快活而又亲切地不住点头，在谦卑礼貌之中融汇着和悦的友情。再说那位母亲，她一边用食指按压乳房，让她的宝贝儿吮得更舒服，一边和蔼地抬起头来，面带笑容，以目光向招呼她的人答礼——这情景使汉斯·卡斯托普心里充满了惊叹。他怎么看也看不够，只是纳闷地问自己，人家允不允许他这样做；他，一个卑劣、丑陋、穿着一双破靴子的外来者，这么偷窥阳光之国富于德行的幸福，是不是罪大恶极、该当受罚呢？

看来不必担心。就在他坐的地方下面，有一位美少年，浓密的鬈发从额前梳向一边，双臂抱在胸前，离开了同伴待在一旁，既不显得悲哀也不显得孤傲，而是随便自然地独自待着罢了。这位少年发现了汉斯·卡斯托普，从下边仰望着他，目光在窥视者与海滩的人群之间来回移动，想看他究竟在偷看什么。可突然，少年的目光越过他的头顶，射向了他背后的远方，同时从他那俊美、刚毅却又稚气未脱的脸上，那人人皆有、和蔼有礼的笑容也遽然消失——是的，他连眉头也没皱一皱，脸色便严肃得跟石头刻的一样；他毫无表情，思想深不可测，样子冷漠得跟死人一样，令刚刚定下心来的汉斯·卡斯托普大惊失色，心里产生了不祥的预感。

他也扭回头一看……他身后耸立着粗大的圆柱，没有基座，只立在长长的圆筒形石墩子上,接缝里已长出苔藓——是一座神庙大门的门柱,汉斯·卡斯托普正坐在门内中央的石阶上。他心情沉重地站起来,从侧面走下石阶,进入深深的门道,穿过门道之后又走在一条花砖铺成的路上,很快站在了一座新的拱门前。穿过拱门,神庙便赫然出现在眼前,庞大雄伟,已风吹雨打成了灰绿色。门前有很陡的台阶,宽宽的门楣是雕花柱冠,柱冠下才是下粗上细的圆柱,在圆柱的接缝处不时地突出来一个开了槽的圆盘。吃力地连脚带手地爬着,由于心里憋得慌而连声叹息着,汉斯·卡斯托普总算登上高高的台阶,进了庙堂内如林的圆柱之中。庙堂很深,他在里边转来转去,就像在灰暗的海岸边的榉树林间一样;他故意避免走到中央去,可终于他还是回到中间,在圆柱退开的地方发现了一座雕像。那是在一个基座上用石头刻成的两尊女像,看样子系一母一女:母亲坐着,端庄、慈祥、神圣,只是双眉流露着哀怨,目光茫然失神,内穿短袖束腰的绉纱长袍,外边罩着件短上衣,在波纹般卷曲的发结上披着条纱巾;女儿站着,被母亲慈爱地搂在怀中,脸庞圆圆的,焕发着青春,臂膀和手全都隐没在外套的褶皱里。

  端详着这座雕像,汉斯·卡斯托普的内心更感沉重,更充满了忧惧和不祥预感。他几乎不敢,却又忍不住绕到雕像背后,继续向排列在两侧的圆柱走去,不想蓦然站在了正殿敞开着的铁门前;往门里一瞅,可怜的青年惊得膝盖差不多软了。只见两个半裸体的灰色女人,头发一股一股地披着,乳房跟妖精似的吊在胸前,单单乳头就有一指长,在殿内悠悠忽忽的灯盏间干着极其丑恶可怕的勾当。她们正用一个盆子接着,在那儿撕扯一个小孩,一声不吭地疯狂地用手撕着扯着——汉斯·卡斯托普看见柔软的金黄色头发上血糊糊的——然后一块一块地吞食，只听见酥脆的小骨头在她们嘴里咔咔直响，鲜血便从她们凶恶的唇间滴落下来。汉斯·卡斯托普感到一阵寒栗，人完全傻了。他想用手抹抹眼睛，手却抬不起来。他想逃跑，腿也迈不开。这当口，她们没停止干自己可怕的勾当，可眼睛却看见了他，冲他挥动着血淋淋的拳头，对他发出詈骂，虽然没有声音，却极尽鄙俗污秽之能事，而且用的是汉斯·卡斯托普家乡的民间土话。他感到异常恶心，从未有过的恶心。他绝望挣扎着，想要逃开——就这样，他似乎一只肩膀靠在背后的圆柱上，耳中还嗡嗡响着女妖们无声的詈骂，身上还感到阵阵寒栗，却发现自己原来仍旧倚着仓房站在风雪里，脑袋耷拉在一边胳膊上，绑着滑雪板的腿向前伸得老远。

不过，他还不是真正完全苏醒。他眯缝着眼，心里因摆脱了那两个可怕的女人而感到轻松，可是却不十分清楚——虽然很重要——他究竟是靠着一根神庙的圆柱呢，还是靠着仓房的墙壁。在一定程度上，他继续在做梦——不是以生动的形象，而是以思维，但并不因此就不那么惊险离奇，紊乱无序。

"我想，我是在做梦吧，"他自言自语地喃喃着，"梦得美妙极了，可怕极了。从根本上讲，我一直清楚这是个梦，一切都是我自己想出来的——那树木繁茂的园子和滋润的空气，以及接下去的美好景象与可怕情景，我几乎全都预先知道。我怎么会知道这些，想出这些，使自己感到幸福，感到恐怖呢？我从哪儿弄来那迷人的海湾，还有那由一个美少年的目光引导我走进去的神庙群呢？我想说，一个人不单单靠自己的心灵做梦，也代替匿名的集体做梦，只不过以个人的方式。你只是那巨大心灵的一个微小分子，它通过你做梦，以你的方式，梦见一些它永远悄悄在梦想着的事物——梦见它的青春，它的希望，它的幸福，它的安宁……它的人肉宴。眼下我倚靠着自己的圆柱，头脑里实际还留着我的梦的残余，留着对人肉宴的冰冷的恐惧，以及对先前美景的由衷的喜悦——为那光明人类的幸福和高尚情操而感到的喜悦。这是属于我的，我坚持认为，我有不可剥夺的权利靠在这儿，做这样的梦。我从此地山上的人们那里知道了许多乱七八糟的东西以及理性的东西。我跟着纳夫塔和塞特姆布里尼，在极其危险的崇山峻岭中转来转去。我了解人的一切。我认识人的肉和血，我把普希毕斯拉夫·希培的铅笔还给了有病的克拉芙迪娅·舒舍。可是谁认识肉体，认识生命，他也就认识死。不过，这并非全部——多半还只是个开端，如果从教育的角度看问题的话。还必须加上另外一半，相对的一半。要知道，一切对疾病和死亡的兴趣，不过是对生命的兴趣的一种表现方式而已，正如人道主义的医学科学所证明的那样。这种学科总在彬彬有礼地用拉丁文谈论生命及其病患，仅仅是那个巨大而急迫的问题的一方面，我现在要直呼其名，怀着无比的好感和同情：那就是生活的问题儿童的问题，就是人和人的地位与尊严问题……我对此懂得不少，从此地山上的人那儿学到了许多。我从平原被赶上高山，可怜我几乎喘不过气来；然而，从我的圆柱脚下，我这会儿挺不坏地看见了全貌……我梦见人的地位，梦见他们那个明达知礼、互敬互爱的群体，但在这个群体背后的神庙中，却演着吃小孩的可怕一幕。他们，太阳的孩子们，在静静地观看那可怕的情景时，相互还会一样地文质彬彬，殷勤友善么？他们要是能这样，那可真叫风雅、大度！我从心眼儿里同情他们，而不同情纳夫塔，也不同情塞特姆布里尼，他俩都是空谈家。一个放荡而邪恶，一个只会吹理性的小号角,还自以为用目光能镇住疯子,真叫人倒胃口。说来说去,不过是庸人哲学,纯粹的道德说教,非宗教思想。同样,我对纳夫塔,对他的宗教,也不怀好感;他的宗教只是把上帝与魔鬼、善与恶搅混成一个大杂烩,正好让人一头栽进去,以达到神秘地沉沦在一般之中的目的。这两位教育家!他们的争论和矛盾本身也不过是个大杂烩,是一片乱糟糟的厮杀声,谁只要脑子稍稍自由一点,心灵稍稍虔诚一点,就不至于被蒙蔽。谈什么贵族化问题!什么高贵不高贵!什么死与生,疾病与健康,精神与自然!难道它们是矛盾?我要问:难道它们是问题?不,这不成问题。还有高贵不高贵也不成问题。死必然寓于生之中,没有必然的死也便没有生;主的人的地位正处于中央、处于混乱与理性之间,正像他的国度也处于神秘的集团与不稳定的个体之间。从我的圆柱下看去,情形就是这样。处在这个地位上,他应该彬彬有礼,自己对自己表现得友善谦恭——因为只有他是高贵的,而非矛盾冲突。人应主宰矛盾冲突,而不是相反。也就是说,人比矛盾冲突更加高贵,比死也更高贵,对于死来说太高贵了——这便是他头脑的自由思想;比生更高贵,对于生来说太高贵了——这便是心灵的虔诚信仰。这就是我作的诗,一首关于人的梦幻之诗。我愿铭记着它。我愿做个善良人。我不容许死亡统治我的思想!因为善良与仁爱存在于我的思想中,不存在于任何其他地方。死是巨大的威力,人摘下帽子对它表示敬畏,然后便踮起脚尖擦过它身边,继续前进。死戴着往昔的庄严领圈,人们为了对它表示敬意,也穿着黑色的丧衣。理性在它面前显得一副蠢相,因为理性仅仅是道德,死却是自由、混乱、无定形和欲。欲,我的梦说,不是爱。死与爱——这是差劲儿的一对儿,乏味儿的一对儿,很不和谐的一对儿！爱是死的对头，只有爱，而非理性，能战胜死。还有形式，也只产生于爱与善：一个明智友善的团体，一个美好的人类之国的形式和礼仪——在静观着人肉宴时也不改变。啊，我就这么清楚地梦见了，就这么很好地'执了政'！我要铭记着它。我要在心中对死保持忠诚，然而又牢记不忘：对死和往昔的忠诚只会造成邪恶、淫欲和对人类的敌视，要是任凭它支配我们的思想和'执政'的话。为了善和爱的缘故，人不应让死主宰和支配自己的思想。到这儿我该醒了……因为我的梦已做完，已到达目的地。我早就在寻找这个词：到达目的地，在希培出现的地方，在我的阳台上，在随便哪儿。也是为了寻找这个目的地，我身不由己来到了风雪山野中。现在我找到了它。我的梦将它再清楚不过地铭刻在我心中，我将永远牢记。是的，我欢欣鼓舞，热血沸腾。我的心有力地跳着，我知道为什么。它这样跳不仅仅出于身体的原因，不像尸体还会长指甲似的；它跳得更富人情味，更多是因为心灵幸福的缘故。心灵的幸福是一种佳酿——我梦里的词儿——比波尔多葡萄酒和英国啤酒都醇美，像爱和生命一般流贯我周身的血管，使我猛然从睡梦里苏醒过来。我自然知道得很清楚，我年轻的生命在睡梦中处于极度的危险……醒一醒，醒一醒！睁开眼睛！在雪地里，是你的脚，是你的腿！将它们收拢，站直！快瞧——天气好了！"

　　要想从缠绕着他、压迫着他的睡梦的绳索中挣脱，实在是艰难，然而，他知道如何去获取更为强大的动力。汉斯·卡斯托普用一个胳膊肘撑住墙壁，勇敢地并拢膝头，然后猛地一挺身，人终于站直了。他用穿着滑雪板的脚踏踏雪，用手臂拍打拍打腰，摆动几下肩膀，同时努力睁大眼睛激动地上下左右四处瞧。

他发现在头顶稀薄的青灰色云朵之间，现出了一片片淡蓝色的天空，云朵慢慢地飘动，一钩镰刀样的新月已升起在天边。四野光线朦胧。风暴住了，雪也停了。对面，脊背上长着枞树的山岩已完全看得清楚，显得十分宁静。它的下半截阴影笼罩，上半截却沐浴在柔和的玫瑰色光线中。怎么回事？世界怎么样了？已经是早晨？难道他在雪地里待了一整夜，却没有像书里讲的那样冻死吗？手脚也没完全失去知觉，在他踏、摆、拍的时候，也没有哪儿咔嚓一声折断。他一边继续加紧活动肢体，一边动脑筋，极力要想出个究竟。耳朵、指尖和脚指头确实麻木了，不过仅此而已，跟冬天夜间在阳台上静卧时差不多。他终于把表掏了出来。还在走。没有像他晚上忘记上发条常常都免不了的那样停掉。还不到五点——远远没到五点。差十二三分钟。好奇怪啊！可能吗？他在这儿的雪地里才待了十分钟多一点儿，却梦见了那么多幸福的和可怕的景象，走完了那么一条大胆离奇的思路。与此同时，那六角形的怪物却消失得无影无踪，快得就跟它来的时候一样。真算他有运气，感谢上帝，现在他好回家啦。多亏他的梦和胡思乱想出现过两次转折，使他惊醒过来：第一次是因为恐惧，第二次是因为兴奋。看起来，生活待自己这个迷了路的问题儿童可不薄……

但是不管怎么样，是清晨也罢，是下午也罢——毫无疑问仍然是傍晚时分——反正，无论是天气还是他个人的身体状况，都不再有什么妨碍汉斯·卡斯托普赶快回家去了。他呢，也毫不迟疑，以最快的速度即选择直线朝疗养院所在的山谷滑去，赶到那儿时已经亮灯了。虽然在途中，雪地反映着残余的天光，也足够为他照明了。他从林牧场边上的布莱门比尔插下去，五点半到了

"村"里，在香料铺存放好器材，到塞特姆布里尼先生的库房小阁楼上歇口气，让他知道他汉斯·卡斯托普已经遭遇过暴风雪了。人文主义作家惊诧莫名，胳膊往头顶上一甩，狠狠骂起他不该如此轻率冒险。他立刻点燃酒精炉，为精疲力竭的小伙子煮了一杯浓浓的咖啡。尽管喝了咖啡，汉斯·卡斯托普还是马上就坐在椅子上睡着了。

一小时后，他又置身于"山庄"高度文明的氛围中，非常惬意。晚餐桌上，他胃口大开。他在梦中见到的情景，已经淡漠。他有过的种种思考，当天晚上他已觉得不再那么合情理。

告别的话

各位游客,你们即将走出德语文学大花园。经过一番游览,希望大家至少记住老园丁的三句话:一句叫"德语文学——深邃、耐看的思想者文学!",一句叫"德语文学也好看、真好看!",一句叫"德语民间文学举世无双、精彩绝伦!"

一次游览难以尽兴,欢迎下次再来。况且花园再大再美,终究只是一个小小的局部;真要认识、欣赏和理解丰富、深邃、博大的德语文学,认识、欣赏和理解歌德、海涅、里尔克、托马斯·曼、黑塞,还必须读他们的原著,还必须进入原野、森林、海洋并且徜徉其中,那儿将更加景象万千,将更加美不胜收!